华语风丛书

主编　金进

陶然小说选

（上）

陶然　著

GUANGXI NORMAL UNIVERSITY PRESS
广西师范大学出版社
·桂林·

TAORAN XIAOSHUO XUAN

图书在版编目（CIP）数据

陶然小说选：全 2 册 / 陶然著. —桂林：广西师范大学出版社，2020.7

（华语风丛书 / 金进主编）

ISBN 978-7-5598-2790-6

Ⅰ. ①陶… Ⅱ. ①陶… Ⅲ. ①小说集－中国－当代 Ⅳ. ①I247

中国版本图书馆 CIP 数据核字（2020）第 064335 号

广西师范大学出版社出版发行

（广西桂林市五里店路 9 号　邮政编码：541004
网址：http://www.bbtpress.com）

出版人：黄轩庄

全国新华书店经销

广西广大印务有限责任公司印刷

（桂林市临桂区秧塘工业园西城大道北侧广西师范大学出版社集团有限公司创意产业园内　邮政编码：541199）

开本：787 mm × 1 092 mm　1/32

印张：30.375　　字数：650 千

2020 年 7 月第 1 版　　2020 年 7 月第 1 次印刷

定价：128.00 元（上、下册）

序一

忆陶然

秋　梵[1]

由浙江大学金进教授策划、广西师大出版社出版的这部《陶然小说选》是陶然（涂乃贤）逝世后出版的第一部作品集。内中所选27篇作品均是陶然生前自己选定的。既有中篇（4篇）、短篇（16篇），也有长篇小说（2篇）和微型小说（5篇），都是他的代表作。金进教授邀请我这个陶然的老同学作序，自是义不容辞。

九个月前的今天，2019年3月9日，陶然因一场感冒引发不治遽然离世，令人痛惜。一时间，许多华文文学团体组织、大学和天南地北的朋友纷纷发出唁电悼文，中国作协主席铁凝也致电吊唁……他逝世不久，《香港文学》在现任总编辑周洁

1　秋梵，本名曹惠民，苏州大学教授、博士生导师。著有《多元共生的现代中华文学》《边缘的寻觅：曹惠民选集》《台湾文学研究35年：1979—2013》等，主编有《百年中华文学史论：1898—1999》《阅读陶然：陶然创作研究论集》等。

茹的一手主导下，很快于4月初就出版了悼念专号，刊出了海内外各地朋友的65篇悼文。大学老同学则立即开始编辑一本诗文书画集《同学情》。书中收录了同学们（包括老涂）在大学读书时的黑白老照片和1972年离京以后各时期的彩照，还有老涂在香港《文汇报》连载的《昨日纪》中写同班同学（一人一篇）的18篇文章及同学们的悼文、诗词，我也写了一篇题为《55年的兄弟情》的悼文。

55年！超过了半个世纪！1964年，来自江海之滨的我和来自千岛之国（印尼）的他，在北师大校园里成了4643班同学，北师大本是五年制，我们这届因“文革”而迁延至八年才分配。1972年分手以后，他从一个初到香港的“待业者”、小报编辑一步步成为香港的著名作家、杂志总编，成就了一番事业，是4643班和北师大的骄傲，堪称同学中的佼佼者。2013年9月老同学们相约北京，为老涂七秩大寿庆生。我手书了“贺乃贤七秩寿”的两首诗：“京师八载忆当年，金榜知交数乃贤。人海茫茫君作伴，古稀七秩贺陶然。”“越海归来正少年，经磨历劫志尤坚。香江劲舞如椽笔，八斗才雄宝玉篇。”

陶然是香港著名作家，也是当代中文文学的重要代表作家之一。他的文学创作主要是小说（包括长篇、中篇、短篇、微型小说、小小说、闪小说）、散文和散文诗，自1974年到2019年笔耕45年出版了近40部作品。海内外著名作家、评论家与众多有关学者如艾青、冯牧、蔡其矫、王鼎钧、李元洛、周粲（新加坡）、弗朗西斯 · 密西奥（法国）等名家佳评多多。我曾在 2000 年编过一本《阅读陶然》(陶然作品评论集),由母校北京师范大学出版社出版。

陶然的小说创作是其文学创作最主要的成果。他的小说多以他在北京和香港两地生活的经历为基础,处女作《冬夜》是他初到香港时,在茶餐厅偶遇中学同学有感所作,无意中竟开启了他的写作之路。长篇小说《与你同行》取材于我们的大学生活,熟悉的朋友甚至都能指认出男主范烟桥、女主章倩柳和第三号人物苏舟潮其原初的模特儿。当然小说不是实录,正如鲁迅说的:"所写的事迹,大抵有一点见过或听到过的缘由,但决不全用这事实,只是采取一端,加以改造,或生发开去……人物的模特儿也一样,没有专用过一个人,往往嘴在浙江,脸在北京,衣服在山西,是一个拼凑起来的脚色。"它是那个特定年代的形象书写。香港商界是他小说很重要的取材之源,有评论家曾把他的以香港为背景的小说概括为"香港浮世绘"。《碧玉岩》是根据一位学长在台湾的亲身经历写成的,不过却给了他一个苏州人的身份……不断求索、不断创新是陶然创作的一贯追求。他的小说里总有他的真挚感情和绵密的思考,引人入胜,很有可读性。

回想起来,我和陶然的最后一次见面,是 2018 年 5 月,在江苏盐城,我们一起参加华文文学高峰论坛,后又同游扬州。大学老同学、诗人右安居士闻知,乃作诗二首以赞:"骑鹤下扬州,潇洒自风流。文坛蜚声远,依旧弄潮头!""阳春白雪馨香远,陶然秋梵并蒂莲,不是兄弟胜兄弟,登高望远傲云天。”却万万没想到，扬州一别，竟成永诀！在香港报纸上还没连载完的《昨日纪》《思想起》竟成了他的临终绝笔！不过，作品在，人就还在！陶然没走！他还在广大读者的身边。这本书的出版，其实就是“陶然还在”的最好证明！

金进教授是个有胆识有担当的青年才俊，这次编选和编校这部小说集，要我帮忙，我当然乐于从命、乐见其成！相信老涂在天之灵有知，也会感到欣慰……

2019 年 12 月 9 日于姑苏长岛

序二

冷酷的世情与隐喻的爱情

袁勇麟

一

香港著名作家陶然的小说，内容丰富多彩，这本小说选最集中体现了他四十多年的社会思考与创作流变。陶然的关注面很广，从移民、香港回归到都市批判、怀旧等，都纳入其思考的范畴，但综观其写作脉络，则呈现出两个最主要的写作面向：冷酷的世情与隐喻的爱情。

陶然的第一篇小说《冬夜》即是冷酷世情的力作。夜市是熙熙攘攘的，而餐厅的霓虹灯亦五光十色地闪烁，然而主角张诚的内心却如冬夜一样凄冷。像张诚这样的一个小人物，年近三十只能当个侍应生，而且对他来说能保住这一饭碗已是万幸。他原本已脆弱的内心和自尊却在一次餐厅偶遇已成明星的同学王利成之时再次被击溃：已改名为廖化的王利成根本就不想认他这个地位低下的同学，见到他便匆匆离开并施舍一元钱。陶然借另一个侍应生王强之口指出经济社会的本质：“人情值多少钱一斤？”《一万元》中的银行职员简慕贞因为缺少一万元礼金，第一次感受到“金钱的分量原来有这么重”。《没有帆的船》中汤炳麟直陈：“说来说去，金钱最重要，有钱能使鬼推磨，只要手中有了钱，还有什么事情办不到？”于是，人们为了金钱去赌博、炒股票、炒黄金等，最终亦被金钱所吞噬。

职场的冷酷是陶然冷酷世情表现的另一个重点。职位的高低直接与金钱等社会利益画等号，因此，职场中的竞争就倍显残酷与不留情面。《空降》中的黄德明，不仅鼎力支持上司方雅兰，更与她之间有暧昧的情感，然而，在利益面前，方雅兰还是选择把职位给了另一个员工杰克，因为“唱歌跳舞喝酒吹牛，杰克全都在行，有他在，保证不会冷场”，说到底在雅兰面前没有感情只有利益。《元老》亦是这一主题，感情、人情不管用，唯有利用价值才是硬道理，正如王伯所感慨的：“你利用老板，老板更利用你，看你有没有利用价值，看你忠不忠心。笑脸攻势只不过是一种权宜的策略，到头来大局已定，吃亏的还是你，老板把你捏在手里，想你成为圆的就是圆的，想你成为扁的就是扁的，你奈他何？”因此，《迷魂阵》中的阿强一针见血地指出：“这是弱肉强食的世界，你心理平衡不了那么多的了！”陶然曾对一系列的经典故事进行了改编，其中有许多篇章反转原故事中人物“仁”“义”“智”“勇”的形象，将其塑造成利益至上、冷漠残酷的商业动物。《砍》中的刘备已不再是那个将兄弟视为手足的人，反而在裁员之时首先裁掉关羽并冷笑着告诫他，“商场无情谊，只有商业利益要紧”“如今做事，利益为先，我要裁员，第一个要动的便是我的左臂右膀，这样才能威慑其他人”。道义伦理的丧失在古与今的对照中显得尤其令人痛心。

香港是个因为历史与机遇突然崛起的城市，而且经济以商业和金融为主，香港学者卢玮銮一直强调“香港没有历史感”“香港是一座身世朦胧的城市”。一座无根之城的文化便因此显得十分的紧张、急躁与焦虑，人们唯有紧紧抓住手中的金钱与利益才能感觉心安。

二

陶然写作的另一个主要面向是隐喻的爱情。陶然爱情小说最大的特点是意在言外，表层写爱情，内里想要表达的却是另外一层意思。写于 1983 年的《天平》，表面写的是黄裕思杨竹英的恋爱，而陶然真正想表达的是香港“九七回归”的主题。1982 年底，中英开始就香港问题进行谈判，1984 年 12 月 19 日，《中英关于香港问题的联合声明》在北京正式签订。而陶然这篇完稿于 1983 年 9 月、修订于 1984 年 12 月 5 日的《天平》相当敏锐地抓住了其时香港人最主要的关注点，及时地在文学创作中抛出“九七”的思考，所以小说一推出就引起巨大的反响，它与刘以鬯同样发表于 1984 年的《一九九七》一道引发了香港文学中的“九七”书写热潮。

而在《天外歌声哼出的泪滴》中，陶然则是借爱情来表达商业都市对人性的压抑。陶然的爱情小说大都是从男性的视角展开去叙写，主角自然都是男性，或者更准确讲是在现代都市中饱经沧桑的中年男性——此沧桑其来有自，正是因为商业社会与生俱来的金钱至上、相互倾轧与人情浇薄，使得这些生性较为善良、情感比较丰富、不爱掠夺别人的男性充满了受挫感。《天外歌声哼出的泪滴》中萧宏盛就委屈地陈述：“男人又何尝不容易受伤？只不过男人不能在大庭广众面前失态，即使有天大的委屈和悲伤，也唯有强忍着留到夜深人静之时，一个人偷偷地把眼泪尽情流泻，或者干脆就……吞到肚子里。”他们不仅在职场上、社会上受到挫折与创伤，更不幸的是，在家庭中亦寻求不到温暖。这些爱情小说中的男性其婚姻生活总是十分不如意，与妻子的结合并非因为爱情，而只是社会生活的需要，因此，夫妻之间的关系冷漠，处处充满计较。于是，在内外双重失意的情形之下，他们渴望寻找一个精神的出口与一处喘息的空间。萧宏盛与洪紫霞的婚外恋呈现的正是这样的出口与空间。不过，这篇小说有意思之处在于，在机场栩栩如生的六个小时意识流——回忆与洪紫霞的情事之后，萧宏盛却怀疑洪紫霞是否真有其人。或许陶然是想表明：这些在现代商业都市中苦苦挣扎的中年男性并无真正的精神出口。

当然，陶然爱情小说中最大的隐喻是对老香港旧景观消逝的无限怅惘。《天外歌声哼出的泪滴》用惋惜的口吻记录了

1995年香港希尔顿酒店拆卸前夜的告别场景，《倒错》中的方若文始终缅怀十年前沙田新城市广场那家放着低低柔柔歌曲的餐厅。景观是记忆与文化的承载，景观的拆除摧毁的不仅仅是建筑，更是一座城市的文化与其中居民的记忆。商业的高速发展，旧景观的快速拆毁，给生活在其中之人造成的感觉正如方若文所感受到的迷惘——十年之后，他甚至怀疑沙田新城市广场那家餐厅是否真正存在，而他与朱慧茵在其中发生的感情又是否真实。

陶然曾自陈，他小说中的爱情或婚外恋只是一个框架，并不一定是实指。虽然他总是将这些爱情写得极纯极美，《与你同行》《碧玉岩》等是其中的代表。《与你同行》深致入微地写出人在高度政治化和高度商业化的社会生活中的生存困境，在开阔深邃的时空背景下，敷陈人与环境的对抗、冲突，凸现人的尊严和价值，肯定人对于爱情、友谊、理想的珍重与追求。

三

在这本选集中，可以看到陶然小说艺术表达形式四十多年来流变的鲜明痕迹。早期陶然的小说创作可以说是短篇、中篇、长篇三者并行并重。陶然以短篇小说《冬夜》登上香港文坛，之后很长一段时间，短篇小说一直是他最擅长与喜爱的小说形式，不仅产量甚丰，并且多有名篇出现，如《一万元》《窥》

被收进各种短篇小说选集，《海的子民》被译成法文出版。而他的中篇专攻爱情，以爱情做各种隐喻。长篇《与你同行》《一样的天空》则无论是题材还是艺术形式上均各有亮点。

陶然十分注重在同一篇小说中选择并转换不同的叙述视角，创作于1983年的短篇小说《视角》篇名就直接暗示了这样的叙述方式。就钟必盛杀人这一个事件，陶然选择从三个人——杀人者钟必盛、被杀者林璋志、钟必盛的妻子冯玉珍的视角展开三种叙述/自述。于是，在这样的视角转换之中，整个故事的前因后果、人物内心得到更为全面的呈现，而最关键的是，这样的叙述，使得一个简单的故事变得繁复饱满，读者阅读的心理体验也随之加深。

其后，完稿于1983年并修订于次年的《天平》亦采用这一手法，此篇第一节与最后一节采用第三人称全知视角叙述，中间十一节则分别用黄裕思与杨竹英第一人称独白的角度叙述。不过，陶然的这一叙述视角转换引起最大的讨论则是出版于1996年的长篇小说《一样的天空》，可能这样的叙述形式正好十分适合用来承载这篇小说的题材——甚至于吴义勤认为“这部小说代表了陶然小说在艺术实验方面所取得的最高成就”。这篇小说最主要的叙述方式是不同的章节采用不同人物的内心独白，前面二十章共计采用了五个人的叙述角度，其中主要是小说主角陈瑞兴与王承澜的内心独白，而第二十一章与最后一章则采用第三人称叙述，倒数第二章却把四个不同人物的内心独白并置在同一章中。故事并没有结局，陶然只是激发读者思考：商业语境中无论是世俗意义上的成功者还是失败者都有自己的一捧血泪，失败者自卑，成功者又何尝得意。论者都认为这篇小说的篇名要揭示的是一样的天空下不一样的人生路径，而我却以为，或许陶然更想表达的是，在以经济为唯一指标的商业都市里，一样的天空下是一样的艰辛。

值得注意的是，在不同的视角转换叙述里，陶然总是采用内心独白的形式，有些比重之大，使之完全可以称作意识流小说。而这种手法的采用也使得陶然的小说摆脱了线性叙述的刻板并获得自由穿越时空的灵活。中长篇小说自是不必说，陶然的叙述总是直接切入故事后段，然后在人物的意识流中不动声色地、缓缓地把事件与人物的脉络显露出来。而即使在短篇小说中，他也从不肯一笔写到底，就像《蜜月》，总是在事情发生之后又将时光来回弯曲——对于这一点，陶然有很深刻的艺术自觉："小说的故事框架可以现实也可以虚幻，甚至并不重情节不讲究前因后果，能够反映重大人生当然很好，但只求在片断中以现代的节奏挖掘人性，或者表现一种现代的感觉，也未尝不可成就一篇好小说。"

陶然后期的小说创作以微型小说为主，这种小说形式的改变从他的自述中可略见一斑。他感叹随着时代的发展，报纸副刊不再起重要作用，"自上世纪九十年代中，香港传媒生态发生巨变，本来文学作品主要赖以生存的报纸，纷纷取消小说版，更不用说连载小说了，中长篇小说刊登的机率锐减"，而"如今大约更要加上一个更重要的不利因素：手机上网横行，读报的人逐渐成了弱势”，于是，应时代的变化，陶然便进行了小说形式的调整。虽然陶然写惯短篇小说，但相比较短篇小说，微型小说除了篇幅上的限制，艺术上亦更讲求出其不意的结局并引发读者的深思或会心一笑。陶然原本就十分擅长于人物心理的刻画，而微型小说的创作，更激发了其对人物心理特别是潜意识描写的深入开掘。

总之，纵观陶然四十多年来的小说创作，无论在题材的开拓上，还是在艺术形式的创新上，都可以看出他对文学的热爱与不懈追求。自然，在香港这样一个经济高度发展的社会，这样的热爱与追求何等艰难，而陶然的坚持来自“我依然相信，一个没有文化没有文学的城市，经济再发达，也还是贫血的城市”。

2020 年 3 月 9 日于福州

序三

南来（北归）身份、港人群像与现代主义
——香港作家陶然的小说世界

金　进

陶然属于香港南来作家的一员，他 1973 年秋天离开北京来到香港，从而定居香港。卢玮銮曾这样概况香港南来作家们的精神群像："……由大陆到香港来的文化人，最初总难免有一种投荒夷地的委屈。委屈源于两方面：从文化层次说，他们从文化强势、文艺主流的地方跑到这个外国人管治的小岛来，一作比较，总觉百般不顺眼。……另一方面，生活形态的突变。语言、社会风尚、意识思想，甚至价值取向，都截然不同，由陌生形成了疏离，由疏离而导致孤寂封闭，于是有不投入的苦闷。"[1] 陶然也经历从中原南来到生根香港的精神转型，从早期的批判现实主义创作，到运用意识流手法来挖掘现代都市人的精

1　卢玮銮：《香港故事：个人回忆与文学思考》，香港：牛津大学出版社，1996年，第121页。

神，陶然以其勤勉的创作描绘着一幅幅香港浮世绘，他的创作极大地丰富了当代香港文学的内涵。

一、北归与南来：华侨学生的启蒙意识的成熟

陶然（本名涂乃贤）是1943年9月出生于印尼万隆的海外华人，祖籍广东蕉岭，1960年因为印尼排华而被父母送回祖国求学，同年入北京华侨补习学校学习，四年后考入北京师范大学中文系，1969年毕业，1973年9月离京抵港。他曾谈到自己与同为印尼归侨的蔡其矫之间的写作之缘："本来我并无意写作，大约一九六九年，诗人蔡其矫的一句话惊醒了我：你是学文学的，为什么不拿起笔来写呢？现在社会上流行文学无用论，对于这种论调，我很反感，要是问我，即使烧成了灰，我也热爱文学！"[1]他当时读了大量十八、十九世纪的欧美经典作家的作品，杰克·伦敦《热爱生命》、海明威《老人与海》、托尔斯泰《复活》、肖洛霍夫《静静的顿河》《一个人的遭遇》、莱蒙托夫《当代英雄》、罗曼·罗兰《约翰·克里斯朵夫》、梅里美《卡门》、司汤达《红与黑》、阿·托尔斯泰《苦难的历程》、巴尔扎克《人间喜剧》、雨果《九三年》、莫泊桑《俊

1 陶然：《自己的房间（代序）》，《旺角岁月》，香港：香港文学出版社，2017年，第5页。

友》、茨威格《一个女人一生中的二十四小时》等，这些极具启蒙精神的批判现实主义经典，为陶然展示了文学反映社会，文学改造社会的巨大力量，也成为陶然走上文学道路的创作原动力和精神资源。

可以说，初到香港的陶然，对香港的印象是敏感的，经历过十多年共产主义教育的他，其早期作品充满着批判现实主义的精神，讲述着作为外来移民融入香港的艰难过程。初到香港，他曾任体育记者、杂志编辑，工作上的流动，使得他与香港各阶层有了进一步的接触。"我与大部分从内地到港的作家不同，我的作品一起步是以香港为背景的。我认为来到这里，就应该投入这里的生活，作品才能够引起读者的共鸣。无论怎样努力回忆昔日在内地的生活，这毕竟都是过去的事情，与本地的读者无关"[1]，他关注香港底层人民的生活，挖掘着香港这座城里男男女女之间的情感纠葛，以启蒙精神完成着自己对香港最早期的社会印象和感情记忆。如短篇小说《冬夜》是陶然移居香港之后发表的第一篇作品，小说主题是在金钱关系包裹之下，人与人之间情感的隔膜。《强者的力量》是一篇悲剧性非常浓烈的短篇小说，船夫易老巩在一个暴风雨的晚上，失去了他的妻子和大女儿，遭遇船毁人亡的人间悲剧，被救后，他最懊悔的是对大女儿的食言和打过妻子的那一耳光。同样是贫贱夫妻百事哀的主题，《蜜月》中急于偿还结婚债务的新婚夫妇田宝杰、

1　沈舒：《回忆舒巷城——访问陶然先生》，《城市文艺》2011年第3期。

汪燕玲，被迫出演真人秀还债。《一万元》里银行职员简慕贞为了帮助未婚夫筹齐一万元礼金，又不愿意接受知情的银行经理的潜规则而锒铛入狱。

都市婚恋主题也是陶然早期创作的重点。《平安夜》是其首次探讨夫妻相处问题的力作。在平安夜被劫持的汪春霞，在被劫持的过程中，与劫匪谈心，同情劫匪。不仅把身上的钱送给了劫匪，还将自己的婚戒“借”给劫匪去筹钱还债。可是，当她平安回家之后，混乱的答复引起丈夫的不解和怀疑，家庭危机由此而生。在《视角》中，钟必胜最后一气之下刺死了好友林璋志，何尝不是与妻子冯玉珍之间缺乏信任所致的悲剧。中篇小说《天平》是这类作品中的代表作，它讲述了黄裕思和杨竹英的故事，陶然擅长在故事中将人物的心理活动进行条分缕析的描写，在不长的故事里，杨竹英把黄裕思当作自己的前任男友郭伟杰，看似甜蜜的男女关系中间，隐藏着补偿心理的阴暗。而故事进行到中间，读者又发现郭伟杰是有妻子的，杨竹英只是第三者而已。小说最后，当杨竹英和连福全的地下情公开后，杨竹英有段心理活动——“嫁给谁呢？表哥、黄裕思和连福全，他们都是现成的人选。看来，连福全最理想，我已经超越了梦幻的年龄，要嫁，就嫁到美国去，这个时候不走，更待何时？到时，想走也走不成了，移民美国，连福全就是最佳选择”，将一个物质至上但又承受社会舆论压力的现代都市女性的形象生动地刻画出来，感情和物质的天平，最后倾斜了。

二、香港男与女：现代商业社会的文学再现和批判

长期以来，香港大众与印刷文化的发展远远走在全球华语文学的前沿，而纯文学的创作长期被压抑，全职创作的作家极少。好友舒巷城曾劝他："你首先要找到一份职业，不管你喜不喜欢，都要做，因为那是生活的保障，有了这份职业，你才有资本去养你那文学的爱好。"[1]但中文系出身的陶然并没有选择其他的职业，一生投身文学编辑生涯，以笔为旗，着力于对现代商业社会的文学再现与批判。

首先，陶然小说的本土色彩是相当浓厚的，而香港的都市化、现代性又是其作品的重要内容特点。借用马泰·卡林内斯库关于"现代性"的看法，香港社会也拥有着"现代主义、先锋派、颓废、媚俗艺术和后现代主义"的五张面孔，而这五种现代性的面向对香港作家的影响是巨大的。以陶然的小说为例，他的小说都有着时代的印迹，有着再现香港当代历史的企图，如《天平》中的钟楚红；《天外歌声哼出的泪滴》中的《何日君再来》；《碧玉岩》中的叶倩文《潇洒走一回》；《岁月如歌》中的香港 1997 年禽流感事件；《与你同行》中肥皂剧《大亨》的主题曲、汤兰花的台湾文艺片；《一样的天空》中大段大

1　陶然：《"性格决定命运"——漫忆舒巷城》，《旺角岁月》，香港：香港文学出版社，2017年，第430页。

段的关于香港历史的回溯和对香港回归的思考。可以说，批判主题和社会形象结合在一起，使得陶然小说具有很强的香港本土性。

其次，陶然关注香港的时事，关注事件中的人的命运，是人道主义悲剧的艺术践行者。如职场生活，《元老》里中年员工的职场困境，《砍》关于商场人情淡薄、利益至上的故事新编。再如，他对香港偷渡事件的关注，《海的子民》讲述的就是一对越南夫妻的偷渡悲剧，茫茫大海何处是家的悲凉。《窥》里面的偷渡来香港的明仪，被房客胁迫，最后一怒之下打伤了房客，但结局会怎样？没有正面回答，前途未卜。陶然小说与香港历史事件互动明显，最具代表性的是他的中篇小说《没有帆的船》，小说创作的触发点是 1990 年代诸多香港富豪被绑架的事件，如小说中主动提及的地产大王王德辉被绑事件（1990 年被绑架，弃尸大海）。小说以富豪汤世成失踪案为导火索，引出和挖掘豪门内斗的故事，其中关于汤邝玉霞和汤炳麟之间的权力争斗尤为吸引人。

三、叙事现代性：现代主义创作手法的践行和成绩

1973 年迁居香港的陶然，与舒巷城、刘以鬯、何紫、阿浓、西西、陆离、小思、黄国彬、何福仁、也斯等作家交好，

这些作家中很多都以现代主义文学实践见长。[1]加之，余光中1974年移居香港，在港十年，与宋淇、思果、陈之藩、刘绍铭、小思等人组成的香港中文大学作家群体，倡导现代主义文学，也影响着香港文坛的创作风气。陶然曾回忆自己接受现代主义文学的心路："当时在内地的文学教育，都是注重写实主义作品，我到了香港，便开始恶补二十世纪以来的外国作品，同时也翻看当时在内地罕见的上世纪三四十年代的新文学作品。……因为文学教育的关系，一度执着于写实主义甚至于浪漫主义的写作手法，醉心于如托尔斯泰、陀思妥耶夫斯基、高尔基、肖洛霍夫、莫泊桑、雨果、梅里美、杰克·伦敦等人的作品；但到了香港，接触了各种不同的流派，当然扩阔视野并不等于全盘接受，应该说，写作时是否合乎心意是最主要的，凡是能够表现心目中想要表现的题材，就可以运用，反之，就放弃。"[2]

首先，陶然向现代主义学习的过程是漫长的，从现代主义手法的运用来看，陶然最擅长的是意识流小说艺术手法。《天

---

1 陶然对前辈刘以鬯高超的意识流手法满怀仰慕的时候，认为他"在手法上，意识流技巧和悬念的布局同时运用。既丰富了人物的内心世界，也在结构上令读者感到兴味盎然"。参见涂陶然《在创作中不断追求新意——刘以鬯〈天堂与地狱〉读后》，梅子、易明善编《刘以鬯研究专集》，成都：四川大学出版社，1987年，第254页。

2 陶然：《自己的房间（代序）》，《旺角岁月》，香港：香港文学出版社，2017年，第5、6页。

外歌声哼出的泪滴》是一篇成功的意识流小说，也是最为陶然所珍爱的中篇小说。全篇用的是白日梦的方式，讲述了有妇之夫萧宏盛与洪紫霞、袁如媚两位已婚女性的感情纠葛。小说中的洪紫霞更多的是萧宏盛的精神伴侣，是一个“女人味十足”的女性。而袁如媚则是一个强势的女性，喜欢替萧宏盛决定一切，但萧宏盛似乎很享受这个受虐的过程。这篇小说有着张爱玲《红玫瑰与白玫瑰》的影子，和“改过自新，又变了个好人”的佟振保一样，萧宏盛最终也回归家庭，似乎呼应着张爱玲小说的苍凉风格。

在驾驭时空距离大、内容庞杂的长篇小说时，陶然在小说技巧方面有着自己成功的探索。长篇小说《与你同行》以主人公范烟桥、章倩柳、吴彤霞之间的爱情经历为主要线索，整部小说以意识流手法的“内心独白”展开，以一种双线式的叙事结构当下的返校经历和过往的“文革”岁月。时隔十五年，范烟桥与昔日同学相聚母校，言谈之中讨论的又是过往的校园生活；回忆中不断跳跃的是北京校园故事和香港移居生活。但陶然有着自己的改进：陶然为了展示小说中人物的复调性，一开篇还是以全知叙事展开，慢慢地撤出作者的视角并增加意识流成分。最后，我们能够看到的就是范烟桥在现在与过往之间展开意识流的叙述，加上小说中有大量陶然的自身经历，如早期在香港某杂志的编辑生活、同为侨生的张仁强（小说中的汤波）、多年挚友曹惠民（小说中的苏舟潮），又增强着小说叙事的可读性，他的意识流成了一种有迹可循的叙事艺术技巧。

陶然另一部长篇小说《一样的天空》的主要人物是龙雄集团有限公司老板陈瑞兴、美若和王承澜、芝兰两对夫妇。陈瑞兴和王承澜是大学同学，都是从大陆移居香港的，因为历史机遇，陈瑞兴成为商场成功人士，而王承澜继续着自己的文学编辑事业。小说采用了陶然最擅长的意识流手法，小说每一节变换一个叙事人，陈瑞兴、王承澜、方玫等，每个叙事人把自己的所感所思毫无顾忌地直接展露出来，而且“直接内心独白”和“间接内心独白”交互使用。同时，陶然小说中的叙事人物经常很理智地对自己的思想和感受进行分析追索，而且是在并无旁人倾听的情况下进行的，又融合了“内心分析”的特点。小说中的陈瑞兴不断地叙述着自己艰难的商场打拼、包养小三的经历，王承澜则在一以贯之的底层叙事中，寻找生活的意义。虽然两人的生活轨道是完全两样的，但同为移居香港的新移民，两人的同学之谊是维系他们友情的纽带，而生活中的困境和挑战，又不断地让他们两人互为慰藉，成为不可分离的“亲情”。在种种的立足现实又情怀满满的叙事中，在对自己、对友人、对北京原乡、对印尼老家、对香港的多叙事角度的铺叙中，陶然完成了自己对香港城与人的情感认同，完成了精神上的一次完美洗礼。

结 语

从1974年发表第一篇短篇小说开始，陶然已经对人生豁达了，“人性是丰富多样的，而文学却包容合一，陶然懂得顾及各个方面。他甚至希望和呼唤着唯美和试验”[1]。进入二十一世纪的陶然，集中精力创作了大量微型小说，在一个一个奇思构想的小篇章里继续他的香港书写。如《机率：十分之一》篇末的抖包袱，表面上是给男人的懦弱一个理由，实际上揭示着香港市民的现代都市病。《认人：你肯定？》在人物疯狂的呓语中，我们追踪着事件的始末，而小说笔锋直指现代人正义感的萎缩。另外，《时差》《头球》《签》里人物心理活动的细腻刻画皆为上乘。陶然这个时期的小说，已经完全融合了他批判现实主义、意识流手法实践的创作风格，思想功力深厚，艺术技巧娴熟，成为香港当代文学的重要创作成绩。

---

1 [法]弗朗西斯·密西奥：《陶然印象记》，《香港文学》2004年12月号。

目　录

微型小说

短篇小说

中篇小说

长篇小说

微型小说

机率：十分之一

地铁隆隆疾驰，划破地底的深宵；车厢里不是没有空座位，但他宁愿倚在自动门边的角落和她痴缠。

双十年华的方刚血气，抱满一身软玉温香，青春气息汹涌奔腾，一泻千里。此刻全世界都退回到洪荒，他想做什么便做什么。

是一种做皇帝的感觉。

末场电影散场，从旺角百老汇电影中心走出来，她双手紧紧抓住他的胳膊，在他耳畔腻声问道，你会不会像那个男主角那样，用生命保护我？

他心中一笑。这个傻妹，一定是看《泰坦尼克号》看得太入迷了。把生存的机会推给女朋友，把寒冷的死亡留给自己？煽情电影罢了，还能真信？

但他嘴上却认认真真地说，当然！

这还用问，答案当然是当然了！

她热情高涨地搂住他的脖子，当众热吻。庙街的人流刹那间便凝住了，只有一双双灼灼的目光在闪动。

他的虚荣心获得极大满足，这一刻，他便是皇帝。

她笑，庙街皇帝，还是九龙皇帝？

你的皇帝，他涎着脸。

但忽然便有些别扭，是车厢的灯光太扎眼，还是长期生活在这都市中所滋生的警惕性？定睛一看，赫然是一股凶狠的冰冷目光，焦点散乱，那穿着一身西装的中年汉声若洪钟，都是你，陀衰家！自从跟你在一起，我就一天好日子都没有……

女的娇小玲珑，瑟缩一边，怯怯地，有乜事返屋企先讲啦！

回家！回家你就同我讲清楚！说着，他一拳嘭的一声打在柱子上，惊起坐在附近的一个少女匆匆收起摊开的报纸弹开。他下意识地望向那汉子一眼，岂料视线在空中遭遇，那汉子立刻转移目标，望！望！望什么望！我教训我老婆关你 × 事！唔通你同渠有路？ ×××！你信唔信我打你啦，死扑街！

那毕露的凶光已叫他一怯，欲待装聋作哑，却感觉到她扯了扯他的袖子，喂！你拿出点男子汉的勇气来呀！

刚才还在教她模仿温斯莱特和莱昂纳多在船头摊开双手“扮飞”，难道现在就退缩了吗？美人在前，没命事小，失脸事大。这个世界欺软怕硬，我他妈就硬给他看，众目睽睽，谅他也不敢怎么样。他给自己壮胆，恶声恶气地回了一句，我望你？鬼得闲望你，你又唔系靓女！你自己照下镜啦阿伯！

正得意于自己的连珠炮，还来不及望向她，冷不防下巴受到重击，眼前金星乱冒，周围好事的眼睛忽然四散逃亡，没有一个人出声劝止。

地下列车正好开到金钟，车门打开，他一面指着那汉子喃喃地说，你打人！一面却不由自主地往月台一闪。在那车门关上之前，犹听得那汉子哈哈大笑，说我癫？错！我系丧嘅！

下巴依然火辣辣的，见她呆立一边不言不语，他强笑着说，今晚真当黑，撞到一只丧嘅！

以为可以自嘲下台，不料她却带着哭腔尖叫，我以为你是我的莱昂纳多，哪里知道……

哪里知道什么？当然是说我连自己都保护不了，又怎么能够英雄救美？

他极力嬉皮笑脸，你有听到吗？渠都话渠系丧嘅，我点可以同啲唔正常嘅人一般见识？

但那张俏脸依然紧绷，好像冰山从此不能劈开。

转往柴湾的地铁启动，她大踏步地坐下，他赔着笑脸跟着，却又不知说什么。旁边有一份丢弃的报纸，他漫不经心地翻看，忽地视线便黏在港闻版的一则新闻上，那题目赫然是：本港十分之一市民患上精神病。

2002年5月12日

（刊于香港《作家》2002年6月号）

认人：你肯定？

在迷离朦胧中，他以为身处《百万富翁》的现场。但回过神来，眼前的人并非陈启泰，而是便衣探员。我肯定，不过倘若认出那人来，以后会不会有什么大祸临头？

要考虑一下？

他点头。《百万富翁》有爱心锦囊相助，但他没有，是或者不是，全靠自己决定。是那个人了，他忘不了那个凶狠的眼神，即使蒙住那张脸，只露出一双眼睛，他也可以一眼认出来。是一双令人胆寒的眼睛，眼白多，一翻，便射出一股慑人的杀气。那沙哑的声音一直在他耳畔徘徊不去：不然的话，嘿嘿，就算逃到天涯海角，我也不会放过你。你不信，可以试试看。

脚给打断了，他成了瘸子，连女朋友也跑掉了。怒火在他胸中熊熊燃烧，如果可以的话，当然要把这个扑街绳之以法，尝尝铁窗滋味啦！香港是法治之区，哪里容得这帮人横行霸道！不过，倘若告不赢，那恶霸来个大报复，我无财又无势，谁来照我?

怎么样?是不是五十五十?

五十五十。心中七上八下。指证还是失忆?感情与理智在对峙中失衡。

人人都知道这家伙罪恶滔天，他相信警方也清楚。不过法律的原则是宁纵勿枉，明知此人有罪，但拿不出真凭实据让他认罪，你也无可奈何。怪不得那家伙高调地在镜头面前扬言:我相信警方，相信警方会保护守法市民，我是正当商人，是纳税人呀，警方怎么可以不保护我?

他相信这混蛋动手前，已经深思熟虑置身事外。有人便劝过他:喂，你要三思呀!听说那个人叫打手打你之前，都已经和律师详细研究过，不会牵连他，他才下命令的。你以为他是李逵呀?人家是“食脑”的，要不，人人知道他的臭史，还能够这样纵横天下?

要不要打电话，或者问现场观众?

打电话问什么人都没有用。现场观众?现场观众是没有的，问题还是要自己去面对。是，或者不是，都容易得很，问题在于所要面对的后果。

你怕呀?怕什么?这里是香港，我们警方不会让歹徒逍遥法外。只要你照实说出真相，警方会派人保护你，一天二十四小时贴身保护，你怕什么?

怕什么?怕的事情太多了!保护我?你们能够一辈子保护我吗?就算可以，我每天生活在死亡的阴影下，连与女人亲热，只怕也要被监控，一点隐私也没有，做人还有什么乐趣？万一疏忽了，说不定哪天就横死街头……

喂喂，你不要以为在拍电影呀！现实生活中，哪有这么恐怖？

难说，反正我没有信心。君子报仇，十年不晚，烂仔报仇，那就难说了。

那你就说死了，认不认得出来？

隔着单面镜，十来个“戏子”排成一排，他可以很轻易地指出那个凶手，但指出之后，自己恐怕无路可逃，而那家伙恐怕依然风流快活。

罢罢罢，退一步海阔天空，反正这一辈子瘸子是做定了，出了一口恶气又怎么样？

他望着那探员，木然说：认不出。

人家参加《百万富翁》，半途弃权还可以拿上支票走，我折腾了半天，浪费时间也不知死了多少细胞，却两手空空什么也没有。他似乎听到那探员蓦地扔下一句：下次再玩过啦！

2001年8月19日

（刊于香港《文汇报·文艺》2001年9月29日）

头　球

他当射手，蹿前跑后，满场飞奔。十二岁的他，有点踌躇满志的样子。

那球忽然高高地吊了过来，他猛然觉得福至心灵：此时不攻门，更待何时？！他看准方向，对着来球，一个狮子摇头，那球便急如炮弹，直往球门死角蹿去，他心中大喜，那欢呼声喝彩声响彻云霄。正飘飘然，忽地张开的嘴巴一麻，落地不自觉地捂着嘴，犹不知发生了什么事情。却见那同龄守门员阿虫抱着头呜呜大哭，一道鲜血从那光头上汩汩流了下来，在他脸上弯成了细细的血流。他不知所措，只觉得倘若没有什么表示，便是理亏，他也就跟着哇哇大哭。阿虫捂着头跑回家去了，他怀疑那是向家长哭诉，他一慌，也就一面哭一面反方向奔回自己的家去了。

逃回家里，他的心安定了一些。恰好他母亲刚买回他喜欢吃的芒果，他抹了一下强挤出来的泪水，张口一咬，觉得有什么不对劲，门牙牙床也隐隐作痛，他连忙奔到母亲的穿衣镜前，这一照，当堂傻了眼：只见面前那人张开的嘴巴，赫然有个黑洞！再一细看，那门牙不是不见了是什么！

这一惊，非同小可，那伤口竟然阵阵发疼。我的门牙呢？他思来想去，才想起那跟阿虫的一撞。金星乱冒，那刹那间，但当时发生了什么事情，却一点也不清楚。

痛定思痛，他才有力组装那片段：当他头顶那球落下时，反应慢半拍的阿虫才跃起接球，说时迟那时快，球漏接了，他张开的嘴正好撞到阿虫的头，两败俱伤。

阿虫的妈妈扶着受伤的儿子来投诉，他妈妈指着他的豁口反问，我儿子的门牙不见了，那又该向谁追讨？对方语塞，也就不了了之。

门牙不再，他不时在梦中奔跑，满场飞，头顶脚踢，欢呼声此起彼伏，俨然世界杯决赛周中阿根廷的梅西或葡萄牙的C·罗纳尔多或荷兰的范佩西。他跃起一顶，球没顶到，突然门牙一痛，他惊醒。哪里有什么世界杯？周围黑乎乎的，只有床头的闹钟在嘀嗒轻响，寂寞很深，像幽深冷冷的小巷。

可是，他那门牙哪儿去了？这年纪，他已经换牙了呀，断掉的不是乳牙，根本不会再长。他想找阿虫算账，又说不出什么道理来，只好哑巴吃黄连，再苦也说不出来。

他又昏昏睡去，朦朦胧胧中，他望见阿虫远去的头颅，在淡淡血色中隐去，却又生生长出门牙来，他仔细一瞧，那长出的带血门牙，似乎就是他的那一颗！

头戴他门牙的阿虫，好像拥有灵符似的，在绿茵场上如虎添翼，威风八面，活像所向披靡的球王。他看得眼睛发直，雄心壮志顿时给比了下去，他矮到趴在尘埃里，球王之梦破灭。那一撞，撞得他灵魂出窍，回归冰冷现实，那可悲的代价就是，不知向谁赔了一颗永不再生长的门牙。

2010 年 6 月 6 日

（刊于《香港文学》2011 年 2 月号）

签

忽然便到退休时间了，他很不习惯。那晚很闷，他跑到兰桂坊“1997”酒吧，在昏暗的灯光下，他竟与阿松狭路相逢，站靠在吧台边，那小子举起高脚杯，笑嘻嘻地对他说，何伯！您就好啦！也不用挨了！钱又大把，屋也大把，现在退休叹世界，我们做梦都想！他转头望着玻璃窗外闪烁的霓虹灯，嘿嘿干笑，心里暗骂，哼！我刚退下三天，你便这样消遣老子，好啊你这兔崽子……

想当初他大权在握，何等风光，公司里人人竞相拍马屁，唯恐拍得不够响，开始时他也不惯，慢慢地也就甘之如饴。半躺在大班椅上胡思乱想，忽地想起，那个阿松有三天没有来献媚了，反了他，要不是我破格提升，他现在肯定还是个不起眼的办公室助理，哪里能成三十多岁的年轻总经理，我的左右手？他一按阿松的内线分机，几乎吼着，阿松，滚过来！阿松三步并作两步，飞也似的卷到他门前，整了整西装领带，清了清嗓子，一脸讨好的面容，才举手轻轻地敲董事长的门，笃笃笃！

可是今晚阿松他竟然用这种平起平坐的姿态和他讲话，是可忍，孰不可忍！阿松很张扬地把手高高举起，把伙计招来，暴喝一声："埋单！"并且抢先签卡。

他强忍怒火，一副满不在乎的样子，仰头把杯中的白兰地一饮而光，哈哈！老弟你现在是老板的头马，以后多多关照！说罢，头也不回，扬长而去，把阿松晾在那里。阿松摇摇头，哼了一声，一脸的不屑。

他一路摇摇摆摆地回去，刚下过雨的街道清爽，微风吹来，把那些微的酒意也给拂醒了。这阿松，以前什么东西都要送上来签批，现在有毛有羽了，一杯酒罢了，竟然抢着签信用卡！想当年……

这才明白手中的审批权何等重要，现在没有签字权了，他摸了摸插在口袋的大班笔，明明硬硬的还在，却又好像空荡荡的，他有了巨大的失落感，手痒痒的，无处可以发挥。

几十年来，都习惯了，一进办公室，他就伏案审批堆积如山的文件。那时他嫌烦，看来看去，就找了阿松替他分担工作。人家老臣子议论纷纷，都说他任人唯亲，他冷笑，我阅人无数，难道分不清谁是忠的谁是奸的？我问你，你身边有没有这样一个人，公事私事大小事务巨细无遗都给你办得妥妥帖帖的？没有？那就得了！阿松就是这样的人选！我不提他提谁？

那也是实情。大家哑口无言。

可是，现在连象征权力的签名权也奉送给阿松了，一阔脸就变的阿松，他心里很空得慌。

回到家里，推门进去，灯下，阿娟正埋首在桌子前计数，他百无聊赖，凑前一看，原来是在计算当天的菜钱。鸡一只……白菜一棵……猪肉一斤……海参一斤……鱼翅一斤……

眉头一皱，计上心来，他对他老婆正色道，从明天开始，你要把每天买菜的菜单拿给我过目，让我审批！

阿娟白了他一眼，从鼻孔里哼了一声，你有病啊？有那个必要吗？

他很认真地说，怎么没必要？数目不大，但这是审批权呀！我拥有的主权，不容置疑！

2010 年 5 月 21 日

（刊于《香港文学》2010 年 7 月号）

时　差

是孤独中年还是哀乐中年，他也搞不清楚，只有每晚上网才是他最充实的时候。忽然收到一封电邮，是他的名字，但发件人却不认识。美宝？这个名字太普通了，但他并不认得一个叫美宝的女孩子。“你是不是打错网址？”“喂！洋葱头！你不要以为躲在香港就可以翻脸不认人了！”他一惊，他年少时的绰号，他早就忘了，如今有如当头棒喝，记忆之流回涌，一切都变得历历在目，只是，没有美宝这个人。难道是改了名？“什么改名？我英文名叫 Mabel，中文名叫美宝，从来就没有改过。我又不是逃犯，改什么改！你敢说不认识我？”他努力回忆，是有 Mabel 这个人。在英文书院里大家都 Mabel、Mabel 地叫惯了，鬼还记得她叫什么李美宝！

起初也只是打发时间，她在异乡寂寞，他在香港也寂寞。但一来二往便陷入一种难言的情境，她对他了如指掌，可他对她却一无所知。他常觉得他在明里，而她却在暗里，这叫他有一种恐惧感，他生怕他最隐秘的心思也让她给洞悉了，午夜从绮梦中惊醒，翻身坐起，他总是满头大汗，心怦怦乱跳，他怀疑有一双炯炯目光在窥探。但没有，除了风声夜色，只有床头的闹钟嘀嗒疾走，又有什么人了？但次晚便接到她的电邮：洋葱头！好坏！这样的梦你都做得出来！他目瞪口呆，莫非她是女超人，能够感应世间的一切？最令他尴尬的是，不知他跟她在梦中缠绵的画面，会不会也给她透视得一清二楚。但他口中却强辩，没有的事……好在她也并不纠缠，只是嘻嘻一笑，你也忒胆小了！

好像受到无形的怂恿，他慢慢就变得张狂了。起初只是文字上的越轨，不知不觉就变成了心理上的陷落。晚上他睡不着，甚至拨长途电话过去，听到她的声音从大洋彼岸传了过来，带着睡意，朦朦胧胧如在耳畔呢喃，似远还近，却飘拂而过，永远没有一个具象可以把握。“我的夜晚，你的早上，波士顿该是上午十一点钟，你却还没有起床。”“人家困嘛！”她的声音嗲嗲的，令他抓住话筒呆立半晌也说不出话来。这就是他认识的美宝吗？十五年前的李美宝干脆利落，哪会这般慵懒？是女人味吧？她咯咯乱笑，他想象她颤成了春风中的一树桃花。她在电话中说：“是吗是吗？”他旁边的计算机便现出一张她电邮过来的相片，彩印效果不太清晰，但二十岁的李美宝的轮廓隐约还在。

莫非，这就叫缘分，即使她跑到天涯海角，不经意间便与他迎头相撞。

她说：“等我回来，回来了以后，你我就没有时差了。”

没有时差又怎么样？

“噫……”她拖长音调发了个拐个弯的第三声，他恍惚见到她扭了两扭，“你衰呀你！没有时差便是你和我拥有共同的白天和夜晚，你不寂寞，我也不寂寞，香港那么热闹……”

他一阵心猿意马，并且开始倒数日子。

美宝在电邮中写道：我马上起飞了，明天晚上，你我就拥有共同的时间了！

有共同的时间，也有共同的生活了！他狂喜地那么一想，但觉此刻便是地久天长。

但时间过去了，美宝却毫无音讯。他等得焦躁，细细揣想着各种可能，猛然打了个冷战，空难！他的脑海变得一片空白，等到定下心来，这才明白自己吓自己：这两天并没有飞机失事的消息。

美宝好像从此便在人间蒸发了似的，再也没有只言片语。迷迷糊糊睡去，在计算机前，他忽然成了菜鸟，原本想要copy，结果却是delete。乍醒蒙眬照镜，他看到的是一张沧桑中年的脸。

怔忡良久，他忽然怀疑：到底有没有一个叫美宝的人存在过？

2002年8月1日

（刊于香港《文学世纪》2002年9月号）

短篇小说

冬　夜

临近午夜了，熙熙攘攘的夜市尚未冷落，大街上红男绿女仍在徜徉，而绿岛餐厅宽敞的卡座上却已经空无一人。它那临街的玻璃门的内侧悬挂着一层墨绿色的布帘，使餐厅与五光十色的霓虹灯闪烁着的外部世界隔绝了，自成一块寂寞的小天地。若明若暗的几盏壁灯，仿佛瞌睡者的眼神，无精打采地映着几个疲惫的侍者的身影。

“工作了几天，你有什么感受啊？”酒水部的王强站在里头，隔着柜面向张诚问道。张诚是一个星期前才来这里当侍应生的。

“还好。我只求糊口，根本不去计较什么。”张诚漫不经心地答道，扫了还只有十六岁的王强一眼。他忽然发觉那张脸上已经开始爬出了几道轻微的皱纹，上唇也冒出了绒毛似的胡子，看上去显得比他实际的年龄要苍老得多了。他心里一沉，随即电光火石般地联想到比王强大了几乎十岁的自己，虽也还不算老，但是这几年来饱尝生活的煎熬，岁月不也无情地在自己的身上留下显著的痕迹吗？张诚万念俱灰地叹了一口气，随身往柜台上一靠，自言自语似的，他幽幽地补充了一句："对我们来说，也不可能去计较什么。"

王强怔了一下，看了看满脸阴沉的张诚，随即好像被那压抑的气氛感染，他机械地转动着手中捧着的盛了半杯茶水的玻璃杯发愣。两个人隔着几乎齐胸的柜面相对默然。

"你知道，"过了片刻，张诚望了正低头沉思的王强一眼，便把视线移到天花板上去，若有所思地缓缓说道，"这个年头，失业的人那么多，我如果能够在这里混下去，不被老板炒鱿鱼，已经算是幸运了。你说我还能要怎么样呢？"这时，低音喇叭中传出如怨如诉的女声，在唱着一首什么歌，缥缥缈缈地，仿佛从遥远的天边飘了过来。

忽然，从餐厅的弹簧门跨进来一个身材魁梧的年轻人，他满不在乎地游目四顾了一下，才摇摇摆摆地找了个位置坐下。职业性的反应，使张诚从迷茫中立即惊醒过来，匆匆奔向来客。他隐约觉得那人从街上挟带而来的一股寒气扑上他的脸，原先室内的温度，竟使他一时忘记了这正是二月天。张诚漫无目的地望了一下那客人，忽地一愣。他俨然觉得有些面熟，但仓促间又想不起来到底是在哪里见过。那被掀起来的思潮在他脑海中澎湃着，一发不可收了：一个又一个久违了的名字，闪电般地涌现与消逝，但终于都没有对上号——虽然他心中断定自己是认识来人的。

端去了客人所要的咖啡，张诚又回到了柜台边。他看到王强正伏在柜面上注视那来客，不由得沉吟着问道："你认得他吗？"

"唉！那是大明星廖化呀！能不认得吗？"王强脱口答道，接着好像才发现有些不对，他赶紧自我解嘲，"我是认得他，只不过他并不认得我呀！"说着，他有些难为情地笑了，那笑容流露出合乎他那种年纪的稚气。

"大明星？"张诚恍然大悟似的，"怪不得我也觉得面熟得很呢！"

话虽是那么说，但张诚的心里却还在固执地继续追寻答案。十年来，他很少踏进电影院的大门，一向对明星并不熟悉，所以在他的脑海深处其实并不相信自己果真是从银幕上认识那人的。他转过头来再度向来客望去，只见廖化正在用右手的拇指、食指和中指夹着半截燃着的香烟，而嘴角上挂着一丝冷冷的笑意。那特殊的动作和表情顿时使张诚的思维捕捉到一个相似的面孔：他上中学时的同学王利成。他的心一震，连忙问王强道："廖化不是他的真名吧？"

"谁知道呢？"王强漫声应道，"让我想想。哦，对了，好几年前我好像在什么娱乐杂志上看到，他原来姓王。你问这干吗？"

"他确实姓王吗？"张诚并不回答王强的问话，双眼盯住了他，迫不及待地追问道。

"我记起来了，是姓王。因为与我同姓，当时我还莫名其妙地感到有些光荣。现在想起来是多么可笑！不过那时我是个标准影迷哩！”说着，王强把眼光移向别处。

“那我可认得他了。”张诚欣然地说，他并没有注意到王强显得有些忸怩的动作，接着一个箭步便跨了出去。

“喂，你……”措手不及的王强感到突然，他不明白张诚想要干什么，他只来得及讷讷地吐了几个字，张诚早已头也不回地迫近廖化的桌边。

“你是不是叫王利成啊？”张诚迎面就热切地开口问道。

被惊动的廖化困惑地看了张诚一眼，随即流露出不耐烦的神气，从鼻子里哼了一声：“唔。”

张诚并没有注意到他的表情，听到这句肯定的答复，他更忘形地抢上一步，摇着廖化的肩膀就叫：“哈！利成！你什么时候成了大明星？！”

“阁下是谁？有什么指教？”廖化看到这个身穿红色制服的侍应生竟然做出这样亲热的举动，不觉感到大失身份，语气中已经明显地带着勃然大怒的味道了。张诚蓦然吃了一惊，他急忙缩回了手，退了两步，但还是忘情地叫道：“我是张诚！张诚呀！上中学时我和你同座的呀！你记得吗？”

廖化愣了一下，他茫然地看了看那在极力唤醒他的记忆的人。他为众多的影迷所包围，除了来头比他大的人，他是很少记住什么人的。一会儿，他才含糊地“哦哦”着，那声音仿佛塞在喉中不愿出来，满脸的冰霜顷刻间挤成一团麻木的笑容。他迅速地将那杯咖啡一饮而尽，起身道：“对不起，我还得去拍片。再见再见！”匆匆地付完账，他随手往张诚的手中塞了什么东西，便扬长而去。这唯一的顾客的离座，终于使曾经有些生气的餐厅重归沉寂。

看着留在手中的一元硬币，张诚感到受了极大的侮辱，他慢慢地踱了回去。王强望着双眉紧蹙的张诚，探起上半身问道：“你们认识呀？他认你吗？”

张诚惨然地苦笑了一下，没有回答。忽然他又感到了手中那块硬硬的东西，一股愤怒的情绪使他抑制不住地叫了起来：“临走还给我一元小账，妈的！这不是明明在给我一记耳光吗？”说着，他捏紧了手中的那块硬币，狠命地往地板上摔去。那小圆片骨碌碌地滚了很远，不知道在什么地方失落了。

“我看他是怕你会求他帮忙吧！”王强轻轻地用右手的食指机械地敲着柜面，这样估计道。张诚听了，不禁又回想起廖化那匆匆离去的背影，他心头一震，忍不住叫屈道：

“笑话！我怎么会那样不识相？只不过是老同学久别重逢，想叙叙旧而已。你说，我是那样的人吗？”

“你的想法我了解，但人家可不会理你这一套。他总是多一事不如少一事。”

张诚惊疑地看着王强，问道：“你怎么知道得那么多？”

“别忘了，这里是餐厅，各种人物经常出入。天长日久，我自然就熟悉他们的想法了。”这时的王强仿佛一下子又变得老成了。

“唉！”张诚的叹息声包含了复杂的情绪，“我原以为千变万化，是人总还有一点人情。”

“人情？”王强撇了撇嘴，冷笑着说，“人情值多少钱一斤？现在他是大明星，拍一部片拿十几万；而你是侍者，一个月只有三四百。大家身份相差得太远了，怎么可能谈到一起呢？”

听着听着，张诚不由得低下了头。这时煤气炉上刚煮沸的开水，发出嗤嗤的声音，化成了股股蒸汽从壶嘴急剧地冒了出来，飞升到天花板上去，王强快步地去熄火。

张诚打了个呵欠，觉得有了困意。看看壁上的电钟，已经是两点钟了，他想：还要再挨一个小时呢！他朦胧地记起每次在万籁俱寂的冬夜中走回家时又冷又乏的苦处，思量道：“哪一天我也可以像那些无须为生活奔波的人们一样，在午夜前钻进被窝里，哪怕只是一夜，也该有多好！”

正在编织如意的梦，张诚突然一惊，醒了过来。原来他打了一个猛烈的盹，头都几乎碰到柜面上了。他揉了揉又重又酸的眼皮，觉得清醒了一些。这时，冷意又开始袭上他的心头。

1974 年 4 月 24 日

（选自《香港内外》，福建人民出版社 1982 年 6 月初版）

强者的力量

戏台上锣鼓锵锵，琴弦悠悠，浓妆艳服的演员施展着浑身解数，咿咿呀呀地唱着；听得兴起，易老巩便大声叫："好！"一面举起啤酒一口灌下去。这已经是今晚的第六罐了，晚饭时他还喝过一点白酒，酒精在他体内的反应使他有些醉眼蒙眬，酒味吓得旁人纷纷走避，他却懵然不觉。

阴历八月十六的圆月明晃晃地高挂天空，这一晚易老巩实在太高兴了。长年泡在海上，捕鱼卖鱼，他那五短身材在风吹雨打日晒之下，变得黑黝黝像涂了一层炭似的。从呱呱坠地开始，四十年来的渔船生活，造就了他那铁塔般壮实的体态，这似乎令陌生人对他增添了一丝不可捉摸的神秘感——人们的敬而远之并不是毫无来由的。也只有在佳节期间，他才能够抽空进城凑凑热闹，赶上"追月"，就算昨晚是中秋，他还是不得不整天困在船上颠簸呢！

维多利亚公园的看客越来越多，密密麻麻地挤得几乎水泄不通，到后来人们再也无暇顾忌易老巩了，他们摩肩接踵地到处乱挤。易老巩的视线开始被黑压压的头颅遮来遮去，再也不能怡然自得地继续看他的戏了，他感到十分扫兴，便举手狠狠地将那罐子往地上摔，站起身来便走。那哐啷的一声响，吓得附近的一对情侣回过惊恐的眸子，注视着他的背影摇摇摆摆地远去。

还未到达易老巩停船的海边，他就下了车。车厢内的空气使他觉得窒息，只有回到自由的天空底下，他的心情才舒畅一些。迎着夜风，他解开了胸前的两粒纽扣，晃晃悠悠地走着，而在显得有些混乱的脑海中，却金星乱冒地闪现出演员飘飘舞动的身段、戏服琳琅满目的色彩以及唱腔抑扬顿挫的旋律，他不由得飘飘然，几乎又唱出个“好”来。

突然间，一股强劲的风迎面吹来，扑得他酒意醒了几分。他停住了脚步，谛听了一会儿，脸色一变，连忙加快脚步向前赶去。那急风似乎在故意找他的晦气，起先只是间断袭来，接着便连贯下去；它扬起街道上的碎纸片，接着刮起了尘土，直向易老巩的眼皮里边猛钻。他倾着上半身使劲地顶着，想要小跑步，但那狂风却压迫得他举步维艰。

易老巩心急如焚，终于远远望到海边了，那海涛汹涌，一浪高过一浪地正向岸边冲来。漫天的乌云，把天空压得很低很低。也不知从哪里来的一股神力，他好像挣脱了羁绊的野马一样，没命地狂奔起来。

他的那条渔船，在浪涛的夹击下，摇摆不定，而他的妻子李月好和十岁的大女儿银娣正在舱面上忙成一团。他奋身往船上一跳，还没站稳，一个浪头打过来，船一侧，他就在舱面上滚了开去。

“快！把斧头给我！”易老巩只觉得腰间一疼，他也无暇顾及碰到什么硬物，只是想到，解缆已经来不及了，他便直着喉咙吼了一声。

李月好踉踉跄跄地将斧头递了过去，易老巩趴在那儿，等船的摇摆没那么厉害的一刹那，他便跳到船舷，一斧头便砍断了系船的缆绳。那船即刻像断了线的风筝，飘飘然地荡出海面。易老巩的眼睛同时也瞟到海上飘荡着一片明灭着的“风筝”。

“孩子呢？”易老巩一面开动马达，一面大声问道。他指的是两个小的，一个两岁，一个四岁，都是男孩。

“他们都已经在船舱里！”李月好一面清理舱面上的杂物，一面提高嗓门答道。

夜色浓重，狂风卷着浪涛前赴后继地袭来，黑压压地仿佛想要无情地把船连人一口吞去。易老巩开始感觉到有点力不从心，那船儿似乎不大听话，他不由得高叫了女儿一声：“银娣！快帮你妈一把，快！”

被这空前的惊涛骇浪吓得发愣的银娣，这才省悟过来。她从舱面小心翼翼地往她妈妈那边蹭去，在浪峰间起伏的船儿，像摇篮似的把她晃得东歪西倒，她刚从一跤中爬起来，一个巨浪打得渔船一倾，还没站稳的银娣连扶一下的地方也没有，只来得及喊了一声“妈呀”，便身不由己地弹出船外，卷进海涛中去了。

易老巩正在专心控制马达，突然听到妻子惊恐而嘶哑的嚎声，他吃了一惊，开口便骂道："你叫什么你？！怪吓人的！"

"银——娣——银——娣——"李月好狼嚎似的继续呼叫着，好像根本没有听见易老巩的斥责一样，同时不要命地转舵，那船十分吃力地转回头，这时易老巩才明白发生了什么不幸的事情。他再也顾不得马达了，一下便扑到李月好的旁边，一面帮她把舵，一面吃吃地问道："看到了吗？看……看到了吗？"

但是夜海茫茫，风大浪高，哪里还看得见什么？李月好像要往海中跳去，却被易老巩死命拉住。就在纠缠着的一瞬间，无人把舵的渔船已经被海浪冲走了好几里。易老巩一巴掌击在李月好的脸上，才把她从狂乱中震醒过来。她爆发出来的哭声，颤巍巍地夹在海涛的呼号中，连见过不少世面的易老巩都感到毛骨悚然。他一手把着舵，一手拉着李月好，颤声说道："你冷静些，我们……还有两个……小孩！"说完，他觉得舌头触到带着咸味的液体，他也弄不清那到底是海水还是泪水。

李月好一言不发，转过死灰的脸庞回来掌舵，但一双泪水不断的眼睛却死死盯着乌黑一团的海面，再也无法挪开。易老巩不忍再去看她，女儿的失踪又使他的心泡在一片酸楚的苦海中，像木雕似的在轮舵旁凝住了。

易老巩白天动身时，银娣就曾经恳求易老巩道："爸爸，带我去吧！我从来就没有看过大戏的呀！"

"你去个屁，怪烦人的，你懂什么？去了还要我分心照顾。

不行不行！”易老巩乐得独来独往，一口便拒绝了。

“爸爸，我会听话的，我不会乱跑。带我去一次吧，好吗？”银娣依然不死心地哀求着。

“你就带她去一次吧！”李月好也帮女儿的腔了，“她也怪可怜的。”

“不行不行，我最不爱拖儿带女的了。”易老巩犹豫了一下，结果还是双手乱摇，扭头就走，口中还嘟囔着：“你要去，就自个儿去吧！”

如今回想起这些言犹在耳的话，深深地刺痛了他自己。他多么后悔自己的态度生硬，如果此刻他能够再见到女儿一面的话，他一定会不顾颜面，当面大声忏悔，求得她的原谅，并且即刻带她去想要去的每个地方——但是这都已经太晚了！

附近的水上人家，对银娣简直就是赞不绝口。他们常常羡慕地对易老巩说：“老巩啊，你有这么一个勤劳能干的闺女，真不知是前世积了什么德！”这时，易老巩就开心地张开嘴巴，嘿嘿地笑了。但当他看到女儿的视线望过来时，他忙又收起笑容，若无其事地走开了。

但是银娣呢？现在已经不知被刮到什么地方去了。易老巩这才痛苦地发现，这十年来，自己从来没有当面流露过一点父爱——也许银娣从来也不了解父亲对她的那份柔情吧？想到这里，易老巩不禁伤心欲绝。他愿意付出一切代价，只要能让女儿明白自己心里还是疼爱她的。

渔船的颠簸越来越厉害，马达已经失去了作用。易老巩蓦然发觉四周除了风的怒吼和浪的狂笑，就只有一团浓墨似的黑夜，把自己紧紧地包围住。好像除了这条船，世界上再没有其他东西存在了。一股黑色的巨浪，张着雪白的利齿，声势汹汹地从右面向船咬了过来。“喂！抓紧舵，别放——”易老巩的“手”字还没有吐出来，横飞过来的海水就呛得他猛烈地咳嗽。他晃了一晃，只觉得身旁的李月好双眼呆滞，木然不动，完全失去了昔日的活力。易老巩的舌头又舔到一股咸味，“我不该打她一巴掌。”这样想着，他顿时心酸得几乎站不住脚跟。那船刚从浪峰滑下，另一股浪头又从左边向船舷扫过来。易老巩赶紧闭气合眼，双手牢牢抓住船舵，在令人心胆俱裂的海上风暴的桀桀怪笑声中，似乎听到李月好闷声闷气地哼了一声，他连忙睁开湿漉漉的眼睛，明明就在身边的李月好却已经不知所踪。他用手迅速地抹去脸上的水珠，拼命睁大眼睛，一面声嘶力竭地叫道：“你——在——哪——里？”那发抖的嗓音即刻被狂风吹散，扫遍了全舱的视线，却始终没有点起心头希望的火焰。他明白，一个新的灾难已经无情地加在他受创已深的心灵之中。他什么也看不见，两个躺在舱底的幼儿又阻止他离开岗位，他苦涩地想要大叫：“天呀！天呀！”但又疲弱得喊不出声来。他发觉双手痛得要命，张开右手，举到眼前，他似乎看到一种深色的黏液正在手指间渗出，他连自己的嘴唇也都给咬破了。

风鼓动着浪，肆意地戏弄着这汪洋中的小船，就好像猫玩弄爪下的老鼠一样，它一会儿把船抛得高高，一会儿又把船按得低低，然后嘻嘻哈哈地在船身上追逐。易老巩虎眼圆睁，他知道这狂风巨浪不怀好意地试图吞噬他，他咬紧牙关，绝不示弱。一种强烈的求生欲望油然从心底生起：“我就不信你能够把我们一家赶尽杀绝！”他紧紧地抓住船舵，顺着风浪起落，顽强地搏斗着。他见风使舵，灵巧地避开怒涛多次的正面扑击。他感到精疲力尽，但这时风势减小了，那浪涛眼看无法大获全胜，也就偃旗息鼓，收兵而去。易老巩重重地吐了一口气，浑身乏力地躺在舱面上，他刚要闭上眼睛休息一会儿，忽然狂风乍起，一个突如其来的浪头竟把毫无提防的船儿打翻。那浪涛阴笑着转了几圈，眼看着易老巩在海面上浮沉，这才满意地呼啸着远去。

在昏昏沉沉中，易老巩猛然被扫到浪涛之中，一连灌了几口咸水，才完全清醒过来，并且本能地舞动手足，不让自己沉下去。他费力地搜索自己的船只，但除了漫过他身子的黑沉沉的海水，什么也看不清楚。他突然感到寂寞的恐怖，好像普天之下，只剩下他孤伶伶地在无边无际的汪洋中漂荡。想起支持着自己求生的两个幼儿大约也难逃一死，他就几乎失去一切勇气，但是潜在的一种力量却又使他抗拒着灭顶的威胁。在半昏迷中，他的双手在无意的挥动中撞到了什么东西，连想也来不及想，他顺势就一把抓在怀里，他感觉到自己抱着的是一块不知哪儿漂来的船板。

终于风平浪静了，易老巩全身的骨架好像要散掉一样。紧紧地搂住那块船板，沉重的眼皮便迫不及待地合了上去。他在似睡非睡的状态中，迷迷糊糊地做着断断续续的梦。结婚那天李月好含羞的笑脸，已经是十一年前的事了，易老巩从来也没有回想过，这回却在他的梦中轻飘飘地滑来，而使他那颗粗犷的心，顿时柔和得可以谱成一首抒情曲。他正处在柔情蜜意之中，一阵魔鬼似的凄厉怪笑萦绕，易老巩伸出去的手竟什么东西也没有触到。“月——好！”易老巩的一声喊，又把他自己呼唤到现实中来。睁眼一看，除了冰凉的海水，哪里还有什么东西?

“我真不应该打她一巴掌啊！”易老巩痛心疾首地想着，他又感到一股咸味触到舌尖，他还觉得眼前有点什么不同。他那迟钝的脑袋思索了好一会儿，才发现天边已经发出蒙蒙的光亮，借着那光线，他看到海面上狼藉地漂浮着好些船只的碎片。他使劲地眨了眨又酸又涩的双眼，凝视着东方。但他的精神却像随时要崩溃一样，不断地悄悄溜走。他在刹那间发现自己重重地打了一个盹。不知过了多久，他突然精神一振，海平面的尽头处，一团红色的光影破海而出。不久，血红的弦形东西冒出海面，冉冉升起。他眼看着那弦形的东西显出越来越大的面积，变成半圆，变成大半圆，变成圆形，突然间从海面跃出，镶在天际，染红了整个海面。海上看日出，易老巩并非生平头一遭，但是以前却没有这样震颤他的心弦。家破人亡固然使他痛不欲生，但劫后余生又使他恍如隔世，因而感到眼前的景象空前壮丽。

等他再次从昏睡中醒过来时，他发现自己已经躺在海滩上。他用疲乏的眼神询问蹲在他身旁救护他的两个年轻渔民，其中一人似乎猜到了他的意思，答道：“你在近海漂浮，我们把你救了回来。”

易老巩感激地点点头，他望见许多渔民在忙着救人，突然觉得一切恢复正常了，他一跃而起，对着那个年轻人说：“走吧，我跟你们救人去！”一边率先向海边走去，那两个年轻人犹豫地交换了一下视线，明明知道挡他不住，只好默默地跟在他后头扬帆出海，搜寻遇难的其他渔民。

到了傍晚，用船把最后一个刚搭救上来的渔民载到一处海滩急救的时候，易老巩意外地发现自己的那条渔船正背底朝天地在那里搁浅。他跳下船，踉踉跄跄地直往那边跑去。靠近时，他好像听见孩子的哭声。他简直怀疑自己还在睡梦中，便使劲地咬了咬那干裂的嘴唇，感觉到一阵疼痛。易老巩不顾一切，回头抄了一把斧头，又跌跌撞撞地跑回来，朝着那已经残破不堪的渔船砍了几下，很快地便见到他的两个儿子正哭得一塌糊涂。原来船被打翻后，由于空气压力的关系，海水竟然无法灌进舱底，两个孩子也就这样捡回了性命。

易老巩双目含泪，抢上前去，一手抱着一个孩子，迈开蹒跚的脚步，向前走去。

“我实在不应该打她一巴掌啊！”走着走着，他突然觉得两行热泪沿着脸颊滴了下来。

1978年7月23日

（刊于香港《海洋文艺》1978年10月号）

平安夜

“Silent night, holy night……”汪春霞一边轻声哼着《平安夜》，一边从手袋里掏出一串锁匙，响起了一阵金属碰撞声。她把车匙插进那黑色“平治”牌汽车的车门，猛然觉得有人拍了拍她的右肩。她吃了一惊，回头一看，只见一个穿着灰色西装的年轻人，二十来岁的样子，右手持着一把利刀，左手食指往嘴唇一竖，示意她不得作声。

几乎脱口而出的喊声凝固在喉头，汪春霞的心“咚咚”乱跳，悄悄地瞥了一下四周偌大的停车场，只在远处有一个人在取车。她想，假如她扬声呼救，那个人一定会听到，但要是眼前的这个人发起恶来，只要把刀轻轻一送，那就完了。她不敢造次，唯有依照对方的要求，让他坐到后座去。她发动了马达，车子就缓缓地驶出停车场。在通过闸口时，管理员伸手收票据，汪春霞想到示警，但她从照后镜上望见那人的身影，很紧张地向前倾。她隐约觉得，那柄握得很紧的利刀，随时都可能刺来。她不敢下这样大的赌注。

车子驶进轩尼诗道，汪春霞恐惧地思索着：不是劫财，便是劫色，劫财倒也还罢了，假如劫色，那就不得了了。结婚两年来，家庭生活平平稳稳，但万一发生什么不幸，难保丈夫会怎样想。他是名流，他绝不能容忍自己有什么差错，即使她如何万不得已，也不成。要是我长得丑一点，那就好了，这个人就不会注意我，我就没有危险了。可是，丈夫呢？他看上我，不正是因为我漂亮吗？漂亮好，还是不漂亮好？她苦苦地想要获得明确的答案。汽笛声蓦然地在后边大响，吓了她一跳。一看，才发现交通灯已经转绿，她连忙启动车子，一边怯怯地问道："上哪儿去？"刚开口，她立即后悔了，如果她不出声，那就可以随她意，开到哪里都无所谓；她一出声，倘若他要她开到飞鹅那样偏僻的地方，去，还是不去？

"随便。"那人轻轻地应了一句，顿时使她松了一口气。她暗暗拿定主意，就在闹市中穿行。当车子从中环转回铜锣湾时，她望见两个警察就站在路旁，她使劲鸣了两下汽笛，试图引起他们的注意，可他们连望都不望过来，她不敢做得太露痕迹，免得令那青年生疑，只好懊丧地继续向前行驶。

"你怕不怕？"沉默了许久，那人忽然低低地问了一句。

"不怕，"汪春霞强笑了一下，"你那么好的人，不会伤害我的，是吧？"

"你不觉得我是坏人？"那人苦笑了一下，很不相信地摇了摇头。他摸索着抽出一支烟，点上火，吸了一口，才问道："可以吗？"

“Sure。”汪春霞话一出口，立刻发觉自己说了一句英语，她担心对方听不懂，连忙用中文补救：“当然可以。”她直视前方，不敢乱动，视线却不断瞥向街道两旁。无助的感觉，使她埋怨起她的丈夫。今晚是平安夜，本来说好下班后他来接她，去中环吃圣诞大餐，可是，他临时却打电话说，公司还有点事要处理，叫她先回家等他。近几个月来，他似乎特别忙，再也不像新婚时那样如影随形。她心里感到纳闷，但始终没有追问过他。她想，他在外边奔波，已经很累了，回到家里，当然希望松弛一下，自己何苦又去烦他？

那一晚，她婉转地告诉他说，她很闷。“闷？”他笑了笑，随口说，“不如你去打理在铜锣湾的那间珠宝公司。你喜欢珠宝，又可以打发时间。”她想了一想，觉得也好。不然，每天待在麦当劳道那两千多平方尺的花园洋房里，与那些女佣和花匠相对，实在无聊得很。

“如果有个孩子就好了，我也不至于这样闷。”她这样想道。脸忽然一热，她瞥了一下照后镜，只见青年紧皱眉头，一口又一口地猛吸着香烟。那白烟从鼻孔喷出，缭绕在车厢里。她的鼻子忽地一呛，忍不住咳了两下。

“你怕闻烟味吗？”那青年一边问，一边把烟头往玻璃窗一捺，随手一丢，道，“对不起。”

汪春霞一怔。她认真地盯着照后镜，才看清那青年瘦瘦的脸庞，头发不太长，淡淡的眉毛下，有一双惊慌的眼睛，那张嘴抿得紧紧的，仿佛还有点神经质的颤动。汪春霞的恐惧退去不少，她相信他并不是十分可怕的敌人，她应该利用她本身的魅力，加上口力，将他解决，正如她在商场上所采取的策略一样。但她也明白，这是不同的对手。在商场上，即使与对方谈裂了，最多也只是损失金钱；而面前的这个敌人，倘若自己有什么不得当的言行，他很可能会被激怒，恶向胆边生，那时，后悔也来不及了。是的，我必须谨慎地试探，看看他的反应如何，再作打算。这么一想，她镇定了一下自己，柔声问道："先生，我冒昧地问一句，你有什么困难吗？如果我帮得上忙的话，我一定尽力。"

那青年怔怔地看着手上的那把刀，过了一会儿，才抬起头来，答非所问："小姐，你真的不觉得我是坏人吗？"

"当然真的。"二十六岁的汪春霞，明知自己比实际年龄还要青春，也止不住为对方的称呼而涌现一股高兴的潜流。即使愁眉不展，她的脑海也闪过这么一个念头：小姐？我还像未婚少女那么年轻吗？还是他在奉承我？进一步一想，自己现在无异于捏在他手心里，他有什么必要来讨好？她猛然一喜，喜悦的浪潮刚刚滚过，她马上掉进现实中。她意识到她面临的严重处境，不禁又忧上心头，接着想说的话，一下就咽进肚子里。

"小姐，到底什么叫好人，什么叫坏人？"那人似乎并没有注意到她的欲言又止，再次发问。

汪春霞根本没有心情与他讨论这个问题，但她一想，倘若保持沉默，局面可能会朝更恶劣的方向扭转，她必须敷衍，尽量分散他的精神，不让他的歹念滋长。可是，她实在也搞不清这个问题的确切分界，只好信口答道："多数人都是好人，坏人是很少的。像先生你，就是好人；杀人放火的，才是坏人。"

"我是好人？"那人忽地嘿嘿一笑，收起了刀，"小姐，你不要哄我欢喜了。我知道，我有刀在手上，你怎样都不敢说我是坏人，是不是？你怎么知道我不会杀人放火，越货强奸？"

汪春霞大惊失色，手一颤，竟将方向盘扭向右边，车子冲向旁边正行驶的一辆灰色丰田牌汽车。她慌忙紧急一刹，同时对方刺耳的刹车声也突进她的耳膜，两辆汽车在刹那间凝在利舞台左侧的街心，只差几寸就撞在一块。丰田牌汽车的司机，是一个戴金丝边眼镜的男人，三十来岁的模样，因为愤怒而扭歪了那瘦长的脸，头伸出车窗外，斥道："有没有搞错啊？你会不会驾驶啊？黐线！"汪春霞连声道歉："Sorry! Sorry!"后头一片车子的鸣笛催促声，以不同的音量和长短，一致焦躁地怒吼，又陡然增添了她的几分慌张，一时手足无措起来。

"怎么回事？"那人脸色一沉，低喝道，身子很分明地向前一扑，几乎贴住她座位的靠背。

"我……"汪春霞张口结舌，想要分辩，却又不知从何说起。她看到一名警察从人行道那边匆匆走了过来，她认定救星来了，眼睛不由得睁大。

"小姐，我不想伤害你，希望你也不要伤害我。"那人觉察到局面有些不利，右手往怀里一伸，汪春霞觉得他又把刀子抵在她靠背后头。她听到那人又低声道："你的上身要贴住靠背，不准离开！如果你不照做，不要怪我不客气，最多大家一起死！”

“我知道，我知道。”汪春霞吓得魂飞魄散，那冰冷的刀锋仿佛随时都会力透而来。她拼命点着头。

“不准那么紧张，放松一些。警察来的时候，要微笑，微笑！我就看你怎么办了！”

那人匆促地命令了几句，警察已经赶到跟前，弯下腰，头伸向司机位，问道：“怎么一回事？”

“没什么，一时不小心。”汪春霞强装的笑容，仍掩不住紧张的神态。但那警察误以为她是由于几乎撞车而受惊过度，也不理会，又踱到丰田牌汽车司机座位边问了几句。

“多谢你合作，小姐。”那人松了一口气，轻声道，声调也温和了许多。

汪春霞心里懊恼不已，却又不得不苦笑了一下，算是对他的回答。这时，警察又走了回来，提高嗓子，朝汪春霞道：“算你走运，没有撞上！那位先生也不想追究，难得今晚是平安夜，大家平平安安，就这样算了！”说着，他挥了挥手，示意汪春霞可以继续行驶。汪春霞打了几个眼色，但夜色已浓，可能是灯光不够充足，那警察毫无反应，末了，还回头叫道：“以后小心点。如果不是平安夜，你就没有这么好运了！”

眼睁睁看着难得的脱险机会失掉，汪春霞几乎浑身乏力。她万念俱灰地重新发动马达，车子缓缓地拐向礼顿道，那人的身子也离开了汪春霞的靠背，往后座的靠背一躺，沉沉地呼了一口气，忽地发话：“向左拐！”汪春霞一愣，也来不及细想，就把车子弯向黄泥通道。路灯暗淡，街道两边不时有树影摇过，正驶着，那人再度开腔："靠路边停下！"

汪春霞又吃了一惊，却无可奈何。她把车子开上靠着跑马场的空地上。车一停，最慌乱的时刻已过，她不禁暗自庆幸，觉得这个地方虽然并不热闹，但总比前面不远的坟场要好得多。要是被逼到那里去，后果会怎样呢？但眼前这环境，也并不见得有多大安全感。她的眼珠乱转，想要捕捉人影，不料连一个行人也没有。蓦地，她的心又沉进了恐慌的深渊，感受到一种临刑前的痛苦煎熬。

沉默了一会儿，那人叹了一口气，说道："听听收音机吧，好吗？"

汪春霞心中暗骂："假客气！伪君子！你刀子在手，不论你说什么，我哪能不听？"但她的手一点也不敢怠慢，立即扭开了开关，流泻而来的，竟又是那首《平安夜》，那女歌手以温柔宁静的音色，唱着："Silent night, holy night……"她又醒悟起来了：这是平安夜。她瞥了一下腕上的手表，已经八点多钟。本来，这个时候，她应该正与她丈夫坐在旋转餐厅享受烛光圣诞大餐。可是，眼前哪里有什么大餐，只有一个持刀的陌生人，在盘算着她还摸不准的意图。想到圣诞大餐，她才感到肚子有些饿了。饿是饿，但就算有山珍海味，她也咽不下去。她盼望的，是尽快摆脱这困境。她往照后镜一瞄，暗影下，那人低垂着头，好像沉浸在正播着的《平安夜》中。应该抓住这个机会冲出去，但冲出去以后怎么办？即使呼救，四周也没有人可以援手。自己刚跑两步，恐怕就会被赶上，自讨苦吃。但不试一下，岂不是自我放弃？汪春霞还在犹豫，那人已经抬起头来，和气地说："小姐，今晚是平安夜，打扰你，不好意思。不过，我是迫不得已。我炒黄金，炒到欠债，我想借点钱来周转，不然的话，人家不会放过我。"

节日的气氛，悄悄地柔和了汪春霞的心境，听到那人的语气既缓和又可怜，她不觉减少了几分恐惧。想了一想，她搜索了一下手袋，只有二千元现金。"我开支票给你吧，好不好？"她回过头去征询意见。

"支票？"那人摇了摇头，"银行连放三天假，叫我拿着支票上哪里提钱？而且，你要是暗中通知警方，我不是完蛋？"

"不不不！"汪春霞觉得他的语调似乎冷峻起来，急得她双手乱摇，"我不会那样做的！"惶惑中，她的眼光扫到左手无名指套着的钻石戒指，就一把摘下来，连同那现金一起递了上去："这钻戒至少可值几万，你拿去应急。"

那人迟疑了一下，才双手接了过去，看了一看，说道："小姐，我实在是迫不得已，这些算是你借给我的好了，我一定会想办法还你的，真的。"

虽然在心里冷笑，但汪春霞还是按他的要求，把公司的电话号码告诉了他。"汪小姐，谢谢你帮忙，我争取在半年之内如数还给你。"顿了一顿，那人补充了一句："请你把车匙给我——对不起，我不能不防。麻烦你，自己想办法回家吧！明天再回到这里取车。"说着，他跨出车子，向她点了点头，然后趁着夜色，小跑步拐向横巷，不见了。

汪春霞舒了一口气。她闭了一会儿眼睛，才费力地钻出车厢。夜雾轻轻地扑了她的脸颊，她放眼一望，从远处驰来一辆出租车。她捏了捏那人临走前塞给她的三十元，估计够用，便扬了扬手。

回到家里，一开门，那棵摆在大厅的巨大圣诞树，正闪着五颜六色的光，她油然生起一股温馨的感觉，泪水突地涌了上来。她极力忍住，眼睛横扫，才发现她丈夫端坐在沙发上，一声不吭地望着她。

“Jim，我回来了！”她悲喜交集地叫了一声。

她丈夫依然那样坐着不动，过了十秒钟，才怪声怪气地说：“怎么，舍得回来了？”

她的心一跳，醒悟到他生了气。圣诞大餐？圣诞大餐耽误了算什么？你怎么不问问我遇到了什么事？她越想越气，不由得顶了一句：“你还说风凉话？我差点连命都没了！”

她丈夫一愣，疑惑的眼神从那镜片后射来，那凝结如石膏般的身子，也不禁动弹了一下。汪春霞正在气头上，根本理不出个线索来。金钱？钻戒？安全？受惊？汽车？她每一件都想说，却偏偏什么都说不清楚。在她口中，这一切混成一团，成了大杂烩，硬塞给她丈夫。

她丈夫游移的目光，忽地死死盯住她左手的无名指，逐渐松弛的脸色，又罩上了一层严霜，叫道：“我送你的钻戒呢？值好几万呀！不行，要报警！”

“算了吧，一个钻戒，对我们来说，不是什么大数目，对那个人，可能起死回生。而且，他说他会还的。”不知道是出于同情心，还是蓄意要与丈夫唱对台戏，她连想也不想，立刻反对。

“好几万块呀！你不在乎，我在乎！”她丈夫冷笑一声，“他说他会还？打劫还会还？真是天下奇谈！”

“那也不能那么说，我有直感……”

没等汪春霞说完，她丈夫就猛地站了起来，那双近视眼闪着愤懑的光：“你的故事，谁知道是真是假？”

汪春霞的头嗡了一下，她感到天昏地暗。那语气使她俨然意识到，她丈夫大约是怀疑她将钻戒送给什么男人了。她又愤怒又痛心，泪水在眼眶里打转，伸手指着她丈夫，却只能吃吃地说：“你……你！好好好！报警报警！你不报就不是人！”

她丈夫一呆，犹豫了一下，从鼻孔里哼了一声，断然抓起了电话筒。

她转过头去盯着那棵闪烁的圣诞树，耳畔却飘来她丈夫报案的冷然语调。她想起她答应过那人不报案。信用？顾不得那么多了，况且，信用值多少钱？

她急步离开客厅，大门在她身后关上，可是，从录音机播出的那首《平安夜》，依然透过门缝飘出，好像影子似的追赶着她：“Silent night, holy night……”

1983年12月25日

（刊于香港《文汇报·文艺》1984年1月29日）

蜜　月

望着汪燕玲脸色苍白地用颤抖的手解开上衣的第一颗纽扣，田宝杰的心便好像被剜了一刀，痛苦地抽搐着。灯光下，那围得紧紧的人群，一片密密麻麻，全都在用贪婪的眼光，扫射着汪燕玲玲珑的曲线，窃窃私语，好像轻风吹在树叶上，就在房间内传播。恍恍惚惚之中，田宝杰惨痛的灵魂，随着追悔的洪流，越漂越远。

那一晚，已经是第三次了，汪燕玲拉着田宝杰的袖子，焦急地催促道："阿杰，算了，走吧！"

田宝杰横了她一眼，却不作声，马上又聚集起全副精神，向柜面望去。钞票刹那间又堆满了一桌，他捏着最后的一张百元纸币，一时不知道该投到哪儿好。

"买定——离手！"长长的声调，从那穿着制服的主持人口中喊出，向嘈杂的大厅里传开。田宝杰一急，慌忙将那张红色的纸币一掷，心却咚咚地跳了起来，手里捏着一把汗。他感觉到，汪燕玲偎得他那么紧，而且还在发抖。他心里忽地涌起一股后悔的浪潮，正想安慰她几句，那声长长的音调，却又响了起来："开啦开啦——十二——大！"

田宝杰的脑袋嗡了一下，只觉眼前一黑，身体晃了一晃，全凭着汪燕玲娇慵而修长的身躯支住，他才不至于摔倒。他定了定神，看到很近的一双眼睛，正闪着惊慌的泪光，无言地探询着："怎么办？"他讷讷地说不出话来，脑子里空荡荡的，只管有节奏地轰响着两个字："完了——完了——完了……"人群拥了过来，他觉得自己好像是大海中的孤舟，晃晃摇摇，快要给卷到不知名的远处。他连忙抓住汪燕玲的胳膊，使劲挤出重围。两人面无表情，都不出声，极力避免触起恐怖的话题。

"喂！快点！"

站在床边的一条大汉，看到汪燕玲的手停住不动，蓦地暴喝一声，惊动了迷惘中的田宝杰。在那些看客接着而来的起哄声下，汪燕玲非常艰难地解开第二粒纽扣，露出了内衣的一角，田宝杰好像给灼了一下，别过扭曲着的脸，视线在无意中落在那大汉身上，他的怒火一下就熊熊地燃起，神志也变得有些狂乱。

刚走出葡京赌场时，就是眼前的这条大汉，晃着大头，抽着烟，笑眯眯地拢近身来，开口问道："田先生，田太太，怎样，手风还顺吧？"

田宝杰和汪燕玲对望了一眼，不知道该怎么回答。

"怎么，又完了？"大汉笑得更开心了，眼角的鱼尾纹几乎延续到发际。他屈着手指，计算道："你们借的那些钱，连本带利，五千块呀，你们看怎么办？”

“这个……连哥，我们回香港后，再想办法，行不行？”田宝杰皱着眉头，低声恳求。

“可以是可以，不过，你们一回香港，谁知道还不还？”大头连大笑，“我们又忙得很，抽不出人跟你们去。”

“那……那怎么办？”汪燕玲急得差点哭出来。

“我怎么知道？”大头连两眼往上一翻，从嘴里喷出一口烟，“办法当然有，就看你们肯不肯了。”一边说，他一边用眼角瞟了一下汪燕玲。

“什么办法？”田宝杰沉声问道。

“你来。”大头连将田宝杰拉到一边，低声嘀咕什么。

田宝杰一听，勃然变色，他怒声喝道：“你这算什么？！”

“我是想帮你们的忙，接不接受，由得你们。”大头连晃着他们的回港证，冷冷地一笑，“你不干，无所谓。但是，你他妈别忘了，明天中午十二点以前，还不了钱，就别怪我们反面无情了！”说完，便晃着上身，摇摇摆摆地走开。刚跨出几步，又回过头来，喊道：“如果你改变主意，就打电话给我！”

田宝杰愣在当地，望着大头连远去的背影发怔。汪燕玲挨了过来，急急地问道：“他说些什么？”

“没什么。”田宝杰回过头来，勉强苦笑着，一手搂住汪燕玲的肩膀。

“怎么办呢？”汪燕玲抬起头来，再问。

“总会有办法的。”田宝杰拥着她向前走去，但哪里是目的地，心中却很茫然。赌场的霓虹灯招牌，组成灿烂的图景，就在眼前闪烁。他忽然感到一阵厌恶，便是这样的五颜六色，迷得自己昏头昏脑，竟然想来发小财。可是，偿还结婚时的借款的诱惑，实在是太大了！

在海堤边，他们木然地坐着。海水轻轻地拍打着堤岸，发出哗——哗——的声响，田宝杰放眼一望，暗黑色的海水波动着，在月下，反射出点点亮色，他堕入无可奈何的悲怆中。

海风吹了过来，田宝杰感到有些冷。他伸手把汪燕玲一抱，汪燕玲柔顺地倒在他怀里。汪燕玲身上的热气传了过来，温暖着他的心。这回动身来澳门时，不用提他有多高兴了。他自然不是头一次来，但这次不同以往，这次，他是来度蜜月的呀！

田宝杰真切地记得，当喜讯传开时，羡慕和嫉妒的眼光，海水般向他漫来。他又惊又喜，心头有如鹿撞。汪燕玲以她的年轻貌美，倾倒了无数的男同事，是公开的秘密。她那咯咯的笑声，灌进耳朵里，异性的心灵立刻便为她那娇媚的眼波所淹没。他到底击败所有的情敌，自然觉得非常骄傲。

新婚的欢乐正处于高潮，突然一声晴天霹雳，等他发现时，自己已然欠下了高利贷，他的一颗心从欢腾的彩云上砰然堕下，跌得眼前金星乱冒。

突然，一连串惊叹声，就轰响在他的周围。凭着一种直觉，他茫然地抬起眼睛，只见汪燕玲眼眶中的泪水在打转，两只手交叉着抱在胸前，全身尽量缩紧，努力设法掩藏自己身上最隐秘的部位，但一切都是徒劳。看着汪燕玲雪白的胴体，就这样被展览在众目睽睽之下，他软弱而疲惫的心，又燃起难熬的怒火。然而，他实在走投无路，一点选择的余地也没有。大头连那帮人并不好惹，他知道。借债还钱，那又有什么好说的？

就在那海边，汪燕玲睁大了眼睛，疑惑地问道：“他到底怎么说？”

“还钱。”沉默了一会儿，田宝杰终于不情愿地吐露。

“怎样还呀？”汪燕玲欠起埋在他怀中的身子，叫道，“我们哪里还有钱？”

“他……他说……自有办法……”田宝杰避开了她的目光，望向跨海大桥上的点点灯火，困难地挤出这几个字。

“办法？什么办法？”汪燕玲两眼放出希望的光泽。

“他说——”沉吟了半天，田宝杰还是说不下去。

“说什么呀？”汪燕玲急得摇晃着田宝杰的手臂。

“他说——”隐瞒也不是办法，田宝杰终于狠了狠心，“要我们……做……真人表演……还债……”说完，他羞惭地闭上了眼睛。

过了好一会儿，他睁开了眼睛。月色下他看到汪燕玲眼睛发直，嘴唇颤抖，终于软弱地喃喃自语：“真人……表演？”

“各位，现在，表演开始！”大头连的一声猛喝，好像法官的一道死刑判决，被大头连的几个同伙一推，田宝杰浑浑噩噩地趋向汪燕玲，他有着一种乍然除去衣裳的凉飕飕感觉，耳畔却飞来大头连的粗言秽语，“这是两张新面孔，一对纯情男女，只是客串一场，下不为例！势必精彩，票价贵点也物有所值！

这种表演，可遇不可求，大家有眼福啰！”

田宝杰机械地伸开手臂，抱住汪燕玲，好像要遮掩她所有不应该暴露的地方一样。下一步的动作，他却迟疑着。他感觉得到，怀中的汪燕玲抖得很厉害，他知道，那不是因为冷，虽然这是冬夜，但室内却放了暖气。想到为了解救自己，汪燕玲竟要陪着他当众受人羞辱，他的心又酸又苦，阵阵发疼。就在这时，血气方刚的他在对方温软的肌肤轻轻相触之下，竟也隐隐起了原始的冲动，它突破理性的抑制和羞耻的矜持，突然亢奋起来，但那无处不在的灼灼眼光，却使他有如芒刺在背，浑身不舒服。他还是迟疑着。

“喂，光抱着怎么行？开始行动啦！”

大头连逼近身来，一巴掌打在田宝杰的光屁股上。

“是呀，我们要看的是动作片，不是什么文艺片！”一声怪叫，不知从哪个角落冲出，马上得到附和的怪叫。田宝杰一怔，他隐约觉得那声调有些耳熟，却不敢抬起头来。周围咄咄逼人的无形压力，直迫他的灵魂。无论在心理上怎样抗拒，但在行动中，他却由不得自己。这是他的最后一个机会，也是他唯一的本钱。他把眼泪吞下肚子，横下一条心，闭上了眼睛，嘴在汪燕玲的脸上探索。他触到了那两片嘴唇，紧闭着，冰冷得有些僵硬。他不用看她的脸色，便可以捉摸到她那种羞愤到绝望的神情。因为，当他透露大头连的要求时，他就看到过，汪燕玲立刻变得目光呆滞，面无人色。她那种酷似一副笨拙的石膏像的模样，像用凿子凿进他脑袋中一样，怎么也挥驱不掉。

汪燕玲至少沉默了一个钟头，不言不语，一动不动。她那头长发在海风下翻飞，覆盖了半张脸孔，她也不去理一理。田宝杰看得心疼，伸手替她掠了一掠，哀声道："阿玲，别这样，最多，我们不干！"

汪燕玲没有反应。田宝杰摇了摇她的身子，才仿佛把她摇醒。她哭出声来，半晌，她抽抽咽咽地说："不干？……你想……找死？"

田宝杰顿时语塞。又是一次难堪的沉默。

最后，还是汪燕玲下了决心："打电话吧！"

田宝杰从心底里松了一口气，可是，摆在面前的那个难堪情景，马上又像毒蛇咬噬而来，使他肝肠寸断。他想要放声大哭，却又拼命忍住了。自己沦落到这步田地，简直是不可思议，但这是活生生的真实。他苦痛得想要狂叫。

心头的悲怆涌了上来，万般无奈地化成"嗬嗬"声，在他的喉间翻滚，就在汪燕玲的泪水沾在他嘴唇上的同时，他那原始的欲火，好像给浇了一盆凉水，由头到脚，一片冰冷。他们的脸挨在一起，好像结了冰，冻成一块。

"喂喂，怎么啦？爽爽快快，不要假正经了！"那声怪叫，蓦地再度响起。田宝杰的心一震，电光火石般，他猛然醒悟，那股高高的音调，只能是属于韦英生的。想到韦英生，他的心都凉了。他联想到，韦英生叫喊时，那薄薄的嘴唇挂着一丝冷笑，一对大而有神的眼睛却紧张得像要爆出火花。

在追逐汪燕玲的赛跑中，韦英生是田宝杰的最后一个对手。曾经韦英生似乎还跑在他前面，但是，田宝杰并不死心。他看出，从英文书院毕业出来的汪燕玲，对于漂亮的时装和首饰，格外有兴趣，抓住了突破口，他便下了重注，源源不绝地慷慨相赠。他的不断冲刺，尽管花去了他所有的积蓄，却赢得汪燕玲的芳心。

韦英生以大热门的身份，本来满以为十拿九稳，不料，形势在突然间急转直下，杀得他措手不及，眼巴巴望着田宝杰的婚期翩然而来，他显得又伤心，又妒忌，又愤恨。面对着春风满面的田宝杰，他的眼神里，常常散发出又恶毒又酸苦的凄凉味道。

田宝杰心存侥幸，以为处在异地，大约不会被熟人撞到。哪里想到，这样最丢脸的情景，偏偏就给幽灵似的韦英生撞见了。田宝杰把头伏了下去，贴在横躺在床上的汪燕玲的肩膀上，极力想要埋葬自己，脑子里却在不断地盘旋着一个问号："他怎么会在这里？他怎么会在这里？"他感到他的血管在僵硬，呼吸也变得更加困难。

凝住了的两个人影，在灯光下洋娃娃似的毫不动弹。

"喂喂！"大头连坐在床边的一张椅子上，推了推田宝杰的肩膀，叫道，"快点！你们又不是头一次！闭着眼睛干就是了！今晚是平安夜，表演完了，大家平平安安！"

"是呀是呀，不然就退钱！"又是七嘴八舌的响应。

那话刺进田宝杰的耳膜，而回旋在他那几乎麻木的神经里的，却是大头连在电话里的吩咐："……喂，不管怎样，你们要演足半个钟头，那五千块就算了，我们还可以给你一笔路费！……”接着便是吃吃的邪笑声。

那吃吃声忽然间化为周围的鼓噪，他感到欲哭无泪的辛苦。鼓噪声逐渐远去，又变成交头接耳的私语，他疑幻疑真地飘回洋行里，恍惚看到那些同事鄙夷的眼光。他的心一沉，辛酸的泪，止不住夺眶而出。

静默下去，是过不了关的，他很清楚，周围是什么样的一些人，如果引起公愤，汪燕玲会有更加不堪设想的后果。如今，即使他想不干，也已经太迟了。大头连曾经暗示过，如果他临场退缩，就会另外派人代替他上阵。

田宝杰咬了咬嘴唇，硬着头皮，铁了心肠，慢慢抬起身来，他才看清楚紧闭着双眼的汪燕玲，那张俊俏的雪白脸庞，正一颤一颤地被牵动着，那娇小的嘴唇因为给咬破，而溢出一点鲜血。

“快点呀，快点呀！”周围又是七嘴八舌的吼声，田宝杰似乎特别听出，其中夹有韦英生恶意的笑声。他用力咬住自己的下唇，一股黏黏的液体，带着一点咸味，滑进他的舌尖。

狂乱的意念，燃烧着他的灵魂，精神在崩溃，自己的动作却毫无意识地狂乱起来。他朦胧地想起，这是他们的蜜月。“蜜月！蜜月！蜜月！”这两个甜蜜的字，重复在迷乱的神智中，竟变得又苦又辣。他觉得自己好像在参加一场力不从心的长跑，想要就此止步，但背后却有人挥动着带刺的皮鞭驱赶。他觉得浑身乏力，尖刻而淫邪的眼光的扫射，又如一把把利刀，把他的心划得鲜血淋漓。

他有一种不知道何处是终点的绝望。

1980 年 1 月 20 日

（刊于香港《海洋文艺》1980 年 5 月号）

一万元

飞快地点着一沓沓的纸币，简慕贞的胳膊已经有些发酸，她也顾不得歇一歇。春节就在眼前，连续几天，提款的客户特别多，这一整个上午，她忙得连头都几乎没有抬过一次。

突然间，从玻璃窗的那边伸进来的，除了红皮的存折，还有三沓一千元的纸币。简慕贞抬起头来，瞟了一下站在眼前的人。那是一个穿着一套蓝色西装的男子，三十岁的样子，微笑着说道："存十五万。"看到他有一口洁白的牙齿，简慕贞的心突然一动，她顿时想到梁庆德。"这个人的笑容，太像庆德了！"她这样想着，一股甜蜜的海潮漫过她的心田，带着一点唯恐被别人窥破秘密的娇羞。她看到，写在那上面的名字，是"欧阳辉"三个字。当她再次触到他的笑容时，蓦地，面前的一切都视而不见，思绪飘飘然，她竟不知身在何处。

她实在太爱梁庆德。她认定，这一生一世，她只能够嫁给他。她不能想象，如果失去了梁庆德，她会怎么样。昨天晚上，梁庆德皱着眉头的模样，又缓缓地显现在她眼前，慢慢扩大，形成一种可怖的阴影，笼罩她悸动的心。“我才二十岁，拖两年也不要紧。”她痛苦地这样想着，“可是，庆德已经三十岁了呀，还要拖到何年何月呢？”

“怎么办哪？”靠在中环海旁天桥的围墙上，梁庆德幽幽地叹了一口气，目光茫然地望着尖沙咀海面，在夜色中，亮着一团灯火的一艘渡轮正在驶过。“你妈妈说，要一万元礼金，一百担礼饼，一百围酒席，叫我怎么筹得出来？我那些钱，全部加起来，也还差一万元！”

简慕贞没有搭腔，她也根本不知道该怎么办。梁庆德身上的热气传了过来，男性的气息使她把头埋进他怀里，她马上就感觉到他似乎有些颤。她伸手摸了摸他的手，竟是一片冰凉。她又怜又爱地仰起头来，猛然发现他瘦了一些，她心里一疼，眼泪不觉冒了出来。

“告诉妈妈，我已经怀孕一个月了吧！”她毅然地这么一想，刚要开口，却又马上想到，她妈妈绝对不会让步，说了也是白搭，反而会召来更多的斥责。“打掉吧！”可是这几个字眼刚冒出来，她立刻就被这狠心的想法骇坏了，而且她也知道，梁庆德绝对不会同意。出来工作一年以来，每天与钱打交道，这一回她才头一次感觉到，金钱的分量原来有这么重。

那薄薄的纸币，一张张在手指间翻过，发出清脆的声音，游离的思潮在那客户的灼灼的目光下飘了回来，她定了定神，推开了存折，凝神静气地数开了。当最后一张纸币脱离她的手指时，她的心一跳，呆了一呆，才回过神来。偷眼一望，那客户正心不在焉地游目四顾，她的心像密集的鼓点般敲了起来。她屏着呼吸，飞快地又数了一遍，一点也不错：十六万。

简慕贞深深地呼了一口气，犹豫着不知该怎么办。照理，她应该提醒那客户，她正想出声，突地，一个声音悄悄而坚定地向她耳语："傻女！你有了一万元！人无横财不富，你不要太老实了！"

这声音，若隐若现，她甚至把握不住那音色，可是它却像一滴染料掉在水中一般迅速蔓延，很快就紧紧抓住她的整个大脑神经。她又瞥了那客户一眼，趁对方不注意，她闪电般将那多出的一万元推到一边，然后才将打上了存款数目的存折塞了回去。

那客户接了过去，那微微的一笑，直刺她的灵魂，使她的心咚咚地猛跳，惊叫几乎冲破她的牙关，幸好随着那人转身而去，那叫声终于给冻结在口腔里。她精疲力竭，颓然倒在椅背上，喘了一口大气。伸手一抹，额头上都是汗水。挨到午饭时间，简慕贞偷偷地将那笔钱往衣袋里一塞，好像出笼的小鸟，出了门，越过梁庆德工作的那座大厦，她飞快地往附近的另一家银行奔去。看着令人心跳的五位数打入自己的存折，她有了一种掩饰不住的兴奋。这种松了一口气的兴奋，组成满面的春风，把她吹向皇后像广场。

简慕贞远远就看到，梁庆德捧着两份饭盒，正坐在那喷水的池边张望。当他的视线扫到她时，紧锁的眉头马上被笑容攻破。简慕贞的心又是一动，她电光火石般地联想到那客户，满心的欢喜好像是一团火，当场却给一盆凉水浇熄了，一张俏脸立刻阴沉下来。挨着梁庆德坐下，她默默地接过饭盒，并不吭声，任由那顽皮的风将她的长发吹得飘满一脸。

“怎么啦？累呀？”梁庆德柔声问道，一面伸手理了理她的头发。

“有一点，年底嘛！”简慕贞勉强地笑了一笑，掩饰着说，“还是你们打洋行的工好，不像我们这样忙乱！”

“到这个时候，你还开我的玩笑！”梁庆德苦笑了一下，拿起勺子，吃了一口，“我现在都愁得要死！”

简慕贞知道，她勾起他那笔钱的愁绪。她很想告诉他，她已经解决了。可是，四周都是人群，她又觉得暂时不能说出来。憋在心里的一股得意，慢慢占了上风，她想到的尽是今后的一帆风顺，而几乎失声笑出来。先前掠过的阴影，早就不知道给赶到哪里去了。

“下班你来接我！”分手的时候，简慕贞轻松地嘱咐着，“我会给你带来好消息！”

梁庆德好像没有听见，只是挥了挥手，便径自去了。回到银行，简慕贞坐回自己的位置，脑海里依然摇摆着梁庆德远去的背影，那微微缩着的肩膀，似乎在显示对于冷空气的畏惧，她的心河溅起一股怜惜的浪花。“不要紧，”她安慰自己说，“还有几个钟头就下班了，那时再告诉他，让他有个意外的惊喜。”

这么一想，她像做了什么恶作剧的顽童一样，淘气地笑了。笑容刚在嘴角舒展，她忽然警觉起来，忙向两边一瞟，她证实了这些同事都在忙，根本没有人注意自己，这才放了心。玻璃窗口外的人龙，就在这一分钟内排了起来，她抬头望了望，只见黑压压的头晃来晃去，但她不再感到烦躁，心儿长出翅膀，在快乐的天空飞翔。

她正忙得喘不过气来，练习生阿炳用猫的脚步悄声地蹓近她身旁，低声道："简小姐，总经理找你。"

"总经理？"简慕贞停了手，诧异地反问。看到阿炳点了点头，她的心一沉，猛然掉落下去。被一种不祥的阵风猛烈袭击着，她不安地左顾右盼了一会儿，在阿炳的面前，她又必须保护自己。她觉得，最重要的是，自己不能露出心虚的痕迹，她拼命地镇定自己，并且夸张地笑了一笑，拖到不能再拖，才勉强起身。

那一百步的距离，她用尽了全力，急速走去，似乎一心一意要尽快把阿炳抛得远远的。可是，当她与总经理只隔着一道门时，她突然失去了气力，再也抬不起脚步。她怯怯地回头一看，阿炳在那头也正望了过来，她的心一紧，好像背上吃了一记皮鞭，不由自主地，她举手敲了敲门，心中却在不断地祈祷。

那个黄头发高鼻子蓝眼睛的总经理，端坐在沙发靠背转椅上，看到简慕贞走进来，便温和地笑了笑，伸手示意她在他面前坐下。

总经理的态度，顿时使简慕贞感到安心了一些。总经理偶尔也会召见下属，了解情况，简慕贞就曾经有一两次这样的经验。总经理一向都相当和气，谁也没有见他发过什么脾气，说句心里话，简慕贞一直认为，这个四十多岁的洋人，真是一个可敬的上司，他风趣而又客气，与他谈话，是种享受。但他又毕竟是老板，面对面总是有些拘束，特别是今天，又更加不同。她恨不得谈话赶快结束，能够安然离开，那就太谢天谢地了。

总经理开口了，他讲得很慢，仿佛在小心翼翼地寻找恰当的字眼。简慕贞用心地倾听着，那些英语灌入她耳膜，她理会到他在询问一般的工作情况，她有一句没一句地答着，只觉得他的嗓音很好听。

在一瞬间，她忽然迷失了。她的心灵深处意识到，总经理的话锋，正伸出灵敏的触角，到处在试探着直刺中心的路径，迫人而来。她恍惚了好一会儿，待到重返现实，她听到总经理在说：

"……发生这样的事情，我感到十分遗憾。你既然承认了，我们当然也不想把事态闹大。但是，欧阳先生那边，有点麻烦，你看……"

那男中音的嗓子，依然那样动听，可是，它的每一次颤动，都使简慕贞心惊肉跳。她木然地听着，心在不停地下坠。总经理顿了一顿，好像在观察简慕贞的反应。

"我们对于下属，从来都是爱护的。在力所能及的范围内，我愿意为你效劳。"见到简慕贞没有什么表示，总经理再度开腔，徐徐地说。

“谢谢。”简慕贞被一种无形的力量压迫着，她感到不能再沉默，她痛心疾首地吐出了这一句，声音却像蚊子叫，低得几乎连自己都听不清。她朦胧地瞥见，总经理胡子下的嘴唇，隐约闪着一丝暧昧的笑意。她的心突然一阵乱跳，头更低垂了下去，盯着自己的裙角不动了。

总经理站起身来，右手托着下巴，在附近踱来踱去，仿佛在考虑做出什么重大的决定，简慕贞的心，随着他的步幅，悸动着像一只惊慌的野兔。等她察觉到，总经理的一只手已经拍着她的右肩，缓声说道：“这种事情，事在人为。可以闹大，也可以化小。我愿意尽力，不过，麻烦在欧阳先生那边。你知道，他找上门来了，相当棘手。”

说着，他又住了口，手也停在简慕贞的右肩上。过了好几秒钟，他才继续道：“不过，无论如何，我都要帮忙。我想，我还是有把握解决它的。”

“谢谢。”简慕贞的脑海里浮出一线希望，千言万语化成了这两个字，她感动地抬起眼睛，颤抖着说。

“小事一件，不用介意。”总经理狞笑着，柔和的目光忽然炯炯起来，“不过，你知道，要打发这个欧阳先生，我要费点劲。站在我们生意人的立场上，做什么都要有代价的，你说是不是？”

被感激溢满了整个胸膛的简慕贞，本来正像吃满了风的风筝，希望飞出了胸膛，以为可以逃过大难，乍然听到总经理这番话的弦外之音，她整个人就好像断了线的风筝一样，随风飘走，再也抓不住一丝的依靠。“我哪里有钱？我哪里有钱？”绝望在她混乱的思绪中翻滚，凝成两滴未洒出的泪珠，跳到她的眼眶里。

“我保证你没事，只要你陪我一夜。”总经理那柔和的声调，好像从遥远的天边飘了回来，惊得她全身一缩。同时她感觉到，一只毛茸茸的手，离开她的肩膀，爬虫似的滑下，留在她敏感的部位，电一般的惊悸即刻传遍她全身。

慌乱中，她终于摸清了他的意图。在一秒钟之内，一万种闪念交错着轰击她混沌的思维。忽地，她的心境好像雷电交加过后放晴的天空一样，一片宁静澄澈，她分明感觉到，那只毛茸茸的手在翻山越岭，钻进她的衣服里面去。猛然的晕眩，使她窒息了好一阵。凑过来的嘴巴，犹带着一股难闻的气息，几乎就要贴过来了，一股油然而起的暴怒在体内爆炸，她整个人跳了起来，狂叫着：“不！”

给蓦然一推而踉跄了两步的总经理，脸色大变，只一会儿，却又恢复了泰然的神色。他笑着，依然用那好听的柔和声调，说：“怎么？你不干？”

“不干不干不干不干！”简慕贞止不住哭泣着，受辱的感觉，把愤怒和绝望混合着，上升为狂乱的叫喊。

“那我也无能为力了！”怔了一会儿，总经理耸了耸肩膀，脸上的笑容并未消退。说完，他从容地坐回他的椅子上，提起了电话筒，拨了三个号码。

不一会儿，警车呼啸而来。简慕贞双眼发直，在同事们惊异的目送下，跟着那两个女警，跨出她熟悉的银行。

她突然看到，四周都是围观的人群，他们在指手画脚，嗡嗡地议论着，但她一个字也听不清楚。她想要哭，却再也哭不出来了，她想要叫，也叫不出声。羞愧涨满了心湖，她脑子里飘扬的字眼，只有一个——贼。

就在举步要跨上警车的一刹那，她漠然的眼光偶然碰到一个人影，她的腿猛然一软，全靠身旁女警的扶持，她才不至于一头栽下去。她看到，就是这个欧阳辉，夹在人丛中，正咧着嘴笑，而且笑得多像梁庆德！她凄然地收回了视线，低头钻进车子。马达声中，那车子刚要启动，却飞一般地冲来一个人，带着惊慌的颤音狂喊：

"慕贞！你为了什么？"

简慕贞连头都不抬，她太熟悉那嗓音了。盘桓在她心中的，只是：下班了，他来接我了。

1980 年 3 月 28 日

（刊于香港《文汇报·文艺》1980 年 4 月 20 日）

元　老

三道菜之后，又端上了红烧鸡翅。人人似乎都有了喘息的机会，于是，席间的叽叽喳喳声又再度高昂起来，雷蒙更高举他那高脚酒杯，大声叫道："来！王伯，我敬您一杯！"笑声、起哄声顿起，我费力地站了起来，端起那杯茶，不料，雷蒙却说："不行不行，王伯，我知道您能喝，酒王来的啰，怎么可以欺场？"

酒王？我怔了一怔，不错，年轻时血气方刚，无酒不欢，公司里谁不知道我王仁彬的酒量？那次春茗，他们几个联合起来本想要灌醉我，不料我还没醉，谭仔他们三个早就东歪西倒昏了过去。三个小伙子斗不倒我一个，从此"酒王"之名不胫而走，我也以此沾沾自喜。但他们三个早已一个接一个地离开，环顾周围，这公司的老臣子，也就只剩下我一个了！

见我发愣，雷蒙绝不松口，再次叫道："来！王伯，您露一手给我们年轻人看看，不然的话，人人都会以为您这酒王是浪得虚名了！"

“我前几年就戒了，”我苦笑，“今非昔比，再不能喝酒了，今晚我以茶代酒，多谢你的盛情……”

“不行不行，”雷蒙的酒杯仍然不放下来，而且做了个很夸张的大动作，“今晚不醉无归！大家都要一醉方休！”

旁边几个女孩尖叫起来，七嘴八舌地说：“谁跟你醉呀？”“你醉你的，我们吃我们的！”“你就想！”我以为正可以乘乱轻松避去，不料雷蒙依然抓住我不放，他用左手做了个请大家安静的手势，等她们安静下来，他才说道：“我堂堂男子汉大丈夫，当然不跟女流之辈斗酒，我要跟酒王比比看，做个新酒王！”

见他如此狂放，潜藏在我心底的傲气陡然给煽了起来。斗酒？你配吗？但我毕竟不再是当年血气方刚的年轻人了，火气早已收敛，也只不过是让他在女孩子面前出点风头而已，我既已没有竞争的资格，又何必计较？我强忍下来，笑道：“不行了不行了，如今是你们年轻人的天下，怎么轮到我这个老朽！”

“姜还是老的辣嘛！”雷蒙并不放松，又叫道，“我们做后辈的，要跟着向您老学东西！”

我明知他醉翁之意不在酒，却也无法将他的用心抖出来，只好一味作揖恳求：“就算是饶了我吧……”

“怎么那么失败呀，王伯！”伊玲眼波流转，嘴角含笑，“没理由长他人志气，灭自己威风呀！”

“是啊是啊，”雷蒙的眼睛一亮，立刻接口，一面说，我见到他的视线迅速往伊玲那边一瞥，收回来才又盯着我，“何必英雄气短……”

“英雄？”我苦笑，“我不是英雄。何况这也是没有英雄的时代，何必在意？”

雷蒙张口欲待说下去，扩音器却响起了年轻的女声。我抬头循声一望，是女秘书玛丽。她担任今晚公司聚餐的司仪，刚及膝的裙子，将那一双修长的腿夸张地衬托出来，流泻着青春活泼的气息。看来她十分清楚自己的魅力何在，那双美目在水晶灯下顾盼之间，也不忘咯咯地笑着，莫非她上台是为了表演她迷人的笑容？我收回那纷乱的思绪，只听见她在柔柔地说：“……公司为着酬谢全体同事过去一年来的通力合作，今晚特意请大家齐聚一堂，希望大家再接再厉，继续大力支持公司！”

掌声。笑声。叫喊声。

我看到老板那一双眼睛在镜片后面闪闪发光，盯着玛丽只是笑。嗯，赵老板很满意哩。没想到玛丽平时在老板背后怨气冲天：“都没见过这样没人性的老板，老要我们做呀做呀，薪水却那么少！”如今在大庭广众之下却会这样讨好。她也真是的，也只不过是受薪而已，又何必如此这般说话，当自己是老板的代言人似的，倒好像是你拥有股份一样。就算是博取老板欢心情有可原，也大可不必这样卖力嘛。但是左右都在拍手，都在欢笑，假如唯独我既不拍手也不笑，岂不成为今晚的“怪兽”？何况，老板的视线探照灯似的扫射全场，万一给他扫到了，岂不是留下不合作的证据？这罪名可不小。我悚然一惊，赶紧调动神经，勉力在脸上堆起笑容。

笑着，笑着，我尽力回想开心的事情，我甚至觉得自己终于笑得很真诚，很开心。是啊，也许玛丽是对的，不跟公司共存亡又能怎么样？公司倒闭对我有什么好处？既然无路可走，也只好一心盼望公司业务蒸蒸日上，我也就可以心安理得一直做下去，赚取这份工资了。

“现在，我们请赵老板向大家敬酒！”玛丽娇声宣布，“欢迎欢迎，大家鼓掌！”

我把视线从玛丽移到赵老板身上，只见他满面春风地站了起来，手中端着一杯白兰地酒，快步走向台上，“各位同事，大家辛苦了！有在座各位的忠诚合作，也才有我们‘飞龙’集团的今天，我在这里代表公司向各位敬一杯！”

听他顿了一顿，我知道他又要开始回忆那光荣历史，果然，他又继续讲下去了：“大家都知道……”我不知道听他说过几百遍几千遍了，简直可以倒背如流，我的思绪迷迷糊糊地开了小差。人是不是有命运呢？我到底还是留在飞龙，是不是命中注定？

只差一点，我就离开飞龙。那已经是二十年前的事了吧？我也才三十岁，因为身体不大好，请过几次病假，赵老板很不高兴，当着许多男同事女同事的面骂道：“我们公司就是养了很多废物，包袱太沉重了。工资照发，工作没有做足，这是无底洞呀，怎么得了！”我并不很蠢，当然听出那弦外之音，却又一厢情愿地希望他指的不是我。可是，赵老板却明显地给我脸色看，我终于明白，现实无情，此处不留人，自有留我处，三十六计，走为上计，我立刻写了一封措辞委婉的辞职信，次日早上便交给他了。头几天，赵老板没有什么动静，我实在也猜不透他的心思，索性不理了。那时我还没有成家，没有后顾之忧，对于出路，并不担心。

一个星期后，赵老板一大早便召我到他的办公室去，我也不以为意，无非就是当面摊牌，就此“拜拜”罢了，我早已有所准备，隔着他那张宽大的办公桌，我坐在他对面，也不说话。

“阿王，你这是怎么啦？”赵老板终于开口，随手从他的抽屉里抽出我的辞职信，皱着眉头说道，“你对公司有什么不满意的地方，或者我有什么做得不对的地方，你是老臣子了，就多多包涵……”

哗！我还是头一次听赵老板说得这么恳切，不觉十分意外，一时也不知道该怎么办才好了。见我不出声，赵老板上半身倾前，将那封辞职信推了过来，“你的辞职信我不接受，帮帮忙，你不要走啦……”

到了这种地步，我难道要与他翻旧账？看来他已经明白自己太过分，我又何必再去揭他的疮疤？我留下来了。

一个月后的一天，临下班前，谭仔他们三个忽然跑到我面前，逐个伸出手来说：“我们不干了，明天就不再来了，你多多保重！”

我一惊，他们辞职了？怎么我事先一点风声也听不到？我抓住他们的手，半晌也说不出话来。那么，老臣子就只剩下我一个了？一种苍凉的感觉涌上心头。我记得那天下班后，我仍呆呆地坐在办公室里不走。我思前想后，不禁满腹疑惑，算算日子，老板留我之际，该正是谭仔他们提出辞职的时间，莫非他留不住他们，回过头来才又挽留我？

当时虽然有受骗的感觉，但并没有什么根据。后来在无意中却听到玛丽压低声音告诉我说："你知道吗？老板说，你是公司唯一的老臣子了，这样无论如何也不能让你走，不然的话影响不好，外人会问，老臣子一个个都走了？"

原来如此。可是已经有些迟了，我提出辞职时正好有另一家公司向我招手，事过境迁，我当然不好意思再回过头来追问人家重续旧梦。这一待下去，又待了二十年，我从王仔成了王先生成了王叔今天甚至有人叫我王伯了，回首一望，这些年来我竟一事无成，开始是助理文员，如今也是个文员。那时我年轻力壮，手脚灵活脑筋快，而赵老板也刚从他父亲手中接管飞龙。

呀，那时怎么相同？赵老板似乎待我不错，常常跑过来拍我的肩膀，诚恳地说："王仔，好好做吧，你这么聪明，前途无量，我不会亏待你的。"我听了心里飘飘然，只觉得有他这句话，不管兑不兑现，也足够了。士为知己者死。我称不上"士"，但遇到了知己，算是我的运气，我内心的感激，就不用多提了。没料到世事无常，想走又没走，留下来后公司的人事稳定了，赵老板又收起挽留我时的那副笑脸，偶然碰到高兴便板着脸点点头，不高兴就干脆把头一转，当我是透明的。我其实也摸不清他心里到底怎么想的，但我总觉得是我自己失策，既然递了辞呈，为什么又会改变主意？这故事教训我，要么凡事哑忍，逆来顺受；要么一经表明不再做下去了，就要不为任何的劝说甚至利诱所动。你利用老板，老板更利用你，看你有没有利用价值，看你忠不忠心。笑脸攻势只不过是一种权宜的策略，到头来大局已定，吃亏的还是你，老板把你捏在手里，想你成为圆的就是圆的，想你成为扁的就是扁的，你奈他何？他现在还不是稳坐钓鱼台？

这时，他已讲完话，回到他的座位上，微微笑着，坐得那么稳当，那么自信，那么惬意。而我，即使一样是坐在这水晶灯灿烂的天花板下，却是另一番心情。有什么办法呢？我年轻时的雄心壮志早就被生活的重担压得粉碎了，如今拖儿带女，太太体弱多病，一家人的生活，就只好由我独力承担了。到了今天，还有什么话好说呢？我那在读中六的儿子，小时候便老是问我："爸爸，为什么我的同学要买什么东西都可以，我就不行？"那时我虽然有些难过，但也没有真认识到那严重性，只是一味地说："傻仔，人与人不同嘛，人比人，气死人，你好好读书，将来长大了，便什么都有了。"如今他当然不再问我诸如此类的问题，要是他再问的话，我会告诉他，钱并不是一切，但没有一点钱，在现实生活中也是十分痛苦的事情。是呀，人生也不过如此而已，辛辛苦苦养大子女，自己也就像蜡烛似的焚掉了。

"下面，公司要颁发长期服务奖。"玛丽说着，忽地笑出声来，“也就是老人奖啦！”

老人奖……老人奖……这个字眼好像烙铁似的烙得我的心一疼。刚进公司的时候，看看那些三四十岁的人，便觉得他们老。那年夏天的一个中午，几个人聊起当时正举行的世界杯足球赛，谈到球王贝利，年纪大的孙老头一脸茫然，我想也没想便脱口而出：“啊呀，你老了，我们有代沟，我们看的电视节目，不会合你的胃口！”孙老头望了我一眼，微微一笑，“是呀，我老了。不过，王仔，人都会老的，你王仔今天还年轻，但将来也会老的。”当时我也不以为意，反正我有大把青春，怎会去考虑这一个“老”字？但近几年来，已经不在人世的孙老头的这句话，却无端常常轰响在我耳畔，使我十分后悔于年轻时的张狂，而我现在果然老了，恍惚也就是一眨眼的工夫。世界杯？现在又是世界杯决赛周举行的日子，那些年轻的同事们从深更半夜追看电视卫星直播一直追到凌晨，每天打着呵欠上班，仍然津津有味地大谈什么上届冠军阿根廷首战遭遇滑铁卢，惨被视为弱旅的喀麦隆击败，球星马拉多纳又如何毫无表现……个个俨然足球专家。我呢，便躲在一旁沉默不语。我已经没有像他们那样通宵达旦地看赛事的精力，我认输。说到忘形，雷蒙敲着桌子问我：“王伯，你说，苏联有什么理由败给罗马尼亚？而且是零比二！”见我没有答话，他便像恍然大悟似的一拍自己的脑门：“啊呀！我差点忘了，只有我们年轻人才会看这样剧烈的节目，王伯大概你是没有兴趣的了。”我不禁有气，差点就要回敬他：“人都会老的，你也不例外，雷蒙！”但想了想，还是忍了下来。或许这是一个循环？当年我去嘲讽一个老人，如今自己老了，再被年轻人嘲讽，也算是扯平了。我只是冷冷地看着他，心想，雷蒙，但愿你好自为之，年轻不会永恒。不要说你了，想当年贝利如何在足球场上威风八面，年纪大了不也要退下来？多少足球名将如碧根鲍华、告鲁夫不也一样？即使今天的马拉多纳、古力特，也终究会逃不出注定淡出的命运，所不同的是他们曾经拥有罢了。

“首先要颁发的，是二十五年服务奖。”玛丽拿腔捉调，极力模仿电视台司仪在宣布“香港小姐”头衔谁属的语气，“哗！二十五年！请王仁彬先生领奖！大家鼓掌！”

掌声响起，并不热烈，但有礼貌。我的心怦怦乱跳，我这一世，还从来不曾在大庭广众面前领过奖。还是旁边的李小姐推了我一下，我才站起来，匆匆往台上走去。

我看到赵老板向我露出了笑容，这笑容本来好像早已遗落在洪荒时代，今晚怎么会重现？赵老板把一块金牌递给我，然后握着我的手，使劲摇了一摇，哑声道：“阿王，谢谢你……”

谢谢我？我惶惑地捏着那块薄薄的金牌，回到自己的座位上。伊玲把头凑过来，拿过那金牌，叫道：“哗！足金啊，王伯！”

她说得那么真诚，教我不忍心对她说：“小女孩，二十五年的时间呀！熬了二十五年，混得像我这个样子……”

心潮如巨浪拍岸，却妨碍不了我竖起耳朵捕捉玛丽的嗓音，清脆而娇憨，颇具诱惑力。十年……五年……怎么？这就没有了？哦，我明白过来了：有资格领取“老人奖”的只有三个人，而我是元老中的元老。

“……不过，我下个月就要辞职了。”伊玲的这句话突然闯进我的耳膜，我不禁回头望了她一眼，虽然有点突然，但并不惊奇。不走才怪呢。现在的年轻人，哪有长期留在一家公司做事的？还不是做一年半载便跳槽。谁会像我这么蠢，一待就是二十五年！怪不得成了“老人精”。伊玲也做了一年吧？也算是不太短了，现在的年轻人做得了一年，已算是有耐性……

“我始终不明白，你为什么不试试多做几家公司？”伊玲忽然问我。

现在？太迟了。五十岁呀，有哪家公司会要？报纸上的招聘广告天天有，但都是“年龄在三十五岁以下”，五十岁，是老人精了，谁要？

我望了望玛丽，又望了望伊玲和雷蒙，都是青春逼人。我勉强笑了一笑，无言以对。

1990 年 6 月

（刊于香港《星岛晚报·传奇》1990 年 6 月 30 日—7 月 6 日）

视　角

钟必盛对律师的自白

我不应该去赌博。在赌场做了五年的护卫，什么场面没有见过？那么多想发财的人，风尘仆仆地从香港赶来澳门，结果呢，还不是十赌九输？

可是，钱的诱惑力实在太大了。虽然输的多，赢的少，但毕竟还有人赢呀！那晚我就亲眼看见一个幸运儿攫取花花绿绿的钞票，他那张瘦瘦的脸庞兴奋得红光闪闪，泪珠就在眼眶里滚动。我仿佛听见他激烈的心跳，好像击鼓一样敲打着他的胸膛，声声在高呼："我发达了！我发达了！"

我羡慕他，甚至嫉妒他。他那一晚赢走的钱，我辛苦做一辈子，也不会比那十分之一多。两千来块钱的月薪，如今算得什么！但我却还少不了它。如果我有一笔巨款，玉珍就不必出来做事了。工作不是不好，但在赌场出入的人，很多是很轻佻的。那次，我经过衣帽间，就听见一个长发青年，一边取雨衣，一边嬉皮笑脸地挑逗玉珍："靓女，今晚有没有空？"而玉珍呢，哼，她竟没有发作，反而笑着答道："不行，下回吧！"那长发青年很认真地说："好！就这么说定了！"当时，我的怒火陡升，差一点就冲过去教训他，可是，我还是抑制住自己，走开了。回到家里，我责问她何必与无聊青年拉拉扯扯，她却申辩说："那有什么？应付一下罢了，搞僵了，有什么好处？！"

为了饭碗，我本来不能怪她。"顾客永远是对的"，我们只能遵从这个信条。但敷衍过去也就算了，何必还要赔着笑脸？过分的热情，其实就是含蓄的鼓励。我觉得，对于林璋志，她的态度也是过于暧昧。

不错，林璋志是我的好朋友，我和玉珍来这澳门赌场工作，还是他介绍的呢！我承认，五年来，他相当照顾我们，如果有可能，我一定会报答他的。我钟必盛有仇必复，有恩必报，不会含糊。我做梦都想着发达，已经快三十岁的人了，再不发达，我想我这一辈子也就没什么指望了。如果发了财，我就可以生活得很舒服，我就可以报答许多有恩于我的朋友，包括林璋志。

我身为护卫，不能在赌场碰运气，而且我对赌场风险太过熟悉，不免心悸。但要发财，只有两条路，不是去打劫，就是去豪赌。打劫我又没有胆量，只有往"赌"的方面去动脑筋。林璋志看穿了我的心思，他极力鼓励我去倒卖黄金。金价正在全球性地上涨，一天比一天厉害，每两已经攀升至三千六百多元港币，有消息说，要升到四千元才会止步。我对于金市，一向没有研究，几天来的走势，甚为强劲，人人看好，我也不禁心动。想一想吧：一两黄金一天能赚它一两百元，如果有十两，每天可以赚多少？我将这个想法回去一说，玉珍虽然没有我那么乐观，却也没表示反对。我拿出所有积蓄，才凑成两万五千元，难得她全力支持。给我设法补足余数。我沉醉在美妙的前景里，既没有去问她怎么筹到那笔钱，也没去想倘若输了怎么办；我想到的，只是赢钱。

不该是自己的，就不会是自己的，命运之神好像专门与我作对，十两黄金刚买回来，蹿升中的金价仿佛被吓了一跳，突然止步不前了。我本来以为那是暂时的喘息，稍后还会上扬，不料，过了两天，金价每两竟跌了四百多元！我还自我安慰，把它解释成必然的反复，可是，金价像吃了泻药一样，一直降、降、降，最后在每两二千一百元的价钱上徘徊。市面上谣言很盛，有人扬言，要跌至一千五百元才见底。我在惶惑中甚至盼望世界大战爆发，那时金价就可以直线回升！我也不想赚什么钱了，只要把本钱捞回来，我就洗手不干。

幻想是一回事，现实又是另一回事，手中已经没有分文，我又担心金价还会继续泻下去，只好忍痛抛出。不到一个星期的工夫，就输掉了一万五千元。我的情绪恶劣到了极点，对任何人与事，都觉得反感。回家见到玉珍，也没有什么话可说。我让寒霜笼罩着我的脸，有着先发制人的用意：我怕她开口问起她那一万多元。到这个时候，我才想到，她哪里来的那么多钱？但我不敢追问她。我如果问她，她反过来要我还钱，那岂不是糟糕？

可是我心里总不是滋味。对于玉珍，尽管我不愿意承认，实际上却不由自主地注意起她的行踪来了。甚至上班的时候，我也利用走动的方便，有意无意地监视她。昨天下午，我又看到林璋志站在那里与玉珍胡扯。突然间，我好像受到什么启发似的，也不现身，躲在拐角处，竖起耳朵偷听。我的努力却只能捕捉到玉珍随风飘来的几句话，断断续续的，隐隐约约的，“……就这么说定……下班后……七点钟……在上次见的那地方……”

我的血“呼”地一下猛然往脑子一冲，但我因为要当班，没办法跟踪。九点钟一下班，我就冲到街上，拦了一辆计程车，飞快地赶回家里。玉珍还没有回来，我感到胸膛为一股熊熊的怒火所燃烧，随时都会爆炸。我甚至认为，林璋志劝我炒金，就是没安好心。我在斗室内烦躁地踱步，忽然间，有人用钥匙开门。肯定是玉珍。我拼命叫自己冷静，但是办不到，她刚踏进门，我就扑上前去，双手抓住她的衣领，喝问：“你到哪里去了？”

她显然吓一了跳，吃吃地道：“你……你怎么啦？”

我更不答话，顺手便给了她一个耳光，然后拉起她，直往赌场闯。林璋志值夜班，他一定在。果然，一进门，便见他微笑着，倚在墙边剥瓜子吃。我放开了玉珍，大步接近他，叫道：“林璋志，你不要欺人太甚！”

林璋志似乎才从回忆中惊醒过来，茫然地问：“你说什么？”

左手仍捧着一把瓜子，右手却已停下。

“你不要装懵！你干过什么，你心里明白！”我的怒火越烧越旺，头脑发热。

“我不明白你说什么，你讲清楚一点！”

他冷冷一笑，一边继续吃瓜子，一边将瓜子皮随口吐了出来，明明是在嘲笑我。我再也无法控制自己，手往怀里一探，大吼一声，便往前冲去，一刀便往他胸前刺去。我听见一声惨叫，似乎有几滴热血溅到我脸上，他仰天倒了下去。

这时，我才真切地感到，我杀了人。我很吃惊，心跳得很厉害，但不后悔。他欺骗了我，出卖了友情，即使法官要判我死刑，我也是这么说的。

冯玉珍对记者的答话

我不知道怎么会发生这样的事情。（泪，好像泉水似的，涌出眼眶，往下直泻，嗓音颤抖了。）一切都……来得那么突然。我一回家，便看到……他的眼睛发红……一派胡言乱语，一巴掌……就把我……掴得满天星斗。天呀，他从来没有打过我，还没等我弄清是怎么回事，他发疯似的抓住我的手，把我拖走。他的神情很可怖，我不敢不依，也根本……不容我……问他，到底是……为了什么。

但不用他说，我……也猜得到，他怀疑我……与林璋志……幽会。天地良心，我……和林璋志，根本没有什么。是的，我约过他，但……并没有什么……见不得人……的事。我为什么不告诉必盛？我不想他难堪，我不想伤他的自尊心。他以为我是什么？是……百万富婆？我哪里来的一万多块钱？还不是，为了，成全他赚钱的愿望，我才硬着头皮，开口向林璋志借来的。我活了二十五岁，向人借钱……还是头一次，为了什么？还不是……因为爱他？（抽泣更猛烈，双肩抽搐着，好一会儿说不出话来。）他……倒好，也不问……我的钱从哪里来，我知道，他一心一意……想的只是钱，其他的东西，他都……不管了。我不否认，我也希望……我们的经济好转，我不会……把亏本的责任……全推给他一个人。但他不能那么自私，什么都……不闻不问，到头来，还要怀疑钱来得……不干净。天呀，人的良心……到底哪里去了？

怀疑我……也没有什么大不了，真相总会弄清楚，但他在那么多人面前侮辱我，叫我的脸往哪里搁？在家里多掴我几个耳光不要紧，叫我在那么多的同事、那么多的赌客面前那样难堪，我受不了。我受不了周围射过来的……眼光，似笑非笑，我知道那代表……什么意思，只不过嘴上……没有讲出来。

我倒也还罢了。到底是一场夫妻，就算他怎么不对，总还是……我的丈夫，不能计较那么多。他一向……待我不错，这次这样鲁莽，也不是无缘无故，他有他的道理，也怪我瞒着他……去借钱。

可是，林璋志是冤枉的。他好心好意地借出钱来，结果还要被刺杀。（抽泣声，又剧烈起来。）这到底是……怎么一回事？

一冲进赌场，必盛就放开我，朝林璋志扑去。我看到他们在争执着，却听不清在吵什么。我的心很乱，他们的声音虽然很大，传到我脑海里，却变得一点意义也没有，只是一连串的单音节，轮番冲击我的耳膜。我不知道……该怎么办，想上前去排解，但脚却迈不开。我见到同事阿陈拉住必盛，大概想平息纠纷，却被必盛一把推开，他是那么用劲，以致阿陈踉跄了好几步才站住，苦笑着摇摇头，走开了。

周围看热闹的一群人，没有一个人敢出头劝架。忽然间，透过人墙，我看见必盛向前冲去，伴随着长长的怒吼声，一声惨叫传出："啊！……你……"我永远不能忘记那声音，那声音……一直回荡在我的耳畔，不管我怎样想要忘却它，都不能够。（泪，又再次往下直掉。）啊，你听，那声音，那声音……现在又响了起来。（眼泪模糊的双眼透射出两道惊恐的光，好一会儿，才渐渐平息下来。）

我意识到发生了什么事情，我看到林璋志那魁梧的身躯，缓缓地往后倒去，扑通一声，跌在地板上。人们好像受惊的鸟群一样，一下就往后四散。在那一刹那，我突然不知从哪里来的一股神力，拔脚向前冲去。我看到林璋志双手捂住……胸口，殷红殷红的血……渗出他的手掌，涌了出来。他蜷曲的身体抽搐着，那张……本来好看的……脸因为痛苦……被扭歪了，我从来没有看见过，人会变得这么……难看。是我……害了他，是我……害了他们两个……天呀，我到底……前世造了什么孽，今生……要受到这样的惩罚？……（被压抑的呜咽从胸膛再次爆出，突破牙关的封锁，凄惨而寂寞地在冷空气中回荡。）

林璋志在案发现场对探员的口供

我知道我……不行了，趁我现在……还有……一口气，我要……把真相……说出来。不然，我死不瞑目。（头突然晕眩，那探员炯炯的眼神忽然变得朦胧起来，面孔变成两个，交叠在一起，又慢慢地合成一张，清晰起来。）

你不必制止我，就算医生现在赶来……施手术，我也是……没有救了，你不用……安慰我，我知道的。你也不想……我不明不白……死去吧？

他为什么……要杀我，（啊，血似乎仍在汩汩地流出，真冷。）我怎么知道？我猜得……出，但我不明白。我跟他……是多年的……老朋友，想不到……友情……是那样脆……弱，他不相……信我，总该相信……他老婆，那样的……女人，哪去找？（玉珍口吃着开口借钱，那双明亮的眼睛垂了下来，好像在躲避着什么，连铁石心肠也不能不为之软化。）

我虽然……是……护卫……队……小头目，但……钱也多不到……哪里去，而且我还……没……没有……结婚，连……老婆本……也借……借了出……去，因……因为……我不忍……心拒绝……玉……珍。你……不要阻止……我，我……

要讲，你不……让我……讲，就是……让我马上死，你……行行好，让我……说下……去。（一股旺盛的精力好像从遥远的地方被召了回来，精神忽然为之一振。难道这是所谓的回光返照？）钱呀，谁不……珍惜，放在自己的口袋，不会咬人的。为什么借给……她？如果你当时看到……她怎样求我，你就会明白。

也怪我……血气方刚，钟必盛没头没脑冲过来，当众……向我问罪，使我……没有面子，我……好心不得好报。如果我……好好……解释。可能没有事。但我……受不了……这种侮辱。我用挑衅的语……气，回答他，存心侮辱他："我愿意，你管得着？"

话刚出口，我就……有些后悔，这未免……过分了一点。我的神志有些恍惚，猛然听见一声狂叫，只见一团黑影扑了上来，还没……等我清……清醒，我全身剧痛，血喷了出来。（原来被利刀刺伤是这样的滋味：冰冷、战栗、疼痛，想来一枪打死要干脆得多。）

你不必……安慰我……我知道……我不行了。（精力在明显地溃退，莫非死神正在迅速地到来？）谢谢你……让我……把话……说完。你说……什么？……法办……钟必盛？那有……什么意思？（救护车的警号似远似近地传来，是来救我的吗？太迟了，太迟了……）

……我不想死。我才……二十五岁，我还没有……结婚，我还有……爸爸……妈妈，我还没有……子女，我是……独生子，我不想……死。我还想……多看……几眼……这世界。这一切，到底……是为了什么？（苦涩的泪，缓缓地从眼角溢出，似乎有些浑浊，再也没有晶莹的光泽。）

1983 年 1 月 1 日—2 日

（刊于香港《当代文艺》1983 年 4 月号）

窥

从睡梦中惊醒，明仪听到慎鸿粗重的呼吸声，接着他的身子便像蛇一般缠了过来，暗夜里，那双手在她身上到处游走。起初似乎还有些胆怯，慢慢好像看准了风头，便狂野得没有节制起来，一下子便钻进她的睡衣里面去。她的困意尽去，还无声抵抗来袭的双手。无力的阻挡，使他变成一个勇敢的斗士不屈不挠。她半闭眼帘，只感到慎鸿的嘴唇从她的颈边摸索着上升，忽地磁石般啜住她的嘴唇，舌尖也跟着突进。她紧咬牙关，喉头发出轻轻的“唔唔”声，想提醒他不要放肆，无奈他已经不能自制，自顾自朝向他的目标不懈努力。她的防线全面崩溃，牙关被他叩开，她只感到眼前化成点点金星，好像乘着一叶扁舟在怒海中颠簸航行。因晕眩而陷入半昏迷状态，可是她的神经却在警戒着，她恍惚老是看到一双灼灼的目光，好像要喷出火似的一眨不眨。惊恐中她圆睁双眼极力想要穿透这夜色，可是一切都是枉然，她仰视到的只是慎鸿的一双燃着的眼睛。她暗暗松了一口气，这才又感觉到慎鸿仍在努力，他额头上的汗水也滴到她面颊上、嘴唇边。唔，好咸。而慎鸿在不断活动之外，还压低了嗓音频频追问：“怎样？感觉怎样？”

这反反复复的问话，听起来断断续续，也不知道他是在认真追问，还是下意识地自言自语。其实自从那赵长贵租住阁楼之后不久，每当慎鸿与她欢好，她的心弦都紧紧绷着，任她如何努力也无法彻底放松，但她知道她必须满足慎鸿的英雄感。情到浓时，他总是半开玩笑地对她说：“男人嘛，总是希望自己天下无敌……”他没说他自己，大概也还有点不好意思吧。但她明白他的心理。既然跟了他，她自然也不想太扫他的兴，每次她也就尽力表现得十分享受的样子，但慎鸿并不满足，总是寻根究底地追问不已：“怎么样？啊？怎么样？”她只好极力压低嗓门，含糊其词：“你是我便知道啦……”

这回她连含糊其词也做不到了，因为她认定，要是她一出声，恐怕立刻就会传到一双竖起的耳朵里。

赵长贵的耳朵真是出奇的长，几乎可以垂肩，好像就是古时所说的帝王相吧！不过那比例让她一见就觉得有些异相，她不喜欢。赵长贵却堆满了笑容：“我一个单身汉，早出晚归，也不煮饭，哪里找这样的房客？”她立即答道：“像我们这样的二房东，没有孩子，不会吵闹，到哪里去找呀？”

于是讨价还价。她提高房租，那赵长贵嬉皮笑脸地说：“遇上我这样的房客，你应该减价才对。”

她不肯，咬着嘴唇一味摇头。

“这样吧，你再和张先生考虑一下，”最后，赵长贵这样说，

“我明天再来听消息，好吧？”

她只是想要快快摆脱他，便一口答应下来。

当晚在饭桌上，慎鸿听了，声音忽地拔高，眼光直盯而来：“啊呀，上了年纪的单身汉哦，你怎么不答应下来？”

“那个人面相不好，我不喜欢……”她答道。

“又不是拣老公，管他好看不好看？”他冲口而出，一看她的脸色有些不对，忙又补上几句，“好看才危险呢！我们这个阁楼，只够一个人住，年轻女孩不会来，年轻男人我又不放心，你一个人在家哦！这个五六十岁的老头正合适，错过了，以后难找……”

他有他的道理。算了，做二房东也不容易，招个三房客来，分担大半的房租，自然是上策。我也不能出去工作，他一个人在工厂打工，能赚多少钱？万一将来有了孩子，一点积蓄也没有，怎么办？罢罢罢，他说得也对，又不是拣老公，管他的模样如何？何况这个人也是早出晚归，不会常常碰面。

慎鸿的汗水又流下来，她也满头大汗了。天气真热，这夏天，想要开窗也不敢，开了窗有风，凉快一点，但风会撩起那窗帘，床就成了不设防。即使窗外只是夜空，她也觉得有偷窥的眼睛在闪烁。她抗拒。慎鸿好几次都嘲笑她神经过敏，“……就你这么多心！人家自己还忙不过来呢，有谁吃饱了没事干来偷看你？别疑神疑鬼啦……”她却不以为然，“小心驶得万年船，万一给人看到，不是亏了？无端的损失，我才不干。给你看好过给别人看，你不在乎，我在乎！”在乎就要付出代价，汗流浃背也没办法。什么时候能装上一部冷气机就好了。一室的冷意，可以将酷夏的闷热驱走，再怎么折腾，也应该不会浑身是汗了吧？

其实即使可以开窗又怎么样？风也并非总是往这个方向吹。白天连窗带木门都打开了，屋内也不见得凉快。这里又不是三面单边的新楼，向着天井的那窗口，由白天到夜晚都是一片阴沉。阳光照不进来，轻风也吹不过来，墙内哪能不热？连风扇制造的风，似乎也是热的。那几天，赵长贵穿条短裤、背心，趿着拖鞋，在屋内团团乱转，一连声叫热。给他叫烦了，她没好气地说了一句："你热就找个地方凉快去吧！又说早出晚归……"赵长贵听了，也不动气，一味笑嘻嘻地说："我放大假呀……这是人权哦，你不是连我放大假都不准吧？"

她横了他一眼，也不想纠缠下去了，便不再作声，心里却有些懊悔：是啊，怎么没有想到，做工一年还有七天大假哩！她看他孟浪的神情，内心有些吃惊，但表面却强自镇定，板着脸孔，坚持不与他开玩笑。她觉得他是那么一种人，只要混熟一点，他就会得寸进尺，且永远不会放弃心中的目标。她无法撤除警戒线。

本来那阁楼高高在上，没人住的时候，她也从未注意过那方位。自从赵长贵睡在那里，她的心便无形中打了个结。毕竟是多了一个不相干的男人，不比得两人世界之时随心所欲，不论什么时候，关起门来就是自家的天下，爱哭爱笑爱叫爱闹，谁又管得来？现在也还是不会有人管，但有什么理由把夫妇间最隐秘的生活公诸这个房客的面前呢？不管慎鸿如何张狂，在黑夜中她始终咬紧牙关，硬是不吭一声。偏偏慎鸿却有不同的心思，频频追问："怎么啦……冷感呀？"搬进一个陌生人，倒好像对他完全没有什么影响。

缠得多了，她也无法忍受了。当他重新压在她身上，又气喘吁吁地重提那并不新鲜的问题："……你说呀……你说呀！"一股怒气忽地攻心，她咬牙说道："说什么呀！你不知道隔墙有耳？"

"嗨！我道是什么呢！"他滚到一边去，仰面躺着，声音大大地说，"要看尽管看，怕什么！"

"亏你说得出口……"她的脸一热，沉声道。

"做得出，怎么说不出？"他哼了一声。

"那你去表演算了，还可以赚钱哩！"她愈想愈气，开始寻找刺激对方的字眼。

"那要看我高兴不高兴了。"他冷笑了一下。

"你怎么会不高兴？现在没有机会你都拼命在找观众，你当然什么时候都高兴！"她拉起被单一直盖到自己的脖子，她感到更热了。

他好像语塞，沉默了一下，重重地翻了个身，忽地又粗声粗气地说了："你这个人就知道叫我赚钱赚钱赚钱，从来不知道赚钱有多辛苦！你有本事你出去做呀，我干吗要这样拼命赚钱？"

"你……"她的心顿时沉了下去，万语千言立刻也咽了回去。这个自私的男人！当初你也不是不知道我无法出去工作的，还说什么你照顾我一生一世，原来只不过是贪图我的美色而已。算我骆明仪瞎了眼，所托非人。要不是我走投无路，几时轮到你张慎鸿！愈想愈委屈，她一翻身，背对着他，闭上眼睛，泪水止不住溢出眼眶。竖起的耳朵捕捉周围的声音，但听他微微打着鼻鼾，已自顾睡去了。她更加生气，不由哽咽起来，猛然想起还有那个赵长贵，她的心一跳，连忙止声，睁开泪眼，模糊中似乎又看到那双灼灼的好像老狼的眼睛。她慌忙用右手手背擦拭双眼，再往那阁楼望去，哪里有什么眼睛？微光下只有一个隐约的侧身往里躺着的人影，仿佛睡得正熟。

她的心情烦躁，翻来覆去睡不着，又觉得不舒服，便起床上洗手间去冲洗。刚亮开灯，她又觉得赵长贵似乎也在阁楼欠起身，望了过来，她一慌，立刻把灯熄了，转身跑回床上，心犹在怦怦乱跳。睡神已经远离，她仰躺在那里，胡思乱想起来。不会吧，这个赵长贵？已经是老家伙，我才二十五岁，做他的女儿都可以，他不至于会有什么非分之想吧？

一觉醒来，天已经大亮。她望了望身畔，张慎鸿早已上班去了。她懒洋洋地坐起身来，打了个呵欠，也不知道昨晚是怎样迷迷糊糊地睡去的，好像还做梦，说了许多梦话，这时头却有些疼。穿着睡衣找了一粒止痛片，她趿着拖鞋上厨房去倒热水，一脚踏进去，吓得尖叫一声，她冷不防看到赵长贵就在面前咧嘴对她笑！

“干什么呀！那么大个人还躲在厨房里吓人！”等回过气

来，她没好气地斥责他。

赵长贵只是笑，“没有呀，我也是来喝水呀，我给你倒吧，顺手……”

她没有理睬，回身便走。赵长贵跟到客厅，赔笑道：“开电视吧，可以吗，张太？很闷。”

闷？她瞪了他一眼，只见他一副空虚无聊的神态，她不由得心软了，懒懒地答道：“你爱看就看啦，不必问我。”

荧光屏上闪出的是曹达华和于素秋。她瞥了一下，哼，是粤语长片哩，这对师兄师妹正并肩下山。她再扫了赵长贵一眼，但见他的眼睛在发光。真不明白，这种老掉牙的黑白武侠片，怎么还可以吸引人。大概他年轻时是曹达华、于素秋迷吧？

她轻轻地叹了一口气，回头拿了一把扫帚扫地。扫到赵长贵脚跟前，他好像也不察觉，她提高嗓音叫了一声：“麻烦你把脚抬高！”他抬头望了她一眼，乖乖地照做了，他的武侠梦似乎也被惊醒了，望着她只是笑，“张太你真勤劳，这屋子全靠你，打扫得这么干净……”

她不理他，继续扫她的地，可是她老觉得，赵长贵的眼睛，已经离开电视屏幕，贼溜溜地往她身上扫射，让她觉得一丝不挂凉飕飕的，醒悟到自己仍穿着薄薄的粉红睡衣，她的脸一热，慌乱间一时不知该怎么办才好。

她见赵长贵从沙发上站起，走了过来，犹豫了一下，没等她反应过来，他的一双手便伸过来抢扫帚，却半落在她的手背上。她的手一缩，他也没抓稳，那扫帚便自己啪的一声倒在地上。

她下意识弯腰捡起，忽觉有一只手搭在她的肩膀，她本能地一缩，回头一看，只见赵长贵赔着笑脸。她哼一声，正待发作，想了一想，也就忍住了。地也不再扫，她气冲冲急步到厨房做饭去。她以女性的敏感，明显地感觉到赵长贵的念头。男人？男人是不是全都是这一副猴急相，不论老少？锅里的油已经发烫，她随手从砧板上抓了一把蒜头片，丢了进去，一阵白烟腾了起来。嗯，男人。慎鸿那时收留我，不就是因为我是靓女吗？一切都好像是交易，他养我，我献身，如此简单而已。

一股微焦的味道直袭她的鼻端，啊呀，蒜头片都焦黄了。她赶忙将菠菜倒进去，然后搅动锅铲炒菜。又是一阵白烟冒了上来。是啊，慎鸿要得很直接，他留我，似乎就有了占有我的权利。萍水相逢，我对他并没有什么感情，但我必须付出才有所得。闭了眼睛，也还可以接受，他虽然外貌平平，我也不知道他为人如何，可是，没有别的路可以走，这个险我一定要冒，至少，他只大我几岁，心理上好过一些。这赵长贵算什么？一个又老又丑又穷的房客，凭什么想占我的便宜？

她熄掉煤气炉，正待把菜装到盘子里，赵长贵忽地又像鬼影似的飘进厨房。这厨房本来就窄小，两个人挤在一起，她察觉他有意无意地碰撞她的身体。她忍无可忍，喝道："好了哦，你！"

她看到赵长贵怔了一怔，很快又恢复笑容，若无其事地说："啊呀，张太，你知道吗？偷渡是要被遣返的……"

她拿着锅铲的右手抖了一下，嘴上却说：“你说这个，是什么意思？关我什么事？”

“关不关你的事呢，我就不知道了，”赵长贵扁了扁嘴，“不过你心里应该最清楚。对了，晚上你常说梦话吧？”

她吓了一跳，只顾用锅铲盛菜。赵长贵话里有话。我昨晚说了什么梦话？猛然间，她的身子一紧，竟从后头被人拦腰抱住。她尖叫了一声，拼命挣扎，赵长贵却死不放手，一面喘着气，一面把嘴凑在她耳边，几近语无伦次地说：“……你乖乖的……我不会……亏待……你，……要不……你也……待不住……”

“遣返”这个字眼，使得她顿时软弱起来。赵长贵更不怠慢，手忙脚乱地向她全面压迫，好像立志要在分秒之间攻陷横亘在面前的神秘堡垒。她咬牙忍住了，但觉赵长贵的双手愈来愈猖狂，伺机潜进她的睡衣里摸索。她开始恢复抵抗的勇气，却软弱无力，心里一片混乱，彷徨无主。赵长贵的嘴吻着她的后颈，一边气喘吁吁，喃喃地说：“……我会好好疼你的……”她打了个寒噤，只觉得好像有一条毛毛虫掠过，这算什么呢？天！这算什么呢？

但赵长贵仍未满足，她感到他愈来愈焦躁，如一头困兽。终于，他的手用力一扯，当场扯掉了她睡衣上的纽扣。她惊叫了一声，拼尽全力将他推开，哭着大喊：“好了！你不要再走过来了，你这禽兽！”

“禽兽？”赵长贵冷笑，“你骂什么都没用。今天，你以为你是什么？你是偷渡的！你要留在香港，你就乖乖的，听我的话……”

她又被慑住了。千辛万苦九死一生偷渡香港，难道就这样完了？她不甘心。如果她甘心的话，当初也就不会把自己交给张慎鸿了……

思绪恍惚间，她看到赵长贵又迫近来了，涎着脸说道：“那有什么？你不说，我不说，谁知道？”

没人知道又怎样？我不愿意呀。看着赵长贵蛮有把握的模样，自己俨然成了他的囊中物似的，她的心中更升起一股无名怒火。她握紧锅铲的右手手心在冒汗，她扯着嗓子高声怒骂：“你以为你是谁？你只不过是个老废物！想玩我？癞蛤蟆吃天鹅肉！”

赵长贵根本不理她的警告，笑嘻嘻只管逼上来，也容不得她再思量。赵长贵刚张手扑了过来，她便把锅铲用力一挥，那曲线一定很优美吧？只听得“嘭”一声击在硬物上，赵长贵往后便倒。

她自己也给吓住了。定眼一看，赵长贵躺在地板上，双手捂住额头，仍有血从指缝间渗出来。

她呆了半晌，脑海间一片混乱，恍惚还有警车“呜哇呜哇”地乱叫，凄厉而孤独地回荡在这夏日中午的天空中。

1990年12月10日

（刊于香港《P.B.I》1991年1月号）

碧玉岩

诗人的心微颤了。

凭着石头栏杆俯瞰，台北的闪烁灯火尽入眼帘。但他的心潮澎湃，却不是为那美丽的夜景，而是为此刻就在身旁的伊人。

思绪飘飘荡荡，心不在焉。

当丹萍的一声低呼轻轻传来，漾在他心湖时，侧过脸去只见她的笑容那么纯真，却怎么也抓不住她的语意。

他的眼睛打了个问号。

丹萍举手理了一下山风扬起的长发，“我说呀，这夜景美不美？”

“美。在这么耀目的灯火中，也不知道哪一盏照在你家门？”他试探着。

“喏，”她指了指一处地方，“就在那一头。”

“哦。”他应了一句，尽管他实际上也还没有摸清方位。思潮又漫了上来。她家？她家该是什么模样？

“……只可惜我的家小，只有两房一厅，一间房我爸爸妈妈睡，一间房我睡。不然的话，你不必住酒店，可以住到我家来……”

她是这样说过。

他也是从她的这句话探悉，她还没有结婚。

“那男朋友总是有了的吧，”他说，“你这么漂亮……”

她温文地笑着。

过了一会儿，才答：“以前有过，但现在没有了。”

“是那个人没有福气……”

“也可能是我没福气。”

那语气有些无奈，落在他心湖，袅袅腾起一股如烟似雾的朦胧感觉，但他不知道该说什么好。

也不过是萍水相逢罢了，又不是什么深交，还能说更深层的话吗？

但他无法否认他的心在悸动，当三天前首次与她相见的时候。她那种温情的笑脸，从此便一直闪烁在他的脑海里，再也不肯褪色。

他又有些庆幸，本来他也嫌麻烦，准备随便把那苏绣留在台北什么人手里，叫这位李丹萍小姐自取，后来改变主意，难道是鬼使神差？

他一直想不清楚。

从苏州动身之前，友人托他说：“……这位李小姐，虽然是我未见面的亲戚，但你有什么困难，尽管出声，她一定会帮忙的，她来信都很热情……”

他不好意思拒绝，只能替那朋友带了。

到了台北，每天宴饮不断，他几乎把这件事情给忘得一干二净，等到记起，已是访问行程的最后三天了。

冥冥中一定有什么神灵指引，他竟站到她面前。

想象中的拘谨，并不存在，她的轻语谈笑，好像一股春风，他只觉得生来就与她相识相知。

他想象做会计整天与钱打交道，定是个枯燥的人，一旦见面，恐怕连话题都难以找到，哪里想到她会喜欢诗。他不禁暗暗心喜，与这么漂亮的小姐谈天，正可以一展自己所长……

但他不露声色。

只觉得她是个礼貌周全的温柔女子，一听到他为众多的赠画发愁，她立刻表示：“你把画都留给我，我替你航寄。那么重，你怎么带得了！”

“这怎么好意思？”他吃吃地说。

“我保证寄到，你放心好了。”她微笑着，“不会贪污的，给我点面子，好吧？”

他立刻明白，这李小姐善解人意，不想让他难堪，“却之不恭，恭敬不如从命。”他说。

后来他听人家说，这几十公斤重的书，邮费可真不便宜呀！假如她很富有，那倒也还罢了，她的工资也不过两万台币……

他心头涌起无言的感激。

那时她正驾着车子，在夜色中缓缓驶过一条寂静的马路，街灯明明暗暗，一闪一闪地勾出她那温静的侧脸，他情不自禁地伸出手去，轻轻按在她的左手背上，也没有顾到会不会影响她的驾驶。

他看到她直视前方，嘴角似乎有一丝笑纹，手也没有缩走，惊觉到自己的手心淌汗，他急忙撤了回来，虽然彼此都不曾吐出一个字，但车厢里的气氛，却明明显得有些不自然了。急切间也不知道该怎么样打破这僵局，但他知道，沉默越久，那情势就会越沉重，这时，录音机正播出叶倩文的《潇洒走一回》，他灵机一动："你爱听吗？"

也不知道她点头还是摇头，悠悠撞进耳膜的，却依稀是叶倩文那把揪心的嗓音："……留一半清醒，留一半醉，至少梦里有你追随……"

忽地又插进她的问话："很有意思吧？这歌词？"

他不知道应该怎么反应才算得体，只好笑道："你喜欢流行歌曲？"

她并不回避："喜欢。"

他顿时觉得自己有些假清高，明明喜欢，却又怕别人说他庸俗，实在远不如眼前这位少女这般坦诚。他在她那发自本色的言谈面前，自认矮了一截。

"你不喜欢？"大概见他不吭声，她转过头来瞥了他一眼。

他望见她那静静的笑靥，竟不由自主地有些痴了。

"我也喜欢唐诗宋词呢。"她说。

“那你知道柳永的《雨霖铃》了？”

他看到她点头，张嘴便背下那首词。

是有些卖弄的味道，不过也不失为一种保持活跃气氛的方法，他觉得，假如沉寂下来，他便会局促不安。

但他的话音刚落，便听到她轻声说了一句：“好像漏了几句。”

是吗是吗？他有些赧然，忙问：“哪几句？”

“执手相看泪眼，竟无语凝噎。”

他一怔，是呀！怎么会漏了这妙句？

只好解嘲：“老了，不中用了，连记忆力也不行了！”

他嘴上笑着，其实心里有些悲哀。他一向记忆力极好，今天想要露一手，偏偏就出了洋相。才五十出头，也不算太老吧，难道真的没有记性了？只是，在她的面前，我也真可以说是老的了……

她缓缓地说了一句：“我看你风华正茂……”

听得他一喜，随即又想到，她的这句话，大概也只是出于客气吧？

猛然间清醒起来，他不觉得有些害臊。这是怎么啦？今晚竟婆婆妈妈，尽想些不着边际的事情，要是紫娟知道了，不臭骂我心生邪念想入非非才怪哩！

连忙驱走心猿意马的思绪，正襟危坐，车子已经慢慢停在他住的酒店大门口。他也不知道怎么下的车，只记得好像是彼此道了一声：“晚安。”

好像还说了一句“再见”吧？

再见的时候，已经是他在台北的最后一晚了。

而且是在夜色中的碧玉岩。

只是，灯火灿烂的夜景，看得久了，也就是那样的了。何况，左左右右尽是双双对对相互依偎着的情侣，叫他既羡慕又有些不自然。山风阵阵吹来，他打了个冷噤，虽然极力掩饰，丹萍还是觉察到了，“怎么啦，冷啊？”

他笑道：“怎么会？现在是夏天，又不是冬天。”

说着，他背转身去，看到山上的那座寺庙，想起了晨钟暮鼓。这时还恍惚有僧人们诵经的声音，拖得长长而具乐感地随风掠过。

空即是色，色即是空。

可惜他却还未达到那种至高境界。

只听得丹萍又说：“……你明天就要走了，不然的话，还有一个地方，看夜景比这里更好……”

“这里就很好了，”他说，“毕生难忘。”

“你别那么夸张啊，”她笑，“看夜景有什么了不得了？何况台北夜景也不很出名。”

他张了张口，欲言又止。

难道他可以说，因为有你陪我，就算是在一座破山岗上静坐，也是毕生难忘？

只好说：“看风景，其实是看心情。心情好，风景也自然漂亮，自然难忘。”

“这不是诗论吧？”丹萍笑眼流转。

“是谬论，”他故作轻松，“胡说八道。”

“台北比起苏州来，怎么样？”

他望着她的那双温柔的大眼睛，一时之间竟不知道怎么样回答了。台北当然比苏州繁华啦，苏州哪有台北这般灿烂的灯火？可是他不愿意在她面前这样说。他当然也不能睁着眼睛说瞎话，说苏州要比台北热闹。

“各有各的好啦，很难比较。”他终于避开她的视线，取巧地回答。

“苏州是不是好在有小桥流水人家？”

小桥流水也还是有的，只不过真的去看了，恐怕还是觉得停留在唐诗宋词中更惬意。他掠了掠被吹乱了的头发，说：“你去了便知道啦！”

“又卖关子！”她扁了扁嘴唇，“你都知道，我大概也没有什么机会去苏州的啦！”

她的话轻轻说来，却沉沉地击在他的心盘上，一种别离的爱意，重重地压得他的灵魂无法翩飞。

下山的小径，穿过一片林子，把灯光和月光挡在林外，只有他与她的影子依稀。这林子的范围窄小，他知道他拥有的机会并没有多少了，心猛然怦怦乱跳，他一把抓住她的手，也不说话。

她温顺地任他握着，两人默默地牵着手缓缓而行。这时他只觉得自己掌握着柔软的小手，但求就这样走到天涯海角，即使是天塌地陷，也不会理会了。

但是幸福总是短暂的，甚至还没来得及转一下什么念头，眼前豁然大亮，早已跨出林子了。

汽车在归途中疾驰，谁也不说一句话。

回荡在车厢内的，又是叶倩文的《潇洒走一回》。

他没话找话地说了一声："我们今晚，算不算是潇洒走一回？"

"你知不知道，我刚考到车牌，"她说，"你是我的头一个乘客……"

他吃了一惊，随即一笑，想，就算是出什么意外，我雷振宇也认了！风里雨里水里火里也都跟你去了，你要我的命，你就拿去吧！

正想到癫狂处，蓦然便闪出了紫娟那张紧皱眉头的脸，他立刻感到肩膀沉重，连说话都没有心思了。

躺在酒店的床上，他翻来覆去也睡不着觉。一看手表，已经午夜十二点。连想也不想，他弹了起来，抓起电话便狂拨号码。假如接电话的不是她呢？电话铃声刚响了两下，他便清清楚楚地听到她"喂"的应话声。

他慌慌张张的，也不知道说了些什么。突然他的心一跳，丹萍的声音温温柔柔地滑了过来："几时再见你？"

他心头一酸，强笑道："恐怕是下辈子了……"

一夜没有睡好，从机场大厅拨电话至她办公室，但她的同事说，她吃午饭去了。他的心立刻铅一般下沉：莫非连最后的告别也实现不了？但他不死心，过了海关，他又直奔投币公用电话机，总算找到她，眼看机上显示的倒数数位快跳到“0”，他只来得及说一句：“希望你找到好丈夫……”咔嚓一声，线便断了。

1993年9月16日

（刊于香港《星岛晚报·星象》1993年9月25日—29日）

空　降

杰克要回来了。

方雅兰好像是不经意地那么一说，竟如一颗炸弹似的，把黄德明的心房轰出一个洞。刹那间，他的脑海一片空白，只见雅兰往老板椅靠背上一靠，“怎么啦你？没话说了？”

“那很好呀。”他忙说。心里千头万绪，不知道心口是不是有汩汩的血流出。

即使雅兰没有说得很明白，他也已经断定，杰克的“回来”，不是仅指回流香港，而且回流公司。如今经济低迷，香港经历金融风暴、科技爆破之后，每家公司都在瘦身，人人都要增值。年过四十想要找份理想的工作？即使你资历不差，只怕也是没有人肯请。那个杰克回流，除了此处，哪有其他出路？

沉默。空气好像凝住了，有一股压抑的难受感觉。

德明无话找话：“他不是追随太太去美国，过得很好吗？怎么又回来了，这样的环境？”

雅兰笑了一笑，“家家有本难念的经。”

听起来她好像很了解内情。莫非这十年来，她与杰克都有热线联系，只不过他懵然不知罢了？

“回来也有好处，他熟悉内地市场，如有工作热情，我相信他可以有一番作为……”

他忍不住说：“杰克已经离开香港那么多年，跟内地基本上也脱节了，我怕他……”

“那也不能那么说，他毕竟有基础，虽然这几年离开了，但他在美国也还一直追踪市场的动向，要捡回来并不难。”

“既然你那么说，我再说什么也是废话了。”他想这样说，但终于没有出声。他十分明白自己扮演的角色，表面上，雅兰是在征询他的意见，她总是说：“公司有重大事情，总会先找你商量的。”但实际上，她每次都已经有了决定，再循例知会他，不管他意见如何，根本都不会影响她的取舍。雅兰刚刚成为“阿一”的时候，听从杰克的意见，要炒掉一个女同事，他以为不妥，那同事并没犯错，只不过是在工作安排上和杰克争执了几句，杰克便眼睛一瞪，“你是不是不想捞了？不想捞我就跟老板说！”他对雅兰说：“这样太跋扈了，大家恐怕不服。”但雅兰却不以为然，“两个人火并，我当然要支持职位高的那个，不然他以后还有什么权威，以后他还怎样发号施令？也许安妮并没有错，错的是杰克，但有时不是对错的问题，而是如何处理更加有利的问题。”也就是在这一次，德明领教了她的办公室政治手腕，既然反对不会有效，他又何必枉做小人？

但有时就是忍不住。比方提起杰克。“难道你忘了，那个时候，他是拿你一手的呀！”

是有点挑拨的味道。他看到雅兰的脸上闪过一丝不快的阴影，这句话该勾起她遥远岁月的记忆了吧？

那个时候，雅兰刚接掌这计算机公司的大权，位置还没有坐稳，杰克一纸辞职信便递了过来。雅兰对德明说：“也不知道他是什么意思。”德明冷笑，“那还不明白，不跟你合作呗！他本来以为该他上台，哪里想到跑出你这匹黑马！”雅兰哼了一声，“我也不晓得呀！要怪，他该怪大老板，关我什么事！”他笑，“你压在他头上，他不怪你怪谁？”

真该怪大老板，三个副总经理，原本杰克排名第一，雅兰第二，德明第三。忽然找一个扶正，雅兰超越杰克，叫杰克这个大男人面子上怎么受得了？他摆明采取抵制行动，令雅兰面子上难堪。她愤愤地对德明说：“这个杰克·李，不是当众剃我眼眉吗？”

是啊，现在你请他回巢，不也是剃我眼眉吗？他心里这么想，却说不出口。

本来他就是唯一的副总经理了，雅兰高升至董事局任执行董事，这公司便是她的天下。德明以为他是唯一的副总经理，升任并非拥有生杀大权的总经理位置，也是顺理成章的事情，不料竟没有，雅兰让已辞职多年的杰克从纽约空降，坐上这个位置。眼看到口的肥肉平白无故地飞掉，他心里说有多不平衡便有多不平衡。但他还不能说，说了显得自己小家子气，一个大男人，能屈能伸，打落牙齿和血吞。

女秘书悄悄指着总经理的房间，试探着说："黄副总，本来那个位置应该是你坐的……"

他的心好像给剜了一刀，连忙强笑，"谁说的，我很本分，我不是帅才，我知道我自己。"

但躺在床上辗转反侧，他一夜不能成眠。

次日上班只见满面春风的杰克远远便向他伸出手来，笑道："世界真小，兜兜转转，我们的同事缘分还没完呢！"

这便是老臣子的下场了。总以为多年媳妇终究可以熬成婆，哪里料到不是你的便不是你的，有什么话好讲？

雅兰叹了一口气，"那个位置不好坐呀！我以后会超脱一点，拼老命干吗？让他去干吧，他也有能力。"

不是正式向他解释，但从她的言语之间，他明白她的意思。他忍不住问了一句："难道我没有能力？"

她瞟了他一眼，"有，怎么没有？"

他知道她在打岔。

但这种微妙的关系，剪不断理还乱，他既然不想失去她，有时便只好装傻。

装死躺下，其实心还不死，一有机会，他必须把钉子捶进她的心里去。

雅兰黑掉的脸很快又恢复常态，笑了一笑，好像刹那间便挥掉了一切不快。"唉！人生在世，不必那么执着，办大事的人，哪里理得了那么多鸡毛蒜皮的小事？我给他钱，他给我办事，就这么简单，过去的事情，一笔勾销！”

这个雅兰，当了执行董事，怎么一下子就这么男子气起来？那个时候，她依偎在他怀里，咻咻地说：“女人再强，也需要有个港湾歇息……”她的万种柔情，于今哪里去了？只见她风风火火，他也弄不清哪个才是真正的她了。

雅兰倒也还罢了，最可气的是杰克·李，他俨然以雅兰的代表自居，跑到德明的面前，居高临下地说：“今天晚上你陪我去见客吧！”

想着他在雅兰面前谦卑的脸孔，他就怒火万丈。雅兰也真是瞎了眼，怎么会欣赏这个离婚男人！

是有心魔。这个家伙，既然已经离开香港，干吗又要巴巴地滚回来？

每当他远远看到雅兰和杰克谈笑风生的时候，他便恶意地闪出这么一个念头：“‘九一一’时这家伙身在纽约，怎么不顺便把他给炸了？”

雅兰哼道：“你可不要那么邪恶，说话像阿尔盖达组织成员似的！那是恐怖袭击呀！难道你支持伤害无辜平民？”

“不是支持不支持的问题，而是精神发泄而已。又不是我想怎样便怎样，说说也不会真的叫他回到‘九一一’去！”

“那可不一定，恐怖袭击到处都有，没有‘九一一’，还有‘十·一二’巴厘岛夜总会的汽车炸弹恐怖袭击。你不是希望这种袭击也发生在香港，就为了杰克？”

“那你也把我想得太恐怖了。我只不过是意念一闪，我又不是恐怖分子，我怎能操纵？”

一言不合，不欢而散。

想想雅兰说的也不是没有道理，他话一出口，就觉得自己的心理有问题，看看巴厘岛的惨案，报纸刊出巨幅照片，但见衣服破烂的男女尸体堆叠在一起，到处是瓦砾。他们只是歌舞升平寻欢作乐罢了，哪里想到一声巨响之后，便死无全尸地告别这个世界，连一点思想准备也没有。这些手无寸铁的平民有何罪？

那夜总会就在库塔海滩附近，那年他和雅兰去过。到巴厘岛度假，好像已经是久远的事情了，那时雅兰还没有高升，他们住进库塔镇酒吧街的“十四朵玫瑰”酒店，但这酒店不见有玫瑰，只有爬满围栏的紫藤。他笑道：“可惜，不然我就摘一朵玫瑰给你。”“我不要玫瑰，”她回身抱住他，“只要你。”晚上漫步至同一条街的那家沙里夜总会，进进出出的大多是西方游客，他们在那里消磨着浪漫的热带之夜。不料，消息传来，那家夜总会轰隆一声，便被夷为平地，叫他痛感到人生的无常。他想打电话给雅兰说：“你看看，那是我们当年去过的地方呀！多危险！”但转念一想，如果她已经不在乎，怎么去提醒也没有用。他叹了一口气，坐在刚结束夜间新闻报道的电视机前发呆。

后来雅兰也没向他提及巴厘岛的爆炸案，好像在他和她的生命历程中，巴厘岛就不曾存在过一样。

曾经发生过的事情，难道就可以像在黑板上的粉笔字一样擦得一干二净呀？

不知道。而雅兰却问他：“你紧张什么？”

他也不知道。不是他觉得有潜在的威胁。他和雅兰的关系，从来就没有公开过。他曾经幽幽地对她叹了一口气，“我们好像在搞地下情！”开始的时候，雅兰为了事业，不愿让人知道；到了她的地位稳如泰山，她更加避忌，而他也不愿意让人笑话，女朋友是自己的上司！

公司里人人都说：“黄生，你是优皮！”

公司里人人也都叽叽喳喳地说：“方小姐是单身贵族！”

甚至有人在私下说他们是金童玉女。雅兰充耳不闻，德明却慌忙制止，“可别乱说！犯上呀！”

没有想到这种秘密状态，竟让杰克有了可乘之机。尽管还没有确实证据，但德明却隐隐感觉得到，这个杰克总是往雅兰的房间跑，表面上是说公事，实际上醉翁之意不在酒。听着从房里传出一男一女的笑声，他便为一种酸楚的味道所折磨。

雅兰却说他神经过敏，不像男人。

但他认为并不是他草木皆兵，男人又怎么样，男人难道就没有感觉？

那个周末晚上，他上她家吃晚饭，夜已深，他瞟了她一眼，有点心虚，算了，我今晚就留在这里……

但她却笑着从后面推他走，“回去回去！你在这里，你睡不好，我也睡不好。”

他觉得是托词，真的睡不好，明天也是星期日。

他说："你不是说，今天是我的生日，我大晒吗？"

她笑，"要不我怎么会请你上来撑台脚？"

好像一餐饭便已经是皇恩浩荡了。

以前不是这样。以前总是她开口，别走……

是不是杰克回流了，她对我便这样淡下来了？

但这样的问号，只能埋在心底，免得自讨没趣，他推开房门，头也不回地走了。虽然他想到留下是个预谋，但他能不能留下，心中却没有把握，毕竟今时不同往日，他也记不清有多久没在雅兰的家里留下了。他只能试探，用迂回的方式，假如给硬生生地拒绝，那他也太没有面子了。比方牙刷和电动剃须刀，他就藏在裤袋里，不让雅兰看见，否则太难下台了！亏雅兰还是笑吟吟地说："男子汉大丈夫，不要那么敏感！"

敏感！无事生非干什么？他恨不得在情路上风平浪静，和雅兰风雨同路。只是，树欲静而风不止。那个杰克，明明像徘徊在她旁边的狼，那眼睛闪着噬人的寒光，难道她真的一点也看不出来？

不过，不论是杰克压在他头上也好，还是杰克在窥伺雅兰也好，他都不能明明白白地表示怨气，不然的话，雅兰会说："你看你看，你怎会这样喋喋不休？"

雅兰现在说话也拐弯抹角了。他生日那晚，吃完饭，便一起看影碟。是《劫后余生》。雅兰说："男人就该这样，即使是身处绝境，也不该放弃。"

他抑制不住回了一句："那是。不过也难说，就算是汤汉斯终于从荒岛重返闹市，但现实生活已经翻天覆地变化，至少他的爱妻已经成为别人的太太。”

雅兰斜眼瞟了他一下，“都说是‘劫后余生’了，如果生活中没有什么改变的话，就不叫‘劫后余生’了。”

四年的隔绝，足以令做太太的认定丈夫已然死去，并且改嫁他人，叫影片中的汤汉斯沉重；而他和雅兰这十多年来日日相对，却似乎也不能保持最初谈情的感觉。人心的真正差距，是不是难以测量？

如果说他以前一直朦朦胧胧的话，那么，这个生日过后，他忽然觉得有什么已经完全不同了。

雅兰说：“你不要老是抱怨，你想想看，杰克会驾车，又会交际，懂得打点，我出去应酬，不找他陪我找谁陪？”

是啊，唱歌跳舞喝酒吹牛，杰克全都在行，有他在，保证不会冷场；哪像我这个闷蛋？当初喜欢热闹的雅兰竟会看上他，连他也感到有些奇怪。但雅兰那时却说：“爱是没有理由的，说得出理由就不是爱了。”那也就是缘分了，他喜滋滋地想道。

但缘分是这样虚无缥缈，来无影，去无踪，不知不觉便消散了。雅兰也并没有明确对他说分手，但他可以感觉到她的热情不再，一个不再有热情的恋情，已经名存实亡，他知道他已经无力阻止情态的发展，就像没有办法阻止太阳下山那样，他目送那绚丽苍茫的黄昏景色逐渐发黑，直至消亡，连一句话也说不出来。那个傍晚，他和雅兰在巴厘岛的金巴兰海滩露天餐厅吃烛光晚餐，只见赤道橙红的太阳在海平线的尽头处那么一跳，便消失在视野里，西边只留下漫天彩霞，雅兰举起那盛着红酒的高脚杯，跟他碰杯说："祝你生日快乐！"那是他的三十岁生日吧！三十岁生日太过甜蜜快乐，根本不会想到三十八岁生日已是另外一番光景。他记得那时他感叹了一句："夕阳无限好，只是近黄昏。"雅兰笑道："管它呢！只要我们在一起，那便是永远面对妩媚的夕阳，它不会下沉。"

不会下沉只是心理作用，夕阳注定西下，月亮注定东升。如果没有了夕阳，却有一轮圆月明晃晃地挂在天边，那又是另一番醉人的风景，就像那晚金巴兰海滩的月亮，温柔妩媚，海风轻轻拂来，桌上玻璃罩内的烛火飘忽，他轻拥着雅兰照了一张相，但愿刹那永恒。如今相片仍在，但他看着那片风景却已朦胧不清。

在心理上它已失去光彩，在视觉上它也已破烂不堪。咦，这是否因为新闻相片而异化？美丽的巴厘岛、美丽的库塔、美丽的沙里夜总会，怎么一下子就变得满目疮痍？

天有不测之风云，人有旦夕之祸福。

雅兰竟会变得这般若即若离，他当初怎么想得到？

朦朦胧胧间，他竟在黄子华主持的电视游戏节目"一触即发"的现场，只剩下他和杰克对决。他一直领先，心中有无限欢喜，如果领到那笔奖金，他便可以改变负资产的命运。但他在关键时刻答错了，黄子华笑吟吟地说："现在你脚下的保险掣解封，六个洞有五个会打开，就看你的运气了！"六分之五的可能性？他一面拉杆，一面暗想，还没有想清楚，他突然失重，狂喊一声便跌了下去。醒来一头是汗，原来是一场梦。他犹记得梦中的杰克在他掉下去的刹那，似笑非笑……

负资产的身份还是不能改变。他本来曾经设想，就豪气地那么把手一挥，辞职！但现在看来还得在冰冷现实的面前低头。如今这个世道，家家公司都在瘦身，不给人炒鱿鱼已经万幸，哪里还有本钱说走就走？志气始终也抵不过欠银行二百万的事实，一走了之当然痛快，但银行追债派人上门，手法就不会那么斯文了，他能躲到哪里去？

原来他以为唯有自尊可以与权势抗衡，如今看来人要拥有自尊，也并不是可以毫无条件。

天亮依旧上班去，见到雅兰他笑着说了一声“早安”，见到杰克他笑着说一声“早安”，见到所有的同事他都笑着说一声“早安”。春风满面，唯有他的心在抽搐，没有人看见。

2002年9月27日

（刊于香港《作家》2002年11月号）

倒　错

那菲籍歌手一面弹着电子琴，一面用深厚的男中音唱起《Diana》，烛光闪烁中，若文的心一子飘得很远很远。

十年了吧？十年前的那个冬夜，也在这家餐厅，他和慧茵在这里吃扒餐。菲籍男歌手唱的是《Only you》，他说，Only you。低低的，柔柔的。同样是菲籍男歌手，但他却已经不敢确定，眼前这位到底是不是十年前的那位。

不能忘记慧茵那在暗夜中流动的眼神。沙田新城市广场的餐厅之夜，便这样根植在他心房。

但他却迷失了这家餐厅，许多次了，他想要一个人重温故梦，却怎么找来找去也找不到。于是，这餐厅连同它的名字，便成了他心中的谜，他只知道它的存在，却始终无法重走那个轨迹。午夜梦回有时想起，便有一股迷惘之情，难道那餐厅根本没有存在过，甚至连慧茵也没有存在过？

但朱慧茵却是个活生生的人，顾盼之间眼波流转，十年之后相逢，也像是个梦。他并不常去沙田，那晚参加一个鸡尾酒会，转了一圈便逃出来独行，迎面就碰到她。人海茫茫，假如不是有缘，为什么会这样相遇？假如真的有缘，为什么在生活的轨迹上总是各自运行？

先是一愣，有点不相信自己的眼睛。莫非是看花了眼，竟将素不相识的靓女当成慧茵？如果这样都可以重拾旧梦，那么中六合彩（六合彩在中国香港为合法彩票）也就不是太困难了！

但对方笑吟吟地伸出手来，还是那样绵软温暖，只是不知道赤裸相拥是否还是那样暗香幽幽？他的脸一热，松开的手也不知道该往哪里放了。倒是慧茵落落大方，不认识我了？

你化成灰我都会记得你，他想这样说，但滑出口的却是，哪里哪里。说深了不好说浅了也不好，他实在找不到一个最恰当的字眼。

毕竟是十年前的事了，在这十年间慧茵的一切他都一无所知，怎可不分轻重？慧茵引路，驾轻就熟。莫非这餐厅她后来又来过不知多少遍？他心湖泛起一股感动的浪花。

怎么我找来找去总是找不到这里？

她轻轻一笑，你心中没有这张地图，当然会迷路啦！

这时烛光飘忽有如在跳灵魂舞，他细细咀嚼那话语，似乎有那么一点挑逗的意味，但他却不敢肯定。在他的印象中，应该是下了阶梯之后往左，其实是往右。他不断问自己，为什么那时就不会纠正一下自己的印象，试着往右拐一拐？

原来记忆是那么脆弱，偏偏自己又没有什么反省和把握的能力，以致擦肩而过失之交臂也不自知。

或许人生也是这样，稍有差池，踏出的已是另一种轨迹，时光流逝，哪里容得他再回头？四十岁已是中年情怀，他拼命想要追回三十岁时的心境，但那景象却已经模模糊糊朦朦胧胧，就像氤氲的水蒸气一样。莫非往事只能回味？

是的，那一夜那菲籍男歌手还唱了《往事只能回味》，国语歌词从很菲律宾的口腔中吐出，咬字不清显得有些怪怪的感觉，幸好那嗓音圆润，无意中又唱出了一种异国情调，他呆呆地不由得听得痴了。

慧茵说，去吧。

平时不会这么早离开，他的眼睛打了个问号。

累了……慧茵的神情慵懒，好像不胜酒力。

他从她的眉眼间窥见一丝暗藏的热情，心不由得狂跳起来，在这样的一个春夜……

他从她的舌尖啜出酒香，睡房里一片漆黑，但他感觉到城门河的水在汩汩流淌，似远还近。

在那个晚上，慧茵的热情如火一直焚烧到他的灵魂深处，烙下不可磨灭的印记。这般主动而疯狂，酒后的女人微闭的眼帘，令他堕入无底的深渊。

她在半醉半醒之间呢喃，爱死你了……

这时他便像个一往无前的勇士，即使眼前是万丈悬崖，他也会义无反顾地纵身跃下。

一夜缠绵，他在黎明时分昏昏睡去。梦中他置身颠簸的小舟，在怒海中漂浮。四周茫茫，何处是归程？

醒来时已经是次日中午，只有他一个人赤裸躺在床上，哪里还有什么朱慧茵？

他有些迷惘。退了房，离开了丽豪酒店，他甚至怀疑，是不是曾经有过那么一个热情浪漫之夜。但那软玉温香，明明还在怀中徘徊不去，不过，慧茵不辞而别，一点痕迹也没有留下，倒好像她从来都只是个幻影。

哪怕只有一张字条，也可以提醒他，那是个实实在在的夜晚；但，她径自走了，连个招呼都没有。她像来无影去无踪的风，一下便无形地消逝了。

他很想开口问她，十年前，是不是曾经有过那样一个在高潮中不辞而别的春夜？但看着她盈盈的笑脸，他竟难以启齿。有时，一件敏感的事情，可能不在于它是否存在过，而在于它在当事人心目中的分量。如果你重视它，它便沉甸甸地活着直至永远；如果你想要洗脱它，它便可以变成一种虚无，从此不提也罢。

有点唯心，但记忆又算得了什么？即使他一直牢牢记住那个翻云覆雨的晚上，却也已经不能够准确无误地复述每一个细节。他只记得她那横流的眼波，乜斜着让他的灵魂出窍，但觉尘世远去了，只有一个活色生香的朱慧茵，叫他享尽男人在温柔乡里的梦境。

难怪有人会录下那种最私人化的场面。以前他以为那是一种变态心理，如今觉得那或许是为了补充记忆。不过，无论如何想方设法，人已经不能再回到从前，细节或许可以重温，但心境与动作只怕无法一一复制。当你以为回忆就在心中，其实事实早就异化了。他对慧茵说，十年前的那个晚上，你记得吗?

慧茵轻轻一笑，三十八岁的沧桑在脸上一滑而过，顾左右而言他，这里的牛扒真不错。

其实他已经很含蓄了，十年前的晚上，可以指吃饭，也可以指同床。有点投石问路的味道，毕竟是十年后重逢，这十年是个空白，他不知道她发生了什么事情，正如她也不会知道他发生了什么事情一样。他总不能贸贸然地依旧亲热，毕竟十年是个可怕的空档，他不知道那中间有什么样的误差，他不想一头撞在坚硬的墙上。比方说，假如是十年前，慧茵即使没有当众扑过来，也会拉着他的手不放，不像眼下握了握便缩手。他用具弹性的问话，进可攻退可守，他以为自己很得体，哪里料到她轻轻的一句话，便化解于无形。

朱慧茵果然是朱慧茵，十年不见，更见老辣。十年前她虽然也处处显出强者本色，但究竟也难掩女儿态的似水柔情，不然的话，她也不会留下她与他做爱时的录音带。不知道她是深信他的人格，还是一时冲动。在多少个独处的深夜里，他倾听着那灵魂的秘密对话，不由得热血沸腾。他甚至听得有些赧然，脸颊发烫。那些热情的胡语虽然出自一派真心，但也就是那时那刻才能吐出，于今在夜深人静之际重播，却真实得有些不可相信:那些赤裸的语言，到底是真情勃发，还是色情厚颜?

这大概也是到什么山唱什么歌了，闺房秘语只能在那种氛围中流泄，如果放在大庭广众之下，甚或在光天化日之下两人独对之时，再真诚的情话，只怕也会立刻变质为肉麻的私语了。

慧茵说，哪里想到我们会如鱼得水……

那声调腻腻的，含含糊糊的，哼哼唧唧的，嗲声嗲气的，勾魂摄魄的，令他亢奋突进如无敌猛士。他以他所有的气力咬牙切齿地回应，在深沉的夜色中留下喘息的声音，一直到溃退，他倒在一边，才叹息似的说，我们好像是两尾在海潮中共起落的鱼……

她咭的一声笑了出来，怎么忽然这么文艺起来？

是啊，脱口而出，回过头来寻思，真有那个味道。好在没有亮灯，他尽力掩饰着尴尬，走火入魔，或者是神灵的启示。

我们的前生是不是两条鱼？

他希望真是。有了前生，那就会有后世，今生既然不能和她纠缠一世，那就只好期待来世了！

她咯咯笑道，来世我们也不知道变成什么，也许是两棵树，禁锢在自己的脚下，你迈不开脚步，我也迈不开脚步，只能遥遥相望……

当风吹来，那哗啦啦响动的叶子，是否就是彼此在泣诉的声音？

来世太不可靠，必须抓住今生。

今生能够有缘，已经是天大的福分，本来，他已经成为别人的丈夫，她已经成为别人的太太，在情路上他与她应属陌路人，哪里料到终究会擦出慑人的火花。

难道真的是一见钟情？

或者是彼此的磁场相吸？

是一种奇怪的感觉，心的距离一下拉近，好像蓦然便亲切起来。莫非这就是前世的缘分？

假如不是她的暗示，他也不至于这么大胆。

我暗示了什么呀，我？你自己勇往直前，现在回过头来就赖我，你一个大男人，怎么这么没有承担的勇气？

是我自己死缠烂打，行了吧？

也确实是没有勇气，哪像那个名女人，公然承认做过富豪的情妇，他就没有这样的胆量，他口头上说，是为了你呀！但在内心里，却更多的是为了自己。他并不是不想拖着慧茵的手，向全世界宣布——两心相印，但他无法面对他太太美香，当然还有八岁的女儿丽莎。

更多的可能是公众的压力，假如他这样决绝，只怕全世界都会对他变脸。

公众面孔和真实心灵，常常有一道不可逾越的鸿沟，为了从容，他只好掩饰自己。他觉得有些委屈朱慧茵，好在慧茵好像也有同样的顾虑。扯平了吧？

她却絮絮地说，昨晚我做了个梦，我有了你的孩子……

他一惊。

她的笑容有些诡谲，又好像是暗夜里悄悄开放的花，令他有一种痛彻心扉的感觉，他的热血上涌，刚想说出一句震天动地的话，她却又开口了，很奇怪，我其实并不喜欢孩子，如今却想要跟你生孩子……

他一喜。

他认为这是一种讯号，她已经完全属于他了。他为自己骄傲，以她的如花美貌，能够这样屈就，如果不是他有魅力又是什么？

不过他也有顾虑，假如她一心一意跟了他去，他是不是真的能够把一切置之不顾，但求和她双宿双栖？

何况她丈夫是他的朋友。

赵积奇拍着他的肩膀，若文，我要去伦敦打天下，留下慧茵一个人在这里，有空的话，多多关照……

他的心怦然一动，这是不是天赐良机？

但立刻又羞惭不已——方若文呀方若文，朋友妻，不可欺，你简直就是衣冠禽兽，竟然这般乘人之危起歹念！

定了定神，他一字一字地说，放心，我会的。那声调出乎意料地庄重，连他自己都吓了一跳。积奇捶了他一下，喂，怎么啦你，好像在宣誓一样！

他掩饰着笑道，唉，责任重大嘛！

那时他刚成为慧茵的下属不过一个月。

他甚至觉得奇怪，赵积奇当然有更好的朋友，怎么偏偏委托他这样一个普通朋友？莫非这一切都是天意，根本不可能用常理来解释？

后来慧茵告诉他，他觉得我是你的上司，以为你老实可靠呗！

他的脸热辣辣地烧了起来：赵积奇他相信我，我却和他老婆好了，这是什么样的一个故事？

她捏了捏他的脸，不关你的事，一个巴掌拍不响。你老老实实说一句吧，如果让你重新选择，你要赵积奇这样一个朋友呢，还是要我朱慧茵这样一个情人？

答案还用说吗！不过，那道德的重负……

谁叫你不早几年认识我？

都是时空的错，只不过他不肯认命，她也不肯认命。

不如离婚……

他犹豫着吐出了一句，她愣了一下，叹了一口气，如果我离开他，只怕对他打击太大，当初他照顾我病中的老妈，又供我留洋读书……

原来又是一个老套的报恩故事。

他酸溜溜地蹦出一句，难道你是一件货品，价值就是用来以身相许？

她说，有什么办法？我只能这样。

再说下去，只怕就要彼此伤害了，他连忙住口。

但住口却并不等于不再介意，只不过他强忍而已。只因为他在意，所以他痛苦。

他甚至觉得自己唠唠叨叨得有点像老太婆了，但还是忍不住要问她，怎么样？

无非是要她拿他和赵积奇比较。

她说，都已经说了多少次了，你是最佳的……

再追问下去就是钻牛角尖了，只能打住。然而留下的想象空间里，他不能制止地捕捉她与赵积奇同床共枕的每个细节。

你也太霸道了，我问过你和你那位吗?

他默然，难道他可以对她说，我们才没有呢！即使千真万确，只怕她也不会相信。没有理由呀，才二十几岁，结婚也没几年……

除非你性冷感，或者是她性冷感，慧茵说，我看你并不像呀!

语言立刻变得十分乏力，他怎么能够将一切无形的东西解释得一清二楚？实际上连他自己也无法明白，到底在什么地方出现了问题。

只得做鸵鸟。

只要我们在一起很快活，那就够了。你要知道，我们能够走到一起，不容易。

我当然知道。假如不是他远走高飞，大概我要接近你也没有机会。

这也是命中注定。命中注定有多少缘分，便是多少的缘分，我们何必强求？快乐一天便是一天，至于将来，你不知道，我也不知道。

他黯然。

那个晚上他与她走过庙街，在幽暗的一角，坐在地摊上摆档的相士垂首。看一看吧！她说。他不大情愿。几年前有个业余算命者，据说很灵，在看了他的掌纹之后，欲言又止，你要我说真话还是说假话？他的心一跳，看来问题严重了，他强笑，当然是真话，不然的话那不是自己骗自己？那人迟疑着说，实在不好开口，不过，你命不久矣。他突然感到一阵晕眩，那感觉迷迷茫茫地一直蔓延到他的脚跟，他有些颤抖了。但他不能对任何人提起这件事情，如果它真的要来，你挡也挡不住，如果它并不来，说了也白说。还是给自己留点空间吧，何必拖人落水？但三年的限期过去了，他方若文依然健壮如牛，他有一种扬眉吐气的感觉，只是他再也找不到那个算命者了。即使找到了，那又怎么样？难道可以去拆那人的招牌？那人本来就是业余的，谁叫他一头撞上去叫人替他卜算前程？事过境迁，他也不想再对任何人旧事重提，以免触动心府那一块暗淡的阴影。他曾经在最惶惑的日子里向美香提起过，但美香神情冷淡，只是哼了一声，是吗？她的这种反应令他有些诧异，他本来以为她必定会很紧张，哪里想到并没有。满怀的期望落空，他感到十分沮丧。假如慧茵也是一样的表情，恐怕连他最后的梦想也会幻灭。既然已经成了过去式，他又何必自寻烦恼，刻意去寻找一个不存在了的难题，为的仅仅是测试慧茵的答案？

他不敢去冒险，当然也就不去证实。

朦朦胧胧是一种氛围，什么东西都一清二楚，恐怕又有一览无遗的乏味了。

正如这相士的摊档，假如摆在灯光明亮处，恐怕也就没有这样的魅力了。

那中年相士的视线透过眼镜片扫了过来，目光炯炯，在摇曳的煤油灯下捏成了冷然的一句，前程？自身？姻缘？财气？

他不知道问什么好，慧茵双手坠住他的左臂，抢先答道，给我们看看姻缘吧！

那相士定睛看了她一会儿，又看了他一会儿，接着低低地对她说了一声，右掌，然后用左手捏住，看了看她的掌纹，口中似乎念念有词。手一放下，又低低地对他说了一声，左掌，然后用右手捏住，看了看他的掌纹，沉默良久，这才开口。

我是面相掌相一起看，相互补充，才能准确。综合来看，你们前世有缘今生还债，也是命中注定，但大凶大吉交缠在一起，命格很怪。福是前世积来的，祸也是前世闯下的，全靠今生的修炼与把持，才能够决定好歹。

废话！说了等于不说，若文想要起身离去，慧茵却已经问了，有什么办法消灾祈福？

那相士坐在矮凳上，抬起眼来，火舌投下的影子在他脸上舞成了一个恍惚的梦境，他梦呓似的扔下一句，天机不可泄露。

莫非是这一番带有玄机的话语一直困扰心中，慧茵在受到困扰的时候总是说，人再强也强不过命运。

那时他以为那只是她的口头禅，等她不告而别，回想起来才觉得早有预示。只可惜他已经陷落，心情压抑，翻来覆去只是苦苦追问自己：是不是从一开始她就只当他是一个过渡情人？

但他找不出足以支持他的猜想的蛛丝马迹。其实也已经不需要再去论证什么真情还是假意了，最活生生的事实是，慧茵已经有如在人间蒸发，令他的心重重地受伤。

但他并不甘愿，依旧苦苦追索。慧茵低头饮泣，说道，我不想你太伤心，我也不知道该怎么跟你说，所以我想来想去，只好一走了之，什么也不说。

我并不强求你什么，不过你实在应该告诉我真相，只要你告诉我你的决定，我决不会让你为难。即使我是个死刑犯，也该让我知道我的罪名，如今我连罪名也不知道，怎么能够甘心！

她说，你说得容易，要真是跟你说，我走了，以你的性格，难道不会再追问我为什么？但你越追问我就越心烦，我又不能不去伦敦，既然如此，还要纠缠什么？我才不想我们在分手之前大吵一顿，留下最恶劣的印象……

他想要分辩几句，张口结舌却说不出话来，突然间便惊醒了。慧茵毫无音讯，哪里向他解释过什么出走的原因？

原来是南柯一梦。

大概也是因为日有所思，夜有所梦吧？好在梦境不能显示出来，不然的话，岂不是会给美香窥探得一清二楚？她早就说他晚上老是咿咿呀呀好像涕泪交流不知在哼哼些什么。他连忙掩饰，看了《午夜凶铃》，恐怖场面进入梦中。美香哼了一声，一个大男人，胆子就这么小！他赔笑，不是大男人，是小男人……

他在无意识中总想把慧茵逼到死角，其实他根本也弄不清楚，假如慧茵给逼得急了，干脆跟他私奔，他难道真的可以立刻抛下一切？他不再是十八岁，他几乎到了而立之年，他是郑美香的老公，不管怎么说，在旁人眼里，他与她也称得上是一对金童玉女。虽然真相如何，也只有他自己才最清楚，但如果他真的抛弃美香，周围的人不指责他是现代陈世美才怪呢！

何况赵积奇也算是认识的人。

不是朋友。他对自己说，有点自欺欺人的味道。但是他总也背负不了背叛妻子与女上司私奔的罪名，这种事情传扬开来，只怕沸沸扬扬人人编造细节，早就把他说得十分不堪。慧茵横了他一眼，你又没有足够的勇气，看来我也只好做赵积奇的女人了……

即使他万般愿意，即使他可以不理会世俗鄙视的眼光，他也没有经济实力。逃到一处无人认识的陌生地方？说得倒容易，没有钱一切也都会成空。慧茵说，我有。我知道你有，但我怎么可以长期花你的钱？

说来说去还是兜回原处，既然不能决绝敲碎一切既成事实，那就只好不要苛求。有时他满怀醋意地对她说，我不要赵积奇用他那肥胖的身子搂着你亲热。她瞪了他一眼，哪里有呀！他说，肯定有。她笑，有？你哪只眼睛看到的？

有些事情未必一定要亲眼看到，只需推理就可以了，他想这样说，却又说不出口。倘若慧茵反问他一句，你是不是就是这样呀？那他岂不是哑口无言？

如今根本连想象也不用想象了，慧茵去了伦敦，回到赵积奇身边，夫妻睡在一张床上，到底会发生什么事情，不问也罢。

其实他真想问她一句，久别胜新婚，啊？

但已经不是那种气氛了，以前曾经亲亲密密无话不说的那种感觉，经过十年空白的狙击，早就七零八落了，待要从头收拾，早就没有了切入点。

慧茵客客气气，在无形中便拉开了一点距离。他知道主动权不在自己手里，即使他仍有无数的憧憬，但一旦撞到现实冰冷的墙上，立刻便消逝于无形。尽管心中有万语千言，他一时之间竟无从说起。

那个丽豪酒店之夜重新给召唤回来，是啊，上次见面，已经是十年前的事情了，时间的沉淀，却一直不能制止那夜的骚动，冷不防就会突进他的灵魂深处，叫他的热血再度以年轻的热情澎湃，长夜漫漫……

但慧茵似乎已经忘却得一干二净。他努力暗示，城门河的河水很脏，现在……

她抬起眼睛，一片茫然，是吗？怎么不去治理？

好像那城门河水一向都跟她没有什么关系一样，到了这种地步，他只好欲言又止了。以慧茵的聪明，一提起城门河水，她怎么能够不立刻联想起丽豪酒店的夜晚？他不能忘记，那天晚上，她紧紧搂住他，你听听，城门河水声！他竖耳倾听，他听不到却感觉得到河水的响动，正如满怀搂住的幽香，一阵阵地袭上他的鼻端，令他心痒难搔。

彼一时此一时，十年的时光，足以让一个人的满腔热情消亡，但不是他。

不过，对方变得淡然，他也明白，他已经不能够燃起那曾经有过的热情了。慧茵没有明言，但他却可以悟出其中的奥秘。如果把她逼得急了，或许她会说，缘分已尽，不必强求。那他岂不是自取其辱？

这大概就是艺术家气质吧？当初他也不是没有迟疑过，因为他听人说过，画家都贪新鲜，对于爱情也不例外。你信吗？她望着他，眼睛瞪得大大的。说谎的眼睛不会这般清澈，何况他早已意乱情迷。虽然我只是画公仔的画匠，但我想我可以理解画家，特别是你，我怎能不信？他说。即使到了现在，他仍然相信，当初的慧茵，绝对是真诚的。只不过真诚也有阶段性，他无力把她的真情永远留住，大概是因为他的魅力只是暂时的。他认输。

重拾心境，强打精神。那菲籍男歌手已经悄然引退。餐厅里静静的，只有杯盘交错的声音，那流泪的蜡烛已经差不多烧到尽处，更突出夜之幽深。怎么又回流了？伦敦不好吗？

慧茵含蓄一笑，走遍天下，还是香港好。

那你们的餐馆放弃了？

我们总不能一辈子不走出伦敦的唐人街呀！

他一直不能想象，画家朱慧茵，怎么可能摇身一变，成为伦敦唐人街餐馆的收银老板娘。回来也好，你可以继续你的绘画事业，他说。

画不画都无所谓了，再看看吧。她的神情淡然，好像那曾经叫她一提起就眉飞色舞的东西已经远去了，看得他心里一沉，连忙转了一下话题。你们现在到底是英国国籍，还是中国国籍？是伦敦人，还是香港人？

有关系吗？她笑，好比你现在坐在我对面，如果你不知道我刚从伦敦回来，你会问这样的问题吗？我想你一定会当我是你们当中的一个人，一个像你像他像所有香港人的人，表面的身份并不重要，最重要的是用哪一个身份，对于自己最方便。

慧茵啜完那杯冻柠檬茶，走吧，我老公等着我去兰桂坊喝酒呢。

原来，这餐晚饭也只是用来填补她时间上的空当而已，枉他还在内心里期望着还会有下文。倒也并不是幻想重温旧梦，但他心中分明割舍不下那段滑过的情缘。直到这一刻，他确然感觉到，过去了的东西就是过去了，谁都无力把它抓回。

走出新城市广场，这才发现外面正哗哗地下着大雨，雷声低吼，闪电一个接着一个地在夜空中爆炸。他送她到的士站，看着她钻进车子，在夜雨中，那的士飞快驶走，他的脑海里一片空白。

是有那么一股酸楚的味道吧！明知她奔向她丈夫的怀抱，是再合理不过的事情，但他依然有些困惑，他总觉得，今夜不该就这样画上句号。

1999 年 5 月 19 日

（刊于香港《当代文艺》1999 年 6 月号新 13 期）

海的子民

机动木船像鳄鱼似的滑进河里，载着的男女老少，全都不曾出声说过一句话。一片沉默中，只有波浪的低语不时掠过船舷。天色很黑，没有月亮，也没有星星，河面上几乎没有一点亮光，只有岸上偶然飘来的灯光。风在深沉地怒吼，撩得阮文进的心老是在半空悬着，没有着落。（我这一走，远离家乡，谁知道以后能不能再回来？全船的人这样缄默，除了害怕被巡逻艇截获，肯定也为远离故乡而伤神。何况，谁也不能预测，这样的漂洋过海，何处是终点。）

阮文进轻轻地叹了一口气。（我实在不想离开，但还是离开了，付出了几乎是倾家荡产的代价。爸爸妈妈年纪太大，受不了海上的颠簸，只把希望寄托在我与阿萍的身上。我本来不愿抛下他们，但他们说，我再不走，他们就要死在我面前。我唯有含泪答应。二十两黄金啊，变卖了五金店凑成的，这算是买路钱？为了逃出生天，怎样都要凑够。他们说："阿进啊，你不要理我们了，你与阿萍还年轻，只要逃得出去，来日方长。"

我才二十二岁，还年轻，还有许多时间。钱嘛，以后还可以赚回来的，现在最主要的是逃命。留得青山在，不怕没柴烧，何况，有阿萍和我在一起。）

不知道年迈的父母亲今后如何生活，他的心笼上一片云翳。他想转个身，不料却连动一下的余地都没有。在这条二十五码长、四码宽的机动木船的船舱里，躺着五百来个人，简直就像沙丁鱼躺在罐头里一样。为了分散自己的注意力，他伸手搂住躺在身旁的范玉萍，“怎么？辛苦吗？”她笑着摇摇头。有她在身边，木船又在轻轻摇晃，阮文进忽然觉得自己好像置身摇篮里。但是，一声喊叫惊破了他的美梦，“好窄呀，好窄呀！”他循着那童声望去，只见近旁一个五六岁的女孩，兀自拉着她妈妈的手哀叫。他跌回现实中：他不是在情人的怀抱里，而是在逃难的途中。正自恍惚，范玉萍突然反身搂住了他，嘤嘤地哭了。

阮文进沉默了半晌，这才拍了拍她的肩膀道：“唉，算了。逃得出去，就谢天谢地了。管它窄不窄，忍着点吧！”

近距离的对视中，他看到她顺从地点点头，伸手抹了一下眼泪。他努力地挤出笑容，而心却在流血。（这么悲怆地出走，甘冒语言隔阂和种族歧视之险，断然斩断自己的根基，逃往异国他乡从头寻觅生活，这算是怎么一回事？可是，这是唯一的选择。）

是啊，这是唯一的选择。从西贡潜到龙川镇一个星期，一场台风刚好刮过，偷渡者的头目断然决定开船。他松开原本一直锁着的眉头，说：“真是老天有眼！沿海的戒备肯定会松弛下来，我们要抓紧机会！”如今，河流早已被抛在后头，木船缓缓地从越南海域驶入无边无际的大海，这一刹那，全船的人不约而同地肃静起来。在熹微的晨光中，激动的脸上挂着一颗颗眼泪，清纯得有如清早新生的露珠。

木船明显地加速，那一瞬间，阮文进觉得身子一晃，他望了望范玉萍，沉默着的她，眼神一闪，透露出她也感觉到这一变化。蓦然，他感到空气变得十分混浊，他用力吸了几口气，一股窒息的感觉袭上他的鼻端。一个消息在人们的耳畔悄悄地流传：通风器失灵了！

惊慌的神色在一张又一张多难的脸上掠过，过了一阵，才化为叽叽喳喳的窃窃私语，转眼就变成了轻轻的潮声，席卷了整个船舱。那精悍的“蛇头”匆匆下到船舱，两个手掌在嘴边围成喇叭，高叫道：“喂，喂！大家静一静！静一静！妇女和老人到船面上去，那里空气好！”

舱里响起杂乱的脚步声。见范玉萍一动也不动，阮文进催促道：“路途还远，你快去！”

“我怎能丢下你？”范玉萍站在那里，迟疑着说。

阮文进努力大笑，伸出右手食指，点了一点范玉萍的额头，“又不是天涯海角，别那么看不开了。我顶得住，你可不行。快上去吧，通风器修好了再说。”

这时，站在梯边的蛇头回头一望，舱里只剩下她一个是女性，便高声吆喝道：“怎么样？上不上去？你不上去，可是自误哇！”

“上上上！怎么不上？”阮文进高声答完，推了一推范玉萍，才压低声音：“快快快！听话。”

范玉萍不情愿地挪动脚步。阮文进看着她的身影终于消失在那梯子的上方，不禁怔忡了一会儿。原来在舱面上的青年男子都挤了下来，你贴着我，我贴着你，周围一团黑，彼此看不大清楚对方的面目，只有一股难闻的汗臭味，在狭窄的空间弥漫。

也不知道航行了多久，阮文进只感到全身麻木，想要松动一下又不可能。忽然，一个消息像风一样吹了进来：船已开进暹罗湾。他心里忽然感到一阵轻松——这下子，到底驶进国际航线了！兴奋使得他不顾一切地爬了起来，跨过躺着的人群，招来一声声的怒骂，他一面道歉：“对不起！”一面蹒跚地往那梯口扑去。

当头露出舱面，他顿时感到新鲜空气直冲他的鼻端，一扫窒息的困苦。他张望着寻找范玉萍，却被蛇头发现了，“喂！你上来干什么？下去下去！”

阮文进正犹豫着，舱面那些妇女突然的欢呼，引走了蛇头的视线，只扫了一眼，便疾步赶到船舷去张望。阮文进趁机蹿了上去，顺着那方向，他看到远处有一艘船正开了过来，他的心湖立即被希望涨满。（好了好了，这下可好了，这条商船，可以拯救我们，载我们到他们的国家去。）

那艘船渐渐逼近，他才看清，船身刻满了泰文。蛇头似乎感到不对劲，大喝了一声:“都下去！”那些妇女、老人与儿童，忽地明白过来了，他们停止了欢呼，不知谁发了一声喊，人群便像潮水似的涌下船舱，留下尖叫声和哭喊声，在空中合奏。

阮文进躲在箱子后面，还没有完全清醒过来。随着砰然一声巨响，整个船身都震动了。他定睛一看，原来是海盗船径直撞了过来。两船靠在一起，几十个脸上涂着五颜六色油彩的海盗，手持着尖刀和利斧，跳了过来。

看到他们狰狞的样子，阮文进急忙逃进船舱。那些海盗紧追不舍，用无法听懂的语言大呼小叫，指手画脚，人们在惊恐中立即明白他们的意思，纷纷爬出船舱，在甲板上列队。身材魁伟，蓄着浓密胡子的一名海盗，看来是海盗头目，又凶神恶煞地叽里咕噜，一边打着手势。弄清楚他们的意图，大家赶紧将金饰、外币献了出来。海盗头目审视了一下他们掠得的财物，脸上显出满意的神情，又叽里咕噜地呼喝了一阵，在贼众的簇拥下，呼啸着跳回海盗船，开船渐渐远去，终于消失在茫茫大海远处。

大家松了一口气，但劫后的余悸，使得人人面面相觑。阮文进拥着范玉萍，叹道:“钱财是身外之物，抢去也就算了，只要人平安。”

“可是，那是你送我的信物呀！”范玉萍抽泣着，不知道是受惊吓过度，还是心痛失去金链。

“傻啦，不见了还可以买嘛！到了新地方，安顿下来，我补送你！”他强笑道，“来日方长。”

范玉萍的泪水还挂在脸上，也不禁微笑起来，两人情不自禁地拥成一团。（但愿这一刻天长地久。）但是，他们却被一阵骚动惊醒了，睁眼回头一望，只见两艘快船，乘风破浪，直从后头追来，又引起一阵骚乱。但哗然过后，船民们已知无法逃掉，便听天由命地不再挣扎，甚至也不再出声，只是眼望着那快船渐渐逼近。快船上几个站在船头的人，大声地用简单的英语喊道："Stop！ Stop！"为首的海盗拔出手枪，朝夕阳西下的天空放了轰然的一响，威逼木船停航。

"怎么办？怎么办？"范玉萍脸色苍白，双手紧紧抓住阮文进的手臂。

"不要紧，让他们搜好了，抢光了算数。"阮文进内心里也很紧张，却轻拍她的肩膀，安慰道："钱财是身外之物，不要紧的。"

那群海盗纷纷跳了过来，挥动手枪，往左边一指，"Men！"然后又往右边一指，"Women！"惊吓中的人们一时还明白不过来，海盗就拳打脚踢地行动起来，把男的赶到左边，把女的推到右边。船民们身上稍微贵重的东西，几乎全部被掠光了，但海盗们仍不满足，分头在木船周围搜索。那头目在这一边敲一敲，又在那一边挖一挖，一面回过头来，恶狠狠地用眼光扫射缩成一团的人们，不时把手枪一送，指指点点。听到妇女们的惊叫，他就狂笑着，口里还叫着："嘭嘭！"

"扑通"一声，一个青年大约是惊恐过度，突然上前一蹿，纵身往海里一跳。那海盗头目冷笑着，缓步走近船舷，把手枪往那刚刚冒出水面的头颅一瞄，“嘭”地开了一枪。一股鲜红的血涌了出来，染红了那一小片海面。舱面上乱成一团，哭喊声大作。范玉萍扑进阮文进怀里，他感觉到她在发颤，也感觉到自己在发抖。（难道与他们动武吗？他们有的是真刀真枪，而我们都是手无寸铁。逃到这茫茫的大海上，满以为已经远离了刺刀和铁丝网，谁料到大海是法外之区，叫天天不应，叫地地不灵，一样只有强权，没有公理。法律吗？海盗的刀枪，便是最权威的法律，违者立即有杀身之祸，死无葬身之地，“嗵”一声，就像那人跳海一样的形式，一样的下场。）

他的眼睛不由得又扫向海面，那红色的血早已在茫茫大海中淡化得不见痕迹，尸体也不知被卷到哪里去了。全船的人在恐慌后的沉默中，死寂得有些可怕；只有不羁的波涛，在水天一色的空旷中，呼啸着狂野的歌。那泛起的白浪，好像一群奔跑的绵羊，他油然想到“放逐”这两个字。

天色逐渐暗了下来，那头目淫笑着围绕人群转了两圈，就在阮文进面前站住，把手用力一挥。那些海盗乍然爆发震天动地的欢呼声，冲入人群，专掳年轻漂亮的女性。哭喊重新回到木船上，那凄厉的挣扎滴着疲惫的血。天也苍苍，海也茫茫，寥廓得引不起一丝回声，好像没有目的的滑翔，不论是哭声还是喊声，全部遗落在空气中。阮文进趁着场面混乱、暮色低垂，拥着范玉萍，想要逃离现场。刚起步，一道刺眼的手电筒亮光，迎面照来。他听到一声怪笑，脚一软，那海盗头目一手揪住范玉萍，一手握住手枪，威胁阮文进不得反抗。

电光火石间，他的热血上涌，几乎就要扑上前去，与那海盗头目拼命，但他刚起身，却绊在一块木头上，他俯身摔了下去，肩膀一痛，原来是给那海盗头目重重踩了一脚。他呻吟着，因愤怒而鼓起的勇气迅速溃退。在龙川镇趁夜色从匿藏处潜上这木船时，他就在伸手不见五指的泥泞小路上，跌过好几跤，膝盖和双手被荆棘划得鲜血淋漓，当时也顾不了疼痛，上船之后才一阵阵地绞心。(要黄金，要门路，还要排期，幸好认识船主，才优先获得照顾。好不容易搭上船，突破森严的戒备，是用身家性命搏回来的。要忍，要忍，要忍！不然，无用的反抗，徒然血洒大洋，无济于事，却白白赔上一条命。激怒了这没有人性的家伙，说不定连阿萍的性命也不能保。)眼看着范玉萍和几个年轻妇女被拖到海盗船上，阮文进又累又饿又惊慌又痛苦，软在那里，作声不得，悲愤的泪水在眼眶里打转，却掉不下来。脑袋里好像空白一片，又好像有一团烈火，熊熊地燃烧，心在阵阵抽搐，血管好像太窄，涨得就要爆炸一样，苍白的下唇给上牙咬得出血，他却浑然不觉。他一动不动地，凝坐在舱面上。

不知过了多久，那海盗头目又在海盗船的舱面出现，脸色好像罩了一层严霜，把蛇头叫了过去，听不清他说了什么，只见蛇头连连鞠躬，退回身来，通知船民们道："他们要你们凑足五千元美金，才答应放人。"

这个宣布在人群中刮起一阵恐慌的台风，却像一股海涛一样，奔腾着就消失在远方。大家你望我，我望你，阮文进见没有人出声，再也按捺不住，大叫道：“大家凑吧！还等什么？”说着，他率先将收藏在暗袋里的二百元美金，倾其所有地摔在蛇头面前。

他的振臂一呼，立即获得响应。很快地，首饰、美金堆积起来，但怎么也筹不足五千美元。阮文进紧紧盯着缩在一角的那两对中年夫妇，他一直在注意他们的动静。谁都知道，最有钱的就是他们了，但由始至终，他们一点反应也没有。他的眼睛几乎喷出了火。（你们有钱，你们瞒得了那些海盗，可瞒不了我。我知道你们把金银首饰藏了起来，我不想揭穿你们，可是，你们他妈的见死不救，良心何在？）然而，他们微微低着头，似乎毫无反应，他的心不觉一沉。（人家又没有亲人在押，没有切肤之痛，凭什么出钱赎人？以前他们有的是源源不断的金银财宝，逃到这木船上来，用一点就少一点，哪能不珍惜？可是，同舟共济呀！比起危难中救人，天杀的钱财算得了什么？）他跨前几步，硬着头皮低声道：“求求你们，最多就当是我借的，将来我设法再还给你们……”

那两对中年夫妇大吃一惊，其中一个胖子连忙摇手，颤声道：“兄弟，你可别乱说，人命关天，这可不是闹着玩的！要是我们有，哪能不管？”

阮文进蓦然涌起告发他们的冲动，转眼看到海盗的身影，那狰狞的面目仿佛一闪，他又感到一阵窒息。（告发有什么用？无非是报复，得益的是可恶的海盗，搜出的东西不算是赎金，也救不出阿萍。）再望望那四张发青的脸，掩不住冷血的心肠，他觉得再多看一眼，都会受不了，他便退了回来。这时，大家连毯子、手表都献了出来。蛇头摇了摇头，怯怯地走过去，恳求那海盗头目。那海盗头目不耐烦地挥了挥手，几个海盗拥上前去，把凑好的钱财纷纷抱走。跟着，一群带泪的年轻妇女，披头散发地从海盗船奔回木船。

望穿了眼，阮文进始终不见范玉萍的影子，他惊恐的思潮化成一锅粥。(海盗不会守信用，定是强留阿萍做压寨夫人，天呀！怎么办？怎么办？)

蛇头扬声问道："人齐了吧？人齐就开船，免得夜长梦多！"

阮文进拼命摇手，却硬是说不出话。猛然见到两个海盗抬着一个人过来，放在木船上，回头就走。他的心一跳，急步抢上前去，一看，只见衣服完好的范玉萍，胸口是一摊血，脸色惨白，眼睛紧闭。他大叫一声："阿萍！"扑上前去，伸手一探，她的身体冰冷僵硬，早就没有了呼吸。

那两艘海盗船隆隆地驶走了，消失在夜幕里。那团清冷的月光洒在木船甲板上，他只觉得黑影幢幢，海风阵阵高了起来，那呜呜的声音，忽长忽短，忽高忽低，好像出自旷野里呜咽的疯妇口中。蛇头同情地拍了拍他的肩膀，说："人死不能复生，葬了吧！"

他不置可否，眼睛又酸又涩，泪却似乎已经干了。他知道他无法反对。(这航行的终点在哪里，谁知道？总不能让尸体腐烂发臭，影响全船的人。)呆呆地看着人们用布将范玉萍一包，然后往黑漆漆的海面一丢，他听到扑通的一声响，好像一块巨石重重地捶在他软弱的心房上，他感到一阵眩昏。

机动木船绕着已失去范玉萍踪影的投掷点，缓缓转了三圈致哀，然后，又航向茫茫夜海。阮文进无力地瘫在甲板上，垂首不语。（阿萍，你为什么要扔下我，让我既没有护照，又没有身份证地在公海漂流？阿萍，你可知道，我现在只是孤零零的一个人？）

黑暗中，他不知道这以生命为赌注的航行，有没有一块陆地可以做终点。

1984 年 8 月 23 日

（刊于香港《新晚报·星海》1984 年 9 月 23 日）

身份确认

匆匆地开了门，慌慌张张反身关上，心仍然在怦怦乱跳。

她倚在那木门上，长长地吁了一口气。

好在跑得快，不然的话……

也怪自己耐不住寂寞，可是，好不容易来到这个花花世界，却不能享受那一切，跟困在乡下又有什么区别？不好好地走它一走，她总是不甘心，眼看这繁华闹市，就在脚下延伸。

历生总是对她说："你就忍耐一下吧！香港有什么好看的？又没有什么风景。你要看电影，我可以租镭射影碟回来；你要吃的穿的，我也可以帮你买回来。你坐在家里享福，皇帝一样过的日子，有什么不好？"

她无话可说。

但心里却不服气。早知道来到香港还要坐监牢似的困在家里，她也不想来了。乡下虽然穷些，但自由自在。如今她只能够从窗口下望街道，这三十层楼的高度，使得她所看到的，只是玩具似的人和车子。这不大真实的形象，跟她那天兴冲冲地搭乘的士而来，完全是两回事。

只可惜那个晚上太兴奋了，她只顾张望那闪烁不已的七彩霓虹灯，却没有好好体味这香港的城市风貌。

那时候她以为天空任鸟飞，既然来到香港，今后想要左看右看还是横看竖看，也都没有什么问题。

哪里想到，香港依然还是空中楼阁。

厉生说："忍一时风平浪静，等到看准了风头再说。"

厉生说："香港很复杂，你千万不要一个人上街，不然的话……"

听得多了，竟令她产生逆反心理。

加上那灯红酒绿的诱惑，她决定趁厉生上班，悄悄地走一回。街上人山人海，多一个我也不多，成天把自己关在家里，实在太笨了！

但没有想到远远见到警察就已心虚了，她逃也似的赶忙掉头而去。

原来，只有这个家才是最安全的堡垒。

她刚刚定下心来，猛然便听见那门铃骤响。她欲待不开门，铃声却一声紧似一声，惊天动地，令她的心剧烈跳动。

那人甚至用拳头擂门了，她生怕惊动左邻右舍，忙从防盗眼望去，门外赫然站着那个警察，令她魂飞魄散。

"开门！我知道屋里有人！"那声音低低地传了过来，无法抗拒。

她的防线全面崩溃。那警察在屋内转了一圈，好像是漫不经心地问了一句："就你一个人？"

"我的老公上班去了。"她怯怯地说。

"你不用上班？"警察的目光灼灼而来，"好福气呀，做少奶奶，不用上班，有老公养！"

她不知应该说什么好，连忙倒了一杯可乐，"阿 Sir，你辛苦了，喝杯水，歇一会儿。"他接过去的时候，手重重地摸了她一下，她吃了一惊，赶快缩手。

他站在那里，啜了一口，除下警帽，他把它当成扇子往自己脸上扇了几下，喃喃说了一声："怎么这么热？"

她一怔，这个冬天的中午，虽然不太冷，但也绝对说不上热呀？！

他却已经转移话锋："你的身份证呢？我循例要检查一下。"

她一时之间张皇失措，半晌才说："哦，我去拿给你看。"

唯有逃进睡房里，在柜子里乱摸一通，但她终究变不出一张真正的香港身份证。

她欲哭无泪，回转身去又吓了一大跳，那警察已经神不知鬼不觉地跟了进来，以一种暧昧的微笑，直直地望着她。

"没有吗？"他问了一句。

她不知道应该怎么回答，只顾说："我有的我有的，我不知道放在哪里……"

"如果有的话，我不介意在这里慢慢等你找出来。"说着，他便干脆坐在床沿，"反正我有的是时间，可以一直等到你找到为止，我才走人。"

她的脑海空白一片。

忽然间她觉察到一双男人的手搭在她的肩上，男人的声音就在耳畔絮絮传来："我有经验的，我受过训练，我看得出来，谁是偷渡客，谁不是。我一眼就看穿你，你逃不掉的。"

她感觉到自己好像是掉进陷阱的猎物。

他的嘴唇轻咬着她的耳垂，"没有身份证，也不是什么大不了的事情，只要你识做，我也会识做，反正这屋子里只有你和我，天知地知你知我知，谁都不知道，你才二十来岁吧，大把前途……"

她在心里剧烈地说不，却抵挡不住那即时被遣返的震慑力，她只得让他为所欲为，就在她的婚床上。

警察与偷渡客，变成了男人与女人。虽然万不得已，但她并没有抗拒，甚至顺从着他的一切意愿。她在他的压力下屈服，眼睛有些闪乱地四望，在那墙上挂着她与厉生在乡间拍的彩色结婚相：她穿着白色的婚纱，微笑着；他穿着黑色西装，戴着红色蝴蝶结领带，也微笑着。此刻，相片中人的视线好像暧昧地望了过来，竟教她的心湖翻涌起一股又愧疚又酸楚的味道。然而，那脱下警服赤身露体的警察，已经还原成为本质上的男人，而且是一个粗豪的男人，她想要尽快地结束这种尴尬与羞辱的场面，偏偏他却欲罢不能。

她闪乱的眼光又看到狼藉在地板上的衣服，还有那支点三八口径的警枪。那警枪冰冷，大概也是一种权力的象征吧？

终于，一切都成为过去。

那男人微微喘着气，问了一句："对了，你叫什么名字？"

事情已经发展到好像只是一场交易而已，这令她又产生更深层的悲哀。

她哀哀地说："我只求你放过我。"

男人迅速地穿上了制服，立刻恢复了警察的身份。他戴上警帽，扔下了一句："就当我们没有见过，也没有发生过任何事情。只不过你不要再上街去了，不然的话，我不知道你还会惹上什么麻烦。"

听着那皮鞋在走廊上咯咯而去，终于没有声音了，她倚在沙发上，酸软无力。

那么，以后就只能困在屋子里吗？早知如此，那又何必当初？

可是，后悔已经来不及了。

她精神恍惚，甚至连下班后回家的厉生也看出来了，他拍拍她的肩膀，"怎么啦？"她却本能地一缩，强笑道："很累。"

他狐疑地看了她一眼，不再说话。她却在暗自心惊，假如那警察趁机要挟，天天上门，她应该怎么办？

1997 年 1 月 17 日

（刊于香港《星岛晚报·天河》1997 年 1 月 25 日）

出　头

眼看那人手起刀落狂斩一名幼童之后奔逃，闹市路人化成了凝镜，他也没细想，拔脚便追了过去，毕竟练过短跑，他横身一扑，便将那人扳倒；那人持刀挥了过来，他避无可避，才知道惊慌，闭目等死，却听到哐啷一声，睁眼但见一个大汉已把那人反手扭住，按在地上，同时大喝一声：咪郁！CID！

他抹了一额的汗，那大汉横了他一眼，你是不是李小龙啊？咁勇！差点连命都没有！

但他灭罪有功，获颁“好市民奖”。

有惊无险，大难不死，必有后福！南亚海啸之后，人人见到他都这样说。想想也是，这世纪大灾难竟然给他碰上，而且居然死里逃生。

圣诞之夜拖着阿琼的手在布吉的酒吧街上徜徉，彩色小灯泡一闪一闪地眨眼，狂放的音乐轰炸夜空，酒气极性感地诱惑荡漾，半醉的洋汉拥着娇小而衣着暴露的泰国年轻女郎，在街上踉跄横行，一头撞到阿琼身上，他大怒，但阿琼一把将他拉开，你同醉猫一般见识，那你也是的啦！看一下那个身型先啦，讲真的，你打得过他呀？

他一惊，酒也给吓醒了，我不想你吃亏嘛！

不自量力！阿琼丢下一句。

他强笑，你不记得我也练过空手道？

阿琼冷笑，招式都未学全就放弃那种！

他一把搂住她，街头格斗不行，床上功夫天下无敌！

她白他一眼，咸湿佬！

警方高调颁奖，强调警民合作，齐心灭罪的重要性。他面对镜头，春风得意。还是那位漂亮的 Elaine，她媚眼流转，黄生，又是我，我们真是有缘！

他的心一动。

但正式访问时她就一副公事公办的模样——请问是什么动力令你什么都不理，飞身扑过去擒凶？

他笑，扑灭罪行，守望相助，人人有责！我只不过尽市民的一份义务罢了……

Elaine 又问，你学过功夫？

少少啦！

你的偶像是……

当然是成龙啦！他的“警察故事系列”，我部部都看，不止一次！所有情节都倒背如流。

那你是不是想当武打明星?

他立刻兴奋起来，是呀是呀，你怎么知道?

他似乎瞥见她嘴角露出一丝嘲讽的笑纹，连忙收声，眼睛无目的地四望，没有一个焦点，满脑流转的，是那张俏丽的脸孔。好市民只有锦旗，哪有奖金实惠?但如果能够拍戏，那又有不同讲法。

但阿琼却说，也好，有名便会有利，你现在有了小小名气，跟着就是利!

他不以为然，上次大海啸死过翻生，传媒不是热闹过一阵，我同你都出过风头啦，大大有名，好风光，但是好快就沉寂，结果不是什么都没有?发达?发梦都没这么早!现在还有谁提起?

她说，上次的惊险故事也赚了一点啦!你不记得啦?这次是灭罪故事，你看着吧，更劲，轮不到你不信!

2004 年 12 月 29 日的报纸，在头版头条以大字标题写着："25 岁香港夫妇怒海求生七小时"，同时刊出他和阿琼劫后拥吻的相片。

逃出生天还不忘在镜头前恩爱，是情不自禁还是受人摆布他也记不很清楚了，但看到自己成了新闻人物，却也得意了好几天。他对阿琼说，想不到我们会成为明星!阿琼哼了一声，明星?你以为拍戏呀?他们有给你钱吗?他讪讪地说，有风头出，好过没有呀!阿琼懒懒地回了一句，出什么风头哇?一张相罢了，有鬼用呀，你以为是支票呀？给你一张支票，那又不同！

看到自己在电视屏幕上的形象潇洒，他颇为得意，阿琼，你看看，我做明星都行吧！她扁了扁嘴，你做傻豹就差不多！

但街坊却把他奉为偶像，哇！良少，你这次是第二次上镜了呀，一个不小心你好容易就变成小生，做郑伊健！

他嘴上打哈哈，不要嘲笑我呀兄弟！心中却欢喜得紧，有朝一日我黄继良……

真的有人要来买他们的漂流故事，说必须采访，每天三个小时录音，三天的时间，酬劳一万元，但要求内容必须震撼。他问，什么用途？对方说，什么用途你就不用理了！

他不知道应该如何出位，阿琼却说他傻，理得那么多，有钱拿，做个故仔也要的啦！

他想想也是，于是便随口加了一幕陷入鳄鱼阵的惊险场面。

报纸娱乐版透露，有电影公司准备开拍《海啸余生》，阿琼手指指，喏喏喏！拿我们的故事去拍戏，有没有给你编剧费先？

他想想也是，便跑去交涉，但那人一味冷笑，大佬，你不是烧坏脑吧？我们已经一手交钱一手交货。不信，你尽管查一下合同!

也是没经验，糊里糊涂便签了名，如今想要反悔也不成了。

阿琼呆了一呆，那你可以要求当男主角，故事是你的，你又有亲身经历。

对方大笑，你以为你是刘德华，还是梁朝伟呀?电影是靠“卡士”卖座，不是靠那些不等使的东西!

甚至连要求署上编剧的名字也不行。你识分镜头剧本呀?你只不过卖故事给我们，交易已经完成，我们如何处理，不关你的事!对方声大夹恶。

他只好软磨，加个“故事提供”都行吧?方便我日后揾食。

对方拍台，你都几大想头!你以为现在是在街市买菜，有得讲价呀?

他落荒而逃。

黄生，我叫Elaine，是电视台女记者。

穿一条白色长裤，披一件米黄的风衣，长发在寒风中微微飘舞，她不时用右手去拨好稍乱的头发，是那种风情写在眉眼间的漂亮女孩，好像天生就该吃这碗饭。

一站位，她便一本正经，请问你们是怎样逃过大难的?

想想还是心有余悸，那叫不叫乐极生悲?

早就策划度假之旅，圣诞那天到达布吉，尝尝串烧，吃吃芒果，待要将榴梿带进酒店，却被大堂经理制止，对不起，先生，榴梿不能带进酒店。

据说有的房客不适应那味道。

唯有在酒店外吃完再说。

阿琼愤愤然，世界上最好吃的水果，他们都不懂得欣赏，死蠢！酒店也是，不让我们带进去，就是侵犯我们的人权，告他们！

告什么告？你别那么多事了，这是泰国，不是香港。他们不欣赏是他们的事，我们吃我们的。来旅游就好好玩，开开心心就是。

阿琼也只是嘴上发发牢骚而已，一转眼便又忙于计划次日的游玩大计。明天不如去玩海上摩托咧？

圣诞夜在灯光调暗的酒店餐厅吃圣诞餐，红酒芳香，火鸡却味同嚼蜡，幸好圣诞树闪烁彩灯，圣诞音乐轻柔回荡，台面蜡烛在玻璃罩内摇曳跳着无定向的灵魂舞，那氛围，简直叫他灵魂出窍，飘飘然好像又回到热恋的时候。阿琼娇笑，本来就是重度蜜月嘛！不浪漫怎么行？想想也是，孩子都有了，还从来没有跟阿琼这么浪漫过，有钱真好！阿琼瞥了他一眼，当时你还舍不得丢下孩子来玩呢！如果不是我坚持……

补度蜜月在布吉海畔，说不尽的波翻浪涌，那是怎样的一个甜蜜温柔之夜？次日起床吃过早餐，睡意蒙眬，回到房间，和阿琼相拥着倒在床上，欲念又起，正待再续夜来缠绵之梦，忽听到呼啸的海涛声铺天盖地而来，还没弄明白是怎么回事，哐的一声，裂帛似的，他惊见落地玻璃窗给砸得粉碎，海水潮涌而来，他也顾不得套上上衣，只穿着短裤，赶忙抓起一件T恤往阿琼身上一丢，快穿！便拉着她的手，跨过露台的围栏，大喝一声，攀上屋顶！可是阿琼乏力，怎么也爬不上去，他死命顶住她的双脚，用力把她推上去。他待要自己攀上去，一个浪头蓦然卷来，将他拖进洪水中，呛了他一大口咸水。四顾茫茫一片汪洋，无穷无尽，海面上漂着许多杂物，还有浮沉的人头，耳畔尽是带着哭音的呼喊声。很冷。他努力睁大眼睛，望到阿琼在张口呼叫，但他什么也听不到，意志渐渐有些迷乱，忽地一惊，他看到阿琼奋身从那屋顶跳下，吓得他大叫一声，阿琼却已经游到他身边，这才记起，婚前她拿过中学校际游泳比赛冠军。死，我们也要死在一起！她喘着气。他又气又急，如果我们都回不去，阿玲以后谁照顾？她才三岁……

这时漂来一块床板，他连忙抓住当救生圈，才稍微安心，可是却身不由己地越漂越远，回望酒店，已成了火柴盒那么一点。这毫无目的的漂流，何处是终点？他有些绝望，肚子又咕咕地叫了起来。刚才赶什么赶？回房亲热，什么时候不行？何必急于一时？早餐吃不到一半便豪气地离开，现在要能用那另一半充饥就好了！那悔意，令他更渴更饿，正万般无奈，身边漂来一个冰柜，他慌忙抓住，打开一看，喜见浸湿的蛋糕，也不管味道如何，便一口咬下去，又甜，又咸，软塌塌的，几乎想要吐出来，他急忙拧开一瓶矿泉水，喝了一大口。这个时候，再难吃也不顾了，保命要紧，不要说难吃，迟些只要能吞进肚子的任何东西，恐怕也照吞不误，哪容得再挑拣？他这样劝告阿琼，自己也才知道，饥渴是这么可怖，像蛀虫似的咬噬他的心肝肚肠，直至灵魂。是一种莫名的疼痛，浑身无力，好像随时都会虚脱，他自我安慰：才过了午餐时间没多久，不至于饿得这么厉害，这一切只不过是心理作用而已。可是他越这么想就越饿，肠子就绞得越痛。阿琼叫道，你不要去想了，心理作用！我没吃一口，都……还没说完，一个浪头打来，又将他们分开，在漂浮的人群中，他找不到阿琼了。

这时，夕阳正在西下，他暗想，一旦天黑，只怕逃出生天的机会就愈发渺茫，一种恐惧感悄悄爬上心头，他打了个冷战。就在这时，他望见阿琼就在三十米外抓着船板漂浮，他大喊，老婆！老婆！但没用，他忽然想到，满海都是老公老婆的凄厉叫声，谁知道谁是谁呀？他改喊，阿琼！阿琼！但她还是一动不动，一个恐怖的念头浮了上来：莫非她……这时才想起，他刚才只顾自己的肚子，没担心过阿琼！他鼓足全身力气使劲大叫，阿琼！阿琼！终于有了回应，他看到阿琼慢慢抬起头，嘴唇好像在蠕动，但他完全听不到她的声音，他将手中的那瓶矿泉水往她那边丢过去，但差得太远，他也没力气了。挺住呀！阿琼，挺住！他声嘶力竭，也不知道她听到没有。这时他才体会到，什么叫咫尺天涯。

夕阳把逐渐暗淡下去的海面映得闪闪发亮，可能都累了，但也可能是绝望了，再也没有人呼喊，偌大的水域，一片死寂。那圆圆的橙红色正向海平面下滑，以越来越快的速度，很快就要和它接吻。他暗想：完了，天一黑，遇救只怕更加无望。

但命不该绝，一艘拯救队的快艇突突驶了过来，好像雷霆救兵一样，硬是把他从绝望的深渊拖回人间，他心一宽，便昏了过去。

再醒过来，他脑海里一片空白，一股难闻的药味弥漫着整个空间，原来是躺在医院的病床上，旁边竟是阿琼。

他一直以为碰到的是大涨潮，这时才知道，原来是世纪大海啸。他全身好几处擦伤，已经包扎好，还隐隐作痛。

大难不死，必有后福！人人见到他都这么说，他也相信。可是一切都不顺利，叫他沮丧。阿琼安慰他，小小磨难当激励。可是他不能淡然处之。一闭眼，他便觉得身陷鳄鱼阵中，鳄鱼一条一条地滑了过来，为抢夺人肉搏斗，尾巴互扫，水花四溅。男男女女活活地被撕成好几块，血染红周围的海水，鳄鱼们流着眼泪，在周围游弋，然后像看准了目标似的，朝他游来。他看到那可怖的眼睛，一眨一眨的，不知在传递什么讯息。他看到那大张的鳄吻，露出上下两排利齿。他大叫一声，晕了过去，迷糊中还以为身陷电影《鳄鱼先生》的鳄鱼场面中，不能自拔。

悠悠醒转，全身都是冷汗，却弄不清楚是白日梦，还是午夜梦魇。

他对阿琼说，可能我胡乱编造故事，得罪了鳄神，如今是报应，给它追杀。

生人不生胆！阿琼安慰他，你定是神思恍惚，元神离身，所以老发噩梦。我明天去给你拜神，包你安宁。

那时拄着拐杖用单腿走路，有如从战场归来的伤兵，却意气风发，因为一时之间他成了传媒追踪的公众人物，自我感觉良好。没想到也就是一阵风吹过，很快地，媒体就转移目标，不要说是他了，连南亚大海啸也成为过去，有几个还会旧事重提？

香港人健忘呀！他叹息。

阿琼却另有高见，不健忘又怎么样？人总得生活下去，总不能活在过去的阴影里。你不想给人忘记，就得不断有新闻，你看那些大小明星，有哪个不是不断制造新闻，争取曝光率？

他不知道勇擒贼人，是不是有搏见报的潜意识。

阿琼拍着他的肩膀，是你东山再起的机会了！

周刊果然又热情万分地用他作封面人物，给他做专访，大字标题是："海啸余生再做罪恶克星"，他又抖起来了。

阿琼说，你看看，我猜得没错吧？这回你做明星都不过分！

他也飘飘然，特别是 Elaine 再约他访谈的时候。

一回生，两回熟，这次我们可算是老朋友了，请你帮帮忙，爆第一手内幕资料给我们。她说。

当然当然，他满口答应，心中却疑惑，这靓女，今天说话怎么有点怪怪的？擒贼就擒贼，有什么内幕可爆？

Elaine问他，听说你们拿综援，怎么有钱去泰国旅行？

他吓了一跳，新近捉贼你不提，却提陈年旧事，什么意思嘛！他意识到大事不好，心咚咚乱跳，有些紧张，哦，那是我赌马赢来三万块，去松弛一下。我们从来没出过埠，去玩玩也应该不是？

当然，Elaine似笑非笑，但我们收到风，说你们假离婚，骗取政府更多的失业综援数目，不知你有什么回应？

他发觉她词锋愈发尖锐，猛然记起好多年前读武侠小说有一句话："善者不来，来者不善。"莫非这靓女来者不善？好在他反应还不算慢，我们是离了婚，分开住。

离婚了还一起去旅行同住一间房？

再见也是朋友，那朋友也可以一起旅行吧！人权喔！

当然可以，不过好似不是朋友那么简单，比方那张热吻的相片……过了大半年的事情，自己几乎都忘了，她还记得，看来是做足了准备功夫，他顿时语塞。你会不会觉得对纳税人不公平，对其他确有需要获得综援的市民不公平？

旁边的阿琼突然插话，我们这一区有好多人都这样做的啦！

好多人做，不一定就对，何况骗取综援是犯法的！Elaine的口气渐趋冷硬。

他一口气吞不下去，哼道，我们放弃综援，全家饿死算了！看富足的香港有人饿死，会不会成为国际新闻！

说罢拂袖而去，在尖沙咀闹市乱逛，夏天的太阳猛烈，迎面碰上一大汉，笑着和他打招呼，喂！李小龙！做了英雄不认得我了呀？他定睛一看，是那个CID。大汉指了指一间茶餐厅，一起去喝下午茶吧！他摆了摆手，横过马路，头也不回，径自走了。

2005年9月11日

（刊于香港《城市文艺》2006年2月创刊号）

迷魂阵

我觉得我是神仙附体，每次都是未卜先知，可是这一回……他喃喃自语。

他太太罗拉斜眼望着他，怎么？苦瓜干面孔，是不是又有什么行差踏错，给老板铲啊？

他瞥了她一眼，不搭腔。答她也没用，他知道，不论他说什么，她的反应只有一种：你说老板变态，又不见他铲别人？难道他要分辩：别人也给他铲呀！

算了算了，有什么委屈，“咕”一声吞下肚子里去，何苦说出来丢人现眼，还嫌自己不够丢脸呀？今晚好好睡它一大觉，明天醒来不又是一条好汉！

阿头说，我们是执法部门人员，除了在捉人，帽子都不可以除下，更何况肩章？那是我们执法的尊严，这些基本常识，你们都知道啦！为什么你们可以屈服，同意他们的要求？

鬼不知道咩！可他们很强势，那鬼妹不知有多强硬，说他们的梦幻乐园负责给游客提供童话般的欢乐氛围，如果不除帽不除肩章，会让游客不安，违反乐园的初衷，他们不会妥协。他和阿强商量了一下，打电话请示阿头，阿头有些不耐烦，这点小事都问，你们是不是嫌我不够烦啊？你们看着办啦！可是那鬼妹一副居高临下的姿态，No way！

既然梦幻乐园强硬，毫无退让的余地，他只好对阿强说，看这环境，只好顺他们的意，你怎么看？阿强望了望他，耸耸肩膀，你资历老过我，职位高过我，你怎么说，怎么好啦！

如果不妥协，就不能进入乐园的那家食肆调查，不能调查，怎么跟杀人王阿头交代？阿头交代说，有好些人在那里吃饭后又吐又呕，你们去 check 一下，把结果告诉我！难道回去可以双手一摊，他们不让进喔！

没想到委曲求全竟给传媒踢爆，闹得全城沸沸扬扬，阿头将报纸甩在他面前，你们怎么搞的？尤其是你，都算是资深食环署人员了，怎么小小事都搞不定，你都几白痴，我们的面子都给你丢光了！

他抗辩，阿头，你不知道他们有几恶，根本没有商量余地，除非我们放弃进园调查的权力！

噢，你们现在放弃的是纪律部队尊严，本来也就算了，但现在传媒把我们的事情爆出去，人家都说丧权辱国，你说怎么办？！

哼，他想，如果我们进不去，你不也一样铲我，说我无能，小小事情办不好？但识时务者为俊杰，好汉不吃眼前亏，他不吭声。

保安局局长都说了，在香港，没有人可以凌驾法律之上。你应该强硬抗议，行使责任，怕什么？我撑你！

此时说多错多，还是沉默是金。

这两天听说连警员要进去查案，也受到阻止。

喏喏喏！连差人都不行，何况我们？说是纪律部队，但有谁真当我们是执法者？哪有差人那么威风？至少也有佩枪，有威慑力！但他们都不能穿着制服进园，看来这乐园真的当自己是世外桃源，不受香港法律约束了！

谁叫他们财雄势大，说话中气十足，香港要靠他们繁荣经济，看他们的眼色，是免不了的。阿强说，这是弱肉强食的世界，你心理平衡不了那么多的了！

这么看来，顺着他们的意，除帽除肩章也是合理的了？

这是你说的，我可没那么说，你不要拉我下水！

这个阿强，说是我老婆的哥哥，但从来也没一句真话，滑得像泥鳅似的，睬他都傻。

但罗拉却老埋怨他，怎么说都是你的大舅子，你是他上司，没理由不帮他呀？

我怎么帮他？他不长进，不要连累我就算帮忙，要我帮他，首先也要他有表现不是？你看这次出事，他不但躲在我身后，不帮我说一句话，还要抢白我，你说他还有没有当我是他妹夫？

一言不合，他闷闷睡去。

恍惚中，他是诸葛亮，布下八阵图，为的是叫东吴大将陆逊死无葬身之地。看那厮左冲右突，始终逃不出去，他有一种幸灾乐祸的感觉。小子陆逊，看你今天能逃到哪里去？陆逊仰天长啸，大叫，想不到我今天毙命于此！他大喜，天祐我蜀汉！忽然一个老汉径自走入阵中，大喊，敢问将军是东吴陆将军吗？然后从生门把他领出阵外。他气得几乎晕过去，雾气渐散，再看真一点，他吃了一惊，那厮哪里是什么陆逊，一副尖嘴猴腮的样子，不是阿头是谁？那老汉也并不老，原来就是阿强！他大惊，欲待追问，却给罗拉推醒，喂喂！你干吗？发噩梦啊？

他的心咚咚乱跳，掩饰着说，是啊是啊！

明明是诸葛亮的岳父黄承彦在那里指点，最后关头把陆逊救了出去，给蜀汉留下心腹大患。百密一疏呀！

梦中总是那个场景重现，他是诸葛亮，苦苦追问他老丈人，您为什么泄露天机，叫那陆逊逃出生天？

老丈人拈须微笑，上天有好生之德，救人一命，胜造七级浮屠。

可是，我蜀国就大难临头了！

那是你的问题，不是我的问题。

他气结，饶他聪明一世，一时竟也说不上话来。

这时才明白，人心隔肚皮，老丈人又怎么样？他有什么义务帮你保守秘密？

也怪当时太得意，加上年少，生恐日后布下的天罗地网无人知晓，而且正在蜜月中。老丈人慢条斯理，贤婿，你才能盖天下，无人不服，你嫌我女儿长得丑，我本也不该怨你，但你不该和别人谈论她，你这样羞辱她，叫我这个当老爸的，怎吞得下这口气！

他吃了一惊，有吗有吗？我有这样做吗？

不记得了。莫非醉后和主公说过？也可能是莫须有。老婆是丑了点，主公也赏赐过美女，但我的心还是在老婆那里呀！

睡眼蒙眬爬起身来，旁边的罗拉迷迷糊糊说了一句，折腾什么呀？他又一惊，莫非她也……

是在雍雅山房吧，他说，时日无多了，它的地皮已经给地产商买下，过了今年，恐怕挨不到明年，我们要去就趁早，免得将来后悔。

他和嘉莲并不是看粤语片长大的一辈，但失眠时偶然看到深夜播放的黑白老片，金童玉女谢贤、陈宝珠总是在那里喝下午茶，一派小资情调，便有些神往。那个傍晚，他们坐在彩色太阳伞下，一面品尝六十年代口味的烧乳鸽、山水豆腐和干炒牛河，一面望着夕阳西下，慢慢染红了天边，嘉莲的头轻倚他肩膀，悠悠地说，以后只怕越来越少这样美好的地方了！他的心一动，她是不是在暗示什么？他连忙岔开话题，这雍雅山房，1963年就建成，那时是中上流社会吃饭的地方，我们现在也来了，可以冒充一下中产的感觉。但她还是一味感叹，美好的东西总是短暂，你看那美丽的夕阳，只一晃，就隐没了，现在什么也没有了。他忙说，夕阳下去了，但月亮又升起呀！何况明天太阳依旧从东方升起。嘉莲摇摇头，明天的太阳和今天的太阳看起来相似，但其实已经不同了，就像这雍雅山房，下次我们来，只怕已被改建成私人豪宅，只能远望了。他笑，不怕不怕，没有雍雅山房，但迪斯尼乐园马上就开幕，我们去那里玩。她扁了扁嘴，人山人海，有什么情趣呀？那倒也是，两人世界，最好就像此刻，天长地久。不料连这片刻的安宁也不可得，正在细语说不完的郎情妾意，一个穿着卫生帮制服的男人在夜色中突然闯了进来，一屁股就坐在旁边的椅子上，吓得他从嘉莲身旁弹起，刚想发作，却发现来人是阿强，斜靠着椅背，阴着嘴笑，喂，阿明，原来真的是你！我刚才还以为看花了眼，转了几圈，才敢确定。你今天休息，怎么那么得闲，不在家里陪你老婆我妹妹，和靓女跑到这里 happy？

他张口结舌，半天说不出话来；嘉莲早就咚咚地一走了之了。

鬼使神差，阿强临时奉命来这里巡一下，竟撞个正着。他接着说，我已经醒目，把蛇王炳支使走了，要是给他看到，你估是什么场面？只怕明天上班无人不晓你黄志明泡妞泡到雍雅山房！

他吃吃地求情，阿强，我对不起你妹妹，但大家男人，你明啦！你不要说给罗拉知！

我明，我当然明白，我妹妹那么丑，你一表人才，不生异心才怪。不过，你知啦，这个世界，什么东西都要代价，再怎么样，掩口费还是不能少的。

凡是能够用钱解决的问题都不是问题，他豪气地那么一想，破财挡灾算了！

钱不是太大的问题，问题是把柄抓在阿强手里，他从此得步步为营。迪斯尼乐园人如潮涌，无限欢乐，但他哪敢公然再和嘉莲同游？嘉莲不高兴，动不动就说，你什么时候和那黄面婆离婚？你不要再说你是什么诸葛亮转世了，我也是白领丽人，没理由就这样等你一辈子！他无言以对。他真的以为自己有诸葛亮未卜先知的本领，以前也确实灵验，但最近好像出了故障，是不是诸葛亮已经离他远去？

他毫无办法，还是去求神拜佛，暗暗祈求诸葛孔明魂兮归来。

或许是日有所思夜有所梦，当晚狂风骤雨，风声雨声中，他恹恹睡去，朦朦胧胧闯进一个石头阵，咦，这不是八阵图吗？一道苍凉嗓音袅袅飘来，当年我老丈人在这里放走陆逊，坏我大事，这个故事教训我们，千万不要相信别人！连自己的老丈人都可以背叛自己，何况他人？他纳闷，我没向我老丈人透露过什么秘密呀！那道声音冷笑，老丈人可以出卖我，难道大舅子就不能出卖你？再要问下去，那声音丢下一句：你好自为之……音量越来越小，终于消失。不论他如何再问，也再没有回音。

他乍醒，闷闷不乐，又不敢惊动罗拉，只好躺着不动，在暗夜中胡思乱想。好像有道薄纸，轻轻一捅就破，难道是阿强？

那天，阿强对他说，工作要调整，以后他归阿强管。

他吃了一惊，本来是我管你的呀！

我知道，不过我们这里也要竞争，也要看表现，调整没什么大不了啦！

莫非新账旧账一起算？他知道事已至此，多说无益。罗拉冷笑，你肯定是犯了什么错误，无端端怎么会给我大佬爬头？他有口难言。嘉莲愤愤然，跟他干！他苦笑，干什么干？除非不想捞了！

阿强一副意气风发的样子，指使他的时候，连称呼也省了，只管叫他，阿边个边个！他气不过，阿强哥，我也是有名有姓，不要边个边个地叫好吗？一样而已，都是一句。阿强笑得暧昧。

以前阿强总是躲在他后面，如今却风风火火，一副强悍的样子，动不动就教训别人，阿边个边个，醒目点啦，这小小事情都搞不定？你是不是傻的？他越看越不顺眼，私下对罗拉说，好心你劝一下你大佬啦！这么做人不行，迟早出事。可是罗拉反唇相讥，他不行，你行？你行就不至于给我大佬踢走啦！

也是，何必枉做小人？好好，他怎么样，关我屁事！

阿强有意无意地说，这个世界，出来行走，最要紧就是泊什么码头。

小人得志，现在倒教训起我来了！一股气直往他脑门上冲，可回心一想，这家伙说的也是，你看那娱乐圈，有多少不学无术的男女，不就靠父母在行内的影响力，迅速上位？你只要开口批评，马上便有许多圈内的 uncle、auntie 跳出来围剿，那自然是基于共同利益，我没有利用价值，有谁会为我说话？

你本来不是没有这个机会，只不过你太蠢，我本来就是你可以利用的棋子，但那时你成天对我呼呼喝喝，鬼才会真心跟你！你不要这样望着我，一场亲戚，我才教精你，免得死得不明不白。

那么……

算了，事到如今，也别废话了，你认命就是。你好好跟着我，不要捣乱，你不捣乱，我不会让你难过的！

那你妹妹……

我说话算话，而且我一向和她不和，你都知道的，只要你听话，我自然不会跟她透露什么。

是要挟吧？

不要说得那么难听，这叫作等价交换，大家各取所需，互不亏欠，没什么不妥呀！你说对不对？

到了这个时候，哪里轮到他讨价还价？

发烧、头晕，下班回家他便和衣躺下，罗拉望都不望他一眼，也不问他是否不舒服，径自看电视吃晚饭。他暗想，会不会又是阿强这混蛋向她“笃”他的背脊？迷迷糊糊便昏睡过去，那老者的声音再现，你我缘分已尽，以后我管不了你那么多了，你好自为之……

他惊醒，已是半夜，窗外狂风暴雨，慢一阵紧一阵，沙沙打在玻璃窗上，好像随时都会破窗而入。罗拉还没上床，他觉得肚子有些饿了，客厅电视机的声音还在响着，他起身一看，罗拉睡在沙发上。他怒火中烧，恨恨地寻思，怕什么怕？大不了离婚，嘉莲在等着我的一句话呢！

吞下感冒药，次日醒来，太阳耀眼，他又是另一番心思。诸葛亮都消隐了，我还折腾什么？离婚？多麻烦，算了算了，一动不如一静，我累了，懒得动了，多一事不如少一事。

想想也滑稽，才三十出头便没有斗志了，岁月长悠悠，何处是尽头？一阵风吹过，乌云遮天，夏日骤雨突如其来，哗哗下了起来，他亡命飞奔，找到避雨处，他已成了落汤鸡，从头凉到脚底。

2005年9月1日

（刊于香港《作家》2005年10月号）

砍

关羽万里走单骑，寻寻觅觅，也不知道爬过多少座山涉过多少道水，也记不清穿越了多少岁月，都有些浑浑噩噩了：我那兄长刘备，到底哪里去了？

有几次疲乏得想要放弃了。

但是一想到当年桃园三结义，他又悚然一惊，难道我关某生了异心？

赶快默念：“不求同年同月同日生，但求同年同月同日死。”

热血立刻上涌：无论如何，不找到兄长，我就决不独自安顿下来。

这天骑在赤兔马上打盹，忽地被它的一声长嘶所惊醒，他睁眼一看，黑夜茫茫，也不知道来到什么地方。

赤兔马低下头饮水，原来身在河畔。

他重新睡了过去。

这些年来，他漫无目的地行走，把一切都交给赤兔马。他想这宝马有灵性，也许冥冥中可以带他寻到刘大哥，让失散多年的兄弟重逢。

再度醒来，已经是阳光耀眼时分。

咦！怎么周围一片陌生，也不见有嗒嗒的马蹄声？

那些穿着奇怪服装的男男女女围了过来，指指点点，“哗！在拍什么古装戏呀？”“那不是关公吗？我知道了，在拍《三国演义》，是‘千里走单骑’吧？”

他听得有些莫名其妙，定睛往云端望去，那普净和尚端坐上头，以千里传音的功夫传话：“汉寿亭侯，别来无恙吗？你现在转世投胎已经来到香港现代社会，怎么穿盔甲骑赤兔马提着青龙偃月刀？笑都给人笑死！”

他一惊。

这就一千七百多年了？

有“呜哇呜哇”的尖利声音破空而来，普净急道：“汉寿亭侯快走，警车来了！”

关羽大怒：“什么警车不警车？有哪个鼠辈敢来啰唆一句，休怪我关某刀下无情！”

普净叹了一口气：“汉寿亭侯，你固然是五虎上将之首，论上阵厮杀，大概无人能敌。但今时不同往日，现代警察一枪在手，容不得你近身肉搏，他手指一扣扳机，子弹呼啸飞出，你再有十条命，也是实时报销的了！”

他瞪大眼睛，将信将疑。

普净大喝一声：“云长快走！迟了恐怕就走不了了！”

自从那年败走麦城在小路中伏丧生之后，对一切谏言，他都采取宁可信其有、不可信其无的态度。既然普净说得如此急切，但听无妨。

一勒赤兔马缰索，刹那间便逃得无影无踪。

窥探了几天，他发现这里果然是个完全不同的社会，这个叫香港的地方。

普净也隐隐约约向他暗示：“你必得脱下古装，换上西装，融入现代都市的生活中。你大哥或许就在这里，我祝你好运！”

说罢，普净便隐去了。

他也有一种感觉，认定刘备已经在这里立足。

可是，人海茫茫，应该到哪里去寻找踪迹？

想来想去，也苦无良策。

但他知道，他的机会，只有靠运气了。

他将青龙偃月刀埋藏起来，遣走赤兔马：“你自找生路去吧！”然后换下盔甲，穿上西装，极力装扮成追赶潮流的香港人。

但说上几句话，人家便用一种疑惑的眼神望着他：“喂喂，你是不是偷渡客呀？”

简直就是虎落平阳被犬欺了，想当年我关某过五关斩六将……

幽幽叹了一口气，他又恹恹睡了过去。

梦中普净又驾着云团而来，“如今古风不再，你即使找到刘皇叔，也未必就是好事。”

他大怒：“兀那和尚，休得胡言乱语，坏我兄弟情分！世人谁不知道我们桃园结义？”

普净叹道：“既然如此，我便闭嘴，但可以提点你，你大哥现在在尖东做老板。”

欲待问个清楚，普净已经消失。

也只有去投靠大哥了，不论是为了兄弟情谊，还是为了自己的生计。

刘备望了望关羽，也不惊异，只说了一句：“二弟，你终于找上来了！”

关羽环顾那富丽堂皇的环境，笑道：“大哥，这里比那蜀国要好得多！”

刘备淡淡地说了一句：“重新闯天下，不容易呀！以前是在战场上出生入死，如今是在商场上你死我活。你看我手下的人那么多，要把他们管好，真不容易。”

“大哥辛苦了！”关羽说，“我来迟一步，不能跟你一起打江山，不过，可以跟你一起守江山。等到三弟也会齐了，我们桃园三结义就有了完美的结局。”

刘备好像没有听进去，只顾看着电视机，说：“那是已经很遥远的事情了……”

关羽十分纳闷，跟着刘备的视线望去，啊呀，那闪现的，不正是他被东吴伏军生擒的场景吗？

碧眼小儿！刀斧手。五花大绑推出去斩首。

实在已经是遥远的历史了。

不过他也不以为意，不论时光如何飞逝，结义之情永在，如今能够聚首，足见天可怜见。

刘备懒懒地吩咐了一句："你就留在我的左右，辅佐我治理公司吧！"

他想说："我古代一介武夫，不懂得现代商场运作，恐怕会有负大哥厚爱！"

只不过刘备早已挥了挥手，示意他退下。

依然还是当年主公的派头。

不料整个经济不景气起来，刘氏集团也受到冲击，人心浮动。

刘备说："我得好好整顿，要裁员，杀一儆百！"

关羽劝道："大哥，你必得以仁义服人，尤其到了年关，不要把人家逼到绝路上去。"

刘备横了他一眼，说："我自有分寸。"

突然间便宣布把关羽裁掉。

关羽大惊，跑去找刘备，"大哥，你是不是搞错了？我是你义弟关羽呀！"

刘备冷冷地说："没错，炒的便是你。"

关羽心灰意冷，却忍不住追问了一句："为什么？你不说出来，我死不瞑目！"

刘备冷笑，说："你以为现在还有什么'同年同月同日死'的老调呀？商场无情谊，只有商业利益要紧。"

"你要裁员，可以理解，但为什么要拿我祭旗？"

刘备说："云长，我赠你一句，如今做事，利益为先，我要裁员，第一个要动的便是我的左臂右膀，这样才能威慑其他人。谁叫别人都知道你是我的义弟？”

原来如此。想当年在曹营三日一小宴、五日一大宴、上马一提金、下马一提银的待遇，都不能动摇他们的结义之情，如今……

关羽万念俱灰，连夜跑到埋刀处，将那把青龙偃月刀挖出，打一个呼哨将赤兔马召回，脱下西装，换上盔甲，准备浪迹天涯。

普净再度现身，“汉寿亭侯，哪里去？”

“从来的地方来，到去的地方去。”

“但你别忘了，你这样打回原形，恐怕永远也只能这般漫无目的地漫游，好像无主孤魂……”

关羽仰天长笑，更不答话，提刀策马，飞奔云霄而去。

1995 年 12 月 10 日

（刊于《香港笔荟》1995 年 12 月第 6 期）

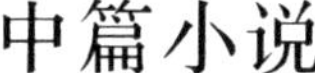

中篇小说

天　平

○

喜相逢餐厅的门给推开，一道阳光从外头泻进来，那扇门又迅速关上了，阳光给隔开，室内又恢复幽暗的光线。在壁灯的照映下，黄裕思看见，穿着红色长袖衫、蓝色牛仔裤的少女，左右张望着，好像有点拿不定主意。黄裕思断定，这该是杨竹英了。昨晚在电话里她说过，她会穿红上衣、蓝裤子。他起身向她招了招手，那女的扫了他一眼，脸上突然变得愤怒起来，把头一转，忽然发现了目标，便飞也似的向另一个角落奔去。

黄裕思的脸热辣辣的，无端让人误会自己是个调戏女性的无赖，他感到下不了台。偷偷地，用眼角一瞟，那女孩子正向她男朋友说着什么，头频频地向他这边望来。他的心一紧，他想，倘若那女孩子的男朋友不分青红皂白，抢上来训斥甚至动武，他真是跳到大海也洗不清罪名了。但对方并没有动静，黄裕思暗叫一声惭愧，渐渐地放了心，他看了看手腕上的表，两点三十五分了，比约定的时间过了五分钟。但女孩子迟到，是合情合理的，据说那才表现出身价，他明白。反正他也没有其他什么事，多坐一会儿，也没有关系，他招手向侍者要了一杯柠檬水，一回头，又是一位红色长袖衫蓝色牛仔裤的少女，剪着齐肩的头发，笑意盈然地跨进餐厅来。黄裕思一时不知如何是好，打招呼吗？又怕再次搞错了。不理她吗？倘若她就是杨竹英，那又怎么办？他不禁责怪自己不够细致，倘若他在电话中告知对方，自己会穿浅棕色短袖衫、深棕色裤子，那就可以对上号了。他迟疑了一下，终于还是下了决心，宁愿再次尴尬，也不能不试一试。他毅然地站起来，迎上前去，问道："请问是不是……"

"哦，你是黄先生吧？我是杨竹英。"那女孩娇憨地一笑，不等黄裕思说完，就主动回答，并且伸出手来，与他握手。

"请坐。"黄裕思答道，心里觉得这个女孩子的样子很甜，也有点面善，好像以前在什么地方见过似的。但是，他用尽心力，也无法从自己的记忆宝库里拿出证据，有哪个熟人与她相像。他肯定不认识这女孩，因为连名字都是陌生的；他猜想，也许某一次，就在人海中，她曾经使他的眼睛为之一亮，那刹那间，他的脑海便像照相机似的把她的脸容映了下来，但因为那底片没有放成相片，而始终显得模模糊糊。眼前的杨竹英小姐，却那么具体，动作和色彩，充分显示一种活力，连彩色相片也远远无法相比。想到彩色照片这个比喻，他不由得微微一笑。蓦然警觉自己的思想开了小差，他连忙用手抹了一下自己的脸，掩饰着微露的窘态，问道：“杨小姐，你喝什么？”

“我自己来。”杨竹英爽快地答道，向走来的侍者要了一杯咖啡。

“这里的咖啡马马虎虎。”黄裕思等侍者走后，微笑道，“所以我不喝。”

“是吗？”杨竹英望了过来，嫣然一笑，“我不知道。不过，没关系。好不好，我也尝不出来。”

“那就无所谓。是啦，这是你在美国的表哥带给你的，请你看一看。”黄裕思将一对精致的瓷器鹿小心翼翼地端出，递了过去。

杨竹英一接，也并不细看，却追问道：“你刚去美国？”

“不是。”黄裕思突然腼腆起来，“是我老板去的，他认识你表哥。”

“真不好意思，还要累你跑一趟。”杨竹英睁大了眼睛，一副歉疚的神情，诚恳地流露出来。

“那没什么，不必客气，老板的吩咐，我能不做吗？”黄裕思的语气，似乎在自问，又像在自嘲，望着对方只是笑。

“现在想移民美国的人还不少呢！”杨竹英吁了一口气。

“看来是受到‘前途’问题的影响吧！”黄裕思笑了笑，答道。

“今天是周末呀，下午你们该不用上班哩！”

“那也没什么，反正我没其他事情，到这里坐一坐，也很好，也是一种休息。”

“你倒想得开！”

黄裕思耸了耸肩膀，没有吭声，他暗自想道，想不开又怎么样？两人的视线碰在一起，不约而同地笑了。话题好像高山上的流水，在餐厅轻轻播出的歌声中欢腾地跳跃而来。

一

有多久没有这么专心致志地看电视节目了？我也记不太清楚了，电视节目就是那样，越看就越有兴趣，特别是那些连续剧，看了头，就想追到尾；如果开头不看，兴趣也就大减。大家说，电视节目是最佳消遣，又不用花钱买票入场，但我却很难投入，要看的话，也只看新闻。今天晚上的《透视》节目，好像还真有些看头，原来九龙城砦的情况是这样的。记得好几年前，我随朋友去那边转了一圈，只觉得通道如不见天日的坑道似的，有时矮到要弯腰才能前进；有人说那里是声色犬马的世界，但实际情况怎样，我一点也不清楚。当时，我只觉得，住在里边，太恐怖了；可是，住那边的人，还不是照样那么生活。啊呀，杨小姐也住九龙城。不对，她那个九龙城，是在九龙城砦以外，那里热闹得很，根本不是一回事。

杨小姐笑起来的时候，样子很可爱。不知道她多少岁了，我猜是二十五六岁吧，但笑的时候，好像还要年轻一些，到底是在广告公司工作，很活泼，也善于言辞，好像有意显示身份一样，她顺手就用原子笔一挥，我一看，原来是“幸福广告设计公司”几个字，字体的确秀丽得很，想到自己写的字见不得人，一时之间嗫嚅着不敢吭声，唯恐她叫我写几笔，那我就不免当场出丑。幸好她似乎并没有要考我的意思。

她听说我在一家杂志当编辑，似乎很感兴趣的样子。她的双眼发光，问道：“你是搞文艺的吗？”

我摇了摇头。她也太天真了，以为当编辑就是搞文艺。其实，在香港，搞文艺太难了。杂志要生存，就要迎合读者的口味，好像我们办的这一份，也被人归入“八婆杂志”之列。我自己何尝又不感到苦恼？可是，不顾销路，却绝对行不通，老板肯定不干，我们的饭碗也保不住。我说：“其实，我们的杂志虽然有些无聊，正经、有益的东西不多，但也还算不上有害，还可以吧。”

但她看起来有些失望，连声调也降低了八度：“哦，我还以为你是搞文艺的哩！”

我很想告诉她，我也搞过文艺创作，但话到嘴边，又止住了。我该怎么说呢？告诉她，我写过诗吗？那多么可笑，恐怕谁也不会记得有人发表过那几首诗。既无名气，连自我陶醉一下的本钱也没有，还要奢谈什么文艺创作！我没有胆量启齿。说出来，大约只能招来她的暗笑，以为我在吹大牛。

她好像也觉察到我欲言又止，忽然间咯咯一笑：“搞杂志也很好啊！你们需不需要设计封面和编排内页的人呀？如果要的话，你告诉我，我们公司有这方面的业务，我可以替你们搞。”

我一听，不禁大喜。我们的美术编辑刚刚辞职，正需要有人顶替。但这件事当然要由老板决定，我不能作主，所以，我什么也不透露，只是答应她：“好的，我回去跟老板提一提。希望我们有合作的机会。”

“能够和黄先生合作，那当然是再好不过的啦！”她又咯咯一笑，眼珠一转，眼波顿时流动起来。啊，她的那种神态，真有点像女明星钟楚红。

二

糟糕，今晚怎么老睡不着，我看了看床头上的闹钟，都十二点半了，一点睡意都没有。到底是怎么一回事？啊，想起来了，一定是今天下午喝的那杯咖啡害人，咖啡真的那么厉害吗？我不信，可是现在明明就睡不着。黄先生听我叫咖啡，就曾经委婉地劝说：“你不怕喝咖啡睡不着觉吗？很辛苦的。”看来，他有经验，我相信他就好了。但当时，我却不屑地笑道：“是——吗？我不信！”他也就不再阻止，还一味自嘲地说：“咖啡能够打倒我，但打倒不了你！”

当他把表哥送给我的礼物递过来的时候，似乎想要开口，但结果什么也没有问。如果他真的问了，我真不知道怎么回答才好，说是普通表哥表妹的关系，恐怕他也不会相信，那么老远地托人捎东西来，不会没有其他原因。但他看起来是很得体的人，他没有冒昧地追问别人的私事，尽管我看得出，他实在有些好奇。

我从未向表哥承诺过什么，但他始终不曾放弃追求。爸爸妈妈甚至亲戚们，都在向我施加压力，要我早点嫁出去。我知道爸爸妈妈的意思，他们觉得我已经二十七岁了，不小了，再拖一拖，一过三十，就没人要了，他们留着一个未出嫁的女儿在家里，脸上不好看，也怕周围的人叽叽喳喳地议论。所以，他们想要赶快推我出去，不要阻挡弟弟妹妹的路。也不能说，爸爸妈妈不怀好意，我始终是他们的女儿，他们也想要我好，却用他们的方式行事，而没有考虑我个人的意愿。妈妈几次这样对我说："阿英，你也不小了，不要怪妈妈啰唆，你的婚事，不要拖了。表哥有什么不好？你看，他在美国开了餐馆，你和他结婚，马上可以移民，做少奶奶。而且姨表结婚，亲上加亲，不是天赐良缘是什么？"

良缘良缘，我耳朵都听出茧来了，虽然是表哥，但我才见过几次面，根本没有很深的印象，我觉得他在待人接物上很能干，其他就看不出什么了。他追求我，好像也希望速战速决，他不惜代价讨好爸爸妈妈，也就是他的姨父姨母。爸爸妈妈未必真被他的手段打动，但显然喜欢他的殷勤，我很想大声地对爸爸妈妈说："让我自己去选择吧，你们不要操心了，好吧？"但每一回，我都没有办法说出口，终究是女儿家，怎么能够大谈婚姻大事？

自从五年前，与郭伟杰无奈地分手之后，我的心就受了伤。我知道我的心还没有死，但要恢复热气，并不容易，谁能够像郭伟杰那样让我倾心？伟杰的笑容粼粼地再现，我忽然想到，黄先生的神气，真有点像他，怪不得初次见面，我就觉得有些亲切感。啊，莫非我睡不着，并不是咖啡的错，而是我自己胡思乱想，造成了困扰？突然间，我的脸一热。我好像发现藏在自己心底的一点秘密，却不想挖掘出来。我只恍惚记得，离开餐厅时握别，他的手好像热得淌了汗，而我的手却凉得可以。

三

上午，杨竹英把搞好的封面设计和内页送到编辑部来，闲话中谈到正在上演的《奇谋妙计五福星》，我问她看没看过，她摇摇头。我的一句话便脱口而出："我请你去看，赏不赏光？"

"一言为定。"但我生怕她反悔，连忙说道："今天恐怕买不到票了，明晚吧，看七点半的。Okay？"

"Okay。"她点了点头，转身就轻盈地飘走了。

近来，我发现我喜欢上她了。其实，当初，我极力游说老板，请幸福广告设计公司代我们的杂志搞设计，并没有其他用意。我承认与杨小姐初次见面，印象颇佳，但也就仅此而已。何况我一直在猜想，她的表哥可能对她有意思，他们是情人，也说不定；可是这三个月来，工作上的接触，使我与她增进了解，有时，我们上附近的餐厅去喝杯饮料，交换点对工作的意见，也会聊聊天。她似乎很信任我，她告诉我说，她的初恋情人是她的老师，也是她女朋友的丈夫，相恋了一段时间之后，明知不可能结合，双方都感到十分痛苦。于是她送他一首诗，题目叫《分手》，从此各奔前程。我静静地听着她说，周围的空气似乎凝结起来了，这时，一曲《绿岛小夜曲》，正幽幽地从餐厅的喇叭播出。她说完，顿了顿，见我没有任何表示，她忽然一笑，说："我还记得那首诗的最后两句，你想听吗？"

我其实并不想听，但又不好表示，因为那样做，未免不太礼貌。她见我只是一味地笑着，不待我出声，她便动情地念起来：

倘若无缘，为何偏要相逢？
倘若有缘，为何偏要分手？

我望见她那一双明亮的眼睛，黯淡了下来，而且闪着点点泪光。这泪花洒在我的心田，蓦地组成一张同情的网，不知不觉之间，竟俘虏了我的情感。

但我不知道她的心思，我不想贸然表露自己，让人讪笑。如果问我，到底为什么会看上她？我也说不出个道理来。也许爱是盲目的，投合眼缘，很快就会堕入情网，我相信这一点。凭良心说，杨竹英不算很漂亮，但她那副慵懒而娇憨的模样，却自有一股女性的魅力。当我和她坐在一起看电影时，我闻到一股香水味道，隐隐地从她身上飘来。银幕上很热闹，我的思想却开了小差，追不上剧情的发展，听到别人笑，我也跟着笑，却完全不明白，到底有什么这么好笑。当她笑得开心的时候，胳膊肘几次撞到我的手臂上，我表面上好像并不在意，实际上，心却在怦怦乱跳。有一刹那，我产生了捉住她的手的冲动，但我没有这样做，万一她翻脸，那不是下不了台？我又何必这样猴急，让她误以为我一直就别有用心？

我觉得，杨竹英是既不过分矜持，又不太过开放的女孩子，要把握她情感上的频率很难。虽快三十了，但我从没有正式谈过恋爱，对于女孩子的心理，可以说只有理性的分析，没有感性的认识，很多时候，我都茫然不知所措。电影散了场，我有一种依依不舍的心情，见她那么开心，便试探着问她："才七点多钟，去走一走吧，好吗？"她迟疑了一下，缓缓地摇了摇头道："不好啦。"

"那不要紧，坐船过去，十几二十分钟就是九龙城码头，很快就到你家了，最多我送你。"我心急地带着恳求的味道，但她仍然摇头，"还是不好啦，下一回吧，我今天很累，想早一点回家。"

一盆凉水当头浇了下来，我顿时失去了全部的热情，我极力微笑着，想要表示我并不介意，但心却已经被挫伤。默默地搭上了东行的电车，送她到北角码头，我本来想陪她过海，但她执意不肯。她说："何必呢？我自己走，你也早点回去休息吧。”我摸不清她的意思，只好怏怏地目送她的背影进入闸门，在人群中消失了。

四

黄裕思真像个大哥哥，人不错。他给我最初的印象，并不是太好。三个月前刚认识他时，话也不多，看上去很严肃，让人觉得傲气十足。但相熟以后，他并不是原来想象中那么古板，我想他应该属于外冷内热的性格。

约女孩子看电影，本来也没有什么大不了的事情，但看来，对于他来说，非要鼓起极大的勇气不行。看他开口的样子，真让人不忍拒绝，我毫不犹豫地一口答应，而且极力把气氛弄得轻松一些，为的是不让他感觉到思想压力太重。

黄裕思的确是个正人君子，电影院里黑漆漆的一团，但他在九十分钟里，十分正经地看电影，连多余的闲话也没有，更说不上其他的了。郭伟杰就不同了，记得我第一次和他看电影，是在百乐戏院看《爱情故事》，当男女主角拥吻的时候，伟杰的右手便很自然地搭在我的左手背上，慌得我的心咚咚乱跳，手脚冰凉。我试着轻轻地把手抽出，但他却牢牢捉住不放，我只好由他；后来，他甚至环住我的肩膀，我只想哭，不知道是欢喜，还是恐惧；从头到尾，他也不说一句话，只是坚定地用他的动作来表达他的意念。看完电影，他领着我进入维多利亚公园，我已经意识到有点不大对头，但没有等我完全清醒，他已经借着树影，一把搂住我，灼热的嘴唇贴了过来。

我感觉到，在冬夜的寒风里，他激动得有些发抖，频频在我耳畔低语："Grace，你爱我吗？啊？你爱我吗？"

我想要摇头，却不由自主地点着头。我想问他："那巧云呢？巧云怎么办？"可是我说出来的，竟是："爱。"

是的，我爱他，我不知道这样做对不对，但我觉得，他是真心爱我的，正像我真心爱他一样。在世俗的眼光里，这当然是不对的，可是我管不了那么多，当爱神降临时，谁也阻挡不了，对与错，也只好不顾了。问题在于：是否值得？

是的，我和他终于分手了，因为他不忍离开巧云，尽管爱情已经消逝，但他觉得他仍有义务。既然如此，我也不勉强。我们黯然地分手了，但一直到现在，我并不怨恨他，他不曾欺骗我，从一开始，我就知道他是巧云的丈夫。他没有抛弃巧云，也证明了他并不坏。

可是，从翡翠戏院出来，黄裕思望着维多利亚公园也说："……去走一走吧！好吗？"我实在不想叫他失望，但是他的这句话，却撩起了我的旧痕，美好的心情，顿时沉落无底的深渊，我再也提不起任何兴致，只有一个念头在脑袋里反复轰响：我要回家！我要回家！

我知道，他在闸门外边望着我的背影，但我极力抑制自己，不再回头，这一刻，我需要的是一个人静一静。我不想说话，不想勉强自己，当渡轮在夜海中轻轻哼着单调的歌，航向九龙城时，我望见暗色的海水在波动，望见对岸的彩灯在闪烁。我想起，那个时候，每次与伟杰晚上上街，他都搭这条渡轮航线，送我回家。现在呢？现在景色依然，面目已经全非。黄裕思还说要送我，但他还不能代替伟杰在我心中的地位，我这样烦躁，说不定会对他发脾气，我不想。我对伟杰发过脾气，当我对未来充满了悲观的疑惧时，我曾经哭喊着："你究竟打算怎么安置我？"他只是一味沉默，没有搭腔。其实他完全可以说些好话哄我，即使我明知不是真的，也会轻松一些，但他就是不说话。我断定，如果我向黄裕思发脾气，他大概也会沉默着，不说话，我再也不愿意重温这样的情景，我要自己走。

五

从那晚起，我认定，杨竹英在我的生活中，就这样无影无踪地消失了。刚萌起希望的种子，还没有找到土壤，便飘失在无定向的风雨里，怅惘使我的心境恶劣，我记起癞蛤蟆想吃天鹅肉的故事。

丢了面子，我的心却犹有不甘。哼，有什么了不起？她看不起我，我还看不起她呢！现在，就算她要跟我好，我也还要考虑考虑，到底接不接受哩！

在自我安慰中度过了一个星期，今天上午上班时偷空看报纸，一眼看到一则广告，标题为《移民佳音》，内文写着："你受‘九七’的困扰吗？你想寻找移民美加的捷径吗？请即电本公司，你必会有意外的收获。”我不禁怔怔地发起呆来。移民？我想都不敢想。到异国他乡，我能做什么？难道去唐人街当厨师？我连煮菜都不行哩。我越发感到心烦意乱，突然，电话铃大响，吓了我一跳，我随手一接，听筒传来那让我心颤的女声：“早安！劳驾您请黄先生听电话。”在几秒钟内，我屏住了呼吸，我明明听出，那是杨竹英的嗓音。我定了定神，尽量使自己平静一下，然后答道：“早安，我就是。”

“啊，你就是啊？你明天有没有空？”她急切地问道，声调中却仿佛浸透着笑意。

“什么事啊？”我一面猜想着她的用意，一面反问，我不想过早地给她一个肯定或否定的答案。

“我们公司几个人明天要去大屿山旅行，你也来吧？”看不到她的脸部表情，但声音却很热切。

“我？恐怕不方便吧？”一阵喜悦的浪漫过后，我迟疑着说，“我不认识他们，很尴尬的。”

“那有什么？你去了，就认识了。”

“那不太好，我又不会交际，也很难和人打成一片。”我所说的，倒是真话。

“没关系呀，你不用理他们，我们玩我们的，去游水，我陪你。”

我的心动了一下，觉得有一股柔情笼罩而来，但我仍旧拿不定主意。

“总之，我很希望你能去。”可能听我不出声，她顿了一顿，才笑着继续道，“这样吧，你再考虑一下，今天中午下班前，再给我一个答复。”说完，也不等我表态，她说了一声“拜拜”便收了线。

我怔怔地坐在自己的椅子上，心乱如麻，望着办公桌的日历，才突然发现今天是周末。我瞄了瞄手腕上的表，在不到三个半钟头的时间内，我就要做出最后的决定。去，还是不去？虽然只是一句话，我却体会到那分量。星期天我并没有什么事情，如果不去，只是为了争一口气，我不想成为招之即来、挥之即去的工具。我要证明给她看，我黄某人虽然是小人物，也还不至于沦落到任人随意践踏的地步。这种想法顿时叫我充满了骄傲感，我恍惚有昂首挺胸的快意。

我端起了茶杯，喝下两口温热的浓茶，兴奋中的脑神经，忽地冷静下来。我想着，出了一口气，那又怎么样？无非是在面子上与杨竹英扯平罢了，实际上却一点用处也没有。杨竹英的声音，再次轰响在我的耳畔，我捉摸到她震颤的心弦，想象着她涌出的泪水。我长叹了一声：“罢罢罢！我向她投降就是。”

决定了之后，心潮倒平静下来了。打电话通知她的时候，我听出她好像哭了，她哽咽着说：“谢谢，谢谢你！”我蓦地感到一阵内疚，老实说，我想不到她会这样激动，我原先老觉得，她只是像猫捉老鼠那样地戏弄我，随时都可以置我于不顾。现在我才知道，她对我并不是那样绝情，这抖颤的声音，便是个证据。至于那晚，她可能真的不舒服。事情已经过去，男子汉大丈夫，如果还计较这些，那未免太小气了。愤懑一过，我心中的柔情立刻复活，等待的每一分钟，都让我焦躁不已，连晚上在睡梦中，也不时为甜蜜的浪潮所拍醒。

整夜没有睡好，但星期天一早，我一骨碌爬起身来，睡神就给赶跑了。我嘴里哼着《天鸟》，很快就洗刷完毕，胡乱吃了一点早餐，乘电梯下楼，搭上二号公共汽车，向港外线码头进发。夜里显然下过一场雨，湿漉漉的大街，在朝阳下闪闪发亮，才八点半钟，码头已经挤满了准备搭船旅行的年轻人，手提录音机正播放狂热的音乐。我在人潮中穿行，一面东张西望，忽然，有一个人从人群里跳到我面前，吓了我一跳，一望，原来就是杨竹英。她穿着白色短袖圆领花边收腰的上衣，粉红色的短裤，头一歪，笑嘻嘻地站着，我想起了清晨在微风中闪动的一朵玫瑰花。

渡轮把我们载到大屿山的梅窝码头，转搭公共汽车到大澳。在海滩上，杨竹英穿上泳衣，更增加了几分丰满的青春气息。她把一瓶防晒油递给我，“擦一擦吧，要不，晒脱了皮，可不是好玩的！”她说得很自然，但在我听来，却无端增添了一股柔情蜜意。

芝麻湾的海水很清，泳客不太多，正是游泳的好地方，但我却嫌它有些冷冷清清。杨竹英并没有像她先前所承诺的那样陪我，刚下水时，她指着远海一排白浪，对我说：“来，我们游过去！”可是，游了一会儿，她掉转头，却与她的一个男同事游开了。我很是沮丧，便往浅水处游去，很快就感到索然无味，独自爬上岸，一屁股坐在沙滩上，望着海水那边的青山发愣，一阵风袭来，我打了个寒噤，感到有些凉意。很久很久，她才游了回来，全身滴着水珠，喘着气，一下就扑在离我一米远的地方，仰起头来，对我说："这海水真好！你怎么不游呀！"

一肚子委屈全都冒上来，我苦笑着，带着一点开玩笑的口气回答："你说过要陪我，又不陪我，我一个人无聊，就不游啦！"

"嘿！你别那么小气嘛！"她咯咯笑道，"我只陪你，太突出啦，要保持等距离才好。"

我很想反驳她："那你在电话中干吗又那么说？"可是我说不出口，万一她沉下脸来，我岂不是自讨没趣？她大概看出我心中的不快，忽然使劲摇了摇头，先把脸上挂着的水珠甩出了几滴，接着向四面一望，才压低了嗓音说："好啦，不要生气了，我请你吃饭，当作赔罪，行了吧？"

气闷立即消散，我无法抑制自己的笑。

六

我知道黄裕思心中有气，可是，这一回我力邀他上大屿山，却是出于一片诚意。公司好些同事虽然都不错，但没有一个像他那样与我这么谈得来，我希望他去，我觉得，如果他参加，我会很开心，我才不理会人家怎样看呢，反正一群人去，谁能说什么。昨天，我去超市买好两份食物和饮品，才发现大米都给抢购完了，平时放米的地方空荡荡的，使人感到不顺眼，好像就要爆发战争一样。他们说，又是“九七”的影响。我才不理那么多呢，将来的事将来再说吧。

当他在电话线的那一头不说话时，我的确感到心酸。我一早就估计他会答应，这才给他打电话。我答应只陪他，结果没有兑现，倒不是我有意欺骗他，我答应的时候，热血上涌，准备不顾一切；到了芝麻湾，忽然又觉得，抛下一群同事，似乎不大妥当，我才临时改变了主意。我究竟是个女孩子，我不可以无视那些同事的存在，冷落他们，可是，黄裕思就是不明白我的苦衷。

回航到达中环，已经是黄昏时分，大家在港外线码头分手，我和黄裕思有了默契，故意落在后边，等那些同事都走散，才一起去跑马地一家意大利餐厅。这时，夜的脚步正从容而来，餐厅内没有点灯，只有一支支玻璃罩内的蜡烛，在每张餐桌闪烁，幽暗的墙壁上晃起了朦胧的人影。

那拉着小提琴的乐师，逐桌向食客献歌，一曲悠扬的《重归苏莲多》，增添了我的食欲。一份猪扒刚锯到一半，忽然踱来一位摄影师，很客气地问我们是否要照相，我知道他一定把我们看成一对情侣，不禁犹豫了几秒钟，却又不好拒绝。回头一看黄裕思，他正望过来，好像等待我决定，来不及更周详地加以考虑，我点点头，道：“照吧！”

闪光灯一闪，那即照即有相机便吐出了一张彩色照片，黄裕思抢着付钱，看了一下照片，便递给了我。我猜想他是要表现风度，他不想强我所难，既然照片只有一张，又没有底片，我拿走了，怎么处理都可以，不必担心他会去宣扬。我向他笑了笑，说："谢谢。"他向我一笑，半认真半开玩笑地答道："我谢谢你才对。"

那回，他们那个圈子的人举办舞会，也发给我一张请帖。除了他，我并没有其他熟人，赴会之前，我就对他说："我不管，反正我就跟着你，你要给我介绍那些人。"他点点头，答应下来。我发现，他的神色有点勉强，但没有说任何一句话，凭我的直觉，我知道，他不希望我认识那些比他要活跃得多的男士，我偏偏提出来，是想看看他怎样推托。但他做得很漂亮，到了会场，果然尽力给我介绍他的朋友。我想，他这样做，是傲气不允许他流露出自己的胆怯。我觉得，他是那样一种人，他宁愿与对手进行公平竞争，而不愿以隔绝的手法保证自己的胜利。

人们看着我跟随他到场，那种眼光，显然就把我看成他的女朋友。对我来说，那些人有那样的误解，根本无所谓，因为我和他们没有什么接触；但对于黄裕思来说，就是另一回事了，他和那些人很熟，今后不免会因为我的这次出现而产生许多困扰，光是解释，恐怕就十分费力。但他看起来并不在乎，勇敢之余，双眼流露兴奋的光芒。他是在引以为荣。他真傻，假如传言飞动，他的朋友们都一口咬定他有了女朋友，对他有什么好处？难道他没有想到？

每当他闷闷不乐的时候，我就会想象，他是不是为了这件事情而饱受压力？有名无实，恶果承担下来了，自己却一无所获，即使是傻瓜也很难坦然接受。我一直在考虑着一个补偿的办法，机会终于来了，今天去大屿山游水，我总算平衡了他的重负，与他对等，我也在我同事面前扮演了一回与他那次所扮演的相同的角色，我知道他们一定会怀疑黄裕思就是我的男朋友。将来怎么样，我不管，至少在目前，我们相互表现了自己的勇气，光凭这一点，我那负疚的心就得到了松弛。

七

柔和的情调对于促进人们的情感交流，很有作用，我相信专家的这个说法。意大利餐厅之夜，便是一个例子。那晚，杨竹英就流露出更多的温情，当那个摄影师举起相机，她还笑着对我说：“我们别那么保持距离，凑近一点，才像情侣呀！”

我摸不准她是随口说的，还是有意透露某种讯息，在暗影中，我看不清她细微的神态。然而，这句话却紧紧地扣住我的心，叫我又紧张又兴奋，我相信我与她之间的心意，有了进一步的沟通。

我伸展我所有的触角，打电话给她的时候，总是要以开玩笑的方式，说一声：“我很想念你！”她听了似乎也不以为意，并不正面回答，只是咯咯地笑一通。我摸不清她的念头，我放出的试探气球都没有获得回音，是好是坏，全靠我自己去判断。

这一晚，我壮了胆子，再次邀她去维多利亚公园坐一会儿，她想了一想，终于点了点头。我听得见我们的脚步声。我听得见我的心跳声。走累了，我征求她的意见：“坐一会儿，好吗？”

“好的。”她答道，径自向小径空着的一张绿色长椅走去，坐了下来。

看来，她的脚也酸了。我在她旁边坐下，无意中竟挨着她，她没有避开，我也不好移走，只得就这样维持现状。月亮透过头上的树叶稀稀落落地洒下金黄的光，把她的侧面轮廓隐约照出，一股幽香袭上我的鼻端，我的心头一荡，胆子乍然壮大，狂热冲昏头脑，我一把搂住她，激起了亲吻的冲动。她好像才从梦中惊醒，把头一歪，避了过去。“你不要这样，要是这样的话，我以后不跟你出来了！”她扭动着挣脱我的双手，那语气的坚决，令我既吃惊于自己的盲动，又羞愧于自己的粗鲁，我缩回的手不知道应该放在哪里，头埋了下去，眼睛低视着脚面，恨不得找个地洞钻进去。

她站起身来，伸手理了理头发，说道：“走吧！”我乖乖地跟在她后面。走到灯光球场附近，她忽然回眸一笑，安抚似的娇声对我说：“对不起呀！你不要介意。”我早就被自卑之火所焚烧，脑子发涨，口舌笨拙，根本不知道世界上还有什么语言可以表达我这时的心情。我怎么敢介意呢？该介意的是你，不是我，是我冒犯了你，不是你冒犯了我。嘴唇微颤着，我把我所有的感受凝在喉头，费力吐出的只有一句话："对不起。"

她望了望我，止住了脚步，建议道："我们上那小卖部喝汽水吧，好吗？"也不等我同意，抬脚便走。

我的口很干，我很想喝水，但我不想在灯光下与她面面相对。拒绝吗？又似乎有点要赖的味道。我只得跟着她去，就像当了她的俘虏一样。

气氛已经完全给破坏了，无论她如何努力，我也无法恢复自己的灵气，一问一答变成了世界上最枯燥的东西。我后悔着自己的妄动。我其实上了专家的当，专家说，到了一定的火候，女孩子喜欢的是行动，而不是无尽的期待。我一试，立刻就碰了钉子，真惨。也许专家说的并没错，问题出在我和她还没有达到那境界，自然弄巧反拙。

默默无语地对饮，隐藏了一个生锈的记忆，谁也不愿将它发掘出来。而在远处，小型足球场上的年轻人，正分成两队，呐喊着厮杀，和我的沉默一样，都思量着刺破这死寂的夜色。

八

如果不是借着酒意，黄裕思恐怕不会这么大胆。他甚至在最粗鲁的行动中，也暴露出心里的不安，他那双拥过来的手并不坚定，似乎随时都会惊逃。如果他把自己限制在一定的分寸内，我是不想让他当面下不了台的。可是，他大概真的有些醉了，我闻得到从他嘴唇呼出的酒气，而那双在黑暗中甚至要爆出火花的眼睛，也布满紧张的血丝。

这是我的一道防线，无论如何，也要守住。我并不想伤害他，但他把我逼入死胡同，毫无退路，我实在想不出两全其美的办法。他实在太过斯文，让我有足够的时间表达我的意见，他想要吻我的时候，虽然没有明说，但那嘴唇缓缓伸过来的样子，就像电影里的慢镜头那么浪漫。郭伟杰就不同，他的动作迅速而果断，根本不容我抗拒，就像一阵狂风急雨掠过，他一下就以他那男性的粗豪和魅力，叫我跌在他怀抱里。我不需要浪漫。我需要热烈。黄裕思就缺乏那种硬汉的性格，尽管他某些方面可能胜过郭伟杰，但在我眼里，他的吸引力，却变得大大削减了。

只不过喝了几杯啤酒罢了，他就醉意盎然。这怎么行呢？我也喝了一杯，却一点事情也没有。我不知道他不会喝酒，他既然说是回请我吃饭，我也就向他敬酒，铜锣湾的梅江楼水晶灯璀璨，拣了一张两人坐的小桌，我向他说："喝白兰地吧，怎样？"

他吃了一惊，"什么？拿破仑白兰地？我不会喝呀！"

"男子汉大丈夫，不会喝酒？谁信！"我把手一扬，故意呼唤远处在忙碌的红衣侍者。

"我真的不会。喝可乐吧，好吗？"他把头挨近我，笑着低声求我。

“可乐？不干！”侍者朝这边走来，我看黄裕思那副狼狈模样，忽然童心大起，越发想要作弄他，但并不带一点恶意，“哪有敬汽水的道理？要不就敬酒，要不就拉倒，要奖金还是要奖品？你说！”

“那就喝啤酒吧，行不行？”他终于让步。

我想他可能真有难处，也不想搅得太过火。这时，侍者立在桌边，我吩咐了一声：“生力啤酒。”

吃盐焗鸡，用冻生力啤酒伴喝，是一大享受。可是，我看他每喝一口，都不由自主地苦了脸，皱着眉头，当时我并不在意，谁知道，啤酒竟也能够灌醉他！

他不能喝酒。他只能喝可乐。那怎么行呢？人家说，不抽烟、不喝酒的男人是好男人，我看未必。哪个伟人完全不沾烟酒？黄裕思未免缺少了一点男人味，郭伟杰就不同，两杯白兰地他可以一饮而尽，谈笑风生，面不改色。如果黄裕思像伟杰那么粗线条，也许很快就可以占据我的心房。可惜他不是。我无法完全没有保留地接受他，只因为我早就有了一种模式，只要不符合那尺度，我就自然地产生抗拒心理。

爱情是很奇妙的事情，很多时候都很难用常理来推断。也许，黄裕思其实要比郭伟杰好，但对我来说，好与不好都不重要，关键在于投合。当我看到他碰了钉子以后的困顿与绝望，心中很是不忍，我尽量想把气氛搞得轻松一些，但他始终在苦笑着，话也不多说一句。是的，我对他有好感，但与他相处，并没有触电的感觉，我还没有接受他亲吻的准备。

九

碰壁之后，我决意隐退，并不是因为没有达到目的而反目成仇，我并没有那么低下，但心在受到创伤之余，我已没有颜面再见杨竹英。幸好老板又请了美术编辑，我与她再没有业务关系，不必为公事见面。随着时间的推移，疮疤逐渐愈合，杨竹英的笑容虽然有时也会闪现，然而，时间冲洗了悲凉的记忆，慢慢我也就淡然了。

星期天上午，杨竹英断了消息达三个多月之后，来了电话，“你好吗？你有没有空？我请教你一点事。”

“什么事啊？我能力有限，恐怕帮不了你什么忙。”她又搅乱了我的心潮，我镇定了一下自己，全身警惕起来，负气地回答，声音止不住有些冰凉。

“裕思呀，你不要这样，我们还是朋友嘛，对吧？不至于连朋友都没得做了吧？”她的语声音调低沉。

我硬起的心又软了下来，叹了口气，我压抑自己的情绪，尽量心平气和地答道：“哦，我们当然还是朋友。你遇到什么困难？”

“电话里很难讲清楚。你能不能来我家一趟？”

我吓了一跳，我还从来没有到过她家。同时，我也感到问题严重了，如果我执意不肯，她难免认为我在记恨，我不愿意。彷徨了一会儿，我才勉强答应下来，硬着头皮过海，向她家赶去。

一路忐忑不安，按她给我的地址，摸上那座大厦的十四楼A座，按响门铃，木门一开，隔着铁闸，我看到杨竹英站在那里，笑纹仍掩盖不住眉头下的愁容。她把我请进客厅，坐在沙发上，等她倒好汽水，我问她道："伯父伯母呢？"

"哦，他们去澳门，要晚上才回来。"

我一愣，不觉紧张起来，一时又不知道该说什么好，便随意地浏览客厅的布置。过了一会儿，才曼声问道："你找我有什么事？"

"我想换工作，你看怎么样？"她抬起头来，直视着我。

"换什么工作？"我根本没有一点思想准备。

"银行，人家介绍的。"

一听之下，我在第一时间的反应，就想表示反对。银行，坐在柜面后，天天数钱，有什么好？不被引诱，也可能变得俗气。可是我还是制止自己，委婉地对她说："我看，银行当然不错。问题是，你舍不舍得放弃目前的工作？如果无所谓，去银行也没有什么不好，如果放不下，只是为了待遇问题改行，我看你就要慎重一些。"

"我现在就是很矛盾，不知怎样取舍。"她苦恼地说。

我觉得我只能贡献一点意见，如何决定还是应该由她自己把握，说完了这几句话，我也就不再出声。她坐在我旁边，彼此都不说话，空气仿佛也沉重了。我在惶惑中用眼角一扫，愕然发现两道清澈的泪水正流满她一脸，我忙问：“怎么啦？你不舒服？”

她摇摇头，喃喃道：“我很闷。”身子一歪，头猛然伏在我左肩上，哭出声来。

我完全失去了主意，僵直着身子，连动都不敢动。惊悸过去之后，却禁不住心猿意马起来。但我没有胆量去碰她，我不想再自讨没趣。这样靠了好一阵子，她缓缓抬起头来，她的眼睛直逼我的眼睛，我好像看到海水、蓝天、流云。创伤遗落在天涯海角，绵绵而来的是说不出的情意。突然，四片嘴唇灼热地交叠，灵魂飘然滑翔，我尝受了初吻的甜蜜，但愿此刻天长地久。

终于松开了手，她微微喘息着，我才发现她原来是这么娇媚。她搂住我的肩膀，低声道：“要是我能够一生一世这样，该多好！”

泪水突然涌出我的眼眶，我多么想把我内心的爱意，全部表白出来，但我鼓了几次勇气，也说不出口。爱就是爱，看行动就可以了，何必挂在口里？这么想着，嘴上问的却是另一个我一直纳闷的问题：“你去银行，要有人担保呀，你有吗？”

“都已经基本上定下来了。”她笑道，“担保人，就是你的朋友连福全。没想到吧？”

连福全？她怎么认识他？哦哦，我想起来了，就在那次舞会上，我给她介绍的朋友，连福全也在内。他是一家畅销周刊的老板，他自然有资格做担保人。我是认识他，但不能算是朋友，我高攀不上。怎么竹英和他交往起来了？我一点也不知道。我心里腾起落寞的感觉，至少是我介绍他们认识的，如果竹英尊重我，也该与我打个招呼。但她并没有告诉过我。

可是，她也没有义务告诉我呀，彼此认识了，难道交往也要征求我的意见吗？那我未免也管得太宽了，竹英有她的自由，况且，她那时和我也还没有什么。然而，阴霾已经笼罩我的心境，在我的脑海里翻来覆去地展现的，是过河拆桥的故事。

十

这是第一次，也是最后一次和他亲吻了，但对我的那份痴情，不用他说出来，我都可以体会到。我不能够对他毫无表示，即使我跟他是不会有结果的。

他不知道，这些日子以来，我和连福全确定了关系。认识的第二天，连福全就打电话给我："Grace，我是 Peter 呀，你不记得吗？连福全呀！"

我一怔，只有熟朋友才叫我的英文名。连福全？我没什么印象，却又不好意思明说，只好支支吾吾地应道："哦哦……"

"你不记得我哩，唦，昨天晚上的 party，黄先生介绍的，有两撇须，好像吴耀汉的那个，记不记得？"

"哦，记得记得，连先生，你好！"话虽这么说，实际上我仍然唤不起记忆。当晚，裕思介绍的人太多了，我怎么记得清？

“你下班后有没有空？”

“有什么事吗？”我一面问，一面从手袋里的那一叠名片中翻出印着连福全的那张，只见衔头是:《传播》周刊督印人、发达贸易公司董事经理。

“没什么，我想请你吃晚饭，聊聊天。”连福全笑嘻嘻地说，语气十分轻松。

他那样突如其来，搅得我阵脚大乱，想要拒绝也不可能，只好答应下来。见到他的时候，我才想起，那晚，他活跃全场，我注意过他，但不知道他就叫连福全。

头一次吃饭，他也没有什么异样，只是说说笑笑。后来，他就不断地打电话来约我，请我吃饭、跳舞、看电影。我推却过几次，他既不介意，也不气馁，照约如故。慢慢地，我和他熟了起来，我才知道他的父母在美国做生意，他自己也拿着美国居留证。

我知道他在追求我，比较起来，他比表哥和裕思的条件都要好，表哥虽然也是美国居民，但他在纽约唐人街开个小餐馆，经济情况也不算好，裕思就在香港，根本没有办法移民。我已经二十七岁了，都说女人三十烂茶渣，我除非不想找个归宿，不然总要抓紧才行。嫁给谁呢？表哥、黄裕思和连福全，他们都是现成的人选。看来，连福全最理想，我已经超越了梦幻的年龄，要嫁，就嫁到美国去，这个时候不走，更待何时？

到时，想走也走不成了，移民美国，连福全就是最佳选择。

当他邀请我去日本的时候，正是我辞了广告公司的工作，又还未去银行上班的空档，有些无聊，我答应了。在东京的几天，一直相安无事，玩得也很开心。第四天转到京都，那晚在酒店，他忽然从隔壁的房间跑来敲我的门，我刚开门，他就一把抱住我，热切地在我耳畔呢喃："Grace，我爱你……"我本能地抗拒着，他并不罢手，反而好像更激起他的冲动，凭着力气，他将我推倒在床上。但我也并不是全力反抗，倘若我叫喊，我想他也会知难而退的。在半推半就之下，他占有了我，虽然我在那刹那，想到了表哥，也想到了裕思。

我并不后悔，也不能后悔。这个既成事实让我失去了回旋的余地，叫我无须再思前想后，我唯一的出路，就是跟着连福全。他那晚在床上抱着我，心满意足地说道："我叫你到银行去，是为了让你开开眼界。"我斜睨着他，昵声问道："恐怕你一早就不怀好意吧？"他嘿嘿地笑着，捏了一下我的鼻子说："这就叫作爱情投资。"

但黄裕思并不知道这些。我不知道让他吻我，到底对不对。在我来说，是希望补偿他付出的感情，留下一个温馨的回忆。本来，我是更愿意接受他的，无奈现实逼人，我不能不考虑各种利害关系。爱情吗？让小女孩去憧憬好了，我转眼就是三十岁，不能永远不成长。爸爸妈妈也该对我刮目相看了吧，妈妈老说："阿英，你老这样，以后怎么办呢？女孩子，总是要嫁人呀！"现在我一嫁，就嫁到美国去了！将来，爸爸妈妈也有移民的条件了！

如今，我已经在银行当了一个月的女秘书，不知道为什么，我始终没有勇气当面告诉黄裕思。决定的时候，我几乎没有想到他，决定了之后，才感到忽略了他。我把已经成了事实的东西当作设想向他透露，自然有欺骗的味道，但并不是存心这样做。我说话时刻意带出连福全，有着让他做一点思想准备的用意，可惜他沉醉在拥吻之中，竟然没有警觉。看他那投入的模样，即使我怎样铁了心肠，也还是抑制不住黯然。

十一

总以为一吻定情，我想长留那美妙的记忆，让乱纷纷的思绪尘埃落定。一个星期以来，除了电话，我并没有安排约会。正准备约她明晚见面，却接到她的电话，用平淡的声音，说："明天我去美国。"

我吓了一大跳，一急，竟有些结巴。

"是，美国。去结婚。"音调还是那样，听不出是欢喜，还是惆怅。

蓦然间，万语千言像要汹涌而出，我的嘴张了几下，却说不出话来。她也没有出声，双方由电话线维系，却僵持着。沉重的缄默，仿佛火山爆发的前夕，良久，我用尽全力，才吐出了两个字："跟谁？"

她没有立即回答，半晌才说："连福全。"

"连福全？"电光火石般，我的心灵空明清澈。我想起来了。怪不得这几天我约她去一次澳门或长洲，她都不置可否。我说："我很想有机会跟你搭一次船，乘一次飞机，或坐一次火车。"她却笑着推却："不是跟你去过大屿山吗？""那不同，那是一群人去，我想两个人去。"我热切地说。但她只是笑，"看看啦，再看看机会。"

憧憬像节日夜空七彩缤纷的烟火，那么绚烂，那么诱人，当它碰到现实冰冷僵硬的墙壁，轰然破灭之后，就像春梦一样了无痕迹。我不敢相信，又不能不相信，心却迷惑于情场上的风云变幻，竟会这么突兀。

十二

已经不能再拖了，明天，我就要去美国。如果今天再不说，简直就要不告而别了，我实行回避政策，有点像鸵鸟，但，这叫我怎么启齿？

无论如何，必须有个完结，好像画一个圆圈一样，既已启笔，总要画到起点至终点相接才是，不论圆不圆，也都有个交代。我将圆圈画得走了样，圆不圆，方不方，也要有勇气面对现实，有勇气将最后一笔画完。

我知道，那一头，他的心滴着血；然而，在这一头，我又何尝平静？也许他并不是我理想中的白马王子，但就人本身而言，在表哥、连福全和他之中，仍是以他较令我满意。但有什么办法呢？我必须硬着心肠做出抉择。啊，他哪里会明白，对于我来说，这是有生以来所下的最重赌注。是好是坏，我自己已失去了控制能力，唯有将前途交给命运去掌握。

他一定会认为我是坏女人，但他哪里会了解我心中的苦……

十三

深夜里，狂风夹着雨点，凌厉地怒号着，向着玻璃窗持续地猛扑。黄裕思从翻来覆去的片段的梦中再次惊醒，顿时被那种吓人的气势所震慑，风雨仿佛随时可以破窗而入。他的心怔忡了好一会儿，才又迷迷糊糊地睡去。

早晨醒来，一听电视台播出的风暴消息，他才知道，夜里两点钟，天文台已经改挂十号风球。证实不用上班了，他也就再度躺回床上去，一面想到，天气这么恶劣，看来飞机也要全部停航了。他心里对于杨竹英与连福全不能如期飞走，乍然涌起一阵快意。也许，上天的安排，就是这样无法捉摸。黄裕思觉得，杨竹英把她所乘的航班和时间告诉他，看来是认定他要上班，不可能请假；而他对于她的远去，也可以找到借口，不必面送。现在飞不成了，他也不用上班，哈……哈！这是什么意思？

没想到，到了十一点钟左右，新闻报告说，第一架飞机已经降落在香港国际机场；到一点半，从香港出发的飞机，已经飞走。黄裕思立刻跳起来，他记得杨竹英搭的是三点半的飞机。他匆匆穿好衣服，赶到楼下，见到平日热闹的街上，变得冷冷清清，好些招牌摔在地面，散成碎片，有的还没有完全掉落，在半空中摇摇晃晃荡着没规律的秋千。

公共交通工具还没有完全恢复行驶，只有小型公共汽车和计程车，在湿漉漉的街面上战战兢兢地驶过，也都载满了乘客。黄裕思等得十分焦躁，伸长了脖子注视街的尽头，对于怪笑的横风斜雨，他早就视而不见，听而不闻了。黄裕思一抬头，一辆没有载客的计程车正好驶来，他急忙扬手示意，不料斜刺里冲出一对年轻人，抢在前头，钻进车厢，计程车就扬长而去。黄裕思气得朝车尾大骂："他妈的！"却一点办法也没有。他望了望手表，两点钟了，他的心一紧，暗呼了一句："天意！"

幸好，再过五分钟，又来了一辆计程车。车子停下，那中年司机把玻璃窗摇下，伸出头来问道："去哪里？"

"飞机场。"黄裕思一面回答，一面又看了看手表。

"两百块。"那司机脸上摆着一副不容商量的神气。黄裕思迟疑了一下，那司机就抓起方向盘，不客气地说道："怎么样啊，老兄，上不上？不要妨碍我做生意！"

黄裕思把心一横，一头钻了进去，心里却已经把那司机臭骂了十遍。他觉得眼皮很酸，把身子一仰，脑袋靠在靠座上，眼睛一闭，车厢里的收音机正播着郑少秋唱的《楚留香》的结尾句："……千山我独行，不必相送……"他苦笑一声，陷入了沉思。

计程车戛然一停，将他从迷惘中摇醒。他急忙交了钱，也来不及张开雨伞，就冲了出去，那两扇玻璃门自动往两边一闪，他闯进了候机室。他小步跑往入口处，远远见到连福全的右手搂在杨竹英的肩膀上，他猛然止住脚步，连福全却已经看到，高声招呼他："嗨！"

黄裕思硬着头皮走上前去，连福全收回的右手伸向了他："难得你这么有心，刮台风还送行。"

"不不不，应该的，应该的。"黄裕思胡乱地答道，眼睛始终没有望向杨竹英，好像他只是专程送连福全似的。

"我和 Grace 在美国举行婚礼后，还会回到香港，请这里的亲戚朋友补吃喜酒。到时请你赏光，你可以说是半个媒人哩！哈哈！"

黄裕思勉力一笑，道："祝你们幸福。"

"你不想离开香港吗？"连福全拍着黄裕思的肩膀，哈哈笑道，"1997 年呀！"

"我没有本事离开，就算有本事，我也不会离开。"黄裕思看到他踌躇满志的模样，忍不住顶了他一句。

"算了吧，嘴硬不顶事，还是快想办法吧！"连福全扁了扁嘴唇，一脸不屑的神气。

黄裕思一笑置之。他并不想唱高调，但他确实不曾想过移民，他想，美国就算再好，也是别人的国家。何况，到了美国，也未必如意。许多人去了，还不是那样潦倒，那样无奈？他还是愿意留在香港，留在中国人居住的地方，他用眼角瞥了一下杨竹英，只见她微微低着头，看不清表情如何。他很想祝福她，但一直到最后召集声破空而来，他们准备入闸，黄裕思也只是和他们握了握手，没有再出声。

计程车载着黄裕思离开飞机场，他看到，沿街一些树木已经被连根拔起，倒在泥泞的街边，好像在痛苦呻吟，有的是拦腰折断，那绿色的枝叶歪倒在那里，充满了壮烈的气势。左前方阴霾的天空，一架飞机正和地面成四十五度角向上升起。他忽然怔怔地忆起杨竹英的那两句诗：

倘若无缘，为何偏要相逢？
倘若有缘，为何偏要分手？

车窗外，台风依然在嚎着不平衡的狂歌。

1983 年 9 月 5 日—9 月 18 日，完稿

1984 年 12 月 5 日，修订

（刊于马来西亚吉隆坡《星洲日报·文艺春秋》1984 年 3 月号）

天外歌声哼出的泪滴

一

机场候机室的灯光从头顶苍白洒下，萧宏盛看到，落地玻璃窗外的跑道上，一架巨型飞机正在缓缓开出，腾空的刹那心神一悠的空荡荡感觉，便像电流一般感应在他身上。此去关山万里，何日君再来？

“何日君再来”这句话，还是昨晚伴着笑颜从他嘴上溜出来的，不料此刻忽然忆起，却已经是别一番心思别一番滋味。毕竟那氛围已经迥异……

杯光酒影下的餐厅，他还记得洪紫霞笑靥如花，“……这句话，该是我问你呀！”

“干完了这一杯，请进点小菜，人生难得几回醉，不醉更何待？……”

那旋律在他耳畔悠扬而起，待到定下神来，只有那高脚玻璃酒杯清脆的一声碰撞，餐厅喇叭播出来的，却是浑厚男音唱出的《Only you》。他的心一动，张嘴想要说什么，却又不知从何谈起。

这时即使可以说了，哪里还有什么歌声？满耳都是嘤嘤嗡嗡的人声，间或广播喇叭中女音播出的最后召集声。

过了机场海关，也只有勇往直前了，哪里还有回头的余地？他甚至也分不清楚，身后到底有没有挥别的手在轻扬。

一排排靠背椅上，几乎坐满了等待起飞的乘客。都是匆匆过客，奔波在这路途上。举目都是一张张陌生的脸孔，怎么一下子我就被抛弃在这冷漠的茫茫人海中？

空中的道路依然遥远。

定睛望着那屏幕，班机迟飞，却没有确切的时间。可长可短，可慢可快，这种不确定性，令他有了无数种猜测的可能，也似乎给他某一种具可塑性的希望。难道在这同一片天空下，即使有了看不见的距离，却仍然可以呼吸到那种对面拂来的气息？

就像那年春天，龙华的桃花盛开，那洒落一地的花瓣，艳艳地依然带着粉红的色彩。只有香如故？啊呀不对，那一团团火一般迎风招展的是深秋香山的红叶吧！而四月的太平山春雨连绵，那杜鹃花也漫山遍野怒放了……

花儿为什么这样红？嗯，那是电影《冰山上的来客》的插曲。曾经握住的手，如今哪里去了？猛然醒觉，他感到手足冰冷。

莫非是室外的冷空气渗透了进来？但周围的人并没有什么

特别的反应。坐在他旁边的一个胖子，头垂得很低，身子不断地往他这边倾斜过来，重重压在他肩膀上，竟睡得死死的。他暗示性地动了一下，那胖子立刻警觉，睁开迷茫的双眼，抱歉地笑了笑，坐正了，闭上眼睛，不一会儿，又慢慢往他这边再度倾斜。实在太困了吧，这人？他既不想出声令人尴尬，又不想把自己的肩膀就这样借给不相干的人，于是在胖子靠过来之前便站起身，他看到那胖子扑了个空，自己惊醒自己的狼狈模样，觉得有些滑稽。

对不起，这肩膀不是给你靠的，虽然同是天涯沦落人。

假如是紫霞……

一股柔情缓缓从他心底升起。

但紫霞此刻在哪里？

不论紫霞在哪里，他都已经没有办法坐在她面前了，如昨晚。被困在这候机室里，他有些进退失据的感觉。唯一可以跟外界联络的，也就是电话了。

难怪打电话的人要排队。

排队就排队吧，反正百无聊赖，有的是时间。他的思路蓦然明确到某一点上，心立刻悸动起来，如鹿撞。

他也不知道该说什么。

喂！是我呀，我走了……

飞机迟到，很闷，打个电话聊聊天……

啊呀，我也不知道怎么会拨这个电话……

好几个“台词”轮番闪烁在他的脑海中，话到嘴边，他张口结舌说的竟是："……这回我真的走了……"

而且是带着笑声，有潇洒走一回的味道。但他的心头却有些苦涩。

他握住她的手不放，哑声道："我心里很难过……"

她避开他的眼睛，微笑着说："常来常往嘛！"

他嚅动了一下嘴唇，却猛然望见那的士司机带笑的侧脸，竟生生叫他无言。

在昏暗的灯光下，他目送着她跨出去，楼上楼下响起了热烈的对话，他顿觉自己是多余的人。

的士又向前一蹿，他望见她的背影一闪，便消失了，依稀留下一句："一路当心……"

他仍记得她穿着那高领米色毛衣一脸微笑的模样。

只不过那已经是去年寒夜里的微笑了。

朦朦胧胧一觉醒来，花开花落又一年，人在旅途中，已经无暇仔细分辨，这节日与平时到底有什么不同了。实际上宏盛也根本常常无法分清，这一天与那一天有什么区别，除了发生了不同的事情，太阳似乎也都一样从东方升起，到西边落下。假如不是因为要赶赴机场，恐怕他也会与平时一样从容，哪里还有心思急急地观看初升的太阳？连那的士司机都笑问："今天还赶路？"

应该是精心选择的日子。

于他而言，本来提前或者推迟离去，都没有问题，只是，他不想在 A 城待下，在这个日子里。

他耸了耸肩膀，“一个日子罢了，也没什么太特别。你不也一样？”

司机说：“找生活嘛！”

生活无非也就是这样，他逃避节日，甚至元旦。

当然也不是没有过除旧布新的心情，当元旦的钟声乍响，全城欢腾，大街上的汽车和维多利亚港的轮船，一齐按响了长长的汽笛，把寒夜渲染得热气腾腾，热吻从天边悄然降落，但觉此情只应天上有。

是哪一年的除夕了？怎么遥远得好像抓不回那记忆？只有气球的爆破声，还有那《友谊万岁》的歌声响自四面八方。是在海城夜总会吧？徐小凤的歌声悠扬，年轻的旋律激荡着沧桑的心，原来这世界是这么美好。

一年复一年，他再也没有心情去追逐那浪漫之夜了。何况，身在他处，在节日里，他总不能缠着别人相陪吧？紫霞笑靥如花，“……那有什么要紧？你可以到我家来嘛……”

但他却宁愿放逐自己，在万里长空独飞。

也说不准是什么样的一种选择，此刻他却隐约感觉到，那是下意识的逃避。紫霞也不是没有邀过他，“……都来了，上去吧？”他摇摇头，每次都笑道：“下次吧……”

也许紫霞也察觉到那种微妙的意绪吧，只轻轻地说了一句：“三过我家门而不入，啊？”

他也不记得当时是怎么回答的了，也不想去咀嚼那心情。只是无意追索答案，那答案却冷不防蹿上他心头：莫非，他不情愿面对的，是她家的另外一个人？

每一回也都是在那寒夜中乘的士送她回家，不是顺道，而是专程拐个大对角线。

走出餐厅，他扬了扬手，那辆的士停在他面前。夜空飘起了蒙蒙细雨，若无还有，洒在脸上，如水雾，凉凉的，好像夜深人静时候一首凄清缥缈的歌，隐隐约约，待要仔细辨认，却已一闪即逝，无踪无影。

紫霞一手拉开后座车门，回眸说了一句："绕个大圈子，还是我自己回吧！"

他迟疑了一下，假如她并不想他送……

他却把心一横，强笑道："那怎么行？就当我想跟你多聊一会儿吧！"

他也不知道这是否有些强人所难，但假如不是这样果断，那他就在这毛毛雨的街边告别了。

太阳下山明早依旧还会爬上来，但是这一挥手告别，明晚却肯定不会站在这湿漉漉的街边说"再见"了。

但你难道可以留住这个时刻直到永远吗？他知道他不能，只不过想要努力延长握别的时间罢了。这实在有垂死挣扎的味道，面对命定的时刻，人在某种情势下总会逃避物理时间，而将自己投入心理时间的隧道中去。

至少在心理上，他模糊了那冷峻的现实。

就像他摩挲着她柔软的手心，她却四处张望，好像心不在焉的那个刹那。

那一刹那，他有些自尊心受损的困窘，只不过她既没有挣脱她的手，他也就有了从容的台阶。他一直在猜想，到底，她有情还是无意？

其实他也并非刻意亲近她，说来说去，大概也就只能归结到一个“缘分”吧。

即便她的电话号码，也是鬼使神差从天而降。

她说：“……我早就写信告诉你了呀……”

没有。至少那封信没有收到。是什么样的一封信？结果就在人间蒸发了，连同她告诉他的电话号码。

他那时也只是A城的匆匆过客，没有电话号码，那也只好失之交臂了。

但无意中便从一个不相干的人口中拿到了，只不过她却游埠去了。

他耸了耸肩膀，放下电话，对自己说：“不能怪我……”

可是有谁会怪我呢？没有。只不过既然来了，连招呼也不打，未免无情。但我已经尽力而为。

谋事在人，成事在天。

反正明天就要离去，拨不通的电话，在人生中也只不过是小事一桩，何足道哉！

说是这么说，但心却不由自主有些不自在了。就像事事顺利，但最后却留下一个小小遗憾一样。

什么遗憾？待要细细追究，那感觉却在云山雾罩之中，朦朦胧胧不肯现身。

也许，遗憾便成了希望？

他摇了摇脑袋，好像想要摇掉那些不着边际的念头。简单收拾好行李，他和衣斜躺在床上，随手拿起本什么书，刚翻到第一页，电话铃便响了。

有些懒洋洋地，他提起了电话筒。

突然，他便坐直了身子。

那灌进耳朵里的声音，竟叫他心跳。

但过了一会儿，他才省悟到，这乍听的声音，是发自紫霞的口中。

后来，他曾经笑着对她说："……不知道为什么，虽然是头一次听到你的嗓音，我却觉得很亲切，好像多少年前就认识的老朋友一样……"见到她微微一笑，也不说话，他忽然感到有些失言，是有些讨好的味道，但这确实是他发自内心的感觉。

这世界上的人，可能还真可以分为"有缘"和"无缘"两大类。有些人无论如何经常接触，却始终走不进你的心；但有的人只需一面，便可以常驻心上。

但他不能这样对她说。

而在接到电话的时候，他觉得她一个筋斗便从天外翻了回来。

也好在自己留下了电话号码，其实他并不抱任何希望，只不过习惯使然。

这酒店房间，只不过是匆匆过客歇息的地方，他根本也不奢望在这有限的时间会发生什么奇迹。

但奇迹便这样自然而然地发生了，如这清脆的电话铃声，轻轻划破了他宁静下来的心湖。

放下话筒，他仍然有些怀疑究竟是不是在梦中。

就像在那个寒夜里，她俏生生地站在他房门外一样。以往在他脑海里偶然浮现出来的无数种可能性，刹那间在眼前定影，那字迹那声音立刻变得立体玲珑，他好像已经认识她许久许久了。

难道紫霞竟是他在前世的知交？

是那种亲切的感觉，乍见时便没有他平时对陌生人的距离感。后来他也曾经闪闪烁烁地说："……这种感觉很奇怪，至少我是不曾有过的……"她听了只是笑，"是吗？是吗？不过，在我的眼里，你那时只是一个匆匆的过客……"他顿时语塞。他不明白她是脱口而出，还是故意拉开距离。以他的心高气傲，当然也不情愿给人看轻了。

其实那时他也并没有任何非分之想，只有一颗温温暖暖真真诚诚的心。

自然，他也有眼前一亮的感觉。朦朦胧胧，他总是认为，那张脸孔，那个神情，那种姿态，在遥远的什么年代，他见过，而且熟悉得似乎伸手可及。

突然间他便想起，人是不是有前世？明明是一个陌生的地方，在他眼中却似曾相识。那日，他走过一间林中小屋，便有这种被电击的感觉。他肯定这辈子从来没有踏足过这 A 城的郊野，可是又明明有久远的模糊记忆，而且越来越显得清晰。他甚至记起他爬过的那棵白杨树，秋天的夕阳斜斜洒下，那片片叶子反射出金光，在微风中哗啦啦地响动。他走近那棵树，仔细地抚摸树皮，那刻下的字迹依稀可辨，“记住这丰盛的岁月”。他越思索就越觉得，那时，他便用那把黑柄的折刀，一笔一画地刻下的。洪紫霞的笑声清脆，“这岁月，怎么叫丰盛？”他也说不清楚，只好含含糊糊地说：“这是一种感觉嘛……”

蓦然便一惊，恍惚的心神驰回现实，他极力回顾，他明明没有去过那郊野，可为什么会有那种感觉，令他越想就越觉得确然有过那棵白杨树，有过那秋天的夕阳，而且还有紫霞那玲珑的笑声。他抬头望着那阳光，但觉晃眼的金星乱冒中，有一群归鸟吱吱飞过。他差一点便要武断地对紫霞说：“……我肯定在遥远的年代见过你……”但他终究没有作声，说出口来，也许紫霞会笑他发神经。

许多事情就是这样，只能在心里沉思默想，一旦宣之于口，旁人看来便是不正常。

但你确然是我灵魂上的朋友。他在心里这样叫着，灵魂却已经掉在那盈盈的眼波中。

而这眼波也成了他的记忆，在同一片天空下，只是已经隔着不可逾越的空间。

只有电话可以穿过距离。

终于也轮到他了。

按下一个号码，每一按都如一次心跳。

但是占线。

他有些微的失望，但也想及，占线证明她在，心又从空空荡荡的感觉中回到了现实。现在也就是等待了，不必担心她不知道奔走在哪一个角落。

她总是说："……你看看这交通……"

他当然也有体会，那天傍晚约她吃饭，不料竟没有一辆空的计程车。他一向都不迟到，何况跟紫霞相约？即使是在冬夜里，他也急得满头是汗，却一点办法也没有。等他赶到，只见紫霞在寒风中缩着肩膀伫立的模样，他差一点便想要一把将她搂在怀里，可是他终于只是微笑着道歉："……没有想到……"

他暗想，她心中大概已经把他骂了千百遍吧？换了是他，也会焦躁无比，何况是像紫霞这样的漂亮女人独自站在寒流乍起的街头？

没有一点绅士风度。

可是这并不是他的过错，她笑着说："……我差点就要离去了……"

他看出在她的笑容背后闪过一丝不快，却又不知道应该如何恰当地表达自己的心情。幸好紫霞也并没有发小姐脾气，他忙说："……我也领教了这交通……"

在车水马龙的夜街上蹿下跳，哪里想到竟没有一辆计程车停下。他甚至觉得自己像个小丑而脸热了，可是除了继续奔走，又哪里有其他办法？

不管怎么样，那噩梦已经搁浅，仅仅是为了紫霞并没有被冻得拂袖而去，他也要赞美这个冬夜。紫霞拉开车门，街上的一股冷气被她一带，在关上后座车门的同时，他感觉到扑面的寒意。一种怜悯和自责混合而成的柔情从他的心湖升起，他轻轻地拍了拍她的肩膀。

一切尽在不言中？还是沉默是金？

有些事情是不能解释的，如果要从头到尾巨细无遗一一说起，就算有时间，也未必有心思。许多时候只好欲言又止，知我罪我，也都全凭感觉了。

轻拍她的肩膀，也是一种下意识的动作，在黑暗的车厢里，他甚至也看不清楚她的面部表情。街边的霓虹灯光闪烁而来，不断地映在她的侧脸上，明明暗暗，而她却端坐着，如一尊庄严的铜像。他甚至不敢动弹了，唯恐惊醒她渺茫的梦。

有朋自远方来的心情？

他也不大明白，怎么在刹那间就会这样迷糊？这些年走南闯北，他总以为自己的心已经给磨砺得十分粗硬了，哪里还会有脉脉温情流泻？

十八岁那天青色的心，已经远走了……

谁知道只要一息尚在，隐藏在心角的那颗最柔软的灵魂，便会飘荡而来，在适当的时候。

这一向以来的沉静，大概也是因为外界没有什么足以令他心动的冲击力出现吧？

紫霞无疑是漂亮的，但他也见过不少的漂亮女人，在他看来，比漂亮更引起他灵魂翻飞的，还是精神上的投合安详。他已经超越了为单纯的漂亮所迷惑的年纪。

不知道这是因为已经淡漠，还是因为已经成熟？

那个时候跌入情网，也全然是为那耀眼的面孔所俘虏。是一种震慑得不可逼视的眼波吧？最初他甚至连对视的勇气也没有。

也只是在抓拍的一瞬间，快门按下，宏盛才感到那种刺人的光芒。

回头一笑百媚生，这个袁如媚？

这个灿烂的笑容，便这样被定影在铜锣湾的人流中。

忽然发现被人拍摄，袁如媚皱着眉头，走了过去，气哼哼地说：“给我！”

他看到她伸出手来的模样，分明又带着一点娇憨的味道，连忙解释：“我是摄影记者……”

一面掏出自己的名片。

“记者？”她用拇指和食指轻夹那张名片，一面用不屑的眼光瞟了一下，一面说：“记者就有权乱拍？我又不是古董文物，也不是明星……”

他张口想说：“你比明星吸引人……”

却终于说不出来。这等话，即使出于真心诚意，人家也会认定是别有用心的恭维话罢了，他知道。

没有想到就这样在街头相识了。

后来当他看着她画他时那副认真的模样，不禁笑道：“我们可真是不打不相识……”

她却说道：“别动！”

其实她画的是风景画，给他素描，已经是破例了。她放下画笔，他问她："有什么感觉？"

她扫了他一眼，"好像触摸着你脸上的每一处神经一样，弄清你面部的轮廓走向……"

他感觉得到她那时的真情，一点也不掺假。他心中一热，忍不住便把她拥进怀里，任那油彩溅到他衣服上。他觉得她的悸动，就像他第一次拥抱她一样。那时，她喃喃地说："……喜欢我的人，都不在香港……"

当时便一愣，他问的明明是："喜欢我吗？"

是有些答非所问。

不过他没有追问下去。他知道世上有好多事情是很难说清楚的，就像他明明知道她的丈夫在美国，却不能抑制地爱上她一样。

这当然已经是稍后的事情了，不过回想往事，他觉得一开始就有了预感。不然的话，以如媚一个不到三十的女性，光靠画画，怎能维持生活？

只是没有想到她老公在美国做生意，他以为她可能是香港什么富豪的外室。但他不敢开口问她，倘若不是，那岂不是太过伤害她？

他什么也不追问，只要两人相处的感觉良好，其他也就不必在意了。他甚至有些自欺欺人地暗想：她要是想说的话，早就说了；要是不愿说的话，也必然有她的理由。既然如此，我又何必强人所难？

话是这么说，但当他置身于她独居的城市花园家里，便有一种坐立不安的躁动感觉。当时他也不很明确，到底是为了什么，这舒适的环境竟会叫他这般浮躁？到了许多年之后，人事已经全非，他才省悟到，原来，在他心底埋藏的某种不安情绪，竟悄悄地被这间房子的装饰给证实了，只不过他当时宁愿当鸵鸟而已。

二

排队的人依然很多，而且一堆人挤在三部电话机旁，各嚷各的，表情丰富；只有柜台后那负责收钱的女职员，一脸冷然，好像一切人间烟火都与她毫不相干。这样的环境，连说话的心情也没有了。他不能想象，最温柔最机密的话，可以在这样的气氛下自然流泻出来。也许，提起电话筒，也只能带笑说一句：“……再见，珍重……”

要是有个隔音间就好了。把自己关在那个独立的小天地里，四顾无人的感觉真好。可是，难道他真的可以毫无顾忌地尽诉心中情？

他不知道。那道心理障碍，始终横亘。他向来拙于言谈，以为任何的语言都是苍白的，说出来不是无力便是过火，哪能恰到好处？只有心灵的流动才最真实不过，可惜不能直接传真。他宁愿那血管那脉搏那心跳可以一眼望穿，那就不用再多费唇舌了。

而紫霞总是那样矜持的笑容，令他想到不知谁说过的那么一句：“……看起来她很孤傲……”

他虽然不认为她拒人于千里之外，但也觉得有时很难抵达她的内心深处，不像袁如媚，也只不过一来二去，便已经无话不谈。

如媚笑道：“你说我单纯？是蠢吧？我不会拐弯抹角，该怎么样便怎么样。”

他一愕。当然不是这个意思。他绝不是利用她的单纯，一直以来，他以为最重要的便是沟通，假如心意不能相通，无论如何都有障碍。

那个时候，如媚真的对他很好，他感觉得到。那回，他奉命出差西北，当时如媚去了美国，在长途电话中知道了这个消息，她只说了一句：“……你也该出去散散心了……”

放下电话，他怔忡了半天。

其实也只不过一个星期罢了，而且如媚并不在香港，但不知为什么，他心里总有一种沉甸甸的感觉，倒好像这一别，便是跟如媚永远分隔在天涯海角一样。

没想到他动身前的那一晚，如媚竟出现在眼前，投身到他的怀里，絮絮地说：“……我对我自己说，一定要赶回来见你，不然的话，我不会安心……”

她把一件件东西掏出来，拿到他手上：人民币、Walkman、润喉糖、傻瓜照相机……

他心头一热，哑声道：“照相机我有……”

“那是工作用的，拍个纪念相什么的，还是用傻瓜机好，方便。”如媚微笑，“你多照几张，拿回来给我看看。”

每当回首往事，他便会为这个夏夜感动。

袁如媚的眼神、笑意，连同那温柔的昏黄灯光，以及那阵阵吹送的冷气，仿佛伸手便可以触及。

他以为这便是天长地久了，但后来每每想及，他总是有些疑惑：这是不是有些告别的味道？

假如这极度的温柔竟象征着分手，那他就宁愿没有这一夜。可是回心一想又觉得，无论如何，在漫漫人生旅途中可以碰到这样的温馨时刻，总也算是自己的福分。

如媚她不顾一切地提前回港，所有的目的，只不过是为了给他送行，“……今夜，你再抱我一次……”她说。

也许这便是恋爱中的女人。

但是，恋爱中的男人又何尝不是如此？这个夏天的夜晚苦短，却并不是沉醉在情欲之海，只是一种十分温暖的感觉。半夜醒来，微光中他睁眼看到一绺黑发湿漉漉地斜挂在她的额头，一直延伸着遮盖她合着的右眼眼帘，他忍不住轻轻地把它拨开，她忽然睁开一只眼睛，睡意浓浓地咕噜了一声：“很困……”身子却往他怀里钻去。

毕竟是刚搭长途飞机，而且还有那要命的时差。

这么匆匆赶来，倒好像是一场生离死别似的。不对不对，怎么就会想到那里去了？如媚一片柔情满腔热血，飞行万里，兼程赶来，还不是因为我？不然的话，她还要在美国多待一个月……

于是便有一种虚荣的满足感。

至少在这场两个男人的较量中，他感受得到她的天平明显地向他这一方倾斜。

但他不想去正面证实。

有许多事情，只可意会，不可言传；他愿意就这样，让他所珍重的东西悄悄地客观存在，而不愿经过言语的渲染，变得刻意或者矫情。

他从来也不觉得自己有什么过人之处，可是，如媚却以她的行动，叫他明白什么叫作魅力。

也许也未必是魅力，只不过是情人眼中……怎么说呢？他又不是西施！

但如媚的眼睛温热。

那天中午，他正埋头工作，冷不防就听见接待小姐扬声叫道："萧宏盛——有花到！"

他几乎以为是幻觉。

但他望见许多眼睛"唰"地望了过来，有个女孩调侃他："你就好啦！我们女孩子都还没有收到，你就收到了！你的女朋友真是太好了！"

这才想到今天是情人节。

那一束鲜花，是满天星衬着的红玫瑰，捧在手里只感到娇艳欲滴，又好像青春跃动的痕迹。

虽然那卡片上只有写了他名字的上款，却没有署上送花人的下款，但他的脑海里立刻浮上如媚的笑脸。

他记得他无意中说过："……我这一辈子没有送过花给别人，也没有收到别人送的花……"

那天晚上，他们驻足一家花店门口看花时，他很随意地讲了这么一句。当时，如媚应了一声："那你现在还不快快买一束送我？"他只是笑了一笑，"这么刻意，反而不好。"如媚带笑哼了一句："不是舍不得？"

当然不是。只不过凡事都要自然。

也不是没有机会，平安夜跟她逛尖东海旁，突然便从暗影里蹿出一个女孩，手中捧着一捧花，追着他说："先生，买枝花送你的女朋友啦！你女朋友这么漂亮，配上这枝花更漂亮……"

到了这个时候，不要说是四十块钱一朵，便是四百块，也就是一句话了！

但如媚却把他一拉，回首对那女孩说："对不起，我们不兴这一套……"

宏盛却有些不舍，"也没有多少钱，物轻人意重……"

如媚笑道："不要那么虚荣好不好？而且爱在心里，也不用太讲究形式。"

话是那么说，他却真心诚意地想要在这温馨的夜晚，借花献玉人。

只是说不出口，虽然不是刻意讨好。

而且机会也就这样眼睁睁地错过了。

本来应该是水到渠成的事情，怎么一来二去便阻塞在这样的情状里？

他唯有轻轻叹了一口气。假如重来，一切便显得迹近刻意安排，既然不自然，他唯有放弃。

没有想到如媚不声不响，竟选定这样的一个日子，冷不防便差遣一束耀眼的鲜花，轻轻飘到他的桌子上，令他满怀红橙黄绿青蓝紫的绚丽缤纷，有如那年农历大年初二之夜维多利亚海湾腾起的烟花。

办公室男男女女在起哄："哗！佳人多情……"

他讷讷地说："是啊，没道理啊，会不会是送错了对象，不是我的？"

但在内心里，他却明白极了。

也就是心有灵犀一点通吧？

如媚笑道："既然你从来没有收到过鲜花，那我就让你破一下纪录……"

至少也要五百块钱吧，这束情人节的鲜花？

"也不算太贵吧，但求开心。"她说，"你开心吗？"

当然开心，而且感动。但是不值得呀！错开情人节，这束鲜花大概两三百块就可以了吧，又何必一定要赶在这一天？

但如媚不以为然，"日子当然绝对重要，不然的话，这一天跟那一天又有什么区别？"

他顿时语塞。

想起尖东海旁的平安夜，他甚至差点问她：“那四十块和这五百块怎么比？”不过终于还是忍住了。他不想给她以耿耿于怀的感觉，男子汉大丈夫，如果这般纠缠于婆婆妈妈的琐事，也太无聊了。

他唯有说：“谢谢。”

那天下班，已是华灯初上时分，但见铜锣湾闹市满街都是手捧鲜花的少女，唯独他是个男人。她们个个笑吟吟地顾盼自豪，他却有些狼狈不堪，生怕熟人看见。

袁如媚笑着摇摇头。

他却连忙把那束花往她身上一送，“鲜花配美人，我一个大男人，抱着鲜花满街跑……”

“那有什么？男人更高兴！”

“不是我。”他的眼睛投向那夜街上的车水马龙，霓虹灯下，流过来的是黄色车头灯，流过去的是红色的车尾灯。这尖沙咀的夜景，就这样流进他记忆的屏幕里。

其实他是很感激于她的一片心意的，只不过缺乏合适的环境，他说不出口。

如媚却有些不高兴了，“你不要鲜花，是不是要宝剑呀？我可没有！”

他当然不是这个意思，急切间又无力挽回局面，他总不能嬉皮笑脸去讨她欢心。不是不想，而是实在放不下这个面子。

后来如媚搂着他的头，叹了一口气，“你这个人，就是不知好歹……”

怎么会不知道好歹？只是他不爱宣之于口罢了。

他总是记得她的每句话，甚至每个眼神。

那回他发烧，她听了，放下电话，便搭的士赶来，手上提着哈密瓜和无核葡萄。

他心里一热。看到她慌慌张张的样子，他不用问也可以猜到，还没吃饱，她就把她的朋友抛弃在饭桌上了。她常常这样，跟别人吃饭，中间便溜出来打电话，也并没有什么要紧的事情，他却更可以触摸她贴近着的一颗心。

但他在骨子里却始终有一股傲气，不愿低声下气。

他也常常问自己，这是不是因为自卑而产生的自傲？

当如媚负气地把那束花往垃圾筒一扔的时候，他的心一跳，大吃一惊。他想飞身扑过去，已经来不及了。假如他放得下臭架子，最多也就是把它捡回来，大事化小，小事化无，但他克服不了心理障碍。假如就这样兵败如山倒，那将来还有什么置喙的余地，在如媚面前？

只不过是一时之气，事后却叫他后悔不迭。明明是一件甜甜蜜蜜的美事，怎么一个不经意，竟变成了如此不欢而散的收场？

如媚硬邦邦地说："……我不是要强迫你呀，宏盛，你不要我的花也可以……"

他的心一阵绞痛。刚接到那束玫瑰花的时候，一慌神，他的手指便被玫瑰的刺扎了一下，一滴血立刻冒了出来，鲜红得可以跟那玫瑰花媲美。有微痛的感觉，他下意识地用嘴去吮那血，似乎有点腥味，但不敢肯定，连忙掩饰着打了个哈哈。

被玫瑰刺无端扎了一下。并无恶意却引起如媚的不快。这个浪漫情人节之夜，莫非是乐极生悲？

也不是事后诸葛亮，当时就有了一种不好的预感，只是他尽力强迫自己不往那方面去想。而整个的情绪，他与她已经难舍难分了。

他终于老着脸皮，跑到她家赔罪。

她叹了一口气，“我们好像是刺猬一样，挤在一起互相伤害，分开又觉得孤单寒冷。”

但他不这么想，即使看来并不现实，他依然向往着天长地久。

而他也不怀疑，那个时候，如媚跟他一样，也期望着天长地久。

在轻风徐吹的维园之夜，并排躺在那绿色草地上仰望星空，有稀疏的星星在闪耀。如媚的声音好像梦一般飘了过来，“要是在草原就好了……”

内蒙古草原的夏夜，天高地广，星星繁多而且晶亮。凉风不断吹来，哪里还需要什么冷气机？

说着说着，如媚便轻轻地哼唱：“……大青山顶上盖房子还嫌低，我坐在哥哥你身边还想你……”

是那草原上的民歌哩，只听得他心里一阵甜蜜的迷糊。

那个时候，她在那边速写。

他几乎就要问了：“你跟谁去的？”

但终于还是没有开口。

假如她说："我跟……"那又怎么样？还是不知道为好。

难得糊涂。

只要此刻感觉良好，又何必去破坏？

如媚说："……你不如辞职，我们去旅游，租个车子，去草原去戈壁，去新疆去西藏，你去拍照，我去画画，也不枉这一生……"

他立刻神往。假如能够摆脱这世俗的羁绊，在广阔的天地里做一对自由的小鸟，简直就是神仙过的日子。

"你说呢？"如媚盯着他的眼睛。

他的视线滑开了。小鸟飞翔在天空，其实也未必完全自由自在，也许有老鹰在窥视，也许有猎枪在侍候，冷不防便遭到致命一击。

难道这世界并没有一块世外桃源？

但他不能直言，也不是虚伪，只不过他知道，那会伤她的心，而在此刻，他最不愿意做的事情，便是伤她的心。他不能忍受她不开心的样子。

结账之后，她说了一句："你稍微等一等，我去打个电话。"

不用她说什么，他也知道她打什么电话，突然间他便涌起了一股说不出来的滋味，顿时令他有些心不在焉。

他的视线离开了她站在那一角打电话的背影，她刚说的话却汹涌着不能在他的记忆屏幕上退潮。当时他也担心她期望过高，是一句老话吧：期望越大失望也越厉害。他很想给她泼点冷水，这种事情，用淡然的心态去看待，也许还会有意外惊喜呢！只不过她正说得兴高采烈，又哪里体味得到他那颇有分寸的暗示？

她说她去打电话的时候，他下意识地抓住她的手，她笑吟吟地说："怎么啦？舍不得呀？"

他只好放手，或者说是那走过来的侍者的眼光令他不由自主地放手。如媚扬了扬手，娇俏地扔下一句："你就等着我的好消息啦！"

但好消息并没有等来，他望见她那暗淡下来的脸色，便明白了结果。她完全没有思想准备，满怀期望却从高峰中摔下，也难怪她不能接受了。他拍了拍她的肩膀，说了一句："走吧！"

她本来以为她的第一本画册可以顺利出版，哪里想到在给了她并不可靠的空头承诺之后，那出版商忽地改变态度，强调在经济上的不可行性。

宏盛一直也没有追问，为什么这出版商先前会那样给她以希望，随后又变卦？但他也有他的猜测，他认定，在这个功利社会，恐怕都脱离不了交易，大概是如媚在美国的先生，与这个出版商有什么生意上的关系吧？但如媚不说，他也不想纠缠。

踏出这红屋餐厅，夜空正洒着倾盆大雨。宏盛张开那把黄色的雨伞，用右手撑着，左手轻抚如媚的肩膀，慢慢走进雨林中。那豆大的雨点哗哗地敲在伞面上，如喑哑的鼓声，他的裤脚很快就给溅湿了，有一股冰冷的感觉从脚跟升起，一直湿透他的灵魂。

准备横过马路的时候，斑马线的红绿灯亮起小红人。停候在路边，雨势随着不定向的风跳舞，突破雨伞的围护，他把伞极力往如媚那一侧遮去，凉凉的雨水成片地洒在他的右肩上，渗透他的背心，紧贴着他的肉体了。

他打了个寒噤，忙以大动作掩饰。

如媚依然情绪低落，他热血上涌，半拥着她，柔声道："没关系，天塌下来，还有我呢！"

也只不过是脱口而出的一句话罢了，虽然绝对真心，并无虚言，但他也知道经不起推敲，这豪言壮语，无非适时地表达了自己的一种怜爱之心。

明知自己只是一个凡人，哪有本事顶天立地？

但如媚终于有了笑容，说："我太傻了……"

在夜雨中街灯下，他以为看到的是一种凄美的笑意，几乎就要说了："你既然那么喜欢，不如自费出一本吧，我帮你……"

帮她什么呢？也只不过是奔走罢了，至于金钱，她并不缺。

可是他也摸透了她的心思，她向来自傲，假如由他说出来，她会不会觉得有伤她的自尊？

人家帮她出版，可以证明她的画的价值；自己掏钱出版，会不会感到没有面子？

但听得如媚在说："……我现在好多了，你这么一说……"

而在他的内心里，那种失望的感觉深深，假如可以，他愿意为她做任何事情。

那种一刹那的情绪，不知为什么竟会永恒留驻心头，而且后来也因此而勾起那个夏季雨夜的回忆。也就是这么一句他不经意流泻出来的话，令如媚印象深刻，当她失望的时候，便会皱着眉头说："要是你能对我再讲那句话就好了……"

但他不会矫情，不是出自心头的话，又怎么讲得出口呢？他没有办法强迫自己昧着良心说些逢场作戏的假话。他也很惊异于自己心理上的这种微妙变化，甚至怀疑是不是在骨子里潜藏着喜新厌旧的因素。但想来想去，只觉得自己处于被动状态，他所珍视的那种默契，似乎已经从如媚的身上消逝了，尽管她并没有立刻从他身边引退，但即使两人独处，他也已经觉察到她最初的热情在逐渐减退。他甚至不能接受这个现实，变得有些恍惚，甚至有些力不从心。如媚推开他，说："怎么搞的呀你？表现这么差劲！枉我封你为'大内第一高手'！"

他有些羞惭，无言以对。

心灵的感觉看不见摸不着，却最真实，即使嘴上口沫横飞，但有情无情或者是并不投入，怎能分辨不清？即使蜷缩在他怀里，如媚也总是变得心不在焉，于是他便明白，她已经从深沉里走了出来，带着一种无所谓的态度，这让他失去了心跳的律动，可是她却反过来埋怨他。他不说什么，心里却在想，对不起，我不是只需欲不要情的男人，有了情才会有欲，既然两颗心不再碰撞，那我也就无能为力了。

都说男人具动物性，或许是真的吧。他也有过青春的烦恼，记不得是哪一年了，那天下班，阿勤便说："喂，去冲凉呀，我请你……"冲凉？回家去就是。

阿勤大笑，"你是真的那么天真，还是装傻？"

看着那狡猾的眼神，终于明白是怎么一回事。

"嫦娥奔月。"阿勤指着那招牌说。

他立刻逃走了。阿勤讥笑道："你是不是男人呀？有哪个单身男人不去滚？"

也懒得去解释。他知道，不论怎么说，阿勤肯定认为他装模作样假正经。

此刻唯有沉默是金。

他也知道他自己不是圣人，不是坐怀不乱的柳下惠，哪能清心寡欲？不过他决然不肯用金钱去购买肉体，一想起跟一个素不相识的陌生女郎初见便交钱上床，即使对方再如何性感漂亮，他也不能克服心理障碍。而男女之间，他总认为心理因素绝对压倒生理因素。就像面对同样一个国色天香的袁如媚，他前后心境竟会如此不同。

一直到最后，如媚也并没有说什么分手的话，但她的热情不再高涨，却有蛛丝马迹可寻。以前她每次游埠，总是对他说："你不要送我的机，回来时你接我吧。我们不要离愁，只要重逢的欢乐。"每次远游回来，尽管机场人山人海，她也总会借个机会挨过来，侧起脸让他吻一下。但到后来，她不要他接机了，他问她："为什么？"她说："飞机经常误点，你何必白等？"

他当然知道不是真的，不过他也不想追问下去。许多事情，最要紧的是要知趣，假如不知趣，也许会问出个满天星斗来，那又何必自取其辱？

不过他心里很悲哀，就好像眼睁睁看着夕阳绝望地西沉，他却一点办法也没有一样。

是的，毫无办法。此刻太阳西斜，但是那一班飞机仍然没有任何消息。如媚说，飞机常常误点。那时他心中不以为然，怎么今天偏偏不幸被她言中。

如媚的那句话，他以为早已淡忘了，今天冷不防又冒了出来，这才叫他想到，其实他一直耿耿于怀，只不过他以为不再介意，哪里知道一旦有适合的时机，便在他耳畔响动着复活了，而且叫他的心有些隐隐作痛。

但终于也弄不很清楚，这种感觉，是为了如媚那一句早已成为历史的话，还是为了别的什么。

那时他尊重如媚的意见，不曾送她上飞机，这近乎自欺欺人，难道不送就没有了别离？但他只能微笑着说："好。"既然他爱如媚，那就不要逆了她的意。这次他要上飞机了，如媚却早已飞到美国定居，这世界上还会有谁为他一路送行？

除了紫霞。

或者更准确地说，他唯一的希望，便是紫霞来送他。送君千里，终须一别，就算是她送到机场海关，那又怎样？两只手一握，还不是始终要分开？只可怜他竟在乎那种感觉，实际上，他也不大记得清，望见那回眸的一笑，究竟是在送机的时候，还是在下车的时候。

他该问问紫霞……

为自己幼稚的想法，他摇摇头。紫霞已经不在他的视野，这是一种明明可以感觉得到，却无法触摸的冰冷的事实。

距离是个天涯，即使是身处同一个城市。

这城市那么热闹繁忙，人海茫茫，怎能轻易在某一年某一月某一天某一个刹那便迎面相遇？那机会不是没有，只不过渺茫。何况自己已经被隔离在这候机室，就算是紫霞忽然想要找他，也已经不可能。

仿佛已经隔成了两个世界。

也不是没有可能。惶惶然上了飞机，找到自己的座位，刚坐下，一回头，啊呀！旁边含笑望着他的，不是紫霞是谁！

狂喜过后才发现，那是电影里的镜头，成了幻象。

这嘤嘤嗡嗡的机场候机室依旧，他打了个盹。再看看电话机旁，轮候的人们依然络绎不绝。

三

萧宏盛只感到百无聊赖。

为什么这时间过得慢悠悠，连蚂蚁都比它爬得快呢。无聊之外，心情也烦躁。

原来时间并不是只是物理的，有时还是心理的。

他走到落地玻璃窗那边，只见中午的阳光直射而下，亮丽地在机场跑道上腾起一种耀眼的暖色。那起起落落的飞机，怎么没有一架可以载他破空而去？

并不是归心似箭，但是既然已经被困在这里，回头不能，也就只好火速向前了。

如果上了飞机，一切都在转动之中；如果被限制在此处，生命就好像是静止了。假如真是静止了，可以无所感无所思，那反倒好了，可惜又不能。

不能遏止的，是滚滚的思潮。人有记忆，不知道是可喜还是可悲？假如人人都可以转眼就忘却，做人也许就可以快活得多。

今朝有酒今朝醉？

紫霞说："……我上大学的时候，宿舍里的床头上，摆着一瓶二锅头……"

"这二锅头有什么好喝？"

"你不明白。"她说。

缓缓地，她点起一根香烟，抽了一口。

她喷出的烟雾袅袅娜娜，散向天花板。

往事如烟……

他偷眼望了一下她食指与中指轻夹烟头的潇洒姿势，显然并不是装模作样。虽然他并不抽烟，但可以接受。读书时，他班上几十个男同学，最后只剩下两个不抽烟的，其中一个便是他。也并不是认为抽烟不好，只是他觉得并不是享受，所以没有兴趣。

紫霞笑道："刺激？那咖啡不也一样？"

那怎么相同？咖啡飘香，光是那个味道，便……

他说："我不是怕刺激……"

怕刺激也就不会喝人头马白兰地了。

酒香。灯饰。乐声。

落地长窗外，霓虹灯招牌闪烁，亮着车灯的车子淹过来又流过去，这都市之夜，可以这样凝住吗？

夜色多么好，令人心向往……

而且是雨夜。

那夜雨若有若无地洒下，肉眼看不大清楚，只有那街面反射出的亮光，才可以看到那湿漉漉的一片，还有那慢驶的汽车阵。再仔细一看，挡风玻璃上，都摆动着划水器，双双对对地从左划到右，又从右划到左。

视线回到对面，紫霞两手捧着高脚玻璃杯，脸却侧向街面，凝住的轮廓，如一座慑人的雕像。

此时无声胜有声？

他不忍惊动她，也就自成了另一座笨拙的雕像。

却被悄声而来的女侍者破坏了这静谧的氛围。

这难得的雨夜，餐厅里生意寥落，空荡荡的，简直就有包房的感觉。女侍者送上菜式之后，便乐得远远地站在一角聊天。

这个世界恍惚就剩下对酌的她和他，甚至连世俗的尘嚣，也被隔绝在玻璃窗的那一侧，只管灯红酒绿地成为一种背景，悄悄闪烁不止。假如没有色彩的流动作为陪衬，这两人世界，会不会寂静了一些？还是求之不得？不知道紫霞是怎么想的，但他心里却在十分热闹地对话。

万语千言却又不知从何谈起，此刻唯有不言不语。紫霞的笑声，又将他带回现实里，但紫霞明明依旧凝望着窗外，在她那张侧脸上跃动着街上车流折射的光影，她的眼神似乎坠入了遥远的地方，唯有嘴角含着一丝隐约的笑纹，但这笑纹，是决然不会发出声音的，就像静夜里悄悄盛放的昙花一样。

夜来风雨声，花落知多少？

紫霞却说："花开花落，也是有声音的。"

他用眼神打了一个问号。

"你听不到吗？"她一脸虔诚，"嘶的一声，花开了，啪的一声，花落了，在夜深人静的时候。只要有生命的东西，就会有声音……"

说的也是，只不过他没听过，但可以想象。

不知道紫霞是出于想象，还是有敏感的耳朵超人的听力？她说："只要多一点同情心就可以。"

他所感慨的，却是寒夜里落花哭泣于那短促的生命。鲜花比烟花还要寂寞，烟花在夜空中有流动的色彩，衬以炸开的啁啾声耳语声，五光十色之外，还有音响。

而鲜花呢？只有紫霞听得见它生命的律动。只是不知道她听不听得出他的心的悸动？

轻啜一口那白兰地，酒味香醇，流入喉管，有些微的苦辣味道腾起。

脸颊泛红，是因为不胜酒力吗？应该不会，连二锅头也只是一句话罢了，没有理由喝不了这白兰地。

紫霞笑道："我早已经退出江湖，海量，是那个时候。现在根本不怎么喝了。"

但脸红未必表示不能喝酒，喝下酒而脸色发青的人，看来能喝，其实酒力闷着，反而伤身。他说："脸红酒散，你肯定能喝。"

"那个时候罢了。"她说。

在吃吃喝喝间一连灌倒四条大汉，她仍谈笑风生，怪不得人人都竖起拇指赞她一句：女中豪杰！

他也看不出来。在他的眼里，她始终女人味十足，很难想象斗酒时豪气干云的模样。

"是气氛。"她说，"有了气氛，就一定能喝。如果只是喝闷酒，半杯就可以醉倒。"

说是那么说，如果没有酒量，光是有胆量，最终还不是会醉倒酒场？

好在有如媚挡住。

那些人是存心要把他灌醉，看看他的醉态吧？不管他怎么推却，但七嘴八舌围攻而来，再不喝就是不给面子了，他只得喝了一口，为了不想把那场面弄僵。

谁知道喝了第一口，便再没有任何防线可以抵挡了。他说："我不会喝。"但是人人都起哄，"喝了这一口，证明你能喝，不喝就不是朋友了……”

兵败如山倒。

又不想跟他们翻脸，他只好喝下一杯。

但他们仍然不肯放过他，他已经有些昏昏沉沉了，再喝下去，今夜真是不醉无归了。好在如媚排开众人，说：“他不能喝，我来代他喝！”

人人起哄：“哗！你公然代他出头呀？”

如媚一笑，“正是。谁来跟我斗？”

似乎立刻给她镇住了，没有一个人应战。宏盛虽然有逃脱的轻松，却又惭愧于如媚的庇护。

他明白，他们故意要他出丑。尽管他平时对酒敬而远之，此时却多么希望自己就是个酒仙，可以当着他们的嚎叫而面不改色。

但终于也只有如媚救了他。

她说：“你该一开始就滴酒不沾……”

“是你的画展开幕的好日子，大家这么高兴，我不想发生什么不愉快的事情。”宏盛苦笑，“没想到他们非要把我灌倒不可。”

“能够过我这一关吗？”她冷笑。

惭愧惭愧，说什么男子汉大丈夫一人做事一人当，到头来还不是靠女流之辈“救驾”？

忽地便一惊。不是女流之辈，是女士。这个世界，女性越来越强，这个女强人那个女强人，叫男人自惭形秽。如媚也应该属于女强人的性格，她说：“我肖虎……”

猛虎扑羊？

她的女强人性格，在于她对绘画的执着上，宏盛有时甚至想要问她：“你画这些东西，在香港有没有出路？”

她只是置之一笑。

自然她不用为生活奔忙，潇洒得起。她周旋在各色人等中间，也是游刃有余。

“你怎么那么古板？说说话嘛！”她说。

相逢开口笑？但他不能。也不是不会说话，只是性格上他并不是见面就熟的那一类人，要他言不由衷嘻嘻哈哈地与陌生人应酬，总是觉得别扭。

如媚叹了一口气，“我原本想得太理想，我带你去认识我的朋友，你带我去认识你的朋友……”

他听得很感动。其实他又何尝不想像她那样，手握一只酒杯，满场游走？但他有自知之明，人的性格很难改变，太过勉强自己，说不定还会弄巧反拙。

“枉你还是记者呢！”她说。

“我只是一个摄影记者，又不用怎么采访。必要采访时，我自然也能够动口，只是，纯粹为了无谓的应酬，我不想太委屈自己。”

“就你清高！”如媚哼道，“告诉你吧，清高可当不了饭吃。跟人保持个关系，有点联络，有什么不好？”

这也许正是如媚的乖巧之处。

他看着她剪彩，他看着她致辞，周旋在众男士之中，她笑嘻嘻的，满面春风。他惊叹于她的从容不迫，而且显得十分得体。

他只是远远地躲在一个角落望着她，他知道，这个时候，他只是一个无关紧要的观众。他看着她那身粉底红蓝相隔的上衣，想起陪她在时装店奔走的那个晚上。

“也只有你肯陪我挑衣服了。”她说。

其实他不喜欢逛时装店，何况如媚也挑剔得很，大概因为她是画家吧？

“真累。”下来的时候，她长长地舒了一口气。

“我也替你累。”他说。

她把她的头靠在他肩膀上，“女人再强，也总得有个结实的肩膀靠一靠……”

男人又何尝不是如此，在奔走到灰头土脸之后？何况还有那些刺人的满途荆棘。

只不过男人不可以对女人说：借你的肩膀靠一靠……

不能说，但有时可以做。

如媚叹了一口气，“你呀你呀……”

是在沙田吧？那个夏天的夜晚。

在上下两条马路之间，有一道长满树木的斜草坡。

躺在那草地上，透过树叶间的缝隙，他望见稀疏的星星，“比在维园看到的要大要亮……”

如媚哧的一声笑了起来，“这算什么？在大草原上，那星星才叫又亮又多哩！”

他的心一跳，又是大草原！

但此刻没有大草原，只有小草地。夜风从枝叶间跑过，发出哗啦啦的一片声响，如梦幻。

“很困……”如媚慵懒地哼了一句。

这时世界缩小成这一片小小的草地，草地上只有他和她，一切的言语都成了累赘，此时无声胜有声。

红唇半启。眼波横流。漫天的星星颠倒着纷纷坠落，那拖着的长长的余韵，也是炽热的吗？

而他却明明感觉到不可遏止的悸动，从肉体到肉体，从心到心。灵魂却徐徐地游出，在有意识和无意识之间漫天翱翔，在惯性滑行中达到终极目的，他长吁了一口气。

如媚伸手拨了一下他的头发，“满头大汗！”

他闭上眼睛。耳畔却不断地呼呼响起车声，从头上，从脚上，掠过。

这时他才重回现实，突然便一惊：莫非是色胆包天？

不能说不必说也不知该怎么说，激情过后唯有相视一笑而已，无言中却已经沉淀成为历史。

而这一切，历历如昨，立体玲珑得好像看得见摸得着闻得到，色香味俱全。如媚幽幽地说：“谁叫你不早几年碰上我呢？”

他顿时哑口无言。就算是能够说什么，也都是空话废话吧？如媚却横了他一眼，“你看看你看看，一到关键时刻，你就只会保持缄默！”

还说什么呢这个时候？他不能劝她跟他私奔吧？但他又不能说些哄她开心的假话。

如媚说：“看来，无论怎么样，我都比你强悍。”

他承认。他一向认为，女人比男人有韧力，在娇弱的外表下，其实往往有更顽强的生命力。

那时，她从黄土地写生归来，送了他一套红色的剪纸。她说：“我住在一户人家，那个女主人的手艺很好，我请她剪了两幅，这一幅给你。”

是猛虎扑羊图。

他摊开在桌子上，指着那构图，说：“这倒在地上的是我，那狠狠扑下来的是你。你看我多可怜……”

如媚笑道：“我可不是这个意思。”

他说：“这是潜意识的反映。”

但他并不介意，甚至有些暗自欢喜。不管是谁扑谁吧，也总是那样纠缠在一起了。当时他以为永生永世也不会分开，即使如媚永不离婚，而他永远单身，他也不计较那名分。

他甚至不清楚如媚打了什么主意。有一回，她握着他的手，“我们在一起，也有两年了吧？”

他一怔，他倒没有计算过日子。

“两年也够了，虽然不是太长，在人的一生中有这样的两年，便可以成为永恒。”她好像自言自语。

他的心结成了一巨大的问号，但是终于也没有问出声来，他让这个谜语悬在那里。悬着，有如那人们抓着的电话筒，看着看着，在他的眼前竟化成一个个黑色的小问号排列，也不知道是困窘于那些蠕动的嘴巴有什么说不完的话，还是疑惑于自己该对着那话筒说什么。

四

萧宏盛衷心地感激着电话的存在，不论远近，只要一摁电话号码，立刻就把对方的声音拉到耳畔，有如就在身旁那样可以紧密交流。

可惜不能看到对方的面貌。

只是，那声音流泻而来，自然便可以联想到对方的情态，凭着往日的经验。

除非对方是不曾谋面的一个人。但即使是陌生人，也可以根据那声音，展开想象的翅膀，至于准不准确，那又是另一回事了。

不要说电话，连计算机也还不能显示对方模样呢。在夜深人静的时分，他坐在家中的电脑前，脑子的细胞特别活跃，一点睡意也没有。这个时候，他是指挥千军万马的元帅，那些符码无不俯首帖耳，即使他指示错误，计算机也只是沉默提醒，并不会使他失去面子。打着打着，他的灵魂便飘飘荡荡，好像在漫天滑翔，而且随心所欲，无所不至。为了生活，白天在功利场上拼斗厮杀，即使遍体鳞伤，只要一退回家里，面对电脑，便有如面对一个温馨的情人，可以诉尽所有的秘密心事。

这一刻他自由无比，有如意识的流动。

突然间他便一愣，怎么会有阻滞？

一个陌生的讯号竟与他的电脑联网，是误闯他计算机的神秘怪客？

这让他想起了那部美国电影。

也唤起了他强烈的好奇心。迟疑了一会儿，他忍不住去回答她——虽然他其实并不知道对方是男是女，但他在直觉上已经把这陌生人先行归结为女性了。

这计算机上的交往热烈无比，每到午夜时分更是高潮迭起。并没有任何涉及感情的话题，一切的对话都在外围进行，即使绮琴还没有入睡，也都可以公开进行。何况绮琴从来也都不曾往他那电脑屏幕上瞄过一眼，她说："一个大活人，也不知道是玩机器，还是给机器玩了。"

她说他太沉迷于电脑，却并不知道在他内心深处有一种深深的寂寞感，无法摆脱。有时他也试图向她暗示，期望获得理解或者安慰，但绮琴却不以为意，好像根本没有听懂他灵魂的绝望呼叫。打电脑打得难分难解，有时他会回头轻声求她："给我倒杯茶，好吗？"她却冷冷地蹦出一句："有手有脚，你不会自己来？"

他立刻有一种窒息的冰冷感。

但紫霞却笑着说："人在本质上都是寂寞的。你没有办法解决别人的寂寞，别人也没有办法解决你的寂寞。所有的寂寞，归根结底，还是要靠你自己去面对去解决。”

他怎么没有想到这一点？或许是因为他依赖性太重了，以致认为可以借助别人强有力的手臂。

再细细一想，也并不是就不能自己动手了，只不过他期望的，实在是一种心灵深处的交流，哪怕只是一个动作，一个姿态，或者一个眼神。

但是并没有。他所企望的心理上的和谐，并没有得到。他不知道究竟是在什么地方出了差错，也不想再去细究。

唯有那跟他在电脑中无言对话的陌生人，成了他隔着茫茫空间的“情人”。

他甚至不知道她究竟是在香港，还是在地球的某一角，也不知道她是老还是少，是丑还是美，是高还是矮，是瘦还是胖。甚至，确切地说，他也不知道对方是男还是女，可是他却不可制止地跌入一种畅快的精神乐园之中。午夜，变成了属于他个人的秘密时空。

当那讯号消逝，他从沉醉中醒来，四周万籁俱寂，便会有一种迷茫萌生：我是不是掉入了不可自拔的魔障中？

但也只是一刹那的反思罢了，到了次晚，他便周而复始地紧张地等待着与那个从空中翩然而来的神秘怪客做无声的交谈。

“是你的电脑情人吧？”绮琴看都不看，远远地便在客厅里嘟囔了一声。

明知她言者无心，他却猛然吃了一惊，敲下去的手指摁错了键盘。

电脑虽然坚决但温柔地指出他的失误。现实生活中他怎么就没有一个这样的情人?

紫霞一副轻松自如的笑颜,“……这只能说,命中注定。生活本来就已经这样安排,不可改变。”

击在他心里,如给利刀剜了一下。

看来,紫霞是个幸福的女人,口口声声说:“……我很知足,也不想有什么大作为。我的家庭幸福,我离不开他,他也离不开我。我这一生,除了他,没有一个男人可以令我动心。”

心动如水?还是心如止水?

但宏盛自然不会开口追问。

心乱如麻。这个晚上他背水一战将紫霞逼到死角,毫无回旋的余地,为的就是讨个水落石出。明知这几乎是无望的战争,但他仍不惜赴汤蹈火。他安慰自己说,即使是惨遭滑铁卢,我也是一个拿破仑。

是悲剧的英雄?这问号竟使他的心充满了壮烈感。

紫霞仍在絮絮地说:“……有些人认为我可以找到更好的,但我不觉得。反正我什么都不在乎,只要有他。他是强盗也好,总统也好,对我都没有什么区别。我也说不出是什么原因,你可能也会觉得,他并不是那么出色……”

他的确不觉得她的丈夫有多么吸引人,这不仅是他一个人的偏见,他知道许多人都在暗暗替她叫屈。但别人的感觉又有什么用?最要紧的还是紫霞自己。或许她丈夫果真有外人不能洞悉的内在美，谁知道？

他的心堵得慌，却尽量保持着微笑，“听见你这么说，我恭喜你。无论如何，我都希望你快活。我嘛……看来是在用肉拳去尝试铜墙铁壁的硬度了！”

紫霞“咭”的一声笑了出来，“告诉你吧，我很依恋他。如果他不在家，我一个人总是惶惶然，什么事情都干不了。只要他在家，我也不必跟他说话，但心就安定下来，做什么事情都很踏实。很奇怪的感觉。”

再说下去，恐怕就是那句“在天愿做比翼鸟，在地愿为连理枝”了。

宏盛努力保持着倾听的风度，蓦然望到紫霞的双眼发愣，仿佛在咀嚼一段甜蜜故事最慑人心魂的精彩细节，他的心潮翻江倒海涌起一股股又苦又涩的浪头。

绝望把他推进死胡同，前路已尽，回头却是一片茫茫黑夜，他不知道还有没有返身回到起点的精神和力气。但紫霞一副轻松的口吻，似乎并不在意他该怎样从跌倒的泥泞中爬起身来，只是一味地说：“……我是十分信赖你的，不然的话，我怎么会独自见你？”

也许她说的是真心话，并且认为是对他的一种好评，但他却深深地被伤害了。我萧宏盛虽然喜欢你，但也决不会强人所难。男女之间的事情，也说不上有多少道理可讲，但我并不是卑鄙小人，一个巴掌拍不响，你不愿意，我怎会胡来？孤男寡女同处一室又怎么啦？

他哑声道："我很尊重你。我并没有其他什么阴谋。当然我不是柳下惠，不过也没有美女坐怀的福气，所以我也还不至于迷失本性，你放心。"

"我不是这个意思。"紫霞笑吟吟，"你知道我不是这个意思。我也很尊重你，只不过，这种事情……不可能。不过你不要在意，我们还是好朋友对吧？"

"我还是喜欢你。我不想瞒你，我也不在乎我的自尊心。"他的眼睛望向那淡蓝色的窗帘，风一吹来，便徐徐抖动，如心的震颤，"是怎么样就怎么样，我不瞒你。"

紫霞也跟着望了望那飘飘的窗帘，"那就把感情转化一下吧，你就当我是妹妹好了。"

他苦笑了一下，不吭声。说得倒轻巧！说转移就转移了，你以为我在练气功呀？假如可以这般轻易滑走的话，当初也并不是真情了！

"你笑什么？"紫霞问道。

他的笑脸背后，心却淌着血。不过他明白，自始至终，也都是他自己在唱独角戏，岂能怪人？

而且其实早就有了暗示，于今他一一回忆起来，便觉得自己悟性实在太差。

也不一定是笨吧，只不过当时迷醉在自己构设的图画里，每句模棱两可的话，他都会迫不及待地往有利于自己的方面解释，怎能不越陷越深？

紫霞说，杂志社会派她去海畔的B市。

他立刻决定去看她。

急急忙忙跳进飞翔船，看那玻璃窗外的海水涌动，他以为他是一条自由自在的鱼。

傍晚时分从酒店拨电话过去，与她同行的女伴说："……她在冲凉……"

立刻，他的脑海里便朦朦胧胧地呈现出紫霞裸身的模样，但又给骇住了。是不是很猥琐？但是他自问并没有其他什么绮念。

再拨电话听到紫霞的声音时，他很想以一副玩世不恭的腔调，调侃一声："……我在想象你冲凉的样子……"但终究也不敢说出口。

紫霞却在那一边笑骂："你说话怎么这样怪怪的？吞吞吐吐，一点也不爽快！"

他无言以对，只得强笑，"喂喂，我赶山赶水来看你，你就致这样的欢迎词呀？"

紫霞哼道："怎能怪我？又不是我请你来的，你自己要赶来……"

是不能怪她。她白天都忙着在外面活动，只有那天晚上带着一脸的倦容跑来，第一句话便是："累死了！"

公事在身，他也明白。

但她说："明天一早我们就走了……"

他立刻有被遗弃的感觉，怎么风云变幻说走就走？

也怪他自己太贪心，回程船票订在三天后。那时紫霞说，五天后离开……

猝然的变化令他措手不及，但又不能哀求她多留两天，只好用一副满不在乎的口气，轻轻松松地说：“你走你走，我正好在这里好好度几天假……”

“那你自己当心。”她说，“不能怪我。”

“当然不怪你。”他笑着说，一面努力压抑内心里的负气，“从头到尾，都是我自己抢着要来的。”

他想这样也好，既然来了，也就独个儿待下来吧。不管这决定是对是错，也总要有面对的勇气，不能只是一味软弱地逃避。

何况，即使她能留多几天，也都只是忙着她的事情，他不想到头来好像领了她的恩惠似的。他甚至在幻想，或许紫霞一走了之后，某个瞬间突然会想及丢下他孤零零地搁浅在B市，那么无助，因而产生一种或者怜悯或者过意不去的心境，那就值得了。

但看来紫霞毫无歉意，在她来说，大概这也是天经地义的安排，要怪也只有怪萧宏盛自作多情了。

这当然是回想起来的顿悟，只可惜当时他仍没有觉醒。甚至当他满怀祝福诚意地送她一盒水晶音乐球《幻影》的时候，紫霞带着几近拒人于千里之外的神情，说：“我一般是不接受别人的礼物的，对你已经是很例外了……”

他的心咯噔了一下，好像跌碎了一样。

重新整理思绪，他吃吃地说：“我不是这个意思。我没有居高临下，也没有任何功利目的，只不过是一片心意，十分虔诚的。如果你误会我另有企图，那……”

怎么一片诚意也会弄得这般一团糟？

一定是有什么地方接错了线路。

假如这么一点小小的心意也会引起误会，那紫霞她也太小看自己太小看他萧宏盛了！

而紫霞的那话语虽然平和，但他却怀疑，她是否随时就要扔出一句老话：“糖衣炮弹！”

人与人之间，是不是果真这么难以完全沟通？

而紫霞却已经转换了话题，笑着说：“你们香港男人，喜欢到这里来包二奶。我看真不公平，也是因为经济差异吧，那么多年轻漂亮的女孩，香港男人花一点钱就把她们给包了，你们香港男人……”

他一愣。怎么便扯到包二奶的问题上了？

忙说：“其实包二奶的香港男人，也未必真有钱。真有钱的恐怕也不会跑到这里……”

“便宜嘛！”紫霞哼了一声。

莫非她也把我打入想要包二奶之列？天！这层次也太低了，侮辱了她也侮辱了我……

他说：“包二奶纯粹是为了肉欲，为了发泄。与爱情无关。也不是所有的香港男人都这样。这种事情闹得沸沸扬扬，倒好像凡是到这里的香港男人，一概都不怀好意，这也是不公平嘛！”

“想当初，香港也只不过是个小渔村……”

他立刻不以为然，笑道：“你这话，就像阿Q说的，我先前比你阔多了！”

争论这样的话题，根本没有什么意思，紫霞又说了一句什么，他没听清，也不想追问。

紫霞的一句“包二奶”，叫他情绪低落。

这样的事情，他连想也没有想过。他不想隐瞒他对紫霞的爱意，但一直把它浪漫化了。只是因为喜欢，也并没有更具体的目的。

他说：“我对你只是一种感觉，但绝对没有下流的想法，你可以相信我。”

至于终极目的是什么，他以为是水到渠成的东西，至少一开始他并没有任何计划。

假如是为了肉欲，又何必这般奔波这般自讨苦吃？午夜十二点，他独睡的房间清脆地响起电话铃声，敲断他的胡思乱想。虽然不大可能，但他却固执地认定：除了紫霞还能是谁！

也不能说是他自以为是，因为除了紫霞，也没有人知道他住在这房间了。

赶忙提起话筒，流进他耳朵的，果然是女声，但绝不是紫霞，“先生你寂寞吗？”

人人都寂寞的啦！废话！

不过他却警惕起来，生硬地答道：“有什么事情？”

女人说：“要不要姑娘陪呀？”

终于也碰到流传了很久的故事了，正待将话筒扔下，他忽地又产生恶作剧的心情，便问了一句："怎么陪呀？"

"先生你愿意怎么陪就怎么陪啦，只要先生你高兴。"

"多少钱呀？"

"五百块。"

"啊呀，我没那么多钱。"

"先生你讲笑啦！你一个香港老板，五百块钱小意思啦！服务真的很好，人又年轻漂亮……"

他突然失去了继续开玩笑的兴致，连忙收线。

他甚至害怕那电话会再次响起，但没有。

年轻漂亮又怎么样？没有感情，一切都是虚假的。明明都是一场交易，包二奶是批发，一夜风流是零售，本质上没有什么不同。

不过，他当然不跟紫霞提及这件事情。

其实他也明白，洪紫霞一向高傲，也是因为她的漂亮。美人总是容易给男人们簇拥，萧宏盛虽然理智上极不愿意成为当中的一个，但是却不知不觉在情感上滑落。他毕竟是个俗人，自然也未能免俗。不过他又觉得自己也并不是没有见过世面，什么样的靓女没有见过？回想起来，大概是那个晚上她瑟缩街头的模样，就那样潜进他心里，让他感觉到一阵揪心的疼痛。

等你等到我心痛。

张学友的歌声缓缓响起。这个时候他也心痛，一个人留在这里动弹不得，而洪紫霞一大早就离开了，甚至临走前连一个告别的电话也没有，上天好像刻意惩罚他的自轻自贱。

这时，中午的阳光正好，它亮亮地洒在他房间窗下的马路上，车子不多，交通因而畅通无阻，而在街边矗立的棕榈树，正在微风中轻轻摇摆。突然，亮丽的柏油路面飘过一团黑影，接着又恢复亮光，原来是天空云块翻飞的投影。

他立在窗前，有些发呆。

那黑影，是一团又一团地掠过，于是路面便暗一阵亮一阵，富于节奏感。这种节奏也一阵重一阵轻地敲击他的心房，有一股阴暗不定的情绪，始终徘徊不去。

紫霞所乘搭的早船，该早已抵达彼岸了吧？隔海的她踏上码头，还会不会有回头的望眼？那晚送她回来，一路无言，他没话找话地说："一路小心。"她笑着说："没事，有人做伴，而且那边有人接应。"他本来也知道这些，说这话无非是为了打破沉默带来的压抑感，当然也顺便……表示一点关切之情。就算是她婉拒了，他也不能自制地满怀着柔情送她，眼眶里是不是含有萨克管才能奏出的眼泪？他不知道。月夜里，只有附近的士高舞厅传来的节奏强劲的乐声，没有催人泪下的萨克管缓缓吹起。

在树影下握住她的手，他抑制住激动的情思，沉沉地说："再见。小心。珍重。"

她回头一笑，"再见。多多保重。谢谢啊！"

声音清脆，高扬而快乐，没有一点离愁。

也许对她来说，这一别，简直如释重负？

望着她的背影走向那大堂亮着灿烂灯光的招待所，他跟自己打赌：假如她回过头来，那就证明……

还没等他想好，紫霞那穿着横条圆领T恤和蓝色牛仔裤的背影已经一闪，吞没在拐角处。

紫霞一去不回头……

那修长的身子那么一晃，灯影下好像是一个大大的惊叹号，但立刻便像在电脑屏幕上那样消逝了，即使他想要追上去，也追不回那目标了。

忽然便觉得，紫霞那么飘走，真有点像这空中飘过的流云，来无影，去无踪。

又一块黑影在街面掠过，他的心里充满了悲哀。

这三天，他成了酒店里的困兽，除了按点下楼去餐厅吃饭，他把自己关在房子里，不看电视，也不翻报纸，长时间把双手枕在脑后，躺在床上，仰望天花板，他恍惚听得见那时光在他耳畔汩汩流过。

有些百无聊赖，但也难得有这般松弛的机会。

女服务员问他："怎么不去逛逛市容？"

他本想告诉她，他不是来旅游的，不过转念一想，大概也说不清楚，他也就笑而不答了。

五

这个城市一下子就变得陌生起来，虽然萧宏盛以前也来过几次，但每次都匆匆忙忙。有似曾相识的感觉，但并不深入，他甚至叫不出街道的名字认不出酒店的方向。可是在心理上毕竟认定这是一次故地重游，来的时候轻轻松松，突然之间洪紫霞便离开了，他这才意识到，四顾茫茫，他在这里连一个认识的人也没有。

紫霞把他扔给了这个城市。这城市十分安静悠闲，不像香港，任何时候都是车水马龙、人头涌动，常常令他十分烦躁。可是这时候他竟怀念起香港来了，不论怎样，香港是他生活的地方，不像在这里只是一个一无所有的匆匆过客。

莫非，在骨子里，他还是喜欢那热闹的生活？

害怕寂寞，萧宏盛连一个人上路都不乐意，但结果他却偏偏总是独来独往，为了职业上的需要。但那一回，如媚悄悄地飞回到A城，找到他："……我特地赶来，明天陪你一起飞回香港……"

一股热血上涌，他竟说不出话来。

在飞机上，袁如媚一直斜靠在他的肩膀上，忽然轻叹了一声："我们也总算是一起坐过飞机了！"

他一愣。他是对她说过，多希望一起走……

但这一回由如媚口中幽幽说来，倒好像是在还愿，他立刻有一种说不上来的不好的感觉。

但他不知道为什么。

后来才知道，如媚其实是用这个方式，向他道别。她说：“……以后回想起来，我们也有更多的内容可以回忆，不至于脑子里空白一片……”

可是这真的值得一辈子刻骨铭心地记住吗？

如媚把镶上有机玻璃纤维的那幅画推到他前面，“送给你，做个纪念吧！”

他的心揪痛了一下。

双手捧起，画面上只是两株狗尾巴草似的无名花。如媚指着说：“那边的人们把它叫作‘长相随’……”

他的心动了一下，长相随？

又是从内蒙古大草原画回来的，看那迎风摇曳的姿态，一时之间他也不知该说什么好。

长相随只是留下个空洞的意念罢了，袁如媚已经决定去美国定居，长相随在她丈夫身边了。

他也悲怆地追问过：“为什么？”

袁如媚端起那杯咖啡，望向红男绿女川流不息的街面，道：“‘九七’快到了……”

她丈夫在美国立下了脚跟，她能不去吗？换了是他，他也会去的。香港以后会变成什么样，没有人能够知道……

但是他总觉得应该还有其他理由，比方说，如媚认为已经到了分手的时候。

他猛然想起如媚的那句话：“……我们在一起，也已经两年了吧？”

也许，在她看来，两年便是一个期限，也是短暂的一生。

“我走了，你也好好找一个人，成家吧！”如媚说得很平静，至少在表面上不触动任何感情。可是他却固执地认为，这并不是真实的她。

一直到现在，萧宏盛也始终相信，跟他在一起的日日夜夜，袁如媚绝对是真心诚意，不论他如何挑剔回想，他也不能昧着良心说，袁如媚由始至终都没有一份真情。

真情与假意，总是可以在沉淀下来之后分得一清二楚。

只不过也许后来情已逝，再说也枉然。

“无论如何，我们曾有过……”如媚说。

是有过一段炽热得快要将自己焚烧殆尽的日子，那到底是甜蜜的还是灼痛的？一言难尽……

他从头到尾几乎说不出什么话来，直到如媚起身，伸出手来跟他相握，说了一声：“再见……”

就像以前的老规矩一样，他没有去机场送她。

她总是说：“不要你送，只要你接。”这一回她也说：“……我不能忍受送行的场面……”

他也是。

他望着她融入人流中，站在街边，扬手召的士的模样。她一去不回头，就如洪紫霞一样，给他留下最后一眼，便是那窈窕的背影。

只是，如媚告别时，手很紧地握了过来，宏盛觉得手心似乎有汗，这一握，好像也有万语千言尽在于此的意思；不像紫霞，甚至连在最后握别的时候，也只是轻轻地伸出几个手指给他触了一下，并没有任何回握的热情。

他甚至有些后悔，到了这个地步，也许连握个手也该免了吧？偏偏他又不想显得太小家子气。

甚至最后的对视，紫霞的眼角眉梢也尽是笑纹。

离别，对于她来说，看来并不是什么一回事。他惜别的话已经涌到舌尖，也终于给他吞了回去。

紫霞不会流泪，大约是因为他不值得她流泪。连如媚离去的时候也没有泪。

很早以前，如媚就对他说："……我已经没有眼泪，不论碰到什么事情，喜怒哀乐，我都不会流泪。也许，将来哪一天我和你告别，我可能会掉出眼泪来。"但是也并没有。

他只看到如媚一双不动的眼珠，暗淡得没有光泽，令他心悸。

本来如媚的眼睛也是水汪汪的，像紫霞。

紫霞是一家生活杂志的编辑，只因为偶然用了萧宏盛抓拍的一张香港人的照片，无意中结识了。

也只是机缘巧合而已，宏盛出差A城，那天办完公事，闲极无聊，在酒店胡乱翻名片，突然便见到"洪紫霞"这个名字。

并不是一见倾心，在他看来，紫霞是那么年轻，而且那么傲气，好像是匆匆人流中飘浮的一朵彩云，虚幻得似乎不在人间。

但接着便莫名其妙地不可自拔，在以后的日子里。他明知当中横亘着一道鸿沟，而且覆盖着白云，望不到沟底是何等模样，但他已经抑制不住动身一跳了。

这时，他听见的，只是恩雅那种仿佛飘自天外的歌声，缥缥缈缈，迷迷茫茫，却极有韵味。

这个吉尔特人的歌声，谜一般地神秘。有时他会想，她到底是在哼唱，还是在祈祷？

而宏盛便被催眠似的勇往直前了。

他觉得必须追赶时间，虽然他一向不觉得自己已经老去，但究竟岁月不饶人。

他与紫霞的年龄差距，常常令他绝望不已。三十岁的紫霞正当花季，而他已经是午后的太阳。他为自己的青春日子无多而慨叹，却无力扭转乾坤。

仅仅为了这一点，他便感到自卑。

而且他认定，他也就只剩余一点年华了，趁着热血还没有完全冷却，他必须当机立断，期望可以赶上爱情的末班车，呼啸而去。

也就剩下这么一点点勇气了，倘若不抓紧，他知道自己只能随波逐流听任命运的安排。

但现在他还不甘心放弃。

老了脸皮迂回曲折去多方暗示，以紫霞的聪明，他相信她早就明白无误地破译他的浅白“密码”，但她却不动声色，若无其事，令他有些束手无策。

她说：“……自从我成人以来，一直到今天，总是不断地碰到各种各样诸如此类的事情……”

他绝对相信，以她的魅力。

而事前没有想到的，是他萧宏盛竟也成了这些男人中的一个，这叫他十分悲哀。

本来他也不是没有过一切听天由命的想法，欣赏紫霞也未必一定要拥有她，只不过他毕竟是凡人，具有俗世男人的一切弱点，加上自身家庭生活的种种不如意，他竟不能抑制亲近紫霞的念头。

也许远观最美？如水中花，镜中月……

但血肉之躯终究情不自禁。

紫霞笑吟吟地说：“……在我的眼里，除了我先生，其他男人都不存在了。有时候我跟我先生开玩笑，说，我是不是有些不正常？”

他也笑吟吟地听着，其实紫霞的话硬生生地敲在他心里最柔软的部分，而且阵阵发疼。

看来我真是自作多情了！她就这么几句话，便已经把我当成透明物体。

但嘴上却说：“我真的要衷心祝贺你了……”

那个晚上便有些失眠，除了遭到拒绝的尴尬难堪，他也苦苦思索自己何以会这般不堪。

但他无法解释清楚。

迷迷糊糊中便跌入半睡半醒的浅浅梦乡，他走入一片森林中，前面赫然有一条巨蛇挡住去路，他双脚发软，钉在那里，既不能前进一步，也不能退后一步，他与蛇对峙成一个凝镜。他张口结舌，想叫也叫不出声。惊醒后满头都是汗，好一阵都动弹不得。那狰狞的蛇已经在眼前消失，他却心有余悸。

他打开床头灯呆想，紫霞坐过的那张椅子，在灯影下寂寞孤立。蓦然便想起弗洛伊德学派的说法，梦见蛇与压抑梦想的性有关，他一惊。

也不知道这种说法有没有道理，而且他想来想去也找寻不到任何足以支持它的证据。

莫非那只是潜意识作怪？

朦朦胧胧中脑海里突然划出一句：当你微闭眼帘，我已投入深渊。

还没有完全明确那是什么意念，他已经再度昏昏沉沉入睡。当那条蛇卷土重来，顽强地潜入他的梦中，他又惊醒过来。心咚咚乱跳，他望了望手表，时针指向早晨六点钟。这时，正该是紫霞他们离去的时刻吧？

本来他可以睡懒觉，但梦境连连，使得他一点睡意也没有了。

渐渐地，他重压的心获得了一点舒缓。这大概是置之死地而后生吧？已经绝望了，再没有什么可以去幻想，他反而有重生的感觉。

自然是一种再也没有任何期望的重生。

他甚至怀疑，匆匆忙忙将紫霞逼到不能回避的死角，他为的就是这一句明明白白的答案。

这几乎就是快餐式的一来二往，而他也明白，时空不允许他细水长流，他以为，凭着真情，假如可以打动她，也尽可以了；假如不行，以后也就没有希望了。

这种想法似乎有些功利，他也承认。他对紫霞说："我不是柏拉图，当然不是毫无所求。不过，天地良心，我是真诚的，绝不是玩玩……"

心里却在想：好在我从来没有在她面前说过轻浮的话。也不是这颗心纯洁，只不过在她面前我不敢放肆。邪念吗？当然不是没有。是属于男人的一种狂想吧？但也只是点到即止，甚至在灵魂深处，他也不敢亵渎了她。

但紫霞她却似乎把他看成了一般街上的男人，顶多也就是安抚他："……我对你，已经是很随和的了……"

他也绝对相信。也不是没有听过别人对她的评价："她呀！才貌双全，当然很难接近的啦！"

也因为毫无把握，但又不想放弃，他冒进了。明知在前面等待的，只是一段情感的墓志铭，坚硬而冰冷，他却依然义无反顾地一头撞了过去。

完全只是为了表白而已。

因为他下意识中认为，此刻不说，他便会将那句直截了当的话永远封冻在心底。

但他不甘愿这样沉默。

好比烟花，即使燃烧过了也就是一片寂静，但它毕竟在夜空中划过，曾经灿烂一时。

会不会永恒，那是另外一回事。

他只是把表白当成了一件当务之急，大有只问耕耘、不问收获的豪气。他安慰自己说：能够坦率跟她说、敢于坦率跟她说，毕竟还是男子汉大丈夫。

谋事在人，成事在天。

直到溃退，他也还在自我安慰：总算是了却了一件心事，从今以后，我可以轻装。

好像全部目的只是为着求个了断罢了。望断紫霞最后的身影，他独自走那回头路，暗淡街灯下，他闻得到茉莉花香隐隐地在夜色中潜来，却已经没有那种沁人心肺的气息，只觉得那短短的路程不知怎么走也总走不到。原来，有了结果，心头也没有一轻的感觉。

只是他明白，他的目光不再年轻，他的步伐也不复轻快。他本来以为内心坚强得足以抗拒任何风暴，谁知道只需轻轻一碰，便顿时六神无主。只不过在紫霞面前，他仍要强装笑脸，仿佛这只不过小事一桩。

但他知道，有一份沉甸甸的情感，已经像流星一般，坠落在他荒芜的心田，成了一块再也不会发光的陨石。

自从如媚远走高飞之后，他自以为已经不再相信爱情。即使再热烈的男欢女爱，到头来还不是一样经不起时光的磨蚀而灰飞烟灭？如媚当初的真情，哪里去了？

如媚叹了一口气，“我知道你是怎么看我的，我也没办法。

不过，我可以告诉你一句，从头到尾，我是真诚的。只不过我没办法离开他，我知道这并不是爱情，只是一种亲情，没有任何激情，但可以维持，因为有女儿……”

他也能够理解，只不过心仍不免受伤。

都说只有女人才容易受伤，满街不是流行过那首《容易受伤的女人》吗？其实，男人又何尝不容易受伤？只不过男人不能在大庭广众面前失态，即使有天大的委屈和悲伤，也唯有强忍着留到夜深人静之时，一个人偷偷地把眼泪尽情流泻，或者干脆就……吞到肚子里。

于是他便和王绮琴结婚了，没有什么轰轰烈烈的感情波澜，只过着一种很世俗的生活，他以为自己已不再心动如水。

过去了的恋情好像风一样，只能感觉到却不能看见，有时他甚至也会有些怀疑：曾经有过袁如媚吗？曾经有过那一场炽热的爱情纠葛吗？它从哪里来，又到哪里去？彷徨四顾，他甚至觉得连一点可以把握的证物也没有。

除了那一幅她画的《长相随》。

他本来把它立在客厅的组合柜里，但不久便不知给绮琴收到哪里去了。他也曾经装作不经意地问她：“咦，那幅画呢？怎么不见了？”

绮琴哼了一声：“那么难看，放得这么显眼干什么？”

他有些心虚，便不再吭声。

连这个实物，也好像不存在了。是不是人世上一切曾经发生的事情，都可以不算数？

就算是那幅《长相随》可以堂而皇之地挂在客厅当眼的墙上，袁如媚也已经从他的眼中消逝了。留下的是一些合影，存在他的银行保险箱里。

在苦闷而又无聊的日子里，他便会溜过去，翻看那些已经有些褪色的相片，如抚触结了疤的伤痕。

可惜那个时候还没有过胶这一说，不能保持鲜艳的色彩。不过即使活色生香如故，难道还有力保持当初那份鲜活的爱情吗？

往事如昨，历历在目。

那张穿着睡衣的合影，他坐在床沿，如媚站在旁边，两手环绕着他。他记得是用闪光灯自拍的。

那张在港澳码头附近对着镜子的合影，怎么头发都倒向左边？哦，记起来了记起来了，那天路过，如媚说：“我们在这里拍一张吧……”

难怪他胸前挂着相机。

对着镜子就这么一揿，于是便有了迹近错体的这一张相片。虽然他并不迷信，可是当如媚离去，他一看到这个景象，不由得便会有些疑惑：难道这相照得有些邪门？

所有的这些相片，都是双份。如媚临走之前，把一堆相片和他写的信件当面交给他，郑重地说：“这都是我的，只是交给你暂时保管，主权属于我，我随时可以收回……”

他当时就觉得她在布置退却，不过回心一想，比起一把火将这往事烧成灰烬，她总还算不太绝情。

至少她绝对相信他的人格。

六

在那个 B 市最后的夜晚，他怀着最后一线希望，憧憬着奇迹的发生。

但是并没有，并没有紫霞回头的望眼。她的背影走得那么从容，跟大街上的脚步没有什么两样。

就算是她回眸一笑，那又能够证明什么？现实冰冷而缥缈，简直不可把握，能够把握的便是绝望。

只有恩雅的歌声，宁静圣洁有如从天外飘来，令他怀着宗教般的虔诚，膜拜那寂寞的夜空。于是紫霞连同尘世的一切渐去，他熄灯仰卧床上，心头一片清明澄澈，那歌声那回响，令他的眼角溢出一颗泪滴。

哀莫大于心死，一切都可以这样埋葬了吗？

只不过他已经无能为力。既然努力过了，最后仍要全军覆没，只能认命。

也许此生注定没有缘分，非战之罪。

也并不是计较成败，只不过有一种很真挚的情感，深深埋葬在他的灵魂深处。他强笑着对紫霞说："……我不收回，但是从今以后我不会再提。"

打落牙齿和血吞，男子汉大丈夫，何必婆婆妈妈黏黏糊糊惹人讨嫌？纵使有天大的理由，也无须乞求人家的同情。双方只要有一个人没有感觉，就绝对不能勉强。

而且，人再强，也强不过命运。

何况，紫霞只是轻轻地笑着，好像沉浸在甜蜜温馨的回忆之中。他甚至觉得她有些残忍，明知他的心思，却偏偏宣扬她的如鱼得水。

或许，她正是用这个方式来彻底摧毁他的一切非分之想，以使他死了这条心？

其实他是极度敏感的人，只需她的一个暗示，他便会立刻退却，倒不是胆怯，而是不愿舍弃自尊。那个时候，如媚便曾经摇着头说："你呀，没见过像你这样的男人。男人都要百折不挠，不然的话，怎么显出诚意？"

但他不这样想，诚意应该是双方的，"……比方你和我，就不存在什么问题。"他说。

后来如媚要走了，他连一句挽留的话也没有。

如媚也问过他："我说我要去美国，你怎么不叫我留下来？你舍得呀？"

他的心隐隐作痛。

只是，他竭力表现得平静一些。

他抬起头来，直视着如媚，"说又有什么用？比方说吧，我真的叫你留下来，你难道真的会留下来不成？既然说不说都是一个结果，那就什么都不要说了。"

一切都不必说，她既然决定去了，那必定有她非得要去的理由。

她的视线飘到窗外，他也跟着望了过去，那一片夜海上，正飘过灯火通明的渡轮，好像梦中划过的流星，他听见她低声说道：“那也不一定。要是你真的求我，我或许答应你留下来，你说没有这个可能吗？”

他的心头一热，几乎就要开口相求了。

可是他又立刻清醒过来，就算是她答应下来，那恐怕也是一时冲动。她终究不属于香港，留也留不住。

青山遮不住，毕竟东流去。

到时，也许就是无休止的摩擦与矛盾，还不如趁彼此仍有情意便断然分手，至少也可以留下一份美丽的回忆，胜似相互厌倦成为陌路人。

不在乎天长地久，只在乎曾经拥有。他这样告诉自己，心里却十分明白，只因为已经走投无路，只好这样安慰自己了。

是近于鸵鸟的心理，不过人生在世，恐怕有时也免不了要当一当鸵鸟的，他萧宏盛又岂能例外？身边的朋友一个又一个移民去了，说他完全没有感觉，那自然是假话，可是，他又能够怎么样？

绮琴也总是在他耳畔絮絮叨叨：“你看看人家，一个个不是移民美加就是移到澳洲，你倒是想想办法呀，‘九七’转眼就到，你不为自己考虑，也要为孩子着想啊！”

他苦笑着应她：“要是我有大把钱，那还用说？如今这个环境，移什么民？不要说人家会不会接收，就算是接收了，到了那边靠什么谋生？难道真的要去唐人街的餐馆洗盘子维生？这么一把年纪……”

绮琴愣了半晌，才说：“怎么人家那么容易，我们就这么难？上天真不公平！”

“你以为好混呀？如果好混的话，隔壁林先生一家就不会回港了。”他说。

那天在电梯口碰到，林先生就说：“走遍天下，还是香港最好！”

他明明知道林先生一家就像许多香港人一样，移了民报了到又跑回香港，毕竟这里是一块福地。

林先生说：“之后就难说了，这也就是我们要搞移民，先买好后路的原因。”

“九七”以后会怎么样，萧宏盛也不知道，绮琴问他：“你能够保证不变？”他耸了耸肩膀，“我又不是大人物，也不是算命先生……”

他只是怀着不变的愿望，留下来罢了。只不过饭后茶余提起这热门话题，他却也不肯在那些即将移民的亲友面前自认没有经济能力，人家问起，他只是一味笑着说：“我嘛，我是留港派。五十年不变嘛！”

人人摇头，“没见过像你这样沉着的……”

他只是摆出一副莫测高深的模样。

也不完全是装模作样，已经颠簸了半生，他不想再离开香港了。他对绮琴说：“外国再好，也始终是外国人的。你以为西方就没有种族歧视呀？我看多多少少也会有。总之，有钱就能买自由，没钱那就不要妄想。”

毕竟他的心跟祖国有千丝万缕的联系，即使回去旅游也常常碰到不开心的事情，但不能想象这辈子永远不回头。

那些亲切的朋友令他难忘，相聚的时候便常常怀旧，彼此都说：“现在这个时代，念旧的人不多了……”

也许在滚滚商潮中，这本来也是不足为怪的事情，他笑道：“是我们落后了，跟不上时代……”

他有时也会有些困惑，也许朋友们私下也会认为他没有用吧？他们对他说：“你在香港，怎么不去做点生意？多点铜臭，也不是什么坏事情。”

他也不知道该怎么说才好，只能说性格决定命运吧。他明白他自己该扮演的角色与位置。“做生意，也是一种本事，就凭我？哪里行啊？只好认命。”他说。

“也不要太清高了。”有人劝他。

他苦笑，“你以为我不想呀？只不过不能罢了。要是我能够做到李嘉诚，怎会不做？但我有那本事吗？”

他从来就不曾粪土金钱，这个社会很现实，没有钱，寸步难行。他只恨自己天生一碰到数字便心烦意乱，头昏脑涨。

不要说别的，就说税务局每年寄来的个人收入申报表，每回都令他心烦。其实也并不太复杂，只不过一旦要和数字游戏一番，他便觉得好像是世界末日来临。

既然如此，此生除了拍点纪实照片，大概也没有什么出息了。

他也已经认命。

忽然间，如媚一个筋斗便翻回香港。但他从她的身体语言中获得讯息，情已逝。他强笑着，心潮却有悲伤的暗涌一浪接一浪，再热烈的感情，是不是也会有淡化的一天？

而那回她离开香港时，并不是这般淡然的神情。这一次，她悄悄地来，根本没有叫他接机，而且不是到达当日就打电话给他。

袁如媚望着寥落的食客，问了一句："怎么搞的？这家菜馆以前晚晚都爆满，怎么现在人这么少？"

"是啊，经济不好嘛，股市又跌，谁还有闲钱？"他望了望四周，"能省就省。何况'九七'快到，一般人的心态都是存点钱在手里，不管以后怎么样，也都安心一点。"

也不是信口开河，那晚他搭的士过海，司机便慨叹："……现在不好做。尤其晚上，出来玩的人少了，常常都是开着空车在街上游荡……"

完全是一副生意难做的失落感。

"物价也吓人，比起我三年前走的时候，贵了不少……"如媚说，"昨天我去逛了一下，就有那个感觉。"

他也不是不知道。刚才一路走来，商场的店铺间间冷冷清清，他就不禁暗想：他们到底是怎样维持经营的呢？据说铺租越来越贵……

大概只有工资越加越少，今年的加薪幅度，也就是向通货膨胀率看齐罢了，加了等于没加，这个日子怎么过？不满意吗？老板耸耸肩膀说："没办法，你自己看着办吧。"

他知道老板胸有成竹，报纸从业员从抢手货变成了剩余货，从市场的供求规律来看，自然便不那么吃香，没有炒鱿鱼就偷笑了，还能要求什么？只好忍气吞声，先保住饭碗再说。

远的不说，近来关门的，便有《现代日报》《华侨日报》，如果加上娱乐杂志，还有《星期天周刊》。谣言满天飞，甚至言之凿凿地说：这两年陆续关，最后只剩十二家报纸……

到了这种地步，还有什么抗拒的余地？

吃完晚饭，他刚想付账，如媚早已把金卡一丢，说："我来我来……"

这也是她一贯的作风，但今夜却令他的脸孔发烧，唯有讪讪地说："这是我的地头，应该由我来……"

什么时候就变得这般计较了？

明知不复以前的浓情蜜意，但毕竟不能视同陌路人，在如媚回美国的前一天，他打电话给她："今晚送送你。"

如媚说："去希尔顿酒店吧！"他听得心中一跳，在最缠绵的日子里，那里的鹰巢厅正是他们消磨时间的地方。那两年的除夕之夜，他跟如媚握着手，听着叶丽仪唱歌的情景，便潺潺如在眼前流过。

但今夜不是除夕夜，今天是 1995 年 4 月 29 日，也是希尔顿酒店营业的最后一夜，以后，希尔顿就要拆卸，不复存在了，难怪酒店内挤满了前来告别的人们，连猫街外都排成了人龙等候入座。假如不是如媚预订了座位，哪里还能够这般从容进去？

二十五楼的鹰巢厅里，大都是一对对中老年人，今夜十足是怀旧夜，也是惜别夜。人家惜别希尔顿，他惜别袁如媚。

自然也只是不再抱任何幻想的惜别。

连续三十年的除夕，叶丽仪都在这歌台上以歌声告别往岁，今年除夕已经没有着落，她破例在不是除夕的晚上高唱她的拿手名曲《上海滩》："……爱你恨你，问君知否，似大江一发不收……"

那歌声在宽阔中显得有些悲凉，难道此情不再？

人们相拥着翩翩起舞，他竟觉得眼眶有些发热。如媚轻声说："我们也去跳吧！"

旋转着他便有些朦朦胧胧，这希尔顿的最后一夜，莫非也是他和袁如媚的最后一夜？

叶丽仪的歌声，回荡着令人心酸的韵味。今夜以后，再也不能在这里静听她的这首招牌歌了……

如媚似乎也很伤感，"繁华璀璨之后的寂寞，不能忍受。也许'九七'后香港也这样。你想不想去美国？大家朋友一场，能够帮你，我一定会帮……"

难道真的去投靠她？他缓缓摇了头，说："我的翅膀已经太过沉重，再也飞不动了。谢谢你的好意。"

七

几十年后，萧宏盛已经垂垂老矣，他孤独地躺在床上，自知那个命定的日子正在来临。

离开这个世界，其实他也没有什么太舍不得，只是，他心中仍然还有未了的情缘，不知道应该怎样画上句号。

儿子和女儿都垂泪问过他："有什么要我们办的事情，您尽管吩咐，我们一定照办……"

但他摇摇头，微笑着说："没有什么了。我去了之后，你们好好照顾妈妈。"

两颗混浊的泪滴忽地从眼角滚了出来。

一向以来，他的身体不错，甚至连他自己都以为永远都会这样强壮。没有想到自然规律不可阻挡，到头来风烛残年又有哪一个可以在岁月面前逞强？望着镜子照出的衰老容颜，一种虚弱的感觉明明白白地呈现出来。

他知道大势已去。

在躺倒之前，他便去银行保险箱做最后的告别。好像抚触青春年华，他将那些与如媚的亲密合影，还有如媚给他写过的片言只语，又仔细地看了一遍，好像要把它们深刻在心底，然后咬了咬牙，全部带走。

带走只是为了将相片和信件付之一炬，望着纸片在火光中发黑，烧成灰烬，他就觉得自己的生命差不多也就这样消耗殆尽。

本来，自从如媚远走高飞之后，他就以为自己已经彻底地死了那颗跃动的心，哪里想到末了才发现，原来燃起了的大火，并不可能完全熄灭，而发生过的事情，也不可能一笔勾销。只不过那个时候他已万般无奈，唯有自欺欺人地故作潇洒罢了。

他也不是没有考虑过，是不是可以拜托儿女，代他珍藏这一段秘密的历史。

不管怎么样，事实终究是事实，他希望儿女可以知道他的过去，也能够尊重他的感情。他知道这样做必须拥有很大的勇气，甚至要冒着不被他们谅解的危险，这些他都想通了，自认为值得一试。他甚至也想好了该怎么开口："无论如何惊骇，我请你们尽量保持冷静，并且能够设身处地为我着想，我并不想伤害任何人……"

但到了最后时刻，他却决定缄默不语。为了不伤害绮琴，所有的秘密必须跟他一齐从这个世界上消逝。

也不是故意隐瞒事实，但是当这事实的公开只能叫人悲伤的时候，他宁愿不说真话。既然那么多年都这样过来了，他又何必在身后留下一个残忍的故事让她独自在晚年细细咀嚼其中的苦涩味道?

但烧毁之后的大恸，令他觉得再也没有什么希望。或许他的健康急剧恶化，根本就因为心中已经失去了最后的支撑力。

那种精力枯竭的趋势不可阻挡，他在心理上也不是没有挣扎过，为了还不曾料理的后事。他不知道在那最后的时刻，他会不会眼睛也闭不上。

如媚甚至连他离开人世的消息也不知道，多少年来，他们已经失去了联络，而且他们两个一向也没有什么保持联络的共同朋友。除了他们自己，在这个世界上，大概也只有天和地，以及太阳、月亮和微微拂过的风，曾经为他们的绵绵情意作证。

那个时候只觉得死亡是一个遥远的神话，根本不具威胁。他笑着对如媚说：“……到了那个时候，也不知道你会不会赶来送我最后一程。”

本来只是不经意的一问，不料话一出口，心便一沉，他甚至也摸不清自己的心理。

如媚却伸手掩住他的口，“别瞎说。你会长命百岁的。我还没走，你总舍不得抛下我，一个人走吧？”

当然舍不得。可是……

可是现实已经人事全非。距离是个天涯，而横亘在心间的，是如烟的往事，人生大概也是完美难求。

如今他最后的愿望，只是告诉如媚一声：我先走了。这愿望是那么卑微，但是看来却没有办法完成。

转念一想，她不知道，也许更好？

这样的大劫，从叱咤风云的人物到芸芸众生，又有谁能够逃得了！只不过是迟早的问题罢了。即使不告诉她，她也该想象得到，我的日子不多了。

突然便想到洪紫霞，她也该五十岁了，不再那样顾盼生姿了。可是她还有时间，至少二十年后，她才会觉得人生的无奈。不知道到了那个时候，她还会不会有那样高傲的笑容。

而袁如媚只要用十年的时间，便会追上来了。十年生死两茫茫？在那不知名的地方，不知道还有没有再见的缘分……

八

重重地打了个盹，萧宏盛惊醒了自己。他惊异地望了望四周，明明依旧困在候机室，只不过那烦闷的漫长等候时间，令他陷入有些迷糊的状态。候机的乘客个个神情木然，他也不曾弥留在病床上，那几十年后的情景，是他的幻象，还是上天给他预演的一个最终场景？

神智在慢慢恢复，广播不时轰响，也并没有捕捉到明确的讯息，但他有个预感：延误了六个小时的班机，似乎已经有了起飞的可能。

袁如媚渐渐远去，咦，洪紫霞呢？他绞尽脑汁，但只记得这个名字，却完全想象不出很确定的模样，她一会儿像这样，一会儿像那样，可塑性极高。

游离的思绪突然固定在某一点上：在这个A城，又哪里有过什么洪紫霞？洪紫霞只是一个幻影，无端便在他的脑海中生根，迷离朦胧地成了他的一腔心声。

他只是独来独往的匆匆过客，没有回头的望眼，也没有送别的挥手。

但他确然记得，还是如媚专程飞到A城接他的那回，正值夕阳西下时分，那阳光把红房子照耀得一片摄人心魂的色彩。那是家西餐馆，那色香味从昏黄灯光下溢出，又有一种童话似的韵味。但他们只是放轻脚步从那窗外掠过，好像唯恐惊破那种不可言说的氛围。

怀着吃饭的目的而去，结果却过餐馆之门而不入，在宏盛的记忆中，这还是头一次。也许也正因为如此，他才感觉到那印象特别深刻吧。假如那次果然进去就餐，也许所有美好的期望会在一瞬间落空，也难说得很。

保留一份永恒的美丽记忆，实在太不容易。如那香港的“红屋”，而今偶然路过，他已经有往事不堪回首的慨叹。那么，这洪紫霞，会不会是路过红房子的印象，因为袁如媚而异化成的一个虚拟的人物？

他没有办法肯定。这洪紫霞好像是一阵缥缈的风，来无影，去无踪，在这样一个被限定的封闭环境中，袅袅娜娜地从他的心灵深处掠过。

但风从哪里来？又吹向哪处？凭着他凡人的一双肉眼，又哪里看得清楚？

他只好认为，洪紫霞未必真的曾在现实中闯进他的生活，但他却无法绝对否定她的存在。

他望向那排电话机，再也没有人排队轮候了，那些人仿佛在刹那间便自动消失。他可以轻易地走过去，抓起电话筒，打任何想打的电话，比方说打给洪紫霞。

洪紫霞的电话号码……

没有。脑子的记忆系统里没有洪紫霞的电话号码。再翻看电话簿，也没有洪紫霞这个名字。

洪紫霞只是个代号而已。

他再努力地思索了一遍，才确然想起，在 A 城他并没有什么朋友，一个也没有。为什么竟会在那种非理性的状态中自以为有特殊的情结？从头到尾，他只是曾经跟袁如媚漫步在 A 城的那个黄昏街头而已。

也跳过一次浪漫的舞，在那爵士乐之夜。水晶灯下，咖啡飘香，而在室外，正飘着迷迷蒙蒙的夜雨。

是 A 城那年的冬夜吧？现实中已经遥远得不可企及，却时时照亮他寂寞的回忆。他还记得他轻托她的腰际，踩着那节拍，一面笑着在她的耳畔说道："……怎么这里的灯光这么亮？"

唯有半明半暗，才能够把情调烘托到至高境界，但那里的灯光，却灿然得一览无遗，亮得就像眼前这机场候机室之夜一般。

这时，夜色从四面八方漫了过来，停机坪上的飞机都亮起了灯，另有一种气氛。

广播乍然响起，终于也到他那个航班的乘客入闸登机的时候了。

一阵轻微的欢呼响起，苦候已久的人们几乎是争先恐后地排队，是不是这六个钟头无言的等待，更煽起了似箭的归心？

他也有逃离困境的乍然释放的感觉。

只是好像有一种不能破解的谜语悬挂在那里一样，他又回头望望那排电话机，肯定在这最后一分钟也并没有要从这里打出的电话，便随着人群缓缓往前移动。

中午的太阳已然沉落在地平线上，冬天昼短夜长，原本应该在阳光下的航行，神不知鬼不觉便被推迟到月色中潜飞，证明人往往不能控制大自然。

他完全以无可奈何的态度接受任何现实中的变化，甚至突然冒出的虚无的洪紫霞。

在自己靠窗的座位坐定，他闭上眼睛假寐。

机舱里的广播响起，提醒起飞前的注意事项。请勿……请勿……请勿……

为了安全。

手提电脑？这个刚响过的字眼，蓦地像一颗坠下的流星咚的一声撞击他的心房，他想起了那神秘的指令，那和他的电脑联网的讯号。

他用的是家庭电脑，飞到A城，自然便没有办法随身携带。在他离去之前，他的电脑仍在与对方热烈地无言对话，也并没有什么功利的因素，只不过在漫漫长夜里却活跃了他的思维，增加了他的生活乐趣。他也没有给对方留下即将离开香港一段时间的讯息。因为他觉得从来未曾谋面的对方，只是像外星人一样缥缈，也不知道是不是一个存在的事实，他没有必要报告行踪。

这六个钟头的错位狂想，会不会是对方的电脑指令追踪而来，与他的脑子形成了某种联网？

他知道这种猜想简直滑稽，不过他对任何未经证实的东西都无意排斥。至少到这个时候为止，他只能这般解释这种混乱的现象。

电脑都可以在某种偶然的机遇中与毫不相干的另一台电脑联网，那么人脑呢？所谓的心灵感应，是不是可以归结到脑子联网的一种？

洪紫霞只是虚幻地闯入，也许她根本就是袁如媚以脑子联网的形式输入到他脑子里的讯号。

忽然便一惊：袁如媚和洪紫霞相差十岁……

可不要只是一个被指令的虚无的替身而已！

他不敢面对这个令他惊疑的问题，因为只要他再想深入一步，便不可避免地直接面对一个黑色的大问号：这个突如其来的非现实的故事，是不是如媚在另一个世界里向他传送的诡秘消息？

那么，如媚她是不是已经……

他赫然想起那个数十年后的情景。

难道如媚要比他走得更早更快？不可能。可是他又该怎么解释这心血来潮般的大紊乱思绪？

他戴上耳机，恩雅那缥缈有如来自天外的歌声响起。飞机正在加速，圆形窗外掠过一片夜景，他的心蓦然一悠，飞机腾空，A 城的万家灯火，逐渐远去了。

1995 年 4 月 1 日—5 月 28 日
香港—珠海—香港
（刊于香港《星岛晚报·星象》1995 年 7 月 5 日—8 月 23 日）

没有帆的船

一

快步穿过办公室的时候，他满面春风地向那些手下打招呼。

炎热已经过去，这秋凉，真好……

但是他总觉得男男女女的表情有些奇怪，莫非他今早穿得有些怪异？

关上经理室的门，他对着镜子照了一照，并没有发现什么异样。

管他呢！也许他们中了“中秋金多宝”六合彩巨奖，所以个个变得傻傻的。

中了也没有什么了不起，最多就是他们把他炒了，他可以再请人呀！什么东西都不是没有什么人就不行了，只要有钱，本事再大的奇人，也可以请到。

敲门声。他知道是女秘书艾达给他送来他照例要喝的咖啡。

有什么消息？他问。

没有呀。艾达避开了他的视线。

他愈发纳闷。

等艾达走了出去，他漫不经心地翻看报纸。

突然间，他的心一跳，什么？寻人广告？而且是他母亲的寻人广告。

逐字看下去，但见白纸黑字写着：

汤邝玉霞寻找丈夫汤世成。其于1990年9月1日失踪后，一直没有音讯，各方人士如知其下落者，请即与本人代表律师书面联络。

1997年9月10日
汤邝玉霞代表律师
莫英生律师行

莫英生，他也熟悉。只不过既然成了他母亲的代表律师，他当然也把这个莫律师当朋友。

看来是要摊牌了。

他并不怪莫英生，两军对阵，各为其主，他理解。只不过至少在这个非常时期，他不会再与莫英生去兰桂坊摸酒杯底喝酒了。

莫英生醉眼蒙胧地望着他，没办法，以我和你老爸的渊源，我不能拒绝你老妈。人在江湖，有许多时候是一点办法也没有的。你不要介意……

他斜眼瞟了莫英生一眼，不要那么说，说到底，做律师，也是一盘生意，有生意，没理由不做呀！

难得你这么通情达理，刚才我还担心，怕你想不通，跟我翻脸呢！

哈哈哈！他举起酒杯一碰，男子汉大丈夫，我怎么会为这么一点鸡毛蒜皮的事情动气？你也太小看我了！

相对将杯中酒一饮而尽。他感到一股火辣辣的酒滚过他的喉咙，直下他的心田，蓦地腾起了迷迷糊糊的意识。友情为重？哼！现在哪里还有这支歌唱？只要有利可图，友情算得了什么？

在他心中早已楚河汉界划了一道赫然的分水岭。

如今这广告，到底是不是莫英生出的主意？也许，当他们碰杯的那一刻，莫英生早就想到了这一招，只不过不告诉他罢了。

即使现在知道是莫英生在策划，也已经不重要了。既然莫英生是对手，想必定会全力以赴把他置于死地。一大笔律师费，当然不能白拿。而他最重要最现实的工作，便是起来应战。

兵来将挡，水来土掩……

也并不是没有见过世面，当面握手这边转身便暗箭伤人，难道还见得少？滚滚商场早就使他练就铁石心肠。满面笑容又怎么样？面对着一个又一个的人，心中总要布阵设防，否则，一步走错，满盘皆输。

只不过人心终究是肉做的，又不是铜墙铁壁，哪能对一切都毫无反应？比方在女色面前。

真的是英雄难过美人关？还是自己的道行还不够，没想到他汤炳麟竟会这般溃退。

好在也只是在女色面前几乎溃不成军，商场上，他依然勇猛如虎。

中五毕业，他爸爸斜着眼睛对他说，我看你也不是什么读书的材料，算了，你就收拾心情，去打理旺角那家快餐店吧，好歹也是个经理……

他知道老爸觉得他没出息，而他的后母邝玉霞更是语中带刺，是呀，你命好，有个有钱老爸，你不用怎么做，也是一辈子衣食无忧！

其实他最讨厌别人说他是太子爷了，不过，既然升学无望，他只好忍声吞气。

妈的！不要给我发达……

老爸说，你才十八岁，刚刚成年，社会经验不够，你可不要给人骗了，虽然这个快餐店亏掉我也不在乎，但究竟也是我的血汗钱呀！

旺角那家幸运快餐店，地点很好，照理应该很旺，但实际上却月月亏损。如今老爸叫他去坐镇，是不是有点要他往火炕里跳的意思？

老爸手中有十家快餐店，九家赚大钱，唯一亏本的，就交给了他，哪有那么巧的事情？

后母嘿嘿笑道，这可是求过签的，不能赖谁。连神仙都说只有你才能力挽狂澜！

老爸望着他，天将降大任于斯人，必先劳其筋骨。

他知道说也没有用，于是什么话都不说了。

老爸虽然是亲的，但已经与那女人联成一鼻孔出气，再去求情，只怕徒然自取其辱。

儿子又怎么样？血缘又算得了什么？到了关键时刻，所谓父子情，怎能抵挡得了那莺声燕语的枕头状？

置之死地而后生，或许会出现什么奇迹也说不定。如果只是随便接手一家经营顺利的分店，后母只怕又会风言风语，当然啦，他又不需要动什么脑筋，一切都已经上了轨道，白痴去做也一样会赚钱！

他说，好，我去。

后母一转身便走开了，究竟是生父，他老爸拍了拍他的肩膀，叹了一口气，本来我想供你去加拿大读书，现在看来你也没有兴趣了。你就把这个快餐店当人生试验场好了，我也还亏得起，就当是你交的学费吧，我也不给你压力。

他怀疑他老爸本来就已经打算把这旺角的快餐店关掉，如今这般说来，他觉得不免有些虚伪，但他也不吭声，免得他老爸急了，连这个最后的机会也不给他。难道真要他一辈子做受后母白眼的二世祖？

背水一战，走马上任。

这时他才发现，旺角快餐店里尽是老臣子。他们的口头禅是：没有功劳也有苦劳。

快餐店前的人行道，日日夜夜行人川流不息，为什么就不见有什么人拐进来吃点东西或者喝杯什么？

他也不动声色，嘴上依然李叔张伯陈阿姨叫得特别亲热，其实却在暗自观察。从来也没有充当过这样的角色，他只觉得又新奇又刺激。只有有权有势的人，才可以如此这般地主宰别人的命运。

即使是小小的快餐店，那也是一家“店王”。

操生杀大权的滋味，果然不同！

也不是没有给他们机会，他低声下气地对老臣子们说，我不把你们看成伙计，你们也不要当我是老板，我们组成个兄弟班，大家合作一起打江山，OK？水涨船高，你好我好大家好……

但老臣子们都只是默然地点点头，转过头去个个依然故我，叫他无从入手。

甚至还听到风言风语：哼！哪有那么便宜的事情？赚了大钱，还不是老板落袋，关我们什么屁事！

他老爸也问过他，怎么样？你有没有办法搞好？不要说我没有给你机会！

后母什么也没说，只站在一旁撇嘴冷笑。

他知道她在等着看他的笑话。

如果这一役他惨遭滑铁卢，那他就永无翻身之日。后母也许就要趁这个机会，狠狠摧残他最后的自尊。她可以抑扬顿挫地对他老爸说，你看看你看看，不是我对他有什么偏见吧！你给他机会，我也没反对，但他自己没有把握住。既然他不是这块料，那也无话可说了，可别以后传来传去，说成是我这个后娘刻薄他了！

无论如何也要咬牙撑住，老臣子既然软的不吃，那就只好给他们硬的，为了自己的生存，有时狠心一点也是必要的，他是男人，哪能一味妇人之仁？何况妇人也未必仁慈，像他后母。

人不为己，天诛地灭。何况他是自卫。

特殊的情势下，必须采取特殊的手段。他也不再发出任何警告，到了月初发薪的时候，他实时将老臣子全都炒掉，一个也不剩。

大师傅沉叔说，大少，你也太绝情了！

做生意不能带感情，你们不能帮我赚钱，我没有其他办法。这是迫不得已的，我也已经按劳工法例向你们做出赔偿，大家互不拖欠，扯平了。

沉叔望着招进来的一批新人，叹了一口气，看来你已经下了决心，我们说什么也都没有用了！

在那一刹那，他也感到有些不忍，只不过硬挺了过去，又觉得理所当然了。他说，我开的是快餐店，不是慈善机构，一切都以经济核算为准。

铁腕政策之下，谁想要赚取那份工资，谁就要真的付出。

每个人付出多少，我都晓得。我不会亏待任何一个人，水涨船高，只要赚钱，我定会论功行赏。

他深知重赏之下必有勇夫的道理。

这帮年轻人，果然令快餐店面目一新，他望着蜂拥而来的食客，打心里笑出声来。

扬眉吐气的感觉，原来是这么美好。

甚至连他后母也换了一种面孔，阿麟，我早就知道你不是池中物……

他本来想要讽刺她几句，但转念一想，也不必有风驶尽帆，于是便笑了一笑，只不过是运气罢了。

对他来说，快餐店能够转亏为盈，实在是意外收获。老爸笑逐颜开，有其父必有其子，你果然有我之风，没有给汤家丢脸！

虎父无犬子嘛！他说。心里却哼道，当初你却不是这样的讲法！

这个世界，墙倒众人推，一旦你得势，人家便会跟红顶白好像早就是伯乐一样，说什么想当年……

他的商业兴趣给调动了起来，因为这初战告捷的甜头。他有时也会纳闷，莫非我血液里奔流的，始终也是老爸那商人的基因？

原来，有些东西是可以无师自通的。

快餐店渐渐进入正轨，即使他不在，那些伙计也是照常运转。美琪也问过他，他们怎么不偷懒？他笑，偷懒对他们有什么好处？

跑出来打工，无非就是想多赚几个钱，当赚钱成为大家的共同事业的时候，偷懒的人自然会成为众矢之的。

而他的眼光也绝不只是放在这家快餐店上，快餐店虽然开始赚钱，但太辛苦，一天要做十几个钟头，而且连假期也没有。这样下去，只怕连女朋友也别找了。

美琪说，是啊，如果你还在快餐店的话，只怕我也不会认识你。

他搂着她热情高涨，喃喃地回了一句，是我的终究还是属于我的……

他利用快餐店的空当去炒股票，居然也有斩获，才二十一岁，他便成了“百万富翁”。

美琪也常常埋怨他，你本来就是太子爷，饭来张口，衣来伸手，何苦跑出来自己挨？我就没有办法，如果我不做保险经纪，家里也没钱养我。

为了赚钱，有时也只好冷落佳人了。男子汉大丈夫，事业第一。

他说，我要证明自己的价值。

即使在女朋友面前，他也不愿意将家里的真实情况和盘托出，他认为那是很失面子的事情。

好在现在他已经成为地产公司的顶级经纪，月薪高达三十万。

回过头来再看那快餐店，简直不值一提。

他也曾对老爸说，我已经尽了力，旺角快餐店现在赚了钱，我也没有多少时间去打理了，你看怎么办吧！

老爸似乎有些良心发现，拍了拍他的肩膀，你我父子俩，还分得那么清楚吗？当初我就已经打算亏掉它，你让它起死回生，当然应该属于你。

他想想也是。至少自己是独生子，十间快餐店分了一间，这不是便宜了那婆娘？！

也只是月底结账的时候，他才会带着美琪走一趟。

你这个老板，当得倒也轻松惬意，也不用操什么心，回来就分钱。

风险是我的，哪像他们，不论怎么样都有工资拿。而且，赚得了多少钱呀？

她笑，我知道你是单身贵族，那点钱不在你眼里，不过好歹也是老板身份呀。香港地，不是人人都能够做老板，说到底，还是打工的多，你就是人上人了！

什么人之上？他一脸坏笑，在你之上就够了……

美琪一愣，随即明白过来，她顺手拧了一下他的手臂，就你想得这么邪！他却一荡，反身搂住她，你是不是嫌我不够严肃？

台面上的电话铃声突然响起，令他回到现实中。

原来是美琪。

你看到了吗，那广告？你打算怎么办？

他沉吟了一下，走一步看一步吧！

美琪哼道，就你这么若无其事。

他笑，又不是第三次世界大战爆发！更不是世界末日，何必自己吓自己？放下电话，他却知道自己并非真的谈笑风生。毕竟是一种法律上的挑战，他不能等闲视之。

不是为了那一点钱，在地产代理这一行混了八年，那点钱对于今时今日的汤炳麟，已经没有多大意思了，但是还有那一口气。

如果不是那女人步步进逼，他拱手让回也不是问题。

他的视线又落回那摊在台面的报纸广告上，脑筋在飞快地转动。

终于，他摁了内线电话号码，吩咐艾达，请罗律师安排个时间，我要见他。

二

那个胖胖的男客，一直在纠缠他。虽然他觉得已经解答得十分详尽，但胖男客依然说，我现在买的不是一斤菜，而是一套房子！

他当然明白那种心情。虽然对他来说金钱从来都不是什么问题，但他却非常清楚金钱的重要性。人在这个世界上如此奔忙，到头来还不是为了金钱？即使他一向对顾客服务周到，有问必答，那也是为了那份佣金。

美琪总说他口水多过茶，你又不是跟他们做朋友，不过是做生意罢了，说那么多干什么？

他也知道如果有金钱上的来往，与对方太过熟悉，可能会碍于情面，不能立于不败之地。好在他已经学会公私分明，聊天归聊天，一说到金钱，他立刻会退到堡垒里面，完全在商言商。

可是你要赚他们口袋里的钱，哪能一味冷冰冰？如今地产公司那么多，人家也不是非得光顾你不可。他有他的必杀技，在生意面前，他必定做足准备，决不偷懒。昨夜美琪约他吃晚饭，但他为了今天应付这个胖男客，必须开夜班将所有材料准备好，只好推掉了。

美琪失望地说，习惯了……

他好言安慰，成功必须付出代价。

他告诉胖男客说，那房子银行已经估价二百五十万，可以按揭七成，我给你计算了一下，你分期十八年最合算，而且负担也不是太重……

美琪也常说他太笨，估价费至少也要几千块，如果房子卖不成，那岂不是偷鸡不成反蚀一把米？

几千块也不是什么大数目。但是一次一次的几千块加起来，就不是小数目了！

他知道美琪是好意，不过，做生意，目光不能太过短浅，小财不出，大财怎么进来？

做我们这一行，最重要的是口碑。人家觉得你服务周到，自然会介绍别的客人来。

你别跟我讲这些道理，这些道理我全懂。我们做保险的，也一样是这个道理，问题在于我们从来不掏自己的钱，哪里像你，生意还没有做成，便要先支出！虽然他不同意她的看法，但毕竟明白她是心疼他，所以他也就不吭声了。

这大概也是岁月见真情？

那个时候，美琪好像恨不得把他口袋中的钱都掏光。

他以为她是顾客，才让她袅袅娜娜地飘进经理室。艾达打内线电话，汤先生，外面有位靓女指名要见你。见我？我不认识什么郑小姐！艾达说，她说她一定要见你，事关重大！

什么事情那么要紧？反正手中暂时也没有什么事情做，会会这位靓女也好，且看她葫芦里卖的是什么药！

靓女隔着台面坐在他对面，抽出一包烟，望了望四周，才直视着他，可以吗？

吞云吐雾是不是有助于谈话气氛？

他喷出一口烟，郑小姐，你是不是想买房子？有什么需要我的帮助？

美琪咯咯直笑，我当然想买房子，全香港的人都想买房子啦，只不过未必个个都有本事，这房价发疯似的在涨，我可买不起！

别客气了，人家都说保险业好赚，个个驾靓车住半山，哪像我们这么辛苦？

你说的是顶级的几个，不是我。保险从业员是金字塔形，我在最底层，没有工资，每个月必须拉到一定数额的生意，才不会给炒鱿鱼，你不知道我有多惨！

看到她楚楚动人的样子，他的心忽然潮湿了。打开天窗说亮话，你是不是要我帮忙？

汤老板人人都说你人好，真是一点也不错。你帮我买一份保险吧，不然的话连这份工我恐怕也会丢掉！

他嘿嘿笑着，我是个生意人，不是开慈善机构，如果人人都这样求我，我怎么办？

下不为例。直到现在，也只有我一个人开口吧？

他想告诉她，你已经是第一千零一个了，可是当他看到她的眼睛闪呀闪的时候，忽然便失去了说“不”的勇气。

是一种淹没在海里，有点透不过气的感觉。

好吧，你既然说我是好人，如果我不买你一份的话，只怕你对我的印象会改观。

多谢，她笑得如鲜花盛放，不过，以你的江湖地位，我不相信你会在乎别人怎么说你！

他一愣，惊觉自己似乎已经有些把持不住。啊呀，我今天怎么啦？好像吃了什么迷魂药似的。纵横商场这几年，什么美女我没见过，怎么今天会……

美琪已经把一份计划书推了过来，而且娇娇嗲嗲地给他解说。

他一点也没有听进去。对他来说，那只不过是一笔小数目而已，他不在乎。不过商场上的规则，并不在于钱多钱少，而在于铁石心肠，他才不愿意被别人当成傻瓜哩！而眼下他有兵败如山倒的感觉，只为了一时的仁慈。

然而他只能签字坐实。

男子汉大丈夫，跟一个女人说话哪能不算数？一言既出，驷马难追……

你放心吧，我要么不做，做了你的经纪，我必定会全力以赴，服务到最好，随传随到。

那倒也不必，我又不是皇帝。

她笑，有什么问题你随时 call 我。

他并没有找她，但她时不时就来电，甚至干脆摸了上来。他看得出手下那些地产经纪挤眉弄眼的神态，却又不能下逐客令。

男人要有风度，不高兴是一回事，但也必须给人面子，毕竟人家是年轻靓女。

心中早就不知不觉地建成一堵墙，是一种职业习惯吧，在金钱游戏中，你不吃他，他就会吃你。

细细回想起来，他心中横起的警戒线，源自半被迫地成为她的客户，使得他怀疑，她跟他交往的全部目的，都在于他口袋里的钱。

你放心啦，她说，买保险，其实是帮了我又帮回你自己，你绝对不会吃亏。他笑了一笑。你当然这么说啦，换了我，我也会对我的客户说帮了我又帮回你自己。这话一点也没错，你买成了房子，有地方住了，不是帮了你吗？

所以，跟顾客打招呼，头一句往往都是：有什么能够帮到你？

不这样讲，难道可以说：喂，你有什么东西要我办让我赚你的钱吗？

美琪斜着眼看他，你就是心软。

心软？他笑。当初如果不是我心软，只怕也不会掉进你的陷阱里面去了！美琪打了一下他的手臂，你真是得了便宜又卖乖！是你掉进我的陷阱还是我掉进你的陷阱？

那个时候，他们正在赤柱法国餐厅撑台脚。

是个浪漫的周末。她问了一句，今晚你不用去搏了？

美女在前，天塌下来当被盖。

就你油嘴滑舌，怪不得搞地产！

我是有良心的地产经纪，你没有体会到？

打情骂俏的时候，还没有登上二楼吃晚餐。是在夕阳西下时分，他们坐在楼梯前的小酒吧里享受人生。

白酒还是红酒？侍者一脸殷勤。

如今红酒流行，来到法国餐厅，怎么能够不喝一杯法国葡萄酒？

他举杯摇了几摇，停住，定睛一看，嗯，挂杯不错，到底是好酒。

你倒好像是品酒专家似的！

不敢。我只是略有所知，这色香味……

是有点卖弄的味道。不过酒喝得多了，不是专家也成了半个专家啦，只不过在美琪面前可以炫耀，在真的专家面前，他当然知道自己还未入门。

也只是在美琪面前，他才这般点评，他不能在她面前显得无知。

屋外斜射的秋阳残红，照得赤柱大街一片灿然，只见华洋男女来来往往，一时之间竟让他的思绪缥缈起来。

中学刚毕业的时候，到底是继承父业，还是去外国读书，他有些犹豫不决。

梦娜搂着他，幽幽地说，我肯定去加拿大的了，爹地妈咪一早就计划好了，我不能违反他们的好意。

我相信做父母的都不会不替子女着想，但是他们的想法未必符合我们的实际。代沟，你知道吗？有代沟！

如果你不去，我一个人很害怕。就算是陪我吧，你跟我去加拿大，反正你们家的经济条件也允许。

他的热血翻涌，几乎就一口答应下来。

那时也是在赤柱，也是在日落时分，但不是这法国餐厅，而是在黄麻角道上漫步。左边是邓肇坚运动场，右边是海崖树丛，一路慢慢走去，树荫遮天，隐隐约约露出的夕阳被金黄的海水衬托。抬眼尽是金黄色的树，金黄色的路，金黄色的行人，当然还有金黄色的半倚在他怀里的雷梦娜，似乎在轻轻地悸动。

像这般温柔艳丽的落日，以后他再也没有见过。

可是他却硬起心肠对梦娜说不。

那一刹那，他认为他忠于自己的感觉，但当梦娜果然远走高飞之后，他才感到一种揪心的疼痛。

至今忆起，仍有些沉重，虽然是幼稚的爱情，但那是初恋情人呀！

本来以为关山万里也可以地久天长，哪里想到即使是现代科技如此发达，竟也维系不了隔着大洋飘动的心，不到半年，梦娜在长途电话中叹了一口气，我们分手吧！

也没有追根究底探问内情，心已变，再说什么也枉然。OK，只要你开心。你开不开心？

美琪的声音缥缥缈缈地传来，他蓦然一惊。

连忙堆起笑容，像这样的傍晚，这样的氛围，这样的醇酒，这样的美人，今晚不醉无归！

你就想！

原来言之无心，美琪却听成弦外之音。

还是上二楼吃法国餐吧。

在夜色中，灯光柔和。窗外是一片夜海，涛声乘着晚风有节奏地一阵阵传来，酒不醉人人自醉。那浪漫情调不可阻挡，难怪饭后美琪已经完全没有了主意，风里雨里也任他拿主意了。

良宵过去，美琪睁开眼睛，有些羞涩，捶了他一下，男人都是这么急色……他无言以对。

这一切根本在计划之外，莫非酒能乱性？或者在迷乱中，他把她当成了雷梦娜？他也搞不清楚。

才认识半年，他也觉得太快了一点，但到了这个地步，他已经不能轻易抽身。

美琪腻声道，我已经是你的人了……

或许是命中注定，他接受了她，甚至连心中的那点警惕，也渐渐消融了。他告诉自己，既然和她在一起，那就要相信她。

美琪也有意无意地问过他，如果我要你放弃眼前的一切，跟我去外国读书，你干不干？

他的心打了个突，沉思一会儿，才抬起头来，不会，我梦想中的事业刚开始，至少现在我不会丢开。反正我还年轻，过几年吧，过几年我达到了一定程度，我答应你，我跟你去外国读书。

你觉得很有奔头吗？高官们都在呼吁，叫市民不要急于买房子了，说不定政府会推出什么打击房价的措施……

看你怎么做啦！我始终觉得有得做，大有大做，小有小做，人总是要住房子的，香港地少人多，什么时候地产都不会不值钱。打击措施？政府怎么会去干预房价？那是很危险的，香港的整个经济问题呀！

他瞟了她一眼，你信我啦！

但即使是她信他，那个胖胖的男客却未必信他，一连串的问题排山倒海而来：房价还会涨吗？现在是不是置业的最好时机？如果我刚买，房价就大跌，我岂不是太吃亏？不行，我得好好再想想……

妈的！要是我真的那么料事如神，我不是诸葛亮也成了地产大王李嘉诚啦！然而顾客至上，胖男客问题再刁钻，他也得强忍怒气，和颜悦色地一一回答。

但胖男客还是说了一声再想想，便溜之大吉。

美琪说，你可以再打电话跟进呀！

一看那德性就知买卖做不成，我才不花那工夫。

你倒是眼观六路，耳听八方呀！

你以为我的时间太多呀？明明做不成生意，还纠缠他干什么？时间就是金钱，真有什么闲情，也早和你一块消磨去了，跟这肥佬应付一下可以，我才不会投入太多心思。

原来我错怪了你。

我跟他周旋的过程，也是观察的过程，起初可以给他一点甜头，一见到他没有诚意，赶快收手，这就是做地产生意之道，不放弃每一个希望，不吊死在一棵树上。

你真叫我刮目相看。

这不过是经验之谈，如果没有这两下子，我怎么可以赚那么多钱？

她怔怔地说，我做保险，八年了呀！怎么就施展不开？

他拍了拍她的肩膀，慢慢来。

三

汤炳麟虽然是笑着对美琪说话，但心里却不希望她太过进取，只因为做保险经纪处处陷阱。

特别是年轻貌美的保险经纪。

认识美琪之前，他看到过一则报道：女经纪为了拉客而跟一百多个男客上床。

当时也只是好奇罢了，看过也就算了。哪里料到如今又浮现在他脑海里，挥之不去。

这也是现实中很难解决的矛盾。年轻貌美的女性容易拉到保单，却危机四伏；男人没有多大危险，但拉客的难度却太大。

他说，你小心一点，不是热闹的公众场所，你不要赴约。你的穿着也要密实一点，小心驶得万年船。

她笑，你对我们这一行有偏见。

不管怎么样，我是为你好。

是从八卦周刊看到的消息吧？

他点点头。以前不关我的事，但现在关我的事啦。

那个报道我也看过，太夸张了吧！一个女经纪要和一百多个男客人上床，那跟做妓女有什么分别？如果每招一名男客户便要献身的话，那不是好没有空？不如做妓女，收入没准还更多！

见她有些负气，他忙说，我不是这个意思，我只是怕你上当。你这么漂亮……

她打断了他的话，你是戴着有色眼镜看我们这一行。

看了那么多负面报道，没有一点心理影响才怪呢！不过他不可以这么对她说。

其实完全是好心，怎么三言两语一个不小心就走到岔道上，空气也变得凝重起来？

莫非人与人之间的沟通，真是那么不容易？

想要道歉一句，但年少气盛的他又放不下这个架子。一向以来，手下的人只有对他唯唯诺诺，甚至连他老爸还有后母他都从不放在眼里，要他厚着脸皮对她说一声“sorry”，心里尽管愿意，无奈却说不出口。

一言不合不欢而散。

回到家里和身一躺，思前想后还真有些后悔。那个女经纪是那个女经纪，美琪是美琪，干吗要拉在一块？何况那个女经纪有一百多个男客户的电话号码，其实很正常，为什么一旦她出事，人家便会往那方面去联想？

也就是年轻貌美的短处！年轻貌美就会给许多男人以性幻想的余地。

他提了几次电话想要摁号，最终都放弃了。

他没有勇气跟她对话，次日早上路过花店，突然灵机一动。他吩咐店员把那束红色的玫瑰送到美琪的公司去，并且在致意卡写上：Sorry！

美琪果然笑逐颜开。

他可以想象，当这束玫瑰花招摇而去的时候，那些男女同事艳羡的目光，该让她获得多大的满足感！

就像是中了六合彩一样！她说。

或许这就是虚荣心吧，一时之间成为全公司的焦点，简直跟明星差不多了。

在保险公司当经纪，压力大，竞争性强。

可是，既然没受过高等教育而又想要赚大钱，那也只好出来搏一搏了。

那次开大会，三个成绩最好的经纪上去回答问题：你的奋斗目标是什么？

第一个是肥仔叶西门。我的奋斗目标，是一部靓车和一所房子！

第二个是高佬李志坚。我的奋斗目标，是一部奔驰和在半山区的花园洋房！

第三个是靓女葛丽丝。我的奋斗目标，是做老板，做王中之王，后中之后！

她吃一惊，怎么个个都口出狂言？

不料，总经理总结，说葛丽丝最有出息。一个人如果不把目标定高一点，那就不会得到所想得到的。记住，这是竞争的世界，是弱肉强食的世界，你们不要跟我讲什么斯文，我要看到的只是成绩！成绩！你们替公司赚钱越多，公司也绝不会亏待你们，越会给你们更多的好处。

不但说，而且有措施有行动。

肥仔叶西门本来成绩很好，甚至给他一个单独小房间坐，后来成绩下降，立刻就被踢出来，重坐大堂。

何况还有那公开张贴的成绩表，谁好谁坏，都在众目睽睽之下。她也曾经私下发牢骚，这样连隐私都没有了！

不过老板也有老板的说法，这是公司规矩，你不做便拉倒，大把人要来！为了拿到新的保单，有时也不得不施点美人计。

那些男人色眯眯的，并不是对保险有兴趣，而是对她有兴趣。

靓女，签了保单，跟我去吃饭看电影呀！这还算是比较斯文的男人。

那晚，她联络了好多次的男客，电话里约她说谈合约，她说，就在中环的那家大家乐吧！

她以为那是公众场所，人来人往，即使此人不怀好意，也不至于在大庭广众之下太过猖狂。

哪里想到晚间那家大家乐没有几个人，她拿起计划书口干舌燥地解说，那个叫彼得潘的男人忽然一把抓住她的手，郑小姐，我们交个朋友吧！

她一惊，虽然明白那弦外之音，但她还是强笑着连消带打，我们已经是朋友了呀！

彼得潘的眼睛灼灼发光，你明白我的意思……

这时，一个侍者走了过来，她连忙乘机把手抽回，顾左右而言他。彼得潘沉下脸，生意当然也就做不成了。

看着那瘦长的身影扬长而去，她忍不住爆出一句粗话。这个小男人，他以为他自己是什么？如果个个男客都这样，我岂不是很不得闲？

但有时也迫于形势，不能不虚与委蛇，只要不过分，她也只好硬着头皮接受下来。世界上没有什么东西是没有任何条件的，我要他的投保，他要我的美色，各得其所，也算是一种公平交易吧！

比方说摸摸手。

据说根据律例，异性不经对方同意摸手摸脚，就可以构成性骚扰罪，但律例是死的，人是活的，只要在可以容忍的范围内，还是可以变通的。那个胡先生道貌岸然，却又明明流露着一种情欲，但也就是陪他看看电影，在暗影中间或摸摸她的手，她又没有实际损失，既然他是她比较大的客户，她也就把这个应酬当成必然的了。

如果可以清高的话，她当然也想，但是清高是要有钱做后盾的，如果她的生意额不够理想，老板哪里还会客气？只怕连坐在大堂的机会也没有了！这是商业社会，一切也都以金钱来做衡量的砝码。

有时她也会怀疑，自己的选择到底对不对。

面试的时候，总经理对她说，我们保险公司的工作人员，分为两类，一类为受薪雇员，享有所有员工福利，如果升到高级职位，还可以获得花红奖金；另一类为推销代理，和老板并没有正式雇佣关系，不能获得雇佣条例下的福利，收入就看你的成绩，可以大起大落。要么领一份普普通通的工资，吃不饱也饿不死；要么冒点危险去闯天下。

她把头一昂，我做推销代理。

一方面好胜，另一方面她也想要置之死地而后生。她认为人的弹性很大，逼一下自己，也许可以出现奇迹。

如今才发现，想要从人家的口袋里把钱掏出，原来是那么辛苦的事情！收入多的时候，那些雇员一个个都眼红，哗！还是你们上算，一个月的收入等于我们半年的工资。

生意做不成，一点收入也没有，那些雇员一个个冷笑，哼！不要以为你自己高人一等，钱，哪一个不想要，但也要看看自己的本事，没有那么大的头就不要戴那么大的帽！

看来，我还是修炼不够，她对炳麟说，这一行，未必真的适合我。

那倒也未必，凡事起头难，你做这一行时间也不算太长，你再耐心一点，循序渐进，反正你也不是等着开饭，赚不赚钱也没什么大不了。你不成，还有我呢！

你做地产的时间也跟我差不多，为什么你一帆风顺，我却磕磕碰碰？她皱着眉头问他。

人跟人不能比，有才能的问题，也有运气的问题。不过他不能这样对她说，唯有拍拍她的肩膀，慢慢来，我只不过走运，你看看周围吧，像我这样还不到三十便有这样成绩的地产经纪，能有几个？

如果我像你那样，家里有钱，我才不会出来这样混哩！饭来张口衣来伸手，多好！

他笑。我只是想要证明自己。你也知道，我家里是后娘，虽然她也不至于刻薄我，但我要向老爸伸手拿钱，她的脸色总不会好看的了，我才不要看她的脸色做人。如今是我自己赚的钱，谁能够管我？

你就好啦！可怜我一言难尽。

反正你有我，赚钱也只不过用来买花戴。

那不一样，她哼道，你刚才还在说，不是自己赚的钱，用起来也憋……

那怎么同呢？他打断她的话，我说的是我后母跟我，你怎么自动对号入座？我跟你的关系，我赚钱你花钱，天经地义！除非你不把我当作你老公……

不要脸……

我不要脸，要整个的你！

四

糊里糊涂便成了八卦杂志的封面人物，而且大字标题印出：太子爷不靠父荫走上发达之路。

早上路过报摊，他用眼角扫了一下，见到有人买下那份杂志，他心里暗暗欢喜。

但表面却不动声色。

迎面一个妇人指着他说，咦，你不就是那个太子爷？

立刻便围上了一群男女，七嘴八舌指指点点。

警察赶了过来，什么事？

一看到他，哦，原来是太子爷……

成为公众人物的滋味，就是这样。

忽然便一惊，要是有人趁机打劫，岂不糟糕？

警察给他驱散人群，没什么好看的，大家散开，不要阻碍交通！

他立刻突围而去。

甚至有些怯意，人怕出名猪怕壮，怪不得好些有钱人都不愿意出名。不出名而有钱，实惠。有钱而太出名了，每分钟都有可能成为绑匪的目标。

你又不是地产大王王德辉，绑匪怎么会绑你？要绑也是绑超级富豪啦！你还不够资格！美琪安慰他。

但世事难料，只要有点钱，就要承担风险。

绑匪也不傻，他们肯定也详细计算过，绑这个绑那个都是大罪，要干的话，怎么会不选择个值得绑的？香港的富豪排下来，几时才会轮到你？

有道理。不过他仍然觉得，这个虚名出得冤枉，早知如此，就不该接受访问了。不过是一时的虚荣心罢了，而且那个漂亮女记者芝莉魅力不可挡，叫他无法说“不”。

芝莉汪汪的眼波横流，朱唇轻启，嗲声嗲气地问他，如果你父亲所有生意都交给你，你会继承父业做快餐店呢，还是继续做你的地产经纪？

他集中精神，使出浑身解数，在靓女面前，他不可以表现平庸。我会继续做地产经纪。

为什么？你接受父业，一大笔钱立刻就在你的名下，但如果你做地产经纪，不知要付出多少努力，也未必一定能赚到那么多钱。你愿意冒这个险?

他笑。我天生不是那种吃现成饭的人，对我来说，赚钱不是必要，而是乐趣。如果我可以靠自己的努力，赚到比我老爸的财产更多的钱，那就证明了我的实力，证明了我在这个世界上存在的价值。万一不行，大不了把本钱亏掉，那又怎么样?我没办法发达了，但我还有退路，回家去跟老爸伸手，又是好汉一条。

看起来你是进可攻退可守，先天条件优厚。再问你一个问题，如果你贴上五十万，就可以成为这一行顶级经纪的第一位，你会不会干?

做大哥大当然风光，也很诱惑，也可以满足我的虚荣心，不过做人还是要靠自己的真本事。何况我现在已经名列前茅，离顶级不远，我不相信靠我的努力会达不到。

看来你十分自信。这份自信来自什么力量?

以往的成绩，还有我的努力，还有我的年轻。

年轻绝对是本钱，我同意。照你这样，前途不可限量。再问你一个问题，如果你的女朋友嫌你没有什么学历，要你去外国读书，你怎么选择?

他的心忽然痛了一下，醒过神来才明白，刹那间他又想起了梦娜。梦娜已经远去，眼前只有美琪，而美琪从来也没有向他提过这样的问题。她说，这个世界，只要能够赚到钱就行，读那么多书干什么?书越读多越痴。他嘴上哼了一声，那也不见得，读书读得多，只有好处没有坏处，现在的社会，像我这样的人不多了。心里却有些得意，做到这样的程度，我也算是个异数。

对不起，是不是我的问题问得不合适？如果你认为不合适，可以不答。

事无不可对人言，何况是靓女问的。我认为学历也并不是绝对的，没有学历又不能够成功，当然应该去读学历。但如果成功了，有没有学历都不要紧，像我，反正好歹也是 Top Sales 了，读不读书有什么要紧？当然，钱赚够了，到三十岁吧，为了充实自己，如果我女朋友希望我去外国读书，我会考虑的。

为什么？

人的一生应该分好多阶段，在现阶段我认为赚钱最重要，但一辈子拼命赚钱也没有什么意思。到了某一个阶段，人就应该尝试另一种东西，以前没有机会尝试的东西。不断地变更不断地尝试，才不会停滞不前，人生才会变得绚丽多彩。我在这一行也混了八年，再过三年我三十岁，也差不多该转了。

芝莉把录音机关上，多谢你的合作，汤先生。

换来的是图文并茂的直击报道。

你是我的偶像，美琪腻声道。

是什么偶像？是因为我上了封面，还是因为我是性感偶像？他涎着脸挨近她。

你不要以为上了八卦杂志就是明星了，这么风骚！美琪横了他一眼，人家感兴趣的，是你口袋中的钱！

一语惊醒梦中人。

美琪说话这么飘忽，刚刚还安慰我不必担心被绑架，现在又说人家觊觎我的钱，前言不搭后语，是不是连她对我也没有一句真话？

他不肯相信她会这样无情，只因为他早就淹没在她的温柔乡里。但是，当初拉他买保险，隐隐约约却成了他心中的一根刺。当美琪柔情似海，他在海中泅泳，也会怀疑自己，到底是不是在商场待得久了，慢慢就变得多疑起来？

虽然他并不是斤斤计较的人，开心的时候，跟顾客可以谈到手舞足蹈，口沫横飞。

老板也提醒过他，无论如何，你跟客人其实是对立的关系，我不反对你和他们拉近距离，不然的话，生意怎么做？

但他有时为了表现自己的见识，说起话来不免滔滔不绝。

是一种表现欲吧？

其实那个女记者芝莉还问过他一个问题：按你的标准，名誉地位、金钱、家庭、爱情、朋友，如果要你安排个顺序，你怎么个排法？

这个问题太棘手，不过他不想回避，特别是对着这样的一位年轻靓女，免得人家误以为他没有智慧。

他清了一下嗓子，家庭第一，因为如果不是我家里有钱，我就不可能放胆去做，也不可能有今天的成绩。朋友第二，在家靠父母，出外靠朋友，靠朋友帮忙，我的事业才能够这样顺利。第三是女朋友，在商场上奋战，有时会很寂寞，女朋友的鼓励和支持，可以令我振作。第四是金钱，没有金钱，什么都别谈，金钱不是万能，但是没有金钱万万不能。最后一个是名誉地位，因为它是身外之物，不过是个附加的东西罢了。如果让我选择，我还不如要个快乐平安。

芝莉说，果然英雄出少年，连回答问题，你都有你的率直与特别之处。

那只伸过来的手柔若无骨，滑得几乎留不住，令他年轻的心腾起迷蒙的雾，这是写文章的手吗？

但回过头来，他仍要面对计算机面对地产市场面对各种面孔的客户。

没料到这段个人抉择没有刊出来。

他想想也好，他不是不知道那回答太过矫情，为了自己的公众形象。

跟老爸关系马马虎虎，跟后母邝玉霞几乎势成水火，他怎么会把家庭排在首位？朋友？商场上的朋友还不是跟红顶白见利忘义那一类？有好处大家称兄道弟吃吃喝喝没有什么所谓，一旦有利益冲突，又有谁会为朋友两肋插刀？一直以来还不是他孤军奋战！女朋友只是调味品，生活中的平淡与疲累，不能不调剂，但是女朋友也未必永恒，像梦娜不是一样飘走了？甚至美琪，他也不能说不爱她，但他总有一种捉摸不定的感觉。说来说去，金钱最重要，有钱能使鬼推磨，只要手中有了钱，还有什么事情办不到？世人天天忙忙碌碌，不就是为了这个让人眼开的金钱吗？至于名誉地位，是一个人活在世上的价值肯定，就算虚浮，有谁能够绝对拒绝？

他的标准答案根本站不住脚，芝莉没有把这一段登出来也好，免得有做戏的感觉。

哪里想到是分期，大概因为有噱头，不能一期就全部抛出吧？

至少，梦想发达的人，就非得追着看不可。

他坐在办公室里，心不在焉地翻看那本杂志，艾达敲了敲门，送上一杯热腾腾香喷喷的咖啡，使得这个带着些微寒意的秋天早晨顿时温暖起来。

他心满意足地呷了一口，这速溶咖啡，味道当然没马天奴的现煮咖啡那么好。那个冬天的晚上，寒流袭港，他跟梦娜在那里喝蓝山咖啡。那个晚上，成了他的初夜，也成了她的初夜，手忙脚乱却充满了新鲜刺激的诱惑，他颤抖着，全力搂着她好像在茫茫夜海里泅泳，浑身乏力游向终点以为便是天长地久，哪里料到转眼间梦娜已在天涯成了陌路人。

他叹了一口气，没有蓝山咖啡，这速溶咖啡也凑合。到底是艾达善解人意，不用吩咐，她便会明白我的需要。

他也知道，大老板待他不薄，像他这样的职位，除了有独立的办公室，还配备女秘书，差不多是总经理的派头了。美琪哼道，你以为你有宝呀？他这是在收买你，让你给他赚更多的钱！你别沾沾自喜，你老板在吃小亏占大便宜，到头来他是最大的赢家！

他又何尝不知道？不过人总是有虚荣心，人心是肉做的。老板待我好我当然要努力回报，何况水涨船高，回报的结果又反馈到我身上，我也得益呀！

你不如自己跑出来当老板，免得被老板剥削。

做老板也不那么容易，至少要有本钱，有眼光，有决断，还要有胆量冒险，哪像打工那样省事？

工字不出头，你没听说过？

看打什么工了，如果挨一份牛工，那当然不干，可我是打工皇帝，比一般小老板威风得多，而且工作也驾轻就熟，我何乐而不为？美琪扁了扁嘴，没想到你这么没有上进心！

我不追求那虚名，而是讲究实利。老板的头衔听着挺好，但光好听没用，钱赚不到有什么用？

他心里很清楚，商场如战场一样讲究实力，你有实力便是举足轻重的人物。像他以顶级经纪的身份享受总经理一级的待遇，倒不是老板对他另眼相看，而是他是他手下很重要的一枚棋。

即使要个总经理当一当，以他气势如虹的营业额，老板也绝对不会说个不字。

实际上大老板也试探过他，只要你愿意，你可以在一人之下，万人之上……

也就是当“副帅”了。

但他不想跟老板太贴近。这个老板太精明，别看一副求才若渴的样子，其实做起事来心狠手辣。倒不如保持一点距离，雾里看花，他看他也好，他望他也美。

只要我能够给他赚钱，我的地位就绝对稳固。虚名有什么用?

是不是真的这样呀?美琪斜眼望着他,八卦杂志这样报道你,你看你很 enjoy 呀!如果你不在乎虚名,就不会有这样的表现了!莫非那个靓女记者……

他吃了一惊。美琪好像触到了什么要害,让他心虚。他强笑了一下,喂,你不要这么直接嘛!给我一点面子好不好?我也是凡人俗人,我当然不能不受诱惑,名利之心人人皆有,我能例外?只不过人有时不免要标榜一下自己,给自己留条后路,你不要让我没弯转……

看死你这个滑头!争名夺利又有什么不好,这个世界,人人都这样啦,除非你没有本事,只好对别人说,我不在乎名利!

随她怎么说,只要不穷追芝莉就可以了。

虽然跟芝莉绝对清白,甚至连一句暧昧的话也没有,不过他知道自己的内心在蠢蠢欲动。

在行动上没有表示,在思想上早已越轨。假若美琪揪住不放,只怕他也会方寸大乱,只因为心里有鬼。

话又说回来,那张封面相,倒把你的神态捕捉得恰到好处,怪不得那些妹仔都说:哗!白马王子呀!那张相到底是谁拍的?是那个靓女吗?

又是一惊,他忙说,我也不知道,应该不是吧,我记得那天她带了一个摄影记者一起来,我也不知道是什么时候拍的。管他谁拍的,反正与我无关……

其实那摄影记者是不存在的，芝莉在访问的空隙照相，他明明知道，而且还笑着说了一句，把我拍得靓仔一点，不要破坏我的形象。芝莉答道，那是我的工作，你放心。握手道别时，他还补上一句，拍的相片，能不能给我冲一份？

或许，这是潜意识地在设法维系联络吧？

芝莉嫣然一笑，飘然而去。

那电梯门关上的一刹那，他看见她那一身苹果绿的套装一闪，便永驻在他心间。

五

美琪当然有她的魅力，不过，那个时候如果不是他爸爸突然失踪，令他在彷徨中无所适从，只想找个人依靠的话，恐怕也未必很快会堕入情网。

美琪闯入他的生活中，也是天时地利人和。

是绑架案吧，但是勒索电话他都没有接到过。

他也问过他的后母，但邝玉霞只是号啕大哭，半晌才说，没有……

探员来来往往，进进出出，甚至派员在他们家驻守了好多天，但一点动静也没有。

他表示，只要能够救回他阿爸，钱无所谓。

虽然老爸对他并不特别好，但他作为独生子，却不能见父亲危险而不救。这个时候，父亲所有的不是已经从他的记忆中消退了，只剩下所有的好处。他有一种痛彻心扉的感觉。

但多少钱也找不回他父亲了，他父亲汤世成好像已经从人间蒸发了！

那时他才二十岁，进入地产代理这一行才一年。

二十岁的脆弱人生，他没有一个可以说话的人。

这时美琪闯了进来，是不是上天给他的一个安排，让他在深夜里寂寞与伤心侵袭而来的时候，有个肩膀可以靠一靠，流泪了有人帮着拭去。

不知不觉便已经七年了，那种感情好像也淡了下来，难道果真是七年之痒?

有时美琪也会嫌他不再浪漫，更不要说给她突然一个惊喜了。即使她生日，最多也就是吃饭罢了。

美琪说，不如去吃烛光晚餐吧！

但他也提不起兴趣。都老夫老妻了，随便吃一下就算了，他还得赶回去做事呀！

那份情怀已经远去。

他有时觉得，仍然和她厮守在一起，只不过是一种习惯，或者是一种义务。

美琪也不是没有暗示过应该结婚了，但他只是装作没有听懂她的话，逼得急了，他便以说笑的口气说，男人三十而立，我还没有三十……

也不知道她是不是听懂了，反正她不再提起，他也乐得相安无事。

有时候他也会问自己，美琪到底是不是自己结婚的对象。

但他也不能给予明确的回答。

也许是自己都还没有结婚的冲动吧！得过且过……

而父亲失踪的创痛，慢慢也就淡漠下来。偶然想及，他也会感到惊异：是不是再大的痛苦，经过时间长河的冲刷，也都可以归于平静？

起初他并不能够接受父亲突然无影无踪这个事实，他十分负气地对警方说，就算不能将我父亲救回，我也认了，但不能连他的尸体也没有呀！难道他在这个地球上就这样烟消云散，什么也没有留下？

警方回答，汤先生，我们明白你的心情，但是我们不是神仙，查案有许多时候要靠一点运气。一有消息，我们会第一时间通知你们。

美琪将他拉走，低声道，你也太冲动了。

我是纳税人呀！我们有权要求警方努力办案，如果每个市民都可以这样失踪，我们活着还有什么保障？

说着说着，泪也掉下来了。

是一时的感触吧。

美琪柔声道，你要哭就哭出来吧，这样舒服一点，不要老是郁积在心头，那会伤身。

也是有美琪的陪伴，他才不至于特别孤独。

但是事过境迁，当初的千般温柔万般怜爱，原来就像一场春梦一样，即使没有完全消逝，却也不再那样浓烈。

当时他二十岁，她十八岁。

花一般的年华，只不过思想不够成熟。本来应该给自己多几年自由，寻寻觅觅，或许可以找到更好的一个，例如马芝莉……

思潮在自由游移中碰到一个柔软的实体，他蓦然一惊，醒了过来。四周静悄悄，只有冷气机的声音轻轻响动，毕竟是秋天了，真的有些冷了，他将被盖拉到齐脖子处，却再也睡不回去了。

莫非是日有所思，夜有所梦？

美琪好像也惊醒了过来，迷迷糊糊地嘟哝了一句，怎么还不睡……

他有些心虚，轻轻打着鼻鼾，假装又睡了回去。

美琪睡在他身边，他却想着另一个女人。

本来他叫美琪回家，但美琪说，太晚了，除非你送我，不然的话，我一个人不敢回去。

还不到十二点，本来也不算太晚。但既然她这么说了，不是送她回家，便是留她过夜。他觉得有些累，不想来回折腾，只好说，你留下吧。反正又不是第一次。

就算她愿意自己走，他也有些不放心，近来她家附近发生几宗非礼强奸案，万一……

他不能让自己陷于不义的境地。

第二天醒来，因为睡眠不足，他有些晕眩。

美琪说，你就休息吧！长命功夫长命做，你今天不上班，天也不会塌下来。

今天早上约了罗律师。

我怎么不知道？没听你说过。

不想你跟着我烦，所以不提。反正都是那些琐碎事情，可能会有一场官司，要跟家里人法庭上见，虽然是后母，但脸上也不好看。

他心里也有些惊异，我怎么就没有想要跟她说的欲望？假如时光倒流，回到七年前……

时光一去永不回，往事只能回味……尤雅是这么唱的吧？是的，往事只能回味。

但罗律师语气严重，看来，你后母要大动干戈了。

原来，根据法律，一个活生生的人，如果失踪了七年毫无消息，也从来没有人见过他（她），那就可以按他（她）已经死亡处理。

问题在于你父亲的遗嘱。也许执行的结果，是要把旺角那家幸福快餐店也拨归你的后母，也就是你父亲的未亡人。

罗律师，我不是在乎那份财产，但是幸福快餐店有我的一份心血，也是我从商的第一步，是个重要的纪念品，我不能白白失掉它！

不过，法律上的东西，却未必如此，虽然我绝对同情你。罗律师叹了一口气，从表面证供看来，恐怕对你不利，不过我会尽力而为。

他不知道结果会怎么样，但他十分在意。

除了争一口气，也还因为他认为，胜败对他都具有某种象征意义。

既然如此，美琪望着他缓缓地说，你就去求你后母吧，好歹也是母子一场，她只不过发泄一下罢了，只要你愿意开口求她，我想她也不会做得太绝。

想想也只有走这条路了。他说，阿姨，你放过我吧，那家快餐店对我很重要。

邝玉霞似笑非笑地望着他，你从来不肯叫我一声阿妈。你早就自立门户了，而且捞得风生水起，怎么还会在乎这么一个小小的快餐店呀！

那也不能这么说，我想要保留它，不是出于经济上的原因，只是因为那有我的一份努力一份感情，不是可以用金钱来衡量的！

这个我不懂。我只知道我要维护我的合法权益，属于我的我一定要力争，不属于我的我绝对不要，事情就这么简单，我想你也会明白事理……

他不禁气上心来，但又拼命按捺住，沉声道，你要多少钱，开个价钱出来。

哟，大少，你以为我在敲你呀？那你就想错了。我知道你现在有大把钱，但我不稀罕，我刚才也都讲了，该是我的就是我的，不是我的我也不要。如果你也抱着和我一样的态度，那就天下太平啰！

真他妈说的比唱的还好听！

他知道大势已去，想要她回心转意，只怕比叫太阳从西边升起还难。不必再纠缠，他从牙缝里挤出了一句，那好，我们就在公堂上见个胜负！

邝玉霞好像胜券在握，嘿嘿笑道，我奉陪到底。

悻悻而去，他只觉得兵败如山倒，脸面也失尽了。

回去跟美琪一说，美琪疑惑地睁大眼睛，你妈咪这么绝情？不会吧……不是我妈咪，是我的后娘！

他心中甚至有些怪怨她出的主意，只不过他不好意思说出口罢了。

他说，我去找她，简直就是自取其辱！

美琪安慰他，一个人不能什么都好，不能太贪心。我听说一个人如果什么都太顺利的话，会遭到天谴。一向以来你都一帆风顺，如今可以平衡一下了。

他吃了一惊，莫非此话有什么玄机？

美琪又说了一句，岂能尽如人意，但求问心无愧。

怎么啦她今天，说起话来好像很深沉似的，跟她以往的应对不同。

只是他已经无心去深究，摆在他面前的官司，令他烦躁不已。

六

美琪一早便打电话给他，今天能不能陪我去呀，一个客人叫我去大屿山……

怎么要去那么远的地方？算了吧，少了这么一个客人，也不一定是个损失。

那不行，这是我的工作，也不一定是钱的问题，我也要有成功的满足感。

但今天我不能陪你，今天我那间中学的同学会成立，议定我当会长，也就是出钱的啦！我不去不合适，人家会误以为我临阵退缩。

你不是说不想抛头露面吗？她幽幽地问了一句。

他有些惭愧，随即回了一句，做点好事嘛，反馈社会，也是必要的，倒不是为了我个人。

其实是有扬眉吐气的心理，他没有上大学，当时几乎所有的老师都看不起他，那些上了大学的同学也斜眼看他。如今他们都一致地仰望他，令他有衣锦荣归的感觉。此时再不抛头露面，更待何时？

美琪叹了一口气，算了，我自己去吧。

电话挂断了，他松了一口气。

反正是大白天，美琪一个人去，也不会有什么问题。

心中却惊异于自己的冷漠。假如是以前，他会放心让她一个人去吗？那个时候她去餐厅会客，他也会躲在一角另据一桌吃饭，为的是怕她吃亏。

那时她发现了，还很不开心，你监视我呀？

但现在好像一切都颠倒了。有时他把一切归咎于忙碌，却连自己也说服不了。

难道是一切都归于平淡？

但是假如他知道美琪竟会一去不复回，无论他如何分身无暇，他也会陪她走一趟。

临走前，美琪还赌气地扔下一句话，你又说人怕出名猪怕壮，我看你心里还是热衷出名！

好像是一颗燃烧弹，她的这句话撩得他无名火起，他甩下电话筒。是因为击中了要害，令他恼羞成怒吧？

如今他想要再对美琪说一声“sorry”，也已经不可能了，美琪被人奸杀，弃尸在海湾。

他甚至连认尸的资格也没有。

凶手是个货车司机，即使被捕了，招供了一切，又有什么用？美琪再也不能睁开她美丽的双眼了！

一种疼痛的感觉在他的心湖蔓延，无论如何，他毕竟与她相恋了七年。

假如他陪她去，她就不会这样横死。那些猥琐的男人，只会欺负女人。美琪也真是的，已经说了多少次了，叫她不要跟那些贼眉鼠眼的男人周旋，她偏不听！

那回他偶然撞见她跟一个男人打情骂俏，后来她解释道，那是一个投保者。

值得吗，就为了一份保险？

那有什么？让他在口头上吃吃豆腐，又不曾动真格，我也没有什么损失。这个世界上，有哪一个男人不好色？可能也有，一种是同性恋，一种是性无能……但他一点也不觉得好笑。你迹近玩火，你以为什么事情也不会发生，可是谁知道会怎样？你好像是利用男人的心理，但你知不知道，也许你会给男人利用？到了那个时候，只怕你后悔也来不及了！

哪里想到竟一语成谶。

其实那时也只是一时的气话罢了，根本没有料到后果真会这般严重。

晚上躺在床上，一闭上眼睛，美琪的身影便飘飘而来。

几天前，美琪就睡在这张床上，侧着身子搂住他。她的体温，她身上的香气，似乎仍然缭绕在他身边，不肯散去。

那么，她的灵魂会不会回来再看他一眼？

他睁开眼睛，美琪似乎就坐在床边，一动不动。

你回来了？你没有死？他冲上前去抱住她。

美琪笑盈盈地，谁说我死了？我才不会死呢！我还没有跟你结婚，我还要跟你生孩子，我和你还有好多好多日子要一起过……

他不知道该说什么好。

半晌，他想拍拍她的肩膀，不料却扑空。

定睛一看，啊呀！七孔流血！

他大叫一声，原来是一场噩梦。伸手一抹，满头都是汗，莫非这就是冷汗？

是因为心虚吧。他却告诉自己，不必有心魔……

他不知道为何要去当什么劳什子同学会会长，扬眉吐气又怎么样？也不过是自我发泄自我满足罢了，谁会真的认为过去太小看人了？美琪都说了，要说有钱，你们那些同学当中，几时轮到你？也就是没有人愿意去当那冤大头，这才把你捉来硬充，偏偏你自己又自我感觉良好，那就没有办法了。他明知她说到要害处，却还是不肯认输，那也要我愿意！

或许这样的结局，是上天对我的惩罚，叫我因此而感到内疚？

马芝莉却说，不关你的事，你又何必硬往自己身上拉？你这样下去，不但苦了自己，恐怕郑小姐也不想见到。

他也没有想到，再见到芝莉，竟然是为了美琪。

芝莉说，我想采访你一下，因为你是郑小姐在遇害之前，最后联络的人。

他迟疑了一下，可不可以拒绝？

我们是朋友吧？芝莉柔声道，就当是朋友之间聊天好了，也不必准备什么，随便谈。OK？

他真的不知该怎么说，特别是和马芝莉去谈郑美琪。至少，在他的内心里，关系十分微妙。

我要对老板交代，你就帮我这一回。

美琪遇害，已经成为一宗轰动的新闻，八卦杂志也在追踪报道，假如芝莉能够拿到独家访问，当然与众不同。问题是他肯不肯帮她这个忙。

我很难做呀，在你之前，好些记者都找过我，都被我拒绝了，如果我答应你……

这个世界，没有什么绝对公平，关键在于你怎么取舍。就算你认为不公平了，但人家仍然可以从不同的角度得出不同的结论，真的。你不如干脆给我独家，至少还有我这个具体的人感谢你。

他瞟了她一眼，把心一横，好吧！

他再次成为她那份八卦杂志的封面人物，只不过美琪永远也看不到了。

夜深人静的时候咀嚼人生，他也会感到满嘴满心的苦涩。美琪认识他是为了拉保单，而芝莉认识他是为了采访。她们也都是为了各自的饭碗，才会跟他纠缠的，假如没有任何利害关系，只在某种场合邂逅，又会有什么样的结果？

他这样地问芝莉是在九龙香格里拉酒店的Napa一起吃晚饭的时候。

他甚至不知道，他到底和她处于什么样的阶段。

郑美琪已经化入尘埃，没有想到却成就了他与马芝莉的往来。

他一直认为，他没有太过伤心，是因为有芝莉安慰他。那个时候，她一有空便来电话，我陪你散散心吧，免得你一个人又胡思乱想。

一接到她的电话，他便满心欢喜。

也许美琪还在的时候，他便已经有了异心，只不过一直在瞒着自己罢了。毕竟他一直注重自己的形象，他不能在背后给人非议。

甚至连芝莉也说他，你是什么男子汉，这么畏首畏尾！你以为你可以讨好全世界呀？你知不知道，有些对你笑脸相迎的人，一转过脸只怕骂你骂得最凶了！说的也是，他汤炳麟顶天立地，又不必看别人的眼色行事，何必这般窝囊！

郑美琪消失了，马芝莉出现了。

看来，命运待我不薄。就算是芝莉当初有利用他的成分，但对他也没有构成什么伤害呀！

芝莉哼道，你知道就好了！枉我对你这么好！

我只是有些疑惑罢了。

缘分这东西很难说，我不知道我还会去采访你，我更不知道我会代替郑美琪的位置。

世事如棋，还没有走到最后一步，谁都不知道结局到底如何。

他甚至有些庆幸，他终究没有对美琪说分手，也许这句话他迟早都会说，为了马芝莉。结果现在却殊途同归。

芝莉说，郑小姐真可惜，红颜薄命，无福消受。

他举起那杯红酒一饮而尽，或许这就是命运的安排吧，许多事情冥冥中已经注定。美琪连同他与她的恋情已经去如黄鹤，只有眼前的芝莉最具体、最真实，轻言浅笑活色生香。

你在想什么？芝莉瞪了他一眼。

没什么，我在想投资问题。

你这个人呀，和我吃晚饭，也心不在焉。不知道是你的职业习惯太严重，还是你根本不把我放在心上。

没有那么严重吧？

他轻轻把问题滑过，心中其实在想着，原来人生爱情也是一场赌博，只不过收获可能都在另一方面。例如和美琪相处好像是投注，哪里料到跑出来的却是芝莉。

但以后呢？以后会不会有地久天长？

眼前是马芝莉与他相伴，稍后会不会有李芝莉或者是赵芝莉加入？

人生无常……

不然的话，他可能永远是太子爷，或者永远是快餐店的小老板。

也好在没有满足于快餐店生涯，不然的话，这场官司打下来，倘若输了，岂非要流落街头？

看来你很有眼光，芝莉说。

计划是没有的，只不过神推鬼拥。回过头来一想，倘若下错这步棋，他汤炳麟哪里有今天这么潇洒？官司尽管打，打赢了只为出一口气，打输了也无伤大雅，进可攻，退可守，何等惬意！简直就可以笑傲江湖游戏人间了……

他举起那杯红酒，当然，不然的话，我怎会看上你？

哦，原来你是有预谋的，你死呀你，郑小姐还在的时候，只怕你也不老实。

他忽地一惊，怎么哪壶不开提哪壶？

但也强笑着，你真叫我伤心……

芝莉的酒杯碰了过来，发出叮的一声，男子汉大丈夫，要铁石心肠，哪有那么容易伤心的？

铁汉也有柔情呀！

不是无毒不丈夫？

他实在也摸不清芝莉的真意，唯有打个哈哈。

你今天不用做生意了呀？她问。

他拍了拍手中的大哥大，关机了，电话都打不进来，今晚只是属于你和我，天塌下来也不管了。

如果罗律师有急事找你呢？

那也不管。

是一个自我放逐的夜晚，可能会有损失，但任何事情都不可能没有耕耘就有收获。

他给芝莉再倒一杯酒，也给自己再倒一杯酒。

在现场乐队演奏的悠扬旋律中，他有些醉眼蒙眬，今夜不醉无归……

也不知道是为了谁。

1998 年 1 月

（刊于香港《文汇报·世说》1998 年 3 月 14 日—4 月 18 日）

岁月如歌

一

人山人海。

只不过是晚上八点钟左右，时代广场已被情绪高涨的人群挤得水泄不通，没有五万也有四万人吧，大家挤在这么一小块地方，节日气氛是够热烈的了，但万一有人失控，也容易造成灾难，比如兰桂坊1993年元旦倒计时，便酿成死伤惨剧。好在这时代广场不像兰桂坊那样有陡路，危险度大减。或许，全城“倒数热点”从中环的兰桂坊转移到铜锣湾的时代广场，除了因为时代广场新起，也因为安全系数更高。

人群涌动，陆宗声给猛然一碰，这才跌回现实中。明星在临时搭起的台上表演歌舞节目，掌声喝彩声响成一片。时针滑向十一时五十五分，几万人都安静下来，凝神静气让那时间一秒一秒地过去。只剩五秒了，全场倒数“五、四、三、二、一”，只听得啷的一声，七彩纸从高处喷出，那大型的电视屏幕打出“2001”的字幕，又一阵排山倒海般的欢呼声爆出，将节日气氛推至最高潮。大会主持人带领在场的人们高唱《友谊万岁》……

二十一世纪就这样降临在香港的大地上。

只是，在这样的一个时刻，宗声却孤零零地一个人游荡。看着成双成对的红男绿女绽开如花的笑颜，他有一种说不出来的感觉。

要是竹瑗在身边就好了……

但耳畔回荡的只是《友谊万岁》，温馨中带着一点怅然的意味。那常常是舞会中的最后一曲，舞会倒不要紧，那总会有曲终人散的时候，但要跟竹瑗告别，不免心痛落寞。他轻托她的腰肢，灵魂飘然只可意会不可言传。中年的心思是不是这样浓如酒？而中年的竹瑗依然弹性十足，舞动起来有如一条鲜活的鱼，在潺潺流水中活蹦乱跳，他差一点就赶不上她的节奏了。

咦，共舞？那大概是在梦中吧？想来想去，好像并不曾有过拥着竹瑗舞一回的机会，不是不想，而是不愿刻意去制造。随缘吧，什么事情也都要水到渠成，他难道可以为了一偿心愿，便拉着她去歌舞厅？

哼，我差一点就变成舞蹈家了！竹瑗说，我二十来岁的时候，站起来，双脚并在一起，笔直笔直的，人家都说我是跳舞的料子，不过我妈不愿意，她说舞蹈的艺术生命太短了。要是我去跳舞的话，你可能就不会认识我了！

大概也是因为胆怯吧，宗声自知舞技普通，甚至有点蹩脚，他怕在竹瑗面前显得笨手笨脚。

最重要的是带我的人，我不随便跟人跳，如果带的人带得好，我就跳得好。跳舞，最要紧的是合拍，如果不合拍，还跳来干吗？

他说是是是。本来想要开口，已自心怯。万一踩了她一脚，岂非自暴短处？他知道自己的舞技仅属幼儿园水平，随便跳跳还行，一旦认真起来，只怕会当场出丑。但他却认为跳舞不过是为了氛围或者纯属心情，又不是去表演，要跳得那么好干吗？每当电视上播出国际标准交谊舞示范表演时，他看着男男女女个个昂首挺胸，姿势是够美妙的了，不过却缺乏一种自然流露的情感，便觉得哪里比得上在昏暗的灯光下抱着竹瑗随那悠扬音乐轻轻摇摆？

但竹瑗明明在说，我也不舍得。她的泪水流了下来。窗外的夜色正渐渐爬高，竹叶在秋风下轻轻摇晃，一声号啕几乎破口而出。男儿有泪不轻弹？无情未必真豪杰？一种绝望的呼号来自心底，他强笑着，其实已经很好了。很想以欢快的语气高昂说出，不料一出唇竟变成颤音。真情流露，哪容得他矫饰？即便竹瑗认定他软弱，他也顾不得了。他不想在她面前把自己打扮成并非本真的公众面孔，好的坏的，他都愿意呈现出来。是人也都有人性弱点，都有不可爱的地方，最要紧的就是心不可以阴暗。心理阴暗的小男人，即便名成利就，终究也只是一个小男人而已。

竹瑗笑道，你说谁？

他一本正经，我！

那你就是说我是大女人了？

你这逻辑，哗！我哪里说得过你！

也不是不想一一细说从前，不过竹瑗不知道来龙去脉，要费许多唇舌，而且那些人事又与她何干？他只想把最美好的事情说给她听，至于那些风风雨雨，唉，不说也罢。树欲静而风不止？果然。

都说文人无行，宗声从来不承认自己是文人，他不过是报纸小编辑罢了。竹瑗说，文人坏起来，比普通人要坏上十倍百倍，因为他们满脑子都是馊主意。也是。秀才造反，十年不成，但是叫他们搞点小动作，却很在行，而且嫉妒心奇重，看不惯人家比自己好，又看不起人家比自己差。读书识礼？算了吧。你别看那大只广憨憨的样子，其实心胸狭窄，唯恐天下不乱，亏人们还以为他口讷讷便是忠厚……

你到底想说什么？

他惊觉思路跑了野马，在竹瑗面前，提这样猥琐的人干吗？良宵苦短，说不尽的柔情蜜意……

大概活得太无聊吧，无事生非，那条友……

竹瑗笑道，庸才才不招人妒呢！

也是。如果那条友知道我跟你好，恐怕会气得七孔流血当场身亡！

哪条友？竹瑗目光疑惑。

他摇摇头，像要挥掉飞到面前的苍蝇一样。是个同事。不说了，说出来你也不认识，省得辱没了你的耳根。

那你又耿耿于怀？告诉你吧，如果你真的不在乎，你根本不会放在心上。

但那条友一肚子坏水，可能以为我软弱可欺……

你的修炼还不够，竹瑗说，你置之一笑，叫他自己跳来跳去，跳久了就浑身乏力没瘾了；你一接招，他就会更来劲了。这种人就是这个德性，哼，我早看透了！

手中无剑，心中有剑？

还没有那么高的境界，只不过你没有必要陪痴人去癫。我很年轻的时候便看不开，对什么人事都很执着，天不怕地不怕，人家封了我一个外号，叫“打遍天下无敌手”。妈的，我只不过是自卫而已，人家却反过来这样攻击我，你看看这世界，是不是乱了套？哦，是不是只许我不还击？好哇，现在我就一笑置之，他们也就没有“斗志”了。

你以为呀！你以为没有对手他们就会善罢甘休？

不会。不过，让他们去当堂吉诃德好了，叫他们和风车搏斗好了。

可惜这里没有风车。

叫他们去荷兰呀！

算了算了，别拿他开心了，荷兰路途遥远，倒不如去看一年一度的荷兰郁金香花展，空运的呢！

但郁金香花展也并没有去看，只是去看了那年轻的美籍韩裔女小提琴家莎拉·张的演奏，音乐厅里旋律悠扬，但他最实实在在的感觉，便是竹瑗紧挨他身旁，实实在在地让这夜色灿烂。他觉得在这样的一个秋夜里，千年古柏下有个朦胧的梦境，对面的宫墙幽深，附近有几个人的影子飘过来又飘过去，迷迷茫茫的好像并不真实。他把头斜靠在竹瑗的肩膀上，我真想就这样睡过去，不用再醒来……

竹瑗哧地一笑，你傻了呀？我们还要在一起过很长很长的日子，你就舍得不再看见我？

你跟我一起去……他喃喃地说，如在梦呓。

是做梦一般的感觉。你命中注定就该是我的。真的，我总有这样的感觉，前世一定和你在一起……

前世有什么用？来世吧！

是一种无奈的感觉，今生相遇太迟，又不能够重来，人生太多缺憾。

如果早十五年就好了。

早十五年，你考我们学校，说不定一切都会不同。

是假设性的问题，不过想起来也使他鼓舞，至少证明她心中确然有他。

那个时候，他已经无心向学，是一种漂泊感吧？既然已经漂到香港，只能面对现实。人生地不熟，既没有被承认的学历，又没有任何社会关系，他的根不在这里。他好像半途中闯入的无头苍蝇，只能到处乱窜。他不知道前途在哪里，不知道自己将会在什么地方安顿，甚至也不知道自己的命运。那天傍晚，他跟一个同病相怜的朋友走过铜锣湾闹市，路旁坐着一个乞丐，他随手丢下一块硬币，回头对那朋友苦笑，我可怜他，不知道别人会不会可怜我。

是一种不确定的心情。前路茫茫，没有任何人事关系，连找一份最低微的工作也未必有人要，还有什么心情再去进修？又不是十八、二十岁，有大把时间可以挥霍。已经三十了，三十而立，自己却还在人世间漂浮，想想就令人灰心丧气。每当听到昔日的大学同学“回炉”去读研究生，他也不是没有跃跃欲试过，不过要他再走回头路，却又太难，心头的创伤还没有治愈，再加上他以为他已经是另一个世界的人，怎能轻易再选择方向？

何况他又是一个随缘的人，没有什么太大的野心。是没有什么进取心吧？她笑。也可以这么说。这当然会令我成就有限，但也有个好处，那便是心态可以比较平和，不会像那条友那样心理失衡，有些变态的倾向。

喂喂，你别老提那莫名其妙的那条友好不好？我又不知道是什么人，你老提他，倒显得抬举他了。现在就是你跟我两个人，不要旁人，不管是好是坏……

二人世界？但二人世界不在今夜。竹瑗的笑靥如花，把脸凑过来，我已经成了你的女人。只是良宵苦短，虽然他但愿长醉不用醒，但终究醒来已经踯躅在这二十一世纪钟声响彻大地的香港闹市街头。午夜喧哗，他却在狂欢的人群中感到无比落寞。此刻竹瑗是不是也在仰望夜空？还是早已进入梦乡？

二

古城四月的最后一天，仍有些微的凉意；其实春回大地的景象，已经蓬蓬勃勃了，街边的绿树招展，当春风吹过，便哗啦啦地响成一片。

但傍晚时分的街道交通网，却仍然阻塞成一片不动的长蛇阵。汽车此起彼伏的响号，焦躁地在夕阳西下的昏黄天空中奔走呼喊，但许久才能够往前开动几米。宗声好几次想跳下车干脆走路算了，可是路途遥远，徒步根本不是办法。出门时本来以为时间从容，哪里料到，跳进出租车他吩咐了一句，首都剧场！那司机不知是无意还是有心，竟开着车子往相反方向疾驶，等他惊觉过来说了一句，好像不对呀！那司机回过头来说，不是首都机场吗？唉，一字之差，差了不知多少里！竹瑗听了，撇了撇嘴，我看那司机是故意的！

也许。兜路多收点车费呗。也没有多少钱，只是这一兜，便误了时间，再加上塞车，他坐在后座焦急，却不知道有什么办法可想。

终于下车，他远远便看到竹瑗戴着米色渔夫帽子，俏生生地站在街道对面，一瞥见他，便笑向他挥手。

竹瑗爱笑，他记得第一次见到她，她推门而进，也是很清爽地笑着。他觉得她的笑容在纯真中又带着一点野性的媚气，咯咯地在他心房的深处跳荡。但她后来告诉他说，我爱笑，还爱哭呢！自小就这样……

上小学的时候，老师在课堂上说了个笑话，全班哄堂大笑，过了一会儿，全班都止住笑了，她还笑，老师警告了几次，她还是忍不住；老师火了，命她去操场罚站，她还笑，过了许久，她才惊醒过来，一看操场上只有她一个人，笑着笑着便大哭起来，也不知道是因为害怕还是受了委屈。

怪不得。

什么怪不得？

你是性情中人，血性女儿。

才不呢，我胆小。

但是一大胆起来，一般男子哪里是她的对手？她幽幽地说，我都想好了，倘若他真的察觉了，我就一五一十说给他听，他爱怎么样便怎么样！

他心口一荡，两眼发热。这便是她的豪气，在豪气下的万般柔情，不经意便浓浓散发出来了。她侧坐在他双腿上，双手环抱着他的脖子，摇呀摇的，他看不见她的脸，但他总是觉得她笑靥如花，眼中却有愁云。

堕入情网，大概不能用感觉来形容。他看得出她内心的挣扎，欲迎还拒。

我真想对你说，我们就做最好最好的朋友吧，你做我哥……事后她这样说，但我不能，我在想，我能够把你孤零零地丢在这里，失望而去吗？不能。

他摸了摸她的脸，但觉滑不留手。是不是因为同情？

她叹了一口气，那倒也不是，如果只是同情的话，我怎么可能以身相许？

有许多男人贼贼地对她说，竹瑗，只要你点头，那我就是世界上最幸福的男人了！他怀疑自己也想这么说，但他终于没有。这样的话太难说出口，这只是一种感觉，感觉不需要或者不可能用语言准确表达，一说就俗，只能全身心去体味。如果体味不出来，说了何用？

油嘴滑舌。你不要相信男人的甜言蜜语。

包括你？她笑，吃醋了？

没有。男子汉大丈夫……

但他心里实实在在漫过一股酸味。

有情未必不丈夫呀。她笑，有点揶揄。

也说不上是怎样的一种情势，要是她还在香港的时候便认识，他和她的人生历史可能就会改写。但当他与她邂逅的时候，彼此都已经有了家庭的负累。

也可能是出于一种好奇吧，乍见她的时候，他对于她竟会这么早便回北京读大学有些惊奇。而且，读完书便留下来了，做广告设计，自由职业，有时间就接活，没时间就不做。

他在北京做生意。

哦，港商。

其实早就认识了，在中学时，他高她两个年级。后来去美国读工商管理……

他立即明白，他们在北京重逢，于是便展开了恋情。

人生何处不相逢？

相逢有如在梦中。

他叹了一口气，也许这就是机缘了。

你别酸溜溜的，谁叫你不早点认识我？

人的命运变幻莫测，不走到最后，谁也不知道结局如何，他没有办法把握将来，因为他永远也看不到自己的底牌。

也不是没有尝试去探究自己的未来，那晚他走过庙街，看见在昏暗的油灯旁，有个老年相士垂首低眉默默不语，不像其他相士吆喝着拉客：这位先生，你眉间有乌气，主凶，快来看看，我给你指点一条明路，趋吉避凶……他满脸不屑，要是真的这样灵，你大概也不会在这里摆档，早就飞黄腾达了！那相士横了他一眼，话可不能那样说，我们能够给人指点迷津，却不能看破自己。他一凛，这话有点禅机，但他不能停下脚步，既然刻薄的话已经扔了出去，便像泼出去的水，再也收不回来了。走着走着，便一头撞见这个与众不同的老相士。

油灯的火舌隔着玻璃罩闪烁，把老相士那张饱经风霜的长脸照得明暗不定，好像有个不可知的命运，在那里跳着摇摆不止的灵魂舞。老相士抬起深不可测的眼睛，沉沉地说，你命犯桃花，只怕此生也难以与一个“色”字绝缘了，你须得小心！

他心中暗笑，这个老相士，怎的也是逃脱不了江湖术士的嘴脸与腔调！命犯桃花？好哇！我年过三十，还没有过什么女朋友呢，何来桃花？我不是桃花旺，而是不知情路在哪里。

但他也不由得萌生期望，莫非这老相士有先见之明？牡丹花下死，做鬼也风流！

你信也好，不信也好，我言尽于此，你好自为之。老相士说罢，又恢复眼观鼻、鼻观心的打坐姿态，不再说一句话。

他放下钱，起身走了。庙街那头灯光辉煌，卖录音带的摊档正播着许冠杰的《天才白痴梦》："……何必寻梦……"

但梦却总是要寻的，人生如果无梦，岂非太过苍白？到了无梦的时候，那便是立业成家之际。

一直没有什么桃花运，他只身孤独浪荡的日日夜夜里，他甚至好几次兴起要去庙街找那老相士算账，叫他退钱的冲动。什么桃花运？连一朵小小的桃花蕾都不曾见过！

但是终于也算了，如此失败，难道还巴巴地去对老相士说，怎么一个女人也没有？说出来也太丢脸了。何况，几年前的事情，又无凭无据，即使找到那老相士，如果他摇头不认，你奈他何？连去商店买东西，没有单据，照例也是概不退换的。

一切也都是命。生命是单程路，每踏一步，永远也不知道脚下到底是坦途，还是悬崖，只得左顾右盼，亦步亦趋。也不是等不得，如果知道前面有个王竹瑗在，不管是否在等他，他也会这样孑然一身地走过来。也不是不怕寂寞，特别是青春期躁动的寂寞，漫漫夏夜里蓦然惊醒，只听得悬挂着八号风球的窗外风雨飘摇，呼啸着轮番扑击玻璃窗，如深山野林里猛兽的低吼，他辗转不能再度入睡，眼睁睁地望着黑影中的天花板，听床头的闹钟嘀嗒着昂首阔步地前进，又是一个失眠之夜。假如有人陪伴，在这样的夜晚，他相信他不至于无眠。但那只是流于美好的想象而已，与现实未必吻合。当他为了完成任务而成家之后，他发现并不因为有了枕边人而一觉睡到天明，在那些雷电交加之夜，他听着玉茹轻微的鼾声，心潮起伏不已，原来，那个时候他以为他可以拥抱着一个温香软玉的美梦，从夜晚直到天明；现在才知道，只有心灵的沟通，才能够叫他如鱼得水。

那么，那老相士完全是胡说八道，完全是江湖术士混饭吃罢了？

不不，他没那么说。尽管并没有确切的证据，但他对于命相一类虽不会深信不疑，却也有敬畏的心理。不但命相，对于一切玄妙的东西，他都不轻易否定，只因为他怀着一种敬畏的虔诚，认为世上万物太多奥秘，眼下不可思议的东西，也许只是科学还没有发达到足以解释而已。他说，那老相士之言，现在想起来，也不是完全没道理。

只是时间交错，他本来以为此生就这般平淡，只是按照世俗的模式，随波逐流而已，哪里想到在他的情路上桃花开得迟，等到不断获得青睐，他已经不再是自由身，偏偏又不能横下心来另筑新巢。

你也一直没闲着啊？你！

那也不是。只不过在最寂寞的岁月里，有个知己红颜，多少也可以消磨愁绪。完全没有玩世不恭的意思，只是以为自己找到了可以共鸣的对象，哪里知道到头来竟也是一场空！

又错了？

也不一定。我相信她当初是真心爱我的，但时间、环境与心境的改变，令她不复当年的热情。大概在她心目中，爱情的位置不太重要，我这个男人又算得了什么？当两颗心不再那样热烈吸引，我明白我必须快速退出，如果到了我被人嫌弃的时候，我自己会很自卑的！

你是不是为自己的脱逃找借口？

不是，我自问从没有负过人，但我很敏感，我知道我应该在什么时候退出。在适当的时候，你必须抽身而去，虽然内心痛苦，却是保存自己最后尊严的唯一方法，到了人家开口，那已经太迟了。

你怎么知道人家的心思？也许是你敏感也说不定。

判断当然不太容易，尤其是夹杂感情纠葛的判断。不过只要不自欺欺人，总可以找到蛛丝马迹。就像伊静，那个时候，她每次从台北归来，总会从机场第一时间打电话给他，叫他陪她吃饭，然后送件什么东西给他，咻咻地说，你没空，不然的话，我们一起去多好！我每到一个地方，都要给你买点纪念品，这样，你就像是跟我一起走过那些地方了！那些东西未必值钱，却跳荡着她的心意，叫他的心湖潮涌起来。但后来，慢慢地就没有电话，更没有礼物了。情不再，永恒毕竟难求。

那多可惜呀，也许你本来可以挽救的，或者说她要看你有没有什么反应……

没用的。一旦感觉不再，就算你努力拉回来，也不会长久，或者说回不去了。我不要勉强的东西，与其勉强，不如不要。

没想到你这么坚强。

不是坚强，而是无奈。既然无奈，只得随缘。我不相信人力可以挽回一段感情，两个人的事情，一个巴掌拍不响，又不是买一件东西，你不能一厢情愿。

是一种十分无奈的感觉，正如小时候他斗风筝，直给敌方杀个片甲不留，他的风筝断线，在高空中翻滚着远去，不知飘到什么地方，他的心便空荡荡的，没着没落。小时候还可以率性地大哭一场，最多让人讥笑“输不起”，长大了却已经没有这样的权利，男儿有泪不轻弹，即使想哭，也要留到夜深人静之时独自向隅。而伊静这一去，是不会回来了，就像断线的风筝一样。

北京的春天，也该是放风筝的季节了吧？记得多年前他在这个时候到北京，便在天安门广场看到放风筝的人们，但这次他没有碰到。五一刚过，那个早上他从鼓楼搭地铁到前门站下车，穿过天安门广场走向华表时，但见广场上人山人海，原来五一放一个星期的假，从各地赶来旅游的人都汇聚在这里了。即便现在还可以放飞，人群如此拥挤，哪里还有回旋的余地？

原来，有许多东西过去了就是过去了，不可能再倒流，比如风筝，比如时间。在广场上跑着跳着放风筝的少年梦，已经远去，而那青葱的岁月，也渐渐老去。他看着那发黄的黑白照片，想起意气风发的日子，清脆玲珑如昨，哪里想到镜头一转，两鬓已经开始发白。

时间对谁都公平，你老去，我也老去，自然法则，谁也不可抗拒。竹瑷轻轻摸了一下他的脸，你放心，有我陪你。

我不怕死，但怕老。

老去太可怕，不但讨嫌，而且力不从心。那回他在香港探访安老院，只见那些孤独老人坐在轮椅上，目光呆滞，凝望着远方的天空，好像在思索着什么，便令他的心抽搐。他们是在回忆青春时代的辉煌？还是无助地数那云彩翻飞？他试图跟一个老人说话，但那老人并不回应，一有人推门进来，便心神不定地望了过去。后来，两滴浑浊的泪流了下来，老人长叹一声，便闭目假寐。当时他也不知道为什么，后来才听说，老人在期待独生子探望他，但终于失望了。也许不能怪他儿子吧，香港节奏如此紧张，大家都忙得不可开交，为了生活，抽不出时间也不奇怪。不过孤独老人的心思，该如何去排解？

世界上有许多无奈，而寂寞更像一条毒蛇，咬得你灵魂痛楚不安。年轻时寂寞，体力犹在，可以疯狂发泄；到了老年，什么办法也没有了，只有认命。那老人心情慢慢平复，终于对他说了一句，人哪，真的很脆弱呀……

后来，一有时间，他便去探望这个孤独老人。亲情、友情、爱情，人世间的情感，哪一种最牵动人心？老人毫不迟疑地说，那还用说，当然是男欢女爱的爱情啦！他看到老人已没有光泽的眼睛猛然闪了一下，想来是牵动了心底埋藏已久的深深柔情吧？那晚，电视正在追击报道豪门恩怨，为了一个钱字，亲情反目，家事公开，甚至还揭出一段堂姐弟的苦恋秘史。已经老去的富豪说，那是四十多年前的事情，是一段很伤感的罗曼史，因为我家庭反对，她被迫嫁给别人。老人说，男人和女人有罗曼史，很正常呀。

他说了一句，堂姐弟生出儿子呀！老人横了他一眼，你年轻，你不懂。当爱情来到的时候，什么也挡不住。至于他们的感情纠葛，他们自己最清楚也最有资格批评，我们都是旁人，指手画脚干什么？

他没有想到，老人也有过情人。老人的脸上闪过一丝忸怩的神情，脸色似乎红润起来，沉浸在一种甜蜜陶醉的回忆之中。老人忽然神采飞扬得叫他吃惊，甚至担心是不是有些异常，甚至是……回光返照？但老人不让他走，只是一味地说，我也年轻过……

他突然觉得，老人期待的，实际上并不是他儿子，而是他的那个情人。只不过，即使情人来看他，恐怕也已经老了，不复年轻时的活力，更不要说青春美貌了，哪里还会有什么澎湃的激情？也许，老人所向往的，不过是心灵相通的感觉，并肩与心爱的人坐在那里，不言不语，一齐望着夕阳慢慢西下，晚霞染红了天边……

是的，老去是自然规律，任谁都无法避免。每当他翻看十年前的相片，便有一种触目惊心的感觉。那浓黑的头发、青春的眼神，哪里去了？老去而要有庄严，有时也不那么容易，因为力不从心。只有相互扶持的爱情，可以在精神上给予激励。

竹瑷说，不怕呢，我们一齐老去……

他一把搂住她，我真怕先你而去，留下你怎么办？

你不能这样坏，你要等我，不许自己走！

他的泪涌了上来。年纪大了，是不是容易流泪？一向以来，他认定男儿有泪不轻弹，他一直没有怎么流过泪；哪里晓得如今人到中年，稍有感触，便止不住泪下。我的感情可能越来越脆弱，他说。

男人怕什么掉泪？英雄也有柔情，我喜欢。

他伸手拭了一下眼睛，强笑道，让人看到，真是笑话了，我陆宗声……

是不是又是什么男儿流血不流泪呀？老土！

其实他心中想到的，却是他不知道当他离开这个尘世的那一刻，竹瑷会不会在他身边。他甚至想到，一旦他病重，不能动弹，连电邮都发不出去了，身在另一个城市的竹瑷只怕都懵然不知。

是一种十分恐惧的感觉。那回，他的脚踝筋骨拉伤，走起路来，牵动那条筋便痛，他告诉竹瑷，真怕走不动了，走不动就不能去看你！竹瑷回电邮说，午夜风雨大作，雷声把我惊醒，依稀记得发了一场梦，有人骑着马掉下，一瘸一瘸的背影，却看不见那面目，我再也睡不着了，起身绕室彷徨。睡前看电视剧，有个骑马人从马上跌下来的镜头，但那人跟我无关，所以我觉得肯定是为你发的梦！找不到病发原因，你就更不要掉以轻心，找点中药药材泡脚吧，看电视时，用手揉揉痛处，让血液加强循环……仅仅是几句话，关切之情却流露无遗，令他有些不忍，他是不是不该告诉她免得她担心，在万里之外她也不能为他做什么！

但也许在潜意识里他所期望的也正是这片言只语的关心。哪像玉茹，眼看他一拐一拐的，也不闻不问，让他觉得，即便天塌下来，也要他独自去面对。

他想，如果命定的时刻终于来到，能够在心爱的女人怀里最后闭上眼睛，一定很幸福。只不过，有这样福分的男人，世上有几个？

他怔怔地这样想着。这时，他与竹瑗正坐在北京隆福寺露天茶座的彩色太阳伞下，咬着老玉米，喝一杯绿色的苹果味汽水，浑然不觉夜色渐渐深沉。

起风了。

三

或许，老去的感觉，是伴随着千禧年的欢欣鼓舞而来的吧？为迎接二十世纪的最后一个元旦，传媒早就预报，2000 年 1 月 1 日上午 7 点半左右，香港新千年的第一线曙光，将会洒在东果洲的土地。凡人终其一生也只能看到一次千年曙光，难怪成千上万的市民不畏寒冷，起早摸黑，上山下海为的是一睹那振奋人心的一瞬。但宗声并没有动心，他不觉得那有什么特别，或者说这全在于心理因素，你认为重要，那就重要；你认为无所谓，那就无所谓。他对竹瑗说，要是那时你在的话，或许我就认为重要了，拼力也要报名参加“东果洲千禧游河团”，一起见证这样的一个难忘时刻。竹瑗笑道，你就想啦！那个时候，我和你还没有遭遇。

应该说还没有在情路上遭遇。

回想起来，当他在全港迎千禧活动的心脏地带——跑马地马场参加倒数仪式时，他还没有现在落寞这么深。临近午夜，倒计时器不停跳动，全场屏息注目，空气好像凝住了一样，突然，震耳欲聋的倒数声轰响在跑马地上空，十、九、八、七、六、五、四、三、二、一！时针指向零点，成百上千颗缤纷的烟花腾空绽放，燃成一片不夜天的热烈景象。

随后马场举行一场“千禧杯”特别赛马，十四匹马出赛，投注额达港币八千七百万元，董建华为夺魁的马匹“欢腾”的主人颁发奖杯。宗声在嘘声中把投注票一撕，随手一抛，观众席上呼啦啦地飘舞着无数碎片，发财梦醒。

其实也并不是真的想要赢马，他一向对赛马没有研究，即使报馆马经版的同事给他“贴士”，邀他一起投注发点小财，他也微笑着摇头婉拒。不是不想发财，而是觉得太渺茫。但今夜例外，为了新千年的到来，庆祝也好，消遣也好，也就是投注几百块，不会伤筋动骨，输了也只是笑话一场。小赌怡情，大概这就是吧？

没想到你也会赌马，竹瑗撇了撇嘴。

其实不会。胡填就是，只要那马儿的名字好听就行，我从不会去研究它的状态与实力如何。

瞎子摸象？

正是。不过如果不是“千年虫”恐慌，我大概也不会在身上放那么多钱。

都说计算机程序设计的年份一向只有后面的两个数字，一到“2000”，计算机不会认识“00”到底是“2000”，还是“1000”，银行的存款资料很可能在那一瞬间尽毁。虽然银行早就表明除虫成功，但一般市民哪敢大意，一到除夕，人人跑去做最后的冲刺，不去提款，也要打簿，至少留下银行记录，万一千年虫真的发作了，要与银行理论，也有点凭据。而他干脆就拿多一点钱防身。

人心脆弱？也许。不过，小心驶得万年船，连银行也都不敢拍胸口保证无事，千年过渡还要派技术人员整夜值班戒备，而他所住的大厦电梯，从1999年12月31日晚上11时45分至2000年1月1日0时15分停开，也是预防万一，免得有人给困在电梯里。但身上钱一多，人就不安分，或许投注表面上是为了娱乐，内心深处终究还是为了发财，只不过他不愿在竹瑗面前直认财迷心窍。他只是笑嘻嘻地告诉她，迎接千禧年，要比迎接进入二十一世纪隆重热闹得多了！

确实欢腾，在这样的时刻。传媒都在说，回望香港过去千百年足迹，我们经过多少潮起潮落。由一个不为人知的小渔村，到今日成为国际金融中心，我们制造的衣饰、玩具和电影享誉全球，美食天堂令人垂涎。香港的奇迹，是因为历史的“错体”，经过多少人的努力，包括带领我们走进新纪元的千禧人物，包括各时期融会在这个熔炉的新移民……

香港是弹丸之地，面积只有约两千平方公里，但眼下人口已将近六百八十万，到处都是人挤人……

北京大，但人也不少，竹瑗回眸一笑，你看看那人流，一点也不比香港逊色！

也是。特别是碰到长假期。所以他也不大愿意到处走动。那个傍晚，竹瑗带他去走重建后刚开放的王府井，虽然成了步行街，不必人车争道，但南来北往的人群络绎不绝，他们几乎给卷着走了。走到王府井北口，人们围着一处地方观看，原来是在重建时发现的王府井井口。竹瑗说，叫了那么多年的王府井，现在才知道它的来源，你说怪不怪？

岁月如歌。跑到那家音像公司，转了一圈，却找不到那黑鸭子女声小合唱的唱碟。没关系，等我找到了，我给你寄吧！竹瑗说，什么事情都要碰，如果太刻意，反而不容易找到。

就像我碰到你一样？

时光汩汩，老去的岁月，已经不能呼唤回来了。那悠悠的歌声，如泣，如诉，似怨，似喜，叫他茫茫跌回青春的梦中。

他叹了一口气，造化弄人。

找的是唱碟《岁月如歌》，买到的却是VCD《静静的顿河》。是一种怀旧情结吧？他明知那节奏已经赶不上现代的步伐了，但仍固执地想要拥有它，只因为当年在首都电影院看过之后，便一直难忘葛利高里和阿克西妮娅。殊不知今天重看，葛利高里已经不是昨日的葛利高里，阿克西妮娅也已经不是昨日的阿克西妮娅了。

重温，把原来的美好印象几乎全都打破了。

阿克西妮娅怎么这么胖？那个时候我印象中她很漂亮，很性感……

那是你的怀春岁月呀！动心了？

我还没那么傻，拿明星当梦中情人！不过重看真的有些失落，早知道不如不看，倒可以留下最美好的记忆。

那你只不过是回避而已，竹瑗望着他，事实不能改变，心境可以改变。可能也不一定是坏事，证明你一直在向前。如果你和几十年前一样迷恋阿克西妮娅的话，恐怕就不正常，说明你没有成长。

哗！你这话是不是有什么玄机？

玄机是没有的，只不过有感慨。

他想想也是。

那个时候，他是个少男，对女性只有神秘的憧憬，却毫无经验，或者说，向往恋爱，只是纸上谈兵，只有无限的青春活力，把想象遗留在梦中。那种朦朦胧胧的热情，挑逗他全身的精力，却找不到一个出口。而今，他已然历经沧桑，女性不再那样深不可测，然而他又觉得他迷失在深深的遗憾中。即便他已成家，但他却痛感到与他原来的设想相差太远，他的家庭生活并没有什么甜蜜味道，只不过是世俗生活，玉茹总是说，你别老那么愁眉苦脸的，怪不得你一辈子都不能够发达！他忍不住想要驳嘴，一开始你就该知道，我只是个小人物，哪里会发达！但还是忍住了，算了算了，吵什么？有什么好吵？吵了难道就可以好转？

懒得吵架。甚至连吵架的力气也几乎没有了。

与其说是个小家庭，倒还不如说是机械的合作社。各干各的，几乎没有什么心灵交流，连一起看看电视，或者聊聊天，也都没有；只有最实际的东西，才会拿出来说。玉茹会提醒他，喂！今天出粮了吧！那意思是叫他记得去银行拿家用。或者说，喂，今年加人工了吧？那意思是说加了人工你可也要给多一点家用。如果他稍有犹豫，她便会说，男人嘛！谁叫你结婚？你既然要结婚，就要挑起家庭的担子……

他也不是不愿担当男人的角色，事实上他从来也是尽力满足她的要求，他并不是在乎金钱，只是他梦想中的爱情并不是这样，一旦家庭的承担变成赤裸裸的金钱关系的时候，他绝望了。夜深人静仍在努力工作的时候，有谁给他一句关怀的话？头痛发烧躺在床上，有谁能够来安慰他？你知不知道，你知不知道，我等到花儿也谢了……

或许因为这样，他不要孩子。如果孩子生出来却不能让他们快乐的话，那就不如不要。

竹瑗摸了摸他的脸颊，你太惨了。

他一把搂住她，把左脸贴在她的左脸上，轻咬她的耳垂，我已经好久没有了……

竹瑗拉开了一点距离，凝视着他，难怪。

当他第一次全面接触她的时候，竟不能直达终极目的。假如不是她慢慢引领，恐怕早就半途而废。

是心理因素，不是生理问题。

一旦跨入正道，所有的精力都被调动起来。柔情蜜意。颠鸾倒凤。如鱼得水。这些他早就看到麻木的字眼，这时排山倒海而来，而且鲜活得立体玲珑而又意蕴无穷。他发现自己原来那么无知，简直是白活了。好在有你，要不，我这一辈子可真是一贫如洗……

竹瑗倒了一杯热茶，高举着端给他，举案齐眉……

多喝水。

已经不再青春，怎么依然勇猛如虎？一而再，再而三。他也弄不明白。

原来灵欲结合，才是最高境界。

即使老去不可阻挡，心理依然可以年轻。我就愿意这样抱着你，一直不分开。

如果我是自由人的话，我一定会伴随着你，随你到哪里去都行！

他的内心腾起希望的火焰，但终于不能熊熊燃烧。

把玉茹休了？他很难开口。不管怎么样，她已经消耗了青春，叫她一人如何去走那漫漫长路？更重要的是，竹瑗还有一个宝贝儿子，难道真的可以叫她放弃一切，跟他浪荡江湖？

他于心不忍，因为他觉得她会不快乐。

等克己上大学，毕了业，我的责任也尽了，我跟他离了，你也跟她离了。哪怕我们结合一天又感到不对了再离也好……

到那时，也就是老伴了。他并不在乎，他最需要的是心灵的和谐共鸣，并非一定要追逐肉体的快乐。活到这么个年纪，他才痛彻心扉地感觉到，两心相印是如何难得。此时隐隐约约的歌声幽幽传来：过去我与你随缘聚散恨极无奈，一转眼，两心分开经数载。这晚再与你重逢后心里极意外，想不到，醉心始终这份爱。情人你可知道，也许知道，没有未来；情人如你早知道，已经知道，花不再开。问你怎么要付出所有爱？情人你可知道，也许知道，没法替代；情人如你早知道，已经知道，不可变改。为了不想染尘埃，若最终只有离开。……

嗯，是谭咏麟的《情人》。

时光一去不复回，给每个人留下的痕迹十分惊人。连英格兰足球超级联赛中曾经被誉为“固若金汤”的阿仙奴“老人防线”，也终于土崩瓦解了。一超过三十，在足球场上已经算是迟暮了，曾几何时，曾为阿仙奴队夺取英格兰足球超级联赛和英格兰足总杯双料冠军立下汗马功劳的前锋伯金，如今也已经不堪回首，只能回味。原来，从高峰滑下的速度，竟会这般触目惊心。

那是足球，竹瑗说，你又不用在球场上奔走，怎么同？你还健壮如牛，怎么可以说老？

他的额头顶着她的额头，你不知道，在床上角力，一点也不比在足球场上省力……

坏蛋！看来你还真的不老，要不不会这么色……

但再强壮，也已经不像二十岁般精力旺盛了。

四

虽然还没有达到无欲无求的无差别境界，但他自觉心境已经平和许多。或许他于今所期盼的只是一壶茶，或者一盘水果，悠悠地跟竹瑗消磨下半生，只不过这看来简单的心愿，只怕这辈子也无法实现了。

我这是在倒数，见着你一次便又少一次。他对竹瑗这样说，心中涌起一股苦涩的味道。

瞎说！别说这么不吉利的话，我们还要一起过很多很多的日子呢……

他不知道竹瑗在夜深人静时有没有垂过泪，她总是说，我这么个破人儿，不值得你这样牵挂。

很多事情不是值不值得的问题，而是你想不想的问题。如果先衡量一下得失然后才去爱或是不爱，那恐怕早已染上太多功利的色彩。

人生如梦，如果一生都不曾深爱过，岂不是太遗憾？人到中年，那情感或许不会那样外露，但是并不等于失去澎湃的热情，只不过向深处内敛，积淀得更厚重。

当竹瑗给他打电话的时候，他有点喜出望外。一向以来，都是他打给她，她几乎没有打过来，有时他也会怀疑，竹瑗是不是没有他爱得那么深。不过这种偶尔泛起的猜想并没有影响他的心境，他更相信与她相处时自己的感觉。

你知道吗？我昨天晚上做梦，真的梦见你，在茫茫人海中，我带着你去找医生，看你的脚。天雨路滑，走得非常辛苦，我拉着你的手，看你一瘸一瘸的，好心疼，忽然间便醒了……

早知让她牵挂，他真该沉默是金。

她说：记得要去照X光！

那时冲口而出，是因为一种无力感吧？无力感是因为觉得个人太渺小。明明已经进入四月，天气也渐渐热了，那天下午他刚要钻出尖沙咀地铁站出口，天色突然转暗，俨如黑夜，雨势变大，突然便听到噼噼啪啪的响声，只见一片片如乒乓球大小的白色东西从天而降，连续击在行进中的车子的挡风玻璃上，司机纷纷把车子停在路中心，大概担心其冲力把挡风玻璃击碎吧？

他本来以为是大厦水泥剥落，原来不是，漫天落下的是冰雹。雷电交加，一阵怪风刮起，街上的杂物都被吹起。冰雹挟下坠之势，前仆后继地击在车顶、路面和帆布的噗噗之声，触动防盗警钟，纷纷呜呜长响，诡异十二分钟，天地为之变色。

大雨与冰雹突如其来，一下子又突如其去，天色转亮。他跨出地铁站口，只见路边落下许多枯枝与树叶，被雨水冲至水渠，淤塞引起水浸，他和许多路人一样，狼狈地涉水而过，连灵魂都湿透了。他掏出手机想要打电话通知相约吃川菜的朋友，稍迟才能赶到美丽华，哪里想到根本打不出去。后来手提电话网络供应商的发言人解释，由于天气恶劣，傍晚五时半至七时手机打出及接收来电的成功率较低。原来，最紧急的时候，手机也未必能够发挥功用。如此看来，高科技也未必能够抵挡大自然风云变色的威力了。恶劣的天气导致多宗撞车、撞船意外事件，而在新界元朗大生围及崇正新村等地，水浸还令村民被困……

堪舆学家纷纷出来说，春末夏初落冰雹，是不祥之兆，可能寓意未来股市有灾势，甚至有病毒等瘟疫爆发。

说来也巧，一个多月之后，禽流感再度在香港蔓延，当局在好几个菜市场的鸡样本中验出 H5N1 禽流感病毒，港府宣布展开 1997 年以来第二次的全港杀鸡行动，一百二十万只“适龄”在市场上出售的鸡、白鸽和鹌鹑，被分批销毁，只不过与 1997 年 12 月 29 日那次不同，此次杀鸡不见血也不露尸，大概是吸收了那次全港死鸡血肉模糊的画面经电视传播世界各地，因而受尽舆论批评的教训。

吃一堑，长一智。

港府付出巨额赔偿来杀鸡，本意是为了保护市民健康。但逾百万只家禽被赶尽杀绝，却引来二百多名佛教徒在荃湾老围村西方寺举行法事，打斋超度枉死的家禽亡魂，据说是为了化解怨气和孽障，保佑市民平安。西方寺方丈永惺法师在主持超度仪式时说，鸡被集体屠杀，它们的亡魂会积聚怨气，对人和环境都没有好处，既会威胁人命，也可能会令香港出现暴风暴雨及瘟疫等现象，所以必须举行法事，超度鸡的亡魂。他说，他对大量鸡被杀感到难过，而这次集体屠宰也是很大的残忍；不过他又认为，鸡被屠宰是因为有罪孽，这次法事对人、对鸡都有好处，更可以令鸡在下世不需再做鸡。

宗声听着二百多名善信在永惺法师的带领下集体念诵《大悲忏》经文，寺内回荡着一股悲壮肃穆的气氛，飘飘渺渺地好像把他的魂魄都勾入极乐世界，他几乎忘却自己是前来采访的了。

但他仍有疑惑，集体屠宰，鸡便属枉死，需要超度，那么，平时人们宰鸡煮来送饭吃，那就不用超度了吗？

当他在电话中提起时，竹瑗沉默了一会儿，世界上的事情，许多我们都无法解释。

超度的时候，永惺法师上香，并以柚子叶及清水进行洒净仪式。宗声说不上信或是不信，但心却恍恍惚惚的。他说，我最期望的，是有来生。连鸡都有下世，何况是万物之灵的人类！

到那时候，你可要等我呀！他絮絮地说。

但其实他也担心即使有来世，也未必认得出竹瑗了。走过奈何桥，喝了孟婆茶，前生统统遗忘，凭什么去重投旧梦？

竹瑗轻咬他的舌尖一口，这是相认的记号。你放心，我们有缘，风里雨里，今生来世，我和你终究不能错过。你想想看吧，在茫茫人海中，有亿万的人走过，为什么我会和你相碰，又为什么相遇以后能够相爱？这种概率有多少？既然碰上了，那就说明，命中注定，你是我的，我是你的。

来世太遥远太虚幻，他心中无数。但是也只能这样安慰自己，不然的话，这日子怎么过?

说这话的时候，是在秋日的京城之夜，室内灯光昏黄，窗外竹影摇曳。他恍惚听见时光踮着脚步轻轻滑过，如舞。如果我们就永远这样一起滑行，多好，他说。

竹瑗闭着眼睛，嘴角漾起的笑纹就这样照亮漫漫长夜，一直到天明。

五

夏日周末去逛赤柱，中午的阳光猛烈，眼睛都几乎睁不开。我已经不习惯香港湿热的天气了。坐在那家只有十来个座位的咖啡馆里喝冻咖啡的时候，竹瑗一面望着玻璃墙外来来往往的度假人流，一面说。

但在赤柱街市一家连着一家的铺头转来转去，上面有密封的顶篷，巷内冷气十足，与外面的燥热世界完全隔绝。这比翻新的东安市场好多了!

翻新后的东安市场，成了香港商场的翻版，一层层地上去，一间间明亮的铺头，现代化是够现代化的了，却缺乏了自己原本的特色。哪像六十年代初的旧东安市场，一钻进去，便像在迷宫兜来兜去，那昏暗的灯光，更增添几分怀旧的韵味。

他记得那个时候在和平餐厅吃一顿西餐，或者是到吉士林去吃一杯冰激凌，已经是很大的享受了。

那个时候你就会来北京玩，也很奇怪哩！

那个时候你太小，十岁不到，你恐怕还没到过北京，就算你到了北京，旧东安市场你也去过，恐怕也不会太记得是什么样子了。

竹瑗笑道，那个时候北京根本不在我的视野中，没想到时光流转我现在竟会长住北京，这样的变化，我当初怎么想象得到！

人生真的存在着许多变数，谁都不是未卜先知的诸葛亮，他叹了一口气，不然的话，我们大概也都不会有这么多的烦恼了！

许多东西都可以设法安排，但姻缘却好像只能听天由命。人生有许多遗憾，而不能与最心爱的人终老，大概是遗憾中最痛彻心扉的遗憾了。

他甚至也把握不住自己的路向，比方当年遭遇李玉茹，那只是基于男大当婚的心理，没有激情，当然也不抗拒；后来邂逅赵伊静，他以为那是迟来的爱情，哪里想到到头来也只不过是过眼云烟。如今到了这个年纪，他知道不再青春，不再冲动，甚至有些沉静如死水了，不料竟还会在生命的历程中刮起这样震撼灵魂的感情风暴，他才省悟到，只要生命仍在律动，爱情并不会老去。而且，有了比较，也经历了那么多事情，能够斟酌得出虚情假意与真心实意，他情愿再堕入全身心的煎熬，去换取一次刻骨铭心的恋情，至死不悔。

竹瑗，如果没有你，我对爱情恐怕会一直抱着怀疑的态度，但因为有了你，我绝对相信人生还是有真挚不变的爱情。这是一种感觉，我相信这种感觉。

不知道。我真的不知道。我老实告诉你吧，在我的生命里，已经有太多这样那样异性的诱惑，但我从来都是兵来将挡，一笑置之，但是千防万防，就是没有防备你，你让我猝不及防，一下子就俘虏了我。不然的话，恐怕你和我也没戏了。这大概也是命，不可抗拒……

甚至连我也不知道，你竟会从梦中走进现实。

竹瑗软弱地说，你要给我留点余地……

痛苦了一夜之后，隔天再见，她看着他布满红丝的眼睛，去他妈的，我什么也不管了！

有时候只是刹那间的当机立断罢了，许多东西往往稍纵即逝，感觉再也找不到了，回首竟已是百年身。说来说去，也就是一个玄妙的“缘”字。

命里有时终须有，命里无时莫强求。

太阳依然猛烈，戴上新买的遮阳帽和太阳眼镜从赤柱大街上走过，只见一间挨着一间的酒吧挤满了酒客，轻装的西方男女一面喝着大杯大杯冒着泡的啤酒，一面高声谈笑，充满了度假的轻松氛围。

但汗水却不可阻止地流下，他伸手抹了竹瑗的额头一把，不如去游泳吧！

赤柱海滩的红白蓝三色太阳伞底下，三三两两躺着穿游泳衣的男女，远处海面漂浮着戏水的泳客，喧哗笑闹声传得很远很远，没有回响地消失在空旷的海天交接处。这种不能把握的声音虽然有原始自然的粗犷，却不如在室内泳池那样充满世俗人间的腾腾热气。叫声、笑声和拍水声回荡在室内，没有阳光曝晒，竹瑗很优雅地纵身跃入池中，像一条鱼似的游了四个来回，爬上岸，抹了一把脸，跳了两跳，抖落全身的水珠，转身便走，只留下身后追逐的异性目光。这是不是就叫作酷？他笑。不是扮酷，游泳就是游泳，我才不理会人家的眼光哩。

你不理，但人家不可能“麻木不仁”呀！

你们这些男人呀……

其实也不一定有什么邪念，只不过有出色的女性走过，男人眼前一亮，也很正常。竹瑗身材高挑，淡然的神情令她那俊俏的脸蛋染上一层冷艳的傲气，穿着泳衣，更加“杀死人”。

她却说，我才没你们想得那么多……

这也是她的可爱之处。她从来不认为自己有什么出众，虽然自信，却又没有高人一等的感觉，不像一些稍有姿色的女人那样难以侍候。但叫她在正午的炎夏阳光下游海泳，她却有些犹豫了，没带泳衣又没带太阳油……

没带也可以买，但他明白她不想皮肤曝晒，爱美之心人人皆有。犹记得那晚临睡前，她从手提袋里掏出一个小瓶，把瓶中液体倒在掌心，往脸上涂匀。我给你做面膜，让你看看……

她说，我多少年没有到海滩游泳了！

北京不靠海，想去游泳，只好到室内游泳池，比方工人体育馆。

但室内泳池漂白药水味浓，而且是死水，不大卫生，不像海湾，海水是流动的活水。

说是那么说，你再想一想，海水又何曾干净了？

也是。在某种程度上，世事本来就在于你自己的取向如何罢了，有得有失，并不是没有道理。比方港府宣布取消银行的统一利率之后，汇丰恃着自己财雄势大，宣布对小存户收取手续费，又把利率降至全港最低，小市民能够怎么样？想要转银行，它也不在乎你们这些小存户，而小存户把钱存到规模较小的银行，不用交什么手续费，利率也比较高，却要承担银行实力不够雄厚的风险。

这个世界，到什么时候也都是弱势族群吃亏，你没钱，你就要受制于人，甚至被人赶尽杀绝，所以我不喜欢。当初离开香港，可能潜意识里也有这种因素在驱使我。

但这恐怕是趋向，或说是商业化的潮流，只不过香港先走一步，或者更为剧烈罢了。你终究不能回避。

像汇丰那样在香港赚了那么多钱的银行，难道对香港市民没有什么承担吗？

不知道。不过从做生意的角度，也难怪。而且为了保护自身，在取消统一利率之后，想方设法保护既有利益，甚至扩大已有利益，也是生意人首先考虑的问题。做生意的嘴上再冠冕堂皇，赚钱始终是最大目的。

喂喂，你这么说的意思是……

他一惊，这才想起她那位也在做生意。

连忙改口，我的意思是，也许现在是到了转变的时候，银行不再像以前一样成为小市民存钱的地方，每个市民都拥有好多家银行的存折，这里存一点，那里存一点。现在是时候取消手中多余的银行户头，把存款集中在一起，这样就可以让自己的存款超过银行所规定的最低存款额，不必交什么手续费了！

但这样一来，不是等于把你手中所有的鸡蛋都集中在一个篮子里？方便是方便，但是万一失手掉下，那不是要冒所有的鸡蛋都打烂的危险？

那也没办法，谁叫你是弱势一族？即使你说银行剥夺了小市民存款的权利，有歧视之嫌，但人家一句商业利益，你便无话可说。他们说的也没错，银行不是慈善机构，不担什么为穷人服务的道义。再纠缠下去，如果他们一句“鬼叫你穷”扔过来，岂非自取其辱？

现实是，只要你有钱，你便有面子。比方那个香港“鸡王”，1997 年趁着香港爆发禽流感，向内地家禽出口商疯狂压价，短期内便赚了近千万的“快钱”。有钱捐点钱便有名，不久他便出任一家慈善机构主办的医院的总理，俨然成了名人。还有，一颗“增城挂绿”荔枝，拍卖价高达五万五千元港币，你说值不值？但香港有钱人买了来，媒体当成新闻，自然也成了名人，这点钱就当作成名的宣传费吧！

哗，成为名人这么容易呀？

有什么难？只要有钱，你也可以。这个世界，不必有真才实学，有钱就行。当然，赚钱也是本事，而且不是普通的本事。

他说得感慨，只因为他有个朋友，原本在地盘做粗工，后来不知一个什么样的机缘做了某种产品的独家代理，赚了钱，财大气粗，竟当起慈善机构的总理。他本来也不知道，有一次偶然看电视直播的慈善公益金演出节目，赫然见到“温友财总理”走到台上，捐出一大张面额为100万元的支票，赞助表演钻火圈的女艺员。镜头推近，是温友财胖胖的脸，憨憨的笑容。没想到温友财也是名流了！

怎么啦？妒忌了？

看你把我说的！我只是想告诉你，这个世界，有钱能使鬼推磨，而且英雄莫问出处。至于他们如何飞黄腾达成为社会贤达，那是他们的造化，我不妒忌，甚至有点佩服，这也是本事。我自认没有这种本事，我只有认命，默默做个寂寂无名的草民，一个凡夫俗子。凡夫俗子也有凡夫俗子的快乐，比方说我这个凡夫俗子，生命便因为你而辉煌。

喂喂，别拉我下水。我都打冷战了！

其实，这时，赤柱太阳虽然开始西斜，但天气依然很热，他和她也都满身大汗了。

六

对坐在菜馆的卡位上，有冷气真舒服。

北京全聚德来到香港湾仔开分店，今晚我们就在香港吃一次京菜吧！

他记得那次在北京吃饭，点了宫保鸡丁、鱼香茄子和乌鸡杞子汤。竹瑗说，以后我们就吃这几道菜好了！但既然来到全聚德，哪能不吃烤鸭？

在北京，他知道她不吃烤鸭。太肥，她说。但来到香港，不知道她是不想败他的兴，还是到了香港又思念起北京，她说，好。

其实跟心爱的人相处，也就是你迁就我，我迁就你。他也并不是特别喜欢烤鸭，只不过他觉得在香港全聚德与竹瑗吃北京烤鸭，自有另一种意蕴。

那是一种无法言说的氛围，那回吃宫保鸡丁的时候，他喂了她一口。她瞟了四周一眼，人家说，这种动作一看就是情人……

只是情不自禁而已。我不喂你，难道你就不会吃？只不过那就完全不同了。事实上，当他把勺子伸过去的时候，心中充满了柔情蜜意。

这种柔情蜜意，柔柔软软的，有如那北海的秋日上午。京城到处都是人，想不到星期二的北海，却没有多少游客。清静的园林，荡漾着清新的空气，烦嚣远去了，阳光时隐时现，秋凉在无边无际地蔓延。湖畔的绿色长椅空荡荡的，空旷的湖面上只有零零星星的几艘脚踏小船，其中一艘停在那里，任湖水载它漂浮，仔细一看，船上依偎着一对情侣，此时只怕已经浑忘天地人间了。

有时候，人的确也应该抽离一下眼前，在时空之间任意游走。否则，每天在僵硬冰冷的生活现实中奔忙，人生还有什么乐趣？

忽然间，太阳再露脸，暖暖地把光线洒来。靠在椅子上，眼皮懒洋洋地有些沉重，他感觉得到左边臂膀一片柔软，叫他悠悠堕入白日梦中。秋水。伊人。竹瑗梦呓似的低语，我就愿意这样紧紧地靠着你……

即使穿街过巷在月下在雨中她也挎着他的胳膊走，但没有像这个时候这般大面积大角度地紧贴着他。他感觉得到她心房的律动，如受惊的小鹿，却又明明喜气盎然，流泻着甜甜蜜蜜的神采。于是便悠悠唤起了他深层的记忆，只有在某种特殊的时刻，人才会如此忘情。

秋夜汩汩流动，灯火暖暖闪耀，乍睡还醒的梦在刚强延伸，当你半闭眼帘，投身的是万里夜空还是无底深渊？

但眼下没有夜空也没有深渊，只有菜馆内的冷气，如天堂。

只是餐后水果只有西瓜和哈密瓜，没有火龙果。竹瑗说，火龙果不会沦落成为这种角色。莫非火龙果合该是你送给我吃的水果？

离开京城那天，她往他的背袋里塞了一个火龙果，你在飞机上解渴。

还要削皮，还要切开。他知道他不会在路上吃，但嘴上却说好好好……

他想她送的是心意，而他即使不嫌在空中吃它有多麻烦，也不会舍得这么快让它消失。

食物就是这样，吃了就变得无影无踪，哪像器物，比方那一对瓷器人，蓝蓝白白地相拥，于是岁岁年年立在那里，不声不响，却吻成了永恒。

吃进肚子里，就变成了你的血液，说是无形，却是有形，不然的话，你平时吃水果干吗？

他当然懂，只不过有一种情结。

你这样缠缠绵绵，竹瑗笑，男子汉大丈夫，怎么做得了大事？

男子汉又怎么啦？难道男子汉就必须老硬老硬的，像高仓健那种？男子汉也是人，是人就有七情六欲。如果为了做男子汉便要舍弃一切柔情，那我只能暗叫惭愧了！

如果不是要飞离那个城市，或许他也不会这般敏感。临别依依，他心中的愁绪没着没落。竹瑗一直谈笑风生，他也一直强打精神。在这样的时刻，一个不小心，便容易触动悲伤的泉源。

终于到了入闸时间。证件什么的小心点儿，她说。他点了点头，她提着他的手提袋送他到闸口，突然间，她跳着拥抱了他一下，喉头拖出了一声哭腔。他一低头，回首只见闸口那边有一只手在软软地挥动，如弱风下的旗。

哪像她飞抵香港的时候，轻飘飘便飘出了机场禁区，如一团火焰。

但是也终于到了她离去的时候。

如今，对他来说，北京是个驿站；而对她来说，香港是个驿站。

也不过是三个小时的航程罢了，她笑着说。

是啊。问题是人在江湖，你不能说去就去。于是，空间便成了距离。

干了这杯生力啤酒，我把灵魂留在这里，啊？

他强笑着点头。

那时，首都机场外正淅淅沥沥地下着一场秋雨。灰蒙蒙的天，灰蒙蒙的雨，灰蒙蒙的心情。

这不是一个起飞的好时分，不过并无碍于班机准点在跑道上滑行。

竹瑗早已不在视野，他却好像看到她身穿黑色夹克、红色牛仔裤在踽踽独行。

他忽然记起了春夜里的桃花，悄悄地开在路边。当车头灯扫过，那娇艳的一闪，便那样长久地留在他的心中。

是一种迷迷蒙蒙的心情，就像她到香港的第二天下午，他带她到港岛香格里拉酒店三十九楼图书馆咖啡座去度欢乐时光一样，细雨纷纷落下，只见窗外的青山朦朦胧胧，一面啜着飘着袅袅香气的热咖啡，一面懒懒地聊天，一直到从山脚到山腰的大厦窗口灯火一盏盏地燃亮，平添一分色彩，一点暖意。

慵懒惬意的时分总是那么短暂，那天坐在浜鱼涌糖厂街的露天大太阳伞底下，享受二人世界的欢乐时光时，他说，这下午茶，可以抛掉一切人世的烦忧，真好。只不过董桥说，中年是下午茶，是搅一杯往事、切一块乡愁、榨几滴希望的下午。

竹瑗吁了一口气，我知道。中年最是尴尬。天没亮就睡不着的年龄。只会感慨不会感动的年龄。只有哀愁没有愤怒的年龄。中年是吻女人额头不是吻女人嘴唇的年龄。是用浓咖啡服食胃药的年龄。

你倒是倒背如流。他耸了耸肩膀，但我仔细对照一下，除了天没亮就睡不着这一句，其他好像都与我无关。

或许这正好说明你还年轻呀！

年轻？别开玩笑了！他倒是觉得中年是下午茶，虽然可以在欢乐时光中打一会儿盹，只是太过短促，一睁眼，便已经是万家灯火的黄昏……

这时，电视忽然响起嘟嘟嘟嘟的讯号，他一看，原来打出“风暴消息”几个字眼。那位女新闻报告员宣布特别消息：台风“尤特”于昨日下午五时四十五分进入本港警戒线范围，之前它在南海形成后，其速度迅即加快至时速三十五公里，速度之快赢尽过去二十一年曾袭港的台风，仅次于1979年袭港时时速高达三十八公里的台风“荷贝”。天文台随即挂起一号风球，其后风力增强，天文台于今晨十时四十五分改挂三号风球，至傍晚改挂八号风球，亦是继台风“锦雯”1999年9月袭港高挂八号风球以来，首个令本港需要挂八号风球的台风……

所有的食客都停下筷子收看这消息。

真是天有不测之风云！没料到国泰机师的工业行动不影响

你的港龙班机，这八号台风却可能留你再待一两天！

今晚八号，明早可能已改挂三号，或者是没有风球了，你都说天有不测之风云，今晚狂风怒吼，明天可能就风平浪静了。

你给我一点虚幻的希望也好呀，何必给我说穿！

她笑，灯光下仿佛有泪影。

七

明天，明天是不是到了他送机的时候？夜里风声雨声，梦变得缥缥缈缈。

烈风挟豪雨，又适逢大潮日，海水暴涨至历年第二高度。电视画面所见，香港西面海岸低洼地区特别是大澳、上环、西环及流浮山等处出现了罕见的水浸现象，尤其是大澳和西环海旁，海水涌到岸上，海陆不分；而大澳水浸最深时几乎高达两米，棚屋商铺都被水所淹，村民不断将家具杂物搬上阁楼避水；警员及消防员接报到场，冒着水深至颈的危险，入村疏散村民，部分村民要套上救生圈逃至高地，一位老婆婆由消防员背着逃生……

的士司机冒着没有保险赔偿的风险开工，增收附加费，但大多只是多收十至二十元，而且拒绝向乘客提供单据。小巴司机却不理那一套，大幅加价，由西营盘至中环，平日早上繁忙时间收费五至六元，但台风下每程竟加到二十元。你爱搭不搭！

满城都是水，浩浩荡荡，一直漫了过来，他忽然发现自己漂在水中，不远处竹瑗在挥手叫他，他拼命游去，突然便醒了，原来是一场梦。

已经是清晨六点，拧开电视，八号风球依然高悬。他想打电话，又不忍吵醒竹瑗。

坐在沙发上看电视画面里闪烁着的台风下的香港，他不知道她今天走不走得成。他多么希望她滞留下来，多留一天是一天。

之后呢？他不愿再想下去。

而那窗外的风风雨雨，好像无边无际，一直沸沸扬扬到天涯海角。

电视又发出嘟嘟嘟嘟的讯号，播放新的风暴消息，八号风球依然悬挂。

2001 年 5 月 5 日—6 月 24 日，初稿

2001 年 7 月 8 日，修订

（刊于《香港文学》2001 年 10 月号第 202 期）

长篇小说

华语风丛书

主编　金进

陶然小说选

（下）

陶然　著

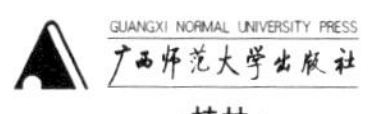

·桂林·

长篇小说

与你同行

一

波音客机启动，在香港国际机场的跑道上缓缓滑行，转了个弯，稍停，忽地加速，范烟桥的心一荡，飞机成四十五度离地，飞向天空。

范烟桥从圆形窗望去，但见香港的山水很快就落在下方了。阳光很好呢，照在那海面上，海水益发显得碧绿一片。十五年来，他已经见惯这片海水，以致有些忘却在那不见海洋的内陆古都生活时，到底是怎样的心境。如今看来，没有海水是不可思议的，但在那时，却认为只有那古长城，那红色的宫墙，那飘飘的白雪才是不可缺乏的东西。

飞机钻进云端，开始平稳地飞行。范烟桥解开安全带，空中小姐推着车子，送午餐来了。范烟桥瞟了她一眼，只见她的身材高挑，嘴角似笑非笑，眉眼在流转之间却已传达了千种风情。发觉自己走了神，他急忙收回眼光，心中却不由得暗自寻思，果然是年轻貌美！这时，他又听到温柔的声音在耳畔响起：“先生，请问用茶还是咖啡？”明知就是那位空中小姐了，他还是不由自主地迎面望去，脱口答道：“咖啡。”

吃完并不可口的西餐，范烟桥啜着那杯咖啡，又见到那位空中小姐走过去的背影。这分明是属于女性的背影，叫他的心湖腾起一股迷迷惘惘的感觉：难道所有年轻女性的倩影，都毫无例外地溢满了这样的青春气息？

即使他如今已经人到中年，即使他如今已经有了家庭有了儿女，但是每一想及大学时代，每一想及章倩柳，他就老觉得自己迷失在深邃的胡同里，无法找到出口了。出口到底在哪里？圣人说“四十而不惑”，于是千百年来人人也都这么说，好像是绝对真理似的；其实，人与人不同，怎能如此一刀切？四十就一定不惑了？我今年已经四十五岁了，见过的世面也不少，但我从来就不敢说凡事都会冷静对待。这到底是幸福，还是悲哀？我也不知道。不知道倩柳怎么样了。即使她当年是全年级最小的同学，如今算来，也已经四十一岁了！四十？早超过了！难道她就不惑？如果不惑，她就不会在信中这样写了：“……你看你看，我都已经快要成为老太婆了，自己也总以为经历过世面，对于一切东西都可以无动于衷了，不料，一谈起初恋情怀，却至今仍然心潮激荡，但愿你这一刻就在我面前，看看我如何泪流满面，就像当年我目送你在暮色中被火车载走一样，泪水模糊了一切，我站在那雪地里，任雪花漫天飞舞，我却一点感觉也没有……”我记得，泪流满面的岂止是你？多少年来，有时午夜梦回，忽地惊醒过来，听着彤霞那均匀的呼吸声，眼睛盯着那黑乎乎的天花板，脑海里却翻滚着那已逝的岁月。胸口仍残留着那梦境带来的重负，泪水吗？早就流干了，流干在那期待的岁月里，流干在走过来的足迹中。那是种什么感觉，我也说不太清楚，但是，我却可以深切体会到最近流行起来的那首《爱在深秋》的意境。这首歌歌名好记，而且那种殷切的情意，叫人一听难忘。是的，倩柳，爱在深秋，你还记得吗？

范烟桥闭上了眼睛，将头往椅背上一靠，耳际恍惚真的响起了《爱在深秋》的旋律。爱又岂止在深秋？爱你，在夏夜里；等你，在冬日下。他记得春日在那红色宫墙的柳树下，他坐在一块石头上，心焦地等着她赴约；他记得在那北风呼啸的雪地里，他跺着穿了棉鞋的脚，只因为到了约定的时间她还没有出现。等你，那种痛苦心焦的滋味，局外人谁能体会？甚至在分别后的十五年里，似真似假地等你，难道还嫌少吗？只是为了什么，你这一年来却连一封信也不再来，尽管我挂号信寄了一封又一封，但你依然沉寂无声如一块石头；我的信好像是一去不复回的音波，传了过去却没有任何的反应，它不知消失在何方。我甚至想到了一个自己不敢再想下去的可怕念头，因为我决不肯相信，你甚至连一封信也不肯回！你一年多以前还写过："……你的信是我沉闷寂寞的生活中最大的安慰，只是为了不破坏你的平静安宁，我强迫自己半年最多给你一两封信……"言犹在耳，而且你一向重信义，怎么可能转眼之间便将它抛得一干二净？莫非……莫非你有什么……不测？

这念头本来在他思维的外围游移着，冷不防却直刺过来，心重重地一跳，他从半睡中惊醒过来，睁大眼睛一看，机翼下朵朵白云飘飞，好像一层层雪似的；仔细倾听了一下，哪里有什么歌？只有飞机本身的声音在振荡。

但是章倩柳的身影却俏生生地立在他面前挥之不去。他依稀记得，上大学的头一天，她梳着两条辫子，手扶着那校园里的一棵枣树，歪着头微笑的那种姿态。当时也并不是刻意留意她，但是日后竟会这样忆起，他在内心里也感到十分惊异。那时，倩柳大概也就是十八岁吧？那真是如花的年华，到了二十三年后的今天，这期间的容貌变化，恐怕一眼就看得清清楚楚，但那又有什么关系呢？人总会老去的，重要的是心依然青春。

在那时刻的多年以后，当他捏了捏她的鼻子说："你知道你那个时候的模样吗？"她一味笑着："是吗是吗？我不记得了。我只记得开学第一天，便叫全班同学排在那里相认，我觉得有点可笑。"她就是那样，老是冷眼旁观，而且显得超然。他也记不得是哪一次了，姚文朝悄悄将他拉到一边，用近乎哀求的语气，说："你与倩柳交情好，你代我传个话吧。好不好？"他觉得姚文朝是见他没有什么动静，不会构成威胁，这才请他当"红娘"的，虽然他心里不大愿意，但是也不好推却，只得答应："你这么看得起我，我只好拼力试一试了。"他也真的去找了章倩柳，开门见山就说："喂，姚文朝叫我替他牵线……"说这话的时候，他有点紧张起来，只听她答道：“啊呀，怎么这么麻烦呀？他又不是不认识我，干吗要托你出马？”“可能不好意思，怕碰钉子吧！”他笑着解释，心却有点不大自然，继而又想：我只是个看客，就看台上的人表演，不想上场。

章倩柳抿着嘴笑。也不知道为什么，他忽然冲口说了这么一句：“你也不要玩世不恭嘛……”

当时是怎样的心思，他已记不清了，但这句连他自己也并不清楚到底何所指的“玩世不恭”，却一直印象深刻。他甚至到今天也会偶然忆起，并且设想：假如当时倩柳反问一句：“什么叫玩世不恭？”那他就要哑口无言，不知道应该如何解释这句冒昧的话了。好在倩柳也并不认真，只是一笑：“算了吧，大媒人！”他才舒了一口气。到底为了什么而宽心，他也朦朦胧胧，但是不愿深究下去。他甚至有些欢喜地立刻回去找姚文朝复命：“她不肯。”姚文朝还很紧张地把他拉到一边，盘问她说的每一句话。

此刻，她说的每一句话，连同她的神情，全又像急流般在他脑海里回涌，把他的一颗心浸得又甜蜜又酸苦。忽然，机舱里的扩音器播出标准北京音的女声，告诉乘客航机已到北京郊区上空，并且说，这时北京的地面温度是二十摄氏度。哦，北京。1987 年的北京之秋。他这样想着。我又回到北京了，只是不知道倩柳来不来呢。

二

过了机场的海关，范烟桥正想跨上机场专车，那司机叫了一声："买票买票！"他一愣，票？十五年前他离开北京南飞时，专车是免费的呀！如今不同了，十五年没有回来过，许多事情都不同了吧。他回身跑到机场大厅买了三块钱的车票，这才获准上车。

机场专车沿着笔直的林荫道风驰电掣地驰向市内，黄昏时分微凉的秋风从窗口唰唰地灌了进来，范烟桥只感到许久没有享受这种美妙醒神的滋味了。他望向窗外，但见夕阳橙红，就那样悬在空旷的天边，他的心忽地像那暮色苍茫起来，却又闪耀着那夺目的亮色。毕竟是北京，他想，像这样的落日景象，高楼大厦林立的香港闹市怎能看得到？

渐渐地，骑自行车的人多了起来，原来车子开进了市区。那自行车的洪流涌过来又涌过去，几乎把汽车淹没得寸步难行，在汽车的喇叭声中，自行车丁零零的铃声清脆悦耳，这就是北京城哩，他想。

当专车右拐，驶进东四的民航大楼时，他望到有一群人站在那里接车，他的心一阵狂跳，都有谁来接我呢？等车子停定，有人在车窗外敲他旁边的玻璃窗，他转头一望，原来是周广图，不觉一喜。他连忙收拾挎包，从后门下车，却不见周广图的影子，回首一看，原来周广图一脚踏在前门的踏板上，正向车内张望。他忍住笑，叫道："广图！我在这儿！"周广图跳了下来，小跑着一把抓住范烟桥的手摇摆着，频频说道：“你真的来了！真是太好了！”

范烟桥漫应着，眼睛却往四周搜索。周广图沉静了一会儿，才说：“就我一个人来。赵太爷本来说也来的，但他们电台临时有采访任务，来不了了。”

“哦，”范烟桥有点心不在焉，顿了一顿，才问，“都有哪些同学来了？”

“好多都来了，”周广图一笑，脸上酒窝毕现，“小个子啦，半条街啦，烂鱼头啦，老腌鸡啦，赵光头啦……”

听他这么一数，这些当年的外号便又一个个地涌回范烟桥的记忆屏幕上，他不禁微笑起来。可是，他所期待的名字却老是不出现，他不由得插嘴：“章倩柳没有来？”说着，他的心也猛地跳了起来。

“她？”周广图似乎怔了一下，才答道，“还没来。不过听说会来的。校庆八十五周年呀，能不来？可能这一两天就来也说不定，现在火车票难买呀！”

一阵落寞的感觉漫上范烟桥的心头。她肯定来吗？还没有到，谁也不敢说，这个世界上，意外的事情太多了，车票买不到、工作走不开、身体不舒服……都可能造成失误。这一失误，十五年后重逢的机会便化为乌有。机不可失，时不再来。但他能怎么样？也只好接受命运的安排，有如他当年无奈地离她而去一样。可他嘴上只是漫应了一声：“哦。”也不再追问下去了。周广图望了望他，一面替他挽行李，一面说：“她呀，自毕业后，十五年以来好像都没有回过北京，至少母校她就一次也没有来过。”

“其他同学呢？”范烟桥漫不经心地问了一句，其实盘桓在他脑海里的，只是“章倩柳”三个字。

“其他人嘛，几乎都来过了。”周广图屈着指头数人名，“……你看你看，差不多吧？章倩柳在西北，可能太远，没机会来。不过如果她愿意的话，应该没问题。你知道吧？她早几年就是校长了！”

我当然知道。她在西安的一所中学任校长，她写信告诉过我的。不过她现在没有信了，也不知道她的近况怎么样。精神恍惚中忽然被人一推，他一惊，游移的思绪急急收了回来，只听得周广图说：“其实，以她的才华，她的成就不止于此。”

那当然。有时人要讲点运气，没有运气再努力也枉然。倩柳呢，运气真不能算好。想当年，以她本人的实力，留校绝对没问题。谁都承认，她是全年级的尖子。但她太孤傲，太不屑于逢迎，结果分到西安去。能分到西安这个大城市，在那时也已经算是不错的了，那全因为她实在是个人才。不过人才又怎么样？那时她来信说，本来她到西安市报到时，大学毕业生分配办公室曾经有意将她分到报社或出版社，但后来有个同时分去的校友，竟私下对负责分配的人说：“章倩柳呀，她是尖子，是修正主义的黑苗子，不适合搞上层建筑的工作。”搞来搞去，倩柳去不成，这位“男子汉”便冠冕堂皇地取而代之。那时，倩柳虽然有些气愤，但也还不大在乎：“……管他呢，他愿意去就让他去吧，我才不信我没有出路。”毕竟是血气方刚的年纪，天不怕地不怕。只是经过十几年岁月的洗刷之后，大概骄傲如她也会变得沉稳许多了吧？

范烟桥的思绪缥缥缈缈，忽然看见周广图打着问号的眼神，他的脸一热，赧然地笑了一下，也不说话。

三

范烟桥由周广图陪着，坐在母校派来的小轿车后座上，由东四往大学区驶去。这时正是华灯初上时分，天色微茫，黑幕却还没有完全撒下，一路上，车子驶驶停停，在自行车流中不能疾驶，进展缓慢。到西四时，天已经完全黑下来了，暗淡的街灯昏黄无力，有如瞌睡者的眼神，映在范烟桥的视野中，竟使他泛起一种奇异的感觉。这夜景，他曾经十分熟悉，可是，如今乍然在眼前重现，竟使他感到陌生。这些年见惯了香港到处闪烁的霓虹灯，那种反差，自然显得突出。

“北京的灯火……”

还没等他问完，周广图便接口道：“这一带还是没变多少，但到西单那头就不同了，也有霓虹灯。”

“哦。”他漫应了一声，内心里却不大相信会像香港那样灿烂，但他理解老同学的心情，也就没有追问下去了。

“香港怎么样？”周广图反问。

“香港？”他搔了搔后脑勺，想了一下，觉得自己没有把握在三言两语间讲得很确切，唯有喃喃地说，“我也不知道应该怎么讲。”

“到底好还是不好？”周广图接着问道。

好还是不好？哎哎，你是大学讲师哩，怎么这样提问？

世界上好多事情都不那么简单，并不是非此即彼，黑白截然分明。你的问题，就像当年我们年纪小，看电影看到紧张处，便频频问大人“这个是不是好人”“那个是不是坏人”。他心里这么想着，但并不想直说，于是便一味笑着，也不搭话。

他忽然记起，是在快毕业分配的那一年吧，他有了申请移居香港的意愿，但那时不敢说出来。那天，几个同学吃完晚饭，从食堂走出来，也不知怎么一来，话题转到香港，他带着试探的心情，冒出了一句：“香港看来不会那么快收回吧！”话刚落音，邝谷旺便带笑指着他大声道：“喂！你这是卖国贼的观点！”明知此话并不认真，他却也着实吓了一跳，不禁四下一望，见到其他人没有什么反应，他才镇定下来，心里不禁有些愤愤然：收不收回，我管得着吗？你扣那么大的帽子干什么？不过，他没有出声，他知道多一事不如少一事的道理。其实，邝谷旺也并没有什么坏意，只不过为人喜欢张扬，有机会还能不表现一下？特别是经过这么些年的沉淀，他更不放在心上了。他觉得任何人做事都一定有他的理由，也不必太认真。想到这里，他张口问道：“邝谷旺来了吗？”

“哦，天津青皮呀？”周广图笑道，“来了，他和烂鱼头一块来的，昨天。”

“天津那么近，”范烟桥点了点头，“如果这样的日子也不来，也太不念旧了！”

这时车子驶离闹市，他隐约看到那条城门河在静静流淌，而眼前的马路，似乎也比从前拓宽了一些，因为太暗，而且久违了，他不敢肯定。但交通不再阻塞了，车子开得飞快，微冷的夜风从开着的车窗灌了进来，拂得他的头发翻飞。不久，车子左拐，他看到校门口微黄的灯光，车子停下，传达室走出一个老头，把大门打开，车子才驶了进去。他转头问周广图：“校门又移回来了？”“是啊，早移回来了。”

他回头看看那仍站在传达室门口的老头，觉得很陌生。他才确然想起，毕竟已经十五年了，守门的老头自然也换了，只不过自己一去一来之间，竟浑然忘却了时间的鸿沟，产生了好像只是昨天离去的错觉。事实上那校园依旧，在他脑海里唤起的也是旧日熟悉的景象，好像他又回到了他的大学时代，夹道的法国梧桐在夜风中哗啦啦作响，他呼吸到那秋夜特有的气息。

两层的别墅式宾馆却是新建的，睡房之外，还有客厅、洗手间、冲凉房，甚至厨房。周广图打开客厅里的彩色电视机，笑道：“看看电视，休息一会儿吧！”

坐在沙发上看了几眼电视，范烟桥不觉得吸引人，但他也不好意思拿“我们香港”来说事，他觉得借故炫耀是很浅薄的。虽然他已经是老香港，平时也以香港人自居，但他对一些香港人回内地时过分招摇的做法，老是不以为然。他有个朋友，在工厂做工，每天加班加点，赚了一点钱，每次回福建老家，便倾其所有大购买，穿得漂漂亮亮，衣锦还乡。回香港之后又从头做起，再赚那辛苦钱。他禁不住问道："你这样做又何必？省一点用不好吗？"那朋友却哈哈大笑："这你就有所不知了！回去一趟，风风光光，人家个个把你当老板，都不知多过瘾！也叫他们看看，我吴某到了香港，果然有出息。""那你这代价，是不是值得？""唉，也没什么值得不值得，平时打牛工受气，找个机会自我满足一下，也享受一下被人吹捧的滋味，取得心理上的平衡，也很好哇！"真人面前不说假话，他佩服那朋友的坦率，但他始终觉得，做人又何必打肿脸充胖子？比方他这次回北京，他也不去住酒店，讲那排场干什么？又不是没有睡过硬床板，何况这大学宾馆条件也很好。这时电视屏幕上出现了香港的画面，周广图问道："香港人好像都有钱？"

范烟桥一怔。这可是难答的问题。"怎么说呢？说香港人都有钱，未免夸张。不过香港人赚钱容易点，可能是真的。"他想了想，这样答道。

"当然啦，你们的工资动不动就是几千块，我们这里，像我这样的博士，拿大学讲师一级的工资，也不过一百多块钱，官价折合港币也才两百多块钱吧，怎么比？"周广图笑道，"反正我们也穷惯了，不在乎。"

"那也不能那么讲，香港的工资是高，但消费也高。不说别的，拿房租来讲，就吓死人。"范烟桥摇了摇头，"真的没法比。”

“唉，你翻的大概是你离开北京以前的老皇历，”周广图吸了一口烟，然后将两道烟雾徐徐从鼻孔喷出，瞬间便在空气里化得无影无踪，“现在这里什么都涨价了，大概只有公共汽车票和国内邮费不涨。你还记得吗？那时一盘冷面才两毛钱，现在两毛钱能买个鬼！”

“那也合理，物价总会涨的，哪能像以前那样几十年不变？”范烟桥叹了口气，“不变恐怕也是人为的，不是自然的规律。”

周广图哈哈一笑，指着他说：“你钱多，你说风凉话！”

他知道多说无益，一时恐怕也难以说服周广图，便笑着说：“风凉水冷，现在正好睡觉！”

“啊呀！”周广图抬了抬左手，看了一下手表，“都十点了！这么晚，你也该休息了！”

十点算什么？在香港，这个时候，夜才开始哩！不过这里是北京，没有什么夜生活，十点真的算不早了。何况坐了三个钟头的飞机，也真有点累了，毕竟人到中年，不比当年二十出头年轻力壮。他忍不住打了个呵欠，立刻传染得周广图也跟着打个呵欠，连说：“顶不住了，我回去了，你也早点休息吧！”

躺在软绵绵的大床上，范烟桥最后将床头灯熄掉，室内立刻黑暗一团，只有校园内的灯光依稀透了进来。

四

北京的秋天，早晚都冷了，何况他刚冲完凉，他将那薄薄的棉被拉到齐脖子处。躲进被窝里真暖和，他翻了个身，暗想。

北京的夜，来得真早，也不过是十点半罢了，周围就已经静悄悄。秋夜，似乎还有唧唧的虫声隐隐传来，组成了一首催眠曲，让他的眼皮沉重起来。他觉得他又回到了他的大学时代，这天气已经久违了，如今他回来，还能抓得回往昔的秋梦吗?

眼睛已经闭上，神智开始迷糊，但心却仍在挣扎着顽抗，往事疑幻疑真，飘过来荡过去始终不能定影。他还以为自己躺在那拥挤的学生宿舍的双层床上层，头靠着的玻璃窗，冷冷的秋雨打在高高的法国梧桐上，发出沙沙的声响，在他的心湖激起一圈又一圈的涟漪。他欠起上身回头一望，只见那几乎就要破窗而入的肥大的叶子上，沾满了点点雨珠，在不知从哪里投射而来的微弱灯光照射下，闪闪发亮，好像七彩缤纷，莫非那是大学时代的投影?

那时参加高考，真的是紧张得要命。竞争激烈，谁都不敢保证自己不会名落孙山。他所恃的是海外归来的学生，有同等考分优先录取的好处，然而他也明白，也正是他的海外关系，成为先天的不可弥补的缺陷了。那时候与现在不同，现在有海外、港澳关系的也许吃香，但那时谁都避之唯恐不及，范烟桥在这方面有自卑感。他记得他刚从海外回北京读高三时，一连串要填写的表格就让他困惑不已，后来一个北京同学很神秘地对他说："你填的那些表格，是要装进档案的。"从此，他就对档案怀着莫名的疑惧。虽然他对自己的成绩有信心，但发榜那天，却也殊无把握。心急的同学都跑到传达室去等候邮差，他却躲在宿舍里听半导体收音机，表面上若无其事，实际上却心神不定，一有动静便立刻从那张铺着草席的硬板床上坐起。这个闷热的夏天呀，可真难熬。他听着有人在走廊上高叫这个人那个人的名字，唯独没人叫他。他悬着的心不禁下沉起来，难道落第了吗？他闭上了眼睛，忽然一阵急促的敲门声伴着一声高叫："范烟桥！到教务处去！"他一听，心猛地一阵乱跳，翻身下床，再也理不得是否失态，小跑着赶去。推开教务处的门，但见里面站着几个同学，一看到他进来，班主任叫道："范烟桥！你考上第一志愿啦！"

一直到后来很多年，他在睡梦中也不时以为自己置身考场，那嘀嗒作响的钟声催得人心惶惶，时辰一到，监考者便喝令："把笔放下！把笔放下！"等到发榜时，却迎来了考不上的通知，令他在床上辗转呼叫，直至惊醒，怔忡良久，还摸不清自己到底有没有上过大学。

到底还是上过大学，而且是这所名牌大学。

那时，他也不太会保护自己，开学的第一天，便穿着从海外带回来的格子短T恤衫，脚穿皮鞋，手腕戴着手表，当时他还很自然，不觉有什么不妥。后来，大家混熟了，一个来自河南农村的同学才半开玩笑地对他说："啊呀，那时我见你的打扮，还以为你不是老师便是外国留学生呢！"他一惊，讪讪笑道："不是以为来自'华侨国'吧！"华侨国这个名称，还是他刚到北京时听到路过的小孩指着他的背说的，令他又好气又好笑，但这时冲口而出，目的却是为了冲淡那敏感的话题：因为这时的他早已入乡随俗，热天是白衬衣蓝裤子，冷天是一套蓝色的青年装，与周围的人根本没有什么两样。他明白，衣着打扮千万不可以与众不同，不然的话，人家会视你穿奇装异服，会认为你满脑子的小资产阶级思想。自己来自海外，实在没有什么可以拿出来的资本，哪能不乖乖地夹起尾巴做人？

但现在不同了，十五年后的今天，看北京人的衣着打扮，简直是另外一个样子，那素色的衣服怎么不见了呢？即使已经是秋天，姑娘们仍穿着颜色鲜艳的花裙招摇，连小伙子也不再一味地做蓝色制服的打扮。

周广图一向拘谨，想当年他穿衣服"新三年，旧三年，缝缝补补又三年"，可是现在也穿起了笔挺的棕色西装。

范烟桥乱纷纷的思绪在时间的长廊中穿梭，他也搞不清楚那变化的来龙去脉，但他确实感受到那明显的不同。穿西装打领带，那个时候谁敢？他记得自己从海外带回一套新西装，却只用过一次便压在箱底下让它发霉了。那唯一的一次，还是刚回北京时为了去王府井一家照相馆照相。他本来也想随随便便就算了，但同样由海外回来的一个朋友却怂恿他说："穿啦！照得漂漂亮亮的，寄回海外去，家里人看了，也会高兴的呀！"他一想也是，他最怕让父母担心他了，于是便硬着头皮穿上西装，趁没人的时候，溜出那中学校门，到照相馆门前才结上领带。照完相，他就想把领带解下，却被那朋友一手按住，叫道："你那么虚伪干什么？"他的脸一热，只好作罢。回校幸好没有碰到熟人，躲回宿舍，心仍怦怦地跳，唯恐给人发现，冠上"臭思想"的罪名。后来，每当他看到那张自己穿西装结领带脸含笑的半身黑白照片，就会想起那青春年少的时候，想起在那个冬天偷偷摸摸去照一张这样的相片那种且惊又喜的心情。那真是一张头发油光可鉴的相片，连好几年以后给章倩柳偶然看到，她也指着相片笑得前仰后合："啊呀，你看你，这个样子，算是怎么一回事？"过了一会儿，她忽然收了笑容，正色道："你快收好，现在什么时候了？给造反派看到了，不把你揪出去示众才怪！"那时正是多事之秋，他也感到问题的严重性，干脆就把照片给撕掉了。虽然他其实有点舍不得，但权衡之下，他却也分得清轻重。

那照片给撕得七零八落，他迎风一撒，便飘飘然散走，一会儿便无影无踪，好像将他的这个过往抹杀得一干二净了。

那碎片飘呀飘的，此刻又在他眼前翻飞，却永远也不落地，他的眼皮渐渐沉重，忽地打了个呵欠，睡神掩了过来，他渐渐迷糊了，只蒙蒙眬眬地闪现着片段的念头：碎片。照片。拍新的照片。北京。这秋夜……

五

范烟桥跌进梦中，却是缥缥缈缈的，梦乡浅浅，只因为这软软的床，让他总觉得并不踏实。虽然他确实累了，但到了次日凌晨四点，他便醒了过来，再也睡不回去了。睁着眼睛看那漆黑的四周，他恍惚了好一阵，这才想起，自己居然已经身在北京，身在母校了。

想到很快就可以与章倩柳重逢，他的心就止不住怦怦跳了起来。他顺手扭开床头灯，爬下床去打开他的皮箱，伸手摸出一叠信件。重新躺回床上，他把枕头垫高，就着那灯光，抽出最上面的那封信，再次读了起来。这是章倩柳一年前写的信。他不知读过多少遍，但总是看不厌——

烟桥：

当我写出这两个字时，心中便会涌出一股酸楚而又甜蜜的滋味，泪水便会急速地涌上眼眶，你那亲爱的面容便会浮现在我的眼前：微笑着的、狂喜的、悲哀的、沉迷的……那头浓密的黑发，那深邃而热烈的眼神，下巴上那个小小的窝，一切都看得那样真切，感觉那样真切，耳边甚至响起你甜厚的尾音上扬的语声，仿佛伸手就可以抱住你，探头就可以抵住你；然而，你却远在天涯远在梦里，十四年漫长的岁月隔阻在我们中间，重重关山横亘在我们中间。我失落了你，失落了我的心、我的爱、我的欢乐、我的幸福、我生命的支柱、我生活的全部乐趣！

如今我时时在想，当初我为什么会那么痛快地放走你？是出于爱情只应奉献不应索取的念头？是体谅你处境艰难盼你早得摆脱？是爱怜你的双亲愿他们早日安心？是怕我成为你的负担你的累赘？……似乎都是，又似乎不全是，在你走后的日子里，我真正体会到了肝肠寸断的滋味和相思成病的痛楚。后来，你中断了音讯，我的精神也几乎崩溃，骨瘦如柴，精神恍惚，常常自言自语。

我躺在病床上，做好了辞世的准备。父母却开导我，说世上的好人有的是，我也想到就是疯了，死了，你也毫不知情，于是，同所有人一样，我成了家，但，我无法再爱别的任何一个人，我心里总是想着你，日日夜夜，时时刻刻。到如今，四十一岁了，心中却依然燃烧着那一团火，悔恨自己没有竭尽全力保住你。烟桥，我也是一个女人，也会洗、会缝、会烧饭、会生儿育女，最重要的是，我刻骨铭心地爱你，为什么我不能成为你的妻子？我一次又一次地对自己说，如果当初我能认识到这一点，烟桥，你是不能那么轻松地从我怀中溜走的呀！如今，当年轻人向我诉说他们爱情的烦恼时，我总要感情冲动地告诉他们：要珍爱自己的初恋，要护卫感情的纯洁，无论什么情况下，都不要让出自己的爱人，否则将会悔恨终生。

值得安慰的是，你至今还记得我，还能在作品中提到我，在百忙之中，在成名之后仍然没有忘了我，比起那些被忘得干干净净，甚至受到屈辱的情人，我毕竟还是幸运的。

值得安慰的是，你一直努力，每当接到你寄来的书，看到那赫然印着的“范烟桥”三个字时，每当我读着你的作品，涌上心头的总是莫名的自豪与骄傲。

值得安慰的是，你不仅事业有所成就，也替自己营造了一个温暖的家，我爱你，自然希望你好、你快活，“愿上帝给你另一个人，她爱你也像我一样”。

写来的书信都已收到，贺年片我就压在办公桌的玻璃板下，“每年此刻，是我思念你最深的时刻”，这两行字，把我带到十几年前，那肥大的梧桐叶，高高的古城墙，蛙声一片的龙潭湖，悠悠的海河水……伴着青春的渴求，纯真的爱怜，梦一般的诗情，诗一般的蜜意，幽幽地涌上心头。啊，久违了，那甜美的热烈的爱！

我的心灵一片荒漠，你的关切犹如清泉。清泉带给荒漠的是滋润，是青草，是鲜花，是一块小小的绿洲；而沙漠回报清泉的却只有焦渴。

我不想见任何一位老同学，我怕他们看我时那种可怜我、替我惋惜的神态。除了你，我不接受任何人的怜悯。

谈到长途电话，我的心中涌起一股酸酸的味道。我又记起了十几年前我接电话时那泪流满面、哽咽不成句的情景，尽管我十分想听听你的声音，但怕同你对话时会悲痛失态，更怕通话后会陷入更加孤单无依的境地，所以我不告诉你我的电话号码。

烟桥，我真想摸摸你那头浓黑的头发，让它们在我的手指缝中滑过；我真想吻吻你下巴的那个小窝，那个只属于我的小窝，愿我的热烈的爱护卫你，愿你平安、幸福。

柳

1986 年 8 月 8 日

看完了一遍，范烟桥的视线又落在这几句上：“……我不想见任何一位老同学，我怕他们看我时那种可怜我、替我惋惜的神态。除了你，我不接受任何人的怜悯。……”他的心忽然重重一跳：那么，她还会来吗？

但他又马上安慰自己，会来的会来的，周广图都说了，她会来的。他把信重新折好，塞进信封里，然后就坐在床上，将那一叠信件按日期顺序排好。此刻他对自己竟会带着这么一堆信来北京，也感到有些奇怪。在他内心深处，有些隐隐约约的不安在蠕动。他使劲摇了摇头，想要摇掉一切不顺心的念头，回头望望窗外，天色已经蒙蒙亮，晨光映出的树影一动不动，好像睡了过去还未醒来似的。

他怔怔地看着，心想，重来北京后的第一个夜晚就这样过去了，第一个早晨就这样来到。他歪着头努力回想，以前住在北京的日子里，秋夜是不是也是这样流泻过去的？他只觉得似乎相似，却又不尽相同；但要他指出差别在哪里，他也说不出来。

六

推开宾馆的门，范烟桥但觉一股凛冽的空气扑面而来，他打了个寒噤，从鼻孔和嘴巴呼出的白气，又增加了几分冷意。这实在是早晚偏凉的北京的秋天。他缩了缩脖子，往校园内走去。这么早便走出来，他只是想一个人随便地走一走，不受干扰地看一看，母校到底变成什么样了？

穿过林荫小径，他见到一些教师模样的中年男女，就在两边，各据一角，打着太极拳。他想起刚上大学时，他的身体不好，在校医院住了一个月，出来以后，一回想起被隔离在单人房间的日子，就有些害怕。与他同宿舍的周广图劝他："打太极拳吧！每天早上打一会儿，对你的身体有好处。我教你！"但他只是笑了一笑，也没当真，他知道自己没有恒心，很难坚持。不要说是打太极拳，就算后来，大概是1968年吧，学校里大多数人都当起"逍遥派"，从社会上传来"打鸡血疗法"，据说把活鸡的血注进人体，会有极好的疗效，他也从来没有试过；也并非绝对不信，只是不耐烦这样做。甚至流行"白开水疗法"时，几乎个个同学每天早上空着肚子喝它几大杯冷开水，他也只是跟潮流喝过一两次，就放弃了。也难怪周广图望着他摇头叹道："你呀你，没有一点毅力，怎么行？"他知道自己不行，不仅是这个疗法那个疗法，甚至练字也一样不能坚持。他很明白，字是一个人的门面，特别是学文学的人，字写得差，给人的第一印象肯定不佳。他也曾下决心练书法，姚文朝指点他说："字无百日功，练毛笔字，最要紧的是持之以恒，只要你每天写它一个小时，连续练它一百天，就算你还是不如我，但至少要比你现在这样鬼画符好得多！"他满口称是，但是提起笔来写了三天，到了第四天他的心就散掉了。

这么一晃眼，十多年就过去了，他不禁为当年的缺乏斗志而惋惜，如今想要"重头收拾旧山河"，时间已经老去，再也不容他为所欲为了。

他有时也会乐天知命地自我排解，安慰自己说，做人何必太过勉强自己？一切随缘，或许更好。只是他也还是无法那么超脱，甚至为了一句恶意的流言，他的心也会受创。他记得那时他穿过一件"的确良"衬衣，便在背后招来一堆叽叽喳喳的议论："小资产阶级情调！""好吃好穿好打扮！""与工农兵的感情相差太远！"当这些风言风语传到他耳边，吓得他急忙将那衬衣塞进箱子里，永远打进冷宫。那天晚上，章倩柳见他眉头紧皱，柔声问道："怎么啦？"他将心中的委屈倾吐出来，忽地失声痛哭，他不明白他到底做错了什么。章倩柳把他的头抱在怀里，安慰他说："你何必那么在意？他们要说什么，就让他们说个够好了，理它干吗？有我在呢！"

只是为了一件白色的"的确良"衬衣罢了。他那时还天真地反问："我们不可以穿，那王府井的商店卖给谁穿？"不料，同桌吃饭的姚文朝把眼一瞪，哼道："反正不是卖给我们的，你买便有问题。"他仍不明白，但看了看周围的人都不出声，他也就无话可说了。其实他也并不是贪漂亮，只是觉得"的确良"

衣服好洗，也不是穿不惯白衣蓝裤，他当然立刻随俗，从此以后，永不改变，直至他离开北京。没想到十五年后回到母校，他沿途慢慢遛去，原来秋天惯常见到的一身蓝见不到了，那些从他身旁擦肩而过的大学生，男的不是穿上西装便是穿着皮夹克，有些女生更穿着红色的紧身夹克和蓝色牛仔裤，而树荫下的绿色长椅上，还坐着一对对搂得紧紧的情侣。他有些惊异，那时，大学生谁敢这样打扮？谁敢这样公然谈情说爱？大学开学的第一天，所有的一年级新生，全都给集中到礼堂开大会，副校长做了冗长的训话，到底说了些什么，他现在已经记不得了，但有几句话，却记忆尤深："……在上学期间，希望大家不要谈恋爱；如果谈恋爱，毕业分配时不作为考虑的条件……"那意思是说，你们谈你们的，毕业分配时，学校可不会因此而把你们分配在同一个地方。中国那么大，天南海北一分，牛郎织女似的夫妻虽不少见，但又有多少人愿意这样？这倒真是一记厉害的撒手锏，以致绝大多数人都不敢找对象。现在嘛，现在不同了。你们要比我们当年逍遥自在得多，大概也要幸运得多，我羡慕你们，但不会妒忌你们。他一面走着，一面这样想着。"我祝福你们，师弟师妹们！"他在心里这样喊道，却不敢出声，他没有这样的勇气，而且他也知道，这些人怎么料想得到，这个踽踽独行的中年汉子，当年也是在这校园里来来往往的青年学生呢！

这时，他脚下踩着的落叶，迸发出一阵阵清脆的声响，他这才留意到，脚下的小径铺满了黄叶。他的心湖立刻被乱纷纷地搅动了，久违了，这北京秋天的苍茫景象！在香港，四季的分别不太明显，特别是秋天，哪有北京这样枯叶满地的画面？即使在香港住了下来，他也常怀着一种亲切而又有些哀伤的心情，觉得真正的秋天从他的心中飞走了。他不能忘记，他在上大学时，秋夜里，吃完晚饭，他便会夹着几本书，与一两个同学从宿舍走去图书馆自习，到了九点半，又从图书馆夹着那几本书回宿舍睡觉，来回都要如此这般踩着沙沙作响的枝叶。落叶飘飘，一年又一年，年年大概都相似；人生飘零，一岁复一岁，岁岁恐怕大不同。本来他以为他的大学生活就要这样过下去，直至毕业，直至分配，却没有料到，忽然来了个“文化大革命”，原先的生活秩序完全被打乱了。

如今他重新回到那熟悉的情景中去，但他能够挽回年轻时的心境吗？

他有些迷惘了。

迷惘，正如这个他当年不知留下过多少足迹的校园，旧地重游，虽然不致面目全非，但总是有叫他认不出来的地方。宿舍楼那灰色的墙上，贴着中文系学生揽生意的小招贴，原来是替人家冲洗彩色相片哩。

他惊异于中文系学生操起如此并不对口的行当。他忽然冒出一个有恶作剧成分的念头：不如将自己的一筒胶卷交给他们冲洗，看看到底功力如何。可是转念一想，倘若冲坏了，岂不糟糕？他又却步了。嗯，现在的大学生也赚起小钱来了，我们那个时候，有谁敢这样做？那时，好像一沾上钱就臭得不得了，尽管实际上又有哪一个少得了钱？他这样想着，也就释然了。是呀，大学生也是人，自己出卖劳力与技术，得到一点报酬，有何不可？他刚到香港时，总觉得干什么都钱字当头，有点看不惯。那时他还没找到工作，有个当语文教师的朋友，请他代改学生的作文，说："一块钱一篇，我这是按市价给你的，没有克扣你。"当时他有点受辱的感觉，"什么，我帮你改作文，是尽朋友的义务，还给什么钱？"可是那朋友把嘴一撇，"香港人人都忙，做了事情拿报酬天公地道，你有什么难为情的？"但是，在他的心目中，友情一下便贬值了。然而，说也奇怪，当他改完了，拿着那八十多块港币的时候，他心里却油然产生了一种欢喜的感觉。钱哦！况且还是他到香港后头一次赚到的钱。现在看来，八十多块钱当然算不得什么，可是，在十五年前的七十年代初，物价还便宜，就不是很小的数目了！而这些大学生，如今到底可以赚多少钱呢？

他继续往前走，终于来到他当年居住的宿舍楼。他仰望那三楼的窗口，那棵他熟悉的法国梧桐长得更高了，它超过四楼，把那枝叶覆盖在楼顶上。他认得它，多少年了，它依然立在那里，连一步也不曾离开，而他却已经走遍千山万水，又转了回来。但是，它还认得他吗？假如它有知觉有思想，岂不成为历史的见证，只因为它一直静静地站在那里，把一切的风云变幻、人事沧桑全都冷冷地看在眼里。

七

那该是二十一年前的夏天了。1966 年 6 月 1 日晚上，范烟桥正在宿舍里。每晚照例向全校广播全国新闻联播节目的高音喇叭声，轰响在夏夜笼罩的校园里。

他本来仍在漫不经心地翻书，但传到耳朵里的那个男播音员的浑厚嗓音慷慨激昂，令他不由得放下书来侧耳倾听。好像在声讨什么呢。他隐隐约约感到有什么不对头，心中竟也恍恍惚惚地腾起一种并不切实的不祥之感。聂元梓？没听说过，如今以她领衔的大字报公开地广播出来了，那么，是不是意味着北京大学出了什么问题？

第二天，报纸头版头条全文刊出这张后来被称为“全国第一张马列主义大字报”的大字报，还有语调严峻的社论。范烟桥看着看着，也摸不着头脑，他瞥见坐在对面的姚文朝紧皱着眉头，一副若有所思的样子，心想，他是贫下中农家庭出身，思想觉悟高，不如问他吧：“你看这是……”

姚文朝抬起头来，望了他一眼，面无表情地说：“你自己思考思考……”

他一愣，只觉得姚文朝的答话莫测高深。到了很多年后，他有时想起这句话，也一直搞不清楚，当时，姚文朝到底是在装模作样假充洞悉一切，还是他真的感到形势有点不妙？在那张大字报广播前的那天早上，报纸发表的社论《横扫一切牛鬼蛇神》，会不会有什么关联？他不能肯定，只是感到有一种异样的气氛在悄悄生成。他想了一想，终于觉得，自己也管不了那么多了，北京大学的事，毕竟还离得远了一点，他宽下心来，依旧看自己的书、做自己的事情。到了晚上，熄灯铃在楼道上一响，他便爬上床去，眼睛一闭，睡觉睡觉，他这么一想，一放松，睡神也真的很快便把他带进梦乡。梦中无尘，一觉便睡到天亮，起身时但觉精神极好。

他刚伸了个懒腰，苏舟潮便慌慌张张地推门而进，叫道："我们饭厅也贴了大字报，说我们校党委也是黑帮，要造反！"

他吃了一惊，还没有完全反应过来，姚文朝便斩钉截铁地说："浑水摸鱼！这帮人肯定是浑水摸鱼，也不知道是什么目的！"

他迷惑了。他被这种突如其来的形势变化搞得有些晕头转向，虽然他也见过一些风风雨雨，但像这样公然剑拔弩张的气氛，却是首次面对。苏舟潮反身又跑了出去，姚文朝紧紧跟上去，他愣了一下，也匆匆下楼，往饭厅方向奔了过去。他见到好多人也正从各个宿舍楼拥向饭厅，等他赶到，在那份大字报前已经挤了几层的人墙。他看到那触目惊心的标题："挖出隐藏在我校的黑帮分子吴运成！"啊，矛头直指校党委书记呢，他刚一惊，人群中一阵骚动，又来了一批学生，有的捧着大字报，有的提着糨糊桶，有的拿着扫把，一面往前挤，一面喝道："让开！让开！"好容易挤开一条路，他们就七手八脚地在那原来独一无二的大字报旁边，"唰唰唰"地贴上了，那标题写着："揪出反党分子蓝玲芳！"

看那架势，双方摆开了肉搏的劲头，如此的你死我活，已经没有了调和的余地。谁是谁非？他一点主张都没有了，刚刚迟疑一下，又拥来了好几群人，挤在那两张大字报前，依着大字报指名道姓大加挞伐，形成了围攻之势。蓝玲芳陷入了被包围的孤立境地。蓝玲芳？这是何许人？为什么会有这样的一张大字报？忽然，在围观的人群中，他瞥见章倩柳，便挤上前去，拍了拍她的肩膀，她回过头来，笑了一笑，然后又撇了撇嘴，并不说话。他低声问道："怎么看？"旁边的人都望了过来，他顿时觉得自己问得有些蠢，连忙噤声。章倩柳说了一句："走！"便排众而出。他跟在后头，双眉紧皱，她回头笑道："不是那么严重吧？看看再说。"他勉强回应她的笑容，嘟囔了一声："也不知道是不是搞运动。""你现在什么也别管，读你的书，吃你的饭，看你的电影，睡你的觉。你想管也管不了。"

看着她走回女生宿舍的背影，他寻思，她的话也对。蓦地，他的心一跳：看电影？她无端端怎会提到看电影？那回，阿联电影周在北京举行，他与赵泰岳相约跑到首都电影院去看一部历史故事片，回校时撞到姚文朝，随便聊了几句。过几天在小组会上，姚文朝忽然面色凝重地发言："……我们要提倡艰苦朴素，我觉得范烟桥和赵泰岳花一块钱去看一场外国电影，有点不太合适……"当时他与赵泰岳面面相觑，作声不得。是的，那时，看电影，学生票也就一角五分钱吧，一块钱显得贵了一些。但是偶然看一场，也未必严重到要受批评吧？范烟桥心里很不服气，却也不敢抗辩，他生怕引起众怒，反而更狼狈。会后，赵泰岳愤愤不平地对他说：“妈的！这个姚文朝，怎么这么差呀，当个组长，也不必这样吧！”他唯有以苦笑回答，他还能说什么？当时，姚文朝的话一落音，他便偷眼观察，正好瞥见坐在斜对面的章倩柳正掩嘴而笑。如今想来，她这回提到看电影，莫非便是影射这件事？

八

一直到了 8 月 19 日，范烟桥才算真正明白，一块钱看一场电影，实在要成为众矢之的。那天傍晚，他跑到东四去，准备看电影，忽见十字路口围着一群人在看大字报，他好奇地挤上前去一看，只见那大字报的题目是《向旧世界宣战》，落款为北京市第二中学红卫兵。他心里忽然涌起一股不安的浪潮，仔细一看内容，果然义正词严：“我们是旧世界的批判者。我们要批判，要砸烂一切旧思想、旧文化、旧风俗、旧习惯。所有为资产阶级服务的理发馆、裁缝铺、照相馆、旧书摊……统统都不例外。我们就是要造旧世界的反！”“现在，‘文化大革命’的洪流正在冲击着资产阶级老爷们盘踞的各个阵地。资产阶级的温床保不住了！‘飞机头’‘螺旋宝塔式’等稀奇古怪的发型，‘牛仔裤’‘牛仔衫’和各式各样的港式衣裙，以及黄色照片书刊，正在受到严厉的谴责。”“我们向理发、裁缝、照相等行业的革命职工倡议，港式的发型不理！港式的衣裙不做！下流的像不照！黄色的书不买！”“我们要求在最短时间内改掉港式衣裙，剃去怪发样，烧毁黄色书籍和下流照片。”“‘牛仔裤’可以改为短裤，余下部分，可作补丁。‘火箭鞋’可以削平，改为凉鞋。高跟鞋改为平底鞋。坏书、坏照片作废品处理。”他暗想，那道理似乎也对，只是不知道“黄色照片”“坏书”的定义是什么，由谁来判断。

正想着，忽然来了一队戴草绿色军帽、穿草绿色军装的中学生，男男女女，左手臂上一律佩戴着红色袖章，上面写着三个黄色的大字“红卫兵”，他们沿街呵斥，吓得路人躲着走。队伍开到一家商店前，带头的人便高声叫着：“拆！”于是这些中学生便冲进店子里，那些职工连忙笑脸相迎，绝对合作，齐心合力将那霓虹灯招牌砸个稀巴烂，看得范烟桥心里发怵。大概这就是“破四旧”吧？他望了望自己的裤脚管，也不知道会不会“犯规”，万一给他们查将起来，说太窄了，当成牛仔裤当众给剪破，必要一路褴褛着回学校去，那可真不知该如何是好了。这么一想，他连忙回头，把买好的电影票偷偷一扔，赶紧溜走了。后来，姚文朝在学校里真真假假地指着他手腕上戴着的瑞士表说：“喂，你还戴洋货？”他当时颇为反感，亢声反问：“这也有罪呀？”“不是我说的，是大字报说的，不信你去看看啦！”姚文朝连忙说道，转身走了。范烟桥明白，那当然是真的，虽然觉得这些说法很愚蠢，但绝对不是笑话。当他眼看那种狂热越来越显得没有理性时，他就会想起他碰到的“破四旧”的第一夜。但即使觉得毫无道理，他也不敢说什么，大势所趋，只好随波逐流，那个王树彬不知好歹，大概自恃是干部家庭出身，说话一向随便，那天中午在盥洗室洗衣服时，随口用小调对旁边的姚文朝唱道："……你是牛鬼，我是蛇神。……"当时也并没有发生什么事情，可是到了晚饭时，大家正在饭厅围着一张张方桌站着吃饭，姚文朝忽地一声吆喝，好几个人立刻把王树彬推挤着逼到一张空桌边，七嘴八舌地喝令他站上去。王树彬起先还是嬉皮笑脸，但后来围攻他的人越来越多，饶是他一向大胆，也变得六神无主了。

在姚文朝和方成阳的扭送下，王树彬终于不得不站到那桌子上，周围的人立刻放下饭碗凑热闹。在人们的喝问下，王树彬一向的能言善道不知跑到哪里去了，只是一味结结巴巴地重复："同志们听我说……同志们听我说……"却怎么也说不出个理来。

这不过是小小的批判，但是在那种气氛下，却形成巨大的压力。从此，王树彬走路也老是低着头。原来那种谈笑风生的模样，不知沉落到哪里去了。

那回，范烟桥与他相遇在校园，不禁问道："你怎么啦？好像丧家犬一样……"王树彬叹了一口气："我现在知道了，做人千万不可以乱开玩笑。那个姚文朝，没想到他会这样整我，大家是同学，何必？"

范烟桥一向对姚文朝不大以为然，但也没有什么大的恶感，看到王树彬这样哭丧着脸，不禁有些心软，想要开口安慰，忽然又觉得这是大是大非的问题，岂可胡说八道？他一惊，连忙借故走开了，一面暗想，要不要把王树彬的恶劣态度汇报上去呢？他知道这是一个机会，可以借此向造反派表示靠拢，以自己海外关系复杂的出身而言，如果不好好表现，怎能被信任？他几乎就要这样决定下来了，那晚，他站在戴着红袖章的姚文朝面前，暗想：什么时候我也可以戴那么一块红卫兵袖章呢？他见到姚文朝骄傲昂起的脸，忽然感到一阵自卑。这种自卑感让他无端地同情王树彬，话到嘴边，又缩了回去。心想，我又不是红卫兵，何必那么操心？而且人家也未必相信我。这个时候，“狗崽子”的咒骂声到处都可以听到，虽然同班同学还没有人撕破脸出面清算他，但他却感受到那种令人窒息的气氛。前几天，与他一样是从海外回来升学的一个数学系女生，便被勒令“与海外资产阶级家庭划清界限”，他看到她垂头丧气、双目无神的样子，便有兔死狐悲之感，心想不知道什么时候自己恐怕也会这样给“揪”了出来。他明白自己太没有政治本钱了，他不愿过分钻营，不是不想，而是估量那形势，先天的条件怎么也改变不了，自己又何必苦苦挣扎？社会上到处都是“老子英雄儿好汉，老子反动儿混蛋”的口号，谁敢说个“不”字？人人似乎也都在说：“龙生龙，凤生凤，老鼠生儿打地洞。”我还能怎么样？我将来怎么样？连找个对象也无所适从。找个出身好的人吧，别说人家是否愿意，就算愿意了，旁人会不会说我是“糖衣炮弹”？找个同样出身不好的人吧，大家彼此彼此，也不必嫌弃了，可是旁人大概又会说我们“蛇鼠一窝”。如此看来，不找对象最好，但到时会不会又被人投以异样的眼光，怀疑我不正常？

啊呀！难难难。好在也不是眼前就要解决的难题，不要理它。车到山前必有路，何必杞人忧天？这时，姚文朝却以居高临下的姿态问他："你有什么事？"

范烟桥一阵反感，一阵惭愧，淡淡一笑："没有，没有什么事情。"

"我还以为你找我谈心呢。"姚文朝说着，便走了出去。临关门前又扔下一句："我去开会！"

宿舍里昏黄的灯光下，范烟桥忽然感到有些百无聊赖。他走到窗前，望见夏夜的天空星光灿烂，虽然窗子大开，却没有一丝风吹进来。这天气真热，他想。忽地感到自己满身是汗了。

九

当姚文朝出现在面前时，范烟桥几乎怔住了。姚文朝伸出手来，笑道："怎么啦？不认识我了？"他才惊醒过来，连忙把姚文朝请进客厅。

十五年了。他仔细地看了看坐在他侧面的姚文朝，觉得岁月无情地在每一个人脸上留下了深刻的痕迹。姚文朝那小小的、灵动的眼睛哪里去了？眼睛虽然还是那样小，却已失去往日的飞扬神采，似乎有些腼腆，他的视线瞟了过来，立刻又滑走了，嘴上却问道："这些年，你都过得不错吧？"

不错？范烟桥苦笑一下，却不正面回答，只是淡淡地说：“也谈不上，找一口饭吃罢了。”

“总比我们好吧？”姚文朝的笑容近于讨好，随手从桌面取了一根“三五”牌香烟，自己点上火，兀自吞吐起来，那喷出的白烟袅袅飘向天花板，消逝了。范烟桥不知道该怎么回答才好，这不是一加一等于二那样明确的问题，怎么去比较？

他记得那年仓皇离开校园时，就在校门口碰到姚文朝，他的心境落寞，偏偏遭遇姚文朝灿烂的笑容，他刚想避过去，没想到姚文朝却迎了上来，笑眯眯地说：“上哪儿去呀？离开北京呀？以后来北京，到我家玩呀！”

他知道姚文朝其实并没有诚意，只不过想要气一气他而已，不禁冷笑着说一声：“多谢！”便扬长而去。

扬长而去，直飞广州，再搭火车转深圳，过罗湖桥，直奔香港。

虽然只是短短的一座桥罢了，可是，那时他的心却在怦怦乱跳。毕竟，他又回到香港了。说是“回”，其实也不然，应该说，他当初并不是从香港出发的，只不过当年他从东南亚回北京，是经香港踏上罗湖桥进入深圳的。但于香港只是匆匆过境，他几乎什么也看不到。就这么一眨眼，便已是十几年前的事情了。就好像是一场梦幻一样，他迷迷糊糊地走到深圳海关，那个女关员看着他的通行证上写明的“年龄：三十；职业：学生”时，带笑问道：“还是学生？”他郑重地答道：“大学生。”同时心里想，你又不是不知道，这几年这么动荡，大学毕业生都延迟分配，这么一拖，三十岁又有什么奇怪?

出了深圳，跟随拖着行李的人流来到罗湖桥头，忽见腰间佩着手枪的士兵在站岗，他猛然意识到，这一脚踏过去，便要进入另一个陌生的世界，心不由得一阵狂跳。

他记得从广州搭火车前往深圳的两个多小时途中，他座位的前后左右，也是几个与他一样原本从海外回国读书，而今又申请出境到香港的北京大学生。其中一个叫陈天辉的，显得十分了解情况，他手舞足蹈地告诉大家："……港币嘛，要藏好，不然的话，过罗湖海关时会被他们没收！"他和其他几个人面面相觑，半信半疑。陈天辉立即提高声调："你们不信？不信算啦！算我白替你们操心！"他一想，宁可信其有，不可信其无，此行只换得八百元港币，刚到香港，全靠它救急，怎么可以轻易失去?！于是他借口去小解，躲进火车的厕所里，偷偷脱下鞋子，将那八百元港币塞进右脚的袜子里，这才走出来，却听见陈天辉已经换了话题："……过关的时候，他们肯定会盘问我们一些政治问题，最可能是林彪的事情啦，他们会问有没有听过传达有关的文件，这样的政治问题，记住一定不要正面回答，就说我们已经申请出去，类似的会议不会让我们知道，就算了。因为这个事件还没对外正式公布，我们何必搅这趟浑水！没有好处的，记住这是香港……"他觉得有理，他根本不懂政治，更不想搞政治，没有理由胡说八道。只是他不知道能不能应付过去。

再紧张也始终要面对现实，好在陈天辉又说："……没关系，今天是周末，他们都赶着去参加舞会，不会那么认真的！所以周末那么多人出来……”他放心了一些。当他被罗湖的海关人员带进小房间里问话时，却不由得一阵心跳。

“你来香港做什么？现在世界发生能源危机，香港经济情况不好，可不是遍地黄金呀！”那官员坐在一张桌子后头，看了看他的证件，然后抬起头来，冷冷地问他。

“我不是想发达，我的父母在南洋……”他忙答道。

“你从南洋回来读书，现在又过来，为什么呀？”那官员又问。

“我只不过是想去读书……”他含含糊糊地说，觉得自己也不能说服自己。读书？读完书当然要参加工作的啦，那个时候，自己就有这样的愿望啦，总是不愿侨居异国他乡，饱受种族歧视之苦。可是转了一圈，经历了这些年的风风雨雨，竟会转到香港来了，早几年连他自己也决不会想到。莫非，这就是人生？

好在那官员也并不太过为难他，随口又问了问北京市场的供应情况之后，便挥挥手让他走了。他舒了口气，那官员咄咄逼人的语气却又回涌到他的脑海里，一种逆反心理油然而生：哼！有什么了不起？刚来香港就给下马威，香港难道真的是不愁吃不愁穿的天堂，住在这里的人就天生拥有优越感？来这里也不是白吃白住，何必那样骄横？

可是，当从罗湖开出的火车驶抵尖沙咀火车总站时，他挤出接车的人群，回头看看那别具特色的钟楼，他的心湖就漾起了一种异样的感觉，我真的到香港了。这座钟楼，当他还在北京时，就在从香港寄来的明信片中看过，他还听说过，它是香港具有代表性的古老建筑之一。正想着，当当的钟声怦然响起在天空中，但见那时针指向下午三点整。九月的阳光懒洋洋得正好，好像一只温暖的手抚摸着他的脸，他提着那皮箱，竟站在那里怔忡了好一会儿。假如不是接他的汤波连声催促，他愿意就这样静静地站多一会儿，直到夕阳西下时分。

首次从尖沙咀搭小轮渡去中环的味道如何？他也已经不复记得了，但在他的印象中，那渡轮在尖沙咀海面“突突突”地前进，船身轻轻划开蔚蓝的海水，有些微的摇摆，远处有几只飞鸟在低飞，而他的心也在微微震颤。

这就是香港秋天周末的下午呀。在许多年之后，每当他想起陈天辉口中“周末赶着跳舞”的故事，说得仿佛人人都是如此狂热，他便明白，传言始终都会走样，只不过因为自己不明情况，信以为真也是难免的。可笑吗？一旦明白真相，当然觉得可笑，但当时却无可避免。

这一切，又该怎么对姚文朝说呢？说了，他能理解吗？还是越说越糊涂，或者引起误解？尽管他并不记恨，可是他感到，姚文朝不会明白的，所以他也就对那问题避而不答，只是笑着反问：“你呢？一切都好吧？”

他见到姚文朝尴尬地笑了一下，“还好，还好……”他突然忆起，周广图隐约透露过，姚文朝虽然幸运留校，风云过一时，但这几年强调业务，他的老本几乎都输光了，想要恶补，却已时光不再，在同事面前抬不起头来。

其实那只是历史的误会罢了，他想，也不能说谁是谁非。整个潮流下，有几个还能冷静理智？当年姚文朝得势时，恐怕无论如何也不会想到，业务还有用处。那个时候，“读书无用论”盛行，谁愿意读书？他记得，有一次全班在宿舍开会，苏舟潮说了一句：“……书到用时方恨少……”立刻被一些同学视为大罪，群起围攻，姚文朝坐在上层床上挥舞着右手，满脸涨得通红，嗓门很大：“我认为苏舟潮说的是彻头彻尾修正主义的言论！什么‘书到用时方恨少’？书读得越多就越反动！我们要肃清苏舟潮言论的流毒！”接着好几个人加入战团，矛头全都指向苏舟潮。幸好苏舟潮出身不错，是“红五类”，而且他也知道形势不好，没再吭声，这事才不了了之。散会之后，范烟桥悄悄将苏舟潮拉到一边，埋怨道：“都什么时候了，你还公然说什么‘书到用时方恨少’，那不是引火烧身吗？”苏舟潮却不以为然，愤愤道：“我觉得这句话没有错，什么时候都没有错，干吗不能说？”“那你怎么又不辩下去？”他觉得苏舟潮明知自己不对，私下还要死撑，不免有些不高兴。“看那个形势，还有我说话的余地吗？”苏舟潮苦笑了一声，“其实你也不是不知道，姚文朝他们只不过想抓我的小辫子，因为他们和我们是对立派！”“不管他们什么目的，总之，你说话太不谨慎，给人家抓住了，又有什么办法！”

书到用时方恨少，当然不错。可是，在那个时候，范烟桥也一样认为这句话是修正主义的，苏舟潮有些不屑地反问他：

“怎么个修正主义法，啊？”他也张口结舌，说不出个道理来。总之，修正主义是很时髦的攻击对方的“帽子”，谁个都可以张口就说出来，但有谁曾经认真地将那定义搞清楚？即使那时说起话来总是振振有词的姚文朝，怕也不会例外。如今时过境迁，那些时髦的术语已经成为明日黄花，但“书到用时方恨少”却依然是真理，姚文朝想来也终于明白了吧？只不过流逝的时光，难道可以一把抓回来吗？

范烟桥望着看来有些失意的姚文朝，欲说还休，纵然有千言万语，又该如何从头说起？

十

其实有哪一个成年人没有失意过？送走了姚文朝，范烟桥歪倒在沙发上，暗自想着。上帝不可能太偏心，把所有的欢乐送给一个人，而将所有的痛苦推给另一个人。或者可以说，不尝尽欢乐与痛苦的人，大约也不能算是一个完整的人吧？姚文朝他以为我今天名成利就，风风光光，恐怕看的只是我的表面吧？这身英格兰绒西装？这双意大利皮鞋？唉，只不过因为出远门，这才穿得夸张一点，平时在香港，还不是普普通通如你和他？诗人？出版社总编辑？那就更笑话了。诗人曾是耀眼的桂冠，可以堂而皇之地印在名片上，但在香港，谁要是斗胆以“诗人”做名片，不给人笑到面黄才怪呢！是啊，诗人值多少钱一斤，这个商业社会并不需要诗。初来乍到一腔热情，写诗投到一家周刊去，望眼欲穿终于刊登出来，我一口气买了十份，自以为从此便是文坛骁将了，岂料周围的人毫无反应，令我既失望又寂寞。忍耐不住跑去找汤波，以为会讨得一两句恭维话，不料汤波斜眼看了一下标题，便摇摇头道："唉，你不要再文艺了好不好？"我一怔，满腹狐疑地望着他，心想，这就是当年酷爱诗歌的老朋友吗？那个时候，他不知从哪里抄来俄国诗人普希金的诗《假如生活欺骗了你》，在宿舍昏黄的灯光下，面对着我这个唯一的听众，声情并茂地朗诵起来。当他念到下半段"……心，永远憧憬着未来，现在却常常令人忧郁；／一切都是瞬息，一切都会过去，／而那过去了的，就会变成亲切的回忆"时，我明明看到有泪光在他的眼中闪烁。我一直觉得，一般人平时是不大读诗的，但遇到大欢喜或大悲哀时，去找一首相应的诗，便会有强烈的感染力，或加强那情绪，或减轻那折磨，莫非汤波失恋了？我问他，他却腼腆一笑："还没开始呢，怎么谈得上失去？"哦，是单相思吧？不过我见他笑了，也就不想追根究底再去触痛他的伤口。他那时该正是爱诗的年纪，即使市面上找不到什么好诗了，但只要设法，他也总不会一无所获。没想到才分别两年，汤波到香港只不过早我两年罢了，诗神便已经离他远去了。他大约见我有些困惑，便拍了拍我的肩膀，"不是我泼你冷水，在香港舞文弄墨太辛苦，写诗更是奢侈。你知道吗，在香港，人家会把写诗叫作'傻佬'，吃不饱穿不暖，诗人想要清高也不行的了，对吧？"

那个时候，汤波还在一家餐馆当端菜的伙计，却已经把前路看得清清楚楚，知道拿笔杆子注定赚不了什么钱，他把心一横，便千方百计往商界发展，果然让他得偿所愿，住在半山区，出入有奔驰代步。我一直佩服他的果断，佩服他能够对取向干脆利落，绝不拖泥带水，说不再爱诗便与诗一刀两断，甚至连让他看看我那不过十二行的短诗，他也没有给我面子。“我这是为你好。”他看也不看，便把剪报随手往桌面上一扔。我当时不太明白，后来却弄懂了，他也不是故意冷落我和我的诗。

总编辑？那不过是找饭吃的手段罢了。在香港，不去当个上班族，光写稿怎能生活下去？我又不像什么公子那样，家里有金山银海任搬，我是手停口也停。别看“总编辑”的名衔挺吓人的，其实香港好些出版社也不过两三个人，总编辑同时又是校对又是美工又是跑腿，没什么大不了。我工作的这家出版社虽不到十个人，也已算是较具规模的了。

说真的，那时满腔热情却给汤波当头泼了一盆冷水，我十分失望。由于还找不到工作，很无聊，总要找个寄托，只好天天跑到铜锣湾去看十点的廉价早场电影，虽然都是旧片子，但自己从来未看过，一样新鲜。过了一个月，不觉有些厌了，每天看着太阳从东方升起，直到西边落下，一日又一日，便感到闷极无聊。那时碰上经济萧条，要找一份职业，谈何容易？连想要去工厂做杂工，也不得其门而入。我曾与一个相识的朋友跑遍官塘工厂区，哪里有一家肯招人？正感到失望，忽见眼前立着一块黑板，上面用粉笔歪歪斜斜地写着“招请杂工两名”，我那朋友喜出望外，回头对我说：“两名！我们的运气来了！”兴冲冲地直奔进去，岂料管事的人却一副冷面孔，抛出一句：“请满了！”我们怏怏离去，却听到那人在不屑地哼哼：“广东话都还不会讲，就来找工作……”我的心又酸又苦，好歹也是名牌大学的毕业生，虽然内地文凭在香港不获承认，但也不致沦落到连无须任何技术、只需有蛮力便可以做的杂工也做不成吧！从此我便发誓不再如此这般去找工作，日子过得无聊吗？便躲在那小房间里看点书，写点稿，也是全凭兴趣才将诗一直写到现在。我尤其不能忘记倩柳的鼓励，当她收到我发表的第一首诗的剪报后，便立即回信说：“你知道吗？在收到你的信的第二天，我便去北戴河出差，到了北戴河海畔，我掏出你的诗，坐在岩石上重读，海水在我脚下澎湃，我的心也跟着你的诗情澎湃起来了。这是你的作品，不，应该说是我们俩的作品，因为你的诗中处处有我，是吗？……”直到今天，我有时也会回想，假如不是倩柳，我还会坚持写诗到今天吗？我自己也不知道。

“当然，今天我也并不得意，不过做人也不必总是要求事事、时时一帆风顺吧！”我这样安慰姚文朝，他却皱着眉头望着我，似乎认为我只不过在说些场面话而已，但又终于默默地点点头，仿佛明白了什么。

或许我应该明白告诉他，人生不如意事十之八九，倘若不能采取乐观态度，岂不是很容易就会精神崩溃？他的苦恼不过是因为历史的误会而耽误了自身在早期的业务进修，如今奋起直追固然有些困难，但并没有打烂饭碗的危险，大不了就是评职称时很难评上副教授、教授；而我呢？那就不同了，稍不留神，便有被挤掉的可能。十年前，我在一家杂志当编辑，由于发表的诗多了一些，老板便皱眉头，把我召进他的房间，绷着脸说道：“最近你很活跃啊，好多报刊都看到你的大名。不过我要提醒你，不要因为你自己的东西分心，我们的杂志嘛，你一定要投入……”我分辩说：“老板，我写诗只是利用节假日，对工作并没有影响。”老板只是冷冷一笑：“但愿如此。”我心有不平，有一次几个同行朋友相聚，我提起这件事情，朋友们大哗，七嘴八舌地说：“有没有搞错呀？你出名，对杂志也好呀，又没有影响工作，怎么不可以？”“老板应该以你为荣，哪有这么小气的？”“心理变态吧？”“他当你卖身呀？业余干什么也要管，要不要连你上床都告诉他？”但有个在座的朋友也叹道：“也不是没有这样的老板，我以前那个便是，拉我过去时什么都OK，等到成为他手下，便什么都NO了。他总认为你写作肯定会影响工作，当然什么都怀疑，越看越不顺眼了！”真是上了一课。不久我出了一本散文集，本以为神不知鬼不觉，岂料老板知道了，当面不好发作，背后却发动一连串攻势，在同事中散布对我的不满，说：“……他的心就在他个人的名利上，对公司就马马虎虎，这样的话，我要换人！”那些言论辗转传到我的耳中，不由得激起我的怒火万丈：不错你殷老板有钱，但也不能信口开河，胡乱加罪呀！甚至那一天我因感冒浑身乏力，趁中午休息时间伏在办公桌上休息一会儿，他看见了，私下便对另一个同事说："范先生怎么搞的？是不是昨天晚上写东西写得太晚了，今天精神不够呀？"那时我还血气方刚，抑制不住便冲进老板室与他理论，老板恼羞成怒，喝道："算了！看来我们不能合作了，你还是另谋高就吧！"也就是炒鱿鱼了。补了一个月的工资，一时又还未找到新工作，前路茫茫，也不知如何面对妻子！

虽说天无绝人之路，可是那时彷徨无着的心态，有谁理解？又有谁会援手解救你的困境？那时我还很天真，头一个想到的便是汤波，因为他已经开始阔起来了。我会想到他，当然也有我的道理，想当年在大学里，虽然我与他不在一个系，但情同手足。当他先我离开北京前往香港的前夕，坐在夏日夜晚的天安门广场上，任那微风轻轻吹来，我们相对无言。到了在北京站送别，京广线火车汽笛长鸣，车身动了一下，他忽然从车窗口伸出双手紧抓我的双肩，哑声道："你也来吧！不必担心，有我汤波一口饭吃，就一定有你的半口！"当时我十分感动。倒不是我寄望于他，而是因为世上知己难求。光是他的这句话，便教我认定，这是个真正的朋友。来到香港后，我从来也不曾求他，因为我知道，所有困难都必须自己有勇气面对，即使是最好的朋友，也不可以轻易相求。但到了失业的地步，我又不是孤家寡人容易解决生活，也难怪我要指望汤波了。

我一直认为我们俩是无话不谈的好朋友，我记得他就曾经当着好多人的面，指着我说："这是我的死党。"私下对我也说：

“我就只有你一个知己。来到香港之后结识的朋友，因为有利害关系，都不能当真。”但是当我与他面对面地坐在餐厅里的时候，我竟不知怎样开口了。

黑椒牛柳吃完了，咖啡也喝得差不多了，话题依然漫无边际。汤波拿起一根牙签，剔了剔牙缝，随口问道：“近来怎么样？”

我福至心灵，觉得机会来了，连忙诉苦：“唉！一塌糊涂，连工作也丢掉了……”

“哦？”他抬起头来，好像有一丝惊异的光在他眼中闪过，“怎么会？”

“说来话长。”我沉沉地叹了一口气，忽地有些鄙视自己带有一点演戏味道的虚伪，便住口不说了。

“唉，世界难捞呀，兄弟！”他拍了拍我搁在桌面上的手背，“好像我这样一个来这里才十年的人，从一个穷光蛋，不走偏门却变成千万富翁，人家肯定羡慕死了，其实嘛，大有大的难处呀！要我打理那么庞大的机构，真是绞尽脑汁。还是打工好！还是打工好！”

“是啊，可是我连一份工作也失掉了，”我接住他的话头，硬着头皮说，“你能不能帮忙，给我找份工作？”

他抓了抓后脑勺，“这个……你会干什么呢？你英文马马虎虎，又不懂得做生意，只会写诗，难啊……”

我突然一阵难受：这就是我视为知己的老朋友吗？是啊，我什么都不行，只会写一点与生计无关的诗，谁会要我？一阵惭愧，让我再也说不出话来。这时，餐厅里的喇叭，正在播放电影《日瓦戈医生》的主题曲。

我也不知道是怎样离开餐厅的，只觉得汤波好像把一张什么纸塞进我的口袋里，当时我也没在意，等到回到家里，彤霞连声问道："怎么样？汤波介绍你去哪里？"我一时都不知道该怎样答她。多少次了，我喋喋不休地在她面前提起，汤波与我是如何比亲兄弟还要亲，那时我并无求于他，句句出自真心。可是，这下子该怎么向彤霞解释呢？要是她问上一句："哦，这就是你嘴上老提到的知己呀？"我都不知说些什么好了。我胡乱掏我的口袋，想要掩饰自己的窘态，却摸出一张支票来，抬头写着"范烟桥"，金额写了"伍仟元"，那时也相当于我两个多月的工资了。我内心里的第一个反应，便是冲动地想要一把撕烂它，并且大声地说："哼！我不稀罕这臭钱！"可是转念一想，彤霞在怀孕，已经好几个月不工作了，一家人的生活没有着落，自己又哪里有什么资本与钱过不去？郑重地将支票收好，熄了灯躺在床上，我望着黑乎乎的天花板发呆，一张五千元的支票，是不是意味着我那极珍视的友情便这样随风而去了呢，只因为我有所求？

失业，失去友谊，前途茫茫，谁知道还有没有明天？如此的失意与彷徨，你姚文朝何曾经历过？我想要说给他听，但他大概也不会明白，我唯有苦笑对他说："有机会时，我再慢慢告诉你，其实我的故事并不好听！"

十一

等了好几天，校庆眼看就要到了，但章倩柳仍不见踪影，范烟桥不由得越发焦躁起来。为了这校庆的到来，一年多以来，好几个同学就频繁书信联系，他本来一直提不起兴趣，倒并不是对老同学无情，而是他对重回母校有一种说不出来的矛盾心理。他其实很怀念那段不会再归来的大学生活，但他也有极为不快的回忆。是的，临别前的一段往事，至今回想起来都心痛。那是 1972 年春天的事情吧？他因为父亲在海外病重，家里极需要他这个独生子回去，函电交加相催，他还在犹豫不决，这时延迟了三年的毕业分配正式宣布，驻在班上的工人宣传队陆师傅找同学一个一个地谈话，宣布分配“面向农村，面向边疆，面向基层”，问个人有什么愿望。他吃了一惊，自从回国以来，他一直在北京读书，这样看来终须离开了，而且很可能分到农村去，他觉得自己恐怕难以适应。看着陆师傅忠厚的脸，他忽然大着胆子，说了头三个志愿：“北京、上海、广州。”“啊呀，都是大城市，名额很少，难办呀……”陆师傅搔起了后脑勺，为难地说：“你再提提其他地方……”又叫他提三个地方，提了又说难办。“还不如不叫我提！提多几个，是不是随便圈一个便可以说是我自己的选择呀？”范烟桥在心里嘀咕，嘴上却说：“我也提不出什么地方了，随便吧！”“那你是服从分配了？”陆师傅立刻钉上一句。真想不到陆师傅反应如此敏捷，到了这步田地，他也不好说僵了，说僵了，或许会故意给发配到很差的地方，你能怎么样？大家客客气气，也许分的时候还会分到好点的地方，比如北京啦、上海啦……他对着陆师傅轻轻地点了点头。他看见陆师傅满脸欢喜地说：“这就对了，大学生嘛，国家培养了那么多年，应该……”接下去都说了些什么，范烟桥已经听不进去了，只是觉得这个陆师傅不可以小看，唯有自己暗暗叫苦。

接着便是毕业鉴定，小组评议时，评到范烟桥，姚文朝率先发难：“我觉得范烟桥学习毛泽东思想不够刻苦，人家手里全是‘雄文四卷’，可是他呢，看看宿舍里他的床头边，全是十八、十九世纪西方资产阶级小说！”全组的同学都低着头默不作声，过了一会儿，只听得章倩柳清了清嗓子，他的心一跳，他不想她介入，因为不论是支持还是反对，都不合时宜。但她已说开了：“刚才听姚文朝的宏论，我有点不明白，我们都是文学专业的学生，看西方古典小说，应该说是学习专业，怎么可以那样下结论？”姚文朝的脸红了一下，但马上又说：“我没有说不对，但政治是统帅，是灵魂，反正我觉得范烟桥忽视政治……”两人继续辩论下去，但他的心很乱，也没有听清都说了些什么，驻在班上的军宣队姜排长说话了：“我看大家不要感情用事，不要护短。现在不要吵了，我们领导小组研究决定该怎么写……”

等到散了会，他私下埋怨倩柳：“你不该出面，他们会怎么看？”

“什么该不该？没有人吭声，我当然要说。”章倩柳气呼呼地说，“他们怎么看，何必去理会？只要自己问心无愧就可以了，管他呢！”

“我不是这个意思，我只是怕连累你……”范烟桥皱着眉头说，“以我这样的情况，怕是不会给我好的鉴定啦。”

“即使全世界的人都说你不好，我仍然不会改变我的看法。”章倩柳淡然一笑，“我不会人云亦云，我有自己的观察和结论，谁也不必妄想替代我去思考！”

范烟桥长叹一声，不再说话，可是在他心里却有一种不祥的感觉。过两天，鉴定发下来了，他看到关键的一句，“……能够努力学习政治”，悬着的一颗心落了地。不料，苏舟潮见了，大叫起来：“不行啊不行啊，别的写差一点还不要紧，这一条可是太重要了。什么叫‘能够努力学习’呀？人家都写‘刻苦学习’，那差别，你仔细体味体味！”他不大以为然，只是一笑置之：“我看差不多，别抠那些字眼了，没多大意思！”但苏舟潮仍一脸焦急地说：“你不知道，到了分配的单位，人家凭什么认识你？还不是全靠这张纸？你再不力争，我们谁也帮不了你了！”他这么一嚷，范烟桥也紧张了，是啊，口说无凭，这鉴定不是权威是什么？！事关重大，在苏舟潮的鼓动下，他急步寻找姜排长，转了一圈，终于在食堂附近找到了。

“……这措辞好像不太好，我希望可以改动一下。”范烟桥硬着头皮说。

“改？”姜排长用牙签剔着牙缝，皱着眉头，“小组讨论时又不说清楚，现在怎么改？”

“我不知分寸怎样，”范烟桥也急了，“下来以后，我才知道，我差不多是跟被审查的人一个规格，这怎么行？”

“啊呀，你自己好好检讨一下自己吧，”姜排长吐掉牙签，把右手挥了一下，“为什么会有这个结论？”

范烟桥顿时语塞，只好低头不语。

“算啦，看在你是从海外回来的分上，我给你改回来吧！不过以后你要注意了！”姜排长一面看表一面说，大概他也无心恋战，便这样结束谈话。

虽然给改了，但范烟桥的心里觉得很别扭。那天晚上，在校园的树荫下，他望着章倩柳的眼睛，绝望地叫道：“为什么？为什么会对我这样？难道因为我的出身？”

“不会的，”章倩柳微笑着说，“那关你什么事？都说‘重在表现’嘛……”

“表现？”他冷笑一声，“他们都说我尽读封资修的破烂货了，表现哪能好？”章倩柳避开他的眼睛，倚在他怀里，轻轻地却一字一句地说：“即使全世界的人都反对你，我也会和你站在一起，何必去理会他们！”

他的心顿时给温暖起来，低头用嘴唇探索她的嘴唇，热吻在春夜中降临，他只觉此刻天长地久。

但天长地久也有时尽，次日公布分配方案，他被分到江西，章倩柳却被分到陕西。明知他们是恋爱关系，却偏偏棒打鸳鸯，不是有意拆散又是什么？他的心再次受伤。他跑去问陆师傅，一敲开房门，只见姜排长赫然也在那里，他的心一凛，转而一想，也好，就当着他们两个的面讨个公道。他开口问道："为什么把我和倩柳分开？"

陆师傅望了他一眼，并不答话，视线转向坐在对面的姜排长，姜排长清了一下嗓子，嘴角露出一丝笑容，"是吗？你和章倩柳是什么关系呀？"范烟桥对于这种明知故问既生气又不知怎么回答，便一声不吭地看着姜排长。三个人都不说话，空气在刹那间好像凝固了。

"哦，我知道。"过了一会儿，陆师傅好像要打圆场，笑着说，"不过，你们还没有正式登记，在法律上并没有什么效力的呀，也不能作为分配时的有力根据。""何况，就算是登记了，也未必一定分配在一个地方，"姜排长接着说，"要看整个需要嘛！个人的事再大也是小事情，对吧？"

"那你们是故意制造牛郎织女啦。"范烟桥有些沉不住气，"那样的话，我也无话可说了。"

"你们刚入校时，听说也宣布过，恋爱关系不作为分配时照顾的因素。"姜排长眯着眼睛，"对吧？"

范烟桥退了出来，他知道说不过他们，心里又气又急，大步流星就去找章倩柳，一把拉住她，吃吃地问道："怎么办？我们怎么办？"

"方案都公布了，恐怕要改也难了，"章倩柳皱着眉头，叹了一口气，"我们再努力一下，试试看……"

范烟桥沮丧地坐了下来，沉思了好一会儿，忽地右手一拍桌子，叫道："我们这就登记去！"章倩柳迅速地抬起头来，双眼发亮，一把拉住他的手，"走！到我家去！"

到她家？一片阴云忽地飘来，压在他的心上。他知道她出生在干部家庭，此时此刻，她父母怎么会同意将独生女嫁给一个有海外关系的人？

见他没有什么表示，章倩柳靠了过来，柔声问道："怎么啦？不愿意去呀？"

他叹了一口气，"我欢喜还来不及呢！不过，你父母……"

"不会怎样的。"她答道，但口气也软弱下来了。

他记得第一次上她家玩，她父母表现得很热情，频频说道："随便啦！就当这里是你自己的家好了。"

但多去了几次，她父母却冷淡下来了，最多只是礼貌性地点点头，也不再多说什么。起初他以为自己有什么地方做得不好，开罪了老人家，他追问章倩柳，她却支吾其词，老说："他们是这样的啦，别理会！"后来问得紧了，她才透露说，起初她父母以为是一般同学，自然热情相待，后来发觉他们关系并不寻常，便急了，三番四次缠着她说："你不是不知道，现在是什么时候，你跟华侨结婚，不但你自己将来会受影响，我们一家人也会受连累！"她也不是不明白，但她却不悔。

她不悔，可是面对父母的泪眼，她又能够怎么样？范烟桥觉得自己似乎在强迫章倩柳做出残酷的选择。他发觉自己进退维谷，他不想她为难，又不能放弃她，他陷于极为痛苦的矛盾当中。好像在梦幻中一样，他听见她又说道："算了，你不想去我家，我索性也不通知家里了，反正我们都已成年，有自决权，我们自己也知道自己在做什么事情，自己负责就是了。”

他感动地紧紧抓住她的手，半晌也说不出一句话来。过了好一会儿，他才拉着她又回到陆师傅住的那间房前，用力敲了一下门。

姜排长还在，他们大概正在“研究研究”我的“问题”吧？范烟桥心里暗想，但也不动声色，面对着他们疑惑的眼神，他依然抓住章倩柳的小手不放，“陆师傅，姜排长，我们决定结婚，希望系里给我们开个证明。”

姜排长与陆师傅面面相觑，良久，姜排长还是那句话：“你们想清楚了没有？这可不是闹着玩的！”

“当然不是开玩笑，这种事情，哪有玩的？”范烟桥斜了姜排长一眼，望向陆师傅，缓缓说道。

“我们研究研究再说。”陆师傅匆匆答了一句，便摆出送客的姿势。

“开结婚证明也要研究研究？”范烟桥负气地说，“我们可都已超过合法婚龄好多年了，还有什么研究的？”

“本来是不必研究的，不过毕业方案已经公布，你们不是北京的人了……”陆师傅脸色有些尴尬，勉强笑道。

“但我们还没有离开呀！”范烟桥提高了嗓音，他觉得倩柳与他相握的那只左手紧了一紧，他一时也弄不明白，她到底在默默地支持他，还是无言地提示他？但这个时候他也不便开口问她了。

“人虽没有离开，但你们的人事档案都已经调走，”姜排长望了过来，指着范烟桥说，“你的已经调到南昌，”然后又指了指章倩柳，“你的嘛，已经调到西安。你们的户口已经不在北京，怎么能够办呢？你们说说看……”

“哪会呢？”一直不言不语的章倩柳忽然插嘴，“人还没有走，户口哪会销掉？”

“你不信？”姜排长露出一脸惊讶的神情，“你们不信？那没办法。我们还是要研究研究，至于能不能帮你们，我们现在也不清楚。”

范烟桥只听得一腔悲愤。有什么办法呢？单位不给开证明，想要结婚？别做白日梦了！一气之下，他拉着倩柳转身就走。

走出那房间，她有些埋怨他：“权在他们手上，他们不开，我们就没办法。为什么这么轻易就走？要跟他们缠下去嘛，何必示弱……”

“他们明明在踢皮球，耍太极，”他愤愤地说，“不就要我们知难而退吗？”

“说得对。”她点了点头，把手一挥，“既然如此，我们又为什么要中他们的奸计？硬来不行，那我们就软磨吧，总之不该放弃，造成被动……”

她说的有理。可是要软磨，必须忍声吞气，必须道行很高，自己哪里沉得住气？一言不合，便已经不知道该怎么去维持平和的气氛了，倒不如干脆脱离接触。他这样说了，她却长叹了一口气，摇了摇头，不再说话了。

过了几天，“研究研究”并没有什么结果，但学校毕业分配办公室却在限期催人踏上离京的旅程，眼看学校里同一届的毕业生越来越少，范烟桥心里也着了慌。姜排长偶然见到他，总是笑眯眯地问：“什么时候动身呀？”好像什么事也没有发生过似的。

这时，一封加急电报从海外发来，说父亲病危。范烟桥几乎已经没有回旋余地了，他手上捏着电报，眼望着章倩柳，频频问道：“怎么办？怎么办？”

倩柳沉默了一会儿，忽然抬起头来，咬一咬牙，说：“你走吧！”

立刻，好像一声干雷似的，炸得他一惊。他用眼光向她打个问号，她缓缓地解释：“看来你太难了，还是赶回去看看伯父怎么样，再说吧……”

想来想去，也只有这个途径了。他知道这只是逃避，并不实际解决问题。江西去不去？倩柳怎么办？一个个也都是悬案。难题逼到头上，他却只能当鸵鸟。只要一走了之，许多烦人的困扰便可以绕开了。以后怎么办，以后再说吧，车到山前必有路。

心中乱纷纷的，他终于还是硬着头皮，将电报交给姜排长。姜排长看完电文，抬起疑惑的眼神，问道：“你这是什么意思？”

“哦，没有，”他顿了一顿，鼓足勇气说，“我想申请回去探望我爸爸。”

“什么？”姜排长似乎吃了一惊，大叫一声，“你是要回到外国去？”

“碰到这样的事，我也不想的。”他嘟囔着。

“范烟桥同志，祖国把你培养成大学生，现在毕业了，正是应该出来为人民服务的时候，你倒好，就递出这么一个玩意儿来了……”姜排长突然光火了。

“可是，”他也沉不住气了，“来去自由嘛，我听说上头最近有这么一个政策。”他知道汤波最近便获准离境。

“什么？”姜排长从椅子上站了起来，“是的，政策到哪里都一样，如果真有这么一个政策的话。但是你已经分配了，你的关系在江西，你要申请，就去江西申请吧，我们管不了，也不能管……”

你当我是三岁小孩呀？到新单位申请？那边一个“不了解情况”，分分钟都可以拖它个三年五年，开玩笑！但他知道不能说得太硬了，只好低声道：“反正我要赶时间，我有困难。现在就提出申请，请组织上考虑。”说着，他将早已写好的申请书交上，见姜排长不接，他便将它放在桌子上，转身走了。

这转身一走，却牵动了他的万千思绪，他甚至不知道这是不是一种孤注一掷之举，他也没有心绪再思前想后了，以后的事，谁知道？管它呢！

当章倩柳问他情况时，他只能摇摇头：“不管他了，我后天送你去西安报到吧！”

他见到倩柳的眼神在灯光下闪烁，一时之间他也摸不清那到底是悲还是喜。

十二

倩柳难以说清的眼神，此后曾经数不清次数地在我的脑海闪现，在睡梦里，在沉思中。

那还是来到香港后过的第一个春节吧。春节前几天，不知为什么，我突然发烧，浑身乏力，一个人躺在那租住的有窗口面向天井的小房间里，终日昏暗的光线让人的心情忧郁，而天井排水管的流水声，又无端增添苍凉寂寞的感觉。是的，孤独，在这节日气氛最浓的旧历年除夕，我完全地体味到孤独的滋味。

二房东也是从海外回广州，又从广州申请来香港的一对姓陈的夫妻，大概因为大家的经历差不多，相处倒也可以。陈太太见我躺在床上不起来，有些惋惜地对我说："怎么啦？在香港的第一个春节哦，你赶快好，要不太扫兴了！"

谁不知道？我也去看了医生，这里的医生一般都不愿意给病人打针，我央求他破例，也就是为了早点痊愈，为了赶得上过春节。其实，病好了又怎样？一个人过春节，还不是凄凄惶惶不知今夕何夕。

除夕夜，陈太太做了一桌好菜，还买了啤酒、汽水，招呼我也来吃团圆饭。团圆饭？我跟谁团圆？虽然我其实已经病好，但我还是诈称："我还是不舒服，你们自便吧，不要理我了。"但他们夫妻俩又哪里肯依？陈先生大声说："来来来！一起来！一年一次，就算是你给我们面子咧！"我不好意思再推托，只好下床。

鱼香肉丝做得真好，东江盐焗鸡也不赖，还有葡萄汽水。饭桌上陈先生陈太太欢声笑语，电视正播出迎春节目，群星云集，歌舞翩翩，却不能解开我心中的结。陈先生频频举杯："干了吧！一年之计在于春，希望你和我们都有新的好的开始！"是吗？我连工作都还找不到，有什么好的开始？都三十岁的人了，大学毕了业，却一下子给命运抛到这人生地不熟的香港，以前所有的资历好像给拦腰斩去，不获社会的承认，我变成一无所有了。关系嘛，也是一个也没有，我好像是半路出家的人，又好像是无根之人，半途中硬生生地插进这香港社会，谁知道能不能接上？或许我下半生也就只能站在社会潮流的外面旁观，说得好听是清高，说得不好听便是自我放逐。明天？明天到底在哪里？你问我，我问谁？

大概见我苦笑不语，陈太太忽地指着电视机说："啊呀，你看你看，认识吗？鼠队！"

哦，我当然知道，是当时得令的银色鼠队，全是大明星呢。他们上电视拜年，难怪陈太太也兴奋起来。因为还找不到工作，百无聊赖的时候，我便去看电影。我也知道最当红的女明星，是台湾的甄珍。琼瑶的爱情小说改编拍成文艺片，成为一时的票房灵药。大概也是一种出于爱情梦幻的心理吧，孤身一人，身边没有亲人，没有朋友，更没有女朋友，看看这些爱情文艺片，我几乎有一种代入感，仿佛银幕上的俊男美女，便是自己与女朋友的化身。是的，在电影院里的一个半小时中，我哭我笑我忧我喜，真是最沉醉的时刻。即使散场后灯光一亮，梦便醒了，那又何妨？有短暂的梦也总比没有梦要强。那回无聊，跑去新都看早场电影，是汤兰花主演的台湾文艺片，汤兰花是歌星出身，在电影里免不了要大展歌喉，歌词中有这么几句："……别了我的心上人，我还是永远地爱着你。"这歌词写得未必怎样高明，可是我竟听得发痴。什么道理？因为它让我感动，坐在那漆黑一团的电影院里，我想到的是倩柳。当晚我给她写了一封信，还引用了这几句歌词，我并没有一点矫情，完全是一片真心，写着写着，眼泪便涌了上来。我还能说什么呢？难道真的告诉她，我在香港很孤独、很彷徨？那又何必？她远在千里之外，无能为力，我又怎么忍心教她担心？而她总以为我是快乐的，在这个花花世界里。

她在信上说："……此时西安已是漫天风雪，我多想让这风把我吹到你那边，轻飘飘地就从你的窗口飘进去，你说好不好？"

在香港过春节，并没有爆竹，因为香港法律禁止，那节日气氛当然也因此而大减。但电视却够热闹的了，一天到晚的节目，老是播那首歌："……恭喜恭喜恭喜你呀，恭喜恭喜恭喜你……"

不单是唱，还要大送红包呢。大年初一，我以为可以睡个懒觉，没想到一大早就被敲门声吵醒了，我睡眼蒙眬地打开房门，但见陈太太笑嘻嘻地站在门口，把两封红包塞了过来："这是我们给你的'利是'，祝你一切顺利！"

我顿时不好意思起来，双手乱摇，"我又不是小孩子，要红包做什么？"

"要的，要的。"陈先生插嘴道，"香港人的规矩，还没有结婚的人，不论多大，都有资格拿'利是'……"

我的脸一热，只好收了下来，躲进房里一拆，原来各封五块钱，哗，看两场后座电影还有余呢。念头刚这么一转，忽听到陈太太在客厅压低声音埋怨："你怎么那么说话呀？人家还没有结婚，也不要正面提呀……""他是这样的嘛，我有说错吗？"陈先生的声调颇为不满。"嘶……"陈太太大约把食指竖在双唇间。那悄悄的对话声立刻消失了，没有人再说话，电视机却给扭开了，又是那阵歌声："……恭喜恭喜恭喜你呀，恭喜恭喜恭喜你。"我的心却一沉，是啊，都三十出头了，不但还没有成家，连女朋友也没有，算是怎么一回事呢？前几天房东的朋友来访，陈太太介绍了一下，握手寒暄之余，那女人笑着问道："范先生几个孩子了呀？"我顿时有些手足无措，强自镇定下来，却又无法一笑了之，"哦，我还没有成家……"弄得对方也尴尬不已，连声道歉："对不起，对不起。"我努力淡然一笑，"没关系。"其实我的心湖早已激起一层层涟漪。我明明看到她那诧异的眼光透露出鄙夷的成分，立刻又燃起我的自傲的怒火。哼，你无非觉得我范烟桥无能，没有异性喜欢罢了。

找个女的，有什么难？人有我有，那太容易了。可是要找到高层次的对象，又谈何容易？大概在人的一生中也是可遇而不可求的。比如陈先生和陈太太，不错，他们结了婚，组成了家庭，但那又怎么样？谁知道是幸，还是不幸。结了婚也许便成了惯性甚至是惰性，好与不好又有多少人去理会了？可是他们居然以怜悯的眼光看着我，陈太太似乎还带着一种母性的温柔，大概她在暗想我是那么可怜，到了而立的年龄仍不知女性的滋味；而陈先生则有一种若隐若现的优越感，显然觉得他比我更具有对异性的吸引力。我当然不言不语如一株沉默的树，心中却也不忿：你们？你们配得起评头品足吗？当我和倩柳苦恋的时候，你们又在哪里？我没有女朋友？倩柳便是令我骄傲的女朋友。可是，如今天隔一方，谁知道将来会怎么样？这个思索千百遍的难题重新浮现眼前，直逼我心头，我简直差一点就要狂喊一声，以纾解那莫名的重负。

这小小的不见阳光的房间，教我益发局促，我不想再听那电视机传来的欢声笑语，也不想看见陈先生陈太太不管是真还是假的小家庭气氛，于是我走了出去，心中也并没有明确的目的地。

没想到这个平时熙来攘往的北角闹市竟然换了一副冷面孔，那些店铺都关了门，连酒楼也不例外，大街上满地翻飞着纸屑，更多的是那些已经撕开的红包在风中微微颤抖，连果皮也到处可见。嗯，今天是大年初一，几乎没有人上班，连清洁工人都休息，怪不得到处都是垃圾了。我走到每天去买报纸的报摊前，丢下二角钱，那阿婶抬头看了看我，说了一声："今天三角！"我才看到摊子上果然竖了一个牌子，上面写着："发财报纸，每份三角。"

今天人人休息，她们照样卖报，多收一角，也是合理。一路走过去，几家关了门的小店前，店主似乎不愿放过赚钱机会，就地摆了一张桌子，桌子上摆卖一盒盒的饼干、糖果、巧克力，还有水果，方便人们拜年时送礼。我无人可拜，自然不必要费心，我所关心的是食肆。但紧关的酒楼大门都贴了一张红纸通告，用毛笔字写上："岁晚收炉，初四开市。"我不由得皱了皱眉头，暗自担心吃午饭成问题。虽然折回去陈家必会招呼我一起吃饭，但我又怎么吃得下？大年初一该是他们自得其乐的时候，我是多余的人。这么一想，又再勉力前行，终于见到一家营业的西餐厅。今天特殊，连小费也要收百分之二十。那也没什么，只要有饭吃，多付一点钱也是应该。想想吧，人人都在休息，全家团圆欢欢乐乐，他们却要比平时更忙碌，不是为赚几个钱又是为了什么？我要了一盘炒饭，一杯热咖啡。风卷残云将饭吃完，我啜着咖啡，四面一望，只见吃饭的全是中年单身男人，一个个占着双人座位，只顾闷头吃自己的东西。忽然，一种悲哀的感觉漫上我的心头，脑海里盘旋着四个大字：无家可归。

家，应该是个温暖的堡垒，在外面冲锋陷阵，与人争斗落得个遍体鳞伤，只要缩回家里，便可以不再设防，喘口气养好伤。可是我却没有什么退路，里外又有什么区别？好比这春节，家家欢乐，又与我有何相干？我倒觉得还不如平日的好。春节的气氛，更映衬出我的孤苦伶仃。每逢佳节倍思亲，真是说得一点也不错，我在香港举目无亲，父母远在南洋，而倩柳又在西北，有谁会陪伴我度过这漫漫时光？

我幽幽叹了一口气，这餐厅虽然也不失为避风港，但终究不能久留，喝得再慢，那逐渐冷却的咖啡也终会喝完。我无奈地招手示意侍者结账，一眼瞥见那挂在墙上的电话机，心念一动，我还有一个朋友，汤波呀！我立刻挂了电话去，他那一头的声调，听起来十分兴奋："喂喂！你在哪里呀？来吧来吧，来我这里过年，我们哥俩好好聚一聚！"

我的心头发热，到底是老朋友，走到哪里也还是不会忘记手足情深。一进汤波的家门，汤波的太太艾媚就笑着迎上来："你看你看，汤波一见你就笑，因为见到你，他赌马就赢！"我不知道艾媚有没有夸张，但听了心里自然莫名其妙地高兴起来。

他们租住的房子不大，但三口人的小家庭居住，已经很不错了。他却并不满足，叹道："没办法，鬼叫你穷。不过慢慢来，我不相信没有出头之日。今年春节不行，明年来，明年春节不行，后年来，有什么关系？总会有一年春节，让我告诉你：'我行了！'你信不信？看着吧，我不会一辈子在银行当个文员！"说罢，他深深地吸了一口烟，然后把烟雾从鼻孔狠狠地喷了出来。

"那我们击掌为誓，兄弟情终生不反悔吧！"我趁机对他说。只见他沉思了一下，这才点头应允："那还用说吗？我们有难同当，有福同享。"

"你信他吹牛，"艾媚白了她丈夫一眼，"要是他能够发达，那全香港恐怕也没有穷人了。"

"都说怕老婆会发达，我怕你，怎会不发达？"汤波笑嘻嘻地说，"是吧，烟桥？"

我不知应该怎么回答他，只是一味笑着。

心里却在想，发达？谁不想？但到头来果真能够发达的又有几个？赤手空拳打天下哦，讲一讲当然很过瘾，只怕还是童话的成分居高。

当艾媚也将红包塞了过来的时候，我真是推也推不掉的了。勉强收下之后，只觉得自己必须努力，除了找新工作，还要开始留意女朋友了。不然的话，年年春节老是让同辈的人送红包，当面笑嘻嘻，也不知道一转身会不会破口大骂："多大了？还找不到老婆，真没鬼用！年年老叫我们掏荷包！"真厚不下这个脸皮。找女朋友，倩柳怎么办？前途茫茫，心乱如麻，我顿失主意了。

室内汤波与艾媚笑语声声。有这样的一个小家庭，得以温饱，便该知足了，我几乎要脱口道："真羡慕你们！"

但我终于什么也没说，那一丛正盛放的水仙花的香气，随着从窗外吹来的风，阵阵飘向我的鼻端。

十三

没想到苏舟潮竟会神不知鬼不觉地站在眼前，范烟桥几乎以为自己又回到苏州一起泛舟河上的那个去年的春天去了。在那个雨后初晴的早晨，装了马达的龙舟载着他们在那著名的河道上驰过。但他来也匆匆，去也匆匆，还没有看够小桥流水人家，却已急着要离去，即使他心中万般不舍，可是，人在江湖，身不由己，时间并不是自己的，只好强装潇洒，一起午饭后在饭店的门口握别，他极力微笑："我们就此别过，不带走一片云彩，后会有期……"匆匆地握手，匆匆地对视，匆匆的脚步，转眼已经各走各的路，只留下江南春雨迷迷蒙蒙，好像在诉说一个朦胧的故事。

那时说一声"后会有期"，其实在他心里却毫无把握，将来的事有谁能够预料到？即使自己有心，很多时候也会给客观狙击得七零八落。他觉得自己是给绑在不由自主的十字架上，只好走一步算一步了。这次相约在母校八十五周年纪念的日子里聚会京华，他本来也只是抱着姑且试试的态度，倒没料到一切会那么顺利，让他在阔别十五年后重新踏足北京城。多年来的心愿终于实现，而最具体的，莫过于与眼前的苏舟潮再次谈笑风生。

"上次在苏州见面，太过匆忙，我连你的面孔都还没有认清楚，你就已经赶着去上海了！"苏舟潮坐在沙发上，一只手拍着范烟桥的肩膀，"这次我们可以多聚几天，聊个痛快！"

范烟桥笑着说："当然当然。我们不如去北海划划船，怎样？"

"划船？"苏舟潮站了起来，把手一挥，"最好不过了。你记得吗？那年我们几个也是上北海划船，有广图啦，烂鱼头啦，你啦，我啦，还有谁？哦，还有倩柳……"

他的心一跳，眼睛动了一下，却终于只答了一句："是啊是啊，我记得。"他见到苏舟潮重新坐下，眼睛直射过来，问道："对了，我想问你好久了，到底你和倩柳是怎么一回事？江湖传闻可不少呢。"

"传闻大概也有些根据。"他犹豫了一下，答道。他也摸不清，当年苏舟潮是否也喜欢倩柳。他只记得那天晚上，舟潮在宿舍里对着镜子左照右照，忽地叹了一声："可惜我个子矮了一点，要不，我也该算是美男子了吧……"那时他虽然已经在暗地里与倩柳相好，但并没有公开，谁也不知道。一个念头忽然闪进他的脑海里：要是舟潮也看上倩柳，大家便不好意思了。但他嘴上也不怠慢，笑道："啊呀！你现在就像少年维特一样烦恼了，为爱情。"如今已经事过境迁，不管当时是如何的内情，面对老朋友，他觉得没有必要掩饰真相。话说了出来，他感到很舒坦，也有一股骄傲的潜流在胸中奔突，他反问道："怎么？你听到什么呢？""哦，"苏舟潮的眼神一闪，忽然笑了笑，"没什么，我也觉得你们很匹配。不过，你很失策，当时如果你不走，或者办了结婚手续再走，情形恐怕就会不同……"

他苦笑一声，只觉得万语千言，已经不知该从何说起。连好友苏舟潮都不知其中内情，更不要说其他人了。他也开始明白，在他离开北京移居香港后不久，姚文朝在写给倩柳的信中，何以把他称作花花公子了。当初他以为只是因为吃醋心理在作怪，如今看来也不尽然。但如今他还需要辩白什么呢？即使讲得清楚，过去了的事情，又何必那么认真？想来想去，他万念俱灰，只是惨笑了一声："笑骂由人，但求自己问心无愧。"

苏舟潮满脸疑惑地望了他一眼，似乎欲言又止，过了一会儿才说："许多事情，本来也是说不清楚的了。倩柳她好像也……"

说到一半，苏舟潮突然打住了，范烟桥望了他一眼，淡然地接口："你是不是想说，倩柳也成了家？我知道，她的先生是医生，如今一子一女，对吧？"

"是吗是吗？"苏舟潮睁大了眼睛，"我们都没有你知道得那么清楚，只听说她结了婚罢了……"当然啦。范烟桥暗想，倩柳就曾写信对我说："……除了你，我不愿意和班上任何一个同学有什么联系。我不愿意他们怜悯我、同情我，当然更不愿意有人趁机幸灾乐祸一番。你当然记得方成阳啦，那年的一个夏夜，他跑到我宿舍，与我大谈音乐与美术，第二天你见到我，便带着醋意埋怨我，原来你在门边站了好一会儿，终于悄悄离去了。不久前，他忽然不知从哪里打听到我的通讯处，写了一封信来，大谈他如今家庭幸福、事业有成，我知道他的弦外之音，无非就是向我示威，想要报复我当年对他的不理不睬，我只觉得好笑罢了。"她不与任何同学联络，那你们不知情况，也是自然的事情。我不仅知道她的概况，还到过她在西安那所中学的单身宿舍呢！

当年，当列车轰隆隆地从北京开往西安时，并排坐在硬座上，范烟桥让章倩柳把头斜靠在他肩膀上。他斜眼看她闭着双目，一股淡淡的幽香钻进他的鼻子里，刹那间让他的心迷糊了，这女性的味道教他跌进那个迷人的春夜里。

那晚，他总觉得有些心慌，却又说不出什么道理来，于是便独自走出宿舍，在月光下无目的地乱走，等他惊觉过来，已经身在倩柳宿舍的窗口前。他看着那昏黄的灯火，猜想她可能在那里，因为她在专案组，宿舍本来还有另一个女同学，但因轮流去看管给隔离在对面房间的"专政对象"，所以这里老是一个人住。既然有百分之五十的可能，为何不去试试看呢？他迟疑了一下，终于决定去看一看。即使在宿舍里的不是倩柳，也该是半条街，同学嘛，串门聊聊天也很平常，他这样告诉自己，人早已经站到那紧闭的门前，他伸手敲了几下。

"谁呀？"是倩柳的声音，立刻叫他的心狂跳不已，他还未来得及答应，只听沙沙的拖鞋擦地声逼近，木门呀地开了，眼前的倩柳微笑着，说了声："哦，是你呀，进来进来！"说着，转身便走回去，打横坐在她的床沿上。他跟着走过去，隔着一张长桌的拐角，坐在她右手边的椅子上。

"怎么那么好，来看我呀？"倩柳笑着问道。

他只觉得眼前好像有星星在闪耀，光亮却并不刺眼，有一种温柔的情绪在流动。"不知道为什么，有点发闷，便到处串门啰！”他随口答道。

“发闷？”倩柳只是一笑，“恼人的春夜呀？”

他的心忽地一紧，暗自怀疑她指的是王若冰。她虽然不认识王若冰，但是应该听说过。每次有她在场的闲聊场合，姚文朝不知有意还是无意，总会带着开玩笑的语气说：“……我们谁也没有范烟桥幸福，他嘛，是幸福的男人，因为他有了王若冰！……”起初，他也不以为意，但说了又说，不免让他感到别有用心，而十分不开心。他想，我有没有女朋友，关你什么事？要你这般一而再、再而三地宣传！后来，他才猜想到，姚文朝倒也不是嘴碎，只不过是用这个办法来堵塞章倩柳与他发展的可能罢了。他不知道应该怎么回答章倩柳，只好强笑道：“春夜很好，有什么可恼的？”

“你不说，我怎么知道？”倩柳瞪大眼睛，“我也不想跟你兜圈子打哑谜了。”

听她似乎有些不快，范烟桥又是一慌，连忙改口：“不是叫你猜谜，只是不知道从何说起。”

“事无不可对人言，你既然来找我，说说有什么关系？”倩柳微微一笑，“也许你说出来了，心里会舒服一些。如果我能给你一点意见，那你岂不是很合算，对吧？”

“很难开口。”他强笑着，欲言又止，心却无端地剧跳起来，使他有些慌乱的感觉。

“开了头，也就没有什么了。”他看到她的眼神带着一点鼓励的味道，在昏黄的灯光下，就好像夜空闪亮的星星。他猛然张口："如果我……如果我……"但舌头打结，又说不下去了。

"如果什么呀你？"她把头微微伸了过来，盯着他，问。

"如果我……"他本想一气呵成，但始终还是冲不破那最后的牙关，他的右手懊丧地在空中大力一划，泄气地说："算了，说不出口。"

"不行，你说了一半又不说下去，"她促狭地微笑，"不说就不能走。"

他内心里要的大约也是这句话，一听之下，不禁大喜："如果我说错了，你不能介意。"

"条件那么多，"她斜睨的眼波，竟让他有心痒难搔的感觉，只听得她接着又说，"好啦，我就依你的条件好了。"

他的勇气陡增，但觉此时赴汤蹈火，也只不过是一句话罢了。不再让自己有退缩的余地，他立刻冲口而出："如果我……曾经爱你，那怎么办？"

"那有什么？"他听到她迅速而干脆的回答，抬眼一望，她的脸上没有了笑容，但也没有恼意。眼光相遇，她也不回避。他的心一阵温热，伸手抓住她搁在桌面的手背，她似乎缩了一下，但在他执意挽留下，也就不再坚持，任由他掌握了。他感到她的手背有些冷，却猜不透那到底传达了她内心什么样的律动。可是，他却分明觉得，此刻沉默是金。好像就这样凝固了一千年，彼此都一动不动，他的手心在淌汗，意识到这样拖下去也不是办法，他胆子骤然壮大，轻轻将头移了过去，心在怦怦乱跳，脸已经贴住了脸，闭上眼睛，他的嘴唇探索起她的嘴唇，只一滑，便有一股温软芬芳的滋味漫上他的灵魂深处。他下意识地凑了过去，挨在她身边。也不知怎么一来，他便与她紧紧相拥在一起，一直吻到几乎窒息，倩柳的双手在他的胸前一撑，与他保持了一点距离，他见她的眼光深深照了过来，并且听到她嗔道："怎么搞的？你不是有了女友？"

他的心一跳，避开了她的视线，说道："你说的是若冰？早吹了！"

"吹？怎么吹了？"他见到倩柳睁大眼睛追问，"这倒是特大新闻哩！"

"吹了就吹了，还有什么话好说？"他叹了一口气，"现在还要说明什么理由？嫌你出身不好啦！嫌你没有前途啦！怕你连累她啦！随便什么理由，都行。我不怪她，这是很现实的问题，不考虑的人是白痴。就算是不顾一切，你总得为子女打算吧？"

"那恐怕也是各人的选择不同吧，"倩柳淡淡一笑，"也不能说人人如此。"

"不是绝对，但大体如此。"他皱着眉头苦笑了一声，"那也是没有办法的事情。"

"你对人的看法也太悲观了，"倩柳随手翻着桌面上的一本小说，"你看我又怎么样？"

"你？"他瞟了她一眼，视线滑开，"当然不同。你就是你，不同别人，要不，我怎么会向你表白？"

"哦，原来你是有预谋的……"倩柳斜睨过来，嘴角并没有笑纹，但那粼粼的眼波，他却分明觉得流泻着说不尽的笑意。

“预谋是没有的，但我不否认早有好感。”他的热血上涌，只觉得此时再也没有什么好隐瞒的。

“一脚踩两只船？”倩柳的神情似笑非笑。

范烟桥一怔。他倒没有真正想过这问题。他从来不认为自己有很强的定力，他常常安慰自己：谁不爱看漂亮的女性？但他觉得自己有责任心，也受到传统道德的约束，他不会走得太远。是的，当倩柳朦胧地闯进他的心房时，他和若冰还在恋爱中。他从来没有想过舍若冰而取倩柳，不是不想，只不过一大堆的良心啦，义务啦，逼得他没有办法硬下心肠。他也不明白，那回在暗房与若冰冲洗照片，怎么竟会那样干柴烈火？一直到那个时刻来临前，他都只是因为惯性而与若冰缠在一起，没有了激情，也没有了诗意，只觉得生活好像就是如此这般。夏日的天气好像随时都会爆炸一样，而暗房里更几乎密不透风，在转动之间一个不经意的接触，竟让情欲的洪流乍然决堤，有如事前已经有了默契似的，虽然彼此都是第一次而手忙脚乱，但谁也不曾吭声。他一面感到青春的激情无法控制，一面也有不知道终极目的在哪里的惶惑。在迷茫中，他恍惚听见似近似远的呼叫，轻飘飘地驮他漫天翱翔。眼前是漆黑一片，他辨不清方向，干脆横冲直撞，直到筋疲力尽。翻身起来，他背转身子穿上衣服，暗房内只有那闹钟嘀嗒的走动声，蓦然敲醒他的混沌状态，有一种责任好像重负一样悄然压在他心头，从此他便不再萌动异心了。即使他欣赏倩柳，也只是很柏拉图式的，他确实享受与倩柳相处时无拘无束的沟通，甚至在梦中也会滑进倩柳的低言轻笑，但他依然认定，他决不负若冰。黑夜里在床上辗转反侧，他也并不是没有深深懊悔过，可是他始终下不了狠心。也许内心深处是面子作怪吧？他不愿意人家在背后指着他的背脊说："……这是负心汉……"没想到到头来干脆利落的竟是王若冰，她冷静地坐在他对面，在昏黄的灯光下，脸色显得有些苍白，却一字一字毫不含糊地说："……没有办法，不是我不爱你，但环境不允许，你有海外关系，我出身不好，两个出身不好的人结合，将来生出的孩子还有什么前途？在这个大时代，儿女情长是可有可无的小事了。我们还是分手吧！"当他听到若冰斩钉截铁的话语的时候，先是一阵难过，毕竟相恋了几年呀，如今一声"算了"便要改变关系，当然不能完全无动于衷。但接下来他隐隐约约又有了一种轻松的感觉：是她负我，不是我负她！

"我不知道应该怎样对你讲，不过我……"

"算了算了，我不是来听你解释的，"倩柳揉了揉他的头发，"我只是说笑而已，不要当真。"

范烟桥舒了一口气，暗自有些庆幸。他心想，假如真的叫他说清楚，他也还真的没把握办到。他不知道倩柳的要求，说得稍微有些不得当，也许还会剪不断，理还乱，他不想冒这个险。难得她这样洒脱，他也就乐得此时无声胜有声了。

相对不语，只有对视的眼神在默默中说尽了万语千言。此刻，他与苏舟潮也是相对默然，那些细节他并不想隐瞒，可是，现在一五一十地道出，又有什么意思？无非是徒增伤感罢了。苏舟潮好像明白他的心思，坐在一旁只是用手轻轻拍了拍他的手背，叹了一声："真叫人怀念呀，大学生活……"

十四

秋日早晨的阳光，温柔地洒在北海公园的湖面上，湖畔依依的垂柳，正在轻风中翻飞，教人勾起一缕缕的回忆。当年也是在这个码头上船的吧？十二人分坐四艘船，事先也没有分配，见到倩柳登船，我也很自然地跟了上去。

没有人跟我争，大概他们不好太明显吧？反正人人都知道我有个王若冰，没有人将我看成假想敌。"烟桥！烟桥！"倩柳在船身因乍然负重而微微倾侧时惊叫一声，手向我伸来，我毫不思索便一把抓住："别动！坐下就没事了！"

船就那样荡开了，双桨划水前进，我俨然成了船长。

"'北人骑马，南人划船'，这话真的不错。"倩柳笑道。

我是南人，但划船的历史很浅，到了北京后才学会，也并不高明。但我不愿意自我招供，对于这句恭维话不禁感到开心，但嘴上却说："哪里哪里……"

前进、后退、左拐、右弯，直至停航，看起来还是有门有路，看着倩柳眉飞色舞的样子，即使掌心已经因起水泡而隐隐作痛，我也咬紧牙关不下“火线”了。

“换换手吧！”倩柳望着我说，“你也累了。”

“累？”我强笑道，“你也太小看我了。南人划船嘛，你刚说的，忘了？”

“南人，是说得文雅一点；”她笑着，“如果说得不好听，就是南蛮啦！”

“又是我的事？”我撇了撇嘴，“如果真要挖老底，大概我连南蛮也未必有资格，是南蛮的南蛮哩，你的明白？”

“那还差不多。”她点点头，“我想你连家乡都没有回去过吧？”

“是啊，我家乡都没有什么亲人了，回去干啥？”我脱口答道，回头忽然瞥见坐在船尾的周广图皱了一下眉头，我的心一凛，连忙改口，“对我来说，家乡在哪里并不重要，不错，我是广东人，但我没回过广东，广东不过是我的籍贯罢了，我四海为家，我是中国人。”

“对对，”周广图接口，“都是中国人，咱们不讲究地头，哪里人都一样！”

“都一样，反正我们现在都是逍遥派！”倩柳斜了我一眼，微微笑道，“前一段我们风里来雨里去，闹几个通宵都不眨眼，但回想起来，是是非非，对对错错，你我又知道多少？‘革命大方向’又掌握了几分？”

大家沉默无言。

是啊，有多少次了，深更半夜校园里高音喇叭骤然轰响，大家立刻从温暖的被窝里爬起来，直奔大操场紧急集合。还记得那年冬夜，为了炮轰“走资派”，蓝玲芳紧急召集全校师生，排队走向天安门；那时我很困，穿着棉衣，走在积雪尚未扫清的马路上，北风阵阵刮来，睡意很快就给赶跑；那一路上呼喊的激昂口号，就足够使人热血沸腾了，十几公里的夜路，又算得了什么？

那时一致认定“走资派”必倒无疑，我也不免有些沾沾自喜于自己投身于这“革命”的洪流当中。不料形势急转直下，过几天，蓝玲芳的几个战友突然发动“政变”，将蓝玲芳扣押起来，并且立即召开全校大会，宣布蓝玲芳的罪状。

那天上午，操场上的人们三五成群，大家都有些惶惑不安。蓝玲芳被反剪着双手，由两条大汉押着上台，她原先的“亲密战友”姚力行带头呼喊口号：“打倒蓝玲芳！”台下决然呼应的拳头只有一半左右，有四分之一是应付了事，还有四分之一干脆不表示态度。我实在摸不清来龙去脉，但在这样的情势下又不能沉默不语，也只好跟着犹犹豫豫地挥拳，到底蓝玲芳有什么罪行，我其实茫然无知。

在冬日的阳光下，蓝玲芳高高地昂起头，眼睛望着天空；姚力行又领呼口号：“蓝玲芳必须低头认罪！”“蓝玲芳不投降就叫她灭亡！”押着蓝玲芳的两条大汉用力把蓝玲芳的头按了下去，蓝玲芳弯着腰犹在挣扎，她往日统率全校师生的威严到哪里去了？但见汗水从她的额头沿着面颊掉了下来，到后来也分不清那是汗水还是泪水，我不禁有些不忍的感觉。其实我对她也并没有什么太大的好感，每次听到她对全校广播讲话，那湖南腔普通话将时时挂在嘴边的“紧跟”说成“紧攻”，我们几个便不禁相视而笑。不过她的意气风发，又岂是我们能阻挠得了的？但见她名气越来越响，我心里也一直认为，她果然是“响当当的革命闯将”，只不过对她近于跋扈的言行，心底一直不以为然。等我意识到眼下又有另一种感觉，我直勾勾地望着台上狼狈万状的蓝玲芳，不禁微感惊异。被按低了头的蓝玲芳披头散发，真教我以为她风光的日子就这样一去不复返了；不料，到了下午，风云突变，上面来了一道指示，宣布逮捕姚力行等几个人，罪名是“破坏革命委员会的现行反革命分子”。姚力行他们锒铛下狱，而蓝玲芳则立即恢复校革委会主任的职务。一场风波就像它爆发时突如其来那样，结束得也干脆利落，只留下许多我不能解答的疑问，空让我痛恨自己没有洞察力。

事件刚解决，我们几个便聚在宿舍里，个个低头沉思，许久都不说话。

“就这样，姚力行便成了坏人？”苏舟潮抬起迷惘的眼睛，终于打破沉默。

“蓝玲芳就永远那么正确？”倩柳接上一句。

“嘶——”周广图把右手食指竖在双唇间，起身很快走向门边，拉开木门往走廊上张望了一下，回身关上，才说：“不要那么大声，隔墙有耳……”

“都是吃一口锅里的饭的人嘛！何必闹成这样势不两立？”方成阳叹了一口气，脸色惨然。

我望着他左臂上的红卫兵袖章，自以为很理解他此刻的心情。“文革”前，虽然他出身好，但因为较为自由散漫，所以一直被辅导员视为“落后分子”；“文革”开始时，蓝玲芳在全校秘密联络了一些“苗红根子正”的学生，共二十八人，自称“二十八个布尔什维克”，方成阳也是其中之一。蓝玲芳夺权后，她的这二十七个“子弟兵”自然在各系掌握大权，方成阳也不例外；而在班上，他更成了举足轻重的班“文革”组长。尽管后来他对蓝玲芳也产生了种种不满，但是他当然也不想这包括自己在内的“二十八个”互相残杀。但我也不好说什么，在座的人，个个出身好、靠山硬，我算什么？我有自知之明，始终保持中庸之道，因为我知道自己没有什么本钱。

眼看我们这几个在“文革”一开始便自由结合成“满天红”战斗队的人，个个都参加红卫兵了，最后只剩下我。由于海外关系而徘徊门外，心也就特别焦急。明知参加了也不过是心理安慰而已，但仍向往不已。即使这时戴上红袖章已经没有早期那么威风而具权威，但对于脆弱的灵魂来说，在虚荣之外，也还有保险的作用。

在倩柳和苏舟潮的再三催促下，方成阳终于拿来一张申请表格，叫我填写。交上去之后，却许多日子都没有回复。倩柳当着我的面问他：“方大，你去催催呀！”

方成阳的眼睛一翻，双手一摊：“难办呀！我是了解呀，但他们总部一看有海外关系……”

我连忙插嘴打圆场：“没关系没关系，我知道很难，我就做你们的‘红外围’吧！”

说是那么说，心里却很苦涩。“红外围”？人家当你是什么？待一边儿凉快去吧！

倩柳哼道：“我就不信……”

方成阳不再搭腔。过了几天，他忽然闯进我的宿舍，一边挥动右手抓着的红袖章，一边叫道：“成了！总部已经批准你了！”

我不禁大喜，却极力克制自己，我告诉自己说，千万不要喜形于色，不然会让人看不起的。所以我只是微笑着淡淡地说：“全靠你帮忙。”

“当然啦，”方成阳瞟了倩柳一眼，身子歪倒在床上，口沫横飞，“说什么我方某人也是蓝玲芳的嫡系，我拍胸膛介绍的，上头还能不卖面子？”

“那你又说难难难？”苏舟潮损了他一句。

“唉！你有所不知，”方成阳立刻翻身坐起，“真是难呀！我当然信得过范烟桥啦，大家一起战斗了一年多，谁不了解谁！但他们不放心呀，海外关系呀，谁不怕？”

我知道他并没有夸大，那时学校放映过一部朝鲜电影，里面的特务有一句暗号：“海外来人了！”马上成了校园内流行的口头语之一。

刚放完电影，我碰到邝谷旺，他眯着眼睛，拖长音调朝我说：“……海外——来人了！”

也许他只是开开玩笑，但我却当场吓了一跳，甚至有些神经过敏起来：莫非他们也把我看成特务嫌疑？于是，心就很沉很沉地悬了起来。

可是倩柳似乎有些不服气，又追问了一句："海外关系又怎么样？重在表现嘛！"

"重在表现？人家可以说你重在表演呢！"方成阳白了她一眼，"不过，我出马又不同了，他们不信他也信我呀！"

"那真是要多谢你了，"倩柳撇了撇嘴唇，"方——大！"

"自己兄弟，"方成阳重新歪倒，眼皮一翻，摆了摆手，"何必客气！"好一副"大哥"的架势。

当然不必客气了，在那个岁月里，戴着红袖章划船，虽然已经没有多少威风，但总也有自得其乐的良好感觉，与别人船头相撞船尾阻隔的，也不会遭到呵斥。

同样是在秋天，同样是在北海公园，但今天红袖章早已成了历史，但见满湖划船者，大多数是一对对时髦的年轻情侣。当年曾经风流一时的绿军装哪里去了？如今红男绿女的装束，更把湖面点缀得五彩缤纷。

"怎么啦？"苏舟潮划着船，大概见我一直默默不语，终于开口问道。

"没有。"我笑着摇了摇头，好像要摇掉一些遥远的记忆，"我在想当年……"

"哦，二十年前泛舟这里的那一幕？"苏舟潮直视过来。

"你还记得？"我有些获得共鸣的惊喜感。

"怎么忘得了？"他的眼神忽地有些迷茫起来，好像在随着时光倒流，“那天还飘着毛毛雨哩！我看着你与倩柳、广图把船划进桥洞下躲雨呢！倩柳好像还唱起那首歌——让我们荡起双桨……”

是的，那天的雨丝若无还有，无端在湖面腾起蒙蒙的雾气。我望向湖畔，依依的垂柳，正在轻风中翻飞，有如婀娜的舞姿。朦胧也有朦胧的美，不像一览无遗那么没有回味的余地，或许这也因为含着对青春神秘的憧憬？而眼前，金光灿烂，被粼粼的湖水反射，一闪一闪的，好像在忆述唏嘘的往事……

那时是秋雨，今日是秋阳，同样在这北海，那时 12 个划船的大学生，分别给命运抛在不同的角落，如今又怎样了？

此刻，荡舟北海，也只是我与舟潮两人罢了。双桨在水面划下去又提起，舟儿缓缓前行，那荡漾依旧的微波，能召唤起往日的时光再现吗？

十五

“在香港常划船吧？”弃船上岸，走在北海公园里的林荫道上，苏舟潮笑问。

范烟桥明白，苏舟潮必认为香港多水，划船是常事了，其实他到香港后，还真没有划过船呢。香港当然不是没有划船的地方，沙田不就很好吗？只不过他已经没有泛舟的闲情，因为泛舟海湾，也一样要相伴情人才有足够的情趣，既没有合适的伴侣，他也就没有那种澎湃的热情了。

不划船，香港人干什么？

也不是只有划船吧？可做的事情多着呢，游船河啦，看电影啦，上餐厅喝咖啡啦，或者参加朋友的生日舞会……

不知道为什么有那么多人喜欢游船河，他虽不排斥，但也不热衷。大热天出海，虽然可以吹吹海风，但是如果不下水游泳，只躲在游艇上，有什么意思？打打扑克，躲在家里也行。

但游夜船就不同了。那该是十几年前的经验了吧，当两层的渡轮缓缓驶离码头，开始在海湾滑行时，夏天的夕阳已经西沉，暮色缓慢却坚定地铺天盖地而来，七彩的灯光开始闪烁在岸边，好像美人在打着娇俏的眼色。

乐队伴奏下，那无名歌手唱起了抒情的歌，船客们双双对对，纷纷涌上前去跳舞。连和他一起结伴的汤波也一跃而起，招呼一声“上”，不等他回答，便径自去找女伴了。

只不过转眼工夫，他就见到汤波在人群中舞得正欢。在对自己的羞怯有些惭愧的同时，他不禁有些羡慕汤波的活跃了。他暗想，难怪人家称这夜船为“海上夜总会”。

他虽然也会跳舞，但绝不精通，没有熟人，他也不敢轻易向陌生女性邀舞。枯坐了一会儿，一罐可口可乐也喝完了，他立起身来，走到船尾的甲板上，一股海风扑了过来，他只觉得身上一凉，双手不由得交叉着抱在胸前，但一会儿就习惯了那醒人的凉意。

他扶住船舷，看那船尾在黑漆漆的海面上划开的一道白浪，他的思绪竟一下飘得很远很远……

三月的太平洋，一艘北去的远洋巨轮从千岛之国启航。他从来不知道大洋原来是如此神秘莫测，前两天风平浪静，他常常走到甲板上，看那船尾划出的白浪中有飞鱼在竞相跳跃，他那十六岁的天青色的心便感到，海阔凭鱼跃是何等惬意的事情！到了夜间，忽见远处海面有一簇灯火徐徐掠过，更教他直认为，这春夜该是多么的美好！

不料，到了第四天，太平洋忽地变脸，风高浪急，纵然是万吨巨轮，在汹涌的波涛前竟也像玩具似的被抛上抛下。他直挺挺躺在大舱里，未敢动弹就已经吐得一塌糊涂。这时他才知道，大海也有另一面。

他不知道太平洋之行对他今后的生活提示了什么，但他当时却已经明白，拜别双亲只身从异国他乡回国，他坎坷的人生旅程便正式开始了！离开家的前一晚，父亲就曾经垂泪对他说："俗语说：'在家千日好，出门半朝难。'你一个人在外，一切自己小心。如果家里经济上做不到，没办法汇钱给你，你就把金戒指卖了，将就一阵吧……"当时他也不以为意，岂知越到后来，这番话便越在他脑海里轰响。

"在家千日好，出门半朝难。"他在心中轻叹了一声。一抬头，忽见左边也有个人影，他仔细辨认，原来是个年轻的女孩。看她那一头长发在风中飘扬，他猛然记起来了，那不是汤波刚介绍的吴彤霞吗？

他油然觉得十分寂寞，心想，吴彤霞也该是寂寞的吧？今夜，两个寂寞的人相遇在游船的甲板上，莫非是上天的安排？

他故作轻松地走了过去，靠在她旁边的栏杆上，见她从沉思中转过头来，便主动扬手招呼："嗨！这么巧哇！"吴彤霞微笑着回礼，问他道："不去跳舞？"

"不了，我喜欢吹海风。"说着，他深深吸了一口气。

"我也是。"吴彤霞用手轻掠头发。

"同是天涯沦落人？"

"相逢何必曾相识！"

在那相视一笑中，他当时也并没有想到，他会和她组成一个家庭。或许是"在家千日好"的影响吧，他老是觉得自己是人生旅途中疲倦的旅人，双脚虽然还有些力气，但身心却已提不起劲，只想找个地方歇息，就像历经暴风的小舟迫切想躲进避风港似的。

那时，他在一家小型杂志社当编辑，除了老板，只有三个同事，其中两个男的，一个是主编，一个是记者，那女的是美术编辑。他几乎没有什么交际，每天上班、下班，家与公司成为一条天天走的直线，所认识的人极少，更不用说交女朋友了。

其实，刚到香港时，他因为倩柳而肝肠寸断，并且暗下决心，从此远离女性。后来，他却发现心理压力越来越重，自己不太在乎，却急坏了母亲，她三天两头来信苦苦相劝："……不孝有三，无后为大。我知道现在的年轻人不这么看，但是，你是范家的独子，你可不能让范家的香火断在你手里……"

开头时，他也以没有机会结识异性为理由推搪，但老母亲却毫不放弃，信上又说：“……我们这里年轻女孩有的是，包在妈妈身上！”见到母亲如此回答，他愈发心慌，难道真的如此“千里姻缘一线牵”？那跟盲婚有什么两样？他连忙答应母亲：“……妈妈不用操心，我自有主张，您静候佳音便是。”

既答应了母亲，就不能不考虑。五年的时间不算太长，但也不算短，章倩柳始终未曾在他心中褪色，可是他却不得不面对现实，明白自己不会重返内地居住，即使想去居住恐怕也不容易，当年离去，工作还未安排，北京的户口已经撤销，如今哪个单位会接受？

而孤独男人的日子太难过，他感到，女性阴柔，生命力和处理生活的能力，要比看来阳刚的男性强得多。他已经不奢求心灵上的默契，于是便不再固执下去，他想，既然结婚是一般人的必经之路，那么平凡如他，也当然免不了要走这一条路了。

想到与别人结婚，他的心便像刀割一般疼痛，但他知道，他已没有多少时间可以挥霍了。他记得汤波在他来到香港不久后说的那番话：“……怎么？你还和倩柳情书往来频繁？……好心你啦，明知没有结果，为什么不早点放弃？就算你不在乎，但倩柳呢？倩柳过几年也快三十了吧？她这样一直等你下去，你想想看，对她公不公平？”当时，他的心便被重重地一击。他不忍心倩柳蹉跎岁月，女孩子的青春尤其不可以无端消耗；但他又害怕被指为负心的人，因为他心里确有真爱。书信也就一直这样维持下去了。

他不是不知道自己在当鸵鸟，也明白事不宜迟，他狠下心来，决定不回复倩柳的信。一封、两封、三封……每一封信都像巨锤敲打他的心；一个月、两个月、三个月……每一个月份翻过去时，都让他泪眼无语。

渐渐地，倩柳的信越来越稀，他甚至不敢拆读她的信，唯恐自己不能抵抗她的呼唤。终于，倩柳的信再也不来了，他有一种缓过气来的感觉，但又怅然若失。迷惘，他实在不知自己应该怎么办才好，他所能做的事，只有逃避罢了。

倩柳的信既然不再来，时间也一天一天地过去了，他慢慢有了接受另一段情的能力。他告诉自己说，三十五岁了，再也不是血气方刚的年龄，轰轰烈烈的恋情，看来已离他远去，他需要安顿下来，一个家即使未必有多温暖，但多少可以让人歇歇脚。

就在这时，一个百无聊赖的中午，几个同事外出午饭未回，办公室里只剩他和那位陈小姐。他刚翻开报纸，坐在他斜对面的陈小姐便似笑非笑地开口问他："喂，说真的，你今年多大？"

他一怔，随即以轻佻的口吻答道："怎么，你看上我了？还是想做媒婆呀？"

陈小姐咯咯一笑："去你的！说正经的，谁跟你开玩笑呀？"

他有些紧张了，却又极力掩饰自己，装得轻轻松松，若无其事。他端起茶杯喝了一口，才答道："小姐吩咐，本人当然乐意提供个人详细资料。”

“年龄？”

“三十五。”

“哪里人？”

“广东大埔。”

“在香港有没有兄弟姐妹？”

“没有。”

“有没有房子呀？”

“哗！连财产也要申报呀？”

陈小姐微微一笑，顺手从她的手袋里取出一张相片，递给他看，说：“我先生的妹妹，小你五岁。”

照片上的人倒也娇俏，证实了自己的猜测，范烟桥倒定下心来了：“那跟有没有房子有什么关系？”

“当然有关系啦，而且关系很大！”陈小姐斜睨了他一眼，“我小姑结婚后不想外出工作，你没有房子，怎么能够养她呀，对吧？”

他一听便心中有气，虽然妈妈已经汇钱给他买房子，他却苦笑着回答：“没有，我没有房子。”心想：这是干什么呀？找对象，还是卖身？

“哦，那就不必见面了。”陈小姐说着，径自起身上洗手间去了。

看着她的背影消失，他的心深深被伤害了。哼！这是干什么呢？撮合？交易？还是恋爱？

想起她一听到他没有房子时脸上现出的鄙夷神情，他明白她是如何地看不起他。看不起便看不起吧，那也没什么，就权当是生意没谈成吧，也不用破产。但他心底又极不服气。我范烟桥站出来也是一个人物，何至于落得这般被人白眼的下场！假如一直找不到女朋友，岂不是要被她永远如此看轻？

有了，吴彤霞不就是现成人选？

他也没有把握。但是，吴彤霞那灿烂的笑容，在那游船的夜风下闪耀，竟又回到他的记忆之网里，好像在悄悄鼓励他。

开始时也只是吃吃饭，看看电影。毕竟已经久违了与女性单独相处的滋味，他那孤寂漂泊的心得到了一些安慰。他在电影院里闻到她身上传来的淡淡香水味时，灵魂也不禁迷迷糊糊起来，但倩柳的面影便立刻闪了过来，让他悚然一惊，重新收拾心情看电影。

慢慢地，他感觉到自己好像苦行僧似的，立意不近女色，却并非心如止水，而只是为了一个无言的承诺。“放松自己，尽情享受吧！”他这样告诉自己。而每逢周末与吴彤霞相约，也已成了例牌节目，起初只是为了解闷和还陈小姐以颜色，他约吴彤霞上办公室找他一起走，并非为了方便，而是为了向陈小姐示威。吴彤霞头一次上来，他便拖着她的手，大模大样地介绍给同事，走到陈小姐面前，他更是拖长声音：“这是吴小姐，我的女朋友……”他看到陈小姐的脸色沉了下去，从鼻孔哼了一声，便低下头，好像很忙似的，自顾自地做她的事。

到了后来，好像成了一种惯性，范烟桥没有特别的激情，但似乎又不能缺少那周末的安排；有一回他因公司临时派他在周末晚上采访，因而不能与吴彤霞见面，他无法推辞，但整晚却心绪不宁，采访也没做好。于是他觉得自己也在乎她了。

那是个微带寒意的冬夜，他俩在他那刚搬入的新居形影相对，熄了灯，看着那闪耀着七彩灯光的圣诞树，起初只是想要欣赏那种朦胧的情调。远处传来欢快的圣诞歌，让人想起鹿车、铃声、茫茫的雪地。他忽然打了个冷噤。

“冷啊？”吴彤霞偎了过来，低声问道。

“有一点。”他笑了一笑，“你呢？”

“我也有一点。”

他伸手环绕着她，传来的体温使他的心中充满了柔情，他逼近她。发亮的眼珠，红润的嘴唇，温存的笑纹。是一种无言的暗示吗？

体内升腾起难以抑制的热流，不知道四片嘴唇交叠为什么总是成为强烈的心灵冲击？他能够感觉到舌尖在吞吐交缠，热度在升高，心在怦怦乱跳，血液在呼呼地奔流，最原始的情欲蓦然滚滚而来。如此良辰美景，还是放松自己吧！他想。有了预定的目的，他的全身便动员起来，虽然含蓄却又坚定地表达一个让他在此刻焚身的意愿。

吴彤霞微微推拒着，但他却捕捉到默许的音波。他并没有确切的证据足以支持他的猜测，在灯光闪动中他瞥见她微皱着眉头，可是眼角却有无限风情。她的这种情态更激起了他雄性的激情，他勇往直前了。

这是一起无言的纠缠，谁也不曾说一句话，只有那粗重的喘息声，风箱似的把欲火煽得愈来愈烈。即使赤身相对，也已经感觉不到寒意了。尽管他事前也预料到会发生什么样的事情，可是当他进入之前，仍有一丝犹豫。这犹豫也许是理智最后的一闪，接着他便不顾一切地奋进了。

面对着紧皱眉头咬牙强忍的吴彤霞，他几乎要中途放弃了，可是他又明明感觉到她双手反抱的热情，何况实际上他也已经欲罢不能。他尽量减少他的力量，闭上眼睛便呈现一片湛蓝的大海，他好像正在海上颠簸，海岸在哪里？他也不知道。他既然是孤舟上唯一的乘客，要么就让他随波逐流，要么就自己去当舵手。他并不想随波逐流，但又自知当不成自如的舵手，于是他也就随其自然了。

随着惯性起伏，他渐渐有些心不在焉，还弄不清楚到底为什么，章倩柳的面影忽地在他脑海中一闪，怔忡之间，他乍然从浪尖上跌下，再也不能动弹了。吴彤霞推了推他，他却滚到一旁，长长地呼了一口气。

十六

好像鸽子打了一个转，又飞回原地一样，今天，就在我借宿的学校宾馆套房里，周广图、苏舟潮、邝谷旺、方成阳，还有“烂鱼头”余俊伟、“赵太爷”赵泰岳、“半条街”陈美珍，又聚在一起了，就像二十年前一样，围坐着七嘴八舌。只不过，当年颇有点指点江山的意气，现在大家却都已经人到中年，额头上都增添了不少皱纹，说话也不那么不可一世了。难道时光真可以把人改变得如此厉害？

谁都不可避免地显得老了一些。听着陈美珍叽叽嘎嘎地说着别后的琐事，我忽然想起，她那“半条街”的外号，还是我起的呢！那是因为她长得胖，而且特别爱管闲事，我们几个都不胜其烦。那天在宿舍瞎聊，我愤愤地说：“叫她‘半条街’最好了，走起路来占了半条街，打小报告也占了半条街！”苏舟潮和赵太爷齐声叫好，从此在她背后便叫开了，不知道她到底知不知道。此刻看她笑容可掬，一副乐天的模样，想想她也并不是如何坏，不过是自以为一贯正确讨人嫌罢了。

大家嗑着瓜子，吃着花生，天南海北地神聊，唯独烂鱼头躲在一角，紧皱眉头一言不发。我知道他不开心，那天从北海公园出来，遛着马路，苏舟潮告诉我说：“……你知道吗？烂鱼头好像心情不好，听说他与他的林妹妹搞得很紧张，几乎是水火不相容……”当时我有点吃惊。怎么会？不过也不奇怪，人生太多如此这般的故事，谁能料想得到？就像姚文朝，毕业分配前夕，找了个北京的年轻女工闪电结婚，在我们看来，都知道他是为加重他能够留在北京的砝码，他做事向来深谋远虑，虽然与宣传队关系良好，但他宁愿再加一重有力的投资，增加保险系数。那时，他每天拖着他的女友在校园招摇，当众打情骂俏，谁不叹一声“只羡鸳鸯不慕仙”？在我们看来，郎情妾意，就别提有多恩爱了。可是，果然如愿以偿，留校任教后，他与他那太太据说便闹得风风雨雨。谁是谁非，清官难断家务事，说也说不清。尽管许多人在我面前一提到姚文朝，便纷纷摇头，痛骂他过河拆桥不是人，但我却还是有点保留。姚文朝的确讨厌，也不值得深交，但若把全部罪过不分青红皂白都推给他，却不公平；起码我没有仔细了解过他们的恩怨，如何可以随便附和？而夫妇间的事情，实在不足为外人道，对于这种变化，我只有惊异，却不想做情绪化的判官，尽管我从一开始就不看好他们的结合。比较起来，烂鱼头与他的林妹妹却明明是一对璧人，何至于搞成这样的局面？

我趁大家在高谈阔论，悄悄凑近他，用胳膊肘碰了碰他的手臂，低声问："怎么啦？不开心？"

烂鱼头苦笑了一下，说："幸福的家庭都是相似的，不幸的家庭各有各的不幸。"

我一怔。哦，是《安娜·卡列尼娜》开头的第一句话呢。我已经意识到他要接下去的话题，连忙将它岔开了："托尔斯泰是俄国佬，我们不信他那套！"

"不是呀……"烂鱼头红了眼，站起来大声道，在场所有人的眼光当即给吸引了过来。

我暗叫糟糕，正不知该怎样化解，门铃响起，我连忙装成意外惊喜的样子，一面高叫"看谁来了"，一面大踏步去开门。门开处，我一时愣住了。站在门前的赫然是魏家新和饶晓兰。没想到这一对并不被我们看好的组合，竟能维持到现在！魏家新微笑着伸出手来，我一惊，才发现自己有些失态，忙掩饰着随口吐了一声："稀客！"话一出口，又觉得有些语无伦次，稀客？谁是稀客？只不过满屋子的人只顾哄笑，已没有人推敲字眼，魏家新与饶晓兰早就在起哄声中挤进来了。

笑声。叫声。七嘴八舌声。我退到一角去，苏舟潮凑了过来，附在我耳畔笑问："怎么样？有何高见？"我盯了饶晓兰一眼，但觉她已是饱经风霜的中年妇人，虽然在眉眼间依然可以寻找到当年娇俏的风韵，但额上那隐现的皱纹和鬓间可见的白发，却又明明证实了青春年华不再。我在心里叹了一口气，用眼梢扫了一下苏舟潮，耸了耸肩膀，并不吭声，苏舟潮又问："你看他们……"

如鱼得水？貌合神离？甜甜蜜蜜？同床异梦？

我知道他心中的疑惑，因为我心中也有这样的疑惑。

难道人生的际遇，真是变幻莫测？假如不是意外，当初有谁能够想到，饶晓兰竟会下嫁魏家新？

刚上大学时，饶晓兰是我们班的班长，功课又好，第一次作文课，她便获得最高分，文章后来还被老师当范文诵读给全班同学听。我记得她那时的神气，活像骄傲的公主！我们班的辅导员也特别宠她，看来她在我们班上的地位是不可动摇的了。"文革"刚刚开始，她凭着工人家庭出身和一贯被上头肯定的表现，天经地义地成为班上领导运动的筹备小组成员之一。可是，正当她轻盈地蹿来蹿去，指挥大家这样做那样做的时候，并没有任何公告，她突然不再主持任何会议了。起初我也没有留意，后来还是苏舟潮私下提起：“喂，你没有留意到新动向呀？”我才若有所悟，留心观察，我发觉到她以往的顾盼自豪不见了，变得老是低着头走路，而且沉默寡言。那天中午在食堂吃饭时碰见，她勉强回答了我的招呼，便端着饭碗走开了。不久，班上便成立专案组审查饶晓兰。但到底发生了什么事情，苏舟潮不知道，我也不知道。

不久，蓝玲芳“大权在握”，由她牵头，从学校、系里的筹委会到班上的筹备小组，全部换了人马，但饶晓兰依然是被审查对象。

那个冬天的中午，我正爬上床准备睡午觉，却被苏舟潮一把拉住，他附在我耳边压低声音问道：“你知道吗？小个子、老腌鸡、半条街他们去看饶晓兰的日记，走出教室，个个脸上都红红的……”

“原来饶晓兰突然失宠，是因为她的日记。”舟潮说。

我费了好大的劲，才弄明白，饶晓兰在她大连老家有个男朋友，颇有才气，可惜因地主家庭出身，连大学也考不了；但饶晓兰一往情深，也并不嫌弃，两人两地相隔，便相互交换收藏对方的日记。不料，她的男友乔振荣被抄家，查出饶晓兰的十大本日记，那边的“文革”筹委会便将这些日记挂号寄给我们学校，再转到我们班头头手上，成为成立“饶晓兰项目组”的材料。

没想到看上去如此清纯斯文的饶晓兰，生活中还有这样不为人知的一面！我感到大惑不解，更抑不住好奇心。我望了一下苏舟潮，有些不忿：“方大你也太不够哥们儿了，他们都可以看那日记，为什么我们不能？”

“是啊，若论嫡系，几时轮到他们？”苏舟潮哼道。

方成阳却辩道：“他们跑来说，要看看材料，研究批判饶晓兰的反动言行，我哪能不给？你们要看，早点出声啦！拿去拿去！”

我们抱上那几本日记，急步溜进空无一人的教室，冬天天气冷，但因为学校已经奉命“停课闹革命”，暖气管也不放暖气了，所以我们虽然穿着棉衣，仍然觉得冻手冻脚。

我一面翻着那日记本，心怦怦乱跳，不时与苏舟潮交换尴尬的笑容。他没有说话，我也沉默不语。我的心里因窥探到熟人的隐私而有些恶意的满足，但并没有任何犯罪感。被审查对象嘛，看看她的日记，是天经地义的！

这真是丝毫没有掩饰的日记，饶晓兰将事情细腻地写了下来，还夹杂着她的感受。我暗自吃惊。就凭着她对乔振荣的同情，她就注定逃脱不了被批判的命运了。往下一看，乖乖！上床？跟乔振荣上床？我心中不由得产生一种鄙夷的感觉，哗！原来她已经……

但是大约由于情真，在她的字里行间所流露出的心境，又不禁使我暗暗感动。她有一段这样写道：“……我和振荣并肩走着，我偷看他垂下的双眼，眼神十分忧郁。我不敢追问他，但知道他心里一定很不快活。我只觉得我想哭。……”看那日期，是写于1966年2月1日。哦，是“文革”前夕的寒假哩，大概在她回大连探亲期间。难道乔振荣那时已经预感到会有大风暴卷来?人生在世，有如此关切自己的女朋友，这个不知何方神圣的乔振荣有福了!

啊呀，十大本哩!方成阳限令我们在三小时内看完交回去，假如仔细看，哪里来得及?我们只好拣精彩片段读。忽地，我的眼睛发直，一个熟悉的名字跳进我的眼帘:姚文朝!我定了定神，仔细一看，但见那上面白纸黑字写着:“……今天开始放寒假，我离开学校上北京站，准备搭火车回大连，忽然在候车室碰到姚文朝。他笑嘻嘻地塞给我《金光大道》:‘你拿去在火车上解闷吧!’我向他道了谢，也不问他什么，其实我心里很奇怪，他怎么知道我今天走?……”

啊呀，无事献殷勤，必有阴谋。莫非姚文朝他当时便……

再翻下去，跳到我眼帘的名字，是邝谷旺!“……中午吃饭时，邝谷旺悄悄将我拉到一边，约我下午五点自由活动时谈心。走在操场上，他对我说:‘你这个人哪，很聪明，很有才华，不过，你需要一个领路人，不然的话，没有方向，不会有什么好的前途的。’我觉得他话里有话，不过也不追问，只是一笑置之。我有一种预感，看来邝谷旺对我有些某方面的暗示。”

哈哈!天津青皮原来还有这一手……

再翻下去，在我眼下滑过的名字，还有王树彬、赵泰岳、小个子、余俊伟……忽然我一惊:如果我的名字也出现在日记上，该如何是好!不过转念一想，我跟饶晓兰又没有什么交往，怎会“榜上有名”！还没有理清思绪，便听到苏舟潮出声了：“这些日记，可别牵连其他人才好！”我望了他一眼，掩饰道：“不会吧，又没有谈什么，就算是名字给提到，也不过是背后成为人们的谈资罢了，笑话一场，怕也没什么大不了……”

嘴上那么说，心里却另有嘀咕，我无法否认自己胆怯，毕竟饶晓兰自有她的魅力，一个把持不定，谁知道自己做过什么傻事没有！倘若就那么暧昧了一下，便给她记了一笔，那便跳到黄河也洗不清了！要是给章倩柳看见了，又该怎么办？没办法去解释，因为我与她只是好朋友，但不去解释，恐怕她又会以为我另有憧憬。其实我也不知道她对我如何，她只知道我有了女朋友，叫王若冰……

胡思乱想，但眼神却不懈地捕捉那唰唰飞过的娟秀的字迹，名誉攸关，不可马虎。幸好我的大名始终没有出现，翻完了，苏舟潮似乎也松了一口气，笑着捅了一下我的腰：“还好，你我都没有给网罗进去……”

走出教室，寒风迎面吹来，我打了个寒噤，忙将脖子一缩，双手交叉着伸进棉衣衣袖里取暖。与舟潮并肩走着，彼此都默不作声，各想各的心事。

饶晓兰大胆热烈的日记，到底有多少真实性？我苦苦地思索着这个问题。我不怀疑其他部分，只是因为她与乔振荣早已讲明保存对方日记，我觉得双方在叙述感情问题时，恐怕多多少少都会作假。

这倒也不是刻意欺骗对方，只不过为了给对方证明，为了让对方放心。现实中又有哪一方会完全真实地记录心灵的波动？所以我不相信那白纸黑字的郎情妾意。除非是突击检查啦！那真实性就会大大加强。

当时这种想法一闪也就过去了，兵荒马乱呀，谁还会专注在事不关己的他人麻烦事上？在那种气氛下，虽然我并不得宠，但也自以为比饶晓兰要高几等，谁教她要交那么一个男朋友，而且还在日记上流露对社会不满的情绪！

假如不是发生了这样的一件事情，饶晓兰的命运肯定是另一个样子。如今她就坐在魏家新旁边，只是静静地笑着，并不说话，任魏家新在那里手舞足蹈，口沫横飞地大谈见闻，在我听来却尽是些不值得大惊小怪的等闲事。内蒙古的小镇，会有什么新鲜事？

魏家新一向就是这样，喜欢吹牛，我们管他叫“小瘪三”。刚上大学时他与我住在同一宿舍，动不动就说：“我们上海……”他曾有些鄙夷地对姚文朝说：“……哈哈镜，你看过吗？能把人拉长缩短那种，没听过吧？你问问范烟桥啦，范烟桥一定知道。”害得我连连摆手，连声否认：“我不知道呀，我没见过什么世面。”出这个风头干什么？枪打出头鸟。那回开小组会，魏家新正吹得来劲，冷不防饶晓兰冷冷地插了一句：“就你是大都市人，别人都是乡巴佬！”顿时将他噎得说不出话来。

没想到生活与饶晓兰开了一个天大的玩笑，转了一圈，饶晓兰竟嫁给了魏家新！听说毕业分配前，他们向宣传队明确表示是对象，姜排长哼了一声："你们的生活问题我们不管，你们愿意谈你们就谈吧！"结果也给分到一个地方去，虽然偏远，但不致当牛郎织女。

即使到了现在，我心里仍不禁为饶晓兰叫屈："一朵鲜花插在牛粪上！"莫非这就是造化弄人？

但公平地说，我不能不佩服魏家新的勇气。当时饶晓兰是"专政对象"，他竟不惜与她相好，恐怕光是这份勇气也足以打动她的芳心吧？不学无术又有什么要紧？我觉得她当时就像是溺水的人，抓到什么稻草也都是好的。也有人指责她因为魏家新的中途介入而抛弃乔振荣，是自私的行为；但我却不那样看。想想吧，两个"专政对象"结合，会有什么结果？而魏家新出身好，又是革命群众，饶晓兰不是白痴，她难道不懂得衡量？

如今乔振荣早已平反，听说在大连也混得很不错，还说他曾经振振有词地说："真没想到我会给这么一个小瘪三轻易击败！"但是想当年谁也不知道未来会如何，饶晓兰也只是凡人罢了，世俗的利害关系，她哪能不顾？

忽地，饶晓兰望了过来，好像不经意似的，轻声问我："倩柳呢？倩柳怎么不见？没有她，我们这个班，总是缺了点什么似的……"

我瞥见魏家新扯了扯饶晓兰的衣袖，也只好假装什么也看不到，咧嘴勉力一笑，"你问我，我问谁呀？"

只听见舟潮大声插话："喂喂！我们大家一起唱歌好不好？今天不醉无归！"

“好哇好哇，”赵泰岳站了起来响应，“唱什么歌好？”

大家你望我，我望你，好像顿时失去了主意。

“让我们荡起双桨……”舟潮拉开嗓门唱了起来，大家纷纷加入。

是大家都熟悉的歌哩。我加入合唱，歌词已经记不全了，但那歌声却一下子把我的心境拉回到大学时代。唔，“文革”前每年春游，荡桨在颐和园的昆明湖上，大家唱的不就是这首歌吗？

而此刻，室内没有水影桨声，却有温馨的怀旧歌声，秋阳从窗外斜射进来，在地面上腾起一片暖洋洋的亮光，教人回溯的思潮滚滚，悠远而朦胧。

十七

即使饶晓兰没有提起章倩柳，范烟桥一看到她，也便立刻联想起来了。

是啊，当年班上的女同学，便以她们两个最为出色。饶晓兰在功课上先声夺人，但平时十分冷傲，见到同学，也只不过嘴角动一动就算是打了招呼，难怪她后来倒了霉，姚文朝便撇了撇嘴唇，哼道：“太目中无人了，也让她尝尝失意的滋味！”章倩柳其实也很自傲，只不过她的傲气并非完全外露，而是内含。那还是刚上大学不久吧，不知为什么事情，她与饶晓兰发生摩擦，过几天，全系拉队去北京—密云引水工程义务劳动，中午吃饭时坐在土堆上，范烟桥听到饶晓兰一面扒着饭，一面愤愤地说：“……哼，她呀，不知有多厉害！跟人吵架不生气，还笑嘻嘻的呢，气都会把你气死……”

当时他一愣：饶晓兰是班长，是红人哩！章倩柳莫非吃了豹子胆？不过想想她的资本也很雄厚，他又释然了。他往周围张望，终于发现章倩柳靠着一棵柏树独自站着吃饭，头上戴着的蓝底白点头巾在初春的寒风下微微翻飞：倒是一副安然自得的样子。他暗想，章倩柳真的那么厉害吗？

不过那时他也并不曾刻意注意章倩柳，虽然她的作文已经在全年级遥遥领先，连饶晓兰也被她超越了。好几年以后，在那个夏夜里，范烟桥坐在柳树下叠起的两块砖头上，用手环住章倩柳的肩膀，面对景山东街的那道红墙，静静倾听昆虫的奏鸣曲，谁都不出声，好像唯恐惊走它们似的。除了虫声，范烟桥还听到从背后路灯暗淡的街上，不时传来的公共汽车驶来、靠站，接着又开走的声响。他的脸微微向左一侧，但见从柳树梢头洒下的朦胧月光，正隐约映在她微带笑容的脸上，似有千言万语说不尽的风情，他不由得看得痴了。忽地，她望了过来，他只觉得她的胳膊肘轻轻一捅：“怎么？发什么傻呀你？”

他嘿嘿一笑，伸手捏了捏她的脸，“我在想，你是什么时候开始理我的呢？”

她反捏他的脸，哼道：“你还好意思说，你记得那次去北京—密云引水工程劳动吗？挖土的时候，你就在我旁边，我随口问你，一个人离开家漂洋过海，你不孤单吗？当时你是怎么回答我的？”

有这样的事吗？范烟桥皱着眉头回想，却一点印象也没有。他抓住她的肩膀，“是吗是吗？我说什么？”

章倩柳斜望着他，“喂喂，你是真不记得还是装蒜？”

“你当然知道。”他认真地盯着她。

她叹了一口气，脸上一副惨然的样子，垂眼一字一字地说：“你说：‘你问这个干吗？’记不记得？”

他摇摇头。

“你坏！”

听到她娇喝的同时，他只觉得左胳膊给她猛力捏了一下，骤痛使他不由得“啊呀”了一声。

“疼吗？”她连忙又揉起他吃痛的地方，一面说：“你不记得，那就是说，你当时根本不把我放在眼里！”

“那哪能啊！”他郑重否认，但他却也无法解释这健忘的奇特现象，又怕她追根究底，他连忙一把搂住她，半开玩笑地说：“历史问题看现在嘛！”

“那你承认你有历史问题了？”她的笑容狡狯。

“你老给我设陷阱，我说不过你……”他把双手紧了一紧，脸凑了过去。

“说不过就要赖皮，”她一面用双手推拒，依然还是不饶人，“算哪门子男子汉！”

“啊呀，我不是男子汉是什么？”他笑道。

“是臭坏蛋！”说着，她便一跳而起，咯咯笑着跑开了，他呆了一呆，也跟着跳起来，向她追去。他只觉得周围的一片虫声沉寂下来了，天上的繁星争相闪耀……

但即使并未有意识地留意，章倩柳其实还是在不知不觉之间悄悄溜进他的心房。他记得他作为新生赶在开学前几天跑到大学报到时，就在校园里，他看到中文系壁报的通栏标题是“欢迎新同学”，原来是高年级的学生办的呢。他随便浏览，也不知道为什么，目光忽然盯在一篇报道上，什么题目也记不清了，内容是说新同学章倩柳刚来报到便因肠胃不适住进校医院里。多年以后在另一个夏夜里，他们依偎着坐在龙潭湖畔的绿色长椅上，闭眼听蛙声高一阵低一阵地传来，几乎入睡，却又被一股呼啸而来的火车声惊醒。他看到湖的那一边，一列车厢亮着灯光的火车隆隆驶过，那通明的倒影对称着从湖面上掠过，唤起他乘长途火车夜行时的经验。“说一会儿话吧……”她慵懒地说。他便顺口说起了这个往事。

她哧一声笑了出来，促狭地说：“莫非当时你就暗恋我？”“去去去！那个时候我只见过你的大名，连你长得是圆的还是扁的也不知道。暗恋你？别臭美了！”她拧了一下他的手臂，嗔道：“你这个人就是不知好歹，你就让我满足一下虚荣心好不好？你也不会有什么损失嘛！”“予人方便，自己方便？”他逗她笑。她一拳打来，却是软绵绵的，他只感到一缕柔情缠绕胸中，不禁伸手搂住了她，脸贴着脸，他感觉得到她的呼吸一下一下地拂来，有些痒。他再靠紧一些，嘴唇便贴在她的嘴唇上，温软而湿润。他正感到世界好像静止了，却被倩柳推了一把，他刚一愣，她已回头望向后面，并说："有人……"范烟桥也跟着向后望，果然在长椅后面不过两步远的地方，站着一个两手插在裤袋里的中年男人。那男人大约见到惊动了目标，便若无其事地吹着口哨踱走了。"看什么看！"倩柳朝着那男人的背影掷去一句。他拉了拉她的胳膊，低声道："算了……"她白了他一眼，"算了？最好用石头砸他，这种无聊的人！"他紧抓住她的双手，唯恐她真去捡石头，她却笑出声来，"至于吗？你看我会吗？我看你什么都息事宁人，我偏不，气死你！""气死我，你有什么好处？"他拧了一下她的脸，"你搞阴谋诡计！"她咯咯笑着避开，回了一句："不是阴谋，是阳谋！"

夜渐渐深了，他见到倩柳打了个呵欠，懒懒地说："走了……"

"再待一会儿吧？"他有些依依不舍。

"不行，太晚了。"她抬起手腕看了看手表，忽地惊叫一声："啊呀！都十一点了！末班车都开走了！"

他也吃了一惊，随即又满不在乎，"不怕，我们今晚干脆就这样坐到天亮……"

"你想死啊？"她用手指一点他的额头，"要是有什么纠察队来巡查，非把我们抓起来不行！"

他想了想，也是，假如碰上了，有理也说不清，他皱了皱眉头，"那怎么办？"

"没关系，"倩柳突然双手一拍，"我姨母的家就在附近，她家钥匙交我保管……”

他记起来了，她姨母姨丈被下放到山西五七干校劳动去了，而她唯一的表弟又已经给动员去内蒙古插队。想及那空置的屋子，他的心狂跳起来了，因为心有所思，竟有些结巴：“那……我跟，跟你去……”

“那怎么行？”她推了他一下。

“那你要我一个人走回学校呀？”他可怜巴巴地望着她，“走到三更半夜不要紧，但校门也早关了呀！”

她低头沉吟了好一会儿，这才咬了咬牙，“那好吧，我带你去，不过……”

他见到她望了过来，黑夜里那眼神好像在闪耀着什么，但话却没有说下去，他也没有追问，唯恐夜长梦多。

那一段路不远，范烟桥抬头望到一轮明月闪着清光，他的心一动，一伸手握住章倩柳的手，与她并肩慢慢走去，谁也不曾说话，却好像听到彼此的心跳声。那大楼的楼梯漆黑一片，没有亮灯，倩柳在前面领路，沿楼梯一级一级爬上去，走一步便回头叮嘱一声：“小心……”一直登到三楼。

站在门口，章倩柳在口袋里掏了好半天，才把钥匙掏了出来，又迟疑了一下，这才开门。进到屋里，也不开灯，倚在墙边，在窗外透来的微弱灯光下，他只感到她似乎浑身乏力，而且有惊惧的味道，一阵怜惜之情漫上他的心头，他轻搂住她，凑近她耳畔，故作轻松地低声道：“怎么？省电呀？”

她抬头望了他一眼，极度软弱地说：“你不要欺侮我，我已经完全没有抵抗力了。”

他的热血上涌：“怎么会？”说着，随手揿了电钮，在日光灯下，他见到她走到角落，换了拖鞋，又拿了一双扔给他，然后用手示意他背转身去，“我要换睡衣。”

他依她的吩咐，背了过去，心在怦怦乱跳，虽然几乎克制不住自己，但他还是咬牙闭上了眼睛。好像等待了漫长的一个世纪似的，他才听到她的声音：“行了。”

他还是第一次看到她穿睡衣的模样，匆忙之间加上心慌意乱，事后不论他怎样回想，竟也想不真切了。他只记得那睡衣似乎松松垮垮的，大概是她姨母的吧。倩柳指了指左边的床说：“你睡那边。”说着，她便熄了灯。独自上了右边的另一张床，他似乎还看到她放下了蚊帐，仿佛要与眼前的世界隔绝起来。

躺在那张硬板床上，范烟桥翻来覆去，一时竟睡不着觉，也不知道究竟是因为拣床，还是因为不困。室内静悄悄的，他仔细倾听。也听不出倩柳的呼吸声，只好努力猜想，她到底睡了没有？实在也猜不准，他便开始胡思乱想，想想她的一举手一投足，想想她的一言一笑，那眈眈的眼神，尤其教他沉醉。

沉醉，是否就在梦的边缘徘徊？

或者是梦游，或者是现实。

即使是在暗夜中，闪亮的眼睛遭遇，仍会擦出火花。这时，莫说看不分明，纵然清楚，恐怕也只有那焦点在燃烧，除了触觉，一切便全靠想象补充。

相逢在幽静的山林，不管是仰天长啸还是低声细语，能惊起悸动的灵魂吗？世界仿佛已经遗忘，天荒地老，唯有此刻永恒。都说莫失莫忘，心灵深刻的痕迹怎能磨灭？

他只觉得长路漫漫，虽然有些疲累，但身心激奋，只因为有她做伴，撞击出和谐的节拍，让人浑然忘却路途遥远，只有眼前一片青山绿水迎风招摇。

倏忽间，已是明月天涯。万籁俱寂，只有不知名的昆虫在奏鸣着无名曲，乍听似杂乱无章，再潜下心体味，又似乎自有它的韵律，一声声，一阵阵，好像是高山流水，好像是鹰击长空，好像是春江花月夜……

梦乍醒，洒在眼前的，到底是月光还是阳光？月光是阴柔的，阳光是阳刚的。柔与刚，阴与阳，相反相成，此时无声胜有声。

一切浮在表面的热情，恍惚在逐渐退却，但他却觉得有一种内涵的凝聚力，就在心底迅速沉淀。他望着她微闭的眼帘，似乎仍有些微的娇羞，令他怦然心动。一股柔情深似海，漫过来几乎把他淹没了，他止不住伸手替她理了理那微乱的头发，俯下头去轻吻她的眼皮，嗯，有些咸味，想必是渗出的汗水。

他正痴痴地望着，她忽然睁开眼睛，一碰见他的眼光，立刻垂了下来，整个人却投身他的怀里，梦呓似的说：“我不后悔……”

只听得他热血沸腾，不知此时究竟身在何处。

十八

不知身在何处的感觉，似乎从此便与他结下不解之缘，在白日的怔忡中，在夜晚的梦境里。

梦，怎么不再是七彩的呢？只是一味地苍白，只是一味地沉重，梦醒但觉夜凉如水，能够忆起的只是零零碎碎的片段，直压得心头如有千斤重负。

这也是一场梦吗？

是个中秋之夜。夜空给高楼大厦挤成一条窄缝，范烟桥从窗口望出去，哪里看得到什么月亮？一个人闷极无聊，他决定出去瞎逛。

挤上西行的电车，在叮叮当当声中，他发现满车的小孩都手提灯笼。车到铜锣湾维多利亚公园，大人小孩一窝蜂地下车，他也下意识地跟去。通往维园的路，行人川流不息，他信步走去，只见草地上坐着一小堆一小堆的人群，每一堆人群都围着点点烛光，还有一些亮着的灯笼挂在小树上。他的脑海里立刻蹦出“火树银花”这四个字，可是转念一想，火树是不错的，但银花就未必了，他不禁哑然一笑。忽见前面有一张空椅，他急忙紧赶几步，坐了下去。

清脆尖细的童音，此起彼伏地在周围响起，欢笑声、叫嚷声、追逐声不断。范烟桥渐渐有些迷糊了，朦胧中的些微困意，教他好像堕入软绵绵的网。自己在南洋度过的童年，可还真没有这般热闹哩！灯笼是没有的，只有火花，就是用火一点便火花四溅的那种，只是嘶嘶作响而已，并无爆炸的效果。一家人围坐在庭院里赏月，他听着大人说话，嘴里吃月饼嗑瓜子忙个不停。中秋夜一片静谧，哪有香港这般喧闹？后来到了北京，中秋几乎都无声无息地过去，甚至连想都没有想起，除了那年与倩柳共度的头一个中秋。

其实确切地说，并不是因为中秋，只是因为倩柳的生日正好是中秋，这才教他不能忘怀。

那天晚上，他与倩柳跑到前门的烤鸭店去吃烤鸭，以示庆祝；然后又去紫竹院附近的首都体育馆观看室内冰球赛：吉林队对黑龙江队。看着那些装备齐整的球员在人造冰场上冲撞争斗，有的甚至跌得四脚朝天，倩柳开心地咯咯乱笑，有时还一掌打在他的腿上。斜眼看着她娇憨的神态，范烟桥忍不住伸手轻轻捏了捏她的脸颊，笑道："又不是你出场，你这么投入干什么？"

倩柳瞟了他一眼，"这是男子汉的运动，是力的表现，我为你们捧场呀，你还不知足？"

"我宁愿欣赏女性的柔美，"他凑近她耳畔，轻声道，"比如看看你现在的姿态。"

"是不是男性观点与女性观点不同？"

"不知道，"他答道，"但我说的是真心话。"

他又何尝不欣赏那冰场上力的角逐？只不过此时心有旁骛，在他心房缭绕的，竟全是倩柳的倩影了。

散场后顶着那一轮又大又圆的中秋月，回到学校，范烟桥只觉得一颗心在骚动着。从校门沿着那暗淡灯光下的路径，往宿舍走去时，月亮洒下清幽的光辉，无端在他的脑海里腾起一种说不上来的迷茫感觉。四周无声，他好像被遗落在荒原，幸好有那脚步声做伴，不至完全死寂。

彼此不言不语，他为一种念头所困扰，而变得有些心不在焉。眼看倩柳所住的宿舍楼就要到了，他更加依依不舍起来，终于开口："我上你那边坐一会儿，好吧？"

倩柳迅速地抬头看了他一眼，点了点头，也不说话。

踏进楼道，她才回头将右手食指竖在嘴唇间，示意他轻声。他立刻省起，半条街在对面值班呢。悄悄地潜进宿舍，连灯也不开，倩柳便将门锁住，回过身来轻轻把头倚在他张开手臂的怀里。

两个人和衣躺在倩柳的单人床上，夜色很安静，月光透过窗口前的法国梧桐树叶，斜照而来，范烟桥斜眼偷看，但见月色如银，泻在倩柳一动也不动的脸上，好像映在一座雕塑上。只有当她的眼皮偶然眨了一下，这才使他明确意识到她流动着的生命，于是他似乎听到她的心跳声、她的呼吸声，他甚至以为读出了她的无声的语言。

当他提出要跟她来这宿舍时，在他内心里冲动着一种青春的欲望，他相信无须他明言，她也会明白。可是，滚滚的热潮毕竟也不是势不可当，这时灵魂升华，他原本的激情已经遁走，心中有无限的爱怜汩汩流出，但觉能够如此相拥，已是天长地久。

范烟桥的心境在这静谧的夜色下，分外柔和起来，他想起了嫦娥，想起了玉兔，想起了吴刚。嗯，广寒宫，光是那名称，就已有些微的凉意，寂寞嫦娥又怎能热烈起来？月亮即使有清辉，即使住在那里与世无争，但总是缺了人气，有什么好？还是人间好。喜怒哀乐……哦，耳畔似乎有轻轻的歌声："亲人哪，我日日夜夜地想念你，从夜晚直到天明；为了你，亲人，流干了我的眼泪浸湿了我的花枕。"是倩柳唱的吧？他拼命想要睁开眼睛，可是眼皮沉重，他好像躺在一张无形的网中挣扎，软绵绵地无法着力；又像掉进汪洋大海中，被海水载浮不知要漂向何方。忽然一股海浪直扑他的鼻尖，呛得他鼻子一阵麻辣，转身却赫然发现自己被自己的鼾声惊醒，他意识到倩柳就躺在他身边。

他定了定神，鼻端有些发痒，原来是倩柳的几根长发散了过来。他用手轻轻将头发拂去，再微侧过去一看，倩柳闭着眼睛，在朦胧透来的月光下，他觉察到她嘴角漾着笑纹。他立刻明白，她并没有睡去。伸手在她的腰上一呵，她扭动着身子哧的一声笑了出来。

"搞什么阴谋诡计呀你？"他捏住她的右耳，压低嗓门问道，"快快从实招来，坦白从宽，抗拒从严！"

她连连呼痛，他连忙放手，只听得她带着笑声说道："你知道你刚才的睡相吗？像个——死猪！"

范烟桥的脸一热，有些难为情，"是吗？是我吵醒你，还是你压根儿就睡不着？"

“都不是，”倩柳把头靠了过来，“我根本就不想睡……”

“为什么？”他搂住她的头。

“不为什么，就是不想睡。”她笑。

他知道她不想说出来，但她不说，他也猜得出来。她说过，两人相对的时候去睡觉，太浪费时间了。那还是夏末初秋时分，那晚在劳动人民文化宫电影院看一部阿尔巴尼亚电影，他与倩柳并肩沿着东长安街往东慢慢走去，走到与正义路的交叉口，他才发现那里有一座街心公园。

“坐一会儿吧……”他用头往那里点了一点，“以前我怎么没留意过这个小公园……”

倩柳只是温柔地一笑，什么也不说，便默默地跟着他，依偎在一棵树下的绿色长椅上。他抚摩着倩柳的长发，笑着模仿刚看的那部电影中男主角的一句台词说：“女人嘛，头发长，见识短。”他顿了顿，“怎么我不觉得？你头发长，见识也不短呀……”

“你找死呀你！”倩柳身子一歪，“你这算是拍马屁呀？别恶心了。”

但他知道她并没有恼怒，也就一笑置之。

不知不觉，夜已深了。范烟桥望着她的眼睛，随口说道：“干脆我们就这样坐到天亮吧！”

倩柳似乎怔了一下，旋即点头说：“好哇，坐到明天！”

“真的？”他倒给吓了一跳，但又不好退回来，他不想让倩柳觉得他言不由衷。明知自己不能熬夜，也只好硬着头皮，“当然好啦！你行吗？”

“有什么不行！只要你出声，我总会支持你的。”她温婉地笑着，“何况，跟你多待一分钟，也是好的。”

范烟桥的心头一热，万语千言却刹那间在舌尖下凝住了；他伸手揽住她的肩膀，紧贴的身体好像传来一股震颤的热流，温暖了他的心。是啊，倩柳总是那样支持他，而且很顾及他的感受，巧妙地不让他失去自尊。那回也是去长安街夹道欢迎来访的外国元首，宣传队公布名单，全班除了被批斗过的王树彬和其他两个出身不好的同学，榜上无名的还有他范烟桥！这情势顿时好像一颗重型炸弹在他心房中爆炸一样，炸得他的灵魂四分五裂。他喃喃地对倩柳诉苦：“完了！他们已把我扫到那一小撮中去了！”伤心绝望的感觉，让他联想起在荒野中饿得发慌的孤狼的嗥叫声，那么凄凉而又无助。倩柳却咯咯一笑，“我道什么事那么严重，原来是这个！那有什么，不去更好，可以睡大觉，去那里可累死了！”

他当然也知道。累归累，但让不让去可是政治待遇哩，谁个能不在乎！他明白倩柳只是为了不让他的思想负担更重，这才装得若无其事。他不想说破她的苦心，只好强笑道：“也是，我怎么那么笨？”

可是他大概演技太差，一下就给倩柳看穿了。她摸了摸他的头发：“算了，我们不要做戏了。说真的，他们这样待你，是不公平的。但这个时候，也没什么道理好说，最好的办法，便是不在乎。”

夹道欢迎国宾，“文革”前范烟桥也不知参加过多少次了，去的时候也不觉得怎么样，到了不让去，这才格外感到珍贵。这大概就像一个人对手中拥有的东西往往认为平平无奇，一旦失去了才会珍惜无比一样。但此刻追悔也已经没有什么用了，况且这待遇也不是自己粗心失掉的，而是人家不愿再给了。

倩柳去参加迎宾了，倩柳又回来了，那差不多是晚饭时间，范烟桥正在食堂独据一桌站着吃饭，冷不防给人从后拍了一下，回头只见倩柳笑着：“不等我？”

“谁知道你们什么时候回来！”他有点没好气，但忍了一忍，淡淡答道。他看到倩柳欲言又止的样子，连忙强笑，“快吃吧！菜都快凉了。”

倩柳大概也摸透他的脾气，并不再开解什么。他谈笑风生，但到了晚上，宿舍熄了灯，他躺在床上，呆望着那天花板，竟然思绪万端，不是不想睡，而是睡不着了。

倩柳却说只是不想睡。

更深露重，中秋夜是否与别的月夜不同呢？这一夜是不是有许多精灵在月下跳舞呢？他想起了一些与中秋有关的传说。他想对她说点什么，可是在这个静静的中秋之夜，周围悄然无声，仿佛说一句话也会惊破这夜色，他唯有忍住不说了。

一夜无语，只有心跳声在唱和。

但今晚独坐维多利亚公园，他只听到自己的心跳声在孤独地唱独角戏。那些无忧无虑的孩子们的喧声笑语又重新灌到他的耳边，他看到点点灯笼在闪动，忽地一阵风吹来，有个小女孩手提纸灯笼的蜡烛一歪，烛火顿时烧起那灯笼，那小孩惊叫了一声，手一放，整个灯笼噗的一声掉在地上，犹腾起一团火焰，引来那小女孩哀哀的顿足痛哭声……

他叹了一口气，伸了伸懒腰，便踏上回家之路，电车叮叮当当地东行，在满眼的维园烛火之后，他强烈感受到大街两旁是黑乎乎一团。他想起来了，世界发生了能源危机，为了节约能源，香港的霓虹灯招牌也受到管制，每晚九点半之后，便要将那七彩的图文熄掉。

香港这个不夜城，失去了通宵燃烧的彩灯，在1973年的中秋夜里，唯有通过维园的烛光给这个城市增加点亮色。

十九

范烟桥的思潮正澎湃在往昔的岁月长河中，忽地肩膀给人一拍，不由惊醒了过来，回头一望，只见魏家新笑嘻嘻地站在那里，问道：“听说香港有许多内地的人去，大家境遇差不多，大概会互相帮助的吧？”

他瞄了魏家新一眼，不知道应该怎样回答，只是笑了一笑，想要滑过去。不料苏舟潮也跟着追问：“是啊，在家靠父母，出外靠朋友嘛！”

范烟桥轻轻叹了一口气，心想，境遇差不多的人在一起，同舟共济的大有人在，但自相残杀的又何曾少了？为什么？不晓得，可能看到人家比自己活得自在，便妒火狂烧，不能自已吧？有些同是从内地出来的人，心一狠起来，那手法更不可理喻，令人感到恐怖。

他茫然地望着他们，欲言又止。该从何说起呢？他不由得想起一个香港人的形容：你们哪，就好像一群在海中学游泳的人，当大家苦苦挣扎时，彼此相互照应；可是，如果当中有一人就要脱颖而出，那么，其他人便会适时联合起来，齐心协力将那人按到海底去。这故事说得有些刻薄，令他难以接受，不过他平心静气地想深一层，又不得不觉得并非全属丑化，至少他自己便领教过“自己人”的手段。

他想起了陈天辉。人的记忆也真是奇怪，以为已经像黑板上的粉笔字给擦拭掉的人事，有时会在某个时刻冷不防地冒了出来，想要按住都来不及。“陈天辉”这三个字幽灵似的乍然飘来，即使他极力布防，也终于无法阻击它的进袭。他的心也不知道是因为鄙视还是惊悸，竟微微战栗了。

再见到陈天辉时，是在富丽华酒店举行的一次鸡尾酒会上。他正端着一杯橙汁游走，迎面便碰见了，他觉得有些眼熟，却一时联想不起来，那人已经伸出手大声叫：“喂，你不是范烟桥吗？不记得我了？”

哦，夸张的姿态，那嘿嘿的笑声，还有那游移的眼神，他想起来了：那不是几年前曾在广州—深圳火车上有过几小时同车之缘的陈天辉吗？

“啊呀，世界真是太小了！”范烟桥有些惊喜，“没想到我们还能碰面……”

是的，那天在深圳火车站一下火车，大家便惶惶然去找寻自己的行李，忙着过海关，谁也顾不得谁。回过头来，那么一群人，早已像过客一样各奔前程，不知所踪，仅留下点滴的记忆，就像人生长河中偶然溅起的一点小浪花而已。散去了，以为从此不会重新相遇在一个轨迹上，偏偏却又来个人生何处不相逢，是喜剧？是悲剧？是命运之无常？他也分辨不清了。

原来，陈天辉在一家证券公司当经纪。

虽然香港的股票市场发达，但范烟桥却一窍不通，不禁有些好奇。就在随汤波游夜船的后第三天中午，他与一个作者喝完茶之后，顺道溜到干诺道中的那家证券公司找陈天辉。他见到室内挂着的板子上，多种上市股票的价码此起彼落，有的升升升，不一会儿一股便已经升了两三角，哗！假如买了十万股，岂不赚到两三万？要是靠薪金，那该是多少个月的数目？

陈天辉看穿他心中的算盘，胳膊肘捅了过来：“怎么样？拿点钱搏一搏吧！要是搏到了，可是一本万利的买卖呀，老兄！”

他怦然心动，那天正好发薪，他便将那一千元拿了出来。也不是没有想到有跌的可能，可是要是看到大势不好，便快点将股票抛出，也还不至于血本无归，他想。

他对所有股票的潜力一无所知，只好依赖陈天辉了。也不知道是他的运气好还是陈天辉眼光独到，他所买的那个股票开始下跌，后来却大幅回升，他在最高点抛出，竟赚了四百块钱，这百分之四十的利润，让他尝到了甜头，原来钱是这么容易赚的！

陈天辉拍了拍他的肩膀，微笑着说："你看你看，说赚就赚，你碰见我，算是走运了！"

他由衷感激地回他一笑，满怀兴奋地去办手续，一抬头，他一愣，眼前的长发少女，不正是夜船上刚认识的吴彤霞吗？也一直到这个时候，他才知道，原来她是在证券公司工作。他见她似乎也怔了一下，便抢先举手打招呼："嗨！还记得我吗？"

陈天辉急步赶了过来，有些诧异，"你们认识？"

"刚认识。"范烟桥笑道，一时也不知该从何说起。

陈天辉看了看他，又看了看她，双手一搓，大笑着说："认识便是有缘。我们股票行，来者都是客，不分先后。"

范烟桥摸不清他到底要说什么，唯有嘿嘿傻笑着搪塞过去。却听得陈天辉柔声对着吴彤霞说："下午茶我请，你要什么？"

范烟桥望向吴彤霞，只见她歪着头想了一想，才说："西多士、柠檬茶。"

忽听陈天辉又问："你呢？"却未等他回答，便径自替他吩咐那练习生："替范先生要奶茶和蛋糕吧！"他想声明"我不喝奶茶"，但那练习生已经领命而去，他也不想再麻烦人家了。

吴彤霞瞟了范烟桥一眼，目光转向陈天辉，"你怎么知道范先生喝奶茶？"

陈天辉哈哈大笑，拍了拍范烟桥的肩膀，"当然知道啦！我们是老朋友了！"

老朋友？范烟桥下意识地做了个鬼脸，却不吭声。

后来，每当范烟桥上来小坐，陈天辉总要留他，有好几次还叫他等到下班时间，然后和吴彤霞一块，三人一起去吃晚饭。范烟桥没有多少事情，也乐得有消磨时间的朋友，所以几乎每次都应命。

那天晚上，他们上铜锣湾吃四川菜，在柔和的灯光下谈谈笑笑，范烟桥一杯生力啤酒落肚，话也多了起来。他忽地想起那晚游船河的事情，笑着问道："你怎么认识汤波的呀？"

"哦，他也是我们的顾客呀！"吴彤霞回答，"他人很好的，不过近来很少来了，大概人一发达，便要往上走吧！你又怎么认识他呢？"

"老同学。"一想起汤波此时此日的身价，范烟桥不禁有些虚荣的得意，但话到嘴边，却又忍住不说下去了。

"不过汤先生这个人，有时也摸不透。"吴彤霞掠了掠头发，身子往椅背一靠，"好像那晚，船一靠岸，他老先生连招呼一声都没有，便自己溜走了！"

"什么？"陈天辉忽然插嘴，"他邀请你去的，怎么不送你回去？这样没有风度！"

范烟桥觉得他的语气有些不大对头，却又不知道是怎么一回事，只好不出声。但听得吴彤霞接口："也不能那么说，汤先生那样忙，大概他临时有事吧！"

"那事后也该道个歉呀！"陈天辉依然有些不忿。

"不必那么严重吧！"吴彤霞笑出声来，"我又不是他的女朋友。那晚我很闷，有人陪我出去玩玩，我已经很开心了。我的要求不高。”

“啊呀！”陈天辉双手一拍，“你又不叫我？”

吴彤霞耸耸肩膀，并不答话。

范烟桥望了望吴彤霞，又望了望陈天辉，心里有些纳闷：天辉别是喝醉了吧？在他的印象中，陈天辉惧内，那回在陈家聊天，他就发觉，陈天辉每当提出一个什么看法，即使是无关痛痒的，都会瞟陈太太一眼，好像在看她有没有皱眉头。那种诚惶诚恐的神态，令范烟桥有些悲哀：难道这就是家庭生活？但如今太太不在身边，陈天辉似乎摇身一变成了一匹野马，说话也狂野起来。

其实范烟桥也并不是没有见过陈天辉狂野的时候，就在他太太面前。也就是那天，陈天辉抽了一支烟，又来一支烟，他太太忽然掩起鼻子大声地插嘴：“喂！你好了哦！抽抽抽，有什么好抽的！臭死了！”

起初，陈天辉也不出声，涨红了脸，继续抽下去。但他太太并不住口，范烟桥见到他的脸大概因为强忍着而有些扭曲了，终于拍桌子而起，“好了！说什么说！烟桥是稀客，你那么啰唆……”

他太太一怔，随即骂开了：“好哇你！还没有发达就这么厉害，要是发达了，那还得了？我不做饭了，你爱吃你就到外面吃去吧！”

陈天辉的脸色发青，一拳打在墙壁上，砰的一声过后，他近于绝望地干号："我做牛做马去赚钱，你就这样对待我？烟桥，你给我说句公道话！"

范烟桥一时手足无措，舌头打结，也不知道该说什么话来加以劝解，唯有拥着陈天辉出门，进入电梯，四下无人，才安慰他道："夫妻吵架，不要当真……"

陈天辉不说话。走出大厦，但见街上霓虹灯闪耀，汽车来来往往，口琴吹奏的电视长剧《大亨》的主题曲，正透过扩音器从街角悲怆传来，哦，是乞儿在讨钱呢。陈天辉叹了一口气，转过头来说："烟桥，让你笑话了！家丑不可外扬，你不要说出去……"

范烟桥的心一紧，吃吃地满口答应："那当然，那当然……小事啦，你……不要放在……心上……"

他明明记得，当时，陈天辉只是苦笑了一下，也没有再做什么表示。走进旺角那家餐厅坐下，他问陈天辉："我要咖啡，你呢？"陈天辉回答："我也是。""你吃点东西吧！""没胃口。""不要想那么多了，叫一碟炒饭吧，两人分。"他见陈天辉不置可否，便扬手吩咐侍者写单子。

冬天天冷，即使在餐厅里，也可以感觉到那微微的冷意。热咖啡端了上来，他给陈天辉那杯倒了砂糖，然后又给自己这杯倒了砂糖，两人几乎同时用小匙把糖搅匀，两缕白汽自杯内袅袅飘升，彼此半晌都不说话。

吃完炒饭，啜着咖啡，陈天辉长长地舒了一口气，开口道："今晚好在有你。"

他几乎要说：“有我有什么用？”可是他忍住了，改口道：“唉，你也是，何必认真？”

“你是说，难得糊涂？”陈天辉望了他一眼，接着眼光便盯着那玻璃罩罩着的闪烁烛光，“我也想呀，不过你都见到了啦，她这样不给面子，佛都有火！”

“退一步海阔天空嘛！”他劝道。

“最糟的是我退两步她进两步，步步紧逼呀！”陈天辉的火气似乎又来了。

“难道家庭生活就是这个样子？”他想问这个问题，但终于没有问出口。再待下去也不是办法，他佯装打个呵欠，用手掩了掩嘴巴，说了一声：“真困！”

“你是咖啡王呵，喝了咖啡还不行？”陈天辉瞪了他一眼，“没效力？”

既然你封我为咖啡王，你该记得我喝咖啡，不是喝奶茶。奶茶有什么好喝？不中不西的，要么喝普洱茶，要么喝咖啡，多过瘾！范烟桥在心里嘀咕。可是陈天辉不知道有意还是无意，老是给他叫奶茶，迫得有几次更当着吴彤霞的面纠正侍者：“是咖啡，不是奶茶。”

也该是陈天辉健忘吧，就像陈天辉此刻嘴像抹了一层蜜糖似的向吴彤霞献殷勤，浑然忘记自己是如何惧怕太太的了。

那时范烟桥还以为，陈天辉只不过因为家有悍妻，而引致精神不大平衡，跑到外头，便要千方百计地寻找发泄的机会，向吴彤霞调笑，想来也并无恶意，他也就越来越不理会了当他与彤霞的来往渐渐密切后，陈天辉就显得有些不开心。他一上证券公司，陈天辉便会拖长音调：“哗——幸运童子来了——”

他起初也不在意，但慢慢就发现有些不对头。难道是因为我赚了一点股票钱？没理由呀！我赚的也不过几千块而已，根本少得很可怜，有什么可以妒忌的？他私下悄悄问彤霞：“陈天辉是不是不欢迎我上去呀？”

“傻啦！”彤霞笑道，“你赚的又不是他的钱，他还有佣金可拿，怎么会不欢迎你？”

他想想也是。

但陈天辉却把“冷淡”愈来愈明显地写在脸上，有时甚至指桑骂槐，表面上对着同事说话，实际上却明明说给范烟桥听：“做人呢，最要紧就是不要忘本，比方如果你带我找到赚钱的路子，我就不可以翻脸不认人，不感恩图报，对吧？”

那么，受过陈天辉的一点恩惠，那岂不是一辈子报恩都报不清了？啊呀，看来人真是不可轻易接受朋友的帮助了，不然的话，对方有朝一日算起账来，就怕自己没有本事去偿还。

他想了一想，决定不再买股票，反正当初自己也是玩玩而已，名义上赚了一点钱，其实少得可怜，还无法阻挡陈天辉对别人说：“范烟桥这个人，你们知道吧，他在股票上赚钱，还是我引他入门的哩！”

成了人家的活招牌，又何必呢？况且还说得酸溜溜的，倒好像一开始就打定主意不想他赢，只要他输似的。

他想，我范烟桥输钱也输不了多少，我没有金山银海任搬，来来回回不就是那点血汗钱，你陈天辉怎么也要我死？

因为心里有气，那个周末他上证券公司接彤霞去吃饭，不再像往常那样也把陈天辉叫上。陈天辉看到他们即将离去，还不忘记迸出一句："怎么？烟桥，你怕我做电灯胆呀？你别怕，我很忙，你请我也不会去的！"

范烟桥有些惭愧，也不知该怎么答话，却听得彤霞在他耳畔轻轻地哼了一声："说的比唱的还好听……"

进了电梯，四下无人，范烟桥才追问："你说什么？"

"他就是那样的人啦，一天烦到死，"彤霞皱着眉头，"现在摆脱了他，又何苦再提他，倒好像他无所不在似的！"

也是，不提便不提，也让耳根清净一些。

但耳根却始终清净不了。过了几天，汤波找他吃饭，吃到一半，便故作轻松地问他："喂，听陈天辉说，你撬他的墙脚哦！你说说看，有没有这回事？"

"女朋友？哪个女朋友？"他脑子一时转不过弯来。

"你是装傻还是真的不知道？"汤波大笑，"就是我请去游夜船的吴小姐啦！"

"吴彤霞？"他睁大了眼睛，几乎不相信自己的耳朵。

"正是！"汤波又大笑一次，"看来你还不至于什么都不知道。"

"怎么会？陈天辉都结了婚，吴彤霞怎么会是他的女朋友？"他有些急了。

“啊呀，这可说不定。”汤波说着，大概见到范烟桥脸色一变，忙又转了口气，“谁知道，也许陈天辉自作多情，也说不定。”

“老老实实，你听到什么，尽管告诉我，让我判断真假，怎么样？”他恳求着。

“你那么想知道，告诉你也好。”汤波眯缝着眼，歪着头微微笑着，“陈天辉告诉我说，他与吴小姐的灵魂高度和谐，心意相通。你懂吗？”

“哗！就差一点没说是‘双剑合璧，天下无敌’了。”范烟桥做了个打冷战的样子，“他是柏拉图？精神恋爱？他问过彤霞吗？瞧他的鬼样，也不撒泡尿照照！”

“喂喂喂，你也不要太激动了，”汤波摆了摆手，“君子不出恶言。”

“我不是君子！”范烟桥负气地说，话一出口，又觉得不妥，“跟这种小人，君子只能吃亏。你难道要我左脸挨了一耳光，再把右脸伸过去？”

“算了算了，他说他的，你该怎么样还是怎么样。闲话一句罢了，是非自有公论。你理他干什么！”汤波隔桌拍了拍他的手背，“我支持你！”

理他干什么？与心理不平衡的人理论，自己也辛苦，因为他的所作所为，不能以常理度之。可是，原本的好心情却一下烟消云散。范烟桥暗暗叹息，自己毕竟是凡人，明知不必要生气，听到这样无稽的传言，却也仍然心情波动，无法淡然一笑。与汤波分手之后，已经是晚上十点钟，赶回家里，他忍不住给吴彤霞拨了个电话。那铃声轰鸣在他耳畔，就像是静夜里乍然响起的警报，他生怕惊醒人家的梦，却又舍不得放弃立刻探听真相的诱惑。

“喂……”电话铃响了十来下，终于从听筒传来有点睡意的声音。

“我呀，”范烟桥忽然觉得有些心虚，“你睡了？算了，明天再说吧！”

“早都给你吵醒了，”彤霞嗔道，“我现在不想睡了。怎么啦？有事？”

“哦，没有。”他嗫嚅了一会儿，终于还是忍不住问了，“有人说你跟陈天辉好……”

“什么？”彤霞在那头大叫了一声，“陈天辉？谁的智商这么高，可以编出这样奇情的故事？”

“传言罢了……”他听出彤霞动气了，连忙将语调淡化。

“传言？明明是恶意的！”彤霞气呼呼地追问，“到底是谁告诉你的，你快说！”

他想了一会儿，知道不能不招供：“汤波。”

“他？”彤霞哼道，“就是你的好朋友汤波？”

“他也是听陈天辉告诉他的。”他连忙为汤波开脱。

“越说越离奇了，”彤霞依然不罢休，“这个陈天辉，他到底想怎么样？”到底想怎么样，他也不晓得。

这种事情，他也不能径自找陈天辉算账。只不过是争风吃醋的心理罢了，他不想正面接招，不想那么小家子气、那么降低自己的格调。他想，假如去与陈天辉理论，自己也无异于与心理不平衡的人一般见识。算了算了，那种人无非看不得人家比自己好，特别是看不得他周围的人比自己好，见人家赚钱比自己多些就不高兴，“哼！他也不见得比我能干，凭什么比我有钱？”见人家女朋友比自己的太太要好，也愤愤不平，“妈的！他是什么东西？有什么理由让他得手？”

范烟桥觉得，陈天辉就是这么一种人，除非事事让他占便宜，不然的话他便周身不自在，在胡言乱语的同时，还会阿Q式地补上一句：“我先前——比他阔多了！”

不理他不理他，他走他的阳关道，我走我的独木桥。井水不犯河水。范烟桥这么一想，也释然了。

可是谣言似乎并不止于智者，过几天，汤波一见到他，竟忍不住骂开了：“这个姓陈的，真不是东西！”

他惊异于汤波的激动，问道：“你不是劝我不要跟他一般见识吗？”

“你知道吗？他在外面散布谣言，说我和你闹同性恋！气不气人？”汤波叫道，“我也不知道他怎么会有这样卑劣到可怕的幻想力，莫非他自己不正常，就……”

范烟桥不怒反笑，拍拍他的肩膀道：“有什么奇怪的？他爱怎么想怎么说，是他老人家的事情，我们没法控制他，就让他发泄一下好了，让人看看他的真面目也好。”

“他就像一条疯狗，稍微不顺他的心意，便乱咬人。”汤波愤愤地说，“我在商场上混，见过的世面也不算少了，但这种人还是头一次领教。”

原来，陈天辉约汤波吃饭，刚坐下来，便迫不及待地指控范烟桥：“他肯定在吴小姐面前说了很多我的坏话，不然的话，没理由她会对我这么冷淡。”

“是不是你多心呀？你只是猜测，没有证据，不能作准，你还是不要胡思乱想。”汤波微微笑道。

“不是呀，如果他没说什么坏话，吴小姐怎会疏远我？你说对不对？”陈天辉坚持他的想法。

“你会不会神经过敏？”汤波扫了他一眼，开始有些不耐烦，“我去你们公司，没觉得吴小姐有什么不妥呀！”

“你少来，你不知道的。”陈天辉说着，忽然压低了声音，“告诉你吧，范烟桥这个人不可靠，重色轻友不说，连老朋友他也会在背后大加攻击……”汤波看见陈天辉的眼神溜转，好像在窥测他的反应，便不动声色地问道：“比方呢？”

“就说你汤波吧，如今有钱了不是？”陈天辉冷笑着，“他范烟桥就妒忌，说你不学无术，就会靠歪门邪道发达。你看你看，你还是他的老友呢！”

汤波一愣，心河不由得涌起一股阴郁的涓涓细流：范烟桥？枉我与你相交十数年！但他略一镇定，掩住了不快，依然笑着：“你几时听他说的？”

“几时，不记得啰！”陈天辉撇了撇嘴唇，“反正是说了。”

汤波冷静下来。即使到香港后他与烟桥各有各的圈子，再也不像在大学时那样成天泡在一起，即使他对范烟桥仍在自命清高有些看不惯，因而如今较少想及，但他却依然相信，烟桥不至于在别人面前如此抨击他。他望了望陈天辉，不再吭声。

“像这种人，你说是不是该拉去打靶？”陈天辉大概以为他相信了，又说。

“算了算了，真也好假也好，”汤波不耐烦地摆了摆手，“我都不想听了。我相信烟桥。就算是他在背后说过我什么，我也不介意。我承认我自己满身铜臭，也忘了一些穷朋友。骂骂也没什么了不得。算了！”

汤波“算了”，但陈天辉却并不罢休。

“所以连你也被拉下水？”范烟桥惊问。

“要不，就不会有这样的‘传奇’了。”汤波冷笑。

范烟桥心中暗想，陈天辉使用的这一招，算是什么手法？“文革”中打派仗时的那一套？无中生有？顺我者昌，逆我者亡？只不过他又算是什么？盟主？山大王？为什么旁人非要听他的指挥不可？

到了这个时候，范烟桥对陈天辉已不是憎厌，而是有一种极端鄙视的感觉，连臭骂一通发泄一下的欲望也都没有了，他举起那杯生力啤酒，对汤波说：“喝酒喝酒！”

这些是是非非，纠缠不清，越说越不清楚，当时他便已经懒得再说了，何况到了现在，面对着北京的这群老同学？他暗想，即使他有本事将事情的来龙去脉剖析得一清二楚，他们能够理解吗？

他终于说："香港？个个人都很忙。忙什么？忙着找钱吧！时间就是金钱呀！假如没有什么要紧事，有几个耐烦去闲聊？"

"包括文化界？"苏舟潮有些诧异。

"当然。"范烟桥顿了一顿，又补充了一句，"我说的是基本上，不是绝对如此。相聚的机会都少，相互帮助的机会就更可怜了。人人都要顾着自己的口呀！"

"是啊是啊，香港人真的很忙。"魏家新插嘴道，"前几个月我回上海，听他们说，香港人在闹市中匆匆忙忙走着，耳边还贴着太空电话讲话哩！"

"哦，香港叫大哥大电话。"范烟桥接口。

"至于那么忙吗？"苏舟潮有些疑惑。

"忙是忙，"范烟桥答道，"只不过也有些人当它是身份象征吧！其实，真有钱的人，哪需要自己提着大哥大到处走，还不是一切叫秘书代劳？"

说着，他不由得想起那回与陈天辉看电影，看到一半，陈天辉的大哥大铃声响起，他就在座位上与对方通话，虽然尽量压低嗓音，却也骚扰了前后左右的观众，纷纷把头转了过来，窘得他连忙扯了扯陈天辉的衣袖，"快收线吧！"一面暗想，就算是紧急电话，你也可以跑到休息厅去听呀！

"香港人的生活，我们恐怕还是不很理解。"周广图叹了一句。

"当然啦，香港人什么都是快节奏，做事像打仗一样，午饭吃快餐，搭车最好不是出租车就是地铁，而许多年轻人看的也是快餐文化，看了就丢的那种书。哪像你们，有的是时间。”范烟桥也说不上是认同，还是感慨。

二十

潜下心来读书，其实也不容易。多少次了，他想利用工余时间自我进修，不料老是集中不起精神，眼睛盯在书的第一页上，很快看完，却不知道说的是什么意思。他只好又从头开始，直到最后，唯有喟然而止。

眼睛发酸，真困。但斜躺在沙发上，打开电视机，随便什么节目都好，也不必费神，多舒服。

看来，读书没有气氛真不行。

“当然啦！”邝谷旺笑道，神情颇为得意，“绝对要有环境。就拿我教的高三来说，学生个个都很自爱，语文特别好，年年高考录取率很高，越教越开心。”

没想到邝谷旺教中学也很安分，难得。当年他的“天津青皮”本色最突出，爱扯皮，爱胡闹，爱吵架。那是1971年9月的一个早上吧，陆师傅如常来到每个宿舍巡视，推开他们那间房门，见到他们几个没有按例正襟危坐读语录，便沉下脸，冷冷地说：“天天读雷打不动，是林副主席的指示，你们怎么搞的？”

他们几个迅速地对望了几眼，不吭声，陆师傅大约以为他们心虚，又说：“还不各就各位？”

邝谷旺猛然站起来，叫道：“都什么时候了，陆师傅，林彪都摔死了！”

陆师傅右手指着邝谷旺，张口结舌，半天也说不出话来，最后才说出：“你……你说……什么？你再说……一次！”

“我说林彪完蛋了！”邝谷旺毫不退却。

“你这话……你要负责任！”陆师傅涨红了脸，吼道，“苏舟潮，方成阳，范烟桥，姚文朝，周广图，魏家新，赵泰岳，你们一个个都听到了，啊？”

苏舟潮笑了起来，“陆师傅，不要那么紧张，事实就是事实，不信您去问问上头……”

范烟桥心里为邝谷旺和苏舟潮暗暗捏了一把汗，虽然前一晚他就听倩柳悄悄告诉他：“上头有人出事了！”他一惊，忙问：“谁？”“很大。”她说。“大到什么程度？”他竟莫名其妙地紧张起来。“一人之下，亿人之上。”她答。

“他？”范烟桥失声叫了起来，“怎么可能？”

他问倩柳，其实也是问自己，问每一个在场或不在场的人。他觉得不可思议，但明知倩柳的消息必有来头，又不能不信。吃惊是一回事，事实又是另一回事。倩柳嘱咐他：“你知道就算了，不要传了，免得被‘追查谣言’，惹麻烦。”

“你也怕？”他笑问。

“我才不怕！”倩柳白了他一眼，“不过你就不同了，我不愿意你惹麻烦。”

“你是说我脆弱？”他有些不忿。

“不是。”她郑重地说，“不过人家要抓你痛脚很容易，找我的碴儿，哼哼，下辈子啦！”

“看你狂的！”他捏了捏她的鼻子，“我知道你的心意。我当然不会说啦，又不是活得不麻烦了……”

但邝谷旺和苏舟潮，怎么这么有把握？万一那是流言，岂不是立刻便要犯“炮打……”的罪名？到时想要收回去也不可能了！只见陆师傅瞪大了眼睛，愤愤地说：“就你们消息灵通？我告诉你呀，要听大道消息，不要听小道消息，要不，迟早会犯错误的！”

范烟桥连忙向苏舟潮打眼色，示意将话题转移，不料苏舟潮却好像没有见到似的，大声地回了一句：“陆师傅啊，全世界的人都知道了，就剩你不知道罢了！”引得其他人都嘻嘻地笑了起来。

陆师傅瞪大了眼睛，喝道：“苏舟潮！你哪里听来的谣言？是不是收听敌台？”

“敌台？哪个敌台？”苏舟潮一脸困惑的样子，“我又没有收音机，怎么听？”

“啊呀！陆师傅，无凭无据，可不能乱说呀，听敌台罪名，可大可小。”邝谷旺插了进来，“您还是请示上头，看看这是真的，还是我们恶意攻击。”

所有人都似笑非笑地望着陆师傅，到了这地步，他好像也不知道该说什么好，转身急匆匆地走掉了。

“喂喂，你们有没有绝对把握呀？”周广图望望苏舟潮，又望望邝谷旺，“要是谣言，那可不是闹着玩的，陆师傅和姜排长不会放过你们，这玩笑也开得太大了！”

“刚才奚落他，大家都有份，你也有份呀！”邝谷旺似乎有些心虚了，“你可不要在关键时刻脱逃！”

“什么？”苏舟潮怪叫了一声，“原来你也没有可靠消息呀？我还以为你胸有成竹哩！”

“哦，原来如此，怪不得你跟我跟得很紧，”邝谷旺皱着眉头走来走去，“我只不过想气气陆师傅，倒没有百分之百的把握。”

“完了完了，”苏舟潮有些绝望，“邝谷旺你就是累人累己，万一不是真的，我只好陪你去受罪了！”

“好了好了，”赵泰岳劝道，“你们不要埋怨了，说了出去，后悔也来不及。不过我想是真的。”

“我也听说，”范烟桥忍不住也开口了，“好像上面都传达了……”

“你？”方成阳瞥了他一眼，有些不屑地说，“你怎么会听到？”

他知道方成阳的潜台词是，你又不是高干子弟，你怎么会这样消息灵通？他有些不忿，几乎就要脱口说出：“是倩柳告诉我的，怎么样？”但他终于还是忍住了，祸从口出，此种事情，说对了，最多说你果然了得，佩服佩服，万一传错了，冤有头债有主，不找你算账才怪哩。何况还要牵涉到倩柳，他更谨慎了。倩柳不是再三叮嘱过："……不要传了……"他勉强笑了笑，道："是啊是啊，我怎么会听到，想想都没什么可能，莫非做了白日梦，胡言乱语？"

"我看不可能，怎么会呢？"魏家新那沙哑的嗓音响起，"就算杀了我的头，我也不相信会发生这样的大事！"

"信也好，不信也好，现在也没什么办法了。"周广图接口，"这就好像是个牌局，还没有翻开底牌之前，双方可能赢，也可能输，现在唯一的办法，只有——等！"

"唉！这个赌局可是赌得太大了，你们赢了，除了心理上过过瘾，有什么实惠？"姚文朝眯缝着的眼睛在眼镜片后转动了一下，"假如输了，嘿嘿，陆师傅他们能够轻易罢休？我想不会，肯定会'狠抓阶级斗争新动向'，到时啊，惨了惨了……"

"惨什么惨？"邝谷旺横了他一眼。

"我们这是童言无忌。"苏舟潮强笑。

"童言无忌？"姚文朝仰天打了个哈哈，"还小哇？老顽童还差不多！你们可是'长胡子的人'，一揪起来的时候，哪里跑得了！"

"依你说，是没有办法挽回的了？"范烟桥焦躁起来。

"你嘛，当然没事，反正你也没有言论。"姚文朝用手指弹了弹玻璃杯，"不过，依我看，邝谷旺和苏舟潮，可就很麻烦了。"

"呸！"方成阳猛然站了起来，怒目而视，"姚文朝你算什么？现在就下政治结论呀？”

姚文朝也不理会，只顾迈着方步，还以京剧唱腔拖长音调唱道：“一世呀——英名，从此付诸东——流……”头也不回地出了宿舍，反身把木门一关，困住了仍在宿舍里发呆的七条汉子。

“现在怎么办？”赵泰岳急得直搓手。

“不关你的事，好汉一人做事一人当，要隔离要批斗，尽管冲着我好了！”邝谷旺捋了捋衣袖，叫道。

“还有我呢！”苏舟潮立刻说道，“这次惹祸，是我与谷旺两个人，与他人不相干，放心！”

“我可不是那个意思……”赵泰岳哭丧着脸。

“我想赵太爷是为这个飞来横祸担心，他不是置身事外，舟潮你也不要……”范烟桥连忙为赵泰岳解释。

“我当然知道，大家哥们儿，谁还会那么没义气？”苏舟潮的声调冷峻，“不过这种事情牵涉面越小越好，何苦大家抱在一起，无济于事。”

“话也不是那么说，”魏家新说道，“大家不管有说没说，信还是不信，到了这步田地，还是统一口径吧，反正罚不责众，大家七嘴八舌，总比一两个人认罪要好。”

“好主意！”方成阳在桌子上大力一拍，“就这样决定好了，大家一块承担！”

“烟桥例外。”苏舟潮抢着说，“他不方便，他有海外关系，我们不要拖他落水。”

“我赞成，”周广图也表态，“多一人少一人没多大问题，但对烟桥，这样好一点，也公平一点。反正我们其他人出身都好，如果不是要从严处理，最多也就是批评我们犯自由主义的错误，也不会上纲上线。”

“是啊，就这么办！”方成阳把手往空中一挥，“烟桥没有什么资本，只好避免露面。”

范烟桥在心里又感激又自卑，但自知发言权不多，也明白自己绝非硬汉，只好默不作声了。

人人都表现出一派满不在乎的神情，范烟桥摸不透他们到底是英雄无惧，还是硬撑到底。他悄悄地问倩柳：“他们是怎么一回事？”

倩柳似乎也吃了一惊，“不是你先提起的吧？”

“我都向你保证了，”他斜了她一眼，“我有几个脑袋？”

“真糟！”她嘟囔了一声，“但愿不会出事。无论如何，你记住，置身事外，懂吗？”

范烟桥点点头，心却很沉重。他当然不希望这几个老友遇上什么麻烦。万一他们有了麻烦，上面要来个顺藤摸瓜，一下就会摸到他这里，谁叫他平时与他们交往多？如今想要脱离干系，怕也太难了！他想起刚上大学不久，本来他与姚文朝来往较多，不料，有一天中午，姚文朝把他拉到校园外去，说：“我们不要太密切了，不论跟谁都要保持一点距离，这样才能保护自己，要不然，运动一来，准揪你搞什么小集团不可！”当时他还以为那是姚文朝为了疏远他而找的借口，内心但觉受了伤，关系也渐渐淡化了。如今看来，姚文朝倒是有先见之明！真奇怪，他当时应该没什么社会经验，怎能如此世故？难怪啦，难怪他毕业时有办法留校。他毫不宣扬，只是静静地活动。范烟桥记得，姚文朝也在专案组，一个人住一间房，毕业分配前几个月，他那间房，几乎成了陆师傅和姜排长的休息室。范烟桥本来也不在意，以为他们大概在研究审查对象的情况吧，可是，在那个冬夜里，他无意中随手推开那道门，赫然见到满室烟雾腾腾，昏黄的灯光下，桌子上放着几碟熟肉和花生，还有几瓶雪花啤酒。噢，在吃吃喝喝哩。他尴尬地“呀”了一声，又补了一句:“找错门了！”立刻转身退走，但听得姚文朝叫道：“喂喂！一块吃呀！”似乎还听到追过来的脚步声，范烟桥连忙小跑着逃开了，心里却在苦想，姚文朝这一招算什么呢？一直到毕业分配方案公布，他才上了一课：姚文朝这“糖衣炮弹”果然厉害！他所有功夫，都用在刀刃上了。朋友？朋友有什么用？只会累事。关键在于找有权的人灌迷汤。

胡思乱想了一阵，范烟桥蓦然一惊：我这是怎么啦？鬼迷心窍呀？灾难还没有降临，怎么便会想及他们连累我，而不是我连累他们？凭他们的出身而不嫌弃我，在目前这样的环境下，已经是很够义气的了，我怎么反而怕给牵连？范烟桥呀范烟桥，你也知道你不是英雄，只是芸芸众生之一，一个不好不坏、亦好亦坏的中间人物罢了，想不到一有风吹草动，你便露出自私的本色！

他嗫嚅着向倩柳托出他内心的活动，但又不敢说得淋漓尽致，闪闪烁烁之间，倩柳却笑着用食指点了一下他的额头："你呀！你是惊弓之鸟，那样想也是自然的。……胆小鬼？你告诉我，谁不胆小？也许有，但不多。你别看他们平时意气风发，好像天不怕地不怕，一旦碰了钉子，摔个跟头，还不是惶惶然如丧家之犬？"

是啊是啊，我怎么没有想到？范烟桥释然了：自己也只不过念头那么转一下而已，又不是圣人，何罪之有？他笑道，"看来思想上有时越轨一下也无妨。"

"什么？"倩柳嗔道，"越什么轨呀你？"

范烟桥吃了一惊，随即明白她的敏感，伸手抚了一下她的头发，"越轨不是只有一种解释吧？"

"狡辩！"她白了他一眼，却又笑了。

"其实我们私下议论林彪出事，也算是越轨吧？"他说。

倩柳的脸色忽然阴沉下来，他自知失言，徒然挑起不知命运的阴云，连忙轻打自己的嘴巴，"多嘴！"

"不关你的事！"倩柳强笑起来，"我只是担心惹祸。"

但祸终究没有惹上身，几天过去了，陆师傅和姜排长好像失踪了似的，也不再串宿舍督促"天天读"了，这情形有些反常。等到姚文朝不在宿舍，邝谷旺急忙将门关上，悄声道："看来真的出事了……"

苏舟潮望了望他，沉思着说："谁知道？"

"我发现陆师傅、姜排长他们这几天老在校部出出进进，"魏家新神神秘秘地从下格床探出头来，"我猜想宣传队在传达什么文件！”

“是吗？”范烟桥叫了起来，“真是的话就好了……”

“好什么呀？”方成阳不以为然地撇撇嘴，“你怎么知道传达什么？”

“那倒也是。不过，我总觉得有什么不大对劲。”赵泰岳扶了扶眼镜框，插嘴道。

“你是说现在没有动静？”周广图站了起来，来回踱了两步，“是好是坏，难说得很。也许布置反击新动向，也不是没有可能。”

“那怎么办……”范烟桥困惑了。

“走一步算一步吧。”方成阳挥了挥手，示意大家不要再说下去了。

这时，房门嘭的一声给撞开了，姚文朝气喘吁吁地嚷道：“证实了！证实了！许多单位都传达了，林彪外逃，飞机失事，摔死在内蒙古！”

大家相顾不语，个个都面露喜色。范烟桥也摸不清他们的心思，而他自己却为终于躲过风险而放下了心头一块大石。他随口问道：“我们学校怎么还不传达？”

“快了吧！”姚文朝很有把握的样子，“不过，也不是所有人都可以听的！”

“哦，有问题的人……”苏舟潮的话还没说完，姚文朝立刻打断，“也不止，有的单位……”他顿了一顿，飞快地瞟了范烟桥一眼，才接着说，“有海外关系的人，也不能听。”

大家的视线全部转向范烟桥，苏舟潮嚷道：“别胡扯了，怎么不能听？没道理！”

“嘿，你不信？我老乡刚才来找我，他告诉我的，昨天他们单位开全体大会，传达文件前，宣传队宣布，地、富、反、坏、右和有海外关系的人，马上退场！”姚文朝高声说道，“我没必要胡说！“

范烟桥的心沉了下来，但他不愿意给他们看透，兀自勉强挤出笑脸，好像与自己完全无关。

“胡说也好不胡说也好，我们现在没兴趣听，你不要再说了，”苏舟潮粗声粗气地说，“劳驾！”

“咦！我做错什么了？”姚文朝似乎有些茫然。

“你什么也没做错，”周广图笑着打圆场，“只不过大家肚子饿了，要去吃饭！”

姚文朝看了看表，哼道：“吃饭？现在才五点多，开饭时间也没到，吃什么饭？”

“我们要去西四吃冷面呀，不去食堂了，不行吗？”方成阳半躺在床上，懒懒地说。

“莫名其妙！好心得不到好报！”姚文朝丢下这两句，反身推门走掉了。

苏舟潮拍了拍范烟桥的肩膀，轻轻松松地说：“这个人神经兮兮的，信他才奇，别理他！”

范烟桥堆下笑容，答道：“虽然说，最可原谅的缺点是‘轻信’，但我不轻信，所以我没听清他说什么。”

“好，好！”方成阳竖起拇指，爬了起来，“你学到了我的精髓……”

“什么精髓？你是阿Q，跟烟桥不同。”邝谷旺说出这一句，引来一片哄笑声。

“是啊，我就是流氓无产者！”方成阳也不动声色，依旧是那副一脸满不在乎的样子。

范烟桥也用笑声来掩饰自己，好像真的毫无反应。可是，等到单独与倩柳相对，他却忍不住将心中的惊惧泻出来：“……我知道姚文朝幸灾乐祸，不过，我想，他也不是胡说，各单位怎么掌握，谁知道……”

“不会吧？”倩柳连忙安慰他。

“要真是那样，干脆就事先通知不让去算了，何必那样示众？”他自言自语地说，“这两天要是开大会，我不想去了。你说呢？”

“一点根据都没有，你干吗自我放弃？万一他们真的那样做，”她沉吟了一下，咬了咬嘴唇，决然地说，“我陪你退场！”

他的眼眶一热，但他拼命忍住了泪水，想要说什么，却因心潮汹涌，一时不知从何谈起。“我陪你退场！”这普普通通的一句话，其实隐含了千钧之力。以她的身份，竟也跟着被当众宣布不受欢迎的人退出，该要多大的毅力和勇气！假如不是因为爱得无私，谁敢？他了解倩柳的性格，除非她不说，要是说出口了，她就一定会做到。忘却了自己的忧心，他反而向她哀求："你千万不要那样，对我没有帮助，对你更不妙……"

是呀，要是她公然那样退场，宣传队不把她的行动视为大逆不道才怪哩！他见她不言不语，急得直说："……你可不要陷我于不义……"

"你就光会想你自己！"倩柳叹了一口气，"总之，我有主意。孤苦寂寞的路，我不会让你一个人走！"

并排坐着，彼此不言不语，晚风中，只有阵阵秋虫的唧唧声，鸣叫在这校内的果园里。

明天，明天就要开大会了，到时，究竟会发生0什么样的事情呢？范烟桥暗自想道，却不敢讲出来。他不想破坏这无言的氛围，他觉得自己已经够心烦的了，又何必再给倩柳增添无济于事的烦恼？

正在痴痴想着，他的左手忽然给一双温软的手握住了，倩柳似乎在叫他安心。他转过脸去望她，笑着用右手反拍她的手，也不知道到底是表示感激，还是请她放心。

但他自己并不放心，第二天，当他随着中文系的队伍开进会场坐下，心微微乱跳：下面将会怎样演变？留下，还是被逐？很快就会揭晓。他只感到命运决战的重负，却又因为自身完全没有把握的能力，只有听候判定结果的份儿而感到极度的无力，他深深地悲哀了。

二十一

无论如何，在学生时代读书，与工作以后读书，始终大不一样。也许是因为时间问题，也许是因为精力问题，也许是……青春时期已过，智力衰退，连记性也没有那么好了。

离开了学校，才知道学校生活是如何令人留恋。

“我好在早下了决心。”苏舟潮笑道，“那个时候听说大学招硕士生、博士生，我便心动，但是你知道啦，我已结婚，搁下工作，缺了那份工资，要由我老婆负担生活，真放不下那个面子。但我老婆说，这是个机会，不能放过。我想也是。都已经三十岁了，这一次放过了，岁月不会饶人，以后再想回头，也不行了。可以说，我赶上了我生命中上学的最后一班车……”

是啊，生命好像流水，一去不复返。假如不能及时把握，转眼便是老之将至。

倘若舟潮不是把心一横，那么，直到今天，他恐怕也还在浙江老家的那个村子里当会计，所学非所用，耿耿于怀却又无可奈何。但毕竟他走对了路，得了硕士头衔之后，他被分配到苏州的一所大学中文系任讲师，从此改变了命运。人生的十字路口上，实在有许多令人眼花缭乱的选择，选得对不对，可能真的会影响终生！

那年春天我到苏州去，在南林宾馆放下行李，便撑起雨伞，按照地图，步行前往他家。春雨滴滴答答地打在伞面上，街面上湿漉漉一片，我从小桥流水边走过，他家却在一座新建的大厦三楼。我举手敲醒他的午梦，只见他双眼惺忪地开门，一见到我赫然站在眼前，他欢叫了一声，好像睡意一下都给赶跑了，笑纹爬上他的脸，一如大学时的纯真。我跟着他进到屋子里，这三房一厅的居室，并不十分现代化，却宽敞。我坐在沙发上，他那在工厂当会计的太太端上两杯热咖啡，腾起的香气，让我感到十分适意。我轻啜了一口，在这样微带冷意的雨天里，整个人便温暖得有点懒洋洋起来。

这当然是个温暖的家，虽然没有想象中那小桥流水人家的诗意，但也自有其诱人之处。

读书也是出于现实的考虑？想来很重要的一个原因，便包括分配到这样的一套房子吧？

而我呢，即使到了香港，每当听到哪个同学重回校园生活的消息，我便向往不已，尽管我在校时并不用功。

莫非，失去了的，才会倍觉珍贵？

当然也仅止于羡慕而已，明知自己再也没有那样的机会了，自然也就不会蠢蠢欲动。还能怎样呢？在香港考硕士生？人家根本不承认你的内地大学文凭。记得刚来香港，曾根据报纸上的分类小广告，应征为小学教师代改学生作文。那晚在北角一家餐厅的昏黄灯光下，那个年轻的女教师瞄了一下我递过去的毕业文凭，犹豫地说："呀，是内地的呀？"我听得出那种居高临下的味道，差点就要脱口而出："是呀，有问题？"但我还是忍下来了。

谈不到几句，忽然斜刺里快步走来一位老太太，拉开旁边一张空椅，一屁股坐下来，便朝女教师不满地叫道："阿珍，搞好了没有？"一面又用极不友善的眼光瞪着我，好像我是什么怪物一样。

那女教师似乎有些尴尬，低声道："妈，我和范先生再谈几句就搞好了，你先回去吧！"

她妈妈不情愿地站了起来，嘟囔了一声："那我先上去了，你快点回去，啊。"走了两步，又回头瞪了我一眼。

我觉察到那种不信任感，心里不免有气，脸大约也沉了下来，对女教师说："赵小姐，看来你妈妈不大放心，我看算了吧！"

"哦，对不起，范先生，她不是有意的，我代她向你道歉。"女教师也有些不好意思起来，"你刚来香港不久吧？在香港，对不明底细的人，还是小心点好……"

代改作文，报酬少得可怜，只是因为还没找到工作，有一点收入，也总算让自己安心一些。想要改善自己的处境吗？去学英文啦，在香港不懂英文，实在是……

立刻去报名。

考了一下程度，从中四读起。

夹在一群二十来岁的年轻人中间，我首先在年龄上便有一种自卑感。这算什么呀？人家是中学未毕业，或是中学刚毕业，我呢？大学毕业好几年了，再"回炉"学英文，真有点滑稽。连那个班主任 Miss 顾，看来也比我还小呢。不过有什么办法呢？鬼叫你英文差呀？要么破罐破摔，要么硬着头皮装傻。自尊值几个钱?

听说夜校学生比较复杂，我反正还没有上班，便读了上午班。本来以为可以静下心来苦读一番，谁知道已经没了做学生的心境，除了上课那两小时，我竟没有温习的心思。到了冬天，天气变冷，赖在被窝里真暖和，一想到还要爬起来，冲下楼去挤巴士，什么决心都顿时化为乌有，干脆缺课算了。

但这专科学校，毕竟让我找到了一条通往社会的渠道。在这之前，我好像是个偶然闯进地球的外星人，对香港的社会生活，只是一个旁观者，虽然想要卷进去，却苦于没有通路。上学之后，虽然大部分人也是上课来下课走，根本没有太多的私下接触，但究竟比关在自己的小房间里坐井观天要好得多了。

那时，汤波老是劝我:“喂，怎样啊?你年纪也不小了，要抓紧考虑呀!你不是打算终身不娶吧?”

嗯嗯，也不是没有打算过。离开倩柳时那种痛彻心扉的感觉，曾经使我的心蒙上一层厚厚的云翳，刚到香港，我便对着汤波绝望地说:“从此以后，我再也不要恋爱了!”

汤波望了望我，拍拍我的肩膀，笑道:“不要说得那么响，过了这一段，你的想法就会改变了。”

不会的不会的，我暗暗对自己说，倩柳占据了我的心房，我的心扉再也不会打开了。

我真的自信我能够做到，因为我知道什么叫作刻骨铭心。“曾经沧海难为水，除却巫山不是云”，对吧?不管汤波怎么说，我只是置之一笑罢了。

我以为我的心湖已是死水一潭，谁知道暗流却在悄悄波动。听到那青春的生命在欢笑，谁又能够完全无动于衷？我只不过是凡人一个，哪有坚强如钢的意志力？

血肉之躯终究是血肉之躯，当我将我的苦恼透露给汤波，他哈哈一笑："看上了，就上啊！难道你真的要一生一世做和尚？去补习的人，大多是为了追女孩的啦！"

上？那么容易？也不是单听声音悦耳，自己蒙着双眼不知底细便一头撞过去吧！何况那时我也只是萌动着一种心绪，却还没有具体对象。

也幸好没有具体的对象，不然的话，将一门心思缕缕缠绕在未必有反应的对方身上，恐怕就会有真正失落的痛苦。

是毕业前夕班上组织的一次旅行吧：上南丫岛过夜。平时虽然来往不多，但相处了一年半，突然就要各奔前程了，多少都有一种怅然的心理。这心理也分不清是对人的依依，还是对时光飞逝的慨叹。

这一年半以来，我也并没有发现有什么人狂追女同学，我只觉得，人人都在努力读书。汤波听了，想了一想，说："是吗？哦，可能上午班正经一些，夜校就不同了。夜校学生杂得很……"也不知是不是。在这个最后一次的活动里，到底会不会有戏剧性的事情发生呢？坐在走港外线的渡轮上，任海风阵阵吹来，我望着周围的同学，心潮随波浪微微起伏。

当夜色轻轻笼上南丫岛，我们吃过晚饭，力奇便拉着我说："走，范烟桥，我们到海边去！"

力奇是中环一家小钟表铺的太子爷，课后曾经跟我喝过几次茶，混得比较熟。我反正没有什么别的事情，便跟着去了。坐在海边的岩石上，遥望着夜空，但见繁星闪烁。晚风轻轻拂来，把不远处女声清脆的笑语隐隐约约送过来，力奇不言不语，仿佛听得有些痴了。

我循声望过去，朦朦胧胧辨出，那是伊娃和嘉芙莲哩。我的心突然一亮：莫非他看上伊娃？但我不吭声，我想看看他能够忍耐多久。

“也不知道过了多久，力奇忽然幽幽叹了一口气。”“眨一下眼，大家就要分手了。”

我笑了起来，“什么事情那么大感慨呀？当然不是舍不得我啦……”

“嘶……”他竖起食指打了个手势，“小声点！”

“怕羞呀？现在的年轻人，很少像你这样的。”

“又不知她怎么样……”

谁叫你看上她了？既然看上了，不试着去表白一下，又怎么知道行不行？我想对他这样讲，但又摸不准他的心思，只好沉默了。相比较起来，还是“文革”时的那些大学生勇敢些。

我记起来了，也是一个夏夜里，倩柳将一张沾湿了的纸条拿给我看，只见上面写着：“很想和你交朋友，好吗？”既没上款，也没落下款。

“谁写的？”心有些不大自在。

“谁知道！”她扁了扁嘴唇，“就扣在我放在食堂碗柜的饭碗下。”

“这么神秘……”

“管他呢！也许是什么人放错了。不管他。”但纸条继续出现在她的碗底下。我有些纳闷：你不亮出自己的名字，岂不是在打无谓的哑谜？倩柳只是一笑了之，“是谁都好，都是一样的结果。”听得我的心头一喜。

那人终于现身了，原来是外系的一个男生。我不认识他，倩柳也不认识他。

“怎么会？”她问我。

其实并不奇怪。“文革”前她已是校文工团团员，她的维吾尔族独舞，往往成为全校演出时的精彩节目之一，受人注目。当初，我似乎也是因为她在舞台上的舞姿而开始萌生朦胧的感觉。

人的感觉也是很奇怪，一种姿态，一个流盼，甚至一句话，有时便会沉淀心房直到永远。

那人潇洒地走来，听到倩柳说个“不”字，也只是耸了耸肩膀，做了个无奈的表情，转身便走了。

“也不知是瞎碰，是不在乎，还是把失望埋藏在心底。”倩柳说着，摇了摇头。

“也许是快毕业了，人人都想赶快找一个。”我说。

我当然不是胡说。那时我们毕业时间已过，却仍留校领着工资搞运动，其实大多数人都已沦为逍遥派。夏天日长夜短，吃完晚饭，天依然很亮，我们一群男生便会摇摇摆摆踱向大操场，坐在草地上胡扯。一看到有漂亮的女生走过，邝谷旺便拉长音调叫道：“看风景啰！看风景啰！”把大家的目光召集在一个目标上，等那陌生的女郎远去，便各抒己见。

“真棒！”邝谷旺叹道。

“长得不错，但身材不算太好……”苏舟潮说。

“打个八分吧！”方成阳笑道。

“各花入各眼，难说！”赵泰岳。

“啊呀，真邪了门了！”周广图呆呆地。

“烟桥！你看呢？”苏舟潮忽然问我。

我微微一笑。长得是美。但那又怎么样？

“喂喂，不许你沉默。”邝谷旺叫道，“我们个个都表了态，你可不能耍赖！”

“你不是怕章倩柳听到不高兴吧？”方成阳眼睛一翻，“咱们哥们儿，可不能遮遮掩掩的！”

“可不是，古人都说了：‘兄弟如手足，妻子如衣服。’衣服破了可以补，手足断了可是没法续的呀！”邝谷旺嘿嘿笑道，脸上现出恶作剧的神情。

“算了算了，君子不强人所难。”苏舟潮替我解围，“你们硬要他表态干什么呀？”

“是漂亮。但在我看来，倩柳更漂亮！”我半开玩笑。

“哦——”邝谷旺怪叫一声，“好——肉麻呀！”

“唉！别耍嘴皮子了，你们还是努力努力吧，不要画饼充饥了。”我答道。

“是啊是啊，你看人家魏家新，三扒两拉就和饶晓兰相好了。”周广图接口。

“饶晓兰？”方成阳撇了撇嘴唇，“送给我都不要！”

大家都沉默了，过一会儿，才听得苏舟潮说：“我看魏家新冷手执了个热煎堆，一定有什么地方搞错了。”

“依我看，魏家新要她，她已经三生有幸了！”邝谷旺冷冷地说，“她还有什么选择的余地？找个人嫁了算了！”

“那你们呢？”我问，“你们的终身大事如何？管他们那么多干吗？快想想自己吧，要不，万一分到‘男儿国’去，到那时，想要找对象，哼哼，恐怕难了！”

又是一阵沉默。过了许久，赵泰岳长长叹了一口气，“急也急不来，你看上她，她未必也看上你呀！真的找不到，就做和尚好了。”

“花和尚？”方成阳大笑。

“有什么办法？六根清净不了，但又找不到老婆……”赵泰岳低沉下来。

“你还未上阵就败退下来，算什么好汉？”邝谷旺叫道。

“要上阵也要有对手呀！没有对手，去找风车搏斗呀？”赵泰岳没好气地说。

“是啊，女生本来就少，现在全都给瓜分完毕，我们只好干瞪眼了。”苏舟潮皱了皱眉头。

“大事——不好了——”邝谷旺用京剧道白腔调说，眼珠一转，正色道，“看来我们不能守株待兔，要主动出击，向外发展！”

“说得容易。向外发展，还用你说？问题是，你说找就找到啦？”方成阳白了他一眼。

“就算你找到了，到时把你往外地一分，看你怎么办？”周广图苦笑。

“就你想得美！”赵泰岳说道，“有北京户口的姑娘，哪一个肯跟你谈？谁知道你会分到哪里？”

好像击中了各人的要害似的，谁都不说话了。夜幕悄悄撒下，半个月亮从天边爬了上来。

而今都是香港人，力奇不必担心对方有户口的疑惑，但我看他却有另外的烦恼。是的，他爸爸只不过是小老板而已，想要赢得伊娃的心，凭什么？感情还没有培养，只有用钱来发动攻势了。伊娃可是校花，哪里那么容易得手？

但偏偏伊娃的娇笑声不断，我偷眼瞥着力奇越来越不安静地扭来扭去，好像浑身不舒服，我想，莫非这就是心痒难搔？都二十出头的人了，还这么腼腆。

第二天登船回港岛，因为几乎一夜陪着力奇就那么坐着，我的眼睛又酸又痛，昏头昏脑的。看看身旁的力奇，他的双眼红肿，仍呆呆地望着左前方伊娃的背影。也不知伊娃有意还是无意，她跟旁边的几个男女同学打闹，咯咯的娇笑声一阵一阵传来，却好像一次又一次地揪住力奇的心，我见到他的眉头绞了一回又一回。

我不大忍心再看他如此痴迷，再加上困倦难当，干脆闭上眼睛假寐。迷迷糊糊间打了个盹，头重重地往前一点，身子一倾，把自己给吓醒了。睁眼一看，船已在茫茫一片水色的大海中轻轻颠簸，远处有几只水鸟在海面轻飞。我刚在心头轻叹一声，阿梁走了过来，一屁股坐在力奇身边，拍拍他的肩膀，粗声粗气地说："喂，不要这样没心情啦！追女仔，不放胆怎么行？上啦！"阿梁当辅警，在班上数他嗓门最大。我赶忙拉了拉他的衣袖，示意他小声点，同时往左前方望过去，只见伊娃回过头来，眼波流转，但我也摸不清那到底是因为她听到阿梁的话，还是无意识的动作。

旅行结束，全班同学再也没有相聚的机会了。发榜那天，大家乱哄哄地在走廊的布告上查找自己的名字，有人欢笑有人愁，人人都找 Miss 顾领毕业证书，来去匆匆。我见到力奇手中抓着卷了起来、系上红带的毕业证书，仍站在一边发呆，不禁上前推了推他，"还不走？"

他有些不大自然地笑了一笑，也不吭声。我顺着他的视线望去，伊娃在那一头正与另一个女同学搂腰搭肩，小声说大声笑，我心中立刻雪亮。

是不舍得呢。今朝一别，再见遥遥无期，而他却把爱意深埋在心底，连一句也不敢直截了当地说出口。他不舍得，我又何尝不是恋恋不舍？虽然未必有一个具体的对象，但那青春的气息逼人，又怎能无动于衷？

这时我才明白，只要心还没有死去，即使受过重创，人也依然会在适当的时机复苏。

二十二

聚集在周广图家里喧声笑语，大家你挤我，我挤你。在昏黄的灯光下，依稀可以看出时光在各人额头上爬过的痕迹。

人到中年，成熟了？方开始？万事哀？说不清楚。也不想说清楚。

无论如何都应该感谢这校庆，不然的话，就不会有一只无形的巨手将这么多老同学聚拢在一起。彼此天南海北，关山阻隔，怎能不约而同？

“见笑见笑！”周广图太太一面把菜一样一样端上桌面，一面招呼。

“嫂子辛苦了！”苏舟潮忙说。

“大家自己人，别那么多废话了。”周广图笑着，“自己动手，吃饭，喝酒！”

大家一哄而上。那一杯杯，是雪花啤酒。范烟桥不大爱喝酒，要喝，也只喝生力，他觉得生力不苦。他最怕啤酒的苦味了。但是今晚不能不喝雪花，再苦也要喝。大家都喝，只有我一个人不喝，多扫兴。搞不好，别人还可能会误以为我摆什么港客的臭架子呢！这样想着，他举起杯来，一仰脖子，就喝下半杯。奇怪的是一点也不难受。

“烟桥，你的酒量大增了！”苏舟潮竖起了大拇指。

"笑话笑话，其实我也喝不了，不过今晚高兴，大家一醉方休嘛！"范烟桥答道。

"醉？你们有谁醉倒过，除了我和舟潮？"方成阳大叫。

范烟桥耸了耸肩膀。

他忆起来了。

方成阳和苏舟潮确实喝醉过，在毕业分配前夕。

在那个春夜里，他们俩跑到西单去吃饭喝酒，回到宿舍里，两人搂腰搭肩，对着范烟桥和周广图傻笑。

起初范烟桥以为他们在闹着玩儿，也不理会。过了一会儿，苏舟潮便躺到地板上，一面笑，一面自言自语："……这里凉快……"方成阳却跌坐床边，一言不发。

范烟桥暗想：你们想要骗过我们，来编个笑话流传？哼！没那么容易！

可是周广图用胳膊碰了碰他："我看有点不对头，你看他们的眼睛……"他仔细一望，他们的眼神果然是呆滞的。

真的醉了吧！他刚这么一想，舟潮便开始在地板上打滚，双目紧闭，开始喃喃有词："陆师傅，姜排长，你们搞分配，可要公平！我苏舟潮贫下中农出身，分到哪里去都无所谓，我能吃苦！不过……姚文朝可不是个……东西！他不能留……北京……"

范烟桥飞快地瞥了一下半躺在床上的姚文朝，只见他满脸不自然。范烟桥想起方成阳和苏舟潮刚回到宿舍时，姚文朝鄙夷地说了一句："酒鬼！"但这时他却不言不语，闭上眼睛，似乎睡着了。

再听下去，苏舟潮又说了："范烟桥是华侨，你们知道吗？是……华侨，要照顾的。陆师傅，姜排长，可不能……把他分到……呃……农村去……他是个……好人，你懂吗？是……好人……"

范烟桥听得眼睛发热。酒后吐真言，舟潮对我还真不错哩。但苏舟潮的声音越来越弱，终于好像睡着了似的，蜷曲着身子，不言不语，正想把他扶到床上去，方成阳忽地发一声喊，跳起来便开了房门奔了出去。范烟桥愣了一愣，只听得周广图叫了一声："快追！"这才跟着追了过去。

找到男厕所里，方成阳竟躺在尿池里，半身都给浸湿了。

范烟桥和周广图合力将他拉了出来，只见他口一张，便吐将起来，一阵臭味腾起，扑鼻而来。"差一点我就将他扔回尿池里！"范烟桥嘟哝着。"我也是呀！"周广图答道。

后来酒醒了，方成阳嘿嘿笑道："我说呢！我迷迷糊糊想要翻身，却翻不动，心想，这床怎么那么窄……"

床？想得美！不过醉里误将尿池当暖床，也是一个美丽的误会。

但苏舟潮又说醉话了："……面包会有的，呃，老婆也会有的……"

周广图推了推范烟桥："去找点醋吧，醋能解酒。我在这里看着他们。"

范烟桥匆匆跑了下去，出了楼门，冷冷的夜风吹了过来，他不禁缩了缩身子。到哪里去找醋呢？他边走边想，没有明确目标，脚步却已把他带到那棵法国梧桐下，倩柳所住宿舍的绿色纱窗前。他知道今晚半条街在对面值班，便伸手轻轻弹了弹那纱窗。

“谁呀？”是倩柳的声音。接着，纱窗打开了，“你呀？不敲门敲窗干吗？”

“你有没有醋？”

“这么晚了你吃什么醋呀？”

待他说清楚了，倩柳摇头笑道：“开什么玩笑呀，他们？恐怕是喝闷酒吧？喝闷酒容易醉。”

“快分配了，终身大事呀，不闷才怪！”

“酒不醉人人自醉。”倩柳叹了一口气。

醉了，有时真幸福，有时却因为痛苦。假如能够麻木也好，刀枪不入，不必自残心灵。

那个时候在海河畔，到底是醉了，还是没有醉？但酒是肯定没有喝的了。

是毕业分配方案公布后的第二天上午吧，范烟桥与章倩柳没有目的地乱走，谁也不说话。一抬头，只见北京站就在眼前，“我们去天津玩吧！”范烟桥念头一闪。

“好哇！”倩柳回他一笑，但他看得出，在笑容的后面，却和他一样隐藏着眼泪。

火车从北京站开出，座位早已满了，他们只好在车厢与车厢之间的过道上依偎着席地而坐。旁边一位六十来岁的老汉，用一种暧昧的微笑，拍着范烟桥的肩膀，“怎么样，小伙子？新婚呀？”

范烟桥与章倩柳对望了一眼，又迅速将视线移开。不知倩柳是怎么想的呢，他止不住又偷偷地望她，只见她微低着头，那张侧脸泛红，但嘴角并没有笑纹。他有些尴尬地支支吾吾，一时不知道该怎么回答才好。

那老汉一副过来人的神态，笑眯眯地说：“是好事嘛。你们两个也挺相配的……”

下了火车，倩柳只顾低着头走路，一言不发。范烟桥的心里也堵得慌，急切间想要寻找轻松的话题来引开那不快的情绪，也不可得。他只好紧跟着她的脚步，她快他也快，她慢他也慢。来到一家小洋楼前，她停下脚步，叹了一口气，“算了，我们都要强颜欢笑。”

敲过的门，给人打开了，倩柳对那中年男人叫了一声：“叔叔，是我呀！”

“哦！”她的叔叔将门开得更大，叫道：“是倩柳呀，什么时候来的？快进来快进来！你分到哪儿去了？”倩柳一面进去，一面说：“这是我的同学范烟桥。我们明天才回北京，今晚想住在这里。”

范烟桥有些诧异，原本也只是说来天津转一转而已。倩柳她怎么……

她的叔叔显得十分高兴，张罗着安排去了。范烟桥打量了一下，但见卧室里的书柜摆满了书。不愧是工程师，他想。倩柳却说："已经少了很多，以前都数不过来。"

扫"四旧"给扫掉的吧！那科技书籍也在横扫之列吗？但有谁跟你讲道理？红卫兵小将认为该焚掉，有谁敢说一个"不"字？

倩柳却说："一些外文的科技书籍给烧掉了，更多的是翻译小说，不是烧掉，而是给他们没收了。"

"充公？"

"兵荒马乱的，充什么公？还不是'充私'。"

明白了。抄家抄为私人所有的事情还见得少吗？连公家的东西也变成私下流转的私货了。姚文朝手上便有一批盖着各种公章的小说，也不知他是从哪里搞来的。不过人家也不会去向他追究，只要可以从他手上借来，突击一两天把书看完，也就谢天谢地，谁还会多事？

那是书籍特别是文学书籍匮乏的时代，文艺园地一片荒芜，也没有什么娱乐，连电影也只有演来演去的那几部，人人都几乎可以将对白倒背如流了。逍遥过日子，最好便是看看小说，只可惜小说不是随便可以借到。还是姚文朝有办法。

这一天吃午饭时，负责开全年级信箱的姚文朝在饭桌上派信，范烟桥一收到家信，急忙撕开信封封口，不料几张日本彩色立体照片从里面掉了出来。姚文朝一把从桌面上抢了过去，边看边叫唤："啊呀，真棒！"

范烟桥一惊，心虚地看了看其他人，好在并没有人起哄，他连忙把立体照片收了回来。吃完饭回到宿舍，姚文朝跟了过来，拍拍他的肩膀："喂，你想不想买翻译小说？"

他的脑筋一时还转不过来，"什么小说？"

"欧美的，俄苏的，日本的，都有，你要哪些呀？"姚文朝眯缝着眼睛。

"开什么玩笑！"范烟桥瞟了他一眼，"那些封资修的东西，现在哪里还找得到！"

"哎，这才显得珍贵哩。"姚文朝得意地一笑，"人有我有，有什么稀奇？人无我有，这才来劲！"

范烟桥的兴趣给撩起来了，慌忙追问："你有办法？"

"好说。"姚文朝随手从枕头底下抽出一本书，丢到范烟桥面前的桌子上，"看看，肖洛霍夫的小说也有呢。"

肖洛霍夫？那可是名气很大的苏联作家哩。"文革"前，课堂上就批判过他的作品。范烟桥翻了翻那本书，嗯，是《静静的顿河》第一册。他也看过根据这部小说拍成的苏联同名电影。葛里高利、阿克西妮娅……那些主人公的名字都很熟悉呢。不仅他看过，姚文朝当然也看过。

还是一个星期前吧，吃完晚饭，他正坐在宿舍里发呆，忽地从高音喇叭里传出浑厚的男声："校革委会通知，今天晚上七点钟，大操场将放映批判电影《静静的顿河》，请全体革命师生员工怀着革命义愤，批判这部修正主义影片！"

广播刚响过，他便听见楼道里传来杂乱的脚步声和人群的吆喝声，他赶忙打开门一看，原来人人背着椅子往楼下冲去。他听见魏家新大叫一声："快去，要不然没好位置了！"便也抄起一张椅子，跟在魏家新后面跑去。

楼道窄人多，大家又都心急，下楼梯时便挤作一团，你推我，我推你。魏家新回头对他喊了一声：“跟我来！”便闯进人家的宿舍，背着椅子从窗口往下一跳，范烟桥吃了一惊，想要拉住。已经来不及了。他从窗口望下去，只见魏家新跌坐在泥地上，正揉着屁股叫疼。原来魏家新跑得昏头昏脑，错把二楼当成底层，自以为找到不必挤大门的捷径，却害得自己电影看不成，还在校医院里躺了半个月。

范烟桥回转头去走大门，一面挤一面想，送不送魏家新去看医生呢？不送嘛，好歹同学又同室，未免太无情；送嘛，这么一部难得一见的电影，这回错过，这辈子也许就无缘再看了，岂不是将来会后悔莫及？他想来想去拿不定主意。等到挤出大门，魏家新却已经不在那里，他猜想是给别人抬走了，不由得暗暗松了一口气：再不必作两难选择了。欣喜之余，他又有些吃惊，明明是批判电影，我怎么唯恐看不成？到底我是不是抱着欣赏的态度而来的呢？坐在大操场里，面对着挂起的一方当作银幕的白布，夏夜的风一阵阵飘来，他前后左右一望，密密麻麻的人群中，见不到同班同学，不禁胡思乱想起来。

他望着那一张张专注的陌生的脸，心里却着实不相信他们个个都是抱着批判的态度而来的。但他只是那样想，却不敢说出来。一直到放映机开动，电影开始上演，他才收拾好心情看《静静的顿河》。

电影虽然有画面、色彩和音乐效果，作为综合艺术有它的吸引人的先天优越性，但可惜电影放映过后，只能留在脑子里，无法实时重看一遍，而小说就不同了，你愿意在哪个字里行间停留多久便停留多久，这也是文字的魅力之一吧？

此刻，面对这本书，范烟桥明显地显示出兴趣。

“岂止《静静的顿河》，想看司汤达的《红与黑》、罗曼·罗兰的《约翰·克里斯朵夫》也可以。你爱看诗，但丁的《神曲》、拜伦的《唐璜》都有，你要看什么呢？”姚文朝继续说道。

“到底在哪里呀？”范烟桥直问，“别卖关子了。”

“不是卖关子，你也知道啦，这些书得来不易，我可以带你去，不过，你要送我两张立体照片，怎样？”姚文朝把身体凑近，笑着低声道。“这小日本的东西，真棒！”

两张就两张吧。

姚文朝也不含糊，当天下午，便领着范烟桥坐车前往琉璃厂，来到大门紧闭的中国书店，姚文朝叮嘱了一声：“你不要说话，尽管跟着我就是！”

说着，他便率先从小侧门进去，传达室的老头望了过来，姚文朝将手上的一张证明信扬了一扬，便大模大样地往前走。那老头指着范烟桥问道：“这一位是……”

姚文朝大声答了一句：“大爷，我们是一块的！”

那老头不出声了，范烟桥紧走了两步，穿过院子往书库走去时，他低声问姚文朝：“你跟他很熟？”

“嗨！一回生二回熟嘛！像这种场面，最要紧的是大摇大摆，千万不能给人看出怯场，你越畏缩，人家就越怀疑你！”

姚文朝挤眉弄眼。

也不知姚文朝怎样从系里弄到一张证明信，上面写道："因研究、批判的需要，请准予购买有关书籍。"本来这张证明信的效力有限，只可以到陈列室选购并不稀奇的书，但姚文朝却真真假假地闯到书库去，可以随心所欲地挑拣。要知道，这个书库的存书，是十分丰富的。

"你知道吗？首长们也常到这里挑书。"姚文朝面有得色地对范烟桥说，"两张立体图片的代价，太值吧！"

啊呀！这么有名堂的书库，当然太值了。当范烟桥在书库里的书架间游走，挑了一大批书时，心中溢满了一种高人一等的虚荣感。回到学校里，拿着几本书向倩柳炫耀时，她却苦笑："中文系的学生看文学作品还要这样千方百计，真不知道是怎么一回事！"

中文系的学生看不到什么小说，工程师当然也不能看那些"毒草"了。倩柳的叔叔一副完全不在乎的样子，笑道："不看小说有什么不得了？又不会影响国计民生。抄走就抄走吧，腾出点地方来也好。"

"我们还要出去办事呢。"倩柳忽地说道。

范烟桥一愣，却又不便出声。只听她叔叔叫道："先吃晚饭吧，吃了晚饭再出去。"

但倩柳却说："约好人了。"

出了门往劝业场走去，倩柳告诉范烟桥："我叔叔最爱书了，那些小说无端给人抄走，他当然很痛心。我看他今天这样子，心里很难过，倒不如他发怒还好一些。我不想太烦他了，所以借故溜出来。”

“不管是什么原因，只要我们单独相处，总是好的。”范烟桥的潜台词是，在你叔叔家，始终还有旁人，睡觉时又各睡各的，最宝贵的还是此刻的两人世界。

“那我们吃什么呢？”倩柳问。

“吃什么都行，填饱肚子就可以。”

“你就是这样，什么都随便。不许随便，拿出主意来！”她捶了他手臂一下。

“啊呀，我让你全权处理，你反倒怪我，真是好人难做。”他笑道。

“好好好，我感恩戴德，行了吧？唔——来到天津，哪能不吃狗不理包子。”

范烟桥双手一拍，叫道：“是呀，我怎么没想到？说到底还是你的主意高！我紧跟你就是……”

倩柳捏了一下他的腰，“不是‘紧攻’？”

“你想我当蓝玲芳？好难呀！她现在落难被审查，别看那时一呼百应，现在不是一样如丧家犬？而且她是女的，我是男的，相差太远。”

“不知道呼风唤雨的滋味到底是怎样的，蓝玲芳到底也不能操纵自己的命运。”倩柳叹息着。

说着，见前面一个铺子前排了一队人龙，原来是包子店了，只不过不叫“狗不理”了，而是成了“天津包子店”。

"是狗不理吗？"范烟桥有些迷惑。

"当然是啦。'破四旧'嘛，狗不理便改称天津包子，其实叫法有异，实质还不是一样？"倩柳一副看透世情的模样，推着范烟桥，"快排去吧！"

是啊，要吃就要耐心排队，哪有坐下张口就吃的食店？何况鼎鼎大名的狗不理。人龙中，男女老幼全都很安分地守着秩序，看来食欲并不因为要久候而大减。

"还好，我们吃得上，"领了号在铺子内与不认识的食客搭讪，倩柳悄声对他说，"要是排了老半天，结果又说今天的号已经发完，不知该有多恼火！"

"你恼火，人家服务员恐怕幸灾乐祸！"

"我也不明白这些人，老是把顾客当成敌人，唯恐他们吃得好，也不知是什么心理！"

范烟桥看到一个绷着脸的年轻男服务员端着包子走了过来，便用胳膊肘推倩柳的手背，示意她不要再说下去了。

闷头吃狗不理，也不再多说话。说什么好呢？一开口，那同桌的两个青年便有意无意地把耳朵伸过来倾听。范烟桥在心中暗骂：你们也太无所事事了吧？连素昧平生的恋人的情话也不放过，到底为的是什么？是自身寂寞无聊，还是因为人的极为低劣的好奇心？

他和倩柳有了暂时不言不语的默契，只有流动的眼波畅通无阻，不着一字，却尽得风流。

吃饱喝足，也不知道怎样一拐，来到了海河畔。靠在护栏边上，头上的月光如水银洒下，范烟桥望着河里的拖船来来往往，偶然响起一两声汽笛，好像在唤醒他悠远的梦。

其实，那梦的缥缥缈缈的感觉，全源自他混沌半醉的思维中。他觉得有些晕，但人还是清醒的，理智还没有被击败，喉头却有些发苦。

“一个城市，要是有一条河从中间流过，实在是太美妙了！”他喃喃地说道。

“好像南昌也有。”倩柳答了一句。

他的心一抖：你怎么哪壶不开提哪壶？喉头的苦味下沉到心头，他知道自己从上火车开始，便竭力戴上假面具。也并不是蓄意要骗倩柳，但他实在无力面对那冰冷的现实，唯有当鸵鸟，想方设法要给倩柳感染一点欢乐的情绪。他并不是乐于遮掩伤口向人装笑脸，那种滋味并不好受。可是他不想倩柳太伤心，他要努力引开她的注意力，能够招来一分钟快乐，便是一分钟的快乐。到了这种地步，抱头痛哭也已经无济于事了，他所能做的，便是强装笑脸，他认为即使是言不由衷，却也是出于善意的谎言。看来倩柳一路上也是抱同样的心思，但忍到现在却忍不住了，她要面对现实。

“怎么办？”他痛心疾首地问了一句。

“怎么办？”她梦呓似的重复他的问话。

“你知道我不会去南昌的。”他沙哑地说。

“不去倒容易，但以后工作怎么办？”

他又迷糊了。是啊，不服从分配，等于放弃大学毕业资格。

即使想留在北京当小工，也不可能。他也不清楚他这不去南昌的说法，是否属于神智迷糊的胡言乱语。

又沉默了好一阵子，倩柳往河里吐一口口水，忽地笑了，转头对范烟桥说：“你吐一口，我吐一口，你的和我的，吐得越近越好，让这两口口水一起漂到大海去……”

范烟桥只听得心中一片苦涩，却勉力笑脸答应，两口口水毗邻着掉进海河河面，在淡淡的光影中，他恍惚看见它们被河水负载着，一下子就不知融进哪里去了。

海，到底在哪里呢？

这两口口水，还有相扶相持到那不知名的远处的力量吗？

河水悠悠日夜流，这两口口水不过是沧海一粟，粟还有固定的形状呢，而口水吐进河里，早就不知给分解到哪里去了，更何况流入大海之后？依偎着相扶持是不可能的了，唯有融化为你中有我，我中有你，随着那水流，再混合成一个浪花，而在肉眼看来，哪里还留下什么痕迹了？

范烟桥猛然间发现自己走了神，随口说了一句：“……狗不理……”

“狗不理？”周广图看了看桌上的菜，“啊呀，我们不会做呀，问天津青皮要吧，他准会！”

“我？”邝谷旺用右手食指指住他自己的鼻子，“我会——吃！”

“别耍太极了，”苏舟潮笑道，“你是地道天津人，还能不会做？别气人了！”

“你们以为个个天津人都会做狗不理呀？”余俊伟眉头紧皱，“那狗不理也太不值钱了……”

周广图也不搭话，只顾说：“吃吃吃，不吃白不吃！”

“想吃狗不理呀？你跟我们去一趟天津啦！”邝谷旺望着范烟桥，“狗不理早就恢复了！”

“是啊，两个钟头的火车，转眼就到，当日来回都可以。”余俊伟接口，眉头依然紧锁。

“现在的天津和你当年走时大不一样了，值得去看看。”邝谷旺拍了拍范烟桥的肩膀，“不是我天津青皮老邝卖瓜，自卖自夸，你真的该去看看。”

我知道，范烟桥嘴上笑着不说话，心里却暗想，我知道海河如今不再是昔日的模样，但那又怎么样？于我来说，海河最好还是那时的面貌。如今已经面目全非，即使河水照样流，那春夜的情景却再也难以拾回了。或许最真切的印象还是深刻在脑海深处的情意结吧。踏出新建的天津车站，火车的隆隆声依然在耳，但眼前却已经是一派天津夜色在招摇，那辉煌的灯火，能够照亮记忆的宝库吗？

隔着海河，他看到对面是隐隐约约的树丛，原来沿岸成了带状的海河公园。他似乎听见风从林梢跑过的声音。

此岸彼岸，实在叫人认不出旧颜，他想找到当年共吐口水的立脚点，却连一点线索也找不到了，只有那海河水仍然是那样地在月光下静静流淌。

这流动的河水当然不再是当年的河水，即便是静物如河畔也已沧海桑田，不知道那依依之情，是否仍在这上空徘徊，给当年的欲哭无泪作证？

他在刹那间有些混乱了，这近年的天津，他到底真是去过，还是仅从拍来的照片中看到？或许他是在梦魂中飘然去过海河畔，做过颤抖的灵魂探索。但去没去过倒不一定那么重要，无论如何，海河两岸确实大不相同了，也不知道那景色的变异是否想要拔掉他记忆的依凭？然而于他来说，心中的那一幅图景，却永远也无法消逝了。而另一道风景，他其实并没有亲眼见识过，却一直在他心中浮现，一会儿是这样，一会儿是那样，老是没有固定的形状。

那该是一个逍遥的夏天吧，平时，聚在方成阳周围的人，一早就在教室碰头，研究该写什么大字报。但这一天不见了章倩柳，他不禁有些心不在焉起来。他很想问问方成阳："章倩柳是不是请假？"但终于没有勇气开口。在讨论那张大字报该怎么写的时候，他几次走神，连方成阳也察觉了，半开玩笑地说道："喂，你怎么啦？想王若冰？个人的事再大也是小事，可不能影响我们的革命大方向呀！"

他一凛，讪讪地答道："没有的事，我在听着呢。"

但他真正听进去的，却是在次日，苏舟潮悄悄地把他拉到一角，压低声音，"你知道吗？昨天章倩柳不是没来吗？她上哪儿去了？原来上鹫峰去了……跟谁？姚文朝！当然不是两个人，还有半条街、邝谷旺他们……"

我的天，在京郊的鹫峰过了一夜？范烟桥的心河无端泛起一股酸意，却又不能流露出来，只好夸大吃惊的程度：“是吗是吗？怎么会！”

“你不信？”苏舟潮斜眼扫了他一眼，“不信拉倒！这可是邝谷旺亲口告诉我的，还能有假？”

但邝谷旺在他面前却只是嘿嘿笑着，他不好意思直接追问，只得闪闪烁烁：“鹫峰很好玩吧？”

“好玩，当然好玩，在那里过夜，风凉水冷，一点也不热，当然好玩。”邝谷旺笑着说，“你有兴趣？有兴趣的话，哪天我带你去。”

“就我跟你？”他扫了邝谷旺一眼，“那有什么好玩的？”

“你想热闹一点？没问题，叫多几个人不就行了！”

不是叫多几个，关键是叫哪一个！话到嘴边，他却说不出口，心儿好像给什么东西揪住似的。他翻来覆去想象的，便是倩柳他们是怎么度过那漫漫长夜的。

直到后来，范烟桥旧事重提，捏住倩柳的面颊，笑着追问：“喂喂，那次你与姚文朝他们去鹫峰过夜，到底是怎么回事？快快从实招来！”

倩柳瞪大了眼睛，想了半天，才省悟过来，“哦，是那次呀！还说呢，陈美珍差点把我给卖了！”

原来，姚文朝早有预谋。他知道陈美珍与章倩柳交情不错，便托陈美珍出面，约章倩柳同游。倩柳也不知道有些什么人，一口便答应了。直到在公共汽车站集合时，才发觉有姚文朝，还有邝谷旺。那时邝谷旺与陈美珍正在眉来眼去而又没有进入状态，但人人都已经起哄把他们看成一对。倩柳暗呼糟糕，这等情势，简直就摆明是两对嘛！但当着姚文朝的面，她又不好临时说“我不去了”，好歹是同学，太伤人家的面子，怎么好意思？

“不好意思？莫非你对他也不是完全无意？”范烟桥不无醋意地插嘴。

章倩柳一掌打掉他的手，说：“不是我夸口，要是我肯的话，怎么还会轮到你？”

他立刻明白她有些动气。他并不是不信她的话，只是他忍不住那种内心的折磨。他放软声调说：“我在乎你，讲话不经大脑，你不要生气。”

“我明白。”她笑，“如果不明白，早就不能忍耐你那过分敏感的心。”

“其实姚文朝只是一个幻象，”他说，“姚文朝这个具体的人不足惧，我担心的是一个无形的阴影，看不见，听不着，但似乎无处不在。我担心它会突如其来地出现。”

倩柳双手抱住他的头，半晌才说：“不会的……”

不会的……他在心中喟叹了一声，脸上却挤出了笑容，望着她，“后来呢？后来怎么过的夜？”

“说到底，你还是并非全然不放在心上。”她吁了一口气，“今天我就讲给你听。”

我们爬山爬得满头大汗，见到山上的凉亭，便扑了进去，坐了下来。

靠着凉亭的柱子，凉风阵阵拂来，很快就把满头的汗水吹干。我看着太阳慢慢沉下去，把天边都给染红了，我的神经松弛下来，只觉得连站起来的愿望都没有了，眼皮沉重，迷迷糊糊竟打了一会儿盹。惊醒过来，只见天色黑了下来，在月光下，隐隐可以看到几只归鸟悄然飞回山林间。

我跳了起来，叫了一声："糟了！"立刻打碎他们浅浅的好梦，姚文朝望着我，说："怎么啦？"

"天都黑了，我们赶快下山吧！"我说。

"现在下山？多危险！不能下不能下！"姚文朝说。

"在这里过夜？那怎么行？"

"总比冒险下山要好呀！"陈美珍接口。

"是啊，夜宿鹭峰，多有诗意！"邝谷旺也说。

他们三个站在同一条战线上，我只好少数服从多数。这天晚上，也只有饿着肚子过一夜了。

不料，姚文朝好像早有准备似的，从书包里掏出烙饼，分给邝谷旺和陈美珍，最后才悄悄塞给我，我一看，与给他们的不同，是馅饼呢。我似乎看到他使了个眼色，立刻明白他的用心，但我也不想成为被取笑的对象，连忙用手巾遮住，但邝谷旺眼尖，叫了起来："啊呀，姚文朝你真是不够朋友，厚她薄我……"

我的脸呼的一下热了起来，想要分辩，却见姚文朝只是笑，也不说话，我也就不知从何讲起了。陈美珍用胳膊肘碰了碰邝谷旺,“算了吧你，别耍贫嘴了，馅饼只有一个，你吃呀？”

邝谷旺嘿嘿一笑，便去吃他的烙饼了。

幸好姚文朝想得周到，不然的话，挨饿露宿的滋味，真不知道怎么样。吃完馅饼，我忽然觉得好像有点不对头。姚文朝再细心，也不会准备好晚上吃的干粮呀！想起陈美珍闪烁的言辞，我有些怀疑他们三人合谋诓我游鹫峰，事先已经计划过夜，只有我一个人蒙在鼓里。

说真的，姚文朝如此煞费苦心，我止不住有些得意：这不正是我的身价吗！

吃饱了，口很干。姚文朝好像变戏法似的，又掏出两瓶雪花啤酒，对邝谷旺说：“你和陈美珍喝一瓶，章倩柳和我喝一瓶，好吧？”

什么？我和他一瓶？但又不好意思出声。邝谷旺早已答应：“好哇好哇！”

陈美珍大概看出我的迟疑，立刻反对：“谁跟你喝一瓶？我跟倩柳，你跟他！”

姚文朝有些尴尬，随手开了瓶盖，笑着说：“行啊，谁跟谁喝还不一样？”说着，他就着瓶口仰脖子连连喝了几口，然后把那瓶酒往邝谷旺那边一送，“喝！”

“喝便喝，不喝白不喝！”邝谷旺也连喝几口。

那当然啦。没有口杯，没有吸管，不这么喝，怎么喝？要不，我怎么不太情愿与姚文朝共喝一瓶？

本来，共喝一瓶酒也没什么了不起，口渴了，有啤酒解渴，有什么不好？可是姚文朝明明有另外的心思，这么一喝下去，岂不是造成说不清楚的“既成事实”？你还记得吧，那回他托你替他牵线，在那之前，他见到我在开大会时织毛衣，下来便半开玩笑对我说：“喂，这冬天我没毛衣穿了，你给我织件背心，行不行？”

当时我也不好当面拒绝，只是笑着：“看看吧，也不知有没有时间……”

没时间当然是假的，大家在逍遥，看书也可以织毛衣，时间不是问题。只是，给他织毛背心，恐怕那意义就不太寻常了，我怎么可以贸贸然？

也不知道他是听出我的意思，还是只是试探一下罢了，以后也不再提了。

但这回喝啤酒则再度转换形式有意无意向我暗示，我又不是蠢人，怎能完全听不出那弦外之音？除了谨慎应对，我也并没有生气。本来也是嘛，他有权利追求，我也有权利拒绝，没来由生什么气。

（那么你不怕喝醉？）

喝醉？啤酒怎能灌醉我，区区半瓶？我能喝酒，你也不是不知道。退一万步来说，就算是我醉了，我也绝对相信姚文朝不会乘人之危，几年同学，这点信心我还是有的，何况还有邝谷旺和陈美珍！假如他们三个人真的会合谋暗算我，那我也真是有眼无珠了！

（那你到底有没有醉倒？）

当然没有啦，不但没有醉，还一夜没睡呢。

没想到京郊的夏夜是这般迷离朦胧，月亮爬上头顶，我仰望缀满了星星的夜空，但听蟋蟀和不知名昆虫的鸣叫声响作一团。偶然有一颗流星坠下，在黑色的苍穹拖着一道长长的金色尾巴，一下便消逝得无影无踪。我不禁暗想，莫非人在历史长河里也像这流星一般一闪即逝？

我们四个都不言语，好像给那夏夜的精灵震慑住了。我一点困意也没有，正胡思乱想间，忽听得姚文朝低低地唱起《草原之夜》："……想给远方的姑娘写封信，可惜没有邮递员来传情……"在这月夜中，那低哼的男音仿佛一下子传得很远很远。

（范烟桥嘟哝一声："什么嘛。"）

什么？你说什么？

（范烟桥说："没有哇。"）

你是不是问我，他特意唱给我听？也许是吧。那也没有什么，他唱他的，我听我的。你也知道，他唱歌唱得不错。好听就是好听，我不否认。那首歌的旋律本身就好，听着听着，我好像置身草原的雪天，一望过去，天地间一片白茫茫。

（怎么？动情了？）

去你的！（章倩柳拧了一下范烟桥的胳膊）动什么情？一首情歌就可以打动我？你也太小看我了！

只不过那首歌真的让我的心缥缥缈缈起来，让我想得很多很多。

（很多？有想到我吗？）

你？没有。那个时候你还有王若冰呢！跟我不相干。也不是完全没有吧，只是一闪即逝，毕竟我和你还是十分友好的嘛！不过你别臭美，不单想到你，还想到其他同学。但最让我怀想的，还是自己的往事。你知道吗？我在十二岁的时候，大病了一场。躺在医院里，父母以为我不行了。我至今还隐隐约约记得，他们流着眼泪坐在我的病床旁边。但不知道怎么回事，我奇迹一般又好了。从那个时候开始，亲戚都把我看成福星，大难不死，必有后福嘛！而我自己也真是一帆风顺，几乎没有什么不如意的事情。

（那跟《草原之夜》有什么关系？）

我不知道。但是那缠绵的曲调，无端便让我想起我病危的那段日子，也许联想这个东西，许多时候都讲不出个道理来。或者缠绵的曲调与缠绵在病床上，会有那么一点相通之处吧？

（这首歌“文革”前便有人批判了，在这个时候，姚文朝还唱什么唱？是毒草呀，传出去，罪名可大可小！）

我才不管什么毒草不毒草，好听就行了呗！要不服气，你作一首打倒它，我唱你的！

（我会作曲就好了！）

好什么好？你要真会作曲的话，恐怕“文革”一开始就给揪出来了，还轮到你现在在这里跟我耍嘴皮子？你看看那么多作曲家，现在还有几个没有被打倒？

（我不打就倒了，还不行吗？）

你捣什么乱呀？不跟你说了，你尽抬杠！

抬杠，还不是因为吃醋？范烟桥想着，嘴上却说："现在审查结束，我代表革命群众宣布，章倩柳的历史问题事出有因，查无实据，予以解放！"

章倩柳答道："这么说起来，我倒要感谢你的宽大了？"

而鹫峰，就这样只知其名，范烟桥却从来也没有去过。也不是没有机会，后来邝谷旺还真的私下问过他："……怎样，去鹫峰看看吧，我带你去，车票你出！"

但他笑着婉拒了。当然不是舍不得那一点长途汽车费，只是这么一来，好像他是在调查章倩柳的行踪，倩柳知道了会怎么想？别说当时还未与她相好，就算是好了，背后去查她，总是有些说不过去。他不愿这么做。就算心中仍存疑团，他也宁愿什么都不知道。

何况，真的去了鹫峰，他难道想看着邝谷旺指着凉亭说："那一晚我们就在这里……"

那一晚他们在那里，已经成为历史，不提也罢。而这一晚却是现实，在周广图家里，杯光酒香，或许还有泪影。"妈妈的，二十年后又是一条好汉！"苏舟潮把杯中啤酒一饮而尽，哼道。

"是啊，从我们上大学开始，算到现在，都二十三年了！不是好汉又是什么？"方成阳接口。

这时，周广图早已翻出了一大堆黑白照片，撒在书桌上。"啊呀！是古董哩！"范烟桥叫道，趋前细看，这才发现，那是

“文革”中期大家拍的照片。

一张。一张。又一张……

记忆的帷幕慢慢给拉开，他记起来了，那过去了的情景，又逐渐清晰，就好像相机调准了焦距似的。

是冬末春初的时分，那证据便是路两旁那光秃秃的树枝、路边堆积的白雪，嗯，还有这张我与舟潮头顶棉帽、身穿棉衣、缩着脖子走路的抓拍相。那时到底在说什么呢？忘得一干二净了。

哦，记起来了，这张，是我们“满天红”战斗队的集体照吧，大家站在主楼前，一排蹲着，一排站着，咔嚓一声，就留下那青春的年华。微笑着的一张张脸，难道全都一致地表达着欢乐的情绪吗？想来，那时在招牌笑容背后，每张脸都有不同的秘密故事吧！正如当时我也笑得灿烂，但有谁知道我心中的苦？不论是事业还是爱情，当时我都处于无力的彷徨状态。

但那时还是有一股激情，尽管心中未必雪亮，但这照片上的题字“风华正茂”，恐怕也是当时才有的心境。对了，那时对着洗出的相片大家七嘴八舌，苏舟潮忽地一拍大腿，说：“有了！”说完便用毛笔在底片上写了这四个字，大家轰然叫好。

如今那堆黑白相片所记录的人事早已成了过往，眼下是现实，彼此望着，沉吟不语。

“还是范烟桥显得年轻，都没怎么变！”周广图摸着微凸的肚子说。

“你吃什么？珍珠粉？”方成阳追问。

“别拿我开心了，没变？鬼才相信！看看照片，再照照镜子，我都觉得可怕！”范烟桥苦笑。

“岁月不饶人啊！有什么办法？”苏舟潮说，“谁也不可能抗拒自然规律。人人都从出生、长大、衰老，走向死亡。不论芸芸众生，还是帝王将相，自古以来，有哪一个可以例外？没有。”

“所以，能够再度相聚，便是有缘。”范烟桥说，可是在他心湖里却始终回荡着倩柳的影子：为何唯独她至今还不来？

二十三

她真的不来了吗？就这样无声无息？

校庆也无非是那样，大会开过了，特意从四面八方围拢而来的校友们，也都纷纷朝四面八方回去了。但是倩柳依然没有来。

我一起床，便睁着惺忪的双眼，来到窗前，只见晨光下那临窗的树木夜来染上了一层白霜，我脑子里却是一片混乱。

这北京秋晨的白霜，让人感到一股冷意。可是，这冷意哪里又比得上西安那场冬雪了？

那年秋天，我终于拿到了港澳通行证，那心情实在是一言难尽。

高兴吗？当然高兴。申请了那么久终于获准，怎能不高兴？

但悲伤嘛，也还是悲伤的，毕竟就要离开自己生活了那么多年的土地，还有一个倩柳呢。

立刻决定去西安。

西行的列车隆隆地开动。车窗外掠过的原野，慢慢在变色。绿色的高粱地。金黄的麦田。浑浊的水流。鹅鸭成群在水面上漂过。农人在田地里弯腰耕作。电线杆忽高忽低地从旁边掠过，几只麻雀呆立在电线上……

长长的列车在拐一个大弯，我坐在窗口位，回头一望，只见车尾画出条美丽的弧线，在夕阳斜照下闪着柔和的金光。我忽然觉得，好像有个青春的梦，迷失在这茫茫的田野里。

随着人流出了西安站，我站在入口附近东张西望，哪里见到倩柳了？我有些泄气，有些失望，也有些着急，这西安我春天虽然来过一次，但那次是送倩柳来的，来去匆匆，加上心情恶劣，没留下什么印象。

双腿已经站得发酸发软，望眼欲穿却始终没有所获，我颓然将手提包重重往地上一放，然后一屁股坐下去，一时不知道该如何是好。为了不再失望，我只是低着头，盯着自己的双脚。心里固执地想着：那封加急电报，莫非还没有收到？

倩柳没收到电报这个念头，立刻像一滴墨汁滴进一杯水里那样迅速扩散，我整个脑海里翻滚的也都是：她不会来了！她不会来了！

这真是既滑稽可悲而又经常在人生中发生的小插曲，那种切肤之痛，教我更加明白，什么是失之交臂。是的，生命的齿轮不幸咬错一格，结局真的会因此改观。我千里迢迢从北京乘长途火车赶来西安，等待我的，竟是这般的不如意吗？今天没接上，本来也没关系，虽然麻烦些，但总可以打听到她那所中学的，只不过一开始就这样不顺利，令我的心中覆满了阴影。

一双女式布鞋蓦地闯进我的视线，我忽然有福至心灵的感觉，却不敢抬头，唯恐一场欢喜一场空。但那双黑色长裤下的黑布鞋却钉在那里不动了，好像执意要与我斗耐性似的。又僵持了一会儿，我认定是那双熟悉的脚，也不望上去，低头轻轻问了一句："是你？"

那双布鞋动了一动，却还是寂然无声。我终于忍不住，不是就不是吧！猛一仰望，便听得哈的一声笑，那顿时教我炫目的灿烂面容，不是倩柳又是谁！

刹那间，原本郁积在心头的幽怨与焦躁一扫而光，狂喜之情排山倒海而来，我站了起来，叫了一声："你这家伙，叫我好等！"

她只是一味笑着，过了一会儿才说："其实我早就到了，一直看着你走出来。"

"你躲在阴暗角落里窥测我？"

"是角落里，但不阴暗。我只是想静静地看着你，所以不那么早出现。"

"观察我？"

"欣赏你。"

我有点不好意思起来，连忙打岔："走走走，我们该乘什么车？”

到达倩柳任教的学校，她领着我到教职员宿舍区，掏钥匙开了其中一间的门，“你就睡在这里吧！”原来，住在这间房的男教师去银川探亲，临走把房门钥匙交给了倩柳。

我忽然有点失落感。明知来了也不可能与倩柳同住，但这一刹那，我还是止不住有些失意。人也许就是这样，任何不可实现的幻想，在彻底破灭前，谁都不情愿接受现实，只因为还有一线缥缈的希望。回头一想，自己不该奢望，这不就已经很好了吗？能够来到西安，能够与倩柳相聚，在这临别前，不也值得庆幸吗？

我早就想好了，来到西安，一定要尽情地快乐，决不可以相对无言泪千行。

吃了晚饭，我便勉力使自己快乐起来，笑问：“春天时我们逛过的那条路，叫什么来着？”

“莲花湖路。只是没有莲花，倒有中国槐。”

古城的夜色，便那样降临了。我和倩柳并肩走在中国槐夹道的自行车道上，街灯稀疏而暗淡，不时有响着铃声的自行车摸着黑飘过来，又飘过去，好像幽灵一般。一股淡淡的幽香，随着阵阵晚风，漫上我的鼻端，也分不清是体香还是花香了。

在这样的一个秋夜，最好就是不言不语，就这样肩并肩，用轻轻的脚步声应和着大地脉搏的跳动，一直走到天涯海角……

别来无恙？

当然。

我也知道。书信来往频繁，怎能不知道？

但是每天每天的生活细节，怎能讲得一清二楚？即使有心，也无力描述得巨细无遗。

每天的生活，也无非是那样，日出日落，风里来风里去，说平淡确实平淡。“只有在接到你的信的时候，才像过节日般欢乐。”她说。我又何尝不是？

但此刻最好还是彼此无言。

走呀走的，我忽然笑出声来。她望了望我，问道：“有什么可笑的？”

我摇摇头，“没有……”

这当然不是真的，又不是发神经，无缘无故怎么会自己发笑？她拉住我的胳膊，拉长音调：“没——有？”

躲不过去了。也没有必要隐瞒。我望了望她，说：“你还记得吗？一分——两半！”

话一出口，我忽然觉得这四个字有些不祥，想要再掩饰，倩柳却笑了起来，“怎么不记得！”

她当然记得一清二楚，要不，她也不会告诉我那个小学时的故事了。

那还是我刚跟她好的时候，我捧着她的脸，发现她左眉末梢有一道浅得几乎看不清的白痕，问她：“怎么啦？”

她说：“给人伤的。”

原来，小学时与她同桌的是个小胖子，每天上学，他头发从中间一分，梳得发亮。也忘了为了什么事赌气，两人宣布绝交，并在桌子中间划了一道“三八线”，彼此警告对方不得越界。那天她一不小心，胳膊肘挨过去一点点，小胖子立刻便用尺子敲了过来，痛得她几乎掉泪。回头看见那正中的分头，张口便骂：“一分两半！”

从此以后，两人结怨，口角起来，小胖子又哪里是她的对手，早就给她骂得落花流水了。

那一天，倩柳正与另一女同学叽叽咕咕，一面大声说“一分两半”，一面低下声去吃吃地笑，惹得小胖子无名火起，不知道拿起什么一挥，倩柳的眉头便负伤，血冒了出来，但她却很镇定，硬是一滴眼泪也没掉下来，倒把小胖子自己和那个女同学吓哭了。

没有眼泪，但疤痕却留下来了。

那个“一分两半”，如今又怎样了呢？她不知道，我当然更不知道。我生怕的是重提“一分两半”，会让她想到我们即将的别离，幸好她好像并没有，她笑了又笑，也许是回想起当年如何淘气吧。

我因为这“一分两半”而勾起沉郁的心事，情绪立刻低落。下意识地摸摸口袋，心一跳，不禁停住脚步，脱口而出：“啊呀！我的通行证呢？”

她跟着停了下来，柔声道：“别着急，慢慢找，不会不见的。”

但没有。浑身上下都找遍了，没有通行证。

这可如何是好？丢了，也就是去不了啦。可以报失，可以重新申请，但批不批，什么时候再批，那真是难说得很。总之，丢了就麻烦。

再也没有心思散步，匆匆赶回住处，翻箱倒箧总算上天保佑，通行证翻出来了，我跌坐在冰冷的水泥地板上，长长地舒了一口气，转头一望倩柳，她坐在床沿，脸色由原来的焦虑变得一片惨然。我立刻知道是怎么一回事，心不由得一沉。

“刚才你翻箱子的时候，我忽然希望你真的找不到，找不到便不用走了。”她说。

我的心一跳，灯光下似乎瞥见她泪影一闪，在刹那间我几乎就要说了：“我不走了！”可是话到嘴边，却又吞了回去，伴着苦涩的味道。不走？不走怎么办？正想着该怎样岔开话题。她却笑了：“好了！别尽说傻话了，能够在一起多待一天，便是多一天的快乐！现在何苦糟蹋自己！”

相视一笑中，我的心头滴着泪水，而且也看穿她其实在哭泣。莫非，这个时候，即使是至爱，也要相互隐藏自己的真情实感，而将最欢乐的假象呈现给对方，只是为了不忍破坏二人相处的浪漫气氛？

我想她必定看得出我的矫饰，正如我也看得出她强装的笑脸一样。大西北深秋的阳光洒在大雁塔上，嗯，是唐代古迹哩，珍贵得很。但又与我们有何相干？倩柳指着那龙钟的古塔，问我：“上去吗？”

我并不想上去。但不上去又做什么？总是要不断地寻找节目，一闲下来，岂不是又容易勾起那悲伤的话题？我强打精神，拉着她的手，一级一级地登上去，竟有些气喘吁吁了。我说："如今我们真是步步高了。"

"有首广东音乐，就叫《步步高》吧？"说着，她轻声哼了起来。

是富有特色的广东音乐哩。不仅是《步步高》，还有《彩云追月》《雨打芭蕉》《旱天雷》……我的心竟又迷迷糊糊地回到昔日北京中山公园的夏日周末园游会。那是刚上大学时候吧，在那里举行的周末园游会，不知吸引了多少人。那些高高挂起的喇叭，播出的常常便是轻快的广东音乐，我身为广东人，当然倍感亲切。

"那时啊，那时我与陈美珍她们也常去，最喜欢的是看那里的露天电影。"倩柳一面往上蹬，一面说。

要是那时便与倩柳同游中山公园的周末园游会，那该多好！那是无忧无虑的日子，倩柳和我都该有一颗天青色的心。我最爱在灯影下的人流中穿行的那种氛围，如果跟倩柳在一起，恐怕真是不知人间何世了。但现在只能爬大雁塔，就这么一步一步地爬，枯燥无味，就算是唐代古迹又怎样？只是，能与倩柳在一起，不论做什么都是好的，只要无忧无虑。

可惜，这时却充满了忧愁，因为前途未卜。

也不是未卜，命定的别离已经横亘在眼前，只不过我与她都在做鸵鸟罢了。假如我们并不知道必将分手，此刻必定十分快活；但有了阴影笼罩，所有的一切都只是强颜欢笑。即使忘形的时候，无意中的一句话，也可以让人触景伤情，跌入心神恍惚的境地。

爬完大雁塔，倩柳又说："我们再爬小雁塔！"

根本也不待我表示意见。

爬上爬下，怪累的，我不忍心扫她的兴致。

一天玩下来，已经精疲力竭，我看着她一脸的倦容，不禁伸手摸了摸她的脸，"看你累的！"

"不累。"她望着我笑了一笑，便别过脸去。

我发现她的眼眶溢满了泪水，心不由得震颤起来，伸手握住她的右手。

她回过头来又对我笑了笑，一面用左手背拭眼睛，说："有沙子吹进我眼里。"

我的鼻子一酸，却不知该说什么好。

她也忍不住了，泪水沿着面颊滚了下来，呜咽着说："我们很快就要分别了，也不知道以后什么时候再见。现在……我，我真想……把一年的时间都压缩在一天里，提早一起来享受……"

但时间依照既定的步伐前进，惊回首，已经是到了应该离去的日子。

也不知道是怎样的心绪了，自从那位男教师从银川探亲回来，我便有些不安。借宿在一个本来并不认识的人的屋子里，就已经够别扭了，加上他又太过客气，更令我有些手足无措。每当倩柳来找我，他微笑着应酬两句，便退出去了，这让我益发尴尬。倒并不是为我自己的面子，我更担心的是她，我可以一走了之，而倩柳呢，她还要继续在这学校教下去，万一有什么叽叽喳喳的议论，我岂不是害苦了她？

在一个寒冷的冬夜，倩柳宿舍里的火炉烧得噼啪作响，我听着北风呼啸着扑打玻璃窗，心里却已经千遍万遍地演习着那句要命的话。

“走吧。”炉火映红她的脸，她的语调平静，“我明白的。”

该说的已经说了，不该说的当然不说。但到了这个时候，什么是应该？什么是不应该？我也分不清了。

离开西安的那天早上，夜来的纷飞大雪已经停了，大地铺上一层厚厚的白雪，白色的树，白色的屋顶，还有似乎也是白色的冷风，把人的心都吹得发白了。

倩柳穿着灰色的大衣，陪着我一脚高一脚低地在雪地上走，每一脚踩下去，雪都几乎及膝。我与她都不曾说话，话当然远远没有说完，只不过千言万语，都已经不知该从何说起。莫非此时无声胜有声？

漫无目的地兜着圈子，我感觉雪水渗进了我的棉鞋里，脚又湿又冻，脚趾头有些发痒。此刻多么怀念冬夜里用盛满热水的洗脚盆洗脚的滋味，但热水是没有的了，脚愈来愈冰凉。

倩柳叹了一口气，好像认定了一个目标，她勇敢地领着我向前走去。

我没有开口问她，但心里明白，她在朝火车站的方向走。我不知道该怎么个走法，而且不愿也不敢看一看手腕上的表。

误车吗？也就算了。我这个时候忽地没了什么主意，一切都好像随其自然了。

居然来到西安站，倩柳看了看她的表，笑道：“还有半个钟头开车，来得正好。”

那就是说，不用在候车室相对无言了？匆匆地来，匆匆地走，时间紧迫，容不得生离死别难舍难分便已经人影不见，是不是最高明的送别方式？长亭更短亭，送君千里终须一别，延长那痛彻心扉的前奏曲，那又何必？

话虽是这么说，可是人总是人，假如理智总是可以那样克制情感，天下恐怕便从此太平了；偏偏倩柳和我都是活生生的凡人，她把我推进已经响起汽笛的火车厢里之后，便站在月台上，隔着窗口凝视着我，也不出声。

哦，我永远都不能忘记她那动也不动的一双眼睛！当火车颤动了一下，我见到她迅速地背转身子，在火车缓缓的启动声中，我只能望见她的背影，那么瘦削，那么无助，我好像看到有几滴眼泪甩了出去……

火车隆隆，它并不知道有多少别离的故事因它的开走而展开，我躺在那下层的硬卧铺，闭上双眼，任那中上铺的不知名乘客坐在我的床沿上，大谈“陕西的黄土埋皇上”的种种故事。我断断续续地听来，又迷迷糊糊地睡去，全身发软，莫非是病了？

病倒还没有真病，只是毫无胃口。上车的时候，不知为什么总以为上去了还会下来。我与倩柳不过是车上车下之隔，任何时候只要我动身一跳，倩柳不就在眼前了吗？等到火车冰冷地飞驰，窗外的黄土一片片地迅速退去，我才真正意识到，倩柳留在西安了！

二十四

明天，明天一早，就要踏上南归之路了，范烟桥不觉怅然若失。这时，周广图闯了进来，把手中抓着的电报往他手上一塞，“章倩柳的电报……”

他的心一紧，摊开来一看，是打给周广图的：“电悉欣闻聚会羡极分身乏术甚憾代致意倩柳。”

“前几天我打电报催她来。”周广图说，“这电报，你留起来吧。”

电报还可以留下来，但电话飘过便音讯全无，他又想起那最后一次听到的倩柳的声音了。

那是他动身离开北京的前一天，依照前几天在电报中通知倩柳的时间，中午十二时，他骑着自行车赶到电报大楼，交费之后钻进指定的隔音间，他听着耳畔的听筒在“嘟——嘟——”直响，心也止不住剧跳起来。终于有人接了，终于有人把倩柳叫来了，那静默的几秒钟，便好像是整个世纪一般悠长难耐。倩柳那清脆的嗓音“喂”的一声响起，他也“喂”了一声，顿了一顿，才说：“是我呀。”

倩柳答："我知道。"

"你好吗？"

"好。你呢？"

"就那样。谈不上好。"范烟桥强笑。

"你要多多保重。"

范烟桥一时不知说什么好，倩柳也没吭声，就这样僵持了一会儿，时光悄悄在溜走。

"我……明天走了。"终于鼓起勇气说了，范烟桥整个人马上便好像虚脱了似的，斜倚在壁间。

"我知道。一路顺风。"

泪忽然涌了出来，范烟桥哽咽着将听筒挂上，拭干眼睛，走出隔音间，他仿佛看见那坐在柜台后面的女柜员诧异地望了他一眼。

从此，倩柳在这长途电话中的声音，便永远录在他的耳膜里。好多年之后，他几次固执地想要倩柳的新电话号码，倩柳每次在回信中都说："何必呢？通了话又怎么样？放下听筒，还不是把我推进更寂寞的深渊？"

难道，她这次不来相聚，也并不是真的没有时间，而是不愿"相对无言，唯有泪千行"？

他实在摸不清。

他多想飞往西安去看个究竟，无奈大假已经放完，他不能不回香港向公司销假。早知如此，真不该在北京待上一个星期！

但转念一想，他又觉得，既然倩柳不愿相会，想必有她的道理，他又何必苦苦相逼？就算是他飞到西安，假如倩柳并不乐意，岂非强人所难？倩柳说过，终须一别，相见不如不见，也许她说得对。只可惜并不是人人都可以这样理智。理智？倩柳也不是绝对理智冷静型的人，有时，人大概真的要克制一下自己，或者委屈一下自己。

谁又能够随时随地都随心所欲？正如他当年想要探望病重的父亲，不料，来到香港，身在南洋的父亲病却好了，而他却找不到前往团聚的入境签证之路，终于像其他许多和他同样境况的人一样，滞留香港。他从来也没有后悔过自己当年北上升学的选择，那时他明明知道，一旦离开他出生的那个异国他乡，他就永远不可以后悔。他离去前在当地按下自己的指摸，发誓今生不再回头，如今不批准他前往探亲，他也实在无话可说。无奈吗？是无奈，但也只能接受现实，不再妄想。

他在精神恍惚中，忽然感觉到周广图似乎有些尴尬，忙说："坐坐坐！我给你冲杯咖啡吧！"

雀巢即溶咖啡的味道真香。望着周广图啜饮咖啡，一股白汽袅袅飘起，他的心湖也好像腾起迷蒙的烟雾。电报？倩柳这份打给周广图的电报，是不是有弦外之音？在他的耳畔，老是好像有一道熟悉的声音在温柔低语："这电报，其实是打给你的，你难道不明白？"

你不说，我怎么知道？范烟桥暗想，我又何尝不曾这样猜想？但世界上最无聊的事情之一，便是会错意。我又怎敢乱奏狂想曲？他又记起刚与倩柳好的时候，那一天大家在宿舍里正胡扯得忘乎所以，倩柳的视线望了过来，一碰到他的眼睛，便忽地一跳，顿时让他的心一慌。他似乎觉得她有所暗示，但又不敢确定。过了一会儿，倩柳便离开了，他原本想跟出去，但转念一想，倘若倩柳并不是在呼唤他，岂不是没趣？何况在那么多人当中，注意倩柳的，也有好几个，自己跟了出去，目标太大。于是他便端坐不动，其实灵魂却在骚动不安。第二天，倩柳见到他，便埋怨道："我使眼色叫你出来，你难道不明白？"

当时他不知道该怎么回答才好，只能怪自己还没有足够的默契。要是心灵相通的恋人，不必说是眼色了，便是一举手一投足，对方任何一个轻微的小动作，都该可以即时破译那内含的意思。他甚至怀疑自己是不是太过迟钝，以致无法准确领会倩柳的意图。他又何尝不想享受四目相对的快乐？就算是面对那么多人，他在内心独语的对象，其实也只有一个她。

如今也不用倩柳打眼色了，白纸黑字的电报，看上去字字冰冷，但透过那静止不动的已译出来的方块字，他却可以顺利地摸到她一颗温热的心。到底彼时与此时已经不尽相同了，莫非这叫作感应？

"章倩柳的责任也太重了。"周广图放下杯子，忽说。

当然啦，一校之长嘛。但他总觉得，倩柳不来，不会是因为没有时间。她肯定有她的理由，但他相信，她决定不来，心中却不会平静。到了这种地步，他所能够做的，便是尊重她的决定。

“在我们班同学当中，毕业分配后，好像只有她没有回过学校。”周广图又说。

他也知道。她在信上说过，她过校门而不入，因为不愿意触景生情。可是，她又怎么回避得了呢？只要心还没有死，能够勾起回忆的，又岂止是校园？

他想，也许，在她的潜意识里，有保护那初恋萌生的园地的情绪，以致不愿再度抚触那依然隐隐作痛的伤痕。然而，他又何尝不是一样的心思？只不过权衡之下，他并不固守自己原先划定的界线，他宁愿置身其中而心潮澎湃，是痛苦是憧憬，他都愿意试一试。难道女的与男的，在考虑同一个问题的时候，也会如此不同？

纵飞大半个中国，来了又要走了。喧闹逐渐归于平静，但倩柳就是不露面，范烟桥也不知道，自己这样飘忽，在别人眼中会不会显得莫名其妙？

不过，他也并不在乎。他觉得他忠于自己的心灵流动，旁人怎么想，又何必太介意？

而今拿在手上的，又岂止是电报，他觉得那好像是密码，别人看来只懂得表面上的字眼，而隐在深层的含意，只有他才明白，即使是最平常的词句，假如背后有过丰富的故事，当事人怎么可能平静地阅读它？

那时，走在西安街头，她问道：“以后你会不会来看我？”

“怎么不会？”他叫道。心里也在盘算着，西安到香港还没有直航飞机，到时恐怕要在广州转机了。但是何年何月才会践约，他也不敢说。那时他不知道自己将会飘向何方，是回流南洋，还是滞留香港。他不想用虚幻的谎言搪塞她。

也不知道她后来怎么认为，但他想飞到西安的想法没有变过。到了去年八月中旬，香港—西安直航飞机开航，更叫他跃跃欲试，想要探讨去看她的可能性，只是，从那之后，倩柳却不再来信了！

他至今也摸不清，到底为了什么她会中断联系。一年来他惶惶然到处打听她的音讯，但毫无消息，自己去信，甚至寄挂号信，也都石沉大海。他甚至写了：“……看在我们曾有的情分上，请你无论如何也写几个字给我，至少也让我知道你收到了我的信，好吧？求求你了……”但倩柳依旧沉默不语。

在无计可施的境况下，他转而写信向舟潮求助，希望从舟潮那里听到间接的消息，可是舟潮后来告诉他，倩柳也一样不回信。

他在有些灰心之余，不禁担心起来，难道倩柳有什么不如意的事？病了？那也不成理由，病了也不会整年都没有消息。她的丈夫不高兴了？也不会吧。何况心的跳动，又有谁禁锢得了？！

他记得倩柳在信上告诉过他，即使她有一对她极为疼爱的儿女，但她却很不快活。每当她的丈夫出差，她送他上火车站，“火车一开，他的面貌便模糊不清了”。读到这几句他的心便揪痛起来。当初，他忽然不再回信，倩柳陷入极大的困扰，全靠为她治病的医生全力抢救，有时甚至彻夜守护，才将她从死神手中夺了回来。

病好后，医生说："嫁给我，好吗？"

一半是出于感激，另一半是由于不再抱什么希望，她也就无可无不可。

假如不是有特殊重大的原因。范烟桥怎么也不会相信倩柳从此无言。莫非……他的心一跳，惴惴地将疑虑婉转摊给舟潮，就在逛苏州寒山寺之时。夜半钟声到客船，即使客船与寺庙相互看不见，但声音却仍可以通过空气传去，而西安、香港邮路既然畅通，没有理由……"是不是她……"舟潮瞪大了眼睛，"你不要吓我！……不会的不会的，她的生命力顽强，你也不是不知道……"

他嘴上说"是啊是啊"，但心中的惊惧依然难以全消。即使寄"单程路"的信是多么令人沮丧和痛苦，但他依然勉力写去，他想，自言自语也好，只要她能够读到。可是，她是否真的读到了呢？

如今看来，她想必统统收到了。她确实无恙，那证据便是她拍来的这封电报。然而，她不再来信之谜，他却无法得悉。在心里，他却坚信他不会被她遗忘；正如他即使在最灰暗的岁月里，在他中止写信给她的日子里，也从来没有忘却过她一样。

不回复她的信，是真的不知道自己的将来如何。那时，他父母亲正在南洋想办法找人铺路，准备用钱让他偷渡入境。他当时在香港万般无奈，连一份普通的工作也找不到，更不用说前途了。虽然他并不情愿走回头路，但似乎已经没有什么其他选择了。照证件相啦，准备一点资料啦。想想也可笑，当年热血青年豪情万丈盖了十指手印誓言不再重返，如今沧桑中年意兴阑珊不顾白纸黑字承诺设法潜回，这到底是什么样的一段人生故事？不过人也就是那样，在最困顿潦倒的时候，唯有父母才是最好的避风港。

但逃避了倩柳，他的命运却似乎有了一点改变，一个偶然的机会让他到一家小出版社当编辑；而家里又改变了主意，母亲说："你是学中文的，来到这里根本没有用，只能做生意，但看来你不是做生意的材料，怎么办？而且偷渡来了，只是黑市身份，许多人跑回来，还不是因为身份不合法，不断被勒索？想来想去，反正你在香港也找到工作了，还是不要来了吧！来到这里，我和你爸爸担心你不能适应，精神会很苦闷……"

到底是知子莫若母。他欣然同意留在香港。他也不知道，在潜意识里，他是否仍有不愿意远离倩柳的情意结？香港离西安虽然也不近，但总不必再隔上一个浩浩渺渺的太平洋，在心理上，他会觉得好过一些。

假如当年他真的远走了，恐怕这一回也不会从异国他乡赶回北京参加校庆吧？那么，倩柳的这一封电报，也是看不到的了。范烟桥暗自思忖着，不禁慨叹人生的变化莫测，事后回想尽可评点长短，但是身在其时，又有谁能够完全看通看透？一个轻微的错失，便足以教人的际遇相差十万八千里！

二十五

我在铜锣湾的巴士站等车，一辆敞篷卡车飞驰而来，咦，坐在草堆上面的，不是倩柳和姚文朝吗？我竭力大喊："喂！"卡车停了下来，整个铜锣湾闹市的车子停了下来，连人流也都成了凝镜。倩柳摘下头上的草帽，说："我们下乡劳动去！"说完，卡车又开走了，我想再叫，但声音却堵在喉咙，喊也喊不出来。

我一个人失了魂似的，走啊走的，走到一条河畔，那湍急的水流让我想起，这是在西安吧？倩柳不知道从哪里冒出来，偎依在我身边，幽幽地说："我们就这样跳下去吧，一了百了！"

跳吧跳吧，却不知为什么竟跳不动。

"想吃什么？"我问，"我煮给你吃！"

"你会？"她笑。

"烧茄子？炒肉？凉拌黄瓜？白菜炒肉片？辣子鸡丁？随你挑！"

"好像还有两下子！"

"你现在才知道？"

真的动手炒菜，我心里其实也七上八下的，好久没有下厨了，可别出洋相。

也不知道吃成什么样，又去游泳了，是在浅水湾吧，倩柳怎么游得这么好？那时在学校游泳池，她一点也不会游，在池水中扒了两下，站起身来，双手便猛扒脸上的水流，好像生怕被呛住一样，我远远看着她，不禁好笑。但现在在海里却游得好像一条鱼似的，我远远落后，忽然觉得气短，不觉连吞了两口海水，凉的，咸的，苦的。

又走在北京的王府井大街上，晚风轻轻拂来，我指着东风市场说："你记得吗？刚上大学时，这里还是东安市场呢！"倩柳点点头，"记得。"东安市场给推倒了，取而代之的是新建的东风市场。东风市场当然是亮堂堂的现代建筑，不像东安市场那样昏暗、古旧，可是不知道为什么，我总是怀念在那老街窄巷中穿行的情趣，那吃西餐的和平餐厅，那吃冰激凌的吉士林，还有那旧书店……好像还有很多很多好玩的小店铺，可是变成东风市场后，却好像没有了那种捉迷藏似的乐趣。我不知道是不是因为老了，才会这般怀旧？问倩柳，倩柳笑道："未老先衰！不过，我也喜欢东安市场的情调。"也许，人跟人不尽相同，我们喜欢东安市场，但另一些人却喜欢东风市场，那也说不准。爱好这种东西，还是不强行划一为好，所谓青菜萝卜各有所爱，一点也不假。

逛着东风市场，怎么又会钻进古色古香的东安市场里面？红灯高照，风铃叮当，人影幢幢，年轻的心灿烂辉煌，我拉着倩柳的手左穿右插，穿出东安市场，怎么满街的霓虹灯闪烁，我们竟置身在九龙的尖沙咀东部闹市？

那霓虹灯又转化成彩灯，原来我们又到了荔园。天车载我们登上夜空，吾欲乘风归去，倩柳的笑声荡漾，我想起儿时乘坐旋转木马，转呀转呀的，只不过那时是向前转圈，如今却上下转圈。

转呀转呀转，转圈变成了舞蹈，且是在天安门广场节日之夜，跳的是集体舞呢，内圈女的面朝外顺时针转，外圈男的面朝内逆时针转，转呀转的，探照灯光在夜空中摆动，随着内圈外圈一起停步换舞伴，站在我面前的不是倩柳又是谁！我心慌意乱，脚步有些忙乱，她笑着数拍子："一——二——三——四——"让我慢慢又跟了上来。这时，音乐停了，烟火陆续升空，在黑夜里燃起七彩缤纷的构图，那发出阵阵鸟叫声的，该寄托了什么样的心思？而爆出朵朵小小降落伞的，又是否含着祝福的深情？当我抓到迷路的一只时，倩柳只是含笑不语地接了过去。

不是降落伞，是一些气球吧，在尖沙咀东部海城夜总会的除夕之夜。当新年的钟声响起，在《友谊万岁》的歌声中，飘升爆响的，是红色绿色黄色蓝色的气球。倩柳举起那杯香槟，飞快地吻了一下我的右颊，"新年快乐！"

新年？不是，新年年年都是平淡过去，农历新年就不同了，毕竟是传统节日，所以又叫春节。在北京，春节包饺子。我们寒假留校的同学都被分配去厨房帮厨。倩柳看着我笨手笨脚地包着，笑道："你这是包什么呀？馄饨？包子？还是什么新发明？"不对不对，春节她都回家去了，家在北京的同学，有哪一个不回去？那时我哪能与她一起过春节，还没有跟她好呢！"文革"后过春节食堂也不再包饺子了，我又哪会与倩柳一块包饺子？

饺子，一盒盒的北京水饺，许多超级市场都有卖。我带倩柳去逛吉之岛的超级市场，指着那些北京水饺，问她：“吃吗？”不用自己包，很方便。她却说：“饺子要自己包才好吃！”什么理论？哦，想起来了，想起来了，春节我们一大帮人到倩柳家包饺子，煮好了端到桌子上，大家正要起筷，倩柳忽然说：“慢着！这里面有一个饺子包着一粒糖果，谁有福吃到，谁就有权叫别人表演节目！”

人人起哄，都说：“不干不干，你能唱能跳当然不怕，可别拿我们这些木头来开玩笑。”

倩柳微笑着：“机会均等，没胆就拉倒！”

谁也不愿临阵退缩，方成阳叫道：“完蛋就完蛋！来吧！”邝谷旺伸出大拇指，“方大你不愧是一条好汉！”

我笑。苏舟潮嚷嚷：“又不用去死，这好汉也太容易当了！”

“吃吧吃吧。”倩柳说。

个个都凝神静气伸手夹饺子，我见到邝谷旺的眼神不怀好意地往我这里溜来溜去，知道他成心想要出我的洋相，不禁暗自祈祷：可千万别让他吃到糖果！

刚这么一想，邝谷旺便跳起身来，随口吐出一粒糖，哈哈大笑：“生杀大权操在我手里！”

除了倩柳，谁都躲避他的视线，看来他是那么得意，眼光扫过来扫过去，好像猫戏老鼠似的。我虽然没有看他，但突然间我感到他盯住我不动了，一声让我心惊的声音爆了出来：“范烟桥唱首歌！”

我一惊，唱歌？唱什么歌？我怎么会在大庭广众面前独唱？

“不唱也行，就罚你公开与章倩柳的恋爱史吧！”方成阳冷不防插嘴。

“关我什么事？”倩柳瞪了方成阳一眼。

“唱吧，唱吧！”苏舟潮怂恿着，“你不唱过不了关，倩柳定的规矩，怎能破坏？”

也不知道他是帮我还是害我，这时连倩柳也无能为力，只好让我“自生自灭”了。

唱就唱吧，又不是叫我去跳楼！豪气地那么一想，我张口便唱：“美丽的夜色多沉静，草原上只留下我的琴声……”

唱出口才意识到是《草原之夜》。

忽然跳出个陈天辉打断我的歌唱：“啊呀呀，什么歌不好唱，唱这首靡靡之音？”

又一惊。怎么已经不是在北京，不是在倩柳的家，而是在香港，在那个证券公司，望过来的一双双灼灼的目光，是属于并不认识的炒股票的人们，男男女女都用一种不友善的态度望着我，好像我唱歌吓得那些股票大跌似的。

陈天辉笑了起来，指着我唱道：“一个老头老太太，两个搂着上北海，老头背着老太太，摔个跟头起不来……”咦，是“文革”时北京流行的童谣哩。我还记得，“文革”初期，社会上视恋爱为罪过。那回，我与王若冰穿过什刹海匆匆赶路，蓦然间几块小石子砸了过来，幸好没有命中。我回头一看，只见几个七八岁的男孩往柳树后一缩，一面叫道："流氓！流氓！"接着唱道："一个老头老太太，两个搂着上北海，老头背着老太太，摔个跟头起不来……"一面嘻嘻哈哈地跑远了。

我与王若冰相视苦笑：看来男的与女的在一起走路，这些小孩都认为是罪过了。咦，怎么王若冰的面孔模糊？这时实在记不清她到底是高是矮了。不是不是，不是王若冰，是倩柳吧？在西安的大雪天里，我抓着她那戴着羊毛手套的手，只觉得她的手似乎很冷。

那火车是在长鸣的汽笛声中往后一退，这才开始缓缓前行的。是苏联电影《复活》中的一个镜头吧，卡秋莎在夜间的火车站月台上，隔着车窗看到灯光下的车厢里与别人吃喝谈笑的聂赫留朵夫，她叫他，但他浑然不知，火车开动，她追着火车，火车越开越快，她追不上了还在追，直至倒了下去……可是倩柳并没有追火车，她只是那么急速地转身，让飘飘的漫天白雪无声地落下。

随着时光的流逝，即使最深刻的印象也会淡化，我实在记不清她那最后站在西安站月台上的每个小动作，我只是难忘她的眼神，和她转过身去的一刹那。到了许多年之后，我仍然分不清楚，当时她是早就准备这样，还是临时的一个下意识的动作？

现在嘛，现在可没有到月台送行这一说，电气化火车鸣的一声响，不用后颤，便立刻平稳地前行，把红磡火车总站抛在后头。这九广铁路也太短了，一个多钟头便跑完全程，人人急匆匆拖着大件小件行李去冲关，这是罗湖呀，过了关，便是深圳了。一来二回的，好像罗湖与深圳都变了样，我有时努力去回想，十五年前当我头一次通过时，这两处海关到底是何等模样，却怎么也难以记起来了。

倩柳不来参加校庆。她是不想来了。她也不是一直不想见我的，我刚到香港不久，她便写信约我暑假到广州见面。但那时我还没在香港待够一年，按例不能出境。虽然万般无奈，但在内心里我也惧怕这样的一种见面，相见时难别亦难呀！见面当然很开心，但终须一别，到时，谁能够挥一挥手不带走一片云彩那么潇洒？恐怕到时走都走不动了！

后来？后来我可以自由出入香港了，可是倩柳却不愿再到南方来。她在信上说："我真害怕重逢会破坏我在你脑海中的美好印象，毕竟岁月不饶人呀！我看我们还是保留珍贵的记忆吧！"莫非这才是她不来北京相聚的理由？要真是如此，那又何必？我们都不再拥有骄人的青春年华，在经历了这么多的人生苦乐之后，难道还会仅仅停留在追求容貌的层面？不过人都是爱美的，或许残酷岁月留下的痕迹，真的会令人心里发颤，那也说不定，她的疑虑不是全无道理。人啊人，有时自己也弄不明白自己。

那在阳光下飘飞的肥皂泡，是谁吹出来的？七彩缤纷，可惜一下子就自行破灭了。小孩的嚷嚷声。这明明是在九龙公园，我怎么会与倩柳在这里散步？她指着那排耸天杨说："我们大西北……”咦，这里到底是香港还是西安?

秋凉时分，我坐在西安一座公园的绿色长椅上，早晨的阳光斜斜洒在我身上。在微凉中又感到一股懒洋洋的暖意。呀，真困。我闭上眼睛，满耳灌满的是小孩子在远处的笑闹声。笑声清脆，倩柳似乎也是这般笑。迷糊中打了个盹，但觉有人拉了拉我的耳朵，睁眼见到倩柳俏生生地站在眼前，笑道:“瞌睡虫!”

她老是叫我“瞌睡虫”。其实我也并不特别贪睡。但有时与她并排一坐，全身松弛，不由得便慵懒起来。能睡也不一定不好。只有高度不设防，这才能在旁人的眼光下昏昏睡去，倩柳当然不是旁人，不过有一对眼睛灼灼而来，总也是潜在的“监视”呀!大概我的“自我防卫系统”，早已在她面前全线崩溃了吧。

昏昏沉沉。半睡半醒，我却躺在学校医院二楼的单人病房里。他们说是隔离病房，不能探访。每逢早上课间操时，苏舟潮便会溜过来，在楼下大叫:“范烟桥!”我开了窗，与他高声对话。倩柳没来看过我，她那时也很少和我说话。

她怎么也来看我了，带着水果和“勿忘我”?我躺在法国医院的单人病房里，长夜漫漫，连白天也是寂寞难耐。倩柳每天都来看我，她好像说了好多的话，但我只见到她的嘴在动，却听不见她到底说什么。听说芒果湿热，病中不好多吃，但她有时也会给我带一两个来，她的话也清晰起来:“乖乖的，吃一个算了。这么大了，还这么贪吃!”要戒口，我知道。但有时人是很难完全清心寡欲的。人家勇夫还拼死吃河豚呢，我不过是吃一点芒果而已，好了好了，下不为例，行了吧？“啊呀，耍赖了不是？你呀你呀……”她说。

芒果？北京那时可见不到。咦，倩柳怎么会在香港？她也从来没给我买过芒果。买不到呀，怎么买？我甚至不知道她有没有吃过芒果。我呢，我在北京时也没吃过，但在南洋时却吃得多了。倩柳买的水果，是水蜜桃。芒果？又在香港？不对不对，应该有什么地方搞错了。

搞错地方，在日常生活中常常发生。那次，和倩柳初次约会，约好了在利舞台见面，可是等来等去，等了两个小时也不见人影，我不由得焦躁起来，看着那驶来驶去的无轨电车，紧皱眉头。咦，这是香港呀，怎么有无轨电车？错了错了，应该是在北京，约在首都电影院。我真的在那里等了两个小时，眼看着在我眼皮底下入场的观众，看完电影，又在暮色中散场，从我旁边走过，渐渐消失在四面八方。我极为绝望地离去，坐在熄了照明灯的公共汽车的车厢里闭目养神，肚子饿得呱呱叫，脑子里却在苦苦地想着：她为什么失约？难道她临时改变主意？回到学校忍不住赶到她的宿舍前，窗口却一片漆黑。是没有人，还是睡觉了？才七点多，怎么可能睡觉？但我却止步了，我不想去证实什么，或许是因为胆怯吧，万一宿舍里真的没有人，那岂不是把自己逼上死角，毫无转圜的余地？罢罢罢！回去睡大觉吧，肚子饿了，睡觉最好。但躺在床上，翻来覆去却睡不着，到底是太饿了，还是太过胡思乱想？不知道不知道……

好容易迷迷糊糊地浅睡，天已经大亮，人人都起床，想再睡懒觉也不好意思，我只好爬起身来，只觉得昏昏沉沉的，眼睛发涩，后脑有些抽痛。找了一片止痛片，用水吞了下去，定了定神，似乎立刻好了，但心却仍然慌乱。

没想到见到倩柳时，她比我更生气，“明明说是首都剧场，你怎么搞的！”到底是我说错了，还是她听错了，这个时候去追究也已经没有什么意思了，反正这误会并不美丽，我在这头傻等，她在那头傻等，都在等，却永远有段不可逾越的距离。这距离纵然不是天涯，却也足以叫两人遥遥想望却终于不能碰头。那一页翻过去了，我却又很欢喜了，因为我到底弄清楚了，倩柳并不是不赴会，那就够了。赴会却无心，跟有心却误会，那是完全不同的两个层次，我怎能分不清！

等候当然是十分烦人的，特别是等候情人，每一分钟的流逝，都会灼伤更大面积的心。不过，当伊人终于出现，又何尝不是苦尽甘来的高潮？一对情人相会，在沙滩上慢动作地向对方跑去，朦朦胧胧的氛围，飘飘欲仙的姿态，哦，现在看来已经太过做作了，可是七十年代初的台湾文艺片，却少不了这样的场景，老套吗？是老套。不过假如那对情人真的不如此不足以表达内心的激情的话，那又何妨让他们飘飘然一番？旁人也许是看不过眼，但在当事人来说，那可是自自然然的事情。那是在西安吧，走到一道黄土高坡下，眼看四下无人，我心念一动，伸手搂住倩柳，吻了她一下。忽然不知从哪儿冒出几个小孩，好奇地望着我们傻笑，我窘得拉着倩柳蹲到高坡后面，以躲避那探问的眼光，倩柳笑着伸手用食指刮了一下我的脸，轻声道：“啊呀，脸红了脸红了……”

脸红不红我不知道，不过双颊倒是有些热辣辣，也不知道为什么，不过是小孩罢了！

要是真能变成小孩就好了，也不要太小，太小不懂事，也不好玩，最好是少年不识愁滋味，懂得一点世故，却又不知柴米油盐贵的年纪。这种年纪有这种年纪的纯真。钱？待一边凉快去吧！想给倩柳随便买件什么东西，跑到王府井挑挑拣拣，本来她也很热心地给我当参谋，后来听说我是准备送她的，她立刻拒绝了，她说：“我不想让礼物亵渎了我们的真情。”再说下去可就成了“糖衣炮弹”了，我此后便不敢轻举妄动。

其实收受一点小小的礼品又有什么呢？它既能够增添生活中的乐趣，间接证明对方在自己心目中的重要性，有什么不好呢？如今，我自己手中没有一件她给我的东西，而她手中也一样没有我送给她的东西。纪念品是没有的，除了信件。

信件？现在谁还写信呢？电话那么方便，一提来直拨，天涯海角都可以把对方的声音拉到耳畔，有听觉的感应，哪像信件，还要一个字一个字串起来，去领会其中的意思。香港人一年到头又有谁写信了？反正科技发达，电话呀，传真呀，录音带呀，都行。信件？别那么老土了。

可是信件自有信件的妙处，电话稍纵即逝，传真太过张扬，录音带嘛，录出来的是否是经过矫饰的声音？信就不同了，小小的秘密被封在小小的信封里，至少便具有神圣的只有对方才有权看到的禁律：虽然未必有什么重大的隐私，但首先却有了自身的权限。

也记不清我在哪里了，因为接连有几封她寄给我的信不知所踪，她便写了一封沉痛的信，开头倒也是一般，就像她平时给我写信那样天南海北，但到了中段，笔锋一转，她写道："……我恳求您，屡次将我的信收走的人，求求您可怜可怜一对无助的人，可怜我们的苦命，不要再开这样残忍的玩笑，而让我们不知道对方的死活。就算您一定要看，也请您在看完后，再交出来，偷偷放回也好，可以不可以？我给您磕头了……"

也不知道那失了的信件，是否真有小人偷拆，可是在无形中却使得我全身不舒服，好像我们之间的一举一动，都有人在窥视，其实，那不过是儿女情长的情信罢了，并没有什么新奇刺激的内容，我怀疑它不会有什么太大的吸引力，也许只是普通的邮误罢了，丢了也就丢了，这世界上根本没有人看过，除了写信的倩柳。

虽然我爱收读信件，可是却往往懒于写信。香港生活节奏如此快速，每天都是没命似的往前赶，怎能有从容的时间写信？各方朋友都说："你的信好像是电报体。"我也知道，我的信写来简单扼要枯燥无味，可是有什么办法呀，没有闲适的心情，信怎能写得天马行空？

也不是没有写过长长的信，刚来香港还没有找到工作，成天看电视上播放的粤语长片直到厌烦，我便躲在那小房里给倩柳写长信。汤波笑我："写那么长干吗呀？还不如投稿赚点稿费用一用也好！"

但给倩柳的信可以写得很长，投去报刊的话，却越短越好，越凝练越好；于是汤波劝我说："香港是商业社会，舞文弄墨也不能太清高，你以为你忠于文学，实际上是与自己过不去。"

总以为要赚钱也不必用这个手段，谁知道尽管你自己虔诚，到最后还是免不了要与钱打交道。假如没有稿费，难道我还会写下去？偶然没有，那当然也没什么了不起；但次次没有，连稿纸邮票都要亏掉，谁能坚持下去？留名？算了吧，留得什么名？又不是什么旷世杰作，还不是"人一走，茶就凉"？

是阿庆嫂唱的吧，这唱词，"摆开八仙桌，招待十六方，相逢开口笑，过后不思量"，高！这是人生至高境界了吧？

只不过恐怕没有几个人可以达到这样出神入化的造诣，稍一松懈，便全盘皆输。这样做人也太辛苦，还不如还我真性情，笑骂由人。

笑骂由人，也只是自我安慰罢了，真的能够笑骂由人？只不过无法控制到别人的嘴巴，也就只好洒脱地做人了，有苦自己知，何必要给别人看？在大庭广众之下总要嘻嘻哈哈谈笑风生，好像刀枪不入，犹胜"大内第一高手"，背着人哪怕哭得天昏地暗那也是小事一桩。

"千万不要英雄气短。最重要的就是别让人知道你的底细。"汤波悄悄告诉我。

道理上我也明白，但要做起来，哪有那么容易？假如达到如此炉火纯青的地步，简直可以打遍天下无敌手，你汤波恐怕也不是我的对手了。

也不是不想从此投笔从商，钞票哦，当然未必是万能，但是谁会拒绝它？我也不会。香港喔，动一下都要钱。什么？不仅香港如此？是啊，钱很重要，他们能够赚钱，是他们的本事，无法怨天尤人。我的命生得不好，劳劳碌碌，仅得温饱。别人比我混得好多了，特别是明星女作家，个个红透半边天，我好像发了霉似的，没人理会。想想也是，不过是个写诗的人罢了，还能逃得出“钱大爷”的掌心？诗人也得为吃饭问题奔走，既然对写诗的虔诚不改，那就只好出卖自己的本事去领得一份固定的工资。工资的压迫下，诗也沾上了铜臭，诗又怎么能够空灵起来？

日思夜想都在憧憬着出诗集的快乐，冬夜躲在棉被里想着也还会笑出声来，但诗集让出版社的面孔个个吓得煞白，好像怪物光临地球，差点没把我当成外星人拿枪炮来武力对付了。你说好？那有什么用？要是倩柳你是出版社的老板，那就不同了，你点一下头，诗集立刻发排。还是要有钱，没有钱，人们不睬你。我好歹也出过散文集，照理也并非初出茅庐，只不过干劲与冲劲，倒真大大不如这帮年轻人，他们个个显得功利而直接，不大会顾及别人的感受。

咦，这蒙蒙春雨的街头，怎的如此似曾相识？在黯淡的街灯下，我撑着雨伞信步走着，听那细细的雨丝洒在伞面上，似远似近地奏着让人心境恍惚的调子，简洁、单调而又悠长。那林荫夹道的整洁路面，那黑瓦白墙的低矮房子，江南水乡的情调扑面而来。横街、窄巷、石板路……这不是古城扬州吗？我怎么飘到扬州来了？

细雨继续纷飞，沿着据说是当年乾隆皇帝的御船航过的那条运河河畔，我漫无目的地走着，那拂面的垂柳，已带着雨点的凉意，却仍让我有一种难以言明的骚动。春雨江南，今晚没有月上柳梢头，却有暗香在浮动。

烟花三月下扬州，最是琼花引得游人醉。这就是大名鼎鼎的琼花了？白白的，长得也并不繁盛，但它却因为隋炀帝而大大出名。

这是瘦西湖了。白天的瘦西湖，也笼罩在一片烟雨下，雨中撑伞游园，自有另一番迷人的情趣。我的心忽地一跳，石桥上那俯身凝望湖水的女郎，不是倩柳吗？我呆望着她的侧影，一时之间竟有透不过气来的感觉。

我放轻脚步走过去，唯恐一个惊动，她便会倏地消失。欢声，笑语，秋阳下的湖水被悠悠荡开了，抬头也是白塔，而且与北京北海公园的白塔极为相似，嗯，是扬州瘦西湖的白塔呢。假如不是当年乾隆皇帝不经意地一问，这里会不会也急起直追速速仿造一座？瘦西湖虽好，但北海更好。“让我们荡起双桨……”青春怎么会倒流？在北海划船，荡过来荡过去的，也不知划了多少个小时，还是不觉得累。

这粼粼的北海湖水，慢慢也结了冰。是冰场呢。又是《步步高》《旱天雷》《雨打芭蕉》《彩云追月》……欢快的广东轻音乐。倩柳只一溜，便在冰面上舞出了美丽的弧线，看似容易，我学着她的样子，也一溜，忽觉脚腕无力，一个头重脚轻，我便一屁股坐倒在僵硬冰冷的冰面上，好在里面套了一条毛裤，要不真会跌坏。倩柳倏地飞滑而来，脚那么一刹，便戛然停在我的眼前，伸手拉我，急道："跌疼了没有？"

仰面朝天。这冰场太小，冰面却光滑，不像北海公园那么粗糙；播出的也不是广东轻音乐，而是梅艳芳的歌！哦，是电影《胭脂扣》中的镜头吧，梅艳芳的手指轻拢慢捻，从喉头低低地吐出了她那有名的嗓音。我望了望她，笑问："玩够了没有？"她笑："扶你一把吧！"借着她伸出的手，我一用力，便站在她的面前。不对不对，眼前明明是香港太古城中心的人造冰场，哪有什么北海公园了？人人逆时针地溜冰，又哪有倩柳？没有棉袄，没有围巾，人人都穿着单衣，嗯，是初夏时分呢，人造冰场可以让人在夏天也享受溜冰的乐趣，不用冻得直哆嗦，身轻如燕，真好。

忽地嘭嘭的枪声响起，一位女郎慢镜头般缓缓倒了下去，摔在冰面上，惊得周围溜冰者一片哗然，尖叫声中，男男女女争相往场外滑逃。那中枪的女郎，该不是倩柳吧？即使摔下去的动作，也做得那么优雅！不是倩柳不是倩柳，是电影中的女郎。人群尖叫，倩柳夹在当中，我拼命蹬起双脚，想要溜过去靠拢她。枪声惊人，我的心在震颤，脚不顾一切地蹬着蹬着，却寸步都不能前进，好像是给铐住了。我白白地眼看着倩柳给人潮卷走了，想走也走不动，想叫也叫不出声，好辛苦。

那辛苦感觉，就有点像躺在医院的病床上辗转不能入眠的夜晚，即使开了冷气，但夏夜的蚊子却无孔不入地钻进房内，嗡嗡嗡地从我左耳畔掠过，又在我右耳畔盘桓，骚扰得我心烦意乱。倩柳摸了摸我的额头，说："都是汗，怎么搞的呀你？"

我也不知道。

我混乱了。我分不清我身处何方，我也不知道此身是虚还是真。情悠悠，梦悠悠，没有逻辑，没有必然的联系，在冷气底下，这一头冷汗，到底从哪里来？

没有冷气吧，北京八月的太阳，晒得连柏油马路也发软，我的汗水从额头冒出，倩柳掏出手绢帮我拭去，"唉，你简直成'大汗'了！"

"成吉思汗？"我笑。

"别臭美了！"她白了我一眼，快步走到路边，买了两条鸳鸯冰棍，塞了一条给我，"凉快凉快吧！"

"待一边凉快去？"

她不回答。

居然便坐在劳动人民文化宫那古松下的绿色长椅上，那浓荫为我们遮挡阳光，风阵阵拂来，倒也慢慢凉快了。

面对着那道红色的昔日宫墙，我说："面壁大概就是这个样子吧？"

"你以为你是达摩呀？"

不是达摩，是可怜的上班族，每天被钉在时间的十字架上，早九晚五面壁。倩柳说："来吧来吧？请一两天的假，该不会太难吧？"

她在哪里？深圳？怎么会在深圳？一河之隔罢了，来去也方便，去去去！可是说走就走，怎么行？老板不拉下脸才怪呢，但倩柳却不相信，电话中没说什么，好像并不在乎："……当然工作为重啦，我明白。但我等不及了，后天我就离开了……"

她就在伸手可及的地方，但她来不了，如果这样我都不去，是不是太冷血？天塌下来再说吧，我壮胆向老板请假，老板皱着眉头说："那怎么行？"

不行就不行吧，反正我把心一横，铁定要去，最多便是不干了。不干就没有工资，以后怎么办？找工作？也未必说找就马上可以找到，我不禁犹豫起来。说什么勇往直前，一遇到切身利益，还不是兵败如山倒？

倩柳哽咽的声音响起："……我们还是认命吧！"

我一惊竟然醒了过来，我移开压在胸口上的右手，但仍然有点透不过气来的感觉。很冷，我打了个寒噤，随手开了床头灯，才发觉睡前盖着的那床薄棉被掉在地上。

我发了一会儿呆，伸手摸了摸额头，还真有些汗呢，莫非那些连串的片段的梦，把我折腾得精疲力竭？

捡起棉被，重新爬回床上，又熄了床头灯，我闭上了眼睛，很快就迷迷糊糊了。

又是肥皂泡。又是霓虹灯。又是烟火。又是灯笼。香港的山水，北京的街道……

自行车漫过来又漫过去，啊呀！西长安街对面那匆匆走着的，不是倩柳吗？我张口狂喊："倩柳！"满街的人都回过头来望着我，但倩柳好像没有听到，依旧匆匆地走她自己的路。我犹豫着是不是还要大喊一次，忽然又觉得不如冲到对面去，刚想起步，几辆公共汽车接连开了过来，遮住了我的视线，一辆，又一辆……怎么公共汽车会那么多，好像无穷无尽似的！

汽车阵终于流过去了，我再扫视对面的人行道，那些蠕动的行人中，又哪有倩柳的影子？只有漫天的柳絮在纷纷扬扬地飘飞……

难道我看花了眼，倩柳根本没有从对面走过？还是就在那一瞬间，我竟当面错过了她？

我不知道。

我怔怔地站在原地，作声不得。北京五月初的阳光，温和适意，但我的心却因焦躁而有灼热的煎熬。倩柳哪里去了？

忽觉舌头一阵剧痛，我又惊醒过来，原来在睡梦中自己咬了自己的舌头。定了定神，只觉眼眶溢满了泪水，是舌头给咬痛了，还是心给烙痛了，不知道……

睡觉咬了自己的舌头，是热气吧？嗓子也疼起来了，看来，真的有点不舒服哩。

窗外正渐渐发白，天亮了，这天上午，我便要挥手告别古都，虽然恋恋不舍，但我却不能阻止时间的流逝，我有一种无力感。

来了，又这么走了，到底这跋山涉水一趟有什么实质性的意义，我也弄不清楚。不过也不必弄得那么清楚吧，人生有时也要朦胧一点才好，假如凡事都执着于追问一个为什么，会不会徒增自己的烦恼呢？

本来也没有太大的奢望，虽然刚来的时候不免迷惑，不免有些幻想，明知渺茫，但不到最后一分钟便不愿意面对现实。

该起床了。爬起身来，才特别体会到睡眠不足的滋味。喝杯咖啡吧，从杯子里袅袅飘出的白汽，还有那缕缕的芳香，让我的心房腾起了一股温馨的感觉。多好啊，这样的一个深秋的早晨，阳光明媚，天气清爽，只可惜有一道孤苦的阴影。

我斜倚在沙发上，懒洋洋地闭上眼睛，神智在半睡半醒的边缘滑翔。叮咚，一声门铃响起，惊起我混沌的梦。连忙起身去开门，原来是苏舟潮和周广图前来送行。哦，命定的别离时刻变得那么具体，想要做鸵鸟也不可得了。有首歌叫什么来着？是的，叫《无心睡眠》吧，原先的睡意昏昏已经荡然无存，我的心狂跳起来了。

“那么，我们就后会有期了？”苏舟潮伸出手来。

当然，只要有机会，我不会放过。

“你来容易，我们去就难了。”周广图说。

说容易也容易，有时间有钱便畅通无阻；说难也难，一年大假才几天？怎容得我说走就走？

可是我不能这么说，只是使劲握着他们的手，连连说：“一定一定！”

人生何处不相逢，对吧？相逢有如在梦中。

而分别，也一样如在梦中。

二十六

你觉得你的心好像一下子便被掏空了似的，前往你住处送行的老同学越来越多，大家挤在客厅里，哄笑着说些什么话，你微笑着附和一两句，但全然不知道他们到底说了些什么。你笑，但你觉得辛苦，却仍然要勉为其难。最怕的便是生离死别，你却偏偏要强颜欢笑，为的只是不要使别离前的这一刻变得一片愁云惨雾。何必呢？你想，好不容易相聚一场，下次相逢还不知何时何地，既然可以抓住今天，为什么还要去忧心明天？

可是你依然还是快活不起来。心头一片沉重，你本来以为是这终须离别的悲哀造成的，但想了一想，你才明确，一切只是因为倩柳没有来！

你恹恹地坐在沙发上，有一句没一句地与他们闲扯。他们似乎并没有太多的离愁别绪，你想，大概他们认为你来去自由，随时都可以现身眼前，你也不便告诉他们，来得一次算一次，下次何时再来？你也心中无数。

你看了看表，该动身去机场了。你忽然异想天开：倩柳会不会就在这最后一分钟改变主意赶来？

心灵感应似的，有人按门铃。你急步去开门，站在门口的却是那天去接你的司机，他脸上无什么表情地说：“车子等着呢，可以走了吗？”

你的心一沉，强笑着连声答道：“来了来了，这就来了。”

苏舟潮和周广图七手八脚地抢着帮你提行李，你有些失去主意地跟在他们的后头，出门时肩膀撞了一下门框，那一阵吃痛，顿时唤回你的魂。你定了定神，暗想，这是怎么啦？又不是没有南来北往过，何曾这样魂不守舍？偏偏舟潮回过头来说：“喂，不如我给你当书童，怎么样？”

你的心一跳，只是尴尬地笑着。你知道他言者无心，但你听来却有意。在他只不过是随口的玩笑话。或许他想努力使这气氛轻松一些吧，但你的耳畔却立即不断回旋起这个词：书童！书童！书童！

是倩柳说的，你永远也不会忘怀，只是不知道她是否还记得那不经意说出的一句话？

那还是在快要离开学校时，倩柳帮着你整理你那零乱的书，一面用食指点着你的额头，“你呀，这么乱，最好找个书童来服侍你，我做你的书童，怎么样？”

这当然不是认真的话，现在哪里还有什么书童？只不过她轻轻说来，你却咂摸到那言语中的爱怜味道。你张手拥住她，贴着她的耳朵说：“我做你的书童还差不多，至少，书童要挑担赶路，你一个弱女子，行吗？”

“我弱？再弱也比你强。”

“你来保护我？”你问，心里有些不快。

“服侍你，”她瞪了你一眼，“都说明是书童了，又不是保镖，我怎么有力保护你？”

这就是倩柳乖巧之处，即使她表现得比你更强，但她却处处留意不损伤你那男子汉的自尊心。她其实很明白你很敏感，有时抱着你的头，她便用有些无奈的口气，叹道：“你呀你呀，你叫我说什么好呢……”

苏舟潮未必知道你这一刻的思绪，只不过两个偶然相同的字眼罢了，也竟可以引起你这么多的回忆！

轿车飞快地驶向北京机场，一路上也不知道说了些什么，你只觉得有些招架不住，头有些晕，胸口作闷，想来是昨夜睡眠不足的缘故。你掏出白花油，往鼻尖和后颈抹了抹，白花油那辛辣的味道立刻弥漫在车厢内。

周广图望了望你，问道：“怎么啦？要不要停车？”

你笑着摇摇头。

苏舟潮看了看手表，说：“时间还有呢。”

“没事，我闭闭眼就好了。”

你果真闭上眼睛，靠在后垫上，他们也都不吭声了。等到你再睁开眼，车子正徐徐开抵机场。

一到机场，也就忙着进闸了，还要过海关、托运行李、交机场税……赶早不拖迟。飞机定时起飞，时间不等人，你甚至来不及好好与他们话别，匆匆握了握手，你便头也不回地走了。

头也不回，是因为你不忍心再回头，没有勇气再回头。一直等到你停住脚步再回头，视线已经给板壁挡住，哪里还看得到苏舟潮和周广图？

潇洒，你想，这就是潇洒吧？不过却又并不是无牵无挂，看来只是强作潇洒而已。其实，你心中有太多割舍不下的东西。进了海关手续却奇快，等到你进入候机室，看看手表，飞机还有一个小时才起飞，几时登机也还不知道。你有些后悔这么急便进闸了，可是，再拖一会儿，又能与苏舟潮和周广图再说些什么呢？还不是终须一别？

你到邮局那里，想要买一个信封，买一张邮票，翻了翻身上的钱包，这才想起既没有人民币，也没有兑换券了，只有港币。港币不能买邮票，换兑换券？换多少？又麻烦，算了，不写了。写了寄了，也只不过早寄早到罢了，别离却已是不争的事实。

你在一张空凳子上坐了下来，周围都是候机的陌生人，你有些落寞起来。这一个星期以来，你在母校天天高谈阔论，时光倒流二十年，如今却又还原成为一个孤独的你，在等候中有无助的感觉。

在情到浓时，你曾对倩柳说："……至少，我想和你挤一次火车，乘一次长途汽车，搭一次轮船，坐一次飞机……"结果，你只和她挤过火车而已。人生常常就是这样，愿望虽然经过努力，但往往不能圆满，而留下的遗憾，毕生也无法弥补了。

你忽然想起，你忘了请苏舟潮代你发个电报给倩柳，告诉她，你走了。怎么会忘记这件事呢？本来你晚上都想好了的，没想到临走匆匆，心烦意乱，一路闲话，偏偏就不记得这回事了。这时，你与舟潮已被隔绝，即使他仍未离开机场，你又怎可转身出去？

你很懊丧，虽然一封电报更多的只是形式而不会有什么实质性的效果，但你也并不是在“作用”上着眼，只不过想要表示一点你的心意。毕竟，在离开北京之前去电报，和回到香港后再打电报，你以为根本上是不同的。也许那是一种微妙的差别，但你却很重视这差别，差之毫厘，失之千里，在情绪的表达上，尤其如此。

越想，你越闷闷不乐。你记起十五年前离开北京飞往广州时，也曾在这个候机室这样心神不定地孤独地坐着，但你已经记不清那次到底坐在哪个座位上了，只记得对于茫茫前程，你毫无所知，回首想要再看看倩柳，但倩柳却在西安，与你相距那么遥远。这几年来相依相傍的坚实感觉一下子动摇起来了，不论是好是坏，你都要单独去面对，你觉得十分吃力。你记得你曾对汤波说：“……要是这次谈不成，以后我再也不要谈什么恋爱了……”当时汤波颇不以为然，“你犯什么傻呀？失败了再谈就是了，何必灰心？当和尚？我看你俗缘未尽哩！”也不知是认真还是胡诌的话，不过你当时并不是随口胡说，你只觉得恋爱并不是那么浪漫，虽然在投入时甜甜蜜蜜，但到头来不能圆满，便要把自己的五脏六腑全都掏干净了。以前你不相信为情吐血之说，但你现在相信了，虽然你并没有吐血，但心魂倒翻的滋味，你却知道了。

那时你以为你已经下定决心，对于汤波的一番言论，你认为只是他浅薄而已；不料时事迁移，即使你一直未能忘情，但到头来还不是要向现实低头？

你信誓旦旦地宣言的时候绝对真诚，但当时又何曾考虑到各种各样的难题？也不过是热血上涌罢了。后果？那倒不曾细细盘算。你想，也许人在绝望时可以凭一时之勇做出任何行动，但一旦有了缓冲，恐怕就不会那样勇往直前了。从此以后你再不敢轻易给自己下结论，也不敢轻易给别人下结论。

候机的人不少，但座位还没有坐满呢。这么坐着，有些懒洋洋，这时最好什么也不说，什么也不想。你可以不说，因为没有对手，但你却不能不想，因为你并非心如止水。思绪飘飘然，你忽然想起，前两年从广州白云机场飞往上海，班机误点了，一等就是十几个钟头，候机室里挤满了候机的乘客，全都因为班机晚点。座位全部坐满了，有些人便坐在阶梯上，室内烟雾腾腾，呛人的烟味到处弥漫，空气十分混浊。后来每一想起在内地搭飞机，你便担心会再遇到这样倒胃口的事情。那么，这个直飞香港的班机，该不会迟飞吧？你望了望告示牌，还没到时候呢，大概不会吧，不过也难说，到了该登机时，忽然来个延迟的通知，也说不定。这时，旁边忽然飘来一句粤语："那架机未嚟啲？"你扭头望了过去，是一对香港年轻人哩。虽然不认识，你心中却立刻泛起一股亲切之情。说不上是他乡遇故知，但那种感觉却是很难说得清的。

你总觉得自己半生在漂泊，那时从南洋回到北京，偶然在街头上见到那说异国语言的人时，心里便会涌起一股似是遇见老朋友的感觉；后来到香港，每当听见说北京话的人，也会立刻打破陌生感。如今，如今来到北京，好像再没有什么比粤语更温暖的语言了。其实，在香港时，你也并不怎么喜欢粤语，满街满巷太多讲粗话的男男女女，而且在大庭广众之下也不忌讳，大家像在比赛似的轮番以吐出最粗鄙的词语为荣；可是在异地听见粤语，那感觉就完全不同了，那天走在王府井大街上，对面走来几个香港年轻人，其中一个笑骂着吐出一个拖长的字。平时你对这个字十分反感，但这时却宽容地笑了，与你一起走的苏舟潮回过头去，望着那群人的背影，一面问你："他说什么？"

你也不知道该怎么解释，只说："粗话。"

"粗话你还笑？"

是啊，笑什么？你也不知道。也许你只是听进那音调，而全然没有体味那个字的含义了。

不过有时一些语言也只是宣泄感情的工具罢了，也不必太执着于它的本来意思。就像"文革"时，"他妈的"成了最流行的口头语，男男女女有几个没有说出口？你记得那回你在倩柳面前发牢骚："……妈的，姚文朝真不是东西！当面是人，背后是鬼……"倩柳瞪大了眼睛，用手指指住你："哦，你说粗话……"这时你才省悟过来，连忙自嘲："嗨！都什么时候了，还讲什么斯文？"

"说说也没什么了不起，是'国骂'嘛，不讲白不讲。"倩柳笑了起来，“不过我看你这么气愤，故意逗着你玩的。牢骚太盛防肠断呀，姚文朝这种人，你何必去理他？”

也不是去理会他，不过咒骂几句，发泄了一下，你也就算了。和他计较？省一点吧！

要计较的，是飞机晚点。搭飞机本来就是图省时间，要不，你宁愿搭火车。倒不是票价贵的问题，只是从旅行的角度来看，飞机在万米高空飞行，即使在晴朗的白天，除了机翼下的团团白云，又能见到什么？坐火车就不同了，山村、田野、大河、小溪、缕缕炊烟、朵朵白云、低飞的鸟儿、摇曳的树木……直起身来目送火车远去的农人，天天就这样耕作吗？偏僻小站那懒洋洋的站长，该如何迎来送往那日日夜夜驰过的列车？轰隆轰隆的火车声，总是引起你诸多的联想。你喜欢搭长途火车。可惜你没有太多的假期，你不可能为所欲为。可是，假如飞机一晚点就晚十几个钟头，那搭飞机又有什么意思？你预计今天要赶回香港，因为你的大假今天结束，明天你必须上班了。如果今天回不去，事情可大可小，老板心情好便可以哈哈大笑，骂一声：“这飞机怎么这样神经！”假如他心情不好，说不定会板起脸孔教训你：“你可以提前一天回来嘛！”

可怜的上班族！你苦笑。

幸好，这时，广播声响起，你搭的这趟班机开始检票，你心头一喜，提起背包站起身来，那道闸门前已经排起人龙。

飞机准点，在欢喜之余，你才想起，这就要离开北京了，一种乱纷纷的心绪又叫你不知如何是好了。

云里来，雾里去，你不知道这些年穿梭的，是不是在同一片天空下。飞机在跑道上滑动，转弯，加速，你的身子一紧，但觉飞机斜线飞向天空，平稳之后，爬高，再爬高，你的心一荡，又一荡。

终于攀升到云端了吧，千堆雪似的白云就横在脚下，一团又一团，一会儿发亮，一会儿又黯淡下去，那该是阳光在忽强忽弱地流动吧？

北京在一点一点地远去，就像来时一点一点地接近一样。你随手从背包里掏出一本书，一翻，视线落在一行字上："……你其实是很坚强的……"你心里感到很诧异。坚强？你也不知道你到底坚强不坚强。这回离去，你没有掉下一滴泪。对着苏舟潮他们，你虽然有分别的难过，但你没有要哭的情绪。也并不是以为哭就是软弱，你觉得"男儿有泪不轻弹，只因未到伤心处"，心碎的时候，谁又能够自我克制若无其事？那回，你便含着泪水登上南飞的飞机，你不知道这一飞，前路茫茫，何处话凄凉？很丑吗，一个大男人，竟会眼泪汪汪地上路？是有一点。但你觉得无所谓，谁没有喜怒哀乐？难道男子汉便永远不会掉泪？那岂不是与铁石心肠无异？而这次，也许心已经不那么脆弱了，春去秋来，岁月蒙上了灰尘，你的承受力也在无形中加强了。不当众掉泪也并非表示无情，强忍之下，大概也标志着一个人的成熟。

有时候，最大的哀痛可能是无言。你的视线仍然盯在那几个字上，你也分不清楚，坚强与软弱，到底有没有什么截然的分界线。

你啜了一口空中小姐送来的咖啡，噢，有点苦哩，只有一小包砂糖。算了，喝多两口就喝完，不要再麻烦人家拿了。

你按了一下座位靠手边的按钮，让靠背后仰一些，然后斜躺下去闭目养神。忽然，飞机一阵强然颤动，广播响起，一个温柔的女声提请乘客立刻绑上安全带，因为飞机碰上一股气流。

你望着那些空中小姐，她们个个面带笑容，气定神闲。到底是受过职业训练，你想。但你对这种职业笑容并不太信任，飞机仍然震颤着，一个念头像闪电似的在你脑海中划过，假如飞机掉下去呢？

这个大大的黑色问号，让你既疑且惊。就这么掉下去，这可是一万米的高空呀……

心怦怦地跳动起来，你望了望周围的乘客，大多数都没有什么反应，想来都是坐惯飞机的人吧？不过这跟坐不坐惯没有关系，万一有事，人是那么脆弱……

飞机又恢复平稳飞行，你暗地松了一口气，有的乘客动手解开安全带，一位空中小姐柔声制止："……暂时不要解……"她的话还没说完，飞机又碰上另一股气流，再度震颤，你的心一沉，忽想，我这样飞来又飞去，到底是为了什么？

幸好飞机很快越过气流，解下安全带真好。你又想起那阵震颤。真摔下去也不过是刹那的工夫罢了，一眨眼，什么都化为乌有，名与利，悲哀和欢乐，全都要画上一个休止符。或许这也是一种解脱，从此不必苦苦在这人世间浮沉，一了百了。可是你很快又自责起来，一走了之？你还有未尽的义务和责任呀！这念头岂非太自私？你叹了一口气，生的欲望又从内心深处强烈地升起，活着多么好呀，甜酸苦辣虽然未必都好受，但总比一无所觉要好得多。是“文革”时流行的一首“战歌”吧，其中有句歌词是：“……完蛋就完蛋！”听起来很豪迈，那时也很让你热血沸腾了一阵子，以为“杀头也就是碗大的一块疤”；不料武斗开始，你还没有看到血肉横飞，光听见认识的一个人死去的消息，你便眼泪汪汪地对倩柳说：“我们可不要拿命来开玩笑……”

胡思乱想之中，扩音器又响起那温柔的女声，原来已经到了香港上空。你从圆形窗口往下望，但什么也看不清。你感到飞机下降，下降，再下降，山水徐徐出现，忽地一颤抖，原来是飞机轮子与机场跑道接吻、滑动，你已经回到香港的地面。

你伸了一下懒腰，这又回到了起点呢。

你摇了摇头，好像要摇掉一切苦涩和甜蜜的记忆，不料，不仅没有摇掉，倩柳又悄然地望着你，似笑非笑，似怨非怨，说不尽那眉眼间的万语千言。那眼波又好像变成一层层的浪，慢慢的，柔柔的，静静的，无声无息地把你轻轻淹没了。这是在哪里了？

定了定神，哦，是香港机场呢。你有些心绪纷乱地排在别人的后头，准备过关。

想起该拿出证件了，你掏出钱包，从中抽出香港身份证，下意识地看了看上面的照片，你的视线忽又落到照片上面的名字上去了，那映入眼帘的三个字是：范烟桥。

1990 年 3 月 9 日—1991 年 5 月 24 日，完稿

1992 年 12 月 31 日修订于香港太古谷

一样的天空

一

推开那玻璃门，坐在柜台后面的小姐远远望到我，便娇声问道："请问有什么事可以帮到你？"

"找陈瑞兴先生，"我说，"我姓王。"

"哦，约了时间吗？"她瞟了我一眼。

"当然约了。"我说。心里暗想，你以为我白撞？

"请你坐一会儿。"她客气地把右手一摆，指向左前侧的沙发，不等我坐下，她已经拨通了内线电话。

距离不太近，我听不清她说些什么，但她很快就放下电话筒，望着我说："请你等等，好吗？陈先生马上就有空了。"

她第一次现出笑容，倒也很可爱。

坐就坐吧，反正等人的滋味，也不是没有尝过。我呼了一口气，但觉有些百无聊赖，眼睛便随意徜徉。那小姐身后，墙上凸出几个金色的大字："龙雄（集团）有限公司"，而在她的右前侧，则立着真人一般大的棕黑色木雕“福、禄、寿”三星。价钱不会便宜呢，不过，这是意头，做生意嘛，哪能不由他们“把门”？钱？在陈瑞兴眼里，不在话下。那个冬天周末晚上他心血来潮，忽地派车子接我上他那中环半山区的巨宅，便让我有些吃惊，六千多平方尺的面积，只有他们夫妇和一个女儿住，我坐在那空荡荡的大客厅，顿时有凄清孤寂的感觉。

“曼莉呢？”我问。

“她？”美若笑了笑，“她跟她同学出去看电影了。”

不知为什么，我觉得她的笑容在灿烂中隐藏着一点苦涩的味道。却又听得瑞兴补了几句：“平时也很少见到她，除了大家一起吃晚饭。”

也真不明白他们，三个人罢了，要住那么大干吗？就算是他们在美国留学的儿子云生回港度假，也不用这么夸张。我踏进门来的时候，一时便有分不清东南西北的感觉，假如不是他们带路，我便不知道应该怎么走。

他们夫妇住在客厅的东面，曼莉住在客厅的西面，都各自形成一个格局。出门都有各自的出处，哪用碰头碰面？连那几个菲佣，除了我刚坐下时端了三杯咖啡进来，之后便不见踪影了。住在这大屋里，舒服当然是很舒服，却好像是酒店一样，没有一点家庭的气氛。在我的眼中，家不必要那么大，却要有挤来挤去的热闹。他那主人房的洗手间，便大到好像我整个家那么大，连水龙头也是包金的。我有点不明白，他却笑着说：“大？马马虎虎啦，我每天早上就在厕所里看报纸，不宽敞哪行？”

在厕所看报纸，果然气派。

也许这就是所谓的“级数”吧！

他说过，住在什么地方，便代表着身份，既然是身份象征，岂可马虎？这么看来，他买下这周围风凉水冷、空气清新的住家，还有世俗眼光的考虑，可以理解。

那时他还住在太古城，他请从北京来港作短期访问的母校副校长吃晚饭，叫我作陪。吃完后，他邀我乘他那辆奔驰车同行。美若兴致很高，叫司机兜到北角半山看看。车子从铜锣湾东行，拐到几处有名的高档住宅区，但他都摇了摇头，说：“不行不行。”

司机附和着：“是啊，老板你现在的身份，这些地方都不够级数。”

美若抢着说：“对了，搬到这里，还不如太古城，又大又方便。”

我转头问瑞兴：“你又要搬家？”

“是啊，在商场上来往，很在乎身份。”他微微一笑，“到了我现在这个地步，不能让别人小看了。”

这就是富豪生活吧？在我看来，他在太古城的家，已经是很不错的了，但他却认为还是cheap，可见在这世界上，人与人是多么的不同。当车子驶向筲箕湾我家时，美若忽然说：“十多年了，当年你家里帮你买屋子时，我们还窝在新界，没想到现在你还是住在这里，我们却搬了好多次。”

应该说是越搬越好，越住越大。我是看着他们发起来的。我的脸蓦地发热，只好讪讪地答道：“兄弟不长进，惭愧惭愧。”

“可惜你的性格不外向，不然的话，我可以拉你做生意，保证一本万利！”瑞兴很快接口。

“是啊是啊，你太老实，不可以做生意。”美若笑。

可不，当初手握十五万港币，瑞兴就劝我：“你不如只还首期，买它四五间，稍后再抛出，不就赚了？”

但我不敢。那是父母的血汗钱，万一楼价下跌，连自己住的屋子也没有了，那该怎么交代？

谁料到地产步步升高，便是我住的这房子，比我十五年前买的时候，已经涨了十倍。人家谈起，便以无限羡慕的口气说：“哇！你大赚了一笔……”其实，自己住的，有什么赚不赚的？十万元和一千万元也都一样，反正我不能把房子卖了，没了房子，我住哪儿？所谓赚钱，只不过是阿Q式的自我安慰罢了。

“要是当年你听我的，你现在就有几间屋子抓在手里。”瑞兴说。

“没办法，不是我的钱，不进我的口袋。”我苦笑。

“可惜那个时候我没钱，不然的话我一定那样做。”瑞兴把头靠在后座上，“这个世界就是要搏一搏嘛，你不搏，怎么会有机会？”

“不是我自己赚来的钱我始终不够胆。”我心里有点不忿，“万一……”

“我明白。”他望了我一眼，“不过这才叫做生意，假如安安稳稳，保证赚钱，那就显不出本事了。”

我的确没有做生意的本事，要不，我也会去找点门路赚钱。勉强自己没有用，做生意也要有点天才，就像瑞兴一样，他天生就是一个老板。

“所以我说你不能做生意。”美若大概见我沉默不语，便说了一句。

“其实做不做生意都不要紧，行行出状元嘛！”瑞兴拍了拍我的肩膀，“最要紧的是自己的兴趣，可千万不要太勉强自己。”

“香港毕竟是商业社会，有钱赚谁不想？我也不想假清高，没有钱，谁活得了？”我强笑道，“不过我没有这方面的本事，只好安于现状。”

“知足者常乐？”美若说。

“苦中取乐。”我答。

“乐在其中。”瑞兴接口。

大概换房子换级数也是一种快乐吧。冬夜里偌大的一间屋只剩一对主人家，未免冷清了一些，忽然会想到我，也真令我有点受宠若惊。

“刚送走一个生意上的朋友，吃过晚饭，他便想起叫你来。”美若告诉我，“你还是第一次来，啊？”

是的，他们到这里有半年了吧，我却从来没来过。我偶然打电话去，瑞兴几乎都相邀：“……有空来坐坐嘛，聊聊天……”

我也并不是不想去，毕竟是二十五年的老朋友了。当年纯真的友情，至今难忘。我多么希望时光能够倒流，重温过去。

上大学能够成为同学，成了同学又能成为好朋友，总要有点缘分。不能忘记在初秋的傍晚，我们两个骑着自行车沿长安街往王府井兜风的日子。那时，湘蜀餐厅那五角六分钱一碟的鱼香肉丝，是我们的“例牌菜”。后来我走遍万水千山又尝过许多地方的鱼香肉丝，但在印象中似乎总没有王府井湘蜀餐厅的好吃。

我也还记得，二十年前，当他悄悄告诉我，他准备申请到香港时，我着实吃了一惊。那时正是“文革”时期，虽然我也听说上面有“来去自由”的政策，但我却还不知道有哪一个认识的人真的获准出境。那个初夏的早上，他把我叫去在大操场上遛了三圈，开头只是抽着烟一言不发，我猜出他有心事，便默默地陪着，也不说话。

猛烈的阳光晒得我额头冒汗，背心都贴在背脊上，黏糊糊的有些难受，我正想提议找个阴凉处歇一会儿，他突然开口了：“要是我递申请后被隔离，你得赶快打电报给我大姐，叫她赶紧飞来救我，啊！”

我有些紧张地望了望周围，这才点点头说：“放心！”

其实我心里也不知道，万一真的有事，我该怎样联络他那在泰国的大姐。好在一切顺利，我也不用再操心了。他离开那天，我到首都机场送行，临入关前他用力握着我的手，我见到他眼睛有些潮湿，沉声说道：“你也来吧，我先走一步，你来了，我会关照你……”

他肖猴，我也肖猴，但什么时候他都显得比我强。我从候机室的大玻璃窗往停机坪望去，但见他背着一个挎包，右手提着一个行李袋，头也不回地登上舷梯，消失在机舱里；耳畔却回响着他的临别赠言，令我的心河泛起一股暖流。

不论此后大家的境遇如何不同，但那份纯真的友情，我总认为不会变质，虽然有时我也会感到他的口气不知不觉间有些不同了，但那也并不奇怪，身份地位不同了嘛。他说："他们说我变了，当然会变啦，以前我是什么，现在又是什么？不同嘛。以前我一个月有一万块便会感到十分宽裕，但现在十万恐怕也不够用，怎能不变？"

他说得也对。说心里话，他并不势利，以他现在的境况，大可不必与穷亲戚穷朋友来往，免得掉了身价；但他照样招呼，每个节假日，他家例必挤满来客。我之所以迟迟不来他家，也是不愿意凑热闹。他还在太古城时，我去过几次，每次都高朋满座，我也只有赔笑的份儿，连和他说一会儿话的机会都几乎没有，渐渐地，我也就少去甚至不去了。我不想成为傍友，毕竟他已今非昔比，假如有事没事便在他眼前走动，也伤我的自尊。

"我做人是不是很失败？"他望着我，眉头打结。

"怎么会？"我瞟了一下美若，才答，"假如失败，你也不会有今天的事业成功……"

"事业成功？"他仰天大笑，"是生意成功吧？我根本已经不读书，看报也只关心经济版，满身铜臭，哪里来的事业？你别拿我来开心了。"

“是啊，你看他连书房都没有，因为他手上也没有什么书。”美若说，我见到她嘴角泛着笑纹，一派得意的样子，“他唯一的本领就是吹牛。”

“吹牛也是本事呀，”我不假思索，“要吹得好，不是谁都能够做到的。”

“唉，说真的，在商场上不吹吹牛怎么行？我一直都说，在商场上是没有知心朋友的，有的只是利害关系。承澜，要说死党，我只有你一个。”

我明白他的意思，学生时代的好朋友，最是难忘，我相信不论是谁，即使走遍天涯海角，即使心在艰难的生活道路中因备受颠簸而变得粗硬起来，但一旦回忆起单纯岁月里所结下的纯洁友谊，都会顿生柔情。我一时无言，只感到心中温暖。

“是啊！他老说你是他命中的福星……”美若接着说。

哦，已经是好多年前的事了吧！那时他在美孚新邨租房子住。几乎每逢周末，我都会去找他。他一看到我来，就会马上去投注赛马，居然每次都赢钱。当时他这样告诉我，我嘴上不以为然：“……要是我真的这么灵的话，那干脆就辞职专做你的福星好了！”但心里却很高兴。

大概见我只是微笑却没有什么特别的反应，瑞兴忽地指着面前的茶几问我：“你猜猜看，多少钱？”

我认真看了一下，茶几的右角立着一尾石雕鲤鱼，摇头摆尾颇具活泼的动感，我脑海里忽地一闪，莫非象征着跳龙门？大吉大利，当然不便宜，我便往贵里说：“两万。”他摇摇头：

“再猜。”

我根本不熟悉高档货品的行情，无从猜起，不过见他兴致这么高，自然也不好扫兴，想了一想，再说了一个连自己也不相信的数字：“八万！”

美若笑出声来：“十二万呀！”

我吓了一跳，十二万一个茶几？我的天！

我望向瑞兴，他微微一笑说：“是十二万，你知道这样的茶几香港有几个吗？全香港只有三个！”

哦，物以稀为贵。

不知道眼前这个“福、禄、寿”三星是不是全港也只有三套？

我正胡思乱想，恍惚中好像有人叫我，抬头一看，那柜台小姐大概不知重复了几次：“……王先生，总经理有请，请您跟我来……”

二

承澜来香港也有二十年了吧？一直在报馆当个小编辑，混来混去也混不出个人样。

这么多年来，他还是头一次上我的办公室。也许他自命清高，其实，清高也要吃饭呀，他也太迂腐了。

坐在我对面，看来他都有些不太自然，“喂，有什么门路赚点钱呀？”

啊呀，这便是从来不提金钱的王承澜吗？看来，家庭的生活重担，已经把他压得喘不过气来。

“这样吧，你买我们公司的股票，涨势很好，一个月内准可以赚一笔。”我说。我不是不可以送他一笔钱，但我不愿伤他的自尊心。让他炒股票，赚到钱是他的本事，不必有心理负担。

“炒股票？”他好像有点意外，“保不保险哪？”

“说完全保险当然是骗你的，”我笑，“不过以我的眼光和经验，把握很大。最多这样啦，假如亏了，我帮你把本钱补回。”

“你这么说，我就听你的，我可是对股市一窍不通。”

“嗨！你还是在报馆工作的呢！”我摇摇头。

“我不搞经济版。”他说。

“我知道，但香港是商业都市，你不能脱离社会生活呀！”我对他的无知有些动气，但马上觉察到我这时并不是对下属训话，而是面对着老朋友，我连忙把话题转开，“对了，你打算拿出多少钱买股？”

“两万。”他说。

“两万？”我叫了出来，“两万顶什么用？要赚得多，投资当然也要多。你来香港这么多年，手上总有二三十万现金吧？你不全部拿出来，至少也要拿一二十万才可以真的赚到钱呀！”

“我哪里有那么多钱？”他苦笑，“我就只有两万，要是我有二三十万，也不会想着怎样赚钱了。”

我望了他一眼，心里不由得叹了一口气，唉！承澜呀承澜，你这是怎么搞的？你看阿荣他们，刚来香港时还住在木屋呢，这十多年来还不是都存了几十万？

但我不好直说。

我想了想，便向他建议：“这样好不好，你把你的房子抵押给银行，套一笔现金，至少也可以拿到六七十万吧，这样才有得玩。银行方面，我可以给你做担保，你放心。”

他愣了一下，想了一会儿，才说：“我看不要了，小有小赚，我不贪心。抵押房子，万一输掉……”

“唉！你就只会想到一个‘输’字！”我有点没好气，“在商场上，重要的是进取，字典里只有‘赢’字，没有‘输’字！像你这样，还没有上阵就已经打定输数，不输也会输啦！”

看他这个样子，也实在不是做生意的材料。特别是在股市上，不冒点险怎么行？想当年我还只是个股票经理的时候，什么风浪没见过？输赢上下近百万，也不过如此，最后还不是给我安然度过来了？！

说是那么说，但在那个时候，我哪能不心惊胆跳？那个大客户拿出一百万，指定买那个地产股，我却认为我看中的那个金融股必赚，我手中没有多少钱，便拿大客户的钱来周转，以为赚了一笔再回头帮他买也不迟。不料风云突变，我买的那个金融股直线下泻，几天下来只剩五十万，而那地产股却一直蹿升，净赚五十万。这时那客户打电话来，表示要出手，我急忙劝止："林老板哪，看来还有得升哪，我看再等几天吧……"好在那林老板也不大在乎，哈哈一笑，"好！就考考你的眼光！"

我其实是背水一战，不容再失。晚上在客厅绕室彷徨，我抽了一支烟，呛得美若咳嗽不止。她望着我，绝望地说："怎么办？"

我烦躁得要命，怎么办？我也不知道。一百万哪，把这房子卖掉也还不了呀！也不能就这样等死吧，事到如今，唯有置之死地而后生，搏一搏，死就死吧，从二十楼跳下去，也不过是刹那间的痛苦罢了。

果然是天无绝人之路，我立刻将那金融股抛售，转买投资股，一个星期之后便辗转收复"失地"，虽然没有赢钱，却也不必赔给那个大客户。

这是一场病急乱投医的赌博，大概也是我够运气，虽然吓出一身冷汗，终究只是一场虚惊。

平心静气地想一想，不敢冒险，也不能全怪承澜无胆，虽然他与我同岁，但性格并不一样，我富冒险性，他却属于稳扎稳打型，性格是不能勉强的。冒险也不是一味横冲直撞就可以了，人还要讲点际遇，傻大胆也一样会碰得头破血流。就像我那二姐夫阿超一样，我叫他买我们龙雄的股票，赚了四十万，我叫他赶紧放手，他满口答应。过了一个月，他慌慌张张地跑来，一见到我，便抓住我的手，带着哭音说："瑞兴，你可救救我呀！你不救我，我们一家就完了！"

我吓了一跳，莫非他跟二姐……

不是那么一回事。

原来他把我的话当耳边风，股票该放的时候不放，反而向别人借了一笔大钱，加大投注额，“我就指望这一搏，大大捞一把，连下一辈子都无忧！”他说。

不要说下一辈子了，眼前他便有难。亏了六十万，怎么还？而那债主又喊打喊杀，逼得他走投无路。

杀人偿命，欠债还钱，天经地义。我还有什么选择？只好帮他把六十万给填平了。我不是可怜他，而是看在我二姐分上；我不救他，也就等于不救我二姐，我怎能眼巴巴地看着她往下掉？

这样看来，人还是贵有自知之明，阿超便是太自以为是，他大概以为我可以赚到钱，为什么他不能？相比起来，承澜就显得本分了。他说：“……我要量力而行……”

难道是知足者常乐？还是他相信命运？是有这么一首歌吧：“……命里有时终须有，命里无时莫强求……”是宿命也好，是自嘲也好，还是自我安慰也好，理想一碰到现实的硬壁，粉碎之后，总要有个台阶下，这歌词不是洒脱得很漂亮吗？

不过光是认命，怎么行呢？当初如果不是我不安分，说不定至今仍然躲在餐厅里打一份粗工。

真是粗工啊，日做夜做的，凌晨三点钟打烊之前，休想有喘息的机会。

在厨房里只是二厨而已，每天早上便要出去买菜，买回来要洗要切，一切准备工作就绪，那大师傅才施施然登场，高高挽起袖子，好一派大将军上战场的豪气，一面炒菜一面呼呼喝喝，叫我倒这个拿那个，稍微慢一点，那肥佬便瞪大眼睛骂道："喂！快一点！你以为你在做什么呀！做这点事情都做不好！"

我也只好忍气吞声，心中却火得要命。死肥佬！你不要让我发达，不然的话……

不然的话又怎么样？难道还真的取他狗命不成？

不取他狗命，和他开点玩笑也好。

他最不喜欢外人进厨房，我就偏偏与他作对。当面对着干不行，悄悄破坏他的"法则"总可以吧。那天早上我买好菜，就在尖沙咀我那工作的餐厅附近偶然碰见承澜，那时他刚来香港几天，随街乱逛想去看早场电影。我一把将他拉进餐厅厨房里，拿出早餐给他吃，他吃惊地问："喂，可不可以呀？"

怎么不可以？整个餐厅只有我一个人早到，我就是这里的国王，我说什么也不会有人反对。

他疑惑地看着我，却笑了。

我不知道他明不明白我这时的心态，见他低头吃得很开胃，我心里有一种对肥佬复仇的快意，倒好像这餐厅是肥佬开的一样。

其实我内心里却并不安稳，不时偷眼看看手腕上的表。我不知道承澜他是否发觉我的神思恍惚，他很快吃完了，用右手背抹了抹嘴唇，站了起来，"吃饱了，我走了！"我刚说一声

“别忙”，他却一面往外走，一面说：“我还要去赶十点的早场呀！改天再来看你……”

我送他到门口，见到他的背影在街角一拐，便不见踪影，同时我见到肥佬正往这边走来，我心里松了一口气：好险呀！要是给碰个正着，这死肥佬又该借题发挥，势必要搞得我坐卧不宁才肯罢休。

好在天助我也。

我暗暗得意，径自回厨房切菜切肉去了。

但肥佬好像是一头猎犬似的，回来了就东闻闻西闻闻，仿佛一进来就嗅出有什么不对味。

我冷笑着，头也不抬，我要冷峻得如同一尊大理石像，决不让他窥探到任何一点端倪。但我感觉得到他那灼灼的目光正像探射灯般在我身上逡巡，从头到脚，再从脚到头。

我有一种被监视的极端不安全感，浑身不自在，心也惶惶然地跳起来了。

我知道我不能再这样被动挨打，但到底要如何化被动为主动，我却也茫然，还不待我想好，头却已经勇闯沉默，狂傲地抬起来，直视肥佬。我见到一双恶意的眼睛，心头一慑，但立刻便调动起全副的精神力量，支持着我决不把视线移开。

两对眼光在空中僵住似的，一动不动。我从射过来的眼神中，读到疑惧和厌恶，而我相信从我的眼神里可以透出反叛和亡命的意志。我告诉自己说，不要避开，就这样瞪着，不要去读对方的眼神，现在只要把它看成死物便可以了。是的，现在这个世界上，究竟谁怕谁？我怕谁？谁怕我？他是谁？我是谁？……

忽听得肥佬干咳了一声，双手插在裤袋里，转过头去，吹着口哨，若无其事地踱走了。

我在半梦游半昏迷状态中回到现实世界，哦，肥佬真的走开了，是他先避开的，我这场仗可是打赢了。

我几乎要笑出声来，因为我觉得我在精神上已经压倒他，今后也就不必再受他的无理欺负了。

得意便猖狂，我意气风发，骨头也轻了，许久以来郁积在心底的不平之气，顿时像火山一样爆发。好！死肥佬！你现在也不能不怕着我一点，这时不上，更待何时？我一面汗流满面地炒着给大师傅们吃的菜，一面兴奋地想。炉火熊熊。油光晶亮。肉片倒进锅里，哗地腾起一股白烟。嗯，这吱吱声，会不会像肥佬在我拳下的呻吟？痛快痛快！我用锅铲把肉与菜翻炒了几下，忽地好想引吭高歌。嘀，炒菜也竟会这般过瘾，我先前怎么不晓得？锅铲砰砰地击在锅沿上，我学起那些大师傅的样子，把锅一提，然后手腕一抖，让菜在半空翻了个筋斗，又安然落回锅里。把锅放回原位。加盐。太多了吧？加糖。不知味道如何？行了，应该刚刚好。

我心满意足地将菜端到桌上，味道如何，我连尝都没有尝。我只觉得状态很好，没理由失手。

吃饭吃饭。吃了这午饭，也应该开始营业了。

肥佬连正眼也不往我这里瞧，夹了菜便往嘴里送，我正暗自猜想他另眼相看的模样，却听得噗的一声，他竟把那口菜吐到地上，连声叫道："这是什么鸟菜？你想咸死我们呀！大陆仔！"

我吃了一惊，其他几个大师傅全都停筷不夹菜，冷冷地望着我，更教我恼羞成怒。狂怒在体内爆发，直冲脑门，我跳到炉边，顺手抄起锅铲，吼道："肥佬，我忍你忍得很久了！煮给你吃就算你好命了，叫什么叫！"

空气似乎一下就凝住了，人人面面相觑。

我也有一点发怵，刚想见好就收，肥佬大概在众目睽睽下下不了台，忽地跨前两步，喝道："哦，你菜炒得太咸，还不许我们出声呀，你也太霸道了，大陆仔！"又是"大陆仔"！我是大陆仔，我不否认，但他那语气，谁不知道是一派蔑视？今天就要跟你见个高下！

"肥佬！你不要在这里噜噜苏苏，够胆我们今天就来个了断！"

"来就来，阿叔我还怕你不成？"

他边说边跨前两步，不等他站稳，我便将手中的锅铲挥去，击中他的臂膀，痛得他怪叫一声，待要反扑，其他人早把我与他分隔开来。他在那一头又跳又叫："死臭飞呀！你敢打我？你过来，你不过来是孙子！"

我站在这一边也不忘回骂："你过来呀，你过来呀，你不过来是孙子！"

七嘴八舌的声音在劝架，我听到有人问他："喂！你怎么样啊？要不要验伤？”“要不要打‘999’？”

报警？我的心一跳，要是真报警，麻烦就多了。

到底也没叫警察，但老板来了。

到了这步田地，我也唯有让老板把我给炒掉。

无话可说。是出了一口气，但代价惨重。早就应该记住那句话：忍一时风平浪静，退一步海阔天空。

如今只好承担逞一时之勇的后果了。

我看了一场两点半的电影，出来后又在尖沙咀一带胡逛，晚饭在快餐店啃了一只鸡腿，喝上一杯可乐便算数，这才慢慢回美孚新邨去。美若开了门，惊奇地问道：“怎么这么早就回来了？”

“大家轮班，我今天开始上正常班。”我因为有备而战，说得自然而流利。

“那就太好了！”美若抓住我的肩膀摇了两摇，“我们也可以过回正常人的生活了！”

也是难为她了，每夜我回来，她都早已入睡；等到我醒来，她又早上班去了。除了我的休息日，我们平时都难得碰面，别说聊天或一起看电影了。

我漫应了一声“是啊”，便洗澡去了。

以后的半个多月时间里，我都好像是踏着钟点上班，其实一出了家门，我便游魂似的飘到九龙公园呆坐，看看当天的报纸，在蝉鸣声中打打瞌睡。吃饭也是有一餐没一餐的，省吃俭用，只怕坐吃山空，连那一点积蓄也花光。

也不是不想把真相告诉美若，只不过说了又怎么样？无济于事，反而增加她的思想负担，我于心不忍。儿子还小，美若又在怀第二胎，我怎么讲得出口？

匹夫之勇意气用事死要面子表面胜利其实还不是一败涂地？

报纸报纸报纸报纸。广告广告广告广告。商业广告。租售房屋广告。刊物要目广告。电影广告。寻人广告。征聘广告——咦，旺角一家南洋餐厅请楼面侍应生哩！

“有经验优先考虑”？

试试吧。

做过这一行，也只有往这一行想办法啦。

果然一试就被收了下来。

我本来以为此生也就这样，同事全是男的，每天粗话不断，稍微空闲便聚在一起，有赛马便买马，有赛狗便买狗，没有可以下注的对象时，便自行打牌厮杀一番，务求把别人杀得人仰马翻。

那晚，在水吧调酒的阿敏赢了钱，张口便说：“不好意思，多谢各位大佬手下留情，收工后大家一起去滚，好不好，最多我请！”

人人叫好。

也许都是抱着这样的心理：输了钱，多少也要从他那里抠回一点来，心里会舒服一些。

阿敏望了过来，指着我问道：“兴哥，你怎么样？不是家有母老虎，不敢轻举妄动吧？”

众人大笑，我一时也不知道应该怎么回答，嘴上却辩白着：“我？笑话！我是小男人吗？”

“你当然不是，你是大丈夫！”阿敏笑道。

去滚？有什么意思？倒不一定是怕美若，只不过毫无感情便上，一场金钱与肉体的交易，想起来就令人反胃。我正想着应该如何滑过去，忽听得阿敏压低声音说：“嘿！真正的大丈夫来了！”

已经是凌晨两点钟了，顾客寥落，来者何人？我回头一看，原来是探长权带着一个年轻女人，她漂亮得令我已困顿的精神顿时为之一振。我低声问阿敏：“那是谁？”

“漂亮吧？”阿敏眨了一下右眼，“叶媛媛呀！”

好像听过这名字，是小歌星吧？他们又是……

“所以呢，有钱便有一切。”阿敏阴恻恻地笑。

只见探长权坐在卡座上搂着叶媛媛，旁若无人地拥吻起来。大家都假装看不到，其实我知道我们一个个都在昏暗的灯光下把眼光迅速地往那边扫来扫去。哗！那姿势，简直可媲美电影《乱世佳人》海报中的画面，看得我都有些热血沸腾。

有钱真好。

餐厅打烊，阿敏叫了一声：“走哇！”然后拉长嗓音唱起姚苏蓉的歌：“今天——不回——家……”

其他人也跟着起哄：“徘徊的人儿……”

歌声不成曲调地荡向夏天的夜空，我止住脚步，他们似乎也早已忘了我的存在，只顾簇拥着远去。很快，这横街又恢复了原先的寂静，只有偶然走过的一两个夜归人，匆匆忙忙地低着头赶路。

我在心里叹了一口气。

我不去，并不是因为我有多正经，只不过我不喜欢这种方式而已。

徘徊的人儿？大概我是，但我也不知道我在彷徨些什么，也不知道我心里到底要的是什么。

我不满足于在这餐厅打工。假如为了糊口，这样马马虎虎过一生也就算了，但我不甘心。我不知道我能不能够冲出餐厅，另谋发展。谁不想发达，问题在于有没有机缘。

我血液里不安分的因子躁动着，我知道，假如在这里再多待两年，那么我整个人就会变成另一个阿敏，最多便是“敏哥”了。

我从来不在命运面前低头。

三

从这总经理室隔窗望下去，维多利亚海港，便静静地躺在那里。冬阳下的海水依然蔚蓝，海面上不时滑过渡轮，让我想起许许多多道听途说的海上故事。

毕竟是四十八楼，果然居高临下，有一种大气魄。

“也不一定只是气魄吧，最重要的是风水。”瑞兴笑嘻嘻地轻摇着他的大班椅，整个身子都倚靠在那柔软高大的椅背上，“风水不好，财从何处来？”

我不懂风水，但那天美若也说过：“你看看我们家，背靠着山，面向着海，风水一流，一路发呢——这可不是我说的，是风水先生批的，你信不信？”

风水先生说的，我未必怎么信，但有你们做活广告，我焉能不信？

“我们看过铁板神算，批得非常准。”美若又说，“容不得我们不相信。”

“很贵吧？”我随口问了一句。

“一个人两万块。”瑞兴答道，“我们还托了一点关系，要不，排队也要排在半年之后。”

这么厉害？

“信不信由你。”他说。

看一次要两万，那也真是有钱的玩意儿了。我也占过卦，算过命，但也只是捐点香油钱而已，也许级数不同，算的也不同吧？

“真的很灵呀！连我们的子女什么时候生的，也算得很准！”美若一面剥着瓜子，一面说，“他又不认识我们……”

“许多事情都没有办法解释。”瑞兴从鼻孔中喷出白烟，“就像当年我怎么会心血来潮转行，至今也说不清楚，好像鬼使神差。也许财神爷就这样看上我，也说不定……”

其实，假如他那时不抓紧机会，凭他当时在泰国有些财势的大姐夫的关系，逃出餐厅跳到银行的话，也许就没有今天的陈瑞兴了。

那个时候他在银行当文员，我在报馆当编辑，大家也差不多。我也还没成家，没事就往他家跑，吃饭睡觉，也都很随便。那个周末下午，我们跑到明珠电影院去看阿兰·德龙主演的《独行杀手》后，回到他家，恹恹地斜躺在沙发上，谁都不出声。

这电影够凄美的吧？也许杀手的下场都是如此，只不过当阿兰 ·德龙中暗枪倒下，影片戛然结束时，仍不免令人有些抑郁。他追逐别人的生命，殊不知别人也在追逐他的生命，这是永远没有完结的战斗，直至死亡才能解脱。我下意识地叹了一口气。

瑞兴好像也从沉思中惊醒过来，欠起了身子，道："杀手孤独寂寞，别看他表面威风，内心里其实也胆战心惊。反而追逐金钱没有那么危险。"

不过，人为财死，鸟为食亡，杀手说到底不也是为了钱？有钱就可以收买人命。

他仰头呆望着天花板，沉吟了一会儿，才答："赚钱就要赚大钱，小钱是没有用的。有了大钱……"

大钱？别臭美了，我现在连小钱也没有呢！

"正因为没有，才要拼命去找。"他微微一笑。

你要找就一定能找到？

"不一定，但我不放弃。"他愣了一会儿，才说，"假如我找了，却一直没法找到，那我认命，但如果根本没有去找，那便是我自己白痴！”

见我没再搭腔，他忽然一掌打在我的肩膀上，笑道：“那么严肃干什么？发发白日梦而已。我当杀手不行，你看我都有点发福了，当杀手必须身手灵活，而且枪法要准。我只能打鸟枪……”

鸟枪？我笑。他弄鸟枪也不大高明。

那时他在追求美若，情绪却低落。他提着一支鸟枪，要我陪他到学校后园去。坐在树荫下，他告诉我说，美若的哥哥持反对态度，说：“要做我们高家的女婿，必须出色，他怎么行？”

看到他愤愤然的样子，我有点担心他会用鸟枪对付美若的哥哥。我唯有好言相劝：“你别傻气了，天底下也不是只有一个美若，天涯何处无芳草？美若不行，你就再找英若啦、德若啦、法若啦，何必吊死在一棵树上？对不对？”

“大丈夫何患无妻？”他抬头问我。

“正是。”我把心一狠。

“但是，曾经沧海难为水。”

“那一个巴掌也拍不响呀，”我硬着心肠说，“既然美若说了，必须她哥哥同意才行，你又过不了这一关，你说怎么办？还是正视现实啦！”

他忽地站起来，举枪瞄向一棵树。他说：“就以这一枪为准，倘若我追得到，那麻雀会被我射中，假如追不到……嗯，追不到就不说了！”

枪声微响，麻雀高飞。他气得把鸟枪撂在地上，喃喃地说："没理由呀，我平时枪法不赖呀……"

不相信也不行，射不中就是射不中。只不过美若终于还是嫁给他了。

但是他的鸟枪枪法……

不过，在人的一生中，鸟枪枪法大概也算不得什么，倒是阿兰·德龙忧郁的蓝眼睛教人有些分心。

冷面。紧皱的眉头。男性魅力无穷。

"但他不能笑，他一笑就不好看了。"瑞兴说。

我怎么没有留意到这一点？冷面漂亮过笑脸。人都会有一个最佳角度，可能这也是阿兰 ·德龙的最佳角度，别人是模仿不来的。

"唉！独行杀手也好，城市牛郎也好，都不关我们的事，我们要做的是商场强人，这才实际些。"他说。

当时我也没怎么放在心上，人往高处走嘛，即使我，明知不可能捞得风生水起，但有时随心所欲地幻想一下，也很过瘾。假如一个人连一点幻想都没有，那岂不是太悲哀了吗？生活本来就够沉重的了，人总得要会排解一下自己，没有宣泄的渠道，还怎么度日？

但他不只是说说而已，也不知道他是否心里藏着一个目标，只见他一步步地攀向高峰，好像攀得越来越好。

我至今也不清楚他到底有多少身家，也从来没有打听过。他没有主动提过，我也不问。人人心底大约都有或大或小的秘密，关系再怎么密切，也要允许对方保留自己的一方领地，交往才会舒适随意些。以前，每到年底，他都会笑着对我说："明年圣诞吧，明年圣诞应该鸟枪换炮了！"我也并不太在意，只不过附和几句："好哇！明年该如何庆祝？""随你！"他说，"我老弟发达了，你老哥也有好处嘛，这还用说？"但是一年又一年，他老是说："明年圣诞吧……"每次也都引起我的憧憬，虽然也并不是把自己的前景交托在他的运程上，但我既明知自己不会发达，私心也就不免暗暗期望这个哥们儿到时扶我一把。也不知道我这想法是不是没出息。不过，人一旦给经济的担子压垮了，志气还有什么用？生活本身是严酷的，住的吃的穿的用的，少一分钱都不行。志气太抽象，钱财最实际。可是我自己又苦于没有本事做生意，连讨价还价都拉不下面子，叫我去追账岂非要了我的命？不同的人有不同的才能，重要的是自己要找出适合自己发挥能力的位置，明知自己不行，却勉为其难，哪里会快活？

不管怎样，他的境况越来越好，倒是显然的。我刚来港时，他和美若还租住在美孚新邨一个六百平方尺三房一厅的房子，其中两间房分租给别人，后来他准备退却到新界，我还极力反对，说："你一到新界，就很难返回市区的了！"其实心里却自私地盘算着，他搬得那么远，我岂不是没有什么可以过从的老朋友了？他对我笑了一笑说："管不了那么多了，那边房租便宜，在乡村嘛！我准备筹点钱，开个山寨厂织毛衣，旧的手摇机器也不太贵。在那里进可攻退可守，等到条件成熟，我再杀回来！”我心里不舍，叹了一口气道：“谈何容易！”不料他真的回来了，重住美孚新邨时，已经是一千七百平方尺的自置房子，再转两转，便转到中环半山区了，简直就像变魔术一样。

只是他重回市区后，我们的来往倒不如他还在新界时那样多了。我只觉得他似乎很忙，打电话也常找不到，我甚至不太知道他的生意伙伴是谁。在新界时，他那小小的山寨厂雇用了二十来个少女，我几乎都认识。那里地方大，也没有汽车，家家的孩子都随处走。美若学医，因为是内地大学文凭，在香港无法挂牌行医，只好做无牌医生，收费低，医术又好，村民们渐渐便成了熟客。有她作后盾，瑞兴也就没有后顾之忧，可以在生意上动脑筋。

那回我去他家睡了一晚，次日是星期天，他说：“走吧！村长给他家老人做寿，我们去吃酒！”我想推辞，美若却说：“村子里很随便，而且主人家喜欢热闹，人越多越好。你看看乡村摆酒也好。”

去就去吧。

饭桌摆在屋外，露天下尽是一围又一围的宾客，密密麻麻。碗筷声。碰杯声。谈笑声。春天暖暖的阳光洒了下来，生力啤酒在琉璃杯里冒泡。几个妇女穿梭传菜，来客吃饱了的便走，新来的替补那空位。莫非这叫“流水宴”？一切都显得那么随意，我虽然不认识什么人，也不感到拘束。旁边的村民与瑞兴热烈地打招呼后，转头问我：“市区来的吧？莫嫌我们乡下……”

那时我内心里也有一种优越感，想的是这般吃法，倘若夏天，阳光酷热，怎生吃得下？晒都晒死了，何况还有些苍蝇，飞来飞去。还是我们市里好，酒楼干净，侍者招呼周到，有排场；这里？这里连寿星公也看不见，不知他躲到哪里去了。可是现在回想起来，乡村自有乡村的纯朴人情味，没有都市的疏离感，人人似乎都在高度戒备，人情冷漠。难道这是因为人的相对独立，人与人之间不需要有太多的合作造成的？或是因为社会的渐趋复杂化，令人防人之心不可无？还是因为人人都忙得无暇他顾，哪里还有闲情去聊天叙旧？此举无益又无建设性。比方瑞兴，现在我也难得一见，在我看来，他已经跻身上流社会，即使昔日如何死党，但到了今天，我老去约他，不免有些不识趣，甚至可能让人误以为我别有所图。他来约我就不同了。想来想去，怎么一下子便会有这样的芥蒂？本来他发财是他的事情，朋友依然是平等的，那又何必太分彼此？莫非我的自重，骨子里是因为自卑在作怪？

许多有钱人家都喜欢摆派头，也有自身的交际范围，大概这也是身份的象征，何时见过亿万富翁与一个低级的工薪阶层人士称兄道弟？但瑞兴不同，他并不大在乎这种观念。那回，说起他二姐夫阿超对他的飞短流长，他显得有些激愤，“……我不知道他怎么想的！承澜，你说说看，我怎样对待我那些亲戚？他们要来，随时都欢迎。不是我说什么，你看我周围的人家，来客都是什么身份？只有我这一家，什么样的客人都有。连楼下看更的都知道。”

阿超我也相熟，昨天在中环闹市碰到他，就在街边聊了几句。他笑着问我："怎么少见你到瑞兴家了？你要常常走动才行呀！他周围那么多人，他又很忙，你不常出现，他怎么会想到你？说真的，只要从他手上漏一滴给我们，那就够我们受用的了。你是他穷时的好朋友，他不会不关照你的。"

我笑。关照我？当然求之不得啦。

但我不知道会不会。

我不去求他。又不是穷到开不成饭了，求人干什么？人比人气死人，不能比不能比。知足者常乐。

要是他忽然给我一笔巨款，那就好了。不要？我怎会不要？当然要啦！钱哪，满城男男女女，追逐的不就是这个钱吗？炒股票哇，炒外币呀，炒黄金啊……甚至打工，不也是为了钱？

还是他刚开始发达的时候，我来到他办公室，他便笑嘻嘻地说："……我要送一份大礼给你……"

美若接口："你想要什么？你说吧……"

我只是笑，也没出声。心里却想，钱啦，钱最好了。买东西给我，再名贵，也未必合我的心意。钱就不同了，我可以买我自己喜欢的东西，不买的话，钱还可以存在银行。有钱防身，比什么都好。

但大礼始终也没有送来，我的憧憬，也就像春梦了无痕。

他是忘记了，还是反悔了？我不知道。

但我总认为，反悔是不至于的，他对金钱也并非太紧张。那时他还没有发达，我生病住院，他巴巴地赶到医院来，塞了五千块给我:“……你拿去买点补的吃吧……”

十年前的五千块呀!

大概他是忘记了吧。他要应付的人太多,哪能一个个记得那么清楚?

而且他向来也是什么都不大放在心上。我向他提起过,我来香港的第二晚,他便陪我去海运电影院看《罗密欧与朱丽叶》,他听了之后,茫然地说:“是吗?我都不记得了。”

也许这也是角度的不同。于我来说,《罗密欧与朱丽叶》是我来香港后所看的第一部电影,当然印象深刻;而他却不是,怎会记得清楚?

这情形,可能与这“大礼”有相似之处。

他的女秘书送来两杯热咖啡,蒙蒙的白汽在室内的早春天气中腾起,飘进我鼻端的却是那诱人的香气。

这时我才注意到,角落里有一株高可及人的盆橘,橙黄的橘子缀满一树。

春节刚过,也是意头吧。

“做生意嘛,”他说,“信也好,不信也好,盆橘少不了。大吉大利嘛!一年之计在于春……”

除夕夜我也去维多利亚公园的年宵市场逛花市,无非是跟芝兰去凑热闹,买点剑兰、郁金香、满天星,捎回来插在家中花瓶里。盆橘到处有,但我们并没有买,那么贵,而且也没地方摆。何况听说买了一年,从此年年都要买,那我可宁愿不沾身。

盆橘人人可以买，只要有钱。但是买的人也要看看自己的身价，像瑞兴，不论把盆橘甚至桃花摆在办公室还是家里，都很得体；假如是我的话，怕看起来有些异相，因为不符合身份。

“大有大的难处。”他说。

我信。

只是，小也有小的难处呀。

但我没有说。

我端起那杯咖啡，啜了一口，真好喝。

“是爪哇咖啡。”他说。

四

我偏爱爪哇咖啡，其实也说不出个什么道理。好几年前的一个冬夜，我和承澜在铜锣湾看完电影后，便来到大水煲，我随口要了爪哇咖啡，从此便钟情于它了。

大水煲只有咖啡喝，而且地方也不宽敞。邻桌有几个年轻女人在叽叽呱呱地说什么，我虽然听不懂，但根据语调也可以听出说的是日本话，因为日本电影里便是那么说话的。可能是因为天冷，桌与桌之间很挤，不单没有在我心中引起局促之感，反而萌生一种温暖的情意。或许，爪哇咖啡便是在那一时刻定影在我心版上的。

在我的心中，好几次了，我都想要约承澜，再去大水煲喝咖啡，但到底后来也没去成。平时应酬已经太多，到了晚上，除非是非去不可，一般我都是躲在家里，只想好好休息一下。重温旧梦，也仅止于想想而已。人有时是很难回到过去的，因为心有余而力不足。承澜有时会有意无意地暗示：“……还是以前无忧无虑的生活好，我们也可以多聚……”过去当然开心，但人不能永远像过去那样。那时谁都还没有成家，那个时候有那个时候的单纯、自由、快活，肩膀上还没有生活的重负，谁不会潇洒？如今便不同了，家庭负担，谁能完全摆脱？

人的生活是一个阶段一个阶段的，容不得混淆。只有好好理智地处理每个阶段的情绪，人才能一步步地走过来。比方我现在做生意，一旦讨价还价，就必须铁石心肠，连后退一步都不行，哪能回到学生时代那样凡事忍让？商场上你弱他就强，大鱼吃小鱼，你不吃他，他可能一有机会便一口吃掉你，哪能手软？那个珠宝大王与我签了地产合约后，第二天又反悔：“喂，Stephan，那个合约，怎么都是你占便宜？不算——啊！我们再签过！”那怎么行？平日吃饭喝酒大家嘻嘻哈哈扮老友没什么关系，但商场如战场，签了字，哪有收回之理？我答他：“仇先生，生意场上哪有这么儿戏的？您是老前辈，在商场比我有背景有势力有经验，说是上了我的当，传出去有什么人相信？人家恐怕会笑您老糊涂，影响您在商场上的声誉哩！您想想是不是这个道理？”

仇老板只好有如哑巴吃黄连，“咕”一声吞了它。

我知道他必怀恨在心，但有什么办法？假如我一心软，此种事情还要发生，每次都让步，表面上十分义气，背后恐怕会给人笑话为蠢才，我并不介意这个称呼，但做生意岂能如此不济？

该硬起心肠的时候，不能有妇人之仁。

何况商场上唯利是图，没有永久的朋友，也没有永久的敌人。

当然要信守商业道德，做生意要讲究手腕，却不能不顾游戏规则。钱是要赚的，但要取之有道。在公平竞争的原则下，如果我陈瑞兴棋差一着，技不如人，那也无话可说，只好怨自己命运不济。不是有这么一句话吗：生死有命，富贵在天。其实一踏入商场，便像古时决斗立下生死状，即使赔上性命也各不相干。西方中古骑士向对手丢下手套要求决一生死，未免有些夸张，但有男子汉的勇气。现代商场的斗争你死我活，却是静悄悄地进行，只有风云变幻时仍然可以镇定的人，才是斗士；怎能像“珠宝仇”那样，稍见不利，便向对手求饶？也不知道他是怎么爬上这珠宝大王的位置的？恐怕这也只是一批帮闲起哄的封号，真正的珠宝大王，香港怎么排也还都轮不到他哩！

半桶水最响，真正大富的人，大多都保持低调。想要出风头，我又何尝没有过？刚刚开始踏入商场，赚了一点钱，我也喜欢在媒体面前抛头露面，每当报章图文并茂地刊出时，我都十分得意。

也并不是完全出于虚荣心，还因为那时算命，给批了几个字，意思是说，我必须先有名，然后利才会滚滚而来。宁可信其有，不可信其无。这个时候，承澜受报馆委托，开个“成功人物追踪”栏，他也找上我，说：“我们公私兼顾，吹一吹也不要紧。”

我知道他的好意，起初也有些犹豫，因为我在商场中还是新手，还不能算是成功了，但经不起他的劝说：“……反正这个栏目摆明了是吹捧人的，吹别人我不如先吹你，你何必太拘谨！”

吹就吹吧，别人都在吹牛，我又何必不给人吹一下？何况我“先要有名然后才有利”！这种东西，不了解实情的读者，自会信以为真。比如我年前看到一篇写及某个名人的文章，说他“忠厚老实，心地善良”，便也信了。后来有机缘相识，来往三两个回合之后，才发现完全不是这么一回事。我看写人最危险了，特别是凭表面印象写就的东西，根本就难于触及内心世界。每个人在面对记者时，不都会摆出自己最佳的一面，而隐藏丑恶的另一面吗？承澜应该算是比较了解我的，但我也还没有完全无保留地把自己的灵魂袒露在他面前；而且他写我，也必然扬善去恶，就算是我有不能免的人性弱点，他也不会诉诸笔端，我知道。既然如此，我就让他自由发挥好了。“你办事，我放心。”我说。

他微微一笑，也不再多说什么。

过几天，他把已经刊出来的剪报寄来，捧在手中，我的心竟剧跳起来。

“写成什么样？”美若急着问。

我指了指最后一段：“……可以断定，陈瑞兴将会成为香港新一代的金融巨子！”

“哇！”美若兴高采烈，“承澜这么看得起你，你真应该谢谢他！”

“要是他说得准的话，一切都好说！”我说。对于承澜的“预言”，我自然暗暗欣喜，但我自己却没有什么把握。做新一代的金融巨子？我当然做梦都想啦！但是谈何容易。香港虽然是充满机会的国际大都市，但由于一切商业动作都已纳入正轨，想要白手起家赤手空拳打天下，简直难如登天，除非捞偏门啦！

但承澜说的是好话，好话让人打从心里舒服，就算是他说偏了，我也心领他的一番好意。

承他贵言。

在商场上转悠，我自己也觉得是胡打胡撞，凭着一份初生牛犊不怕虎的傻气，一份对于富贵荣华向往的勇气，还有一份莫名其妙的运气，居然爬到这高位。

他们却说，七十年代以后内地来港的人，能像我这样迅速膨胀财力的人，没有几个。

我没有认真做过比较，也不知道是真是假。何况那些发达了的人，也未必把自己的全部财产如实报出来，发了财，就不必去出那无谓的风头，钱放在自己的保险柜里最稳当，也最实惠；名，值多少钱一斤？

好像我吧，还是寂寂无名之时，就拼命想要出名，虚荣心哪，谁没有？报刊上大字标题图文并茂刊出，想到全港的人，望了过来，认识或不认识的人全都羡慕死了，那份过瘾的感觉，就别提有多舒服了。我陈瑞兴并非像城中名公子那样，个个口含银勺来到这个世界上，我是赤手空拳打天下的呀！旧时的朋友看到我挤进上流社会，大概也会大叹“想不到”吧？唉，世事如棋，连我自己也想不到啦。不过，“各有前因莫羡人”，发不起来，只好怨命。

但是发了财出了名，我才省悟到，要出名干什么？

枪打出头鸟哇。

出了名，这个团体那个基金会还有慈善机构，动不动便寄函请求赞助，封你做这个董事那个理事的，任务都是一样：出钱。

已经处在这种地位，只好来者不拒。这个十万，那个几十万，积少成多，疲于应付。

倒好像我赚钱不费吹灰之力似的。我焦头烂额的时候，他们何曾问过我有什么困难？

那次拖了一拖，那个什么会的公关经理就闯上门来，见她那么漂亮，叫我不忍拒之于千里之外。笑语声声中，她瞟着我说：“……我们要推动香港的文化，相信陈老板会大力支持。”

“支持，一定支持！”我让她那粼粼眼波撩得有些神不守舍，忙道。

那淡淡的香气，想必是发自她身上吧？

我一阵迷糊，她已飘然而去。

也不是没有见过世面，怎么三言两语，我的那张巨额支票，便当即签了给她呢？

“推动香港文化”这顶帽子虽然又大又重，却也还不至令我脚软，只是这小妞的眼波，真能淹死人。

钱嘛，始终是身外物，没有当然凄凉，我有过没钱的日子，我怕穷。但钱够用也就行了，要那么多干什么？捐一点给人家也没什么了不得，只要我心情好。

但我可不要被人们逼成非捐不可，好像我不捐就不行。再这样下去，人家不把我视作傻瓜才怪哩！

都是出名的错。

啊呀，人就是这般矛盾，无名时千方百计想要出名，等到有名，却有不胜负荷之感。

决定低调处世。

记者要求采访，一一拒绝，我不要再在报刊上曝光。

实在躲不过，就把生意上的伙伴推到台前接受访问，我自己躲在幕后。

承澜也很纳闷，问我：“何必这样？”

唉，人真是有阶段性，我已渐入化境，躲避采访，因为已经无求。

出镜？免了。

有钱还是没钱，根本是很个人的事情，有什么理由有什么必要到处扬给别人看？

钱太多了，名声又在外，没什么好处。财不可露眼嘛！你看看富商王德辉，被人一绑，到现在还不知道下落，是生是死，也都是一个谜。那么多钱也无法享用，可能连命都赔上了，何苦？

有钱，还得有福哩。

大亨新就深懂这个道理，谁也摸不清他到底有多少家财，而且不论做什么生意，他都一贯地收发自如，绝不恋战。

不久前与他摸酒杯底，刚喝一杯拿破仑白兰地，他便斜着眼睛朝我笑道："嘿，Stephan，不要说我不关照你，有一宗买卖，准赚大钱，我一亿七千万让你咧，怎样，够意思吧？"

买卖？

哦，原来是那一块盖了灵灰阁的宝地。我大叹一声："香港真是小！"

"怎么？你嫌那块地小哇？"大亨新问。

绕了一个圈子，怎么又绕回我头上来了？我嘿嘿笑道："想当初，这灵灰阁还是我搞起来的呢，出手的时候也才一亿，兜了一个圈，就涨了七千万，这生意倒也好做！"

我不想告诉大亨新，我就是靠这灵灰阁起家的。

也许是命中注定吧，其实我会经营这灵灰阁，也是一个偶然的机会。香港每天都有很多机会，问题在于你抓不抓得住。这机会碰上了我，我便死命揪住不放。

如今看来是英明决策，但在当时我却也一时拿不定主意。阿超不知从哪里搭上了个关系，说那块宝地位于风凉水冷的新界，背山面海，在那里建造安放骨灰的灵灰阁，准是一个绝好的生意经。那时我炒股票也有些收获，登时蠢蠢欲动。通过一些关系，了解到这块宝地，港府确实已批下来了，我便开始想办法行动。

这时是 1982 年 9 月。香港前途问题提了出来，一时之间人心惶惶地产业下滑，地价自然也不值钱。人人裹足不前，生怕买了一块赔大钱的土地。

大家都怕，正合我意。我立刻向一帮朋友集资，你出十万，他出五万，并且以房子抵押向银行贷款，终于凑够一千万。于我来说，此役不容有失，要么从此踏上青云路；要么从此一蹶不振。

要做出这样重大的决定，我也不知几次动摇，生怕一个差错，我便会立刻被打回原形。但想要发达，不冒点险，怎么可能？唯有勇往直前了。

当然也不是只知一味蛮干，事前我也做了一些调查，发现全港每年去世的人大约是两万六千，而土葬的只有两千人左右。当局兴建的灵灰阁，所剩已经不多，而且大都挡不住风雨，所以，我断定，只要我们建得好一些，不愁生意不来。

问题在于要下点功夫，不能草率。

我们的资金已经没有了，只好找承建商合作，我们出土地，他们负责承建。

他们说，行！不过要各占百分之五十的股份。

“那不行，你们这样吃水太深。”我说，“你们想想，眼前地产市道差，再建大厦，有谁来买？香港人个个都在看风向，说不定什么时候拍拍屁股便一走了之，谁来买楼？”

我知道他们生意不景气，此时不敲他们，更待何时？反正我们有地在手，可以讨价还价。

他们沉默了三天。

我决定主动出击，又再找他们谈。

“怎样？一口价，我们七成，你们三成。如果你们放弃，我们只好另找合伙人了。”

做生意嘛，当然要灵活，我觉得，在地产市道差的情况下，少赚总比不赚好，他们岂能不懂这个道理？

再过三天，他们点头答应，立即签约坐实。

不料，1983 年 7 月，中英开始谈判香港前途的问题，一切土地冻结出售，急得我团团乱转。大好的一块宝地，就这样给封死了，谁知道解冻后是什么样的环境？！

承建商更是叫苦连天，找到我头上，要求退出。

退出？谈何容易！有合约在手哇！

“我们已经给绑在一架战车上，谁也脱不了干系，单方面退出可不行！”我望着他，淡淡地说。

“可是这环境……”

我知道，我知道环境恶劣，做生意，本钱一天给冻结，一天赚不到钱，便是亏本。谁知道我们能不能守得个柳暗花明？我这是孤注一掷啊，万一失败，自己破产不说，还要连累那些朋友，如何是好？

虽然在参股时，他们个个都慨然表示，赢输自负；但是真的输掉了，恐怕翻脸也不奇怪，那是他们的身家哩！他们把希望都寄托在我的身上，没理由要跟着我输了的呀！这风险我必须承担，谁叫我出面去说服他们拿钱出来？

我的思想负担更重，但到了这般田地，岂能再退缩，我唯有哈哈一笑，“嗨！做生意嘛，哪里没有风风雨雨的？大起大落才好呢，有利可图嘛！”

“可是，这情况可是从来没有过的呀！”

“所以，是祸是福，你不知我也不知，”我跷起二郎腿，装成一脸的不在乎，“也许这也是一个机会。”

说了半天，承建商大概也不得要领，只好悻悻地走了。

好不容易挨到1984年底，中英两国有关香港前途问题的谈判结束，并且发表了“联合公报”，土地买卖虽然解冻了，但由于人们仍在观望，地产依然上不去。香港每年去世的人，总是有那么一个数目，我们的这个“福寿山”灵灰阁当然还是卖得出去，只不过卖价不太高，我们赚得没有那么多而已。

承建商却没有耐心也没兴趣再等下去了，他风风火火地找到我，说：“我不想再玩下去了，我就把我名下的百分之三十股份让给你，按现在的市价！”

没理由这样接受他的条件，此时不杀价，更待何时？

原以为他会不干的，没料到他只要求拿回成本，“……反正我马上就要移民加拿大……”

哦，原来是套现，怪不得白白投资也干。

我又一次去集资，心里其实也没有底，逢人只是说："……发财机会，不要错过！"我不要告诉他们有什么风险。这个时候，把钱拿到手，是唯一的目的，我怎么可以阻吓他们，与自己开玩笑？

后来地价又起，我的这一击成功，大大赚了一笔。个个投资的朋友都眉开眼笑，对我崇拜得五体投地，因为他们都发了小财。利润高达百分之三百哪，又不用他们操心，岂非最上算的买卖？

我笑着对他们说："……有钱大家赚，最要紧的是大家happy……"

人人雀跃，纷纷道："……以后有什么财路，可不要忘记我的一份呀……"

哦，我铺路，你坐直通车？

要是我自己财力够，又何必去凑资把利益分给别人？

何况做生意，谁能够保证赚钱？要是有那么便当的事情，恐怕香港人人都去从商了！

他们只是不清楚个中的凶险罢了，以为只要把钱投下去，便准可以一本万利；要是我知道福寿山可以越炒越高，高到今天的一亿七千万，我怎会不等？

可是，要一直拖到今天，也必须有些本事才可以。福寿山刚建成时，这一带的村民群情汹涌，聚众前来闹事，那为首的一条大汉大叫大嚷："……我们这里的风水好，如今都给你们破坏了，不行，我们要求赔偿损失！"无非是要钱。好汉不吃眼前亏，罢了罢了！

不过，给了一次，难保不会有第二次，假如不火速将它推出，岂非要被动挨打？

大亨新拍了拍我的肩膀，“小老弟，我看好你！机会多的是，这次我们做不成生意。下回也还能合作哩，再看看吧！”

是啊，不必操之过急。水到才能渠成。只要有大亨新支持，有什么玩不转的？凭着他在商界的江湖地位，大可以说是所向披靡了。

也只有像他那样黑白两道都吃得开的人物，才有可能经营这一类项目。没有人镇住，搞灵灰阁，恐怕是自讨苦吃。上个周末，方玫不知从哪里探悉我的消息，摸上我的办公室叙旧。其实我与她并不同系，那时，她是“文革”中学校里一方人马的头头，我认识她，她并不认识我，没想到这个我当年崇拜的风云人物，会在另一种情势下，与我在香港见面。大家校友一场，吹吹牛自也无妨，杯光酒影中，料不到她开口便说，她想在海南岛搞个灵灰阁，批文已经到手，只不过资金不足。“……你可不可以投资，怎样分账，咱们好说……”

呀，谈到钱了。我立刻警惕起来。

美若笑着问道：“在海南岛？保不保险呀？那边的消费力怎么样？会不会有销路？”

方玫满脸堆笑，“没问题没问题，我一切都搞好了，就差在资金不足，要不我也想自己干……”

我望着她，岁月无情，这个当年一呼百应的美人，已经有些迟暮，虽不致有太多的老态，但想做商界女强人，恐怕不容易。假如她才二十几岁，那又不同；如今四十岁的人，才踏出第一步，太难了！我暗暗摇头，但内心却也不能不佩服她的干劲与自信。

但是，一讲到钱的问题，那就不是请吃一餐饭这么简单了。我嘴上敷衍着："你搞的，我也曾经搞过。不过搞这个，麻烦多多，而且我也怀疑，真有那么多人买吗？他们有钱？"

"嗨，这你就有所不知了。"我又见到方玫当年当众演讲时那种充满自信的笑容了，她说："那边是侨乡，有的是侨汇。而且，当地人现在有的是钱，你没去过，不知道。我可以肯定，购买力不成问题！"

我立意要挫一挫她的锐气，便答："购买力不成问题，但你要他们把口袋里的钱掏出来，你那项目的吸引力，到底又怎么样？"

"没问题，你放心好了！"她又笑，"就等你一句话了！"

假如是二十年前，她这么一笑，恐怕是魅力没法挡，但现在嘛……

我举起那杯绍兴加饭酒，"喝酒喝酒！"

"干了这一杯，我们就合作吧，啊？"方玫的眼波流转，"我就靠你发达了！"

她也太天真了，一笔巨款，哪有这么三言两语就在叙旧中敲定的？毕竟是来这里不久，也不太懂得香港做生意的规矩！但我嘴上却不好说，唯有笑道："这个——我们从长计议吧！因为要考虑的因素很多……”

“包赚的呀……”她盯着我说。

这话谁也不敢说。真金白银拿出来，万一损兵折将，到头来吃亏的还不是我？而且海南岛又不在我眼皮下，与她合作，到时还不是她一个人说了算？我才不去当这种被利用的角色哩！

散席的时候，走出电梯，她径自追到停车场，对我翻来覆去地说：“肯定有钱赚，现在就等你一句话！”

我几乎便要脱口说道：“既然肯定赚钱，你不妨另请高明，想要与你合作的肯定大有人在！”但一看她那种有些弱不禁风的站立姿态，我又硬不起心肠，只好含含糊糊地回答：“我们再研究研究……”

奔驰车绝尘而去。

街道两边的霓虹灯闪烁。灯红酒绿。我打了个呵欠，眼眶里即刻溢满泪水。

真困。

我想起大水煲。

“去喝咖啡吧？”我随口问美若。

美若看了看表，“算了，还是回家去，自己泡吧。”

家里就家里吧，没问题。

爪哇咖啡喷香，真好喝。

在家里自煮咖啡，也可以随意。

终究也不能提神，瞌睡虫爬满我的神经中枢，我只觉得眼皮沉重，存心抗拒却又无能为力，迷迷糊糊。

是美若的声音吧："……喂，你还不回房睡……"但音调却捉摸不定。咦，那不是方玫的声音吗："……你有经验有实力，扶我一把……"

哈哈，真是风水轮流转。当年她令我崇拜，如今她却来巴结我。

世事难料。

永恒的是爪哇咖啡。

我猛然睁开眼睛，那杯咖啡依然散发着袅袅白汽。我端起来啜了一口。

嗯，爪哇咖啡真好喝。

五

随便在那里胡扯，忽然有人敲门，进来一个西装革履的男人，四十二三岁的样子，他的左手插在裤袋里，右手配合着他讲话，指指点点，"Stephan，今晚的饭，安排好了吗？"

我见到瑞兴点点头，淡淡答道："搞好了，晚上七点，在世贸中心。"

那人转身出去，他苦笑着告诉我："我现在的合伙人。"

哦，是那个东南亚人吧？好像叫郑乾坤，听说他的父亲是树胶大王，他是太子爷了，不过不是那种坐吃山空的二世祖，而是很着意去拓展他父亲的王国，携资来香港，便有跨业多元发展的野心。

“好像很霸气，对吧？”我问。

瑞兴耸耸肩膀，“没办法啦，人家一生下来便富贵荣华，那是命呀。”

“难不难合作？”

“这种事情，很难说。看开一点，便不难。”他吸了一口气，顿了一顿，“看不开的话，便难。”

“这么有哲理？”

“不是吗？他来指指点点，一副高高在上的样子，假如我看不开，岂不是要跟他一拍两散？”他用打火机点上烟，吸了一口。

“看钱分上？”

“是啊，我们出来做生意，不是求气，是求财，有钱赚就可以了。”他笑，“何况到了这个年纪，许多东西都看透了，最要紧的是不要与自己的钱包过不去。”

明白了。

合伙做生意，最要紧的是找一个可以赚钱的伙伴，其他倒不必太计较，比方他以前的合伙人柴世方，我只见过一面，也根本没有正面交谈过，但听他与别人高谈阔论，我就有一种此人太浮夸的印象。事后与瑞兴通电话，我谈起我的观感，他在那一头大笑道：“油嘴滑舌？那没问题，做生意嘛，哪能那么古板木讷？能够胡说八道也是本事，钱也是在胡说八道中赚回来的，要不，去交际干什么？有钱赚就有友情，没钱赚就是无情啦！”

精彩。

我茅塞顿开。

却不能消除我对柴世方的没有好感。

其实柴世方也并没有得罪我，但人的感觉是有点难以解释，也许是“话不投机半句多”。

那个时候，瑞兴刚开始发达。那天下了班，我去找他，只见美若已在那边，她说：“今晚去避风塘吃饭，你去过吗？”

听说过，但没去过。

原来他们要接待台湾客，做生意嘛，当然要多多交际，联络感情，涵养德性，我懂。要我作陪？有点尴尬，我不是商场中人，大概连插嘴的机会也没有。这是生意人的小聚会，我大概也听不懂他们的生意经，同去干吗？除了吃一顿？

“没关系，我们吃我们的。”瑞兴拍拍我的肩膀，“也不必说什么。”

我的心目中是看看避风塘。去便去吧。不然的话又会给人笑话了：“什么？铜锣湾避风塘你都没去过？还说来香港二十年哩！”

那船娘用竹篙往岸上一撑，木船便荡进海湾水波粼粼处，夜风吹来，鱼腥和海泥混合着的味道，飘上我的鼻端。东边的夜空，半个月亮正慢慢升了上来，在这都市里匆匆忙忙地生活，总是在与时间赛跑，我从来也没有留意过这样的景象，蓦地，一首久违了的民歌涌上我的脑海：“……天边半个月亮，爬上来，依啦啦啦，爬上来……”那意境，多么悠闲自在，我好像又回到儿时那样，无忧无虑。

但柴世方的大嗓门却打破了我的怀旧梦，只听他笑着说：“……我们先吃一顿，喝一顿，然后再唱一顿，今晚不回家，好吗？”

那个台湾商人嘿嘿笑着，一面用台湾腔回答：“好的啦！好的啦！大家开开心！”

“喂，是不是真的不回家呀？”我用胳膊肘碰了碰瑞兴，低声问道：“我可不行……”

“怎么？”他微妙地一笑，“怕芝兰生气？”

美若凑过来，横了瑞兴一眼，才对我说：“你别听他胡说八道，我们当然不去。要去，也是柴世方去。”

“是啊是啊，他是勇者无惧。”瑞兴笑嘻嘻。

几艘灯光通明的小船围过来后，我听到柴世方居高临下地乱喊一通，哦，是在点菜呢。

鱼虾蟹。

热气腾腾地端了上来，“吃海鲜吃海鲜！”柴世方叫道。

台湾客呼噜呼噜吃得满头大汗。

喝酒喝酒。今夜不能无酒。

我看到个个面泛红光，我也觉得有些微的酒意。

柴世方又开了一瓶拿破仑白兰地，“再喝再喝！”他吼道，那声音就在海湾上漾开。

任他们如何开怀，我固守防线。

“喂，瑞兴，你这位朋友，”柴世方斜眼看我，打了一个酒嗝，“不够哥们儿，也不跟我干！”

“他不会喝酒。”

“要笔杆子的不会喝酒，谁信？”

“真的，骗你干吗？”美若接口，“你饶了他吧！”

不喝就不喝，难道我连不喝的权利都没有了？莫说我真的不能喝，就算是能喝，我也未必要喝给你看呀！我见他如此咄咄逼人，心中不觉有气，也不吭声，只是微微冷笑着，待要看他如何动作。

但他却不再纠缠了，“他不喝，我们喝！”

只有那个台湾客跟他杯来酒往。

“猜台湾拳啦！”台湾客叫道。

去！台湾拳也好猜的？一看就很幼稚。看看这个柴世方怎样出丑！我有些幸灾乐祸。

不料，柴世方也不着急，“猜台湾拳，大把机会啦！今晚我们先不猜，听歌，好吗？”

说着，也不等对方同意，他便往海面一招手，摇来的小船载来两个年轻女子，坐在船尾的抱着手风琴，而站在船头的，便把一个本子递了上来。

“你也点一首吧！”美若对我说。哦，原来那上面写着的是歌名。

“《晚风》。”我说。

“不好不好，《酒干倘卖无》！”台湾客叫道。

“好，就《酒干倘卖无》，还有《绿岛小夜曲》好吧？”柴世方附和着。

“再多点一首，凑足一百块。”瑞兴说。

“再唱一首《无言的结局》吧。”美若想了一想，补充道，“很好听。”

我仔细一听，三首都是台湾歌呢。我明白了，今晚的主角是台湾客，偏我不识时务想点香港歌，难怪碰壁了。我又有点埋怨美若，早知我说了不算数，又何必叫我出这个洋相呢？

这种场合，我本该沉默是金。

这不过是商场上不值一提的雕虫小技而已，我竟也不会使用，柴世方后来有意无意地说：“……书生，百无一用是书生！”

这时，木船在海湾转圈，台湾客忽地说：“这里吃得好，但说起景色，还是杭州西湖更好！”

“当然当然！”柴世方立即接口，“西湖风景，天下第一！”

“你什么都是第一！”瑞兴插嘴，淡淡笑着，我也猜不透他是褒是贬。但柴世方却很高兴的样子，大笑道：“当然要第一啦，做二奶就没什么劲了，对吧，美若？”

“又关我的事？”美若瞪了他一眼。

柴世方也不搭话，回过头又对台湾客说：“你去过西湖，当然看过断桥啦！传说白娘娘与许仙就在那里相遇。你看你看，那个许仙多没用，要我是白娘娘的话，一剑便宰了他，一干二净！”说着，他还拿眼角瞟了我一下。

我明白。他的弦外之音，我岂能不懂？无非还是那句："百无一用是书生"。我又不是什么书生，你拿许仙来影射我干什么？要是我是许仙也还不错呢，至少还有一个貌若天仙的白娘娘倾心相爱哩，而我其实只是一个小编辑，哪有什么美女青睐？

在这商业都市当个报纸的小编辑，确实也是百无一用。说得好听是编辑，说得不好听便是"报纸佬"。商业社会谁能够赚钱谁便是英雄好汉，文化拿来干什么？开玩笑！读了大学又怎样？像这个柴世方，中学都没有毕业，七混八混，现在不也混得风生水起？

"……大学生，现在的大学生，也就是古代说的书生吧，论做生意，还得向我拜师父呢！"柴世方说，"对不对呀，Stephan？呀，你也是大学生，我可不是说你……"

我正待回击，美若却扯了扯我的衣袖，低声道："喝醉了，别理他！"

我一凛，是没有理由发作。这场合我是客，哪有客人与主人争执的？万一拌起嘴来，我大可不必卖什么面子，但瑞兴、美若脸上不好看。

"对呀，做生意，完全靠天分。"台湾客接口，"念什么经济什么工商管理，最多毕业后做高级管理人员，有几个真的可以自己做大老板？"

这倒也许是真的。在这个社会，用钱来赚钱，越滚越大。没有本钱，再有本事，不也一样无法飞腾做"威龙"？

“要能赚钱也要能花钱，要不赚那么多钱干什么？”柴世方又喝了一杯，“喂，萧老板，台湾女人温柔漂亮，你当然艳福不浅啦……”

原来他姓萧，萧老板哈哈一笑，“怎么说呢？可能是各有各的好吧。老弟你也经验丰富，不必我答了吧！”

开始谈“女人经”了，大概他们的余兴节目快开始了。我瞟了美若一眼，只见她笑吟吟地端坐在那里吃香蕉，看来对于这种话题已经习以为常。

做生意嘛，便要不择手段，只要达到目的。

美人计大概也是商场撒手锏，英雄难过美人关，即使明知美人身后有伏兵，男子汉却偏无法回避，即使是刀山火海，也是闭眼硬闯过去再说，至于是祸是福，早已不在话下，只是为了片刻贪欢。

此刻的萧老板醉眼蒙眬，言语之间已不断加强暗示。柴世方招呼船娘回航，跳上码头，他笑着向瑞兴扔下一句：“我们继续演下半场，你们请回吧！”便领着萧老板往停车场走去。

“这个人锋芒毕露，也太俗。”我回过头对瑞兴说，“你可能要防着他一点。”

“他？是俗。”他回答，“不过现在还有几个雅士？俗也没关系，只要能赚钱。你看，他今晚就把萧老板哄得多开心！那宗大生意，明天签定了！”

“是呀，你叫雅士来，恐怕就拉不到这个台湾客。”美若接着说，“管他俗不俗，管他用什么办法，总之，做成生意便高明，他要认第一，就让他去认吧！我们要的是实惠，虚名都给他也不要紧……”

大概这也是处世之道，我想。

“这就是技巧，”瑞兴拍拍我的肩膀，“明白吗？”

“你们和他相处，不会觉得很难受吗？”我问。

“有什么难受的？嘻嘻哈哈言不及义，最好打发日子了。”他笑，“他喜欢什么话题，就跟他说什么。什么都懂一点，什么都可以对付两句。说完了也就完了，根本不往心里去，不是很好吗？”

“难得糊涂？”

“小事糊涂，大事可不能糊涂。”他答。

“在赚钱的问题上，一点也不能手软。要是糊涂的话，人家一口把你吃了。”美若解释，“就是这样。”

“难道没有商业道德可言？”

“倒也不是，能够合作，当然有些基础。”瑞兴说着，耸了耸肩膀，“不过，防人之心不可无。老祖宗说的话，十分有道理。钱哪，不是别的，哪能糊涂？”

明白了。

亲兄弟，明算账，何况合伙人？

不涉及钱的时候，大家信口开河求开心，绝对没问题；倘若有银钱纠葛，那就要算个一清二楚了。

“洋人最好了，洋人吃饭，大家AA制，各出自己的那一份，公平合理。”美若笑着补充了一句。

“但我们是中国人。”我缓缓地说，也笑着。

“是啊，中国人吃饭是抢着付账。”瑞兴的语调，我也猜不出是赞赏还是不以为然。

“其实又何必呢，”美若撇了撇嘴唇，“又不是个个都那么有钱！”

“那倒是。不过中国人大概好客。”我说，“不关钱的事。”

“打肿脸充胖子？”美若问。

我想也未必。即使没有多少钱，也不是为了充胖子。愿意请也就请了，倒也不必怀疑人家如此虚荣。但我却不想说下去，万一他们以为我在夫子自道，岂不糟糕？

美若这样说，也不知道是霸气还是俗气？

柴世方俗气，郑乾坤给我的印象是霸气。

俗气不过是容忍的问题罢了，而霸气呢，那恐怕是阻不阻挡得住那气焰了。

我想开口对瑞兴讲，但又觉得他的感受未必和我一样，我又何必自作多情？

迟疑间，我见到瑞兴看了看表，说了一声：“我们吃饭去吧！”也不等我有什么表示，便按了通话器，“Sandy，麻烦你给我 book 两个人的台，吃潮州菜，对！”

假如我在这个时候抽身而去，难免显得有些突兀，但是假如若无其事地跟去，我的心理又不能平衡。

真是进退维谷。

不如我请他啦！凭什么？请他？每次吃饭，他把金卡一丢，签上大名付账，都让我惭愧。那数目，于他自然是小意思，于我可是大意思，虽然来而不往非礼也，但我却付不起。那回我硬着头皮抢着要付，他笑着说："哪有这样的道理？你还是留着给孩子买点东西吧！"

我一时之间也猜不透他的笑眼里传达的是什么讯息，但现实便是这样，钱不是一切，但许多时候人又离不开钱。瑞兴便常常说："有钱不是万能，但没钱却万万不能。"

嗯，吃就吃吧，又不是头一次。

管他呢！

吃得是福。

六

吃一餐饭，有什么所谓，也没花多少钱。

民以食为天嘛！

其实香港人吃吃喝喝成风，胃口早就变刁了。稍微差一点的菜式便皱眉头，人家请吃饭，愿意来是赏面，是主人求客人，不是客人求主人。想想也是，人家又不是没饭吃了，还要赔出时间来，并不划算。吃饭，不过是为了聊聊天罢了。当然有时出于某种需要而吃饭，那是"外交饭"，醉翁之意不在酒，另当别论。

但承澜好像连和我吃普通一餐饭也变得有些拘束了，令我感到难过，我也不知道究竟为什么。可能他觉得我老是心不在焉吧。这实在没办法，生意上的事情，常常教我在不知不觉之间便走了神，他不会明白的。所以，我常常对他说：“还是打工好，干手净脚，一下班拍拍屁股就走，天塌下来也不关你的事。但做老板呢，那真是没日没夜的，哪有什么完全休息的时候？”但他似乎不信，半开玩笑回我一句：“那不同，做老板有钱，打工便不出头。要不，咱俩换换，怎样？”

我知道他并不认真，便也哈哈一笑了之。也并不是说换就能换，他不是不知道他不能做生意，我也不是不知道我不能打工。换，说说而已。我最知道他没有这种野心，或者拿方玫的话来说，就是“没志气”。那天下午方玫闯到我办公室，秘书用内线电话通传，我心里打了个突：莫非她来旧事重提，要我出资去搞海南岛那个项目？

不过她已经杀上门来，如果拒之门外，老同学脸上便不好看。还是看她怎么说，再随机应变吧！

方玫露出谄媚的笑容，“……关于那个项目，不知道你考虑得怎样了，啊？”

“这个……”我思索着该怎样措辞，“海南岛太远了，我现在也抽不出身来，有点麻烦。”

“你不用去，我跑腿，你可以坐享其成。”

“那不成。”我笑了笑，“做生意，也不能全靠一个‘信’字，投资那么大，我没亲眼去看过，又没有做过市场调查，我不可以贸贸然下决定——何况，我的合伙人也不同意，我虽然可以不理，但是大家拍档，当然有商有量好一些。钱可以少赚，但不能伤和气。钱嘛，慢慢再找也不迟，反正香港钞票满天飞……”

我一面说，一面细心观察她的反应。我发现她的笑容僵硬了，却又勉力化解成一副很不在乎的样子，虽然不大自然，却也让我佩服，方玫究竟是方玫，始终都跟得上风云变幻。我心里又不禁暗暗好笑：我可以拍板？镇镇她而已，郑乾坤股份和我一样占百分之三十，此外董事局主席大亨新还占百分之四十，他们两个如果不同意，我便无可奈何。

不过，此时不吹牛，更待何时？何况面子攸关，她既看得我像天那么高，我当然就要扮成与天一样高。倒不是我诳骗她，而是她一来就让我不能退缩。反正这也是无伤大雅的并非恶意的谎言，有什么关系！

她脸上虽然还挂着笑容，但那眼神却显然暗淡下来了，但也不过是一下子而已，她立刻又显得精神勃勃了，盯着我的眼睛俨然一副全神贯注倾听我说话的样子，我虽心肠坚硬也不禁被她的那副表情所软化。好在我纵横商场见的世面多了，稍一镇定也就一笑了之，不再多说一句给她以任何希望的话。

“就那样的话，没希望了？”她终于泄气。

“这个项目可能很好——照我看，也是有得做的。”我小心翼翼，“只不过我们公司目前的方针，是舍远求近，集中在香港搞，暂时战线不想拉得太长。”

“计划再好，你不投资，我也只是纸上谈兵。”方玫叹了一口气，“没钱，什么都是假的！”

“或者你可以找其他公司合作，我想他们会有兴趣的。”我有点于心不忍，连忙安慰她。

“你看找哪家？你可不可以介绍介绍？以你的地位和关系，一定可以找到好的合作对象！”她的话好像连珠炮似的，我都有些招架不住。妈的，早知如此，我干脆就决断地说“不行”，不用这么拖泥带水。她简直就有点死缠烂打的味道，好像非把我逼上死角不可。我望着她，缓缓地说：“其实，这种项目，煞气很大，你不可能永远搞这个。就算是搞一下，也只能过渡，很快便要放手，从此洗手不干。你懂吗？实话实说吧，我也不想瞒你，我现在不能再去碰这个项目，算命先生说了，假如不注意这个禁忌，我就会被打回原形！”

我随口胡说，也不管她信不信，只要能够把她打发了，也就算了。最多也就是多得罪一个人，反正在商场上友人敌人像走马灯一样教人眼花缭乱，哪能个个顾及？

但出乎我的意料，她并没有拂袖而去，依然坐在对面笑吟吟。不管她是真笑还是假笑，但她果然有她的一套。大丈夫能屈能伸，她方玫虽是女流之辈，却有大将风度。假以时日，碰上个机缘，难保不成为一个人物！

稍微沉吟了一下，她再次开口：“海南岛太远，那还不如在香港吧，我们在香港合作，行吗？拉我一把……”

接着又来？我一怔，随口问道：“你有什么项目？说来听听。”

“你拿出一点钱来，办个出版社吧！”她很认真地说，“我在内地时就做出版社，驾轻就熟，没问题。”

搞文化？我苦笑。

“你不信？”

“我信你内行，但在香港办出版社，谈何容易？香港是商业社会，没什么人看闲书。”

“但也有人办出版社赚钱呀！”

“做什么都有人赚钱，”我开始有些不耐烦，“问题是，凡是投资，老板肯定要看计划，看市场调查，没人愿意把白花花的钱乱扔在无底洞里，right？”

“我们可以出畅销书。”

我不耐烦再纠缠不清，便问：“你看要多少钱？”

“六万。”她想了想，说。

六万？六万出两三本书便完了，怎么周转？看来她对这里的出版社也是一知半解，再谈下去也没什么意思，我看了看表，说：“这样吧，关于文化出版的事情，你找王承澜研究吧，他比较熟。如果他同意，我也不反对。”

她的上半身倏地前倾，胸口几乎顶住我办公桌的一边，声音急切：“他？不行不行，他不思上进，没有志气。跟他谈，不会谈出什么好结果来。”

“我是个商人，只懂得做生意，而且只对赚钱有兴趣。出版我不懂，你不问他，我就爱莫能助了。”

“这个……”

“你是不是找他谈过？”我忽然明白过来。她犹豫了一下，终于点点头。我也不想知道详情，便轻轻带过，“你还是把你的想法详尽告诉他，看看可不可行，这样大家好做。”

我见到她嘴唇嚅动了一下，终于也没有再说什么。

看得出来，她很失望，我心里也有点歉意。我明白，好些人来到香港，发财心切，以为香港遍地黄金。其实也未必。也许香港的机会多一点，但并不意味着人人可以成为阔佬。人比人，气死人，这山还望那山高；你有钱，那李嘉诚比你更有钱得多，怎么比？我可以理解她追求金钱的心态，当年我何尝不是如此？我不会回过头去嘲笑开始起步的人。至少，她只是在钻营，并没有越轨，没有触犯法律。如今这个世道，光天化日之下打劫金铺，视警方如无物，已经不是什么新鲜事。前几天在大埔，便有一伙据说带着威力强大的武器偷渡而来的“省港旗兵”，为了威慑追兵，竟当街连轰六十七枪！香港开埠以来，又何曾有过这般猖狂的匪徒？警方刚声言定要将罪犯绳之以法，次日中午，我路过皇后大道中，忽地传来噗噗的声音，那些川流不息的打扮斯文的男男女女，顿时一阵大乱，女的尖叫着抱头乱窜，男的也不顾一身西装革履，纷纷趴在地面上。我一时还没反应过来，却也不由自主地闪进旁边一家服装店里，只感觉挤在里面的人个个神色慌张，“打劫金铺呀！”一位女秘书模样的小姐睁着惊恐的眼睛说。

枪声终于不再，劫匪自然已经远走，我跟着人群走了出来，但见那家金铺附近的一处报摊仍然在卖书报。我好奇地问了一句："枪战你都不避一下？"那中年报贩把眼一瞪，神色自若地答我："都见惯的啦！避什么？"

打劫金铺，打劫银行，近年更是听到麻木的了。如果以前主要是在不那么热闹的地方下手的话，现在打劫竟打到香港的心脏地带来了，而且选择在行人最多的中午时分，是不是最危险的时间最不危险？还是匪徒根本蔑视警方防卫与破案的能力？

这些专程偷渡香港，一两天内得手后又立即用快艇潜逃的劫匪，倘若没有本地匪帮的主使和接应，又怎能老马识途迅速摆脱警方的追捕？

如此危险的勾当，他们都做，说来说去，还不是为了一个"钱"字？

钱嘛，恐怕人人都想要，只不过取法大有不同。

做正行生意，也许也要坑人，也要耍手腕，不过总不像黄、赌、毒或杀人越货做无本生意那样丧尽天良。

方玫有些急功近利，但看来她仍在恪守商场的游戏规则。别看她是娇滴滴的女流，她发起狠劲来，连吃了豹子胆的男子汉也未必有她那么凶悍。那时她身边有四名贴身保镖，号称"四大金刚"，只要她一声令下，由四大金刚率领，她手下的红卫兵便奋不顾身地冲锋陷阵。武斗最厉害的时候，她率领他们固守一座宿舍楼，任多数派日夜包围，断水断电断粮，她依然誓不投降，终于拖到对方迫于形势不得不撤兵。

平安无事了，我跟承澜出于好奇，曾溜进那座宿舍楼去看个究竟，只见地板都挖了几个大窟窿，原来他们便这样挖井取水来喝的呢！而大门附近墙壁上的血迹，是他们抗击发动攻击的对方人马的一个小见证。

方玫虽还没有指挥过千军万马，但确也曾是一个手下有几千人的红卫兵头头，而且这几千人对她是服服帖帖的，假如她要控制几个悍匪，恐怕也并非难事。

但看来她并没有。

我猜想她可能也会利用她的色相，她讲话依然还是那么娇滴滴，媚眼流溢，定力差些的男人，很容易被她灌迷汤。徐娘半老，风韵犹存呢！

做生意和做其他很多事情一样，美女绝对占便宜。比方我请女秘书，首先便要看她的长相，也不一定我有什么企图，但看看也舒服嘛！方玫当然已经不再青春逼人，不过她另有一种成熟之美，迷倒一些人，换取一些利益，并不是绝不可能。

你情我愿的东西，法律管不着，得失她自己会衡量，只要她认为值得，别人又何必置喙？她又不是未成年少女，她应该有自己的判断。

而且，以她这么急于发财的心态来判断，我看她也只赚到一点钱，想来即使她真的做了自我牺牲，恐怕也仅仅是眉来眼去磨磨蹭蹭罢了，应该还不至于“大出血”。

不过，谁知道呢？天知地知她知我不知。也不关我的事。事不关己，高高挂起。

这是个笑贫不笑娼的社会，英雄莫问出处，只要腰缠千万贯，到时自然会有许多人给你唱颂歌。比方我吧，有谁会再鄙夷地说我是“大陆仔”“阿灿”？还不是个个叫我“老板”“陈Sir”？当方玫皱着眉头告诉我人家叫她“大陆婆”时，我这样对她说。

我其实也并不是鼓励她去做什么，但我却想把问题的根本点告诉她知道。

我总觉得她可能会成功。她以往的历史告诉我，这是个与众不同的人物。

只不过，她到底能不能适应新的环境，能不能在商场上一显身手，除了头脑灵活愿意牺牲，在很大程度上还要看看有没有机缘。

我跟她合作？现在不可能。现在合作，简直就是我拉她发达，那怎么行？将来如果她有了财力，大家可以互利，那还差不多。

做生意，“利”字当头，绝对要铁石心肠。要不，便成了慈善机构。我不要做什么善长仁翁，捐点钱没问题，一戴上“慈善家”的大帽，我便觉得有些欺世盗名之嫌，我可受不了。

我不知道我闪闪烁烁的言辞，她究竟是否听明白了。依她之聪明，照理不会不懂，不过她只是一味傻笑。也好，大家捉迷藏，不用把事情摊开了，可以留有嘻嘻哈哈的转弯余地。

好像承澜，他从不倚熟卖熟，和他一起吃饭，不必担心他会冷不防提出什么要求。我有时甚至嫌他太过清高，以致让我虚荣一下的机会都几乎没有。

七

饭刚吃到一半，忽闻一阵香风飘动，我抬头一望，只见美若已走到眼前，并吩咐跟随而来的侍者说：“加多个位。”

等她坐下，瑞兴问道：“你不是说不来？”

她笑，“跟罗太太去做健美操，说好一起去吃饭逛公司，谁知道她临时有事，我只好追随你啦！”

“追我签单吧？”瑞兴嘿嘿笑道。

她不理他，却向着我说：“再加一两个菜吧？”

不等我回答，她已经扬手叫侍者来。

反正这种场合，也轮不到我决定。

美若的胃口很好，瑞兴对我说：“你看她，还做健美操呢！减了两磅，吃一顿也给增回来哩！”

“不管怎样，健美操对身体有益。”我忙道。

“是呀，它这么流行，当然有它的道理。”美若白了瑞兴一眼，“要不，谁会那么笨，花钱买难受？”

“太太团最爱搞这些名堂了。”瑞兴接了一句。

“你看，”美若转向我，“他就会泼我的冷水。”

我微笑不语。

明明是夫妻耍花枪，我何必干着急？

即使美若做健美操只是为了赶时髦，那一点费用，对她来说实在不值一提，无伤大雅。太太团成群出去，也自有一种慑人的身价。

有了钱有了身份地位，便会有相应的活动，那也是自然而然的事情。

我现在已经看得多了，不会以我的身份去看他们的活动，所以能够比较心平气和地对待。当初，我又何尝不曾心湖起波澜？

那是个星期天的下午吧，我和芝兰带儿子为山第二次上瑞兴中环半山区的巨宅。他家照例来了许多亲戚，我一个人坐在一边，没有人跟我说话，有些坐冷板凳的味道。我很想告辞，但芝兰在另一角正与美若谈得兴高采烈，为山在打 Game Boy，我不好扫他们的兴，唯有心不在焉地看那巨型电视机所播出的音乐节目，噢，是“卫视”的节目哩。

我有点困，慢慢地就靠在沙发上睡过去了。电视声、说笑声离我远去，这时便是最自我放松的时候。

我好像在滑翔，轻盈、自由。

阳光。空气。海滩。

海水蔚蓝。咦，莫非是美国的东海岸？

什么东海岸？我哪去过美国？

哦，我想起来了，云生在那里留学。云生，命好，在香港读书不成，老子有钱，便可以将他往外国一送，留洋镀上一层金，再回来还不是一条好汉？

怪不得他自小便满不在乎。问他长大了想做什么，连眼睛都不用眨一下，便昂然答道：“当经理！”

果真是虎父无犬子乎？

气得美若大骂：“你以为你爸爸生来就是当总经理的命？你再不好好读书……”

瑞兴插嘴：“他无心读书，你逼他也没用，算了，车到山前必有路。”

“他就是给你宠坏了！”美若愤愤然，“他要是留班，我不认这个儿子，我的脸没地方放！”

我连忙打圆场：“读书读得好，出来做事未必能干；读书读不好，反而做生意可能很厉害呢！”

我倒也不是完全信口开河，当初我在大学功课比瑞兴好得多，那又怎样？到头来还不是他发达我挨世界？

云生胆子也大，又有小聪明，还有父亲撑腰，将来回港恐怕不只当经理那么简单。

只可怜我那独生子为山了。

他读得了书，还有两年便中学毕业，我真想供他去美国或加拿大留学。可是一年要十多万港币的花费，我哪里出得起？每当想起我的无能为力，看着为山，便有心如刀割的感觉。没有钱，一切免谈。

有钱真是好。

我甚至曾经一再决定横下心来厚着脸皮请瑞兴支持，就说：“……我这一生就求你这一次了……”可是每次话到嘴边始终还是说不出口。

但我一直不死心。

一方面积极买六合彩，一方面希望自己终于会有勇气开口。

他会不会答应，我也没有把握。只不过试试还有一线希望，如果不试，连一丝希望也没有了。

但我老脸往哪里搁？

讲钱失感情呀！也许一句话便失掉一个老友哩。

人家有钱是人家的本事，我眼红什么？钱哪，你平白无故想从人家口袋里抠出来，哪有那么便宜的事情？

瑞兴就说过："我赚钱难道不用动脑筋？难道钱能够从天上掉下来？"

他不是说我，是说阿超，但焉知没有弦外之音？

其实也是，他有他的不足为外人道之处，不过我们只看到他的风光罢了。

提，还是不提？

唉唉！左右为难。

可怜天下父母心。

芝兰摇摇头，瞪着我说："没钱就不要学人把孩子送到外国去啦！"

她说得也对。

向瑞兴伸手要钱，为了孩子去留学？此话如何讲得出口？倘若救急，那倒硬着头皮也就讲了，留学？没本事就不要跟人比啦！

除非……

除非他主动开口。

但这种可能性几乎等于零。又不是嫌钱腥，有什么理由把钱往外乱抛？

唉！孩子，你爸爸没用，没有能力供你，你只好靠自己了！

我心里很难过，好像看到为山眼泪汪汪。

我想要安慰他，却说不出话来。

忽然惊醒，原来芝兰在推我，“……睡着了？叫你都叫不醒！”

我茫然四望，为山正在另一角打 Game Boy。原来是南柯一梦。

我笑了一笑，心却依然为那梦境所压迫。

美若说：“都快六点了，我们不如去铜锣湾吃饭。”

我一点兴致也没有，懒懒地答她：“算了吧，我们回去了，不要太麻烦。”

“麻什么烦？”瑞兴走了过来，“我们反正也要吃晚饭。一齐去一齐去，就这样说定了！”

“不饿呢……”我说。

“也不是现在就去，再过一个钟头啦！”美若转头朝为山嚷道：“小山，我们去吃鱼翅，好不好？”

为山一面打机，一面高兴地答应。

“唉，又吃鱼翅？”刚刚回家的曼莉皱了皱眉头，“你们去好了，我宁可待在家吃曲奇饼！”

股市狂升时赢大钱的股民们意气风发，个个鱼翅捞饭吃，而她似乎连鱼翅也吃腻了。可怜为山一听到吃鱼翅，两眼便发光。

也难怪他，只有过年，家里才会煮鱼翅。少见多怪，少吃自然也嘴馋。有鱼翅，好吃又有补，我也想呀。只不过我早已过了为山那样爱吃的年龄，倒也不会喜形于色。又或许我已经变得世故了，即使内心狂喜，也会尽量压抑自己，不在脸上表现出来。因为那副穷相是很容易让人看了瞧不起的。

再穷再馋，也要扮得若无其事。

那潜台词是——鱼翅？哦，常吃。也不过如此而已，没什么了不起。

我才不会成为逛大观园的刘姥姥哩！

这也许是成人的狡猾，不过也没办法，即使在老友面前，我也不能毫无遮掩，因为他发达了。

我想，我唯有自尊尚可以与他们的财富抗衡，而使得友情处于平等状态。假如我已然没有钱，连自尊也丢失了，那又何异于摇尾乞怜，甚至沦落为傍友？

如果是这样，那就与我的本意相去太远了！

所以，即使是假面具，我也要戴一戴。反正这样装假，也并没有什么恶意，唯一的目的不过是保护自己而已。

这时，电话铃响，美若懒懒地提起电话筒“喂”了一声，忽地在沙发上的身子坐直了起来，语调也兴奋了：“……什么？

首映礼？《滚滚红尘》？……哦哦，好哇好哇，我和瑞兴七点钟准到！一会儿见！”

放下听筒，她笑嘻嘻地说了一个闪闪发光的名字。

我一怔。

想当初刚来香港，我们都是林青霞的影迷，没想到十几二十年后，他们竟与当年的偶像有平等的交往。

以前我也恍惚听瑞兴淡淡提过，他们一起吃过饭，当时我也不以为意，心想也许只是交际场合正巧被安排在同一桌而已。

如今看来，我倒是小觑了他。

大明星哪！

会不会是美若吹牛？虚荣心人人皆有……

骗我干吗？在我面前耍威风，又不顶事。

可是可以自我满足一下咧……

啊呀，我怎么就想不起来，他们现在的圈子大不同了呀！

嗨！管他呢！真的假的，与我有什么关系？假如是真的，那我也与有荣焉，到处可以跟人吹牛：“……林青霞是我的老友的朋友……”如此这般攀附名流，岂不让人小看了？要是哪一个牙尖嘴利的听众来个反问：“哦，是吗？那与阁下你有什么相干？”我还有什么话好讲？难道可以厚着脸皮笑嘻嘻说：“我也沾光呀！”

但他们确实是要去赴那首映礼的了，美若耸了耸肩膀，对芝兰说：“看来吃不成饭了，改天吧，改天再请你们。”

我见到为山露出失望的神情，连忙向他打了个眼色。我才不要被看成一生没吃过鱼翅似的！

好在为山也很懂事，立即低下头继续打他的 Game Boy。

我看见瑞兴抬了抬左手手腕，哦，是在看表呢。他转头望着我说：“怎样？我打电话去召的士来吧！”我一凛，是啊，我怎么还不赶快告辞？难道想等他用奔驰车送我们回家？他们要赶去参加首映礼呢，怎么还会有时间顾及我们？当然是贵客自理啦，我事前怎么没想到？王承澜呀王承澜，你真是聪明一世糊涂一时了！

聪明？开玩笑！像我这个德性叫聪明的话，那普天下就没有傻瓜了……

计程车很快便驶来了，我几乎是三步并作两步逃也似的离开他家，只因为羞惭于自己反应迟钝。

如果稍微伶俐一点，不用他出声，便该主动离去。结果要他来提示，想起来也真莫名其妙。

莫非，在潜意识里，我是在期望他或美若发出邀请：“……不如你们也去吧……”

我极力否认这种可能，却始终解释不了我为何会这样赖着不走。

唉，想去就想去吧，也没什么太可耻的。他们不邀请我们，想来也是自然的，别说他们只是客人，不好反客为主；就算他们是主人，大概在这种场合也不便邀我们去的。

这是讲级数的社会，我明白，也想得开。

人贵有自知之明，考虑事情的角度，不妨从对方的立场设想一下，也许这样做会令自己舒服一点。

计程车沿着山路弯曲而下，两边的山岩与树木在黑夜中不断向后面退走。昏黄的路灯，一盏，一盏，又一盏，有气无力地，好像是强睁着的睡眼。晚风呼啸而来，噗噗地撞在玻璃车窗上。车子左拐，右弯；我们也跟着右倒，左歪。这漫漫夜路……

忽地眼前亮了起来，原来车子开下市区了。

还是市区好，虽然空气差些，但有火热的七彩霓虹灯闪烁；虽然挤一点，却显得有人气。

人气？哦不，半山区也有呢。你总不能说瑞兴的家鬼气森森吧！咦，我这是怎么了？莫非是没有了一顿晚饭，心中便有些不忿？还是迫得自搭计程车打道回府，心里便有些不平衡？

我摇摇头，好像要摇掉那令我不敢面对的疑问。

那晚饭没吃成，但今天不也一样一起吃午饭？

好不好吃，我倒吃不大出来，我又不是美食家。其实我对吃饭一向马马虎虎，也没有特别爱好。好一点差一点有什么要紧？叫我蹲在街边的大排档吃，我也一样可以吃得津津有味。说得好听这叫适应能力强，说得不好听便是没有口福了。

不过嘴刁也要有条件才行，既然手中没有多少钱，就不该挑挑拣拣，不然的话岂不苦了自己？

这午餐没有鱼翅，也就是普通的午餐罢了。美若说：“多做运动，多吃青菜，人到中年，不能不留意。”

也许她说的有道理。

其实家常便饭最好，吃起来也不会令我这个食客益发惭愧。

家常便饭就有这个好处，既吃了人家的，又有家常的气氛，不至于思想负累太重，说话也可以随便一点。

八

吃完午饭，承澜赶着回报馆，我问美若："你呢？"

"没什么地方好去。"她耸了耸肩膀，侧头想了一想，又说："我跟你去公司吧。"

也是惯了的。她爱去就去吧。

美若高跟鞋的咯咯声，招来了职员们一张张笑脸，"陈夫人您好！"倒好像她才是老板似的。

莫非他们都认为是"夫人专政"？

不管他。爱怎么想便怎么想，我又没有什么损失。

人人都喜欢跟红顶白。

不用我吩咐，女秘书 Sandy 便端进来两杯咖啡。

我刚啜了一口，视线落在台面那堆照片上，想到那还是早上 Sandy 送进来的呢！啊呀不好，我还没有想及该如何掩饰，美若眼尖，早已一把抄了过来，逐张翻看。

事到如今，唯有硬着头皮看看什么动静再说了。

事实上并没有什么事，只不过旁人看来，也许会误以为有内幕。我正胡思乱想，忽听得美若声调有些激动：“啊呀，你这算是什么意思？”糟了！怪不得今天一大早右眼皮便跳个不休。

我慢慢望过去，果然是那张要命的我与 Sandy 的合影。

本来合影也没什么了不得，美若不至于会吃干醋；但这张可是搂腰搭肩的呀！要叫我解释，我也很难讲得清楚，也只是一时高兴罢了，根本没有包含其他内容。

“好哇！你说去谈生意，怎么谈到跟女秘书搂搂抱抱呀？”美若见我不说话，气哼哼地追杀，“你倒说呀！”

也是合该有事。

几个人去曼谷签合同，是千真万确的事情。签好了，大家松了一口气，便去芭堤雅玩了几天。

冬季对于热带的芭堤雅毫无意义，我们穿着短袖衫，在海畔徜徉，听棕榈树的叶子在海风的吹拂下哗啦啦作响。Sandy 忽然跳起来说：“我要玩降落伞，谁去？”

没人响应她。

她可怜巴巴地望着我，在那一刹那间，我忽地从心底涌起一股柔情。Sandy 跟我已经三年了吧？三年哪，现在的年轻女孩，在同一间公司做上半年便大叫要跳槽。那天我就听见来探望她的女朋友惊奇地问她：“怎么你还在这里做呀？”但她只是温文地笑着，也不吭声。不论我在商场上是春风得意还是一时失利，她好像都不在乎。甚至当我同柴世方闹翻，与郑乾坤另组龙雄、前途不明时，她也毫不犹豫地跟了我过来。而我对她，也只是基于用惯用熟了的心理加以欢迎，并没有什么特别的感觉。我想，她要做一份工作赚钱，而我则需要有一位熟手的女秘书帮助处理一些事务，彼此完全是雇佣关系，或者是金钱关系，如此而已。

没想到在这远离香港的异乡，我突然觉得 Sandy 是那么无助，倒好像她三年来跟着我，全然是因为我会给她一种安全感似的。她那楚楚可怜的眼神蓦然唤起了我男性的气概，但觉脑袋一热，立刻叫道："我陪你去！"

我见到郑乾坤一愣，朝着我说："喂，Stephan 你行不行呀？可不要硬来！"

我立刻有一种被小觑的感觉。哼！你不去就算了，何必在大庭广众面前这样奚落我？我偏去，看你怎么样！

但脸上仍堆着一团笑纹，"没问题，没问题！"

郑乾坤嘿嘿笑道："你今天怎么变得这样年轻了？小心点呀，岁月不饶人，你要量力而行……"

不知道为什么，我总认为他话里有话。无非是暗讽我对 Sandy 有意吧？笑话！不过也由得他说了，反正他这个人就是这样，猜想别人的动机也总是由他自己的心理出发，阴暗而偏颇。

"你放心。"我淡淡一笑。

Sandy 与我已经各自被缚在一架五彩降落伞上，被汽艇拖着起飞，我给 Sandy 做示范，虽然心跳如打鼓，但表面上却强自镇定，我当然不想在 Sandy 面前失面子，特别是在启动前，我还煞有介事地对她说过:“……放松一点，没事，你看我的!”假如此刻露出惊惧的神色，我岂非要被她看轻了?

好在紧张也只是一瞬间的工夫罢了，上了天空，风从耳边呼呼吹过，放眼尽是青山绿水，我有一种长了翅膀的逍遥感觉。

回头一望，Sandy 才刚刚腾空，她那惊叫声混合着娇笑声，从空中传了过来。平时端庄的她，竟有如此活泼的一面，这倒是我所料想不到的。

做了一会儿的“鸟儿”，我降落在作为起点的沙滩上，郑乾坤竖起拇指，阴阳怪气地说了一句:“Stephan，你果然行，佩服佩服!”

要你佩服干吗?

我没有答话，仰望天空，Sandy 也正在降下。

又是尖叫声与娇笑声，她轻盈地落地。我朝她竖起了大拇指。

郑乾坤叫道:“啊呀，Sandy，你要是穿裙子就好了，从天而降，准成飘飘仙女!对吧，Stephan ?”

说得好听，脑子里可不知道在转什么坏念头哩。我横了他一眼，假装听不清他说什么，抬脚径直向 Sandy 走去。Sandy 卸下降落伞的缚绳，叫着跳着便向我扑来，我想也没想，一把便搂住她。

这时，咔嚓一声，郑乾坤的傻瓜机把这镜头摄了下来。

摄就摄吧，那也没有什么。

我完全不以为意。

等到冲了出来，这才觉得可能会让美若误会。

其实美若也并不是醋意很浓的女人，像这样的生活照，按理她不会介意，毕竟她也见过不少世面。

为什么这回竟会如此反应强烈？

我猛然想起郑乾坤拍照时那暧昧的笑容。

美若这回突如其来地跟着我，莫非……

但郑乾坤去向她告密，又有什么好处？他也未必真的相信我与 Sandy 相好。

难道是基于唯恐天下不乱的心理？

还是为了看热闹？甚至从中捞一把？

不明白。

但也可能与他无关，完全是美若心血来潮。

莫非她的更年期提前来到，以致喜怒无常？

这个时候又不能开口问她。

只听她越说越激动："……你穷的时候盼你发达，好了，你现在发达了，就这样……"

什么样呀？莫名其妙！

看来是郑乾坤在捣鬼。记得在芭堤雅那晚，他来到我房间，微妙地笑着，"……喂，说真的，Sandy 可真不错，啊？"我望了他一眼，不动声色地答他："是不错啊，她很帮得上我的忙……"

"老老实实啦，"他拍了拍我的肩膀，"大家男人，讲话不必遮遮掩掩，你对她有没有意思？”

我？说真的，到今天之前，我对她从来没有上过心，我一向当她是秘书，一个没有性别的秘书，急起来的时候也会对她咆哮，怎么会对她有意？

“无意？”他笑，“如果你没有意思，那我就要上了！你可别后悔！”

“有什么可后悔的？”我哼了一声。

但是我的心湖却漾起一道异样的波纹。他这是什么意思？和我谈“生意”？他凭什么在背后这样谋定 Sandy？难道她是一件东西？可以这样讨价还价？

不过，这也正是郑乾坤。

那回，他约方玫吃晚饭，临走前还特地拐到我的办公室，对我眯眯眼睛，说：“……今晚我就解决她！你那个同学……”

我吃了一惊，心不知道为什么竟一下悬了起来，浑身都不自在。到底是担心方玫的安全，还是心底泛起些微的醋意？我也不大清楚。晚上在家里斜躺沙发上看电视，却完全不入脑，也不知道演的是什么，美若笑，我也跟着笑。忽然，她猛地问我：“你笑什么？”是啊，我笑什么？张口结舌我答不上来。“看你整晚发呆，也不知道搞什么名堂！”她白了我一眼。

第二天早上，一见到郑乾坤，我便急忙问他：“喂！昨天晚上怎么样？”

我见到郑乾坤的眼神暧昧，奸笑着压低声音：“昨晚？嗨！紧张、刺激、香艳、奇情！”

我看着他就有气，哼道："你以为你在拍三级片？"

"简直比三级片还要厉害，"他挤眉弄眼，"你想要知道细节吗？今晚那一餐是你的，我慢慢讲给你听。"

我突然气上心来，恶声恶气地回了他一句："我？我没你那么有闲！"

"呀！生气了？"他依旧嬉皮笑脸，"女人罢了，有什么了不得？你要是有意思，我让给你算了。"

真拿他没办法。

我只好闭口不再说话。

但心湖却一直在翻腾，朦胧中便出现了一些不甚清晰的画面。

郑乾坤。方玫。

目光炯炯。诱人的笑脸。

杯光。酒影。

温香。软玉。

你来。我往。

月满抱佳人。

啊呀……

我的心一愣，郑乾坤早就不见了。

方玫有没有跟他上床，关我什么事？我紧张什么？

我耸了耸肩膀，摇了摇头，却摇不掉心头那团情意结。嗯，方玫到底有没有……

碰到郑乾坤，可要打起十二分精神。虽然他俗得有点面目可憎，但他太有钱。一掷万金面不改色，有几个女的会毫不动心？钱哪，谁不知道钱的可爱。明知他只不过逢场作戏，不会投入真情，那也顾不得了，反正从头到尾是一场交易，你出金钱我献身……

那么，Sandy 又怎样？她抵不抵得住他的银弹攻势？我真想提醒她一下，不过大家一起出来玩，我以老板的身份，无端在雇员面前去诉说另一个老板的“阴谋”，并不妥当，结果我还是噤声了。

没想到搞来搞去，竟会搞到我头上。

我开始怀疑有人向美若告密，而这个告密者，恐怕非郑乾坤莫属。不然的话，怎会这么巧？

本来也没什么不可告人的秘密，却有理说不清。如果我将事实原原本本告诉美若，她会相信吗？有相片为证呀！换了是我，我也不会相信。

什么是事实？什么是假象？

有口难言。百辞莫辩。

我唯有沉默是金。

美若大概以为我默认，泪水顿时夺眶而出，颤声道：“好哇你！你认了吧？你认了吧？”

谁认了？

“喂，这是办公室，给他们听见了，有什么好？”我沉声示意她冷静一些。她抹了一把眼泪，转身便脚步声“咯咯”地走了。

做梦也没有想到她会有这么大的醋劲。难道做了快二十年夫妻，我都还没有看透她？

是好几年前的事情了吧，那个晚上，我与她在客厅里看电视节目，窗外春雨连绵，有些冷意。

我与她闲扯，有意无意提起："……唉，真好笑，你知道那个安妮吧，她说想做我的二奶哪……"

她哧的一声笑了出来："那个接线生呀？挺漂亮的呀。行啊，不过你跟她上床，不准关门……"结果当然也只是一笑了之，没有下文。

我问她，也不是有什么目的，只不过想看看她的反应罢了。我的结论是，她不大在乎。

没料到她只是在理论上大方，一旦碰到实际，她的反应完全变成两样。

要命的是，这"实际"不过是她的想当然罢了，我碰到了无妄之灾。

因为是无妄之灾，我越想便越是无名火起。没有的事情嘛！要是真有此事，那挨一顿臭骂倒也罢了，认命；现在飞来横祸，难道流年不利？

流年？

今年是猴年。

猴年是我的本命年。

本命年？听说本命年都很难度过的，莫非这便是一个小小的预兆？往后陆续有来？

啊呀，别搞，宁可信其有不可信其无。我按了通话器："Sandy，你去帮我买一块雕龙金牌。"

"雕龙金牌？"语气诧异。

有什么可大惊小怪的？护我平安度过本命年呀，老人家说的，姑且信之。大男人还信这个？大男人也是凡人，这种玄妙的东西，信好过不信。保命平安要紧。

我长长地吸了一口气，Sandy的声音似还在耳畔缭绕不去。妈的这个郑乾坤，和我合伙做生意，却要打我女秘书的主意，兔子还不吃窝边草呢，他连兔子都不如。看来，他这一招很辣，大概怕我对Sandy有意吧？现在美若大闹一场，岂不是变相警告我不许轻举妄动？郑乾坤你何必如此？打开天窗说亮话，我决不会插手，我怎会造成两个老板一条女的闹剧？妈的，我何时说过我喜欢Sandy了？也不过是郑乾坤自己疑神疑鬼罢了。这就找他算账去，跟他说个一清二楚……

慢着。我刚起身，忽地又冷静下来了。没证没据呀，凭什么说是他做的呀？

假如他矢口否认，叫我："拿出证据来！"我怎么办？

他一向都不好惹，随时都可能发律师信，告我诽谤罪，那岂不是更加自找麻烦？

算了，多一事不如少一事。不打无把握的仗。还是看准了再说。

做忍者？

做什么都好啦，小不忍则乱大谋。

赚钱要紧。只要钱会继续滚来，什么都好说。

敲门声。

我喊了一声："Come in！"

没想到推门进来的便是郑乾坤。

我强忍怒意，打了个哈哈。

相逢一笑泯恩仇？

未必。

但不必明争，只须暗斗。

我们还要合作做生意。

貌合神离也好，总不能搞到互不理睬。要是到了这种地步，那就只有各走各路这一途了。

无论如何，不能也不必与钱斗气。

笑脸对着笑脸。

我戴上假面具，我想他也一样会戴上假面具。

不能因小失大，彼此心照不宣。

九

高速电梯往下，我的心也一直坠下去。

没想到他与 Sandy 这么亲密，老板与女秘书，搂腰搭肩的，像什么话？！好哇 Sandy，这几年枉我对你那么好了，原来你……

怪不得不论瑞兴怎么起落，你都跟定他了。我本以为你讲义气，内心不知有多么感激，原来你……

泪不争气地涌了上来，看到司机就在那边等候，连忙戴上太阳眼镜。

上了车还不知道要到哪里去，不论到哪里去，始终也还是要回家，难道真的可以一走了之？大屋、金银珠宝、儿女……

回家再说。

躺在客厅大沙发上，听音响播出CD。是郭富城的歌："……对你爱爱爱不完……"我忽然觉得这歌词太矫情太幼稚，翻身换了一张影片《与敌同眠》，什么？同眠的丈夫原来是敌人？太可怕了！

我干脆关掉了，重新躺在沙发上发呆。

再怎么样，瑞兴也不是敌人那么严重吧！

变心就是敌人？那也未必。

而且怎样断定他变不变心？就凭那张相片？

当年他追求我，实在是费了九牛二虎之力。那时他常在我面前抱怨："你哥哥根本就看不上我，不论我表现再怎样好，他也是不会满意的啦！"

我知道哥哥确实是为我着想，他想要我嫁得风光。

从哥哥的角度来看，要是我嫁给羽毛球好手黎烈君就好了，因为他经常代表国家出国比赛。

我对于黎烈君的追求，也并不抗拒。事实上，黎烈君的条件要比瑞兴优越，一想起黎烈君出国已是家常便饭，我便感到与有荣焉。要是做了他的夫人……

但瑞兴却当面泼我的冷水："哼，你不要以为嫁给他过瘾，不要说他出国没你的份，便是他自己，还有几年运动寿命？退下来以后，他便是一条虫，不是一条龙！"

跟着他出国的念头，倒不曾有，因为我也知道那并不可能，但只要他还在高峰，受人欢呼，我嫁给他，当然就有一种满足感，却没想到他退出球场以后怎么办。

一语惊醒梦中人。

或者说瑞兴的战术奏效。

而黎烈君又经常跑来跑去，这里那里地出赛，哪能像瑞兴那样几乎天天跟在我的左右？

不记得是谁说过的了，女人容易爱上每天都见到的男人，我不知道这个论断有多大的可靠性，但当黎烈君远在天边，而瑞兴却天天围着我转的时候，我感情的天平便逐渐向瑞兴倾斜。也许不一定是这个原因吧，倘若黎烈君退出比赛后肯定可以当上主教练的话，那我也还可以考虑。但这种可能，到底有多大？我没有把握。正像瑞兴说的："粥少僧多，他又不是天下无敌，怎会轮到他？"

黎烈君一旦失去羽毛球的依凭，到底对我还有什么吸引力？这个问题缠绕着我的心房，迟迟也得不出结论。运动员的灿烂时光短暂，是明摆着的事实，可悲的是我偏偏又看中他的刹那芳华。意识到我面对的危险，我退缩了。有情饮水饱？我可没那么伟大，何况我是个现实主义者，假如真的爱得情深，我也可以不顾一切，但黎烈君却还没有那么大的魅力。

我觉得，离开了羽毛球，黎烈君便一无所有。比较起来，还是瑞兴好。他对我很狂热，而且他是大学生，也许不会怎样出人头地，但有起码的保证。

也是机会造就了姻缘，“文革”爆发，运动员变得没有用武之地，黎烈君自然也就销声匿迹了。我和几个同学组成“长征”队徒步串联，从北京南下井冈山。瑞兴竟软磨硬泡地插了进来，无端成了“战友”，而且居然和其他人混熟了。

那些同学早就把我与他看成了一对，沿路制造机会让我们独处。记得那回拼命赶路，天黑了下来，但见四野荒凉，既没有村落，更没有人迹，只有十二月的寒风在高歌低吟，一时好像在怪笑，一时又好像在哭泣，迎面扑打在脸上，教我们一个个弓着上身，举步维艰。

那利刃似的朔风直钻进我的脖子，耳朵好像给划破似的又麻又辣，脚趾尖更是痛得我真有挥刀砍掉的冲动。但人人还是在顶风前行，只有瑞兴注意到我双眼含泪，他悄悄地拍了拍我的肩膀，喊道：“我们这样走，走到天亮也不会找到人烟，我看今晚就在这里扎营休息吧，啊？”

他不是队长，这个时候却跳出来，顿时让我觉得他实在是个男子汉。

谁都累得半死，但没有一个人愿意出声，大概唯恐自己“不彻底”吧？

既然有人提议，所有的人也都乐得顺水推舟。

一个个歪坐在那里，大家分工。

“天这么冷，我们烧堆火先暖和暖和再说吧！”那个队长说。

众口一词推定我与瑞兴去找树枝。

去就去吧，不生火，今夜真难熬。

拖着疲乏的脚步，渐渐没入夜幕中，明知这是他们安排的“节目”，我也已经没有力气跟他们争辩了。

我只顾往前走，只觉得一停住便会倒下，瑞兴一把扶着我的右胳膊，气喘吁吁地说：“唱歌吧，唱雄壮的歌，就会有力气……”

我懒得答他。

他却不成曲调地唱开了：“……我撂倒一个，俘虏一个，撂倒一个，俘虏一个……”

我几乎笑出声来，这也叫歌？

在不知不觉之间，我增添了活力。

踩着他铿锵的节奏，我的脚又有了力气。这是精神的力量吧，真神奇……

真神奇，在这以前，我还不知道，瑞兴竟有这样的本事，一时之间，我有一种被保护的温馨感觉。

瑞兴的影子是不是就这样悄悄地进驻我的心房？我也说不清楚。

整个路途都是单调寂寞的。早上披着阳光出发，晚上在寒夜里寻找住处。脚板起水泡，痛彻心扉，仍然要继续走下去，谁愿意戴上“动摇”的帽子？

怪不得这一走，便成就了不少情侣。

唯有异性的慰藉，才足以抵抗天气的恶劣和肉体的困倦。

人家都成双成对，我也就与瑞兴形影不离了。

“长征”后回到京城，在夜色中的校园里，他常常坐在苹果树下拥着我，在我耳畔轻轻唱起那首拉丁美洲歌曲：“……多幸福和你在一起……”

我体味得到他那时的热情。

黎烈君？早就不知被放逐到哪里去了。

他的名字从报刊上消失，也从我的心头隐去。

我看，他已经没有希望再攀上更高的山峰了，因为运动员的运动寿命太短，哪里经得起折腾？谁知道什么时候羽毛球才会正式恢复比赛？

翻开他以往给我的邮件，投邮的地点四面八方：莫斯科、布达佩斯、东柏林、布加勒斯特、华沙、伦敦、哥本哈根、雅加达……那是他出国比赛的足迹。几乎每到一个地方，他都会给我写几个字，而且用人人都可以一览无遗的明信片，我可以感受他一片思念的情意。也许不无炫耀的意思吧，但我却非常接受，并且引以为荣。特别是在午饭时，大家围立在四方桌旁，负责开信箱的同学照例派信，他们一看到那异国的邮票，便知道是他寄来的，一个个都羡慕地说：“啊呀，是黎烈君……”我的虚荣心便得到极大的满足。

那时提起黎烈君这个名字，有谁不知道？我哥哥就认为，高家的女儿，要嫁就嫁黎烈君这样的精英。

假如不是“文革”爆发，我大概也真会嫁给他。所以，人的一生实在是有太多的偶然，这个偶然便造成了不可改变的结果。人其实是很脆弱的，谁可以扭转乾坤？

眼看黎烈君与他的羽毛球都不再吃香了，哥哥当年的雄心也低落下来。当我向他透露，我已和瑞兴相好时，他起初抬起一双眼睛，诧异地瞪着我说：“他？”好像十分惊异似的。接着便叹了一口气，“随你喜欢啦！反正现在读书无用，出名也无用，陈瑞兴就陈瑞兴吧，只要你觉得他好……”

我知道他嫌陈瑞兴没多大出息。

唉，其实人大多数也就是这样吧，爬到高峰，一旦跌了下来，那种落魄的味道，恐怕要比从未意气风发的人痛苦得多。比方黎烈君，他听惯了掌声和欢呼声，忽然下放到工厂当普通工人，便立刻什么也不是了。那天偶然在街上碰到，寒暄几句，问到近况，他苦笑着，脸上一副万事皆休的模样，“还好啦，大家都那样。我没给下放到农村去，已经算是不错了。”

我知道他在我面前变得有些自卑，想想也是，他根本没有什么希望了，除了羽毛球，又没有其他专长，还能怎么样？他一副垂头丧气的样子，完全没有了斗志。以前每次出国比赛前，他总踌躇满志地对我说“……等我回来，我一定会拿到奖牌回来的！”相比之下，他好像变成了另一个人。

我想要安慰他，但也不知道如何开口，也许越是安慰他就越让他有受伤的感觉，他威风惯了，看来不能够接受他喜欢的对象居高临下的姿态。于是，我什么也没有说。

大家握了握手，算是道别。

这一别，便再也没有见面。

没想到后来又在香港相逢。

相逢已经人事全非。我成了陈瑞兴太太，而他也结了婚，他太太据说是他后来收的徒弟。

而且，瑞兴在商场上得意，而他还在工厂做工，业余教教羽毛球。

我甚至庆幸这么迟才碰面，要是瑞兴还在潦倒时，我也真不想见他。

见他，心底里也是想看看他太太究竟长得怎么样。

我对瑞兴说："黎烈君也来了香港，找个晚上，请他们夫妇吃个饭吧？"

瑞兴看了我一眼，淡淡地说："好啊。"

既然谈不上"仇人见面"，当然也不会"分外眼红"。

瑞兴有些眉飞色舞，黎烈君却显得有些拘束。我偷眼留意他太太，果然年轻，看来至少要小他十五岁。长相嘛，也并不是太突出，却胜在青春。呀，我这是怎么搞的？无端端竟跟她比美？难道我对黎烈君……

不，余情是没有的，不过，女人的心理，总喜欢把与自己有关甚至无关的东西拿来比较，黎烈君的太太，与我说无关也无关，说有关也有关……

无关与有关之间，大概最撩人遐思了。

她有青春美？哼，我有成熟美呀！

还好，她没有教我自卑。

我昂得起头来，这也就够了。我只不过在心理上要赢得一点自信而已，当然并不是真的要与她较量。我可以感觉到黎烈君虽然抑制着自己，但在眼波流转间，仍泄露出些许的情意。可惜对我来说，那已经是遥远如在洪荒时代的故事了。

在回家的路上，瑞兴不无醋意地说：“喂，你那个黎烈君，好像至今还是对你含情脉脉哩！”

我笑。他吃醋，表明他在乎我。“你算了吧，人家现在的日子也过得不怎么样，你还和他计较？最要紧的是我自己嘛。何况你老婆我有人欣赏，也是你的光荣……”

黎烈君来到香港，并不得意，看来他也不曾想到瑞兴会有今天这样的地位。

莫非真是风水轮流转？

假如他仍保持当年的傲气，我也许会尊敬他多一点，可是，他一见到瑞兴，便摆出一副讨好的面孔，令我看了有些反胃。这是做什么呀？不过是穷一点罢了，那也不必显得自己低人一等呀！

不过，也可能是穷怕了，也难怪。

相士说我有“旺夫运”，那么，瑞兴的成功，也有我很大的功劳。假如当初我真的嫁给黎烈君，也不知道今天到底会怎么样。

人生，真是一个不可解之谜。

旺夫啦，帮他发了达，那又怎么样？如今他大把银纸，有身份有地位，便“饱暖思淫欲”了。说是“贫贱夫妻百事哀”，富贵夫妻呢？莫非真像罗太她们说的，天底下没有一个好男人？还是男人经不起富贵？

富贵了就不能再尝穷的滋味，我不能。黎烈君穷怕了？我也怕穷。假如根本没有富贵过，我可以受苦，我可以挨世界。那时刚刚来香港，我什么粗工没打过？不也一样活过来了？但是如果今天再叫我去穿胶花或者当售货员，我怎么受得了？过惯了花钱根本不用想一想的日子，再掉回每天油盐柴米都要斤斤计较的生活，我的天，我恐怕受不了！

现在怎么办？难道真的跟他大吵大闹，一刀两断？这倒干脆，不过我可就要给打回原形了。有赡养费？那也远没有今天这么舒服。

不行，要是我这么做，太蠢了，正好中了他的奸计。

也便宜了那个骚货。

还是以不变应万变，看他怎么样再说。

我不出声，他总不会在我与那骚货之间选择她吧？

我跟他是患难夫妻呀！他再坏，也不至于如此无良。

其实他在商人中还是属于心软一族，有时我就骂他：“叫你下不了手哇！你看人家怎么对你！”但他只是嘟哝说：“你们女人，知道什么呀……”也不争辩。

女人怎么啦？没有女人，你还活得这样逍遥快活？

Sandy 就是女人。

我也是女人。

男人就是这般犯贱，豪气起来，根本不把女人放在眼里，好像这个地球捏在他们的手中转动；可是一旦没有女人，他们又可怜兮兮好像失去了灵魂。

我无论如何都要忍。

当然要与他抗争，但底线还是一个“忍”字。

我不妨打打擦边球，不要出界，不要犯规，在认可范围内合理抗争。

可惜黎烈君只打羽毛球，不打乒乓球，不然可以向他请教怎样打擦边球。

咦，我这是怎么啦？黎烈君就算把擦边球绝技全授给我了，在这个 Sandy 的问题上又怎样施展？

何况，就算这一招有用，假如把黎烈君牵涉进去，恐怕益发纠缠不休，让人剪不断，理还乱。

此刻我的心绪，也真是剪不断，理还乱了。

夜的脚步愈来愈近，负责煮饭的菲佣几次进客厅，问我是不是要开饭了，我都不耐烦地挥挥手，叫她离去。

说真的，我也饿了。

但瑞兴还没有回来，开饭？开几个人的？

我一个人吃。

菲佣必定会照例问：“先生呢？”

怎么回答？

不想回答。

烦！

回避最好。做鸵鸟最好。

就是眼前没有沙堆。

所以干脆就不要吃晚饭，不吃饭，菲佣就没法开口问了。

不能给她提问的机会。也许这菲佣正想察言观色看出一些什么隐私来，不能让她得逞。我猛然想起，我在客厅里摆出“战斗格”，岂不是等于把秘密公开给下人？不行不行，等那衰佬回来，也不能在这里盘问。

要责问，也得锁好几道门，回睡房再审。

夜渐渐深了，他却没有回来。

我开始有些发慌。

他……他莫要一不做二不休，家也不回，就在 Sandy 那儿睡了？

还是要忍。

不要逼虎跳墙。

但又实在忍不下这口气，怎么？你陈瑞兴当初是怎么追我的？现在倒好了，你嫌我人老珠黄吧？要不你怎么会这样！

逢场作戏？

是见异思迁吧？

我也知道青春是重大本钱，我又何尝没有年轻过？但岁月催人老，我也没办法……

啊呀！他怎还不回来？

可别金屋藏娇去了……怎么办？怎么办？

心乱如麻。看着挂钟，已经午夜十二点了。

曼莉也不知道死到哪里去了。肚子咕咕叫，是真饿了，但却没有胃口。不吃不吃，睡吧睡吧。

我忽然想到，以眼下的心境，等到他回来，准会大吵一通不可，也许大家在气头上，各走极端也很可能。算了算了，既然不想把事情闹大，还是按下这一晚，等火气过了，再作道理。

弦不能绷得太紧，太紧就会断掉。

不想断，那就只好松一松，缓冲一下。

还是赶快上床，免得碰个正着，弄得彼此无法收场。

睡上一大觉，也许明早就可以心平气和了，那结果当然是两回事。

我的心一紧，害怕与他狭路相逢，我连澡也顾不得洗了，只是火速抹一把脸，刷了刷牙齿，便进睡房熄灯躺下。但是，越想赶快睡去，心却越是怦怦乱跳，睡神早就不知道给驱逐到什么地方去了。

在黑暗中，直挺挺地躺着仰望天花板，我极力保持心情平静，但 Sandy 的影子却在眼前跳来跳去。

蓦地，我的心一紧，那是他的脚步声。

我急忙侧身把眼睛一闭，同时睡房的门给推开了。接着便听不见什么声音，大概他脱了鞋子蹑手蹑脚而来。

我什么东西也看不见，只闻到一股酒味。

他喝酒去了。想来是去兰桂坊喝的吧。

他不会一个人去喝闷酒的，一个男人独自去那里喝酒，要是被误认为同性恋者，可真要被好此道者纠缠不清呢！他才不会那么笨！

那么，他喝酒，跟谁？Sandy？还是……

真想扑出去扭住他喝问。

但——

还是要忍。

我睁开眼缝偷望，只看见瘫在那张单人沙发上的黑影轮廓，却一点也看不清楚他的表情。但从那半躺的姿势来看，大概是累了。

他累了，我也累了。

两败俱伤，还是同病相怜？

我的心一阵难受，急忙把眼睛闭上。

睡吧睡吧。可是总也没有一点困意。又不敢辗转反侧，只好僵直地躺着。装睡的滋味真难受，此刻最好能够昏死过去。

没办法，唯有拿出绝招——死命数绵羊。

一只绵羊、两只绵羊、三只绵羊、四只绵羊……一百只绵羊都跑过去了，越数却越精神。

谁说这一招很灵？

Sandy的笑靥如花……黎烈君跃起在半空扣杀的姿势美妙——啊呀！还是要数下去。一百零一只绵羊……

忽然觉得大床轻轻弹了一弹，我的心一跳，那群绵羊四散逃窜，连数目也抓不回来了。

我听到他轻轻吁了一口气，又在床上动了一下，便沉静了。我猜想他是翻过身去背对着我。

但我仍然僵直地侧面躺着，背对着他，不敢动弹，唯恐我的猜测出错，一翻过身却面对着面，而且四目相对，到那时，什么事情都可能发生，谁控制得了自己！

别搞。

今夜无眠。

我却听见他的鼾声轻微响起。

这春夜更加寂寞无边。

十

看来，今天晚上可不能早回。

美若好像吃了火药似的，回到家里与她碰面，以她的火爆性格，不吵个天翻地覆才怪呢。

不跟女流一般见识，任她怎么说，我只要闭口不吭声便是了。没有对手，吵不起来，她也自会收声吧。

不过，我能哑忍吗？倘若她越说越难听，我也当作耳边风？没有把握。只要回她一句，那战火就一定越烧越旺，气在头上，谁能节制怒潮？

还是回避政策最好。

鸵鸟？必要时也就当了。

大概人来到这个世界上，有时也免不了要当一当鸵鸟的。其实那也没什么。不是都说“大丈夫能屈能伸”吗？

眼不见心不烦。

敲门声响起。

是 Sandy。

她手中捧个小盒子，飘然走到我面前，将盒子打开，笑道：“陈先生，金牌，雕龙的，你看满不满意？不行的话，可以换。”

我接了过来，嗯，游龙戏珠。翻过去一看，另一面刻的是四个字：“富贵吉祥”。

果然深得我心。

她办事，总会搞得妥妥帖帖的。

我笑着望了她一眼，有一股柔情在我的胸中漫过。

她似乎察觉了，略带娇羞地一低头，轻声问：“没有什么其他的事，我出去做事了。”

我点点头，眼看她转身快要扭开门把，我下意识地把她叫住。

她身子凝住不动，只是扭过头来，好像电影中的慢镜头那样，慢慢地扭过头来，并不吭声，但我却从她的那双眼睛里读出一个问号。

“下班后，有空吗？”我的心竟莫名其妙地加速跳动。

她转过身来，迟疑了一下，才点点头，然后笑了一笑。

我摆了摆手，竭力想要使气氛随便一些，便耸耸肩膀，微笑着说："完全是私人性质，与公事无关，也没有什么加班费，算是挨下义气，怎样？"

"跟公事无关，那就最好了！"她脸上现出一丝狡狯的神情。

为什么？

大概是可以不把我看成老板吧！

也是的，与老板在一起工作，不打醒十二分精神怎么行？那么紧张，做人也就没意思了。

我懂。我也打过工，其中的苦况，我怎么不知道？

当然我现在是老板，看问题自然是从老板的角度。但脱离了工作，我相信我不会摆老板的架子的，特别是在我欣赏的女性面前。

今晚没有老板也没有秘书，只有一个苦闷的男人和一个寂寞的女人。

吃完晚饭，刚在兰桂坊的酒吧里坐下，那酒保便堆着笑容，把我寄存在这里的那瓶人头马白兰地端了上来，微微欠了欠身，招呼一声："陈老板，欢迎欢迎。"

也不知道是不是我疑心，但觉他那笑容深藏着暧昧，那双眼睛迅速瞟了 Sandy 一眼，却又不动声色。

一股怒气升了上来，我冷冷地看他一眼，哼了一声："没你的事了。"

他似乎察觉到自己的失态，一面强笑说："有什么请尽管吩咐……"一面退了下去。

不知他脑子里在怎么想。

管他呢!

他爱怎么想便怎么想，谁管得着!

喝酒喝酒。

也不能光喝酒不说话呀。

吃饭时东拉西扯已经辛苦，喝酒再言不及义，莫非今晚就是特意消遣她?

但 Sandy 一味笑眯眯，一副不慌不忙的样子，也不知道她是不在乎呢，还是胸有成竹。

她就是这点好，从来也不会让人有压迫感。

也许，她生来就是如此乖巧。

假如说，美若是火的话，我看她就是水了。美若炙人，讲话也常常不留情面;而她呢，却总是柔柔弱弱的样子，却又让人感到清清凉凉。

也不知道是不是因为我是老板，她才对我这样?但看她待人接物，却又不像是装出来的。

其实，在开口约她出来喝酒的那个刹那，我便已经暗自决定，今晚就当她只是个可以推心置腹的知己，谈谈心中的苦闷。老板的架子?要来干什么?扯下面具，任谁都是凡人一个，给人捏了也一样会感到疼痛，那又还要那些强装出来的面孔干吗?

但，该怎么说话?

假如说得不适当，她会不会误以为我借机在她面前攻击自己的老婆来讨好她，那就离我的本意太远了！

美若再差，我也不会以这种手段来讨取廉价的同情；何况美若也不是那么坏。

她的确有“旺夫运”。

我当然不会承认我自己不努力，但这个世界，光是努力，也并不表明会成功。美若的确帮了我的忙，我不是那种一阔脸就变、无毒不丈夫之辈。

不过，也不必太过思前想后了。想怎么说便怎么说吧。Sandy 会怎样想？那也管不得那么多，她爱怎么想便怎么想吧。今晚请她来喝酒，是想一吐胸中的闷气，不是为了讨好她。

自私吧？

是自私。不过，很正常呀！

人不为己，天诛地灭。这未免太过分了一些，但想想也不是全无道理。有几个人可以不考虑自己，只想到别人？也许有，不过我还没碰到。

苦闷的时候，自己一个人冥思苦想，总不会有益处，有倾听对象可以发泄一下，就让自己的苦处找到宣泄的渠道；而 Sandy 绝对是一个很好的听众，她只会倾听，不会传出去，这一点我很放心。

啊呀，不是还有承澜吗？怎么样也是二十几年的老朋友，今晚我怎么不会第一个就想到他？我真的不知道。或许现在 Sandy 比他还要令我感到亲切？还是我不想承澜知道太多有关我的家事？有时人是很奇怪的，你总是不想那些亲近的人过分掌握你的私隐。可能这也是出于提防之心。

男人跟男人，有些东西可以谈得肆无忌惮地深入，但是，假如想要取得一份温馨的氛围，怎比得上与你欣赏的异性在一起的时刻？

我这样轻轻地对着Sandy说，她闻言只是轻笑，眼波流转，瞟到一个角落，她啜了一口酒，“也不见得，你看那边，两位大汉在一块，不更显得格外亲热？”

我顺着她的视线，慢慢地望了过去，果然耳鬓厮磨俨然一对热恋中的情侣。

在这地方见到同性恋者，已经见怪不怪了，也不知道Sandy是头一次看到，还是为了接下我的话题而临时加以发挥。我笑道：“那是他们的选择，只要他们自己高兴，别人也不必太多议论。但我指的是一般的人……”

“正常的人？”

“那要看是怎么下的定义了。”我说，“我自己虽然不认同同性恋，但是尊重他们的选择，他们有他们的世界，只要他们自己觉得好，那就行了。外人恐怕是很难了解他们的心思，也不必轻率地判断是与非，对吧？”

“你的意思是——”她饶有兴趣地追问。

半杯酒下肚，我虽不至于醉倒，却有些兴奋起来，只是一味想说话。平时话都留在商场上了，一到休息时间，便不想开口，但今夜的心情异样，思路也特别活跃。我又喝了一口酒，笑道：“是非观，价值观，很多时候都纠缠不清。自己快乐最重要，只要自己快乐，又何必理会人家怎么讲？”

“不过，不论怎么样，同性恋总是让人觉得怪怪的……”

“同性恋一狂热起来，也是要生要死，甚至比异性恋还要回肠荡气哩！”我说。

语气肯定，其实我也是道听途说，他们的世界，我哪里知道清楚？

回肠荡气？是的，电影里的镜头，便足可证明。

什么镜头？《蜘蛛女之吻》。啊呀，不对，那是男同性恋，我抗拒男同性恋的镜头，但女同性恋就不同了。

什么？大男人主义？那倒不是。只是从审美角度。女同性恋还有曲线美感，男同性恋有什么可看？

是不是男性与女性角度的不同，我也不知道。

想想也许是我并不是同性恋者的关系吧，所以只能欣赏异性，不能接纳同性。

“你没有同性的好朋友？”她又问。

我瞟了她一眼，笑了一笑。

朋友当然有了，但好朋友就难说，要看看“好朋友”的定义如何。“人生得一知己足矣”，可见世上知己难求，遇到了便是你今生有福，遇不上也不必灰心失望。

承澜呢？承澜以前无疑是我的知己，一个脑袋都可交换的朋友。但现在？怕也难说。其实我主观上并不想与他疏远，但人在江湖呀！他有他的圈子，我也有我的圈子，彼此生活范围不同，香港的节奏又那么快，交往自然也少，交情也就淡了。

这一切都是身不由己。

“你问我现在有没有好朋友，我真的不知道，这回答可能令你觉得我不真诚，但事实上真是这样。”我轻轻叹了一口气。

“是不是异性更吸引你？”

这又是一个很难回答的问题。

我现在体会到，世界上有许多事情，不能用简单的“是”或者“非”来回答。这不是我们中学时考试的是非题，答案非此即彼，斩钉截铁，含糊不得。

让我再想想……

从道理上来讲，同性相斥，异性相吸，是正常的。常听人家斥责某人“重色轻友”，其实这又有什么好攻击的？重色轻友，正常呀！难道要反过来，重友轻色？那岂不是差一点便要成为同性恋者了？

说真的，我很在乎朋友，但更欣赏女性美。天王巨星为了他的一班兄弟，冷落女朋友，竟被人称为“真正的男子汉”，我不能理解。倘若如此这般便是真正的男子汉了，那他的女朋友一定是白痴。哪有为了兄弟而这样不尊重女性的？传了开去，人家还不是会说：“嗨！她图他什么？当然是他的钱啦！钱最实际了，至于他爱不爱她，那有什么所谓……”

不过，异性也未必就一定能够擦出火花。

落花有意，流水无情。

神女有心，襄王无梦。

可能还有很多不同的感情层次。

即使是做了夫妻那又怎样呢？你看我……

“怎么啦？”

一言难尽。

我望了她一眼，张口想说，却又不知从何说起。

在下属面前数说自家老婆的不是，我说不出口。她再怎么不对，也是家丑不可外扬。

一夜夫妻百夜恩……

何况她也许只是耍耍花枪而已。

我苦笑着摇了摇头。

Sandy 吸了一口气，“不想说就别说了，今晚我们只是喝酒，不谈风月！”

“你以为是《风月俏佳人》吗？”

“嗯，pretty woman。”

“她？”我提了提杯中酒，“你是捧场还是讽刺？”

“你说她不漂亮？”

“我可没那么说。”

“那就是漂亮啦！”

唉！女人呀女人。

又是一个非此即彼的陷阱。

“哪有你漂亮？”我忽然取巧。

“你这是捧场话啦！不过，听了之后，我的虚荣心也大大满足。”

我知道。有哪一个女人不爱漂亮？这一招，十个有九个都会抵挡不住。

挡不住的风情?

美若只不过是风韵犹存罢了。

但我不能对 Sandy 这样说。

我说不出口。

比如一宗大买卖，既然已经成交，不论好坏，也总得有勇气承受，哪能反悔?

何况美若是人，不是买卖。

想当年也是我穷追不已的结果。

罢了罢了，让着她一点算了，要不，到这个年纪还闹什么家变，脸上绝不好看。商场上当面当然笑脸相迎，谁知道一转身就会说出什么难听的话!

也不是怕。这些年来，我什么风浪没有见过?闲言闲语，我会怕?只要有钱，在我面前谁敢不敬?至于背后嘛，管他呢，没有亲耳听到的，我一律当作没有事，谁不在背后说人闲话?谁又在背后不被人说闲话?

有时被人议论得多，还间接证明你的存在价值哩。

我才不要无声无息地活着呢。

但在美若的问题上，我不能那么潇洒。

说真话，美若是越来越絮絮叨叨，大事小事她都能翻来覆去怨天尤人，让人不胜其烦。而且动不动就说:“……哼!要不是我呀，你怎么会发达?”

说得真难听，倒好像我真是靠老婆发达。

但我仍有义务。我不想人家以为我一朝发达，便嫌弃“黄面婆”。

心里即使苦闷，这一辈子也都认了。

但我不能禁锢自己的心潮。

君子好逑？

酒又辣又苦，有什么好喝？但喝下去却很痛快。所有的烦恼全都烟消云散，神智在飘忽中穿游，过去与未来都没有了依凭，只有眼前这一刹那永恒，却又抓不住太多的意义。

Sandy 真是青春活泼。

我觉得我的心一下子衰老下来，唯有Sandy跃动着的笑颜，才可以给我以青春的诱惑。

我伸手摸了摸她的脸，那张泛红的脸光滑而具弹性，她微微一缩，嗔道：“老板，你醉了……”

我这是借醉行凶，她那流转的眼波，我明明还看得清，会真醉？

Sandy 并没有翻脸。其实我也估计到她不会翻脸。

也许因为我是老板，也许因为她对我有好感……

我并不喜欢她当真视我为她的老板，但实际上我又真是她的老板，我总不能对她说：“你不要叫我老板了……”

但今晚我却可以对她这样说。

上班时我是老板，下班后就是朋友了。

“但习惯上是打工的与老板做不成朋友。”她的眼光一溜，闪出了狡猾的笑意。

这个问题可能永远也说不清楚。

不说了不说了。今夜我不要纠缠不清。

那对鬼佬越来越放肆，Sandy 似乎有些不好意思，我看到她将身子侧了过来，背对着他们，但不说话。

我不要她太窘，看看手表，已近午夜。我不能开口说走，我要把这主动权留给她。她似乎也感应到了，“晚了，走吧……”

跨出酒吧，那短巷寂静，只有那街道静静地沐浴在昏黄的灯光下，把人影拖得长长的。今夜星辰今夜风，我竟有些意乱情迷。怔忡间右脚一闪，我几乎跌倒，紧挨着我旁边走的 Sandy 双手一拉，这才使我站稳。我轻轻倚着她，一股暖意在体内升起，也不知是酒意还是情意。

忽然想起郑乾坤的那句话：“……喂，说真的，Sandy 可真不错，啊？”“如果你没有意思，那我就要上了！你可别后悔！”

嘿嘿嘿嘿……

是郑乾坤的笑声吧？充满着自信，好像他要怎么样，便可以怎么样。

偏不让你得逞！

伸手轻揽她的肩膀，感觉若有若无，我却始终不敢太猖狂。

或者是酒不醉人人自醉？

要是郑乾坤迎面而来，那才叫好呢。

也许我也可以对着他“嘿嘿嘿嘿”……

我笑出声来，Sandy 抬头仰望了过来，我的心一跳，连忙掩饰说："……想起一件好笑的事情……"

我这是怎么啦？也拿 Sandy 当注码？只是为了与郑乾坤斗气，还是以拥有她来自足？

是我说过的吧：她是人，不是一件东西。

我到底对她有没有真情意？

真是说不准。

我自己也不大明白自己。

只是觉得和她在一起开心，她没有美若的霸道和啰唆，常常都是温文地倾听，在适当的时候说适当的话。

男人在外面世界冲锋陷阵，一旦退回家里，便期望有个温馨的安乐窝抚慰精疲力尽的灵魂。假如还要遭受疲劳轰炸，那倒真不如在外头买醉，回去倒头便睡。

今晚有些醉意，脚步有点虚浮，但我尽量克制着，我可不能在 Sandy 面前出洋相。她未必会笑话我，但我愿意醉倒在她脚下。

酒醉三分醒，何况我并未真醉，心里明白得很。

其实，我醉倒了也不会胡乱说话，他们都笑说我"醉品很好"。好几年前，在一个宴会上，被灌了茅台酒，我酒量本来就不大，一喝之下，当场醉倒，也并没有呕吐，只是满面通红，双眼紧闭，"好像醉猫"，美若事后这样说。我可不愿意在这兰桂坊当"醉猫"，何况还要 Sandy 架着我回去。美若本来就大发雷霆，Sandy 毫不知情，要是扶我回家按门铃，美若看到，不闹个天翻地覆才怪！

我又不能赶紧告诉Sandy。

此种事情，只有像哑巴吃黄连。

不醉自有丰富的感觉，Sandy浑圆的肩膀富弹性，搂上去让人心湖荡漾。迷迷糊糊已经躺在柔软的床上，也搞不清楚，在半醉半醒之间，拥抱的是真的Sandy，还是绮梦中的幻影。

十一

来到香港二十年，一直住在三百多平方尺的一房一厅屋子，那回方玫就用疑惑的眼神望着我，“……你怎么不想办法换间大的？”

我不禁有些惭愧。

立刻又有些反感。

你以为香港真是遍地黄金，随便一抓便是一大把？

香港的确是钞票满天飞，问题在于你有没有本事抓到。这个世界，有本事的人少，没本事的人多，要不，怎么会形成金字塔形的社会？

她听了我的辩解，撇了撇嘴，“那陈瑞兴呢？他与你差不多时间来的呀！”

真是商场上的初生之犊不畏虎。

但她不明白，到底有几个陈瑞兴？大多数还不是像我这样挣扎在生活线上？甚至还不如我呢！

别看我这个德性，还真是比上不足比下有余哩。

但我当然不能对她这样说。看她意气风发的样子，如果我这样说，那肯定会给她瞧不起。

她会怎么说呢？我想，她会说，即使不说出来，也会想——

这个王承澜，充其量，也就是“三十亩地一头牛，老婆孩子热炕头”。

这是小农经济。

小农经济又怎么啦？我王承澜胸无大志，有小屋栖身，有老婆有孩子，便已知足了，还有什么奢求？世上大多数人，不就是为口腹奔忙！

“我除非不来，既然来了香港，我就不会甘于平淡，我要赚很多很多钱！”她说。

这也正是方玫，我明白。

我自顾不暇，当然帮不上她的忙。来了香港，大家“各自逃命”吧！事实上她也在拼命地左冲右突，寻找快乐世界。

她的干劲，我也很佩服。她不知疲倦，我看得都有些累了。

没有人能够预测到，她的这番投入这番努力，到底会不会成功，因为失败的人也不少。这是投注年华与金钱的人生游戏，不到一定的时候，谁也不知道答案。但不管怎样，她满怀热情地投身进去了，也许有朝一日会混得很好，也说不定。

看到人家千方百计赚钱，说我毫不动心，那当然是假话。我难道会心甘情愿，为了背负一间房子，此生就给压得喘不过气来？

只是，做生意，我明知不灵，只好假清高。

而在内心深处，冷不防就会埋怨瑞兴不够哥们儿。他手中有好几个空置的住宅楼宇，假如他真的念旧，想要关照，随便扔一个给我，也比我现在成为包袱的房子要强。但他从来不提，偶然说起住屋，也只是笑道：“你现在好歹有间屋子……”

废话！这还用你说？现在楼价动不动就一两百万，以我和芝兰的工资，分期付款怎么供得起？

而美若却拿我开心，“……喂，承澜，你现在也是百万富翁了！”

她说的不假，我这破房也值一百多万，但我是不是百万富翁？天晓得！假如这么计算的话，那香港满街走的人，恐怕百万富翁多的是哩！

都是言不及义。

那回趁着有亲戚来香港旅游，我向瑞兴求助：“……没办法，我家太小，住不下，能不能把你在太古城的那屋子给我们暂住？”

他满口答应，叫我上他公司问 Sandy 拿钥匙，“Anytime!”他说。

而我是醉翁之意不在酒。

见他似乎不明白我的潜台词，我很失望。我总不能赤裸裸地对他说：“喂，我家太小，不够用，送一间给我吧……”那岂不是形同乞儿？

可能我用迂回手法也一样脱离不了乞丐的本色，但总不像开口去索取那么难堪。

尽管心里多么想要，但是总撕不开脸皮，我只好以提点的方式试探，偏偏他不知是真不明白还是假装糊涂，就是不主动关照我，如我所期望的那样。

兴味索然。

算了算了，他既然都不这样想，我还有什么话好说？

还是芝兰说得对：“人家有好多房子是人家的事，他没有义务送给你呀！”

可是，他是我的哥们儿。

哥们儿又怎么样？钱哪！

一所房子就这样送过来？你以为你有宝？

金屋是用来藏娇的呢！几时轮到我？别做他妈的白日梦了！

千金散尽还复来？没那回事。

设法把钱从人家的口袋里弄到自己手中，当然兴高采烈，但到了从自己口袋里把钱掏给别人，那就痛苦了。

瑞兴的钱那么多，就算拿出一间屋子，在他来说，也绝不会是负担，他应该不在乎吧？就算是他同情我这个老朋友也好。再退一步来说，给我三五十万当首期，让我有机会分期付款买间大一点的，也可以吧，就像他给他的哥哥姐姐又给美若的哥哥每家支付五十万买房子一样。

啊呀，我想到哪里去了？那是他们的哥哥姐姐呀，我算什么？想吃老朋友这个老本？

笑话！

可是，也是他说的吧："……唉，兄弟姐妹是生下来就注定了的，不容我选择；而朋友嘛，那就随我了，我有主动权……"

兄弟姐妹这血缘关系是被动承受，是好是坏都无法改变；说到心灵合拍，很多时候都不如知己朋友。我这样理解，莫非有拉近我与他的关系之嫌？

不提了不提了。他能够做到，也要他能够想到。他想不到，也就是他根本不以我为念。他很清楚我的性格，我不会向他开口要什么。

求人总是很难的，还是要靠自己。

话是这么说，也要有本事自己奋斗才行，我不过是小编辑一名，两袖清风，有什么本事赚钱？还不是就靠那一份并不高的工资维持生活？

但总要发愤图强。

没本钱做生意，也没本事做生意，剩下的机会，便是买六合彩了，既便宜，又简单。拿四块钱来买一个希望，无论如何也是上算的。

希望渺茫？那也不管。假如不买，便连一丝希望都没有；只要买了，就有可能一朝发达。

人总该有希望吧？

是个非常诱惑的奖金数额，就在各个报纸上醒目地刊登出来：前几期六合彩头奖无人中，这一期奖金累积达四千多万，成为六合彩有史以来奖金数额最高的一次。

我看得怦然心动：哗！四千多万！

假如我中头奖，乖乖，此生就不用再卖身给老板了！我可以买大屋，可以送为山留洋读书，可以做自己喜欢做的事情……

总之，我可以做个“自由人”，而不是“机械人”。

四千多万，以我这份工资，就算一辈子不吃不喝不穿不用，也不可能存到那么多钱！

搏一搏啦，反正四块钱一注，四块钱现在能买什么？买一份报纸就要三块钱了，拿出一百块钱，输了就当我买了一个榴梿吃，也不会心疼。

看来人人都是一样的心思，谁不想发财？当我来到筲箕湾我家附近的马会投注站时，虽然天下着蒙蒙春雨，但也抵挡不住人们的热情，我见到人龙长长，已从投注站内一直排到大街人行道上，有几个阿婆没带雨伞，宁愿给雨淋着，也要轮候。

这便是四千多万的魅力。

四千多万的魅力没法挡，我也昂然成了这人龙中的一员。

也不必自己选择什么号码那么烦心了，轮到我的时候，我把那张红色的百元纸币塞进窗口里，任那小姐用电脑替我选择二十五注。

有心计的人都有自己的幸运号码，看他们挤在台面一角小心翼翼填写的模样，我就大不以为然。幸运号码？凭什么？搅珠的时候摇摇摇，众目睽睽之下摇出什么号码便是什么号码，那与自己心目中的幸运号码又有何相干？除非有不可知的力量啦。

我也不是没有自己填写过号码，但那还是只有三十六个号码的时代，我也并没有刻意选择，完全是因为顺眼便画。我这一招也叫“盲拳”吧，居然也两次中过四个号码，得了安慰奖，虽然每次只获五十元奖金，却教我更以为已接近幸运之神，投注更勤。

那时每注才两块钱，这安慰奖金花光，又有什么斩获？结果还不是倒掏？一来二去也终究是个输家。

输家也好赢家也好，有电脑代劳最好，免得自己绞尽脑汁。香港人反正什么都贪图方便，连与财神打交道，也一样不耐烦太啰唆。

我从来也没有买过这么多注的六合彩，接过票据，我看都不看，便一把揣进西装的内袋里，虽然我也给雨淋得有些冷意，但心口却是热热的。回到家兴冲冲地对芝兰提起：“……投注的人那么多，我看头奖奖金恐怕也要增加到五千多万了……”

她望了我一眼，“是吗？可惜未必是你中呀！”“去去去！”我啐了几声，“好运气都给你咒走了，我中奖，你可是也有好处的呀！”

“谁不想？但做人要现实一点，”她望了我一眼，“希望越大，失望越重。”

“你叫我无欲无望？”

“你行吗？”

“我是凡人一个，当然不行。”

“我是叫你不要期望过高。”

是吗？这恐怕也要怎么看了。

要是一点也没有中奖的心理准备，一旦横财到手，难保不发神经。

头奖五千七百万！我的天，我有生以来何曾看到过这么多钞票？日日夜夜抱着这一堆钞票，拇指与食指沾上口水一张一张数去，真是乐趣无穷。我这才知道，数钞票原来是这般可爱。很多年前看过一部电影，里头有个农人赚到一些钱，每当夜深人静时，便悄悄爬起身来，点亮一盏油灯，打开紧锁的箱子，取出钞票点算一番。他那挂着微笑的满足笑容，在我当时还是学生的眼睛看起来，总觉得未免有些夸张；现在我才感到，其实那是很真实的细节。

多少年来，我都不大在乎钱。

千金散尽还复来。豪气？也不是豪气，只不过钱够用也就可以了，何苦为它追逐一生？我看有些人每天都是钱钱钱，赚了钱却舍不得花，也不知道要钱干什么，简直成了金钱的奴隶，那又何苦？

但随着年纪增大，我忽然觉得，也不能对钱采取浪漫主义的态度了。那晚与几个人吃饭聊天，杯光酒影中，一位老前辈不无感慨地说：“……我告诉你们呀，要记住我一句话，千万不能老来穷。等到老了，手中没有一点钱，那才叫惨！手中有钱，就不必靠别人，也不必靠子女，活得潇潇洒洒。没钱？唉……”

我的心一下子坠了下去。

年轻时一无所有，但还有气有力大把前途大把选择，起码一天三餐不会有问题；但人一老，就没有用了，不论智力还是体力必然大大不如，那时想要捧住一碗饭吃，怕也不容易，人家老板或会嫌你利用价值所剩无几，就算不借故炒你鱿鱼，到了加薪时不给你加或者象征性加一点点，你满怀气愤但又能够怎么样？如今二十来岁刚从大学走出来的年轻人，刚做半年便叫嚷着换工作，他们不怕，他们有的是机会。但我就不同了，换工作？凭什么？谁会要我？

只有年轻才有本钱。

不要说像我这样没有什么一技之长的人了，天王巨星又怎么样？一旦走了下坡路，一切欢呼声喝彩声还不是一样成为过眼云烟？

是“许冠杰光荣引退演唱会”的第二天中午吧，我随口问了一下娱乐版的年轻女记者：“昨晚有没有看电视转播呀？”那个女记者淡淡地答道：“看一眼不看一眼的啦。”

“为什么？”

“有什么好看？”

我有些不忿，“那你可以把电视关掉，不更干脆？”

“哼，如果不是工作性质，我才不会看呢。”她望了我一眼，“没办法啦，我是被迫的。”

我不大明白她的想法。我是从头到尾收看的，也不一定多么欣赏许冠杰，但我觉得那么多同行为他送别，无论如何也是温馨的场面。

特别是一些女歌星眼中含泪。

“一时感触，联想到自己吧？”女记者说。

即使真是如此，也好过毫无感情。人间应该有温暖，哪怕由人及己也好。

“光荣引退？我看是迫不得已。”女记者说，“不过，急流勇退也需要有勇气有决断才行，这个我倒佩服。”

“你的意思是……”

“讲得那么清楚就没什么意思了。”

真是高深莫测。

大概见我不再问下去，她又忍不住了，“年纪大了，哪里合我们年轻人的口味？”

哦，明白了。

她的眼中，歌坛只有“四大天王”。

黎明、郭富城、刘德华、张学友，全都是“青春派”。

老人？待一边凉快去吧！

我想对她说，讲得这么刻薄，小心你自己终究也会老的，到时……但我说不出口。假如她回我一句：“我知道哇，不过我现在有的是青春，将来，那留到将来再说吧！”那我不是哑口无言？

现在的小女孩，个个牙尖嘴利，说话不饶人，也许一不投机，发起恶来，说不定向我掷来几句：“哦，我明白了，你不是为许冠杰，你是为你自己！”

算了，不要自讨没趣。

在她看来，我当然也是“老东西”了。

还是住口，免得自取其辱。

想深一层，我也并不是什么路见不平、拔刀相助的大侠，许冠杰我认识他他不认识我，又何需我置喙？残酷是残酷一些，不过人情冷暖，便是如此这般。就算我挺身而出，与女记者舌战不休，难道能够改变她们的观感？唯一的结果，恐怕就是得罪了同事。

多一个朋友总比多一个敌人好。

同事嘛，低头不见抬头见。

许冠杰反正只是一个公众人物，潮涨潮退，与我何干？

我替他不平？又有谁替我不平了？

人家银行里的存款，也不知道可以吃几辈子哩，还要我为他不平？真是白痴。

人家已经捞够了，上了岸。你记得他也好，最好把他忘记，他的后半生逍遥快活，又有什么烦忧？

我替他叫屈？真是笑话，我还不如担心我自己更实际。手停口停的日子，那才是现实；至于人家天王巨星，睬你都傻……

那些欢呼声，那些喝彩声，那当当响的名字，那滚滚来的财源，都属于他；现在有些冷言冷语，恐怕也应该承受吧？你不可能要求全世界的人都喜欢你，何况他已经得到了很多。不像我，一无所有……

没有积蓄，就像在跟自己的将来开玩笑。

想想我自己也并没有大手大脚地乱花钱，只不过觉得不必过于刻薄自己，更不可以刻薄别人，该用的钱不必节省。话又说回来，就算我抠门，又能够存下多少钱呢，以我这个水平的工资？

也许我的不大在乎钱，不过是因为没有本事赚大钱而已。那天有人在报纸专栏上说，粪土金钱的人，都是一些赚不到钱的人。那意思自然是“酸葡萄心理”。我想倒也未必，这作者大概也是“想当然耳”。但是我也不能断然说他胡说八道，比方我吧，没钱而又没办法找到更多的钱，也就只好摆出一副不在乎的样子。

采取这条办法的好处是，我的心里会好受一些。

要是我有很多很多钱……

五千七百万！

莫要说是在微雨下排队轮候投注，便是下冰雹也一样值得。

电脑啊电脑，你真是比人脑还灵。

这幸运号码轻而易举就这样派给我，而且是一注中奖，独吞五千七百万！

乖乖！

百万富翁算什么？五千七百万哪，你见过没有呀？

打电话打电话。“喂，我中了头奖，我叫王承澜，我的身份证号码是……”

我自己都听得出自己的嗓音震颤，是兴奋，还是恐慌？说不清说不清。

芝兰一直站在旁边，我一放下电话筒，她便急急地追问：“怎么样？啊？怎么样？”

“没怎么样。领奖啰！”

芝兰欢呼一声。

五千七百万，迟早都是捏在我手里的了。

千万富翁就是千万富翁，暴发户？那也是不改千万富翁的事实。

英雄莫问出处。

有钱便是英雄。

一到跑马地马会总部，保安员便拥了上来，护卫着我乘电梯直上十四楼的财务部。

哗！没想到被人前呼后拥的感觉，会是这么惬意。天王巨星也不会如此被保护吧！

做这种人和做那种人可真是大不一样，怪不得做人的乐趣也是人人不尽相同。

一张划线支票。

五千七百万元港币的数目字。

赫然写上“王承澜”三个大字。

我再仔细看了一看，没错，王承澜。

财务部的负责人伸出手来，“恭喜你，王先生。”

那么，我可以和瑞兴在钱财上称兄道弟了吗？

真好。好像是一场梦似的。

以后再也不必站在瑞兴面前就矮了一截似的。我与他的级数差不多，大概圈子可以拉近一些，交往也恢复密切。

可以重拾大学时纯真友情的旧梦？也不知道。毕竟大家也改变了很多，哪能说重回过去，嗖的一声便回去了呢？恐怕彼此都还要调整一下心态。不过不要紧，只要双方都有诚意，这不难解决。

我有钱了。真没想到，就这么一下子，便成了个富翁。简直是海底捞针一般的渺茫机会，怎么那么巧，就教我一头碰上了？难道冥冥中早已注定？

为山要去留洋，尽管去！现在老子有钱，没问题。

只不过这么一个独生子，让他漂洋过海独自去地球的那一边闯荡，实在不舍得，也不放心。

但不喝点洋墨水，不镀上一层金，怎么跟人竞争？难道要像我一样，辛辛苦苦挣扎？假如没有这六合彩，我真不知如何是好了……

房子？换！也不要太大，有一千多平方尺也就够了，最要紧是要有个书房，也未必真有时间有心情去读什么书，但坐在安乐椅上看看那些书，也很诱人。人家说，三日不读书，面目可憎；我现在三十日不读书也不奇怪，书房也不过是用来装潢门面罢了。香港的有钱人家，有几个重视书房？我倒还不想弄得满身铜臭，我要书房。

这小编辑的职位，当然辞了！

不辞，难道要我驾驶着劳斯莱斯房车上班？吓都会把老总吓死！

“英雄被困筲箕湾，不知何日上中环？”

是什么歌来着？我这就破茧而出，搬出筲箕湾，乔迁中环半山区。

财大气粗？果然。

本来以为只要低调，不要张扬，我成了富翁，也是神不知鬼不觉的。

没想到人们竟会如此消息灵通。

保密？休想！

人家有什么义务替你保密？

最惨的是我不知道要给哪个人封口费，倒不是我舍不得破点小财。

都是一些神通广大的人物。

投资顾问、保险经纪、地产代理、新闻记者……门铃响了一次又一次，全都是不速之客。

我的头都大了。

我根本还没有什么打算，他们怎么个个都好像已替我策划好了？好像十分关心我，但我知道他们盯住的只是我那鼓胀的钱包。

从没想到我会这样在一夜之间成了新闻人物。

像我这样一个平平凡凡的人，忽然之间便有了价值，全然因为六合彩。这六合彩造就富翁，真他妈的好！

我于金钱上也胸无大志，瑞兴鼓励我："……你不如拿出两千万来做生意，用钱滚钱，最多我教你！"

我笑而不答。

五千七百万，够了够了，我没有更大的野心，或者说是没有斗志吧。做生意也挺头痛的，还要对付那么多场面上的应酬，还有明枪暗箭，我怕我不成。

算了，此生已经无忧，这就够了。

还是把钱存进银行里最稳当，每个月可以拿二十万的利息，太他妈的多了！二十万，我们一家三口一个月用二十万！我的天！

对于我来说，这是个天文数字，因为我们本来的月收入不到一万五。放在银行，无疑保守，瑞兴便常常说："钱一定要不断在商场上滚动，才是活的，存在银行里，迟早都会发霉！"但我真的不想费那个心，这当然也与我没有商业素质大有关系。

保守就保守吧，至少没有风险。

我的钱已经多到这个份上，多赚一点少赚一点，也都无所谓了。

知足者常乐。

那女记者隔着大门的铁闸还是不懈地追问：

"……请问你现在有什么打算？"

有什么打算？当然有啦！但我不能告诉你。

炒老板的鱿鱼，真是意气风发。

工作以后，还真没有这么豪气干云过。

生活重担呀，老哥!

为了养妻活儿，有什么办法不把自己的脖子套在人家的铁链上?

没想到此生居然有扯断铁链的时候!

上天也真待我不薄了。

“……啊哈，我要飞到天上……”那首歌是不是这么唱来着?

但身怀巨款的感觉也真不好受。

每个人一看到我都挤出笑脸，只是不知道在内心里是不是想要一刀把我宰了?

也难怪，那么多人投注，那么多人抱着偌大的期望，结果人人都落空，偏偏由我一个人占去，他们哪能不羡慕不妒忌?

要么大家都没有份，谁也无话好说。

这笔巨款顷刻之间把我推向高处。

高处不胜寒。

众目睽睽。

虎视眈眈。

害人之心不可有，防人之心不可无。

怎么防?明枪易躲，暗箭难防。

我不能怀疑天下所有的人，要是我那么疑神疑鬼，那我不成了神经病?

但我也不能不提防别人，不然的话破了产也不知道到底是怎么一回事。

世事难料呀！人心险恶呀！

谁知道隔着肚皮那人在转什么念头？

没钱真痛苦。到了有钱，还是有那么多烦恼。

以前无钱一身轻，走在路上根本没有什么负担，除非是飞来横祸，有什么高空掷物掉下正中脑门啦！但现在，我总是疑神疑鬼，老是觉得人人都在不怀好意地盯着我，从前的轻松，哪里去了？

我现在有钱。

但我可不想成为第二个王德辉。

王德辉当然比我有钱得多，但我的钱也不算少呀！歹徒眼红，那是自然的啦！

人无横财不富，果然！

有了横财招人嫉，也是真的。

有钱还要有命享受才行，假如连命都没有了，要那么多钱干什么？

留给妻儿，那也是个道理，只不过我虽有一笔大钱，可没有伟大到可以为了妻儿而舍掉性命。

我的意思是，既然阔了，妻儿无忧，那我自己也要有福分享用才是。

不然的话，我可宁愿过穷日子。

世界毕竟是美好的，我也还没有活够。

好死不如赖活？

被歹徒处置，也不是好死，而是横死；过穷日子也未必是赖活，只要活得有尊严。

还是走在街上，走在阳光灿烂却带着寒意的德辅道中，车来车去，人若潮涌，这中环。

中环银行多，这一家，那一家。

我要到的是哪一家？

存款？提款？

我一时之间迷糊了。

恍恍惚惚抱着一大把钱出来，嗯，为山要去美国留学，得拿钱为他打点一切。

咦，怎么要拿那么多的钱？

又是众目睽睽。

哒哒哒哒！人流忽地凝住了，一阵尖叫声中，途人不分男女，一个个扑倒在街头。

我赶紧用双手抱住钱，也立刻卧倒。

双目紧闭，心在噗噗乱跳。

耳畔老是觉得子弹贴着飞掠而过，只要稍稍抬头，就可能击中我似的。

我不知道这时的环境如何，心里直后悔，为什么迟不拿、早不拿，偏在这个时候来拿这钱？

好在不是全部。

倘若五千七百万全在这儿……

轰隆一声巨响，几乎同时传来惨叫声，我忍不住转头偷眼望去，但见烟尘滚滚，血肉横飞。

依稀见过这样的场面。

是战争片中的镜头。

啊呀，在中环闹市动用手榴弹！

人命何价？

这世界怎么变得越来越凶残，越来越没人性？

钱，难道便是一切？

铤而走险，孤注一掷，成功了便逃出香港，此生便尽可“叹世界”，饭来张口，衣来伸手。有了金钱，便有美女。

要是不幸失手，也不过囚禁几年十几年最多二十年，就是杀了人，最倒霉也是判无期徒刑吧，说不定什么时候来个特赦，出来还不是一条好汉？

反正香港没有执行死刑。

死刑条款等于名存实亡。

这些悍匪，都是亡命之徒，谁都知道他们在以生命作赌注，而且认为赢面很大。

唉，香港。

难道香港真要变成“杀戮战场”？就像多年前公映的电影《省港旗兵》那样？也真佩服那编导，这电影好像是预言似的。那时我看了，只觉得不可思议，悍匪在香港闹市持枪行劫？不过是追求官能刺激的煽情电影罢了，哪里可能成为现实？香港是法治之区，岂容这般横行？但现在，唉！现在，悍匪动用重武器，又哪里把香港警方看在眼里了？

我在心里叹了一口气。

世界末日？

忽地，我的肩膀给人踢了一下。

我本能地抬头一望，只见一个蒙面的彪形大汉，双手提着机枪指向我，沉声喝道：“钱！全拿出来！”

我吓得全身发软，只要他那手指一扣，我这老命……

拼力将那一沓钱抛出。

那大汉又踢了我一下，狠狠地说：“算你精！”

给了钱还要踢我，这是什么世道？

不过也算死里逃生。

留得青山在，不怕没柴烧。

何况这失去的，也才二十万。

于我来说，以前这是个大数目，现在，才不过一个月利息，小意思啦！

破财挡灾。财去人安乐。

警车“呜哇呜哇”地开来。

悍匪已经不知道逃向哪里。

德辅道中的人流又如常流动起来，只有那被抢劫的银行一带给封锁了。

扑倒的男男女女爬了起来，个个用手掸了掸衣服上的尘土。

我也挣扎着要起身，可是不知为什么，刚要起身，又跪倒了。莫非我的脚中枪了？我恐惧地那么一想，却怎么也看不到有血流出来。

我在地面上滚来滚去，就是起不来。

我拼尽全力一挣，忽地被人大力一推，我惊醒过来，在黑暗中，芝兰埋怨道：“怎么搞的，你踢了我好几次！”

我一下子都想不起自己身在何处。

这软绵绵的，是床吧？

我揉了揉眼睛，芝兰的声音又传了过来：“你咿咿唔唔的，也不知道说些什么。”

五千七百万横财呀！

“你的？”芝兰推了推我，“你醒醒呀！你什么时候中六合彩了？”

不是我吗？

“五千七百万是真的，一点也不假，只不过中奖的人不是你，是别人，有名有姓的。”

不可能吧？

“我看你想发财都想疯了，人家是张冠李戴，你是人家的钱财你来认……”

惨了惨了，一场欢喜一场空。一切喜怒哀乐，原来都是一场梦。

我心有不甘，转头扭亮床头灯。

眯缝着眼睛张望了一下，我颓然。

说什么富贵荣华，我置身的，还不是筲箕湾这间三百平方尺的房子？又何时果真“上中环”了？

十二

次日醒来，头有些痛。

酒喝得多了。

也不是太多吧，依我的酒量，应该可以应付。

心情不好容易醉酒？昨晚的心情确实是恶劣，但后来与Sandy轻酌浅谈，烦恼早都一扫而光。

酒不醉人人自醉？还是温香软玉抱满怀？

瞥一眼身畔的美若，仍然闭着眼睛，但我总觉得她其实是醒了。

也不知道她是否还会对我抢白一番，趁此机会，何不赶紧溜掉？

我不想吵架。几十岁的人，干吗呀？

如今也只有采取“拖”字诀，过几天，等她火气过了，也就算了。难道真的还会“十四年抗战”？

反正平时我也是自己上自己的班，有时她醒了，也只是躺在床上说一声“走了”，更多时候，她却仍睡着。

到了公司，一眼见到Sandy，她似乎有些羞怯，但很快便露出平时的笑容：“老板早安！”

又成老板了。

我吩咐一声："麻烦你给我泡杯咖啡。"我望着她离去的背影，只觉得好像一切如常。

昨晚是否有过什么故事，一点也看不出来。我甚至怀疑，莫非一切都是梦？

是有过这么一个女孩子吧，她知道我与美若并非如胶似漆，躺在我怀里，幽幽地说："……我等你吧，再等你十年，等你的儿女都成家了，我们再……"我突然一阵感动，十年？十年后我多大了？

我绝对相信她此时此刻的真诚，但十年后的事情谁能够预料？

我抚着她的长发说："那不成，要是到那时我离不成，那岂不是让你白等？"

她的泪水掉了下来。

我顿时觉得自己很虚伪，可是我不能不这么说，不然的话我就不是人了。

也不知道她喜欢我什么。

成熟、稳重？

还是有钱、有地位？

我看她不像是为了我的钱。

我跟她在一起，她从来没有拿过我的钱。有时高兴了，她还会买点小礼物送给我，让我心里感到一阵温暖，也让我的虚荣心得到高度的满足。

她不是为了钱，而是为我这个人！

得到美女倾心，那种感觉实在太美好了。

我陈瑞兴称不上俊男，想不到仍有男性魅力足以迷倒女性，而且是青春貌美的女性！

这美女……

是 Sandy？

我的心迷糊了一阵。

怎么会呢？

据说见第一面没有触电感觉的异性，根本没有发展的机会，也不知道是真是假？

而我却记得清清楚楚，第一次见她，她低垂着头，却很得体地回答我的问话，虽然我见犹怜，但我绝没有异样的心情。

为什么录用她？

我也说不上更具体的理由，只是觉得她定能胜任就是了。

这也是有些奇怪，或者说是缘分吧。

前来应征这秘书职位的，年轻漂亮而又具秘书工作经验的，大有人在，我却偏偏选中她。

也并没有醉翁之意不在酒，只是凭当时刹那间的感觉而已。

发展到今天，却真是始料不及。

人生如戏，戏如人生？

还是人生有如一盘棋，人人都是盘中的棋子？

人常常是无法控制自己的结局的。

既然如此，只好认命。

是 Sandy 吗？我渐渐又有些疑惑了。

不知道昨晚是醉还是醒。

敲门声。

我习惯性地喊了一句："Come in！"

咖啡飘香。

Sandy 的咖啡煮得好。

这咖啡如果加点酒怎样？就像皇室咖啡……

那一晚与方玫喝的就是皇室咖啡。

是春雨蒙蒙之夜。

从那酒店咖啡座的落地玻璃往外望去，灿烂的灯火变得有些朦胧凄迷，撑着雨伞的路人匆匆而过，红绿灯瑟缩着无奈地眨眼，忽地一辆奔驰高速驶过，把路面的积水溅得喷向两边。

这样的夜晚，最好躲在温暖的被窝里……

但我们，却在这里喝咖啡。

美酒加咖啡，好像是有过这么一首流行曲吧？

那似乎已经是遥远的年代了，《美酒加咖啡》，还有《情人的眼泪》《今天不回家》……姚苏蓉、青山……

今夜怎么变成了怀旧夜？老歌绕梁三日，莫非是老去的心态？

现在不要听这些，现在要听的是黎明。"今夜你会不会来，你的爱还在不在？……"

黎明的歌声真是无处不在，此刻，在外面风雨的伴奏下，又水银流泻般在咖啡座内回响起来。

音照走，人照红。

“好心你不要那么损啦！”方玫说。

“你们女的都喜欢黎明，”我笑，“据说从三岁到八十岁，都喜欢他。”

“夸张！”

她斜着扫了我一眼，我忽然发现她脸颊泛红，竟有些少女娇羞的味道，我的心一动。

她讲的是粤语，却分明是吴侬软语的语调，咬字不准，有些荒腔走板，但听在耳中又另有一番搔人心肺的嗲劲，即使我并非没有见过世面，心旌却也在刹那间为之摇荡不已。

成熟的女人，自有成熟的风韵。当方玫运用她成熟的武器，简直就是“杀死人”！我品尝到心猿意马的滋味。

“今夜你会不会来？……”

黎明的歌词。“会不会来”，而且是“今夜”，真教人遐想不已，留下广阔的空间。

方玫今夜你会不会来？咦，她不是已经来了，就坐在我对面，喝着皇室咖啡轻谈浅笑吗？嗯，不是来咖啡座，而是来……

来哪里？不能说不能说。

但方玫醉眼流淌，嘴角似笑非笑。她的嗓音依然娇嗲，玲珑柔嫩轻轻滚过我的心房，教我招架乏力。

呀，邹富胜呢？嗯，他还没有来香港。

那么，方玫与他的关系又怎么样？我真的猜不透。

当年，邹富胜是她的“四大金刚”之一，也不知道怎么样一来，他便成了她的男朋友，后来更成了丈夫。

那个时候，许多男同学都有些不平，什么？邹富胜凭什么征服了她？他充其量不过是她的“御林军”罢了。我虽然不属于她那一派，却也萌生一种酸溜溜的心理。娶一个比自己强的女人，该是什么样的滋味呢？至少，走在路上，人家也会羡慕我吧——这陈瑞兴，果然了得，赢得这么一个能干的美人归……

嗨！其实又哪里是我了，赢得方玫下嫁的，是邹富胜而不是我。那时她是领袖人物，而我只是一个逍遥派，我必须仰视才能见到她那意气风发的样子。而在她的眼中，那些芸芸众生，大概也就是群氓吧？又有哪一个会在她眼里了，这些拥戴她而她却未必认识的人儿？

我不是不知道她的急功近利，但经过几次交往，我渐渐也发现了她的好处。她不再像当年那样张牙舞爪，到了香港，她潜在的女性魅力，似乎也一点一点地苏醒。她会很温柔很娇嗲地说话，也会一眼不眨地盯着我静静听我说话。见惯了太多当面说话眼睛却东张西望的女人，我于是便觉得，方玫至少愿意倾诉，能够倾听。我那男人的心，便感到了一种莫名其妙的兴奋。人，又有哪一个是十全十美的呢？方玫也是这样。也不必太苛责她对于发财的强烈欲望，来到香港，自然便要面对金钱的压力，她还能怎么样？我也不是没有穷过，我深知没有钱的苦处。

爱与不爱，有时与钱有关系，有时也与钱没有关系，金钱并非万能。到底怎样判断真情与假意，却是高难度的观察。我认定她对我并非无意，这种感觉让我腾生疯狂的欲望，此刻即使天塌下来，那也是理不得那么多的了。

怎么可以想象，当年叱咤风云的方玫，如今竟会倒在我的怀里，在我的压力下臣服？

是一种征服的感觉，虽然虚荣，却很实在。我不能制止我的欲念的膨胀。

方玫紧蹙的眉头、微闭的眼帘。

那眼波深深似海，我望着她，整个人好像掉进无底的深渊中，不能自持。

我觉得我自己勇猛如虎。

已经是人到中年了，一切都理应变得温文才是，今夜，今夜为什么竟好像回到十八岁，健壮如牛，力气随着热情源源而来，绵绵不绝？

方玫的眼睛睁大了一些，那含羞带娇的媚态，令我的心一荡，但觉即使立刻淹死在她的眼神中，也是心甘情愿的了。

牡丹花下死，做鬼也风流。

去去去，此刻英勇无比，怎可轻言“死”！

假如我从不深入了解，我怎么可能知道，方玫也还有极其女人味的另一个方面？

那个时候看她耀武扬威的样子，我既盲目崇拜，在私底下又有些愤愤不平。

从早到晚，老是穿着那一身发白了的绿军装，松松垮垮的，要身材没有身材，有什么魅力可言？

“……哼，这个女人，成天喊打喊杀的，我看她一辈子都嫁不出去……”那天吃过晚饭，我跑到承澜的宿舍胡聊，提起方玫，我忽然发狠。

“她嫁不嫁，你操什么心？”当时，承澜大笑。

也是的，关我什么事？

我认识她，她还不认识我呢！

莫非那时我就有某种情意结，只不过我并不自知而已？还是……

吃不到葡萄就说葡萄是酸的？

好比一个偶像高高在上，明知自己不能攀上，在背后臭骂几句，也算是一种平衡心理的办法。

也许那时年轻，血气方刚。

也许现在她已失去当年的权势，既然她仰视我了，我也就充满了一种胜利的感觉。

世事真是难料。

最可笑的是，躺在床上，我谈起当年，她竟带些讨好的味道，温温柔柔地说：“……你？我也知道你的，只不过，那时我也身不由己……”

我明知她说的不是真话，那时她那么多随从，我又平凡得不能再平凡了，她怎么可能认得我？我虽然虚荣，却也还不至于糊涂。

灵魂飘飘然，神智却仍保持清醒。

不过，我也知道，她这番谎话，并无恶意，她这是善良的撒谎，也是为了使我的心里舒服一些吧。无论如何，提起当年，我实在不足以和她相提并论。

她是个绝顶聪明的女子，她不会在此时此刻让我想起我昔日的卑微。她不想刺激我的自尊，我明白。

但我并不在乎。

昔日我确是蚁民，我到现在也不否认。相反，我甚至有些以此自傲哩。是啊，我到香港后会这样抖起来，当初谁会相信？连我自己也万万想不到哩！过去了的事情我不回避，我不是靠遗产。白手起家，这意味着什么？意味着我被社会承认，意味着我冒出头来了。

香港竞争这么剧烈，成功绝非侥幸。

这样看来，我算不算一个天才？

难说难说。人说，天才与白痴只是一线之隔。许冠杰就唱过："……天才与白痴，你痴定我痴……"

那天路过铜锣湾闹市，有人在街边摆卖手袋，摊子上写了几个大字："天才失业，售卖手袋"。我一愣，不禁停下脚步，仔细一看，那蹲着的中年男人一表人才。

天才还会失业？莫非这"天才"是自封的？

"因为，这世界上的好多工作，都不需要天才来做。"

"既然你是天才，不如就用你的天才去赚大钱，那就不用这么凄凉地在这里摆卖了！"我自认是天才，一听到他口气不小，不禁气上心来。

他抬头望了望我，淡淡地说："你不明白。天才不是用来赚大钱的。"

呀，还有些哲理意味哩。

我无言以对，离去时，脑子却为"天才"这个问题所困扰。

赚了钱，真的未必就是天才，我误打误闯，爬到这个位置，多少也是因为福星高照。

但在方玫面前，我不能灭自己的威风。既然她以前风云一时，那么现在我不能不维护我的身价。假如直到这个时候，我还不能令她仰慕，那我什么本钱也就没有了。

我不能对她毫不设防，保持一点神秘感，该是吸引她的一个好办法。

我不算太了解她，不过以她好强的性格，我断定她决不甘于平淡。假如她发觉我终究不过是个走运的凡人而已，她会怎样呢？我不敢断定她是否真的倾心于我，但我明白，她有求于我，而且她也崇拜我，以我为榜样。

双方距离在今夜骤然拉近贴紧了，但我封住我的嘴唇。我要让她摸不透我。

不知道为什么，我总有个预感，一旦她看透了我，便不会再对我如此柔顺。

以后怎么办？以后再说吧。

一晌贪欢，那种感觉奇妙无比。

看着方玫慵懒地赤身躺在我身畔，一种又怜又爱的情潮浸过我的心田。

我反身一把搂住她，嘴巴凑近她的耳边，“喂，老实说，你有没有和郑乾坤……”她扫了我一眼，似笑非笑，“怎么，吃醋了？”

一股怒意油然升起，我沉声道：“是，还是不是？”

“哟，生气了？”她笑，“当然不是啦！”

“就算你跟别人好，也不要跟那姓郑的好。”我说，“我和他没有调和的余地。”

“你和他是商业伙伴呀！”

“那是另一回事。总之，我不要你与他有什么瓜葛。”

“你真够霸道的。”她说，“那你是我的什么人？”她这一招可真够辣的，我顿时语塞。

大概见我不说话，她又笑了，“跟你闹着玩的。遵命遵命，我以后不理郑乾坤就是，行了吧？”

我心里很想跟踪追击下去，但想了一想，又放弃了。

现在的形势是，我信郑乾坤，还是信她？我不能够当着方玫的面，将郑乾坤的一番话讲出来，因为倘若那是郑乾坤的杜撰，我岂不太伤她？既然如此，我只有相信方玫的诚意。

在我的内心里，其实也不太敢于面对这个尖锐的问题。我生怕万一郑乾坤并未胡说，我应该如何应付局面？对方玫的热情之火刚刚点起，我怎么舍得立刻抽身而去？但万一证实她与郑乾坤关系暧昧，我大概也不可能坦然。

这时我才明白，什么事情都不必太认真，免得自讨苦吃。

难得糊涂。妙！

只要自己开心，其他可以一概不理。

今夕是何年？

猛想起今晨实实在在是个阴霾的早晨，呀，今朝是何年？

眼前的这杯热咖啡已经转冷。

由热变冷，就像一切疯狂的热情都可以熄灭，昨天的呐喊也会过去。事过境迁，又有谁能够阻止？

只是，方玫此刻在我心头依然是生命跃动的象征。

即使 Sandy 青春逼人，但方玫的成熟风韵，却又是不可比拟的。

两个女性，两样风姿，两种情韵，这个不能代替那个，各有各的魅力。

我左顾右盼，有些意乱情迷。

头依然昏沉，用白花油往鼻端抹了抹，才稍微清醒了一些。

Sandy 敲门进来，叫了一声：“啊呀，好大的一股味！”

窗外又飘起了蒙蒙春雨，朦胧了远处太平山的轮廓，我的心也变得好像刚从水里捞起似的，湿漉漉一团，又阴冷又沉重。

十三

假如不是老把眼睛盯向上面的话，我也该知足了。

知足常乐？

安于现状？

不求上进？

我不知道。也许都是一回事吧，只不过角度不同而已。反正我们的祖宗极端聪明，同一件事情，这样解释那样解释，好像矛盾，却又都讲得通。比方对于勇于闯荡的年轻人，赞他的时候可以说“初生之牛犊不畏虎”，贬他的时候则可以说“嘴上没毛办事不牢”，你能截然评断哪个是对哪个是错？

我看两个都对，两个都错。

问题在于你站在哪里。

我该知足，那也全因为出于无奈，都已经超过不惑年纪，除非有惊天动地的奇迹，我知道我这一生的轨迹也就这样定下来了。

平时几个老朋友聚在一起吹吹牛，忽然提到瑞兴，大家立刻沉默下来，都把眼光望向我。我知道他们的潜台词，但能说什么呢？今时不同往日呀！

愣了一会儿，我强笑道：“认命吧！”

活到这个年纪，想要不认也不行了。

反正各人头上一片天，也不必太过强求。

假如认真回想，今天混到这个样子，也不能算太差了。至少一家三口不愁吃不愁穿，还要怎么样！比起当初，不是已经大有进展了吗？

回想起来那是个灰暗的岁月，乍来香港，完全是人生地不熟，自己却要独力闯荡。过去所有的一切，已经被拦腰切断，我只能重新迈步、从零开始，但我连粤语都不会讲一句，试问又如何可以打出局面？走在街上，听着灌进耳中的那拉长尾音的语调，我费力地连蒙带猜，也总是无法摸清那意思。那时，我还愤愤地说："……妈的！比外国话还他妈难懂！"

瑞兴听了，只是一味笑。

在我听来，他的粤语已经说得很油了。我总在想，他比我聪明，比我有办法，也比我能够适应环境；他正是广东人所说的——当然那时我并不知道这个词——"叻仔"。当我东游西逛的时候，表面上十分潇洒自由，实际上心焦如焚。都三十岁的人了，难道便这样游手好闲下去？我又没有本事挥金如土玩跑车如花花太岁！

我并不想这样，但形势却逼得我走投无路，有泪也只好往肚子里流，这般苦楚，到处说给人听，有什么用，人家真会同情你吗？不过是自寻烦恼罢了。

也不是没有向瑞兴诉过苦，当时他还在银行工作，听了我的话，他笑嘻嘻地说："你就安心休息一段时间再说吧，要不，上了班，想要请假也难。"我听得满腔惆怅，你瑞兴也不是不知道我的处境，这么一拖下去，毫无收入，我怎么受得了？

但也不能怪他。那个时候，他也自身难保，我还能要他怎么样？难道要他拍拍胸口说："包在我身上！"那并不实际，就算他说了，也等于白说。

于是当他请我看一场电影，或者吃一顿饭，喝一杯咖啡时，我心中便充满了温馨的感觉。

也并不是为了那钱，而是为了那份友情。那时我们最爱去餐厅喝咖啡了，美若便常常在我面前埋怨：“……也真不明白，咖啡嘛，在家里泡不就行了？何必要跑到餐厅去花那冤枉钱？”

瑞兴只是撇撇嘴，也不说话。

我知道他的潜台词是：你知道什么？在家里喝咖啡，与在餐厅喝咖啡，完全是两回事，也不一定是好喝与不好喝的问题，但情调却是不能取代的；就像镭射影碟流行后，电影院仍有不少捧场客一样。芝兰也常常不以为然，“你看什么电影呀？租一张影碟，才十多块钱，可以一家人看，省多少钱？”

那怎么可以同日而语？

而且，反正也阔不了，省这么一点看电影的钱，也发不了财，而花这么一点钱看电影，大概也还不至于破产。

人生在世，固然不可以随意挥霍，但是也不必太过刻薄自己。

来到世上也不过匆匆几十年的工夫而已，为什么就不可以偶尔犒赏一下自己？

有时看到认识的朋友日做夜做，舍不得吃舍不得穿更舍不得娱乐，便禁不住在内心里叹息：如此这般，人生还有什么乐趣？也不是主张人生在世及时行乐，但是文武之道尚且一张一弛，做人也不能只劳不逸呀！好比一架机器，用得久了，也要维修一下，何况是人？

人无远虑，必有近忧？也许。但人老是远虑，眼前又有什么快活了？

不论去餐厅喝咖啡也好，还是到电影院看电影也好，喜欢的是那种氛围。

特别是心情烦躁的时候，幽暗的餐厅里，只有一桌一桌点燃的蜡烛，在玻璃罩内闪动，当抒情的歌曲一首又一首地流荡时，再漂泊的灵魂，也会找到歇息的港湾。此刻有心仪的女伴对坐当然很好，但与同性好友聊天也是一种难得的享受；即使孤身一人，也自有妙不可言的乐趣。

这时，所有的精神压力暂时卸下，今夜且偷空做个自由人。

“……有些事情你现在不必问，有些人你永远不必等……”

呀，是《梦醒时分》吧？

一个人独喝咖啡，怎么想起的是与瑞兴喝咖啡的陈年旧事了？那回，芝兰还开玩笑，“……你呀，你跟瑞兴那么好，我都有点怀疑你们有没有同性恋的倾向了！”

同性恋？别瞎说了！不过二十年友情难以割舍，倒是真的。尽管友情如同爱情，缘分已尽，想要挽留也枉然，只好随缘，但心中始终不能毫无感觉。

友情淡了下去，可能不但我不想，他也一样不想，只不过我们都无能为力罢了。人生有很多东西都是偶然的，而且非人力所能控制。瑞兴有他的生活圈子，我有我的生活圈子，都说“职业无分贵贱”，但也只是口头说说，扮扮悲天悯人的角色而已，到底有哪一个人真心实意这样想，在这个功利的社会里？

人可能常常需要童话式的东西来调剂一下生活，比如电影

《风月俏佳人》，曾经吸引了多少观众前去捧场？对于那俊男美女的浪漫爱情似乎也很认同。电影里的童话嘛，远观当然十分美妙，反正又无须自己去身体力行，假如自己是那俊男又如何？我惶然。

那天在报馆胡扯，我说这片子还不错，那娱乐版的记者妹立刻便问了过来："喂喂，老老实实啦，如果你像片中的理查·基尔那么有钱，你会不会像电影中那样，真的追求那个风尘女郎？"

我那浪漫的梦立刻被击毁。那女郎的确称得上漂亮，但那又怎么样？她是"神女"呀！职业不分贵贱？哪有这等事情！我虽然没有钱，也不会考虑；假如我那么有钱，又怎么可能真的与风尘女郎成家立室？拿钱去玩玩，用代价买点钟点的"爱情"，那是可能的；要做夫妻？开什么玩笑！就算我不计较她的过去，周围的亲友难道能够不出声？社会压力呀，我可不是生活在真空中。

男人就是这般自私？我不知道。不过我在心里恐怕真的过不了这一关，但谁知道呢？可能现在可以这样理智，假如真的堕入情网，那就由不得自己了，温莎公爵还可以宁要美人不要江山呢，小小的名誉又有什么要紧？

不过，温莎公爵大概是个勇者，而我却未必有那样的魄力，便是听到别人恶意在背后中伤一句，都会感到受创，又怎么可能抵挡更多的叽叽喳喳？

脸皮嫩？

爱面子?

还是性格柔弱?

真羡慕理查·基尔勇者无惧。

不过，好莱坞是制造梦幻的“梦工场”，看看电影，娱乐娱乐，那倒无伤大雅，人人都需要发泄，看完了，一笑置之，也就算了，千万不能投入；假如投入了，可真要招来无穷烦恼，毕竟梦境与现实是两个世界。

让那些高喊“职业无分贵贱”的人正视一下现实吧，或者说不要光喊口号，而要设身处地地想一想：是自欺欺人，还是一厢情愿?

所以我很明白，瑞兴与我，不论个人意愿如何，终究也拗不过不同的背景：他是老板级人马，我是工薪阶层。也正因为地位的不同，不知不觉之中，想问题的方法也自然相异。我应该学会从他的角度去设想一下。

两个不属于同一阶层的人，如今偶然坐在一起喝咖啡，我发现话题似乎越来越少。他一坐下来，往靠背上一倚，好像很累似的，半晌都不说话。我本来满腔热情，看到谈话对手如此的神态，立刻就没有了聊天的欲望。

但也不能这般永远相对无言下去，我只好挖空心思寻找话题。

往事只能回味?

他早已不大有兴趣回顾以往了。

问题在于我又不知道他的近况，从何问起?看他心事重重的样子，假如问得不得当，岂非让他烦上加烦？

“讨老婆呀，文化程度不要太高，不是文盲就可以了。”他忽然说。

当然是有感而发啦！

是不是嫌美若对他的生意干预多多？还是……男人的心理，也很微妙。

没有成家的时候，日思夜想都要找个老婆；等到成了家，又感到那种束缚令人觉得很累。就像《围城》那样，城外的人梦想跑到城内，城里的人却又拼命想要冲出城外。

难道世界上没有一块安定的绿洲？难道人生就是这般矛盾百出？

就说我吧，不也一样是矛盾的产物？一向自以为清高，大有粪土金钱的架势，实际上又哪里完全不在乎金钱？只不过没办法赚得更多罢了。

那晚在报馆做到金睛火眼，死去活来，自认已经尽了力，不料第二天见报，一条新闻出了一个错字，那个鸟主任把我找去，屈起右手食指敲打那份报纸，“你这是怎么搞的？一字之差，意思都相反了！你怎么做编辑的呀你？你是新来的？”

我气上心来，张嘴反驳：“主任，那是校对的责任……”

如果我有责任，你主任签发也有责任呀！但我不想搞得太僵，也就隐忍不说了。

他狠狠地瞪了我一眼，挥了挥手，“算了算了，你出去做事吧！”

不是不愿意认错，我承认我有责任，但他不能只责怪我一个人呀！

我感到受辱，脸上无光。

于是千方百计给他寻找发脾气的原因。

莫非他在家里刚与老婆吵架，心情恶劣？或者炒股票炒输了，一塌糊涂？还是……

算了算了，家家有本难念的经，人人也有说不出的苦衷。假如他骂了我，心情可以轻松一些的话，那又何妨？啊呀，我何时变得这么伟大了，处处为人着想？

只不过是走投无路而自找台阶下罢了。

谁说我无路可走，这就找瑞兴去！

回到家里，立刻拨通他家的电话。我不容自己再有迟疑的机会，劈头就说："喂，我做得很不开心，想想办法，给我找点出路……"

在那头，他沉吟了一下，问我："商场又不适合你，你要我怎么帮你？"

我忽然羞于启齿，芝兰在旁边做了个手势，催我直讲，我只好硬着头皮，"你以前不是说过，可以考虑办个出版社吗……"

"你那个报馆卖不卖？要卖的话，我把它买了算了，让你负责……"

我倒还没有这个野心，也知道自己不行，我只求自己不要那么受气就是了。买报馆？你又没有办报经验，我也不是做老总的材料，岂不是开玩笑？报纸可是天天出的呀，如果亏本，那银钱便哗哗地往外倒，停也停不住。也不知道你这么说，是真的想帮我，还是为了向我夸耀现在的财力。

“你不知道吗？人家说，要是你跟一个人有三世仇，你就劝他办报纸！”我说。

“我知道。”他笑，“要是只有一世仇，那就劝他办出版社，对吗？”

我的心一紧。有仇？我可绝对不是这个意思。

结结巴巴待要解释，他又说了：“我当然不是在说你。别人会害我，你怎么会？其实，那种说法也太夸张了，问题是怎么做罢了。你说说你的意见。”

“出版社嘛，可大可小。我想起初也不用真的拉起个什么写字楼，就在你公司放一张桌，一部电话机就可以了，这样，至少也省了租金……”我想了想，这样告诉他。

出实用书，出适应潮流的书，市场总还会有的。

我甚至设想了出版社的名字，就叫“瑞兴文化事业公司”，够气派吧？

“具体怎么做，现在也不用讲得那么详细，你讲了我也不清楚。”他说，“这样吧，你起草一个书面计划，交给我，好让我做个决定。”

我开始感到了那种距离，那是一种公事公办的立场，教我有些难过，不过回头一想，他们是具规模的公司，一切运作制度化，怎么可以口头私相授受？心里也就释然了。

“好吧，我一个星期内写好。”

“大概要多少钱？”

“两三百万吧。”我想了想，答他。

“两三百万？嗯，问题不大。”他说，“不过，不要亏本啊！亏本就麻烦了。”

没有人愿意做亏本生意，我明白。不过他最后的这句话带笑说来，却击中我脆弱的神经。我本来相信不会亏本，经他这么一讲，我胆怯了。办出版社说到底也是做生意，而且是冷门生意，既然做生意，有谁敢拍胸口担保一定赚钱？

放下电话发愣，忽见芝兰眼睛闪闪发光，“上啦！他要你赚钱，你就列一个可以赚钱的计划书给他，只要他看得满意，不就行了！”

我望了她一眼，不吭声。说得倒容易！

也不止是她，人人听了，几乎没一个不叫我“上”的。是呀，有老板支持，如此的大好机会，临阵退缩，岂不是天下第一笨蛋？

他们都是一片好心，我也给鼓动得有些蠢蠢欲动，机会难得，机不可失，时不再来。上！

可是，瑞兴最后那句带笑的话，冷不防又在我脑海回荡：“……不过，不要亏本啊！亏本就麻烦了。”它变成横亘在我心头的无形障碍，难以逾越。

他们都摇头说：“男子汉大丈夫，干脆一点，哪能像你这样前怕狼后怕虎的？也不一定会亏本的，就算是亏了两三百万，对他来说也不会是太大的数目，怎会输不起？”

我当然明白。

也许并不完全是金钱本身的问题，而是关系到“商业眼光和信誉问题”，他说过：“……我不愿意给人说是胡乱投资，那会影响到我在商场上的身份地位。”

没有人愿意给人看成傻瓜，我懂。我不能把老朋友的交情拿到商场的天平上去称，万一真的亏了，我恐怕就要面对友谊的裂痕，我不愿意。

就算他不在乎，但我输掉他的两三百万，又有什么面目再面对他？难道还能老着脸皮依旧嘻嘻哈哈若无其事？我做不到。

假如他计较……

不可能？世事无绝对。

还是安于现状算了。没有太大的风险，即使受点侮辱，只要脸皮厚一点，也就挺过去了，谅那主任也还不至于把我怎么样。说到底，我与他也曾经是哥们儿。

是不是权位容易腐蚀人？当他板着脸孔训话时，我便有无限的委屈在心中翻腾。你他妈也太不仗义了，别人个个你都不敢骂，唯独拿我来示众，杀鸡给猴看？我是鸡？朋友越老越是鸡？本以为你升官会关照我，没料到当了官你便拿我开刀，天理何在？

回过头来，那娱乐版的记者妹一脸同情，“怎么？他凭什么骂你？你们以前不是死党么，他怎么可以这样欺负你？”

我的心头顿时好像打翻了五味瓶，也说不出是什么滋味了，但脸上却不忘挤出个笑容，“哦，我们直来直去，也没什么。童言无忌，童言无忌……”

“是老顽童吧？”她也笑。

我的心却在哭。

但既然现在走不成了，我不能跟自己过不去，必须努力去理解他的立场，说到底还要共事下去，还要听他的指挥。

昔日曾经抱成一团又怎么样？现在他做了主任，更要避嫌，稍有差错，便会“铁面无私”地处理，以显示他的权威与公正。也不能说他一阔脸就变，他要面对那么多人，要向上司负责，他有他的难处。

我想他也怕我恃宠生骄，将来不可控制吧？还是识相一点，工作不要出什么毛病，不要让他难做。只要我安守本分，想来他也不会对我赶尽杀绝吧？

地位既然变了，我也就不必梦想恢复以前的密切关系，友情大概也是有阶段性的吧，一切只好随缘了。

现在他是上司，我是下属，明白并且接受这个现实，心中坦然，大家 happy。

那记者妹教我：“做死党没用，死党要平起平坐，你现在又不同他一个级，这死党怕是做不成了。我看你做傍友吧，做傍友最讨好，你只要哄得他开开心心的，他准保罩住你，包你日子越来越好过！”

叫我做他的 YES MAN（俯首帖耳的男人）？

我疑惑地望着她，也摸不清她的用意。

“没人喜欢比自己地位低的人与自己称兄道弟……”她耸耸肩膀，一面说，一面走开，“你想想看啦……”

她也就二十出头吧，怎么好像参透了世情，成熟得与年龄不大相称？

看来她这是一片好心，拿她的话来说：“……不要说我不点醒你……”

是点醒了我，让我猛省到我的身份。

但我不会去做傍友。

叫我像电影中的那些傍友那样，成天围着太子爷笑脸献媚，我真的做不来。

也不一定是“对”与“不对”的问题，假如一“傍”而能衣食无忧的话，在这商业社会，有人为了生存计，也不必指责。反正这是两厢情愿的事情，一个愿意傍，一个愿意被人傍，公平交易。可是，我却没这个傍的本事，首先是心理上接受不了，再来便是不善察言观色，口才也不行。呀，做傍友也不是饱食终日无所事事，还必须有本事讨得主人欢心。

要是愿意去傍的话，当然也不会去傍这个主任啦，放着现成的老板陈瑞兴，怎么还会有第二个选择？只要我脸皮稍微厚一点，我傍他也是顺理成章的事情。但我始终没有这么做过。

也不是没有这么想过，那回他谈起他的大收购计划宣告成功时，高兴得手舞足蹈，我插一句：“你真是商业奇才！”说的时候不假思索，完全出自真诚的内心感觉；但话一出口，我忽然觉得有肉麻吹捧的味道，便嗫嚅着住口了，倒好像我说这句话原是一个故意讨好的预谋似的。但他似乎没有察觉，只是笑道："不是奇才，而是我一世够运！"

细想起来，也不无拍马屁的意图，只不过没有有意识地策划而已。其实讲点好话又有什么关系？

当然，讲捧场话也要讲究技巧，必须不露痕迹，在不知不觉间将对方捧得飘飘然，那才是高手。这个主任还未升职时，跟我聊天，老是捧我，而且又露骨又肉麻，"……啊呀，那个阿黄，起个标题都起不好，怎么行？你就不同了，醒目，吸引人，确是大手笔！""……别的人我都不服，我就服你一个王承澜，哈哈……"虽然都是好话说尽，却听得我毛骨悚然，浑身不自在。

倒不是我生性谦虚，而是觉得他说得太离谱。太廉价的好话，并不值钱。

对当面大吹特吹你的人，要格外小心。

太肉麻的话，我也说不出。除非我真觉得好啦！

也不是不想去拍人家，只不过笨嘴拙舌的没有技巧，只好闭口。

当面说不出口，诉诸笔墨，大概还比较好办，反正可以背靠背。想当年，我就写过他："……可以断定，陈瑞兴将会成为香港新一代的金融巨子！"

吹捧？是有一点。不过全无功利之心。那时他还刚起步，成败没有人可以晓得，拍他？没必要吧！

我诚心祈望他发达，只是从感情的角度，却无理性的分析，因为我对商场的运作一无所知。

后来他果然冒起。承我贵言？笑话笑话。

我这是歪打正着。

当我那样“预测”的时候，心中也未必相信那“支票”有兑现的一天。

他相不相信？我不知道。不过，他向商场进军的决心，却一直没有动摇过，我清楚。

那时他比我还要没有钱，我好歹手中有一点，而且还没有成家，优游得很。

“借点钱出来吧。”他说。

一万块。

原来他要与别人合开一个家庭式的制塑料花的山寨厂，就在新界他家。

他开了口，而我又有，当然不会推却，尽管心里嘀咕。那时的一万块，也不算是太小的数目。

钱拿出去了，我也就不闻不问。他车轱辘似的打转，从这一行跳到那一行，听得我糊里糊涂。

那个夏天的中午，他突然打电话来，叫我上旺角一家餐厅，原来他在那里跟人合伙搞电子表买卖。

我在旁边听得兴味索然，只好猛啜那杯西班牙咖啡。等到那人走后，我才问他：“这个人很面熟，不知道在哪里见过？”

他笑，“不就在电视上看到的呗！”

哦，想起来了，这老头常在电视剧里当个大配角。

“你别看他现在这样寒碜，当年可是当红小生，赚过不少钱呢！”他说。

如今虎落平阳被犬欺？

也难说。

是他自误。假如他不是那样花天酒地，怎会老来一点积蓄也没有？“现在，电视台偶尔叫他上镜，要他说什么都行，但每次要收五百元。”瑞兴说。

五百元都照杀？

有什么办法？跟不知多少个女人生了二十四个孩子，到头来所有的女人全跑掉了，儿子女儿一大堆也没有一个肯认他。

“那你怎么跟他合作？”我问。

“合作，当然要双方有利，我不怕他耍手腕。”瑞兴吸了一口烟，“他再怎么样，在电视台还是有点人面的，跟他一起搞，他有客路，好事呀！”

配角也好，总比外人有利。瑞兴打的算盘，果然厉害。

他忽地拍了拍我放在台面的手背，“以后，我搞什么生意，都算你有一半……”

那敢情好！我心头一喜，又有些不好意思。他在外头冲锋陷阵，我有什么理由分享成果？

也许这是他对我借出一万块的报答吧？但他始终也没有明确的表示。我想他当时是很真诚，也根本没有想到后来会发成那个样子。以后他也没有再提了，我却仍然记得清清楚楚。当情绪低落时，深夜独坐客厅的玻璃窗边，看那春雨绵绵，把街灯淋得黯然失色，便会有一股凉意蹿上心头。是天气骤冷，还是灵魂孤寂？要真的给我一半就好了！一半？想得倒挺美，给一个零头就偷笑了。他本来可以做到。

不过，做得到也要想得起才行，不然的话，也只是一个美妙的梦想罢了。

啊呀想到哪里去了？想着想着便想到谋他的财去了。不劳而获？世界上哪有这等便宜的事情？现在又不是开不了饭了，那么贪心干吗？

瑞兴离得远，也不过成为憧憬的对象而已，虽然美丽，但不实际。还是考虑一下眼前的这位赵主任吧！县官不如现管，他是顶头上司，压在头上。怎生对付他，比什么都重要。

当年他跟我一样当普通编辑时，还不是时时发牢骚："……这个老总，也一样是打工的嘛，何必老摆什么臭架子，倒好像他是老板似的！我们打个电话，他都要干涉！倒好像一打电话全都是私事……"

我立即附和："就算是私事，打打电话有什么要紧？反正我们这种工作，只要按时按职做好就可以了，要他管那么多？好像八婆一样！"

一唱一和热火朝天地在背后怒骂泄愤，也是沉闷生活中颇具娱乐性的一种调剂。

没想到如今地位转换，昔日的悄悄话成了禁忌，他在我面前也摆起一副不苟言笑的面孔。

我才不会愚蠢到同他旧事重提哩！就当从没有过那段一齐发牢骚的日子好了，但他却有意无意地刺激我。那天他甚至以半开玩笑的语气跟我说：“喂，你的电话呀，也太多了！有什么了不起的电话呀？三言两语也就是了，讲那么久，不大好啊，别人会有意见。”

别人有意见？谁会吃饱撑了？不过我的心湖也不禁泛起微澜，莫非真的有人……

这一手很老土，不过也常常奏效。

烦躁中我冷冷回他一句：“赵主任，你讲的好像很耳熟啊，对了，好像以前老总就是这么说的……”

他大概听出我语带讽刺，把脸一沉，“你的意思是……”

我忽然惊觉自己在危险的边缘游戏，再跨前一步便是决裂，便赶紧退回，“没什么，我明白了，我以后识做，你放心。”

我听见他叹了一口气，说了一句：“人在江湖，身不由己。好多事情我也没办法。”

我明白。

他有阳关大道，又何必走独木桥？

我没有太大的野心，可以养妻活儿也就满足了，何必为了一时之意气与他争一日之长短？

何况我也未必争得过他，弄不好连饭碗也打烂了，那可不是好玩的事情。

目前这工作，比上不足，比下有余，不能轻易舍弃。已经没有闯荡的干劲了，不安于现状又能怎么样！假如我还拥有十八岁的骄人年华，那倒不必忍受窝囊气，只管拍拍屁股一走了之，反正大把世界捞。但现在背了一个家庭包袱，哪能那样身轻如燕？只好委屈点了。

反正，这个世界是由金字塔形的社会组成，哪能个个都在尖顶？要是没有自知之明，老是一心一意往上爬，最后碰得头破血流，岂不是自讨苦吃？

我知足。

十四

起初我以为也不过是逢场作戏罢了，方玫那曾经显赫一时的身份，教我充满探险的刺激。

没想到她真有一种腻人的本事，在我面前始终是欲拒还迎的姿态，而且她的火候拿捏得恰到好处，不等我拂袖而去，她便已适时放开怀抱，可以说是多一分太多，少一分太少，时间刚刚好。

我明知她有些戏弄的味道，但我总也不能及时止步。她成熟的媚态燃烧着我，教我躁动一个又一个的渴望。这渴望是源于对她肉体的依恋，还是对她灵魂的依附，很难搞得清楚。

我只感到我愈陷愈深，但不后悔。

躺在床上，一阵睡意袭来，方玫伸手指拨弄我那汗湿的头发，盈盈笑问："累了？"

我摇摇头。其实真有点累了，不累才怪呢，连眼皮都有些沉重。但我撑起所有的神经与睡神对抗。

“没想到，我会和你在一起。”她说。

我点点头。当初是没想到。人生有太多的可能，谁能预料到未来？

“开头我找你，你还很不耐烦，差点就要下逐客令了！”她斜眼看着我，似笑非笑。

是吗是吗？我再努力回想，似乎有那么一回事，只不过细节如何，已经忘却。

我伸手摸了摸她的脸颊，笑道：“没办法啦，我坐到这个位置上，哪能没有警惕性？”

那时，她也太过急进了。也许她只是为了与时间赛跑，但却在无意中犯了商场大忌。

“也怪我，冒冒失失的。”她说。

还是应该感谢郑乾坤，要不是他摆出追求的姿态，我大概也不会那么快便撤除对她的戒心。

大概也是她命中有福，当她投资失败亏掉八十万时，并没有出声哀求，我便签了一张支票帮她将这个数目填平了。

是不是用八十万来换取她的感情？倒没有这个想法，我只是在与郑乾坤较劲。我想清楚了，如果我不出这八十万，郑乾坤肯定会帮方玫解决。这个恩情，也够叫方玫回报的了，不管愿意还是不愿意。我偏不想方玫落到他手里，每当我想起他眯着眼睛对我说的那句话：“……今晚我就解决她，你那个同学……”我便有一股无名火起。郑乾坤？哪能便宜了他？偏跟他作对。

钱是一回事，感情又是一回事，不能混为一谈。有时用钱可以买得一夜情，那当然是假情真做，明日各分西东又有谁认识谁了？但若有感情，莫说八十万，便是八百万也还不是一句话？

只要有钱……

我在支票上画了线，填上数字，然后龙飞凤舞地签上名字，滋的一声撕下，隔着桌面推给她。

她望了几秒钟，双手才慢慢合拢，两对食指与拇指各夹着支票的一端，又呆了一阵，这才把它对折了一下，临放进手袋之前，她深深地望了我一眼，我觉得她泪光闪闪，一种虚荣感立刻涌上心头。

“你要我怎么谢你？”她低声地问。

我吃了一惊，虽然内心里有种朦胧的期望在躁动，但从未有某种明确的意识。她这样直截了当地点破，我立刻全面溃退，嘴上却不忘回答：“我帮你，可从来没有想到要你报答我。”

“八十万哪，”她说，“向银行借，也要拿物业来抵押啦！不要说利息了……”

“我不是银行。也不要对我说商场如何如何。”我笑了一笑，“我做事向来凭心情。今晚我心情好，什么都好说。如果是昨晚，或者是明晚，可能你打死我我都不干。所以，你趁我还没有反悔，别再提啦！”

“你要反悔，我收进手袋里也没有用！”她居然有了笑容，语调也有些活泼了。

“那你放心。就算是反悔了，我也不会叫女士把已经放进手袋里的东西，再掏出来！”

“绅士风度？”

“我不是绅士，也不会扮绅士。这只是个人的行事方式罢了，好好坏坏不论。”

她吸了一口气，低头用右手抚弄左手。这时我才留意到，她有十根修长水滑的手指，而那涂了粉红指甲油的指甲，在柔和的灯光下，闪着悦目的亮色，刹那间便染艳了我的心湖，灵魂再也寻不出方位。

她的声音忽又缥缥缈缈传来：“……就当我借你的吧，将来除非我不发达，不然的话……”

不然的话怎样？她没有说下去，大概也不好意思说得慷慨激昂。

我摆了摆手，讲起天气的阴晴不定，教人的心情也恍惚不已。

心中却在暗想：还？八十万哪，到驴年马月？既然不用写借据都给你，也早就准备白送给你的啦！八十万对你是救命稻草，于我却不是很大的数目，只要我高兴，撒掉又怎么样？

啊呀！这算什么？来一招“英雄救美”呀，还是“财主救美”？不管叫什么，人有时不免也要豪气一下。就当是一宗生意做不成，少赚八十万，不也很平常！

签走八十万，换来一夜美梦，也是值得的了。

假如我想乘人之危，也许方玫这晚就会满足我的任何要求；但我不想。只要有钱，什么美女不可以碰？我怎会非要她不可？好歹也是校友！

是的，只要有钱。

销金窝有的是，就看付不付得起。

钞票一大把，自会有美女搂着你叫“甜心”。

还是柴世方穿针引线的吧？在卡拉OK贵宾房里，那个出道不久的女艺员活色生香。

漂亮吗？是漂亮。不过教我疯狂的，恐怕还是那个艺员的身份。这是个名牌的世界，连人也要有“名”。明知只是一夕情缘，交易完毕以后相逢也成陌路，我却仍有那种“占有过”的自我满足心理。

第二天，柴世方涎着脸拍我的肩膀，“怎样？那个小娘儿们，够劲吧？”

我一愣，咦，他怎么知道？

立刻便联想起，和她抱成一团的，是他柴世方而不是我陈瑞兴，不知为什么，我突然感到兴味索然，那曾经燃烧的欲焰，不知何时熄灭了。

本来我也明知这只是一场游戏一场梦，只不过无法控制本能而已，但我决不愿意与柴世方共用一件东西，或是一个人。

我知道我自己并不比他好，但我却打心里看他不起。平时嘻嘻哈哈无所谓，一旦认真起来，那可真要分得一清二楚，不可糊里糊涂。

听见我说从此不再找她，柴世方有些惊奇，“喂，她的功夫一流，你可别后悔……”

“是吗？”我淡淡地说道，“不觉得。我退出，不是更好？你可以独享呀！”

“独享？”他瞪着我，“不要搞我。需要时不妨找她。包她？没那兴趣。”

他错误理解我的意思，不过也懒得跟他纠缠了。这种事情，可一而不可再，明知只是交易而已，又岂能次次奋进？已经超越血气方刚的年纪，没有感情因素，纯粹发泄，又怎么能够持久？不如及早抽身离去。

反正，也不过是增添无形的记录罢了，无非在损友面前夸夸其谈时，可以多一个话题。

既然是一场买卖，我也固守在商场冷静的决断，决不拖泥带水。必须有些心狠，这才可以立于不败之地，不然的话，全军覆没都不是没有可能！

但方玫嘛……

我也摸不清何时她便在我的心房住下，我甚至也不能绝对肯定我爱她，那是一种奇妙的经验，她那若即若离的态度，就好像一张无形的网，缓缓把我罩住，然后慢慢收紧；望着我无助的样子，她媚笑。

“我堕入情网，你却在网外看，始终不释放……”

是谭咏麟的《爱情陷阱》吧！我觉得我这时很有这种迷惘

的感觉。

我也不知道她是否爱我。

“爱！怎么不爱？”她说。

但我却疑心是那八十万的魅力。

即使有爱情，也难免掺进了金钱的成分。我有些后悔，假如等到有了爱的感觉后再给她支票，是不是会有更大的安全感呢？可是她的困境已经到了刻不容缓的地步，我又哪有时间去建立那种关系？

算了算了，反正香港节奏什么都讲究快速，连谈情说爱也不例外，谁耐烦苦苦追求？八十万，即使是从钱的关系开始，也不能说绝不可能转化为真爱。

何况她说：“我虽然困难，也不会卖身。如果我不爱你，我怎会跟你上床？只要我爱你，跟你做什么，我都是愿意的！”

我看到她的眼眶泪光闪闪。

即使是铁汉，此时也会心软，何况我仍有七情六欲？

我陈瑞兴纵横商场，做生意时有一个铁定的原则便是六亲不认。也不一定要心狠手辣，但绝不温情脉脉，在金钱的问题上绝不手软。

但现在……

英雄难过美人关？

我又哪里是英雄了？说来说去我只是一个再普通不过的男人，或者说是“幸运的男人”罢了。不论在商场，还是在情场，我都没有系统的计划、成套的办法，临时却如有神助。

行运一条龙？

不管它了。方玫在怀，疲乏的灵魂好像找到歇息的港湾。眼皮沉重，心却在拼命挣扎，我听见方玫贴着我的耳畔轻轻唱，这是什么歌来着？哦，是了，是《莫斯科郊外的晚上》。

“我的心上人，坐在我身旁，默默看着我不作声，我想对你讲，但又难为情……”

不是坐在身旁，而是躺在身旁。千言万语，此时无声胜有声。咦，我察觉到自己不自觉地笑了，啊呀，很困。所有勉力支撑着的神经渐次溃退，强睁的眼睛再也支持不住，我轻轻跌进睡神的怀抱里。

迷迷糊糊中只感到这怀抱温暖柔软，窗外滴滴答答的雨声，传到耳中，又变成催眠曲，声声诱惑我。最后的一丝神智那么一闪，我什么也不知道了。

忽然间给自己轻微的鼾声惊醒，睁眼一看，方玫侧身躺在旁边，本以为她也睡了，再一细看，原来黑暗中她双眼正盈盈望过来。

我又想起她轻轻哼过的《莫斯科郊外的晚上》。

但这里分明是香港的闹市，是“香港之夜”。

“说说话吧……”她慵懒地说。

“说什么？”我的手指在她的鼻尖上滑动。

“随便说什么都好。”她展颜一笑，“我不喜欢雨夜，特别害怕雷声。”

“打雷了吗？我不知道。”

"你睡得像死猪一样，怎么会听见？"

"你也会怕雷电？"

"当然怕啦，你刚才睡过去了，我一个人很害怕。好在你在旁边，要是只有我一个人……"

我心头蓦地涌起一股怜爱的感觉，是啊，再怎么样，她也只是个娇滴滴的女人。平时她一个人住，要是碰上有雷电的晚上，那长夜漫漫，该怎样挨到天明？

但我知道我不可能夜夜陪她。

我漫不经心地掀开床头的窗帘，夜空中忽地金光一闪，紧接着惊雷一声怒吼，吓得我手一放，窗帘又将外面的世界隔开，方玫已惊叫着扑到我怀里，蜷缩着的身子竟有些抖，双手只是一味紧紧地抱住我。我有些难过，却只能顾左右而言他。

"真想不到，像你这样见过世面的人，也会怕打雷，如果不是亲眼看到，说什么我也不相信。"

雷声已经远去，她抬头望着我，"再怎么说，我始终是个女人……"

"女人怎么啦？"我笑，"女人厉害起来，比谁都厉害。你没听人说吗？你不可以藐视任何一个女人，因为她分分钟可能骑在你头上。"

她拧了一下我的手臂，"胡说八道！"

"反正我老觉得女人其实很强。"

"再强的人，也会有软弱的时候。"她伸手拨弄我的头发，"更不用说女人了。女人再强再能干，也总需要温情，需要被呵护。”

我立刻想到邹富胜。

莫非，当年，在轰轰烈烈的争斗中，她的内心其实也是寂寞的？只是别人并不知道，倒是便宜了邹富胜近水楼台先得月。

婚姻，根本是有太多的偶然因素！

特别是在那个年代。

或许人对于对象的选择，也有阶段性吧？彼时彼刻真心诚意，到了此时此刻或者已成明日黄花。这到底是因为人善变，还是因为不断成长？

我装成一副漫不经心的样子，问她：“现在怎么样了呀？你那个金刚？”

她瞥了我一眼，反问：“你指谁呀？”

明知她在装蒜，我也不能冲口说出“邹富胜”这三个字。也不为什么，只是觉得在这种浪漫环境，又岂容得下另一个名字赤裸裸地闯进来。

我笑，“我指的是你知道我指的那个人。”

“我又不是你肚子里的蛔虫，怎么知道你在想什么？”她翻了一个身，背对着我。

糟了，原本只是想开开心，怎么弄巧成拙，竟得罪眼前的人。我伸手搭在她圆润的肩膀上，“喂喂，跟你开玩笑，你怎么翻脸了？你不是这么小气吧？”

她翻过来，瞪着我说：“我方玫是这样斤斤计较的人吗？”

“当然不是。”

“不过我不喜欢你拿我开心。”

想想也是，何必呢？本来应该回避的人名，为何一定要那么赤裸裸地在她面前提出？也不是不知道不要将事情复杂化，但一种男人狭隘的自以为是心理，竟使我要在这刹那间取得即使是口头上的上风。

就算是她说：“他？当然比你差远了。”那又怎么样？难道便立刻身价百倍？

假如她说的是应付的话，那就更不用提了。在这个时候，不论内情如何，她也不会当面对我说：“他比你强。”

我的问话显然变得很无聊，甚至迹近残忍。我明白，“邹富胜”应该绝口不提。我与她之间应该有这样的默契。

我伸手揽住她，强笑道：“对不起。”

“不需要。”她说，“爱是不用说对不起的。”

我的心一软，“是我不好。不过，也因为紧张你，要不，我问什么问？”

“我明白。”她嫣然一笑，“所以我一点也不生气。”

“原来如此……”我拍了拍她的脸颊。

“喂，说真的，我有什么好？”她直视着我，“以你现在的条件，要找个年轻漂亮的，多的是，何必偏偏选中我？”

“那倒是。不过我已经超越了那个阶段，所以我不会去找什么青春玉女。”说着，我真的很相信自己的话了。

那么 Sandy 呢？

我的心一跳。Sandy 不算，她绝不会是“看钱分上”。只要有情，年纪大小倒不成问题。

“不找青春玉女，找半老徐娘？”她翻过去望着天花板，“你倒是特别。”

“也不是刻意。我的意思是，着重的是情感，而不是金钱关系。那些靓妹，还不是盯着我的钱？”

“那也不能一概而论。你们男人有了钱，便老是警惕着，怕女人来诈骗。”

“是不能一概而论，但是听得多了，见过鬼也怕黑，小心驶得万年船……”我有点混乱。

“你见过什么鬼？”

“黑鬼！”我暗叫不好，忙随口答道，她还没笑，我已经夸张地笑出声来。

“在非洲？还是在香港？”她淡淡地问。

以她的聪明，当然不会信以为真，但她却很沉得住气，也不戳穿我的一派胡言。我耸了耸肩膀，“忘记了。是啊，到底在哪里呀？”

“既然忘记了，你怎么到现在还怕黑？”

“有阴影吧！”

“要不要看心理医生？”

“要。”我笑，“有没有什么好介绍的？”

“有。”她顿了顿，“就是——我。”

“你？算了吧，你拿我穷开心。”

“你不知道？我离开学校后改行，专攻心理学——你可别小看我。”她用食指戳了戳我的额头。

“啊呀，这样的话，我在你面前不是无所遁形？”我坐起身来，虽然仍然笑着，但已有些微胆怯。

“不过，我也是半桶水。”她说，“你也知道，我是半路出家，水平有限，连蒙带骗加上胡猜，有些人好诈，三言两语就诈出原形；有些人是老油条，旁敲侧击也探不出一点动静来，那就胡说八道呗！”

“那你看我的心理如何？”

她端详了我半天，垂下眼帘，低声问：“真的要我直说？”

“但说无妨，遮遮掩掩有什么意思？”我壮了壮胆子，心中却希望听到好话。

“我看你呀，你的阴影，是……”

“是什么？”我有些急了。

她再望了我一眼，视线便飘向天花板，一板一眼地说：“家——有——恶——妻……”

恶妻？我一时语塞。

我也拿不准，美若算不算恶妻？她肯定不属于那种温婉纤柔的女性，但也不至于是会把我一脚踢下床去的那种母老虎。只不过她常常以功臣自居，动不动就说：“哼，要是没有我呀，你会有今天？”这令我反感。

她的所有好处，我都记在心里。寒微之时她跑去面包店当店员，早出晚归，甚至连早餐和晚餐都啃面包来解决，我不会忘记。那时她毫无怨言，当我歉疚地说："真难为你了！"她总是带笑横我一眼，"你我之间，还说这些？"

没料到她做上了少奶奶，便不忘为自己评功摆好，甚至许多熟悉或陌生的朋友在场，她也好像演说似的大讲："他呀，一生最英明的选择，便是娶了我！"

在众人的哄闹声中，我也唯有以开玩笑的语气接着说："是啊，正像她最聪明的决定，便是嫁给我一样……"

人人都以为夫妻俩在耍花枪，便一味恭维道："珠联璧合呀！"

在大笑中滑了过去，我心里却有些愤愤。这算是什么呀？你把老公我压低了，你就显得高了吗？其实还不是给人看笑话！

但我不能在方玫面前直认家有恶妻。

我轻轻吐了一口气，"那倒没有。"

她迅速地瞥了我一眼，"我都说了，我这是半桶水，相不准的。你该是家有贤妻……"

"也不是这么说。"我急忙分辨，但又不知道有什么可说的，烦躁地把手一挥，嘟囔着说："不谈这个了……"

"是禁区？"她似笑非笑。

"没有什么禁区，不过一时也很难准确表达，与其说不准，不如不说，免得误会。"

"原来如此。"她点点头。

我说的是真话。我只是有感觉，但还没有准确把握。

我总在想，人也不能任何事情都探索得清清楚楚，这才走下一步。总是要有自己的直觉，生活也才因此而充满丰富的色彩和诱人的魅力。

“总之……”我不知该怎么说下去。

“家家有本难念的经？”

“岂止家家？人人都有一本难念的经……”我轻轻地滑了过去。

“邹富胜也这么说过。”她的眼神好像游到很远的地方。

我皱了一下眉头，心里有些不舒服。

莫非是吃醋？

笑话！我什么没见过？久经考验，何至于如此脆弱？

但心却依然沉甸甸的。

她绝口不提时，我千方百计想要她说；等到她开口提起，我却又难于保持心湖无风无浪。

她可能觉察到我的神色不对，连忙说道：

“喂，你想念什么经？佛经？”

我把不快的情绪压下，嬉皮笑脸，“当然不是啦！”

“你们男人呀，个个都想自己是韦小宝，可以拥有八个老婆，而且相安无事……”

“想想总可以吧？自我安慰也好。”

“难怪你们男人一提起《鹿鼎记》便眉飞色舞，原来个个有代入感！”

“喂喂，你可别把天下所有的男人都横扫了，”我轻拍她的脸颊，“我只说我自己，与其他男人无关，我又不是什么男人的代表……”

“你是一扇窗，让我窥见男人世界的景色。”她的表情有些狡狯。

“那么他呢？他完全心无旁骛？”我心底的疑问终于还是滑了出来。

“当然。他对我可是没得说的。”听得出她的语气有些自豪。

“你怎么知道？他心里想什么，你知道吗？”我越发不以为然。

“怎么不知道？他跟我这么多年，他眉毛动一下，我都知道他在想什么。”

“哇！照这样看来，你不但学会心理学，恐怕还有测人的特异功能哩，佩服佩服！”

她捏了我的手臂一把，嗔道：“你找死呀你！”

也许她说得并不夸张，当时，邹富胜就那么在她床前一站，只是盯着她，不言不语，她便叹了一口气，说了一声：“好吧！我们办吧！”

没有玫瑰，也没有情歌，更说不上金戒指或者钻石。甚至连一句“我爱你”的情话也没有。

不过，爱也未必要说出来，眉眼之间便可以传达千种情意。她方玫看得出来。

我想问她，事隔几年，她有没有后悔她这个轻易的决定，但我始终说不出口。

要是她愿意说给我听的话，她自然会说；要是她不愿意告诉我，我问了也白搭，说不定我还枉做小人，让她以为我在制造矛盾。

此等手法，我不会用；当然也不想她误以为我会这样做。后悔也好，不后悔也好，与我何干？两个家庭已经形成了，为了这样那样的原因，也看不出有打破重组的可能，既然如此，不提也罢。

话虽这么说，心却仍悬着。记得她说过："……你都不知道，那个时候，我要煮饭打理家务服侍他，我自己的业务几乎都荒废了……"我就不禁想象，她侍候邹富胜，到底是什么样子。

但我不敢直接问她，只好强笑，"喂，你怎样盛饭端茶倒水的？示范示范，给我看看！"

她似乎立刻嗅到我语气中的酸味，横了我一眼，"嗨！都已经是咸丰年间的事了，不记得啰！"

"你不是那么健忘的呀！怕是不想泄露秘密吧？"我心有不甘。

"还不是把饭菜往桌子上一送，各吃各的？"她的口气开始有些生硬，"还要我喂呀？"

"你敢？"我笑，心里却有些不是滋味，"喂我还差不多！"

"你是 baby？"她瞪我。

当然不是。不过情人间的亲昵动作往往不可理喻，旁人看来或会感到肉麻，无奈当事人自得其乐。她一下子怎么这样严肃起来？

想想也难怪，她大概心里也烦躁。

美好的情绪一下子噗啦啦地飞遁，尽管我极力想要唤回那温馨的气氛，却发现不论说什么，都无法使我们的情绪自然平静。这时我才知道，有些东西是很脆弱的，轻轻一碰，就会变形，难以还原。

我放弃无谓的努力，不再说话。

我与她拥抱着，互相取暖，让窗前雨点一直滴到天明。

十五

许多难得一见的昔日朋友偶然见到，都会问我："现在在哪里发财呀？"

当他们听说我依然还是报馆的小编辑时，便会惊讶得脸都有些变形，但嘴上却挤出个笑容，好像恭贺我似的，"啊呀好哇！报界，你始终如一，有前途！哪像我们，朝三暮四，哪里有钱便往哪里钻，有奶便是娘……"

我也笑，敷衍着。心里却明白，这捧场话完全言不由衷。高尚？在他们眼里，恐怕认定我是蠢才。学文学的何止我一个？但大多数人眼看在香港文学没有什么搞头，便立刻调转方向，朝商场进军。

只要能够赚钱，那便是好汉。文学？风花雪月甚至痛心疾首针砭时弊，那又怎么样？人家还不是一看你那穷酸样，连理睬一下都不肯！

连为山有时看我做得辛苦，也不禁摇头叹息，“爸爸，你做那份工呀，唉，没前途……”

“但我有后路呀！”我极力装成若无其事，笑道。

“什么后路，说来听听。”

“天机不可泄露，我怎么可以告诉你呀，傻仔！一说，就不灵了。你也不想你老爹我没有后路吧？”我摸了摸他的头，“我有后路，你就不必忧啦！”

我轻轻松松地说，心头却彷徨得很。我其实既没有前途，也没有后路，但在儿子面前，偏要扮得完全无忧无虑，为的是不让他的心里也蒙上金钱的阴影。

可怜天下父母心。

这社会很现实，难得有爱好与职业完全吻合那么便当的事情，许多时候，打工赚钱是最根本的，有了基本的生活保证，才有“养”兴趣的可能。

饿着肚子，什么漂亮口号也都是假的啦！

年纪越大，见的世面越多，也就越懂得这个道理。

虽然赵建奇当了主任后，我很自觉地往后撤退，不再跟他拍肩膀，但我也想通了，并不埋怨他。那晚在报馆消夜，他跑了过来，坐在我旁边，满脸的诚恳，“不是我抛弃文学，但是你知道啦，在香港，文学太奢侈，还是先赚钱，等到生活无忧，再文艺也不迟。你明不明白？”

虽然难听一点，但我懂。

他讲的是事实，不是为自己开脱。

生存与发展，是人的本能追求。

他既然有了这样的机遇，老板看得起，怎么可以不抓紧机会？要知道机会并非总是有的，一旦从身边溜过去了，此生可能再也不会重逢。

“我必须拼命，有人赏识，为什么不表现一下？现在我什么也不理，赚钱至上！”他说。

乍听充满了铜臭，再细想却也无可厚非。要是我有这种机缘，焉能不抓紧？

“管他干什么，管他兴趣不兴趣，我都一定要有所表现。文学嘛，回头再来也不迟。就算回不来了，也没啥了不起，不就是写东西吗？又写不出什么惊世之作！”

果然有壮士断臂的气概。

本来也是，只要能够安身立命，只要能够存下一笔够用的钱养老，只要不犯法，干什么有什么关系？人生在世，也不只是为扬名立万，何况即使留名，也未必想留就有得留，就算是能够留名，不得温饱，还唱什么高调？

我也没有什么野心，偶然写点东西，只是纯属兴趣，逢人戏称我“作家”，我的脸便发烧。倒不是矫情，而是有自知之明。只不过认识一些中文字罢了，加上有些经历，写出来便成了作家？何况在香港，“作家”几乎便是穷酸的代称。那次瑞兴请他商界的朋友吃晚饭，正好撞到我，临时把我拉去，对满桌的人介绍说：“王承澜先生，我的同学，香港有名的作家……”我想在台下踢他的脚，已来不及了。

那些男男女女的眼光一齐扫过来，个个都说：“哦，久仰久仰！”久仰个屁！我明明从他们脸上看出一脸的不屑，恨不得找一个地洞钻进去。

瑞兴自然是好心，大概他也以封我“名作家”来获取他的某种虚荣吧？结果却适得其反。我写东西纯属兴趣罢了，怎么一下子就摇身一变，成了名作家？

我张口结舌，只会来来回回地说：“哪里哪里……”

狼狈不堪，却又欲逃不能。

恍惚又看穿他们声声“久仰”的背后，实际上藏着藐视的嘴脸。

这也毫不奇怪，白痴都可以想到的啦！

他们个个身上大把钱，说话的声音也大一些，即使真有著名大作家在场，他们也未必会肃然起敬，更不用说像我这样一个听都没有听过的稿匠。

这餐饭我好像吃了一个世纪那么漫长。

灌进耳朵的，全是商场的风风雨雨。

它离我太遥远，本来想提起兴趣投入一下，就当是长点知识也好，不料我听来听去也听不明白，感到十分乏味，差点要当众打呵欠，但我拼命忍住了，生怕失态。瑞兴可能看到我强忍之下眼眶里的泪水，便说：“喂喂！今晚我们只是风花雪月，不谈生意，谁犯规，罚酒！”

但我已经完全失去了兴致。风花雪月？又与我何干？我又不是“尖东之夜”的大豪客！

说着说着，大概人人都喝多了酒，渐渐便有些孟浪起来，男的女的都争说梁家辉的屁股，似乎天下最大的事情，就是他有个圆润丰满的屁股。

“真想不到！”一位穿浅绿上衣的年轻太太叹道。

“想不到什么？是不是你被他瘦削的外表迷惑了？”瑞兴大笑。

“哪里是他的？那漂亮的屁股是替身的……”另一位胖胖的妇人抢着说。

“你怎么知道？”年轻太太瞪着她，“难道拍摄的时候你也在场？”

“那倒没有。我才不去越南哩！”胖太太回答，“不过，我有第一手可靠情报。”

“是不是你亲眼看过，所以立刻可以分出真假呀？”瑞兴这么一说，立刻招来满桌人的哄笑。

真的？假的？谁知道。

《情人》，看过，好像好些女性谈论的焦点，都集中在那“圆润”上。也许真的很性感吧，不过也不是那么太抢镜头，真不明白怎么会产生这么大的轰动效应。

再仔细一听，他们在讨论，女主角珍·玛奇到底漂不漂亮。有的说耐看，有的说有气质，也有的说很普通，而且太小了……

真热闹，这《情人》。

中国男子与法国少女终须分手，即使是爱得不浅，但最后的命运，自己却未必能够掌握。

那法国少女，本来也未必懂得自己的内心，一旦拉开了距离，孤身一人在回法国的远洋轮上沉思，才找出感情深处的答案。

朦朦胧胧的情意，最难把握。起初察觉时乍惊还喜，等到认真寻思，却不免犹豫但又割舍不下。

难忘初恋情人。

其实是不是初恋情人，也不能确定，自始至终，连她的手我都没有摸过。但我想，她总该明白我的情意吧！难道非要说出“我爱你”那么老土才行？

但我真的不知道。

到现在十几二十年过去了，有时夜深人静不能入眠，我听着芝兰均匀的呼吸声，无端便想起那个夏天的雨夜，即使阿英的面容已经不甚清晰，心仍然有一种异样的萌动的感觉。

那晚公司在北角请吃饭，散席后因为同路，与阿英一起走向巴士站。忽然间，天下起雨来，我立刻撑起手中伞，为她遮风挡雨。

雨势猛然加大，一把雨伞怎遮得住两个人？我不敢贴近她，怕她误会；一个侧身，无意中轻微碰触到她，她似乎便往外一缩。这让我的自尊心受损，万一让她认定我是某一类人，那就糟糕了。

我悄悄将雨伞尽量往她那里遮，大雨无情地淋湿了我的半个肩膀，湿上衣贴着我的身子，很不舒服。但她好像没有察觉我的狼狈相，只是一个劲地催我赶快避雨。躲进新光戏院大堂，雨被阻隔了，我便与她保持一点距离，并排站着，默默看着街上的雨景。

一对对年轻情侣搂成一团共用一把伞，有的走过来，有的走过去，倒好像只有在雨中，才有漫步的热情。

不禁幻想，假如我搂着阿英走，我的肩膀就应该不会遭受冷雨敲打了……

可是阿英明明站在旁边，一时因找不到话题，不言不语更增添了雨夜的沉重。搂着她走？想得倒挺美！

但那颗心却充满了一种甜蜜感，不浓烈，却实实在在。甚至有些感激这骤雨造成的机会了，尽管不说话，但那种温馨的感觉，是一个人独处时所没有的。要是这雨一直下个不停就好了……

一直下到天明？

阿英已嚷开了："怎么办？死啦！这雨下个不停，有没有的士呀？"

"应该有的，应该有的，"我赶忙安慰她，一面探头出去，一面对她说，"你在这里等，我去截截看！"

撑起雨伞冲到雨中，我站到街边张望，的士不少，但车顶灯没一个亮着的。这样的雨夜，是人都抢着搭啦！立刻又对自己愤愤然：冒冒失失拍胸口，为的是什么呀？要是截不到，那不是太没面子？要是截到了，简直就枪毙了这温情的共处时光。

自己想要小奸小滑也不行。正想得有些颠三倒四，忽地身上一凉，我本能地扭头一看，一辆黑色的奔驰轿车正飞快往东驶去。

抹了抹溅到脸上的水珠，想起那是街上肮脏的积水，我便情绪低落。这是干什么呀？有好好的大堂不去躲雨，跑出来出什么丑？

幸好这时驶来一辆空车，我连忙扬手截住，回头跑去接了阿英来，那司机一面打开后座的车门，一面恶声恶气地说："快点啦！不要妨碍我做生意！"

我与阿英对望一眼，都不出声。算了，这年头，他要说什么就说什么吧！反正没人管。下雨天，的士生意格外好，想多跑几趟多赚一点钱，也是人之常情，耽误他的时间，不骂还行？要是忍不住回嘴了，说不定他一发起牛脾气来，赶我们下车呢！告他？太麻烦了。好汉不吃眼前亏，下定决心装聋作哑，任他胡说八道，只当耳边风。

这个时候，只有坐在旁边的阿英是实实在在的。我望了她一眼，"冷吗？"

她笑说："不。"

但我早就看出她涂了淡红唇膏的双唇有些僵硬，显然是冷，我想开句什么玩笑，轻松一下气氛，一时却想不到合适的话。

她转头望了望我，“啊呀！你都湿透了！快点回去冲凉吧……”

我说：“先送你回去吧……”

她摇摇头，“不要了，何必呢？这么麻烦……”

到柴湾她家后再掉头回筲箕湾我家，确实是多此一举，不过也要表现一下绅士风度呀！哪有让女孩子一个人回家去的？

我又试探了一句：“没关系，我应该送你的……”

但她依然不肯答应。

假如再强求，恐怕强她所难，便放弃了。临下车前把雨伞扔下，她刚喊了一声：“喂……”我已经拔足冲进茫茫雨中，往我住的那座大厦跑去。

临进大门前，回头一望，那辆的士在大雨下继续东驰，我油然有一种失落感。

冲了热水澡，全身都舒畅起来。斜躺在沙发上，漫不经心地收看电视播出的《晚间新闻》，蓦地听到多处街道水流成河的消息，再看那画面，更加吃了一惊。不知柴湾那边怎么样。

犹豫了一会儿，终于拨通她家的电话。

铃响一下，心便跳一下。

但愿接电话的是她本人……

“喂——”响起的是苍老的男声。我差一点把电话筒摔下，定了定神才说：“麻烦您给找一下黎小姐……”

对方不再与我说话，只听见他扬声叫道：“阿英，电话！”

我舒了一口气。这还是头一次打电话给她呢！我怎么知道她的电话号码呀？

想来想去也忆不起来，耳边已响起阿英那娇柔的嗓音：“喂——”

无非问她是否已经平安到达，她轻轻笑着，但我却摸不透她的心境。

“我本来应该送你回去的……”我喃喃地说。

也不知道我是在解释，还是在表明心迹。

也不知道她是否听得懂。

不过，放下电话，心倒很兴奋了一会儿。再转念一想，又为自己这种反应摇头。怎么啦我这是？

倒好像是初恋情怀，这患得患失。

很快地，她全家便移居加拿大去了。

我也真是的，一点也没想到她会移民。

大概我没有想到她会离去，是因为她家在柴湾？柴湾又怎么样啦？说不定她家也是大把钱，或者有哥哥姐姐之类在那边混得不错。

我因为没有移民的本钱，也就想当然认定她也不会有移民的打算。记不得是哪次了，我随口问她：“喂，你准不准备移民？”

我这问题也问得怪异，因为那时移民虽不断有，但还没形成“潮”。完全只是一种似有若无的感觉，在连我自己也没有充分思想准备的情况下，乍然脱口而出。

她笑，“移民？移到哪里？移到九龙，还是新界？”

我也跟着笑了，莫名其妙地开心。

没想到她竟然这样深藏不露。或许是她当时没这个打算，后来却有了呢？

情况是在不断地变化嘛！也不能怪她……

怪不怪也就是那么一回事了。她那么一挥手，长发飘动，便在香港消失了。

我有什么权利怪她？初恋情人？又没有真正恋过，纯情得只是我一个人在编织美梦，可能她从头到尾都不知道发生了什么事情。

不是初恋，是单恋。阿英根本没有呼应过。

还是《情人》好。那对异国情人，虽然终究要悲惨分手，但终归相爱一场，而且彼此终生不忘。而我，不过是说说令人发笑的单相思罢了。

单相思就单相思吧，也没什么可耻的。谁能禁止得住自己的情感流动？

发乎情，止乎礼。勇者无惧？

如今回头一想，仍不觉幼稚，有些细节反而记得很牢。她的相貌即使有些褪色了，但那雨夜里的眼神和笑容，却定影在心的某个角落，在意想不到的时刻，便冷不防在脑海里猛然一闪，照亮了青春的身影。

并没有哭泣，只是缥缥缈缈、遥遥远远的怀想，即使如今回首忆起，也并没有什么强音符，它好像是辗转难眠的春夜里一声轻轻的叹息，有几分无奈，有几分惊醒，有几分诡秘。

谁说青春无悔？青春一去不复返，它容不得后悔，即使走错了，也只好承担下来。

怪不得人人都在唱《潇洒走一回》。我也记得一些：“……红尘呀滚滚，痴痴呀情深，聚散终有时。留一半清醒，留一半醉，至少梦里有你追随……”或许因为这几句打动我的心？

也不过是对号入座罢了，事实上也未必对得上。

梦里有阿英追随？

哪儿的事情！

人因为活得不潇洒，所以才要大唱《潇洒走一回》？讲来讲去，也是自我发泄罢了。阿英在我的生命中，应该只是个匆匆过客，既没有开始，更谈不上结束，想来想去，怕是那种雨中凄迷的情意结，教我总也心痒难搔。

有时细细掂量，也不免觉得委屈。在大洋彼岸，阿英怕已是满口英语，从来也没想及香港有个王承澜，我又何必在这里回想那冷冷的雨夜？不公平不公平不公平不公平！不公平？她又没有叫我去想她。要是向那些男人诉苦，他们准会大叫：“你走什么单程路？”好像丢尽天下男子汉的脸似的。我知道，所以我不说。打落牙齿也只好和血吞，何况只是如云似雾的幻想罢了。

瑞兴的手蓦然拍在左肩上，把我的灵魂从漫天遨游中唤回。只听得那穿浅绿上衣的年轻太太说道：“……不知道你的意见怎样？”

因为走神，不知道她具体问的是什么，正在尴尬，瑞兴接道："林太的意思是说，不知道你们这些文人的意见怎么样？"

文人？我什么时候成了文人的代表？这大帽子压下来，惊得我魂飞魄散，再一想又感到责任重大。成了代表，讲句什么，也变成不是个人的意见了。我一急，张口便说："啊呀，惭愧惭愧，我还没看，说不上什么意见，抱歉。"

"还没看呀？"一个开始谢顶的胖子怪叫一声，"王先生不是拒看三级片吧？"

哈哈哈哈……

全桌男男女女大笑起来。

我也陪着笑，心里却一点也不觉得可笑。大概他们认为我是假道学吧！还有什么话好说呢？假如我再解释，恐怕也终归讲不清楚，最好就是闭嘴。

不论讨论《情人》还是回想阿英，也都没有什么太大的实际意义。即使想得头头是道，也照样不能使我的前途光明，也不会使我找到后路。

前途也就那样了，世事哪能尽如人意？有人说没有怀才不遇这回事，如果"不遇"，就必然"无才"。那只是已经踌躇满志的"成功人士"的言论。胜者为王败者为寇，他们说什么风凉话都可以的啦！

有才华就必能成功？未必。

看看本届欧洲国家杯决赛周赛事吧！荷兰队球星如云，他们的橙色球衣所代表的悦目足球，有哪一队比得上？云巴斯顿的足球才华，举世无人否认了吧？与丹麦的"生死战"，他不照样射失关键的十二码球，令荷兰队被踢走？“神射手”之称虽非浪得虚名，但此时此刻却成了讽刺。

才华横溢让球迷看得如醉如痴又有什么鬼用？不能入球一样是银样镴枪头！只要能入球，再不漂亮，也是制胜的标志。没有机遇，才华也只是奢侈的游戏。

不是以荷兰队自喻，也不是把赵建奇看成丹麦队，但他的高升却让我有一种挫败感，倒是真的。

没有大把前途，唯有努力寻找后路。

那天中午与几个朋友喝午茶，聊起将来，我苦笑道：“香港没有退休制度，只好找保险公司啦！”

第二天中午，接待小姐打内线电话过来说：“王先生，外面有位小姐找你。”

小姐？哪位小姐？怎么事先没有打招呼？

走出去一看，会客室里的沙发上端坐着一位漂亮小姐，教我眼前一亮。

但我并不认识呀！

不等我出声，她已站起身，笑容灿烂地伸出手来，“王先生是吧？敝姓李，是……”

真没想到他们的消息这般灵通，而且这么快便“杀”上来了。

我对保险业务，并没有什么认识，但心里却有阴影。那时刚来香港，每天看报纸上的征聘广告，发现有家人寿保险公司请经纪，而且“不拘性别、年龄，无须经验”，心中大喜，便写了一封应征信去，很快便获得录取的答复。咦，连面试都不要？一打听才知道，许多像我这样刚来香港的人，就这样上当受骗，原来去了要先交一笔担保金，过了一个月，如果拉不到客，便会给炒鱿鱼，保险金也没了。

我暗叫好险。从此一听见保险公司就避之唯恐不及。

但李小姐柔声细语地解释："……现在的保险公司是国际性的，不会骗人的……"

她不厌其烦地解释，不论我怎样表示要再考虑，她还是笑嘻嘻的。说到后来，我只好答应下来。每月交一千来块钱，就算是储蓄也好……

李小姐走后，那个娱乐版记者妹跳过来说："啊呀！果然是靓女魅力没法挡，你不买也得买！"

我答她："不是靓女的问题，而是我要找保险。"

"是不是心里话呀——"她斜着眼看我，拉长音调，"王Sir？"

我哈哈一笑，径自走开。

假如来者不是靓女，到底会不会立刻就买？大概不会。要是来的是男人，早就三言两语把他打发了吧！怪不得保险公司喜欢请靓女。

靓女的威力，有时抵得过一师的军队，只需轻谈浅笑，便会叫男子汉解除武装。

也未必有什么非分之想，但是对于女性，总会给些面子；而对于漂亮的女性，本能上就会更多些温柔了。

异性相吸，合乎情理。

既然迟早要买保险，不如就把这个机会给了这位靓女。明知只是做生意，但心理上也舒服许多。

这个后路到底有多大用途？不知道。只是聊胜于无。

十六

年轻时候太过浪漫，以为“有情饮水饱”，等到背上家庭包袱，这才明白，再怎么样，光喝水是喝不饱的。

偶尔当然是可以的，尤其在特殊的情况下。

那时热恋，简直有些昏头昏脑，坐在维多利亚公园的长椅上，一块面包一杯汽水便是一餐，吃得不知有多香。

也不是不知道承澜没有多少钱，但我不在乎。那些女友指着我叹息，“你呀你呀，看琼瑶呀看琼瑶呀，你看你看，越看越蠢！”“唉！看文艺小说的女孩，就是太不精明，到头来还不是自己吃亏？”我越听越反感。琼瑶的小说，讲的可是有钱人家的大小姐，与我有什么相干？

说真的，我有点看不起她们。别看个个好像都很有性格似的，但眼睛却只盯着一个“钱”字。我潘芝兰可不是这种人！

当我决定和承澜结婚时，我的死党 Hidi 抓住我的肩膀，叫道：“喂！你不是来真的吧？”

“这种事情还能开玩笑？”

“让我想想——今天是几月几号？呀，愚人节早就过去了！”

真会被她气死。

“今天是中秋节，”我说，“人月两团圆！”

我见她咬了咬嘴唇，终于把眼睛望向别处，低声道：“他可是内地来的……”

内地来的又怎么样？低人一等？我突然有些生气，但又不能对她发作。无论如何，她是好意，我明白。只好拍拍她的肩膀，笑道：“你放心……”

一直以来，我们都希望可以移民，我这么一嫁，摆明放弃这个打算，也难怪她有些急了。

但你也不能侮辱我的准丈夫呀！

算了算了，观点与角度不同罢了，不必认真。

大概见我无动于衷，她有些负气，“好好！算我多管闲事！你爱怎样便怎样……”

请她做伴娘她也借词推托了。

我婚后，她虽然也还来走动，但我感觉得出，她不像以前那样无话不谈了。

可能是我让她感到意见不被尊重，伤了她的心。

不久，她便嫁到加拿大去了。临走前，她对我说：“看来我们要永远天各一方了！”

死党始终也要各奔东西，即使不情愿，也要有勇气面对，这便是人生。我强笑着答她：“可惜我不是男的，不然的话一定追你！”

说完了才吃一惊：这话是不是显得有些暧昧？

天地良心，我可不是那个意思，只不过临时一急口不择言。

但她似乎也没留意，只是说：“人有悲欢离合……”

我的移民狂想之火，也随着嫁人而熄灭了。

做人要现实一些，既然承澜没本事移民，又何必去自寻烦恼。

何况我对香港也仍有一份恋土情意结。

但是热恋时与结婚后，完全是两回事。两个生活习惯并不相同的人，忽然之间睡到一个天花板下，便有许多东西需要重新适应。

还没生小山的时候，两个人工作，维持一个小家庭，倒也没什么问题，但小山出世后，只靠承澜一个人的工资，也就仅仅可以开销罢了。

人家以为我做少奶奶，其实有苦自己知。

家务事一天到晚忙不完，蓬头垢面自不必说，去菜市场买菜还要和菜贩讨价还价，这真与我的想象相去太远了！记得以前走过北角春秧街，看到那些福建婆买菜时分毫必争的样子，便摇头叹息：难怪她们要被菜贩臭骂了！没想到自己成了煮饭婆，也要斤斤计较了。

要是像美若就好了，买菜？自有菲佣解决。偶然兴趣来了，便“潇洒走一回”。那回上她家，她便驾车叫我陪她走一趟，在中环中央街市那么转一圈，指东点西，见到什么合眼的，问也不问价钱便照杀，让两个跟在后面的菲佣大捆小捆地提着走。

她说：“……叫这些菲佣买菜呀，来来回回就是鱼、虾、蟹，想要变个花样都不行。”

假如我有钱，也可以这样气派。但我过的是要有计划的日子。要是有钱，谁不会摆阔？

她好在有个这么有钱的老公。

不过，当初她嫁的时候，瑞兴也还不是两袖清风？

归根结底，还是她命好。我的命也不是很差，不过比上不足比下有余罢了。

常常对小山说：“你可不要学你爸爸，耍什么笔杆子，你看，这么辛苦，又没什么钱……”

他问我：“那我做什么好？”

“做生意啦！”

承澜便插嘴：“做生意？你有本钱？就算有本钱，也要看是不是做生意的材料！”

我横了他一眼，不睬他，继续对小山说：“不做生意也可以，做歌星吧……”

承澜又冷冷地打断我的话：“做歌星！赚大钱的捷径哪，谁不想？但有多少人成功？”

这倒也是，年年有那么多的新秀歌唱大赛，稍微可以唱一下的少男少女，都打破头争取在电视上亮相，为的便是一登龙门，身价百倍。

但我不服气，“要是个个人像你这么想，那梅艳芳也不会出现了！”

“不就是一个梅艳芳吗？”他说，“到头来默默无闻的，你知道有多少？”

“按你的意思，只有像你那样爬格子才最好了！”我气得提高了声调。

“算了算了，你不要身在福中不知福……”他很不耐烦地摆了摆手。

小山望了望他，又望了望我，“你们到底是在斗气，还是在替我考虑将来呀？”

我吃了一惊。是呀，说着说着，怎么气不打一处来？

婚前喜欢的是他的老成持重，觉得他成熟可靠；嫁他之后才发觉，他的这个长处，恰恰变成了致命弱点。做任何事情，他都要左顾右盼，如果没有十足把握，他不会点头。但世界上的事情，又哪里会有百分之百的把握？所以他总是不会行动。

银行一再减息，股票节节攀升，我对他说过几次：“喂，现在把钱存在银行里，利息这么低，等于变相贬值啊！你想想，今年的十万块，过几年变成多少了，按现在这种通货膨胀的速度？”

“手上也没有多少钱，学人炒股票干吗？假如炒煳了，那几万防身钱都没有了，怎么办？”

他就是这样保守。人无横财不富，守住那几万块顶个屁用！

我说："有那几万块，搏一搏也好。可惜我不是男的，要是我是男的，我才不会死守！"

他想了好一会儿，也不吭声。

过了几天，他把五万块钱拿给我，很认真地说："就这么多了，输输赢赢，全靠你了……"

忽然觉得肩膀上压了千斤重担，他这么一说，明明是在施加压力，非得赢钱不可，我又不是诸葛亮，怎能料事如神？要是准赢，哪怕借高利贷，我也早就干了！但现在哪能退缩，赚大钱也尽在此一炒了，我把心一横，"好！我这就搏去！但有一句话说在前头，输了赢了，各安天命，OK？"

"行了行了，输掉了，你也没什么好处。"他皱着眉头，挥了挥手，"你小心一点就是。"

拿血汗钱来搏，跟提着自己的头去决斗一样没有退路，我想。但炒股票，再跌，也还不会输到血本无归。人家是拿多余的钱来炒，我却拿救急的钱来炒，说不胆战心惊是骗人的。但想要发达，怎么可以像他那样平平稳稳？看那些富豪传略，当初便是懂得如何投资才得发达起来。既然本钱少，又不知道如何做生意，目前炒金不是时候，只有炒股票啦！

看人家炒股票炒得风生水起，觉得赚钱是那么容易，不过是赵太钱太孙太李太，邻家的煮饭婆而已，也可以心想事成，我潘芝兰又不比她们蠢，怎么会做不到？打死我也不信。

那个时候常看报纸经济版，对于各种股票的实力和走势，都有所了解。尝试在心中"投"几种股票，结果真的急升了，那时我就在枕边对承澜说：“……你看你看，要是买了那几个股票的话，现在就翻了一番！”但他不言不语，翻了个身，背对着我，一会儿便轻轻打鼾，睡去了。现在到底有机会证明给他看。

但是拿出真金白银来，与模拟完全是两回事。根本也不纯是眼光问题，关键在于胆量。我迟疑了好些天，心中不断地试投，居然都没走眼。他最初也不闻不问，到了第十天，终于还是忍不住了，“你到底买了哪个股？”

我知道他怕输。我又何尝不怕输？

孤注一掷呀！

但不能退缩。再不买，我怕他支撑不住，会叫我把钱存回银行去。

让钱这么样一天一天地贬值？我才不甘心。

下定决心，闭着眼睛干吧！

第二天一早便买进。

紧紧追踪证券公司的报价，心怦怦乱跳。有时实在支持不住了，唯恐晕过去，便干脆脱离接触，不闻不问，一连几天，甚至连报纸经济版都不翻看。钱投下去了，不是赚便是蚀，不要理会了。连邻家太太我都躲着走，免得给她们扯住谈论不休。

过了一个星期，暗想可以揭晓了，打开经济版，一阵心慌意乱，定睛一看，乖乖，升得真快！赶忙找出计算机按了几按，哈哈！赚了两万！老天！如果放在银行里，以五万块的本钱，要一直存几辈子才能赚到这个数目？怪不得人人争炒股票了，见效快，收益大，股民个个笑逐颜开……

看样子股市气势如虹，升的趋势还未见底，此时不捞它一笔。更待何时？当然不能在这时放手，再等等，再等等，还会有高峰的……

“你稳坐钓鱼台呀你？”承澜笑嘻嘻地问。

看得出他也很开心。

“怎样？要放啊？”我逗他。

“你抓主意吧，不要问我。”他说。

就是叫我放，我这时也不会放。谁愿意见财化水？

主意已定，便不再翻报纸，也不听人议论。众说纷纭，如果这边听听，那边听听，到最后也不知道该听谁的好。

那天承澜从报馆打电话回来，劈头就问：“那股票，出手了没有？”

这口气不妙。

还没回答，他便急急地说：“今天股票大跌……”

搞了半天，我才算弄清楚了，原来是中英联络小组在北京举行的关于香港新机场的谈判，没有达成协议。

香港的股票就是这样脆弱。我的心一沉，嘴却仍然硬，“升升跌跌，不奇怪呀！”

“你一点也不紧张？”

大佬哇！我能不紧张？只不过如果这个时候我也乱了套，有什么好处？背水一战，事已如此，唯有镇定。

我放缓语气，带笑说：“不是不紧张，而是有信心。股市劲升了这么些日子，现在也到了调整的时候，调整好了，我看还是会回升的。”

这倒也并不完全是安慰的话，我总觉得协议只是一时达不成罢了，迟早都会解决的；一旦解决了，股市自然会排除不利因素。

但他还是不放心。回到家里嘟嘟囔囔：“……本来赚了两万，就该赶快放手，你看你看，现在不是亏了？”

我忍不住顶他几句：“事后诸葛亮，谁不会当？那个时候你又不出声。”

他烦，我也烦。我是不是也贪心了一点？

不要说是我了，炒股票的人，有谁不贪？讲得好听是投资，讲得不好听便是投机了，最好就是一劳永逸，赚一次大钱，然后远离股市风云……

但愿我能够收放自如，知道什么时候该进，什么时候该退。

千万不能恋战。

但我能做到吗？能看透什么是危险的诱惑吗？不敢说不敢说。当局者迷。

还是要追看形势，做鸵鸟有如瞎子一样，等到撞了墙，想要转弯，已经头破血流。何时股市才能止跌回升？你问我我问谁？上帝保佑可千万不要输了这一仗，不然的话，失面子事小，连老本都赔光，如何是好？怨都会给他怨死！到时还有什么话好说？

说来说去都是穷的罪过，如果有钱，用钱赚钱，易上加易。没钱，输一点便捉襟见肘，怎么坚持下去？有时，玩股票非要持久战不行，以前的旧邻居戴先生，那时买了好多股票，据戴太太说：“……他没有什么别的爱好，就是爱玩股票……”

后来，他买的几种股票一直下跌，急得戴太太向我诉苦：“你看他你看他，几十万全部投进去，现在这么一跌，连一半都没有了！我叫他赶快卖掉，他却不哼不哈的，当我唱歌！你说气不气人！”

清官难断家务事，我哼哼哈哈。

戴先生一副处变不惊的神情，“女人家，懂什么？我自有分寸！”

我随口劝了几句：“如果不行，赶快出手，保存一点实力也好哇！”

他含笑不语。大概心里也直骂我是“女人家”吧！

坚持了两年吧？他的股票忽地苏醒过来似的，一直挺升，每天见到戴太太，她总是满面春风。

那回，她把我拉到一角，压低嗓门：“喂！那个衰佬果然厉害，你看你看，硬是给他熬过来了，现在可真是大丰收了……”

听得我羡慕死了。他们赚了多少？二十万？五十万？一百万？

戴太太眉飞色舞，“……他买得最多的那个股票，买的时候才十二块钱，现在涨到多少？四十七八块！发达啰！发达啰！这回可真是发达啰！”

这可不是口头上说说而已，眼看他们搬到北角半山，临走还丢下一句：“有空来探探我们！”

赚了大钱，戴太太也对我诉说起买股票的种种好处，只差一点没说：“想搬到北角半山呀？买股票啦！”我也相信这是发财捷径，只要看得准。不过，以我们这样的小资本，即使赚钱也有限啦，何况现在……

有钱多好，有钱就潇洒得多，输了，也不过是买个人生经验罢了，无关宏旨。没钱就不能输，输了就没有退路，越想赚就越输，上天专跟穷人开玩笑。

人家以为我不必出去工作，待在家里做少奶奶享清福，有谁知道我家务日做夜做总是做不完，还要帮人做菜送菜每天赚点外快帮补家用。每晚腰酸骨痛躺在床上几乎不能动弹，第二天爬起来还是要拼命干。承澜他有时在报馆受气，回到家里便黑着脸恶声恶气，倒好像是我欠他几千大洋似的，气上心来便顶他：“……我啊，比做菲佣还惨！”

菲佣还有休息时间，还有礼拜天，我呢？白天做得累个半死，晚上他高兴了我还要“尽妻子的义务”，没日没夜的，也不知道为了什么。

结了婚生了子，怎么整个感觉都不对了？是随着年龄的增长，见识多了，还是生活担子重了，人也就变得现实起来？

也许，爱情也会变质，留下的，便只是应该承担的义务，而将家庭维持下来。

那个时候的爱情，也并不轰轰烈烈，我也不知道承澜他到底有什么地方吸引我。

他也问过我："你到底喜欢我什么？"

哇！简直就是出考题让我回答了。喜欢便喜欢，有什么可以分析的？男女之间的感情，最是微妙不过，哪能那么清醒？我反问他："你呢？"

他也说不清楚。

大概人到了那种年龄，便自然而然会向这方面发展。谈情说爱毕竟是浪漫的，花前月下又不必面对柴米油盐，自然不会考虑到明天的面包。每回上街都去挤麦当劳，居然也吃得津津有味。

汉堡包、薯条、可乐……

你一口，我一口。

现在回想起来，这是怎么一回事？

如今偶尔一家三口上茶楼喝茶，也是他看他的报纸，我看我的《娱乐周刊》，小山打Game Boy，各夹各的点心吃，哪有什么家常话好讲了？更不用说夹东西给对方吃了。假如现在还夹来夹去，指不定觉得多恶心呢。

也并不是那时的举动虚伪，我看人的心态也有阶段性，一旦过去了，谁也无法把它抓回来。比如说小山吧，四岁以前人前人后抱着我就亲，现在再叫他吻我，打死他他也不会干。

所以我说："早知道这样，真应该在四岁时把你封冻起来，不要成长，才会永远和妈妈那样亲……"

假如可以这样做的话，也自然要把当时的爱情封冻起来，以便至今常青。

但怎么可能呢？

好些人都在慷慨激昂地说："结婚并不是恋爱的坟墓！"不知道这些人确实是深有体会，还是基于某种观念而推断出来的结论。

这世界，口不对心的人太多了。不能尽信不能尽信……

我又何尝不想让结婚是恋爱的继续，只不过这真的是太难了。

当两性间的神秘感消逝，当金钱的重要性赤裸裸地凸现出来，想要永远热恋下去，谈何容易！

我已经失去了少女时代的浪漫纯真，在生活中碰得头破血流之后，我痛心疾首地相信，没有面包，爱情也难以生存。即使有了大把面包，爱情是否依旧不会褪色，我也怀疑。要不，就不会有那么多人大唱："……情已逝……"

想想承澜也没有什么不好，只是钱少一点。

但钱一紧张，什么也就变得紧张了。爱情，不也要有面包才能维持？饿得半死，想爱也爱不起来。

有时觉得人生也真是太诡秘了，不是你想怎么样，便可以怎么样。莫非人生真是一出戏？

十七

方玫对于我的“商场传奇”，特别感兴趣，这当然可以理解，她既然有意做生意，不感兴趣才怪哩。

但我该怎么说呢？吹吹牛无所谓，无非是大讲特讲自己的威风史，有六分可以夸到十分。反正嘴长在自己的脸上，爱怎么吹就怎么吹吧。如果要据实说出来，那就不知从何说起了。

至今回想起来，我的得意杰作，便是收购A集团的大行动。

那时还是大亨新、我和柴世方三人紧密合作，组成“铁三角（集团）有限公司”的时期。

A集团放出卖盘，立刻成为各个有势力的财团争夺的对象，我们也加入这个竞争行列。

整个商界都没有人相信，我们铁三角可以吃掉A集团，在他们眼里，那无非是老鼠吃大象，纯粹搞笑罢了。

每当有人当作笑话问我时，我总是满面堆笑，“我们纯粹是陪太子读书，凑凑热闹……”

其实我们早就紧锣密鼓地准备。

这叫作“外松内紧”。

大亨新对我说：“该你出台唱出好戏了！你放胆去做，我给你压阵！”

有大亨新这句话，我镇定了许多。

资本不够，我们先集资。

铁三角增发股票，以聚积资本。

做生意之道，便是要善于利用公众的钱。

越大的集团，所拥有的股份未必很大，这也是金字塔的原理。

积少成多的散股构不成威胁，结果还不是只占百分之十几的我们控制一切？做生意的手法，最好连一块钱也不必从自己的口袋里掏出来，那才叫高手哩！

这么一集资，钱也有了。问题是要 A 集团点头。

大亨新派我出马。“你行！”他说，“你去跟他们谈，不论用什么办法都好，我支持你！”

牵涉到四十亿的数目，我行？

不过大亨新说行，我没理由说不行。

也要做一出好戏给他看看，证明他说的没错，更证明我的分量。

也不知道他到底是在试我，还是真的信我。不过也不必理会那么多了，即使这是个陷阱，我也要把它变成个机会，而机会在人的一生中并不常有。

必须重拳出击。

在某种意义上，这可是生死存亡的关键一役。胜者为王败者为寇，自古以来便是如此。假如干得漂漂亮亮的，大亨新必然更加倚重我，假如失手……

什么失手？想都不用去想！如今是背水一战，只能勇往直前。

前途、命运、财富，还有一切，全系于这一击。

立刻派出耳目四处打探消息。

对A集团有兴趣的财团，个个志在必得。正面出击，我们未必能占到什么便宜，我们出得起的价钱，他们也肯定没问题，还是要找点窍门。

假如没有棘手的问题，恐怕个个早都抢着与A集团签了，但事实上并没有。

还是拉锯战的形势。

大生意，当然不能轻率，但是我绝对相信，所有财团早就做足了调查功夫。

一定在什么问题上搁浅了。

原来，A集团出售那著名的“A集团中心”，还有一个附加条件，就是买家必须另外买入他们在马德里附近的一块土地，价值两亿港币。

明白了。

谁都不大熟悉那边的行情，搞不好给西班牙鬼坑了，两亿血本无归，那还了得？

我赶忙请教大亨新，“怎么办？”

他笑着耸耸肩膀，“老弟，我已叫你全权打理，你问我，我问谁呀？”

又是扑朔迷离的态度。

大概见我沉吟不语，他拍了拍我的肩膀，“商场上要有个决断，好像出征的将军。将在外，君命有所不受，对吧？就算我叫你这样做那样做，你也可以不听的。你不要害怕，要对你的决定负责……”

好像是任我发挥的样子。

已经走到这步田地，没有理由再往回缩呀！好像逆水行舟，不进则退。

一咬牙，最多便是打回原形！

人家犹豫，我不能。必须速战速决。

只要能够吃掉A集团，我们铁三角在商场的身价必定大大提高，商业信誉也会随之而来。

可是那块地，真要命！马德里？去斗牛就差不多！

但不入虎穴，焉得虎子？

面对那么多强劲的竞争对手，只有出奇才能制胜。

决定兵行险着。

反正赤条条来赤条条去，又不是没有穷过，我输得起。跌倒了再爬起来。

后来美若说这一招是“光棍手法”，我也不否认。其实我就是凭着一股牛劲，误打误撞。回头一望，啊呀，怎么就这么走过来了？

命运实在神奇，待我也不薄。

但那时也并不是一身是胆，说毫不惧怕，那当然是自欺欺人。收购A集团成功，大亨新劈面第一句便是：“哇！你真够胆色！不过你可要打醒精神，是龙是蛇，也就尽在这一回合了！”

不用他出声，我也知道我的处境。我答他：“多谢关照。我一定尽力而为……”

他却打断我的话：“不是尽力而为，而是没弯转！”

置之死地而后生？

报纸经济版上掀起一片铁三角热，人人刮目相看。当然啦，吃掉A集团，可不是闹着玩的。于是纷纷猜测，铁三角下一步的矛头该指向哪一个？

人们所看到的，是我们的雄心勃勃。从商业角度来说，那也是很自然的。要扩展业务，靠的是实力，不吃掉别人，怎能壮大自己？何况这当中还有一种成功感，一种满足感。局外人也许是很难理解的。同样的，他们也不会明白，在喝彩声的背后，我其实是胆战心惊。

不能安静下来，只要一有空闲，脑子马上便会想到可怕的后果。还记得很久以前看过一部战争片，里面有句对白至今令我印象深刻：“军人不会说话只会行动！”我不是军人，而是商人，但在这个时候，我觉得我也必须奉这句话为信条。忧虑是没有什么用的，那块土地始终是一块烫手的芋头，一天卖不出去，一天便背了个沉重的包袱。

也不知道我的命为什么这么好，有了难题，总会迎刃而解。还没花什么太大的力气，阿超便告诉我说，他有个朋友，认识西班牙的地产商。

真是踏破铁鞋无觅处，得来全不费工夫。

我看着阿超似笑非笑的样子，就明白他要介绍费。如果连这个我都看不出来，怎能在商场上混？何况他是我的姐夫，我多少也了解他。

其实他也不必说到一半便打住，我陈瑞兴何时亏待过兄弟姐妹了？也不必在交易前便把银码说得一清二楚吧？难道真是先小人，后君子？

罢了罢了，也好过先君子，后小人。

他那一份，即使没有这中间人的功劳，也是少不了的，干脆就先给他甜头，好让他卖力。

姐夫什么的都是假的，只有钞票才是真的。“钱钱钱，老子有钱！”是这么唱的吧，钱大爷出动，所向披靡，阿超满脸欢笑，愈见他的皱纹纵横。

而那两个西班牙人讲着蹩脚的英语，跟我的水平旗鼓相当。也不需要太过深入，只要能够达意就行了，反正细节有律师去敲定。

语言不能畅通无阻，但在女色面前，一切语言都变得软弱无力了。

我明白。

多费唇舌是没有必要的，要他们动笔签字，首先要让他们获得甜头。最直接的办法，便是带他们去喝酒，然后去泡尖东的夜总会。

美女如云，衣香鬓影。那娇媚的眼波，在莺声燕语中流荡，未曾真个销魂，也早醉倒温柔乡里。这两个血气方刚的西班牙人，斗牛士？算了吧，不必有蛮牛，西班牙人已经丢盔卸甲。

如此高消费，令我也有些犹豫。这实在是个赌博，我用钱来收买他们的好感，却不知道他们到时会不会成交。假如花了那么多钱，到头来他们又不签，我岂不是鸡飞蛋打，赔了夫人又折兵？

但是这个险招却不能不走，没有耕耘，哪来的收获？就当这笔钱是感情投资好了。付出去了，明知没有人能够保证到时肯定会获得回报，也还是非做不可。

求神拜佛都祈求这两个鬼佬不要翻脸无情，我把他们当皇帝般侍候，可别玩够了便拍拍屁股一走了之。

每晚在红尘中打滚，只会竖起大拇指对我说："Good! Good!"我也弄不明白，他们指的是我的招呼好，还是那些美女很受用。

银钱哗哗地倒水一般倒出去，说不心痛是骗人的，但我的宗旨是吃小亏占大便宜，在他们面前，我特别要显得大方而好脾气，叫他们也多少要负上感激的心理。

差一点就是打不还手，骂不还口了。

当然他们也不会打骂我，我出钱，他们 happy，世上去哪里找这般便宜的事情？

钱不是万能的，但钱真的太可爱。如果没有钱，那个小明星怎么会倒在我怀里，任我猖狂？

也并不是爱她，春风一度，只是想要占有她的名气而已。大概这也是男人的一种近乎变态的心理吧，以为人家的名气也可以成为收集的对象。尽管我也明白，这种买卖除了肉体上的发泄，根本毫无意义，但在那一个时刻，灵魂早已被俘虏，就算是天塌下来，也无法阻挡去路，春宵一刻值千金，唯愿长睡不用醒。

毕竟还要醒来，美人在抱又怎么样？财去人安乐，后来偶然在银幕上或者电视屏幕上看到她不显眼地出现，我竟也会心跳起来。

这是很微妙的心思，一帮男人上酒吧喝得天昏地转，不免口沫横飞吹大牛，夸耀自己的艳史。一般女人不具知名度，说来也引不起他人的兴趣，他们嘴上不说，心里还不是在寻思：你怎么说都可以的啦，反正谁也不知道有没有那么一个人！一说出小明星的名字，他们的眼睛立刻发光，几乎异口同声，立刻有了反应："是吗是吗？怎么样怎么样？"

什么怎么样？无非是想要刺探细节，我微微笑着，"看你们那猴急的样子！"

"喂喂，你这就不对了，开了个头，又不说下去，明明是吊我们的胃口嘛……"

是又怎么样？偏不说！有什么理由让我公开最隐秘的部分？你们又不说说自己。

我明白这就是名气效应。

公众人物，谁都有兴趣知道多一点，这也是人之常情，并不奇怪。眼见把他们的兴趣都撩起来了，我有幸灾乐祸的感觉。

在这个时候，平时道貌岸然的男人，也不知是受酒精影响，还是放开了怀抱，个个都露出色眯眯的神情。看样子假如今夜不丢下什么话，他们都不会放过我。我耸了耸肩膀，双手一摊，“女人嘛，熄了灯还不都是一个样？”

他们大概发现自己追杀得出了格，一个个装得若无其事，拐弯改说其他无关紧要的话题。

不愧为商场中人，眼观六路，耳听八方，一见势头不对，便很巧妙地岔开了，滴水不漏，不露痕迹，好像什么也没有特别感兴趣过。

这两个西班牙鬼却根本无须任何掩饰，也不知道他们是已经老了脸皮，还是因为率性，不懂得顾左右而言他。他们好像骑士做最后冲刺一样，抓紧一切机会大吃大喝大玩女人，反正他们很快就会离开香港，又何必不今朝有酒今朝醉呢？

好不容易才将那两个活宝打发走，我松了一口气。是花了一些钱，但我们的那块“飞地”也终于脱手了。

大亨新连连猛拍我的肩膀，“小老弟，我早就看好你了！你看你看，你一出马就解决这么大的问题，果然是我们铁三角的福星……”

也不知道他说的是真心话还是场面话。

也管不了那么多了，真也好假也好，我都必须表现得受宠若惊的样子。大亨新哦，只要他看得起，我的前程当然就没问题了。

连柴世方也紧张起来。

当初让我单枪匹马去啃钢绳，我曾经在私下向他求助，请他帮忙，“你对大亨新讲讲，我一个人惨遭滑铁卢不要紧，但对整个公司就不好了……”

他却剔着牙缝，斜眼看我，“不够胆呀？这可是个千载难逢的机会，可一而不可再，优差呀！”

我只觉得他想要我立刻死掉。

生意伙伴而离心离德到这种地步，也够叫我寒心的了。我不能在他面前示弱，更不能行差踏错，当初只看到他做生意时的狡猾与冷酷，以为与他合作，可以处于强势，谁知道他对外如此对内也一样，根本不懂得“内外有别”。如今不论形势如何，也只有面对，即使提着脑袋，也就是一句话了。强掩着心中的极度愤懑，我微微一笑，“不够胆？我陈瑞兴烂命一条，怕什么？我只不过为公司着想，万一失手……”

万一失手，大家揽住一齐死。

我见他脸色倏地一变，但很快就露出笑容，“没问题，我输得起！”

他的确输得起，他还有其他生意；大亨新更不用说了。如果这宗生意没做好，最惨的是我，而对于我的地位，更……

直到生意做成了，我也还弄不明白大亨新为什么会这样冒险让我出马。钱哪……

幸好我还真有点运气，柴世方就笑中带刺地对我说：“……你真是一世够运！”

心中得意非凡，但脸上绝不露出笑容，我谦卑地说：“哪里哪里，纯粹是误打误撞……”

我感觉到大亨新对我越来越器重，也感觉到柴世方对我皮笑肉不笑。

管他呢！反正我又没有去踩他。

井水不犯河水。

没料到河水却偏要犯井水。

一场波澜从此起……

那天上午，大亨新把我召进集团主席办公室，从那张大桌上把一封信推了过来，“你看看这个。”

信？什么信？

信是横写的，有几个是简体字。我差点就骂出声来了。柴世方也太他妈混蛋了！造什么谣不好，竟造到我与大亨新的情人相好的份上？

大亨新的情人安妮姐，是烟视媚行的美艳女人，我看没有几个男人会对她毫无感觉，我当然也不能无动于衷，当她眼汪汪地盯着我柔声细语讲话的时候。但动心归动心，也只是想想而已，不会来真个儿的；只叫得她一声“阿嫂”，始终也不可越雷池一步。

那界线是绝对分明的。

倒也不一定是我陈瑞兴多么讲义气，而是我深知大亨新有多么厉害。

得罪他？想要找死啊！一死了之倒也罢了，就怕到时求生不得，求死不能。

安妮姐？连想都不要去想！

柴世方明明是要借刀杀人。

也怪我孟浪了一些，那回安妮姐上公司找大亨新，但大亨新出去了，不知怎么的，她便拐进我的办公室，一阵淡淡的香风扑来，我立刻有一种迷迷茫茫的感觉。

轻谈浅笑但觉时光轻盈滑行，忽地惊觉门铃声丁零响起，门开处伸进柴世方的大脑袋，只见他一脸坏笑拖长音调叫了一声："哎哟！你们在聊天呀？我不打扰了，谈吧谈吧，我走了！"

我一凛，本来想要留住他，话都已到嘴边，一听他阴阳怪气的音调，不禁气上心来，干脆就不出声了。

安妮姐回过头来，笑道："这人怎么这么古古怪怪的？"

他？明明是话中有话嘛。但我不知应该怎么说。也想不起我与她说过什么。说的时候兴高采烈，怎么一下子就想不起来了？原来，说什么并不重要，重要的是谈话对手。假如对方具有吸引力，谈什么都没问题，哪怕默然不讲话，也一样难舍难分。啊呀糟糕，这岂不是……

但什么也没有发生。

事后柴世方向我挤眉弄眼，"喂，看来她对你……啊？"

明知他不怀好意，我内心也不禁涌起自豪感，脸上却不动声色，"讲笑找第二样……"

"大家男人……"他说。

"喂喂，千万不要乱讲，传到大老板那边，有什么好？"我开始有点急了。

"嗨！没想到你这么胆小！"他撇了撇嘴唇。

是的，胆小如鼠。那又怎么样？

没想到如今竟成了他攻击我的炮弹，而且是杜撰的。

我不知道该从何说起，只是望着大亨新，不吭声。

“怎么看？”他问。

“我能说什么？”我耸了耸肩膀，“要我说，我肯定说绝对没有这样的事情。现在也不是我怎么说，关键在于你信他，还是信我。”

“要是我信他，我就不会找你谈了。”

我有些喜出望外，“他可是说得活灵活现呀，你难道一点也不怀疑我？”

“说我一点也没怀疑过，那是骗你的。不过你也该知道我，我不是冲动派，不管是做生意，还是处理日常生活，我都很冷静。”他右手托着腮，声音很低，却不容置疑。

他当然也冷眼观察过我。

我也不是冲动派。美女当然教我动心，我又不是坐怀不乱的柳下惠；但我更珍惜我的前程，我不是为了美人宁肯丢掉江山的那种情圣。必须在极度安全的情况下，我才会把步子跨出去。

在这方面，大亨新也算是我的知己。

不用费什么唇舌，他就相信我并没有越轨。

“那么……”我把那封信推回给他。

他把信随手撕成碎片，笑着说：“我古胜新纵横商场几十年，现在都活到六十五岁了，难道还不会看人？我告诉你，是想提醒你，他是你拉来的，现在他这样对你，你要小心一些。”

大亨新这一招，想来也有离间之意吧？不过我还是很感激他，就为他没有听信柴世方的诬告。

想起柴世方就愤然，虽然不是冲动派，但我也决定找他谈谈，看看他到底有什么天大的仇恨，要这么陷害我。不然他还会以为我是蒙在鼓里的傻瓜呢。

我打了个电话到他的办公室，问他："喂，你好像对我有气，不如我请你吃晚饭，和你谈谈，怎样？"

"是吗是吗？我没有什么意见呀！你别听别人胡说八道，他们想要挑拨离间……"

他说得很大声，好像很坦然，我乍然听到，差点也怀疑我到底有没有看到那封诬告信了。

我定了定神，再次问他："你有没有空？"

"哦，这个，我周末都不出来应酬的。"他笑，"你知道啦，老婆大人万岁嘛……"

给我摆出一副幸福家庭的模样来了，真他妈恶心。

"不一定今天，改天也行。"我说。

"再说吧，再说吧。"

再约几次，他也都是推搪。

既然没有诚意，我也不想继续低声下气地求他了。

我又不是耶稣，干吗左脸挨了一耳光，还要把右脸再伸过去？

不能面对面地谈清，干脆就在电话上问个究竟。

单刀直入质问他有什么目的，他却发誓绝无此事，"你我兄弟，我还是你拉进来的，怎么会对你不利？你信我啦！假如我恩将仇报，那还算是人？”

我自认在商场上吹牛不用眨眼，不会脸红，我的根据是，我不吃人家，人家必会吃我，既然没有调和余地，我宁可当虎狼，也决不做羔羊。但是却没有碰到过像柴世方这样的无赖，我已够厚脸皮的，而他简直就是不要脸了，我已经点出：“……我看过你写给大老板的信……”他仍然若无其事地矢口否认。

大概他的原则是，你不论说什么，我都不认账，只要不是我亲口承认，别人说什么都不关我的事。

但这也要有相当的勇气，并不是人人都可以做到。

我就不行。

但柴世方他行。

不论我怎样软硬兼施，他就是不松口。说来说去，倒好像是我无中生有，或者是听信谣言。

我没办法突破他的无赖防线，只好愤愤地说：“……总之，天知地知你知我知，你不要把我看成傻瓜！”

“啊呀，怎么会？要是我把你当傻瓜，我就不会与你合伙做生意了，对吧？”

“走着瞧吧！”我扔下一句，便收线。

怎么走着瞧，我根本心中无数，这不过是气头上冲口而出的一句话，根本没有内在含义。

点出来了也就算了。我奈他何？除非拆伙啦！不过目前生意做得还不错，没理由为他的这个小动作，自己便引退，要是那样做岂不是正中了他的奸计？

还是要忍。

真没想到我要学习当“忍者”。

这时也才深切体味到，当忍者看似容易，实际上不知有多难。不说别的，光是受的那份气，就绝不是凡人如我所可以忍受的。

但不能忍也要忍，看钱分上嘛！

你柴世方可别让我抓住痛处，我陈某人也不是那么好欺负的。

不是不报，时候未到。

我不出动则已，一旦反击，可真要杀他个片甲不留！小打小闹有什么意思？那只是八婆的伎俩。

但他仍意犹未尽，安静了一段时间，再次发动攻击，直接写匿名信给美若了。

简直就是视我的忍让为软弱可欺了。

那晚回家，美若坐在客厅的沙发上，我打了一声招呼，不见她有什么动静，再一细看，才发现她的那张脸板着，神色间流露出一股煞气。这算什么？千辛万苦在外头搏杀回来，等待的竟是这么一副尊容？没好气地朝里面直走，忽听得她叫道：“站住！你过来！”

你说过来就过来了？我堂堂男子汉大丈夫，不是很没有面子？

但还是站住了。想了一想，假如不忍，她恐怕没完，失面子就失面子吧，且看她说什么。慢慢走回去，心犹不甘，愤愤地往沙发重重一坐，闷声闷气地问："什么事？"

"你看看这个！"她"砰"地把手上的信往茶几上一拍。

又关我事？

我抄起来一看，又是该死的匿名信，虽然这回用的是四四方方的美术体，但凭着直觉，我骂出口来："又他妈是柴世方！"

"他？你怎么知道是他？"

"不要说他变字体，就是化了灰我也认得出来！"

我往那封信一扫，视线忽地停住了。

什么？强奸未成年少女？我的天！亏他妈柴世方写得出手，这类字眼……

我强奸未成年少女？值得吗？我陈瑞兴又不是没有钱，有钱买不到什么样的少女，还要强奸那么严重？真是笑话！

美若听了，也觉得有理，才慢慢平心静气起来，"他为什么要这样诋毁你？"

我耸了耸肩膀，"谁知道？也许看我'样衰'，也许想排挤我，也许什么都不为，就是喜欢这样做。到底为什么，只有他最清楚。"

"这种人，真缺德！"她愤愤地说，"我老公怎么样，我不知道？"

柴世方这一招失灵，却把他自己更加暴露出来了。我也不想拿着这封信与他算账，他这种人天不怕地不怕，搞得白热化，他会不择手段，狗急跳墙，我也未必顶得住，还是先看看环境再说。

“算了，跟这种人，不要一般见识。”我吁一口气，但一想，又不禁愤愤然，咬牙说，“不要给我机会，柴——世——方，不然的话，我……”

我怎么样？也并没有想得很清楚。只不过心中郁积的那口鸟气难消。

“我支持你！”美若口快地说，“跟他干！”

还是要不动声色，看准再说。

这像狼一样的对手，虽然没有狐狸的狡猾，却凶狠得很，必须小心提防。

何况这条饿狼就在身边，有时简直防不胜防。

我也深知我不是圣人，绝非无懈可击。

而且我自己以前也不大防人，特别是不大防自己身边的人，比如阿超。

总认为他是我姐夫，好歹也是自己人，再怎么样也不至于背后给我一刀。

但后来我明白了，就算是姐夫又怎么样？一旦牵涉到钱，几乎人人都可以六亲不认。

那回他向我要一笔钱。

“多少？”我感到很烦。

“给我一百万啦！”

我一怔，一百万？

“一百万对你来说，小意思啦！”他望了我一眼，立刻把视线移到玻璃窗外，说。

几乎便要发作。小意思？我赚钱也要绞尽脑汁，吃不好饭睡不好觉的日子，你又在哪里了？不过我还是忍了一忍，问他：“你要这么多钱做什么？”

“我？我要退休，要送孩子去美国留学……”

我再也按捺不住，“你才五十出头，退什么休？又不是不能做了。要是你真的做不得了，不必你出声，我都会好好安排你啦！是不是这样讲啊？”

“我现在只是给你跑腿，说什么我也是你姐夫，人家说我托你的大脚，你让我的脸往哪里放？”他来劲了。

“跑腿？什么叫跑腿？我有使唤你吗？”我提高嗓门。

“你老叫我做这做那……”他嘟嘟囔囔。

妈的！我出钱养你，哪能什么都不做？说实在的，你要不是我姐夫，我睬你都傻！

记起来了，怪不得他人前人后都半开玩笑地说：“我呀，我是瑞兴的走狗……”那时我不以为意，以为他只不过要贫嘴罢了，谁知道玩笑话其实躁动着他不满的意向。

强忍着怒气，我斜着眼睛对他说：“世界上没有不劳而获的事情，你不能只拿工资，什么也不做。现代的社会，你该知道怎样运作。”

我见到他的脸涨得有些僵硬，憋了好一会儿，才说：“我是你姐夫……”

“太子爷也不行！”我硬邦邦地答。

“不必这么绝吧，当初刚打天下的时候，我就跟着你，没有功劳也有苦劳……”

真想一脚把他踢走！

本来下定决心不要把什么亲戚塞进来，免得碍手碍脚，结果还是挡不住二姐的哀求，让阿超进来了。这个先例一开，便像潮水一样挡不住。

这是一个惨痛教训，请进来容易请出去难，这些皇亲国戚。

如果他们安分还好，偏偏又自以为血统高贵，狐假虎威，令人头痛。

当时一时之仁，好心照顾他，现在反倒成为他邀功的口实了。

也不是说他没有苦劳，但我给他的待遇已大大超过他应得的，他怎么没有想到这一点？现在倒好，跟我算起账来了。

“你这么说，也就是要我秉公处理，对吧？”我直视着他，“那好，你可以跑出去打听打听，像你这样的工作，到底有多少钱？做人要知足。”

“我怎么不知足了？”他恨恨地说，“你说！你可不要给我乱扣帽子……”

“我哪有什么帽子？我只不过想告诉你，不要嫉妒别人。别人赚几百万，而自己只能赚几千块，也得要接受现实，别人有别人的本事，不要不服气，那没有用。如果能够看开，自己心里便会好过一些。”我也不再客气了。我觉得他的根本问题在于眼高手低，可惜他却老以为自己不够运气。

人最可悲的，便是没有自知之明。

他怔了半晌，忽地含含糊糊地说："那个时候，我什么都先孝敬你……"

我一凛。

他话中有话。

我盯着他，眼光一碰，他立刻把视线滑向窗外的郁郁青山。我看到他眉间打成了一个"川"字。

那个时候他带我进入温柔乡，莫非为的就是这一招，在关键时刻才露出来？

不过也不像。他不是那种有谋略的人，只不过想起往事可以成为把柄的时候，他也不会轻轻放过。

这明明是在威胁我了。

你这样就像把一柄什么刀子架在我的脖子上，看看我会不会就范。你不知道我吃软不吃硬？

一百万哪，岂不是好过抢！

"也不要说什么孝敬不孝敬了，你是我姐夫，我怎么受得起？只不过大家happy，逢场作戏，过眼云烟，我有份玩，你也有份玩……"我淡淡地说。

你去玩，我出钱，你孝敬我？

那两姐妹，他确是把更漂亮的妹妹留给我。

那是自然的，难道他可以独占花魁？说得市侩一点，我是老板，我掏的钱呀！你阿超有机会亲近那当姐姐的，还不是因为老子我有钱？不然的话你凭什么？没有钱又没有貌更无感情，你以为你有宝？叫人家两姐妹来挑，怎么样都会拣我不拣你啦！你还好意思说什么“留给我”。

不过是穿针引线罢了，当然也有功劳，但也不必将自己打扮成“贡献良多”。

说穿了，你阿超这么卖力，也无非是要沾我的光，占点什么便宜。如果没有我，你阿超想要一亲这靓女的芳泽？等下辈子吧！

不过，他的这个威胁性的暗示，教我明白一个道理，千万不要与身边的人分享秘密。

人都有一个弱点，就是要好时甜哥哥蜜姐姐，一旦翻脸，便会恶言相向，而往日的悄悄话，所有的秘密便会成为致命的武器，击向自己。

谁愿意将身上的死穴暴露给敌手？

只可惜人人都不能“三年早知道”。

那时还以为是自家姐夫，而且绑在同一架战车上，哪会有什么危险？谁知道我地位不同了，便顾忌多多。他反正“烂命一条”，我的损失可就惨重了！

假如我没有爬到今天这样的位置，那也没有什么大不了，顶多便是家变；但现在……名誉、地位，原来也会成为沉重的包袱。

假如只是蚁民，不是风云人物，谁会吃饱撑了去说三道四？我就不同了，虽然我不是像影星歌星那样的公众人物，但在商界也有小小的知名度，万一张扬起来，总不会容易打发。

还是做小人物好，小人物自由自在，想怎样便怎样。

人怕出名猪怕壮。

但如果我只是个为三餐奔走呼号的小人物，又何来阿超们的百般逢迎呢？

这世界，真是有得有失，针无两头利，倒也是公平的。哪能所有便宜都让你一个人给占了？

现在阿超明明在提示我要识做。实际上我向来都识做，并不是因为有把柄在他手中，而是我以为，我做得到，分一点给亲戚，那也没有什么。他真的太不知道外面的世界了。早知道这样，就该让他去闯一闯，也好教他有个比较。到头来他却不领情，以为我给他小鞋穿。

他曾经几次向我提出："算了，你放我走吧，我去闯荡一下江湖也好……"

但每次都给我挡住了。

我知道他并非真心想走，而且他即使走了也分明不会闯出什么名堂，我哪能答应？他在外头碰得头破血流，回来还不是向我哭诉要我援手？既然看死他不会闯出奇迹，还不如及早制止，也免得他的心更野。何况他摆出这样的姿态，无非是跳跳草裙舞。

为了显示自己的存在价值，他也唯有这样撒撒娇，那潜台词是：我并不是非打你一辈子的工不可。

假如可以，我干脆照他屁股猛踢一脚，请他滚蛋算了；但不行，谁叫他是我姐夫。

没料到如今他好像受了无限委屈似的，愤愤不平。

真是防人之心不可无。

假如我有什么堡垒的话，那么，阿超从中作乱，最容易从内部攻破我的防线。

吃一堑，长一智。以后要小心。

但现在只好与他耗上了。我知道他的性格，假如我退一步，他就会逼上一步。我退无可退，唯有硬着头皮死顶，看他怎么办。

实际上打的是心理战，我完全没有必胜的把握。口气虽然硬，但心却有些虚，搞不好，我陈瑞兴一世英名，就会败在这个我一向瞧不起的姐夫手上！

他怯怯地望了望我，好像想要从我的脸上窥探出什么秘密一样。我刻意轻松地笑着，随手抽了一支烟，缓缓地吞云吐雾，不再理他。在这种时候，当然不能让他在精神上压倒我。

“你的意思是……”他的声调很弱。

“哦，没有。”我摆了摆手，“反正大家明白。”

不想多说了。事情很明显，白痴都想得到啦！

你拿我一手，难道你不考虑自己？你想用这个事情来威胁我，莫说美若未必相信，就算相信了，你又有什么好处？二姐不也一样与你闹翻？害人又不利己，你阿超也不会笨到如此地步吧！

何况他也知道，美若一向对他都有些鄙视，人前人后都是“阿超阿超”地叫他，又何曾把他当姐夫了？我想他不能不考虑，万一美若不肯信他，他岂非里外不是人？到那时，可真是叫天天不应，叫地地不灵了。

他必须充分估计得罪我的后果。

反正也是口说无凭，我只要矢口否认，他能奈我何？难道他有办法押了那两姐妹来作证？就算可以，也没有物证，怎能服人？

跟我斗？没那么容易！

他也不是蠢到要跟自己过不去吧，铤而走险，也不是这么走法，又不是为了生死战，而且毫无把握。

"算了算了，"他叹了一口气，在我听来很像是一声绝望的呻吟，"不给就算了，反正钱是你的。"

也不能让他太没趣，狗急还会跳墙呢。

我说："一百万，不是小数目。你知道啦，做大生意的人，钱大都在商场上滚动，哪里会放在手上那么笨？"

从抽屉拿出支票簿，签了十万元撕给他，"你先拿去用吧，不够的话，再说。"

他露出了笑容。

算他精！虽然只拿到要求的十分之一，但十万块也不是那么容易得到的，特别是对他来说，那几乎等于一年工资的总和。

到底还是金钱的威力无穷。

也许他开价时便故意开高些，任我来削减，这十万正是他预期的目标，也未可知。

但我是不会计较这些的。管他怎么筹划的，我只是依照我的原则去做，只要我认为值得，对方怎么盘算，从来都不在我的考虑范围内。做生意便要这样，以我为主，不给枝节牵扯，才能成功。

把他打发走了，心却不舒服。

始终是个定时炸弹，这个阿超。也不知道什么时候他会再来……

假如他一而再、再而三地出现，涎着脸伸长手掌，我能怎么样？

那简直就是无底洞嘛！

他刚转过身去，我立刻又补上一句："我希望这是最后一次。"

他回过头来，眼神里打着问号。

我放缓语气："现在赚钱也不容易，大家将就一些吧。"

"其实我也不想的……"

"要是我是开银行的，那就好了，啊？"我笑着说。

他也笑了。

也不知道他听没听懂我的意思。

不过懂不懂都没有什么关系，最重要的就是希望他以后不要再这样死皮赖脸了。

他后来也真的不再直接向我要钱了。也是的，那么大个人了，也有中等程度以上的文化，怎么能够老是像乞丐那样？

但是在言语间，他总是流露出一副不得志的样子，眉头紧皱，在我面前从无笑容。

我不是傻瓜，但也不去点破。不耐烦了，便捎带着刺他一句："……喂，总不是世界末日吧，怎么这样的口面？"

我相信在必要时，他随时都会把我端出去，给任何我的对手处置。

事关重大，不可不防。

我不能让他摸清我的底细，哪怕不是核心机密。

随便找了个借口，我把由他保存的支票簿要了回来。

他一面交出，一面疑惑地问我："怎么……"

"为了方便。"我说，"你有时不在公司。"

他其实最知道我懒得填那银码了，平时一切都由他写好，我只是大笔一签，便可以了，怎么现在竟走回头路？他当然不会相信。

我也不是要他相信。

明明就是睁着眼睛说瞎话嘛！不仅我知道，我相信他也知道。

本来不作任何解释都可以，我是老板，老板做事，当然不必向伙计交代。随便找个根本站不住的理由敷衍，已经是给他很大的面子。也不是他有什么了不起的分量，只是因为他是姐夫。

如此而已。

而他也明白我开始对他步步设防，大概自恃是姐夫的身份，常常在我背后甚至面前指桑骂槐。

那天一早，天文台挂起八号风球，无端获得一天额外假期，我的精神也松弛下来了。

但风势似乎并不大。

傍晚，那些亲戚全都涌上我家吃晚饭。

电视台播出新闻节目，香港总商会的一个什么外国老板，在接受记者访问时十分不高兴地表示，这八号风球挂得不对，停市的结果，使他们损失了十七亿元的收入。

“……这是完全不可以接受的！”那老板说。

“这十七亿元，是怎么算出来的？”二姐问道。

“他们自然有他们的计算法。”我说。

“啊呀，这洋老板也太他妈过分了，要是出意外死几条人命，是不是也不如那个什么十七亿！”曼莉叫道。

“老板始终是老板，他们想的，与打工仔当然不会一样的啦！傻女！”阿超立刻接口，说着说着，眼睛还向我这边瞟过来。

无非是想要刺激我一下。我又不是乳臭未干、初出茅庐之辈，怎会沉不住气？

“观点与角度罢了，很难说谁是谁非。”我微微一笑。

“不管怎么说，人命比什么都要紧！”他提高嗓门。

简直就是借题发挥了，如果我接下话题，我便是白痴。

但我明白他潜藏的敌意。

既然得罪了，也就得罪到底吧，硬不下心肠，想要讨好，结果恐怕反受其害。

我决定对他步步设防，但又不能把他一脚踢出去，“姐夫”这个天然的联系，教我无可奈何。我觉得好像在身边埋下一颗定时炸弹，却又无力将它清除，心情十分矛盾。我真正明白，什么叫作眼中钉、肉中刺了！假如他跟柴世方联手，里应外合，我怎么抵挡得了？

要么永远让他们分离，要么我与阿超划清界限。让他们永远不结成同盟，谈何容易？柴世方既然想要搞我，便肯定会拉拢阿超，我又不能如影随形地跟在他的左右，怎生防止？与阿超一刀两断完全绝交又不可能，与他交恶我不在乎，但在二姐面前不好看。

明明是一捅就破的关系，却要拼命维持表面上的若无其事，实在要有表演的天才。好在我在商场上早就身经百战，喜怒不形于色，或者在盛怒时仍然可以谈笑风生。即使我与阿超心中都互相明白不过，但我总可以在大面子上亮得过去，也不是为他，而是为了二姐。

防他也不必防在脸上，只需在心口派驻卫兵。

他未必一定会和柴世方结盟，但有备无患。假如毫无准备，有朝一日他们组成同盟杀了过来，我岂不是束手就擒？

我可冒不起这个险。

“有杀错无放过？”方玫问。

“我杀了谁呀？”我笑着捏了捏她的脸颊，“你可不要给我堆砌罪名……”

“我真的要跟你学两手。”她用双手包围住我的捏她脸的右手，“你好厉害……”

“是——吗？”我暧昧地笑出声来，“你说清楚，我哪方面厉害？”

她怔了一下，忽地打掉我的手，嗔道：“你坏！”

我的心一荡。

有钱真好，有钱可以打情骂俏而毫无束缚。

没有钱当然也可以穷开心，但那绝对是另一种境况。我知道，当初我还是穷光蛋时，搂着美若热吻时也还不能全身心投入情感深渊，当明天的面包到底在哪里也不知道的时候，情与欲又哪能自由飞翔？

难怪方玫对我又佩服又羡慕。

教她如何赚钱，当然无妨。这世界，钞票满天飞，我也绝不可能一人全捞了过来，分点给她，有什么所谓？但我有些担心的是，假如她有朝一日真的发了财，会不会过河拆桥。

我实在也不太摸得清她的内心，虽然她在浓情蜜意时也会死命搂着我，用近乎呻吟的语调耳语：“……乖乖，好在香港有你，要不……”

要不怎么样？她没有说下去。我在一阵温馨甜蜜的感觉中，却又有些微的不安在内心骚动。但我说不出口来。大约她见我没有什么反应，便在床上翻身坐起，双手捧着我的脸，“你干吗不说话，是不是不信我？”

也没有不信。我绝对相信她此刻的情真，但明天会怎么样，我却毫无把握。我只是觉得，她的感情总是在移形换步，难保不淡漠下来。到了那时，她还会记起她今晚说的话吗？

不过，我不说出来。

说了又有什么用？她当然会指天发誓永不变心，而且是诚心诚意。但事过境迁，到那时她也根本管不住自己。既然如此，还是不说了吧。

我笑着摇摇头，想要摇掉心中的阴影，但情绪已受到影响，不复先前的轻松自如了。

方玫用食指点住我的脸，“你看你看，你这笑容，挺勉强的……”

“哇！你比慈禧太后还厉害，连怎么笑你都要管制！”

“可惜没有相机，要不，我非把你这个表情拍下来不可。立此存照嘛！”她笑。

真能立此存照倒敢情好，将来假如我的不祥预兆不幸应验了，我也许还可以用这张相片去勾回她一点温情的记忆。

那又怎么样？想要她回头？

到了那个时候，别说我未必放得下面子去求她，就算我死皮赖脸，恐怕她也会无动于衷。

女人一旦变心，十辆汽车也拉不回来。

但我能要求她什么呢，现在这个时候？我又不能给她什么。

商场上我永不言退，但在情场中我却迷失了自己。我不知道我追求的是什么。

本来也只是醉生梦死，没想到到了这个年纪，我还会跌进情网恋恋不舍。

倘若说了出来，不给那些男人笑到面黄才怪。

连我自己也始料不及。

十八

越来越相信命运了。

活了这么多年，回首一望，自己走过来的路，怎么会是这样的？假如给我重新来一次，我一定会另择一条路。不过，我行吗？除非生来就是另一种性格啦，好像赵建奇那样……

那时他在我面前有意无意便透露："……这里不是久待的地方，我想动一动。"

当了主任，还要跳槽？别是他在套我的心里话，可千万不能上当。我望着他不说话。

"真的。"他说着，拍了拍我的肩膀，"你不信？"

"也谈不上信不信，我只是奇怪，你到了今时今日的地位，为什么还要走？"

"为什么？为钱啰！"他的声音很大。

这当然绝对可以理解。

只不过这么一跳，月薪立刻便多了五千块。"比写个专栏挣钱还要多！"他说。

说的也是。这五千块是铁定入口袋的了。哪像专栏，什么时候叫你停止，你立刻少去这一份收入。

那时还是血气方刚，虽然其实已不是年少气盛的年龄。偶然给一个相识但不相熟的编辑拉去，写反映都市潮流的知识性趣味性专栏，摆在醒目的位置上，不禁暗自心喜。正当感觉良好的时候，忽然觉得有什么不对了。

注意了一下，原来文章刊出时老是被删改。

心里很不痛快，这明明是小看人嘛！

怎么会有这样的变化，百思不得其解。

忍不住打电话去问个究竟，原来换了编辑。

莫非是一朝天子一朝臣？

这明明是给我一点颜色看嘛！

于是便罢写。

也不很清楚当时是什么样的心态了，大概是自我感觉太良好，殊不知正中了那人的奸计。

你不写，大把人写。你以为你是谁？难道这报纸全靠阁下支撑？

现在回想起来才明白当时真的太幼稚，明知写的又不是什么传世之作，改就改吧，有什么不得了？只要稿费没有少给就行。找饭吃罢了，何必那么认真？人家给你一个专栏写，说得好听是看得起你，说得实在一点是照顾你，你可千万不要以为自己才高八斗。香港地，你一声放弃，许多人便蜂拥而来抢夺地盘。没你不成？没有那回事！假如你真能够呼风唤雨，比方你罢写之后，报纸销路一落千丈，那还差不多，人家可以对你百般迁就。但，可能吗？

几年来一直对自己说，千万不要沦落成为稿匠，不然的话，那距离我的本意实在太远了！但实际上那只是理想而已，现实并非那样尽如人意。当我答应写“都市潮流”的时候，很大程度便是看在钱的分上，既然如此，我又何必在细节上如此耿耿于怀。

交稿子应该如交货，货物一出门，便概不负责，就算是给改得面目全非，那又有何相干？

现在我已经看透了，有机会时，便尽量满足要求，为了生存也好，为了证明自己适应能力强也好，心中的目标却是那笔稿费。

瑞兴有时便用调侃的语气对我说：“喂，你当年的雄心壮志哪里去了？”

他差一点就要说我对诺贝尔文学奖有野心了。

当初也不是有什么抱负，只不过自命清高罢了，根本没有想到，清高是要有钱做基础的。当饿着肚子，吃这一餐还不知道下一餐在哪里时，谁都会撕破脸皮。

名是虚的，利才是实的。

吃尽稿费低廉的苦头，人也就慢慢现实起来。

人家说：“写电影剧本啦！容易出名，编剧费也比你什么稿费要高得多……”

说得对。反正我又不是什么名家，投稿也要看人家的脸色。不如横下心来，另谋出路。

没有经验也没问题，香港又不需要什么分镜头剧本，最主要的便是有卖座元素的电影故事。电影那么多，想要搞出新意思，不是那么容易；但如果抄得巧妙，却是一条发财道路。香港搞商业电影才能卖座，剧本自然也不必讲究什么艺术性。

把电影剧本搞得热热闹闹的，又紧张刺激，又轻松惹笑，我有把握。

但我并不认识影圈中人。

"找柴世方啦！柴世方认识几个导演。"瑞兴说。

我虽然对柴世方绝无好感，但也只有求他了。

柴世方几乎可以说并不认识我。他抽着烟，仰头把白雾缓缓吐向天花板，这才望着我，"影圈，很吸引人啊！美女如云，生活多姿多彩……"

我忍气吞声，陪着笑，不说话。

"你是才子，啊？听陈先生说。"他问。

"哪里哪里，"我谦恭地说，"只不过想赚点辛苦钱。"

"绞脑汁呀！这钱不易赚。"他用右手食指敲了敲他自己的太阳穴，"哪像我们，一个电话就可以赚几百万……"

知道你威风啦！但也不必在我面前自夸。

"不过，影圈很好玩的。"他大概见我不吭声，又说了，"人生在世，最紧要好玩！"

"那是，那是。"我附和着，心里却对我自己扮演的这个角色很是厌恶。

"好吧，既然你想要闯一闯影坛，我可以帮忙。助人为快乐之本嘛，对吧！也算是我卖给我 partner 一个面子。”他把烟头按熄在烟灰缸上。

我几次想要说：“算了，我不想认识什么人了！”但话到嘴边，却始终说不出来。心为美丽的憧憬笼罩，又怎么舍得毅然放弃？

那个马导演，在影圈中也算是一个人物，他的名字我本就听过，他拍的片子我也看过。我知道他的理论是，要使得影片卖座，必须不断制造高潮。他对我说：“最直接的办法，就是每隔三分钟营造一次小笑，每隔五分钟再营造一次大笑，那你就赚钱了……”

说真的，我对他导演的影片并不欣赏，但是我根本没有其他选择，想要挤进影圈，眼前是个机会，我告诉自己说，就权当是敲门砖好了。等到把门敲开了，我再掌握自己的艺术生命。

我把剧本的初稿交给他看。

心怦怦地跳着。

他翻了几页，随意浏览了一下，就把那叠稿纸收进他的公文包，淡淡地说：“我拿回去仔细看，改天再讨论。”

接着便是难耐的等待。

我向柴世方打听过消息，但在电话里柴世方只是笑嘻嘻地说：“……不要着急，慢慢等吧。人家马导演是影圈忙人，哪能这么快就看完？”

在摆什么臭架子，显示身份吧？

过了半个月，这才接到消息，马导演要求面谈。

要这样改，那样改。这里加一点，那里删一些。马导演口水多多，我只有做听众的份儿。

开始时我也有些辩解："导演，不是这样咧，这样一来，好像剧情不太连贯，人物性格也好像不完整——"

马导演瞪着我，"唉！老友，这是拍电影，不是搞什么文学创作。照你这个路子，影片非扑街不行！"

他在这一行混了这么些日子，当然比我看得通看得透，我还有什么话可说？

拿他的话来说，就是："……我开始在影圈混的时候，你还不知道在哪里呢！"

现在是我求他，不是他求我。

柴世方就说："大把人求他啦！如果不是我出马，他睬你都傻！"

我绝对相信。

影圈让人向往，谁不想逮个机会闯进去掘金？

金钱、名声、地位，还有美女……

有所不为？算了吧！

还是收拾心情，按照马导演的要求重新来过。夜以继日绞尽脑汁，把吃奶的力气都用上了，一稿、二稿、三稿……一直写到第八稿。

我自己都觉得这第八稿已经变得面目全非，也不知道究竟是他编剧还是我编剧。

实在是离我的初衷太远了！

不过，我不能不向观众低头。

我没有勇气在名利面前退却，眼看一脚已经踏在影圈的门槛上了，难道我还要再缩回去？

心理上再怎样过不去，也还是要闭着眼睛上啦！

马导演看了八稿，这才眯着眼睛笑道："这还差不多，基本上可以拍了！"

我有如释重负之感，暗暗欢喜，但一想到自己的创作已受到大大破坏，几乎变成马导演的传声筒那样，又不禁有点失落。

他大概也猜出我的心境，拍拍我的肩膀，"你不了解影圈，慢慢来啦！当初我又何尝不想搞点艺术电影，但行吗？哪个老板愿做赔钱的生意？你明白的啦！"

当然明白。说到底，电影也是一门生意，能够赚钱就行，赚不了钱，叫好又有什么用？

"观众买票进场求开心，你就要让他开心，米饭班主嘛，顾客永远是对的，right？"他说。

我点点头，也不吭声。

"欢颜一点啦，又不是世界末日！"他说，"你看看王晶的电影啦，他最能掌握时下观众的口味，所以他的电影有卖座的保证，老板也有信心。"

"可是，他的电影好像俗了一点……"

"俗，当然俗！他本人也不否认呀！"马导演大笑，"俗不俗不是问题，问题是卖不卖座。观众喜欢看什么，你就给他们看什么。迎合也好，出卖自己也好，既然想干这一行，你就得迁就一些，做人不能太理想化，老弟！”

说得挺实在，但那时我却在心里暗骂他庸俗。

现在看来，他说的虽不是什么至理名言，却是“生存之道”。

人为了生存，为了发展，自然不可去撞墙。你看《鹿鼎记》啦，金庸原著武侠小说，尽人皆知了吧？拍成电影有卖座保证了吧？但是改拍起来，编导却在香港化的媚俗笑料上大做文章，许多细节与原著相比已经走了样，但这却正是观众所喜欢的。你只要听听电影院里此起彼落的笑声，你就不能不对编导写个“服”字。

抓住观众的口味与心理，实在是个大学问。

即使有周星驰压阵，也要有令人狂笑的戏分才行，至于情节是否合理，谁会介意？观众买票入场，不就是为了寻开心？闷了，无聊了，走进去一坐，享受一下冷气，哈哈哈，开开心心走出来，本来阴云满天，这时阳光灿烂，心情靓回来了，当然值得。

看电影也只是为了娱乐罢了，有几个会去追究什么艺术性之类的东西？

也不知道当时我的执着，是可爱，还是愚蠢。

虽然我现在已经改变看法，但有时想起那理想的年代，心仍有些温热。只不过理想一碰到现实的墙壁，便是无力翩飞的时候，我唯有雌伏在金钱的压力下。其实，我在暗骂马导演庸俗的时候，已经不知不觉地也掉在我所说的“庸俗”的浪潮中。是的，假如我真的那么清高，又哪会一再在他的要求面前节节败退？

加盐、加醋、加拳头、加枕头、加低级笑话、加媚俗动作……剧本改了又改，改到我自己都不能认出来了，我一面皱眉头，一面还是依从要求，努力去满足他。

为什么？还不是梦想着有朝一日出人头地？

宁为玉碎，不为瓦全？讲讲当然容易，真能做到的又有几多人？要是人人可以做到，这句话才不会成为人们挂在嘴上的警句哩。

小心翼翼侍奉马导演，生怕一个不小心得罪了他，眼看到手的影片又要飞掉。

求神拜佛祈求上帝保佑，马导演拍拍我的肩膀，“你放心，我说 OK 就 OK。我马本清的金漆招牌，拍出来的影片可不是垃圾！你信吧！”

“当然当然，”我心里实际上很讨厌我这时挤出的笑容，“托您的福。”

他那么一转身，也就是送客的意思了。我茫然走出电影公司，也不知道往下应该怎么办。商谈修改剧本时虽然心烦，却有讨论的对象与热烈的气氛，这时他一声“OK”，我就立刻感到寂寞了。那么，从此以后，我就不需要再在这里来回折腾了吗？

等了几天，忍不住打电话找马导演，但电影公司说他外出拍片去了。

当然是拍我那片子去了。只是，他到底上哪儿去拍，没人告诉我，我当然不知道。

我的心头涌起一种失落感。

再问柴世方，他在电话那头不冷不热地说："马导演？我怎么知道？他这一向不是和你很密切的吗？怎么连你也不知道他在哪里？"

问得好。

但我真的不知道。马本清如果有意避我，我有什么办法找得到他？

香港虽然不大，但他要与我捉迷藏，也是轻易得很。

大概听我不出声，他又说了："片子拍都拍了，不要再想什么了。我祝你好运！"

"无论如何，我很感谢你的帮忙。不管拍不拍得成，我也是这个态度。"

"好说好说。"

一种希望在心中复活，而且越烧越旺。

影片这一拍，几个月就过去了。

也不见有什么宣传，也不见有人通知我，但影片却已铁定上午夜场了。

我赶到那家电影院，在大堂观看隔着玻璃板贴出来的剧照。《笑爷》片名赫然。心一阵狂跳。应该抹一下眼睛再看。导演马本清的名字很大。眼睛一轮扫射，哇！找到"编剧"了，怎么名字那么小？编剧不值钱，还能计较什么？

欣赏一下自家名字印在海报上的滋味，没想到我王承澜也成了小名流了！咦，我傻了眼了！编剧怎么印成“柴世方”，而不是“王承澜”？柴世方从头到尾根本没参与过讨论剧本的工作，怎么现在摇身一变就化为编剧？

这也真算得上是贪天之功了。

要是他柴世方真的是编剧的话，我王承澜岂不是可以做金牌编剧中的金牌编剧？他凭什么？就凭他那文化程度？连一封信都未必写得通哩，就想当编剧？做生意大概还行，搞编剧？下一辈子吧！

不过世事无奇不有，他就这样“名正言顺”地当上了《笑爷》的编剧。不信？这不，白纸黑字印着呢！

到这时，我才真切不过地明白，什么叫作沽名钓誉。也就是说，这个词对于我而言，有了一个有切肤之痛的活生生的例子。

实在生动。

而这生动，是用我的汗和泪换来的，也许还有血，未必是看到的那种红的血，而是内心被刺伤却看不见的溢出的血。

是内伤啊。

要是我去奔走呼号，不要说人家未必相信，即使相信，也要拿出证据来呀！在法庭上，我总不能说：“我以我的名誉发誓，柴世方剽窃我的剧本。”

法律重证据，谁会相信以名誉保证？何况，我这么一个小人物，又不是什么太平绅士，名誉值什么？

但要我打落牙齿和血吞，我也做不到。

柴世方也太他妈欺负人了。他这样龌龊的事情都可以做，难道还有天理？名誉给他捞去了，说起金钱，那笔好几万的编剧费也给他拿走了，我辛苦一场，却变得一无所有。

几万块对他来说简直不值一提，但在我却是不小的数目，他未必不明白。但他还是那样穷凶极恶，真叫我难以理解。

我大小也是一个男子汉，如此这般被人欺负，连一声都不吭的话，哪还算什么男子汉？他柴世方财雄势大又怎么样？我就不信他能够只手遮天！

最好就是找瑞兴出面。

不过，也没有理由拖他落水。他只不过提了一下柴世方，后来便一直没有过问，更谈不上插手了。如今出了问题，又把他拉来？

算了算了。不要让他为难。他与柴世方合伙搞生意，有利害关系。好汉一人做事一人当，我自己去解决。即使没有他出头大大不利，也只好认命了。

不管怎么样，对柴世方我还有一些纠缠不清的顾忌，还是先找马本清再说。

至少也先探个究竟。

但马本清总也找不到，接线生不是说他“不在香港”，便说他“在开会”。也不知道哪句是真，哪句是假。

决定用传真去知会他。

初次接触，要掌握分寸。既要让他知道我不会就此罢休，但也不能让他没有面子。毕竟传真是极可能让别的人看到的呀。假如令他把心一横，我也绝没有什么好处。

要留有余地。

怎么措辞，可真要斟酌一下了。

想了一想，终于写定：

马导演：

影片公映，甚喜。唯有些细节急欲与您相商，见字后盼即来电，切切。

王承澜即日

上午传过去，下午便接到他的电话。果然被我这一招逼得现身了。

“你找我找得那么急，什么事呀？”

那口气有些不满，我假装听不出来，笑道：“哦，没有。小事一件。就是……”

“有什么话快讲啦，别吞吞吐吐，我没空……”

“是这样，我看那电影海报，编剧变成柴世方。您最清楚了，柴世方可从头到尾没有参与过，他凭什么……”开头我极力想谈得平静些，不料，说到后来，竟气上心来，有些控制不住了。

“哦，这不关我的事。我只管拍片，这事是宣传部搞的，你问他们啦！”

问就问，怕什么！

再拨电话给宣传部，接电话的小姐说：“我们都不是很清楚，是上头交代的！”

“哪个上头？”我问。

“我不很清楚。”她说。

“你叫清楚的那位来听电话啦！”

“对不起，除了我，其他人都走开了。”

不得要领。明明是在耍太极嘛。

我心里很急，看公映这三天的走势，票房并不好，最多一个星期便要换下了。假如拖到那时，再怎么呼天抢地，也已经失去新闻性，谁还会理会？

马本清既与柴世方是老朋友，他自然帮柴世方而不会帮我。我不相信他不知道内幕。

还是直接找柴世方算账。

但柴世方却笑着说：“老兄，你以为电影界那么容易就可以混进来的呀？看开点吧！”

我就算是忍者，这时也忍不住了，“有什么理由我编的剧本，署上你的名字呀！你说说看……”

“哦，你以为你是编剧了？你想想看，现在拍出来的样子，与你的初稿相差多少？简直就是两回事了嘛，对吧？”

“这个我认，但是一直都是我动手改的呀，你总不能说是你改的吧！”

“这个你就有所不知了，”他笑，“每个意念，都是我的，只不过我没有直接对你讲，而是通过马导演的口告诉你罢了。”

“这样都成？现在你怎么说都可以的啦！

“哎，你别这么激动，念在你初期也有点功劳的分上，这样吧，我分一万块剧本费给你，OK？”

简直是一副流氓嘴脸！一万块就想收买我，把我的口封住？你未免当我是乞丐了！我不禁冷笑，“柴老板，你大把钱，这几万，对你来说根本不值一提，我不明白你为什么也要捞走，这个，你做人也太过分了吧！”

“哎，你要分清楚，属于我的，我一分钱也要拿回来，不然别人会把我当作傻瓜。不在于钱本身，而是在于我的自尊！”

说得真他妈理直气壮，不过这个话该是我对他说的，而不是他对我说的。但是我虽义愤填膺，这时倒反说不出话来了。他已经这样无赖，我还有什么话好说？

“既然这样，我跟你没完！”我扔下这一句，便想离去。但他却拦住说：“告我？那你有什么证据？电影公司跟你签过合约吗？”

当初真没想到会搞成这个样子，老是以为电影是文化人搞的东西，即使是搞商业电影也好，也不会尔虞我诈，谁会想到要白纸黑字写得一清二楚？一声口头承诺以为便是真凭实据，岂料翻起脸来没有书面材料便教自己处于绝对的劣势。

要是横下心来去打官司，虽说不是完全没有胜望，只不过律师费呢？我负担得了吗？倾家荡产假如赢了官司，那也倒还好说，只怕赔了夫人又折兵，鸡飞蛋打，那时就不知该找谁去哭诉了。

但临走时仍忍不住愤愤地说："姓柴的，你有钱，你够绝。但我不会就这么拉倒，你看着吧！"

他笑着耸耸肩膀，一面摆手做送客的姿势，一面说："恐吓我呀？我随时候教！"

好一副干了坏事却有恃无恐的神气。

不过我真也拿他没办法，嘴上强硬，内心里却有一种绝望感。投诉无门，我像热锅上的蚂蚁团团转，还没有理清头绪，影片已经换掉了。

还吵什么？认命罢了！

也不见得柴世方捞到什么电影圈的名声，这部影片悄悄地公映，悄悄地结束，就像微风吹过丝毫不露痕迹，谁会记得什么编剧？

不是我不想与他争个你死我活，只不过条件不允许。

看来，这碗电影饭不是像我这样的人吃的。这一回我可真是卖了力气却又一无所获，干什么呀我这是？

也罢，算是买个人生经验。

后来，瑞兴无意中问过我："喂，你那部电影呢？"

他不提还好，他一提，更撩起我的新仇旧恨。

"你那时怎么不告诉我？"他问。

我苦笑。

告诉你？你那时连一声也没有问过我，我怎么好意思巴巴地去麻烦你，何况你与柴世方又是合伙人。

“你不想拖我落水？”他摇摇头，“他早已把我拖下水了！”

那时，我哪里知道内情？而且，他也未必熟悉影圈。

算了，一切大概都是冥冥中注定。

正像他与柴世方合伙，又与柴世方拆伙一样。

听到他与柴世方分道扬镳的消息，我心中暗暗高兴。不管怎么样，我不愿意他与我痛恨的小人合作。我甚至有点幸灾乐祸，假如他们仍然合作，我就有可能撞见柴世方，那将会使我浑身不舒服。因为鄙视他，所以我根本不愿再见到他，可惜我还没有修炼到化境，不能做到连眼珠都不转过去，徒然自己难受。

倘若做得潇洒，又何必自寻烦恼？

去者已去矣，来者犹可追。把眼睛盯向将来，不要意气用事。看看瑞兴吧，他明知柴世方未必可以做朋友，但能够在一个时期合作赚钱，他也可以接受。他说：“怕什么呀？大家有钱赚，好过赌气大家没钱赚。合伙人罢了，只要防着点，不被他吃掉就可以了。又不是跟他天长地久，到了该分手时就分手，谁也不吃亏。”

我已然吃了亏，跟他翻脸也无济于事，他也根本不会怕我，何不跟他笑里藏刀，到有机会时再给他一下子？

道理上我明白，但行动上我却无论如何努力也做不到。原来这也是一种本事。

既然没有这种本事，唯有老老实实赚钱。银色之梦已经破灭，也只好爬格子啦。

“做作家好哇！”瑞兴说。

我也摸不清他说的是真话，还是调侃我。

以前我把作家看得很神圣，后来才知道在人们的心目中那几乎是庸才的别称。大谈《情人》的那一晚，胖太太正讲得口沫横飞，那年轻太太便笑吟吟地插了一句：“你那么多话，干脆派你做作家好了！”众人大笑，好像都把眼睛扫了过来。我感觉她把作家与胡说八道画成一个等号了。

恐怕也难怪人们这样想了，香港毕竟是商业社会，作家必须包装自己、推销自己。

形象深入人心，人家才会认识你。那几个明星作家不断在公众场所讲呀讲的，也不懂得到适当的时候收声，怎么不让人误解？

照说，功夫花在文学以外，并不是正道。只不过不管你愿意还是不愿意，这些人却成功了。说真的，我对他们的作品不屑一顾，却无法否认他们有响当当的知名度。那趋势，挡也挡不住，根本由不得我说三道四。

回想自己霉得无人理睬，不禁丧气。

啊呀，再说我又写过什么作品了？还不是天天为钱去胡乱填格子？有什么资格愤世嫉俗？

看到人家势如破竹，心中很不舒服。他们？利也有了，名也给他们霸着，哪有这么便宜的事？这世界，有得有失，有失才能有得；要名就不要利，要利就不要名，这才公平。现在倒好，名利他们都不松手，难道世界上的好事情，全都给他们吸了过去？

啊呀，我这是不是酸葡萄心理？

平心再细细一想，又觉得凡事不要强求。

各有前因莫羡人。否则，活着也太辛苦了。

人家有人家意气风发的活法，我也有我平平凡凡的活法，不要去比较，就可以心安理得。个人的力量太渺小，我既然无法改变现状，唯有承认现实。

还是顺应潮流算了。他们如此走红，除了自吹和请人吹，恐怕本身也并不是草包。假如自己连一点实力也没有，只靠宣传，怕也未必站得起来吧！我只是因为先有成见，心理上过不去，便处处觉得他们样衰。

这是很主观的情绪，却于客观事实毫无影响力。

尽管我不愿意，但也不得不承认现实逼人，我又何必把精力花在浪费生命的自我怄气上？

识时务者为俊杰。

既然一时之间也没有赵建奇的好运气，只好在自己力所能及的范围内主动出击了。

也许是从此各走各路、互不相干的缘故吧，临走前赵建奇再三要请我吃饭。我不愿意跟他做戏，但不好黑口黑面地拒绝他，只好说："……算了，不要破费……"

什么破费？不过是吃个快餐而已。

推不过去，且看看他说些什么。

晚上的大家乐，人并不挤，说话也方便。

刚把两份咖喱鸡饭端来，一坐下，他便抓着匙羹，望着我说：“明天我就不回来了。以往有什么不愉快，大家就一笔勾销吧……”

我本来立定主意与他打哈哈，但这时也忍不住责问他：“我只想问你一件事，为什么你把我当成攻击目标？”

“没有哇……”

“往日无冤，近日无仇……”我不理他的话头，继续盯住他不放。

他沉默了一会儿，又往嘴里送了一口饭，这才含含糊糊地说：“我……我走火……入魔……”

既然他肯当面说声“对不起”，也就算了，何必揪住不放？反正人也要走了，以后恐怕也不会有什么机会交往，最后一晚相聚，大面子上要亮得过去。

说到后来，他好像动了情，我见到他泪光闪闪。

都在生活线上挣扎，也就盼望着有出头之日。我明白。但你也不可以踩着人家的肩膀往上爬呀！

气愤归气愤，但此时此刻，我也不好说出口来。

不过也不必唱《友谊万岁》吧。

最后道别时，他显得很诚恳地抓住我的手，“可能你不爱听，不过我还是要劝你。香港地，你不要太理想化，做人一定要现实一点。比方写东西，千万不要搞什么文艺，文艺找不到钱，吓也把读者吓死了。”

他的话刺耳，但我知道是好心。

本来嘛，写东西要直截了当，轻松有趣，读者才爱看。谁叫你扮深沉？把你自己沉下去还差不多！要靠那支秃笔找钱，就得明白个中道理。

委屈自己？看钱分上。不这样做，没人愿意划个地盘让你在那边自个儿练“劈空掌”。

就算是在大笪地卖艺，要什么招式当然也要看人家的脸色行事，才能掌声如雷赏钱不断；报纸上的“贩文认可区”虽不需“营业执照”，但自然也要有人点头才行。自我清高？那就等你自己回家面壁去吧！

难道他临别依依，不忍我走死胡同？

恻隐之心人人皆有，虽然我与他有过不大不小的不愉快，但在这个奇异的时刻，他大概也有些良心发现吧。

不过，谁知道呀？人心隔肚皮，也许他不想我在文坛上冒起，故意说些丧气话来打击我的士气，也未可知。想起他一阔脸就变的那些镜头，我对他的提防之心，始终没有完全撤除。

谁知道他打什么主意！

不管他了，他爱怎么想就怎么想吧，我自有主意。反正我也从没想过要成为什么作家，好好坏坏也就无所谓的了。

潮流还是要跟的，不然怎么生存？

金钱也是要赚的，不然怎么生活？

没有大钱，小钱也好。

粪土金钱，无异于自找死路。

没有钱，行吗，在这个现实的社会？

不必发达。想发达就发达了？没有这个命，发达不必去想了，但决不能没有一点钱。

没钱的日子真难过。

没钱就没有自尊。

我不想。

看看人家方玫，来香港才多久？抓钱比我厉害得多。我有时会想，这到底是因为她拜金，还是因为她聪明？真的搞不清楚。

十九

不用问，许多人看到我的样子，一定会认定我是“发钱狂”的了。那也是没有办法的事情。人家爱怎么想，我也没办法禁止他们，由他去吧！

我方玫什么世面没有见过？当年一呼百应，率领群雄的时候，什么传言没有听说过？真真假假，我一概不放在心上，只晓得按照我心中的目标去做。假如连这些叽叽喳喳都抵挡不住，我也不必做人了。

本来我也以为我的心已经给磨硬了，甚至在新婚之夜，富胜也苦笑着轻声叹道：“你呀，你就是缺乏女性的温柔，老是摆出战斗姿态……”

我是这样的了，谁叫你死活都要追求我？

黑了灯他挨上床来，我的心一阵抽搐。也并不是恐惧，只是因为无法适应。

周围黑乎乎的，我还要闭上眼睛，我不愿意看到他。

这个初夜对我来说并没有什么特别的感觉，他呢喃他喘气他累倒，好像都与我无关。一些影像，种种喊声，交错着在脑海闪现轰响。

拳来脚往。刀枪并举。肉搏。

跑步声。呼号声。战歌。

今夕何年？

明月何时初照人……

一觉醒来，倒好像在人生历程中，什么也没有发生过。太阳依然还是从东方慢慢而坚定地升起，那阳光洒在我脸上，暖暖的。再睁眼四下一望，是有些异样。咦，怎么有个男人睡在身旁？这才想起，原来……

从没想到结婚竟是这么轻而易举的事情，一点也没有想象中那么刺激。就这么一下子，凭着他的毅力，我就得要回应他："好吧！"

好什么呀好？我反而觉得有个男人在身旁真是碍手碍脚，我看着他酣睡中微张的嘴，忽然涌起一股想要把他踢下床去的冲动。

那么，这位就是我的丈夫了？

结婚，好像是人人必经之路。而我却没有多大的选择余地。也不知怎么一来，我便被推到了领导群雄的位置上。连我自己也不知道，原来我还有领袖才能。假如平平静静地读完大学，我大概也不会出风头，不出风头也就不会有后来的倒霉，只不过身在潮流中，不管愿意也好，不愿意也好，也都身不由己。坐上那个位置，周围的人唯命是从，我慢慢也觉得自己不同凡响，等闲的男人，我哪里看得上眼？而他们也不敢轻易追求我。

说到底，我跟普通的女人并没有什么两样，我也会缝，会洗，会做菜，需要爱情，只不过我的位置局限了我的范围。

机会成全了邹富胜。

他天天都在我左右转，在我处境最艰难的时候，许多拥护者都纷纷投向对立派，他却从不动摇。那回多数派打着“文攻武卫”的口号，狂攻我们占据的大楼，他为了保护我，独舞一根铁管，站在三楼的楼梯口。

我看着他当时那个架势，颇有一夫当关的味道。

忽然呐喊声和踏踏的脚步声从楼下传来，他回头把我推进房里，喝了一声：“你千万不要出来！”

门便“砰”地关上了，把我和他隔在两个世界里。

我的心咚咚乱跳。贴着门板，明明听到那些人往上冲来，一面大叫：“活捉方玫！打倒方玫！”

假如让他们冲了上来……

不堪设想。

金属交鸣声。扯破喉咙的喊杀声。惨叫声。

我的心一阵又一阵地抽搐。落在这帮人手里，怎么会有好下场？

忽地那些喊声消失了。咦，莫非是幻觉？

倾听了一会儿，我打开门，只见邹富胜跌坐在地上，鼻青脸肿，嘴角淌血。赶忙扑上前去，把他半扶半抱架到房里，让他躺下。

假如不是我手下的兄弟赶了回来，这回我们可真是要连窝都给端了。

难得的是他单枪匹马像吃了豹子胆似的护卫我。

我甚至认为，我的这条小命，也全靠他保住了。

我虽不讨厌他，但也说不上喜欢他。但在那个年月，他却成了最接近我的人，好像除非我不打算结婚，否则也只有他才是对象了。

我答应下嫁他，与其说是爱他，还不如说是为了感激他的一片痴情。

当时也并不太清楚爱与感激的差别，只是从来也没有牵肠挂肚的感觉。从他那方面来说，对我几乎是言听计从。即使我脾气上来的时候，他也陪着笑："别生气了别生气了，是我不好，行了吧？"

我有时甚至希望他强横一点，多些男子汉的气概，居高临下压倒我，我再怎样强，也始终是女人。女人怎么样都希望被呵护，希望倒在男子强有力的怀抱里，享受一种被保护的心境，正如他那时站在楼梯口保护我一样。

有了什么摩擦的时候，他会固执地盯着我追问：“你要我怎么样？”

“没有，我只是想，假如你能够像那回那样舍命护我，我就心满意足了。”我说。

他当然有大把理由。

我也知道，这样让他表现的机会，并不是总会有的；何况勇气这种东西，也并非随时随刻都存在。与死神挑战哪，一生中有过一次，也就可以称为英雄了，我总不能要求他浑身是胆视死如归。

但我却好像找到了一个合理的借口，对他的不满也就益发振振有词起来。

“你再这样，不如我跳下楼去。”他说。

那语调却犹犹豫豫。

真的叫他跳去，如今他也未必肯的了，我又何必枉做小人？

于是一笑置之。特殊的时间造成了特殊的婚姻，即使心中后悔万分，也只能认了。何况，他在我面前一向矮了一截，就算是我无理取闹，他都哑忍。有时我真想他反驳我几句，光是我一个人叫唤，有什么意思？没有回声的寂寞，油然在我心湖腾起。打不还手，骂不还口？得了吧，你还算不算个男子汉？

不过，他从决定娶我的那个时刻开始，大约也已经明白自己应该扮演的角色。

我方玫自问长得也不赖，偏偏没有什么男的公然追求我，他在没有任何对手的情况下得胜，难怪他在床上歪缠着我时，总是喃喃地说："……你是我的，上天早就安排好了，把你派给我……"

我沉默地摇晃着头，避免他的嘴唇。我从来不跟他接吻，也说不上是什么样的一种心理。但我不愿意有这样的接触。结婚前在他的拥抱下也不是没有与他亲吻过，没有想到结了婚当他与我合二为一的时刻，我却抗拒他的嘴唇，更抗拒他的舌头。

他只能吻到我的脸颊、我的脖子，在黑暗中他怯怯地问："为什么？"

我不想太伤他的自尊，随口回答："你压得我喘不过气来……"

他不吭声，但我感觉得到他原来高昂的情欲在迅速地溃退。

他软弱地歪倒在另一边，我心中顿时如释重负，只想快快地逃到浴室去冲洗一番。

我也常想，我到底是不是性冷感？为什么在床上老是提不起兴趣？那晚他便半开玩笑地说："……怎么搞的？你老是无精打采，教人兴味索然……"

假如他真能收拾心情，不再努力的话，那倒是求之不得。但他不能。扫兴的话刚说过，第二天还不是照样搂着我，自嘲地说："你呀，你老是诱人犯罪……"

我引诱他？我一向穿得密密实实，连坐着的时候也是端正得好像小学生上课一样，还有什么风情可言？亏他还会想出这一句来下台阶。明明是他自己蠢蠢欲动了，却好像是我在怂恿他。假如我不顾及他的面子的话，早就喝一声“伪君子”了。

也说不上是伪君子吧，可能还是正常的需要哩。只不过我实在提不起兴趣。本来以为结婚就是结婚，哪里想到还有这么多的下文要做。偏偏什么事情都可以作假，唯独反应很难冒充，我在理智上并不想让他难堪，但在感情上却很难突破我心中的关口。当他喘着气一再追问我的感觉时，我无言以对。

本来也知道，只要我闭着眼睛胡说一句“很好”，他便会不假思索地心满意足，但我真的说不出口。那种感觉应该是绝对温馨美妙的，可是我没有。

我不说并不是因为我从不说假话，相反的，假话空话我也说得不少了，为了鼓动群众，那是免不了的。但在这件事情上我却怎么也无法骗人骗己。

也不是没有憧憬过，在与心仪的男人共处一室的时候，应该怎样将自己的女性柔美尽情展露出来。但那男人却绝不是富胜。

当富胜跟我变得没有距离、毫无阻隔之时，我才明白梦想与现实之间，往往有一道不可逾越的鸿沟。

我觉得我和他只是生活在同一个天花板下的一个女人和一个男人而已，仅仅是因为偶然，两个名字便签在同一张具法律效力的证书上，好像卖身一样。

如果要求不高，也就凑合着这么过了，反正这世界上哪有十全十美的事？天底下的夫妻，又有多少真是那么如胶似漆？

但我却不能，也不甘心。

也许是不安于室。

不然的话，也不会千方百计移居香港了。

人家香港男人是把太太子女送到外国去，自己留在香港再奋斗几年，能赚多一点就多一点。他们叫作“太空人”。而我呢，却是把丈夫丢在北京，自己跑到香港，说得好听是来探路，说得实在一些便是逃避了。

记得当我把我的决定告知富胜时，昏黄灯光下他那目瞪口呆的样子，至今让我记忆犹新。他吃吃地说：“那……那我……怎么办？”

看着他那可怜兮兮的表情，我真想一巴掌扇过去，但忍住了。“中华儿女志在四方，你忘了？”

“要去，我们一块去。”他说。

“说得轻巧！”我瞪他，“人生地不熟的，英文也不懂，连广东话也不会讲，两个人去，不是找死啊？”

“那你一个人去，我不放心。”

“怎么？你怕那花花世界把我给吞了？笑话，我方玫要给吞了，在哪里都可以吞的啦！不能吞的话，走到哪儿也都照样吞不了！”

他不说话了。

我趋上前去，摸摸他的脸颊，柔声说：“你放心啦，我在那边打点好之后，再接你去。”

家里不论大事小事，一向由我拍板，就像婚后我一直坚持避孕一样，这回即使他万般不愿意，也是无法挡住我的脚步。

虽然没有孩子的牵挂，也并没有一身轻松的感觉，当送机时他挥手的样子刚逝去，当飞机开始在跑道上滑行，不管我怎样尽力回想，他的面容始终是模糊一团。

难道我的记忆力有问题?

多少年来，他几乎天天就在面前晃动，真没想到他留下的影响竟是这般脆弱。

到香港之前，总以为在那孤身一人客居异乡的日子里，定会怀想起他的种种好处。在我动身的前一晚，他直挺挺地躺在我旁边，盯着天花板，好像在苦想什么。

我也不知道该说什么好，便闭上眼睛假寐。

过了一会儿，听到他轻轻叹了一口气，说:“你走了，我一个人怎么办?”

我愈加烦闷，想都不想，便回了一句:“我到陌生的地方去，都还没有这样彷徨呢，你一个大男人……”

忽然觉得不对，连忙住口。

但他并不吭声。

我松了一口气，心却忽然不舒服起来。要是他反驳，也许还会让我感觉到他是男子汉。

他就是这样，心里不高兴，也不会对我说出来，教我有些无奈。总不能要我老是揣测他的心思吧！那是十分辛苦的差事，也不是我能够做到的。

分开了，我反而感到一身轻松。想要做什么便做什么，不必有什么羁绊；说什么话，也不用顾忌他的感受。

也可能是因为他一向的自卑，他对我的一言一行，十分敏感。那次聊起一个认识的朋友，我无意中说："……他当然畏妻如虎啦，谁叫他没他老婆本事大……"

话一出口，我立刻后悔。他却沉着脸，一言不发地转身走进睡房去了。

有时我也替他难受，人家老说他是"方玫的丈夫"，他怎么会没有心理负担？

他偶尔也会对我说："我这一辈子，都是生活在你的影子底下了……"

我无言以对。

早知如此，你又何必当初？

又不是不知道我方玫的名声大过你许多，假如连这点都受不了，你又追求个什么劲？

还是暂时分开好。分开了，还我自由。不必两个人老绑在一起，也不必左顾右盼唯恐伤了他的自尊。

因为自尊而自卑，因为自卑而自尊。好像矛盾却又实属必然。但我也不能时时事事照顾到他的情绪，一不小心就令他受伤，我活得也够瞻前顾后了，这不是我的性格。而性格给扭曲了，是一种莫可名状的痛苦。

一个人生活有一个人的潇洒，不必事事问询他人；但一个人生活也有一个人的寂寞，当冷雨敲窗之夜，连一个讲话的对手也没有。

是寂寞。

这世界，大概有许多伟大的事情，而战胜寂寞，我觉得便是其中之一。有得便有失，自由也常被寂寞蚕食，但我认为值得。

起初我也在想，什么时候我赚到一笔钱，便叫富胜也来香港，重建我们的小窝。可是，当我这样向他透露我的大计划时，他却死活不肯来。他的表面理由是他舍不得放弃他的事业而改行经商，但我却明白他绝对是因为害怕我养他而断然拒绝。其实夫妻俩的事情，也无所谓谁养谁了，但他就是那么个人，我也没办法。

而他并不想放弃我，这个也很清楚。几乎在每封信上，他都要写上这一句："……你什么时候回来呀？"

无非是要我"鸟倦飞而知返"。

他却没有替我设想，我方玫是何等人物？当初大模大样地在朋友面前说："我走了！"他们立刻恭喜我发财。我还没有混出个人样便回去，那岂不是作践自己？当时恭恭敬敬为我送行的哥们儿，恐怕就要把鼻子都"哼"大了。

再怎么样，我也不能丢这个人、献这个丑。

只要发达了，谁不敬你是一条好汉？

想要风光，只有衣锦还乡这一条路，含糊不得。

你看人家利智，携着一千万美元飞到青岛投资地产，谁不说她是既有漂亮面孔又有头脑的女强人？在茶楼喝茶时我便听到男男女女议论纷纷:"人家不是肉弹，是原子弹！一千万美金，你能想象?"假如回到她上海老家，我敢肯定三姑六婆必定挤破她住的酒店的门槛。

没有钱了哪，唉，别提了。讲钱失感情。

所以我发誓，如果我赚不到钱，我就不回去，连去走一走看一看也不。不然的话，身上无钱，应该怎么去面对"江东父老"?他们老是觉得我行，假如我不行，我没面子，他们也没面子，那又何苦特意去碰面而撩起"痛苦的回忆"?

富胜不来香港，是因为要面子;我不回北京，也是因为要面子。

假如我不是方玫，而是一个普普通通的家庭妇女，那该多好，我不必有那么多的顾虑。

原来最幸福的还是平平凡凡的人。

我已经没有什么太多的选择，唯有在商场上左冲右突，因为我已没有退路。

从决定到香港之时，我的内心里应该早就有这种朦朦胧胧的打算，只不过不那么具体而已。

到了香港，一切就变得那么贴近而形象，而一直潜藏在我血液里的对做生意的狂热，便及时释放出来。

刚开始的时候，瑞兴只是我看中的一个阶梯而已。

我告诉自己说，商场上的情爱，不是快餐式地一次过，便是分期付款式地签订年限合约，动心却不可以动情。谁要是真的投入情感，那便自讨苦吃。

我绝没有想到真的会堕入情网，却无力挣扎摆脱。

瑞兴在我的吴侬软语前滑倒，也未必源于真心爱我，我明白。

假如我没有过那大大的名声，对他怎么会有吸引力？那证据便是，在初期，即使在浓情蜜意中，他也会冷不防便问我：

“你这么强，也会需要男人吗？”

女人再强，也是女人。

女人总是希望有男人呵护，在外面累了回到家里有人抚慰，就像船儿在海上颠簸，航进港湾，也要落帆歇息一样。

他的问话，却让我觉得，他只是对我那与一般女人不同的形象感到好奇。

也许，这种好奇也可以教他充满新奇的刺激。我总觉得，像他这种上了年纪而又事业有成的男人，常常都有一种征服欲。为了证明他的存在，自然便到处试探。

也罢，满足一下他的英雄感，又有什么要紧？

“那要看什么样的男人了……”我说。

表面上回答他的问题，实际却捧了他一下。我看得出他虽然没有明显的笑容，但眉眼里笑意盎然。

“那邹富胜……”

我的心一沉。无论如何，在这个时刻提到富胜，对富胜对我都不公平。你陈瑞兴也太残忍了一些。我斜眼看着他，不答话。

他似乎也觉察到他的失态，连忙说：“你说，我是不是最好的？”

我闭着眼睛都可以说“是”了，但在这时我却不愿意说出来。这算什么？在查问我的历史呀？

他也是个聪明人，立刻自我解嘲：

“我老是对自己信心不足，所以才老是要问别人的观感。我这样问你，有点强人所难吧！收回收回！”

我对他有戒心，也相信他对我一样有戒心。我们在某些方面互相吸引，却并非全心投入，彼此小心翼翼地合演“走爱情钢绳”。

这是高难度的技巧，假如分寸拿捏得不好，谁都会一败涂地。而我就更加输不起，我知道我自己的女性吸引力，已经到了强弩之末，倘若我不能俘虏他，今后也就不用设想再用女色惑人了。

无法回避的是，在这个现实而势利的社会中，虽然未必个个都是见色眼开，但漂亮的女性，总是会占些便宜的。

可惜的是，我可以利用的本钱已经不是太丰厚，倘若不抓紧，便会一去不复返。

“我的青春小鸟一样不回来……”

但我觉得瑞兴也并不是浅薄到好像某些大老板那样，只是一味找寻年轻漂亮的影视明星，而完全不计较她们本身的文化素质。论年纪我大概没有什么可以炫耀的了，可是如果要讲点深度，那些靓妹又哪里是我的对手？何况我与他还有那么多共同的话题。

他有钱。他有名誉。他有地位。

我不否认，这一切对我颇具吸引力。我私心里也想要借助他的力量，达到我的目标。不然的话，凭着我一个女人，赤手空拳，怎么打天下？那时成为领袖，是因为有那么多人拥戴，如今在商场上打滚，真金白银谁会无端端奉献出来让你去冒险？

但天地良心，我并非完全在打他经济上的算盘，我真的有些喜欢他。他的干脆与决断，虽然有些无情，却很对我的脾气。做生意有如搞政治，非得有大魄力不行。这句话我早听人说过，却直到现在才真正明白，此话果然有理。倘若他优柔寡断，又怎么可能建立起他的商界地位？

成功人士，总会有他的出众之处。瑞兴的作风叫我心折，同时也深感惊奇，人是不是在很多时候都会自我淹没在人海里？那时在大学，大概没几个人知道他的存在，没料到一到香港，他的潜能便发挥得淋漓尽致。我也并不容易看得起一个人，特别是男人；而他的魄力，教我对他刮目相看。

但我不敢完全投入我的感情。我还看不准他。我不知道他是不是逢场作戏。

假如他只是拿我来解闷，我何必自讨苦吃？不论怎么说，我方玫也曾是一个人物，哪能给一个男人呼之即来，挥之即去！

我真的渴望柔情。女人都盼望爱情，我也不例外。但我似乎还没有机会表现我的天性，无论如何我都不甘愿。可惜富胜不能激起我的真情，我也不是没有努力过，我甚至相信一种说法：感情是可以慢慢培养出来的。结了婚再谈恋爱或许也不错。

但事实上行不通。

富胜是绝对的好人，他做朋友就很好，但当情人可就不合格了。

而且他不属于善于体贴女性的男人，什么事情都是粗枝大叶。他甚至对女性生理变化也不太清楚，一味地只是按他的要求行事。我当然不会什么都依顺他，他嘴上不说，他的沉默不语却已透露出不满。

对我来说，与他同床，慢慢就成了一种负担。

这负担又慢慢筑成了无形的围墙，横隔在心间，哪有水乳交融这回事？

我总认为，我与他结婚是一件事情，但我自己的人格是独立的，并不依附于任何人；我的心灵也是自由的，并不因此而受到束缚。

和瑞兴在一起，便可以保持这种相对独立。虽然他偶尔也会有意无意地问及我的私事，但只要我笑而不答，他便会适时地退却，巧妙地转换话题，不露痕迹。

有时我也会高兴于他的试探，认为那是他在乎我的一种证明，而最可爱的是他不会死缠烂打，富胜就不同，他会摆出一副穷追猛打的架势，让我反感。那一次我因办些事情，回家晚了，他便拉长了脸，不断絮絮叨叨：

“你去那里？”

“跟谁去呀？”

“这么迟……”

我没有理他，他便问了又问，虽没发脾气，但教人十分不自在。瑞兴就不同，与他约会迟了很多，他也只似问非问而已，“怎么？很忙啊？”一副体贴的样子，使我歉意更甚。

我也不知道从什么时候开始，对他竟越来越投入了，这也是我始料不及的。我以为我已不是怀春少女，阅历也不算少了，怎会在一个我原本并不太看重的“情”字上栽倒？但命中注定，就是逃不掉。

情关始终闯不过？

我不能分析出我倾心于他的真正原因。

也许因为他是个成功人士。也许因为他待我不薄。也许因为他的男子汉气概。

也许什么都不是，只因为有缘。

说得真玄，但世事常常便这么玄，说也说不清楚。

我想，假如什么东西都可以那么理智地解释的话，也许世界就不会那么混乱或是精彩了！

是那晚一帮商场上的朋友在中环吃完晚饭唱卡拉OK吧，本来我也还可以唱一点，不算太优秀，但也过得去吧。兴致勃勃置身其间，男男女女竟抢着扩音器鬼哭狼嚎，要多难听有多难听，简直比杀猪叫还刺耳，我鼓起的勇气立刻崩溃，并且反省自己，假如在旁人听来也是这般自虐虐人，岂不会成为小丑？

自以为缩在一角便可以躲避这场面，不料他们吼完之后，转过头来目光一致地嚷道："方小姐，方小姐唱一个！"

我双手乱摇，"我不会唱……"

他们哪里肯依，一个个把扩音器递了过来，好像我不唱，今晚的卡拉 OK 便唱不下去了，果真如此，我就无异于罪魁祸首，把众人的热情给一瓢冷水浇灭了。

真是进退维谷。

我正要用眼神求救于瑞兴，他早已站起身来打圆场："各位各位，方小姐真的不会唱这些歌，我代她唱啦，大家包涵包涵！"

大家本来也只是起哄，既然他开了金口，自然也就顺水推舟继续玩下去。

他唱得实在不高明。

也正因为他唱得不好，才更加使我动心。

假如他唱得好，那大概是因为他渴望表现，如今证实他唱得难听，我明白他全是为了我而强出头。

而且他这样公然护着我。

虽然他带我出来应酬，已经是不言而喻的了，但其他几个，又有哪个像他那样出面维护女朋友？

我就是喜欢他的这种豪情。遮遮掩掩，算什么好汉？

我也问过他，假如他的那些商场朋友公开讥讽我，他会怎么办，他连想也不想，便冲口而出："我当然拍案而起啦！不尊重你便是不尊重我，有什么可说的？"

他倒也明白。

我相信他那时是很爱我。

不过我对爱情并不那么乐观，也不知道他究竟会爱我到何时。说得明白一些，便是我们的前途在哪里，我不知道。我只知道，即使他与他太太已有诸多裂痕，但他看来并不会主动提出离婚。“她过去帮过我，我今天会成功，也是因为她的关系，我不能过河拆桥。除非……”

除非他太太要离婚。

我当然对他的这种态度感到十分不自在，但夜深人静时躺在床上平心静气一想，却也觉得除此之外，他也没有什么好办法。

他对并不投缘的太太也不肯绝情，至少说明了他的心肠并不坏，假如他真的想要踢掉她，还不是轻而易举？

这也是我喜欢他的原因之一。

也许在潜意识里，我也希望就这样维持彼此间的平衡，因为我也还有个富胜。

虽然他远在他方，但毕竟还是我的丈夫，而且当年他是我的救命恩人。

恩重如山，就要设法报答啦。而中国女性的传统做法，便是以身相许，那还有什么说的？

至于我和瑞兴，可以相互欣赏，也就够了。

或者说，形式上的东西并不重要。

将来如何？不知道。既然没有法律上的保证，人的感情一变起来，什么也抵挡不住，那又何必杞人忧天？到时再说吧。

该来的怎么也会来，避也避不掉。

难道真应了那句话：不在乎天长地久，只在乎曾经拥有？

潇洒。

挥一挥手不带走一片云彩。

我也不知道真的到了那一天，我到底能不能显得这般从容，就算是做戏也好。

也真难分得清是财迷心窍，还是色迷心窍。

也许什么也不是，只是因为心有所属。

这时我才明白，人一旦堕入情网，就有些不可理喻，甚至无法解释。常常听人家问热恋中的人：“你喜欢对方的什么呀？”于是便有千篇一律的回答：

“温柔、体贴，是不是有钱不要紧，但也不能太穷……”

哦，这是报纸娱乐版上的例牌消息，几乎每个女星都这样说。

其实，事情怎会如此简单？要是这般简单，人就不会成为万物之灵了。

到底喜欢他什么？

假如不要冠冕堂皇的答案，而是要深入内心，谁能答得真诚而又准确？说出来个个还不是多多少少要显得“有情”！真实的一面呢？

我已经不是追求浪漫的年龄，但爱情仍是真实的。

我居然爱上瑞兴，一步一步地。如果要我说出理由，我也说不准，但我有这个感觉，这就够了。而且爱就爱吧，何必一定要刨根问底？搜肠刮肚找出来的答案，往往并不真实。

只要有那种感觉，就足够了。

而感觉，在很多时候是只可意会，不能言传。

心灵的交流，再怎么归纳，也都往往差那么一点点神韵。

当我们在一起的时候，他总是十分温柔。也许他没有富胜那么疯狂，却比富胜持久。他总是在最细微的地方处处顾及我的感受，不像富胜那样，好像只是为了占领，只顾自己痛快，却不会配合我的情绪。

富胜只是闭着眼睛蛮干，而瑞兴却睁着眼睛呼应。当我看着他贴得那么近的眼睛好像要爆出火花时，便有一种被熔化的感觉。

何止是眼睛，还有那紧皱的眉头，咬紧的牙关。

好像是正在攻坚的勇士。

可是没有杀声震天的呐喊，只有喃喃重复的几句话，好像没有意义却又似乎是庄严的独白。

倘若我不回答，他便会固执而加速地追问，一浪又一浪排山倒海而来。

那种执着，又分明是中年情怀。

他能够使我得到满足，温温馨馨有如春风阵阵飘来。

老实说，在他之前，我只经历过富胜一个男人，在我的经验中，性爱是那么乏味的一件事情，甚至引起我内心的恐惧。可是我毕竟也是个正常的女性，生命之船在香港搁浅，生理的潮汐却仍然澎湃不已，我怎么能够面对着异性完全无动于衷？只不过我不敢放松自己而已。而且我也要有所选择，说什么情投意合，到头来也是一场空。我必须现实一些，整个社会都那么现实，我一个人怎么可能浪漫得起来？就像当年成了造反派领袖，起初热血沸腾，对革命抱有浪漫主义的情怀，不甘于平平庸庸，认为男人能做到的，女人为什么不能做到。鬼使神差被推了上去，有一群人蜂拥着，使我身不由己，但那种女王般的感觉也着实让我陶醉。不过后来形势逆转，欲待抽身，却发现已被牢牢绑在战车上，早就动弹不得。是一种骑在虎背上的感觉。

如今好不容易摆脱了那个非理性的岁月，来到香港，虚名也不要了，但不能不图利。瑞兴微笑着说："……好！我帮你！"

单枪匹马从头做起，生意场上哪有那么容易给我插足的地方？我明白不付出代价是不行的。这个世界，有得必有失。起初只是为了讨他欢心才跟他纠缠不清，但瑞兴并不是那种只顾自己感受的男人，他的持久，显然是等待我的高潮来临。他说："……我喜欢跟你一块达到终点的感觉，特别美好……"他的体贴，反衬出富胜从来就不理会我的反应。既然跟瑞兴可以一举两得，我又不是傻瓜，哪能不抓住机会？机会总是稍纵即逝的，实实在在的瑞兴就在身畔，不像富胜那样虚无缥缈。在经历了"文革"之后，我明白我只是一个普通人，只有钱和能给我赚钱的男人才是实在的。瑞兴轻抚我的脸颊，"你算是参透了人生的玄机！有前途！"说着便翻身再度压来，喘息着，手却驾轻就熟地在我身上游走，被挑逗的情欲在我体内喷涌，我惊异于他的精力旺盛。

但，天长地久有时尽，假如没有言语来持续灵魂深处的交谈，那又怎能维系心间的彩带？瑞兴即使再累，也不会背向着我倒头便睡，他搂着我温柔地低语，此时不管他说什么，我也觉得美妙无比。

人到中年，渴望的不就是那点关怀与被关怀吗！

但我不知道，此情是否真的永远也不会褪色。

人家都说了：当爱已逝去，你不要强留。

要留也留不住。

青山遮不住，毕竟东流去。有什么办法？

那晚缠绵床上，瑞兴忽然说："真是越来越爱你，以前可真没试过……"

怪不得他在忘形时会把我抱得死紧，喘着气说："……你呀，你是狐狸精变的……"

又是男人的诡异心理。既然认定狐狸精来勾引男人，那你就避开，不就完了？

真是得了便宜又卖乖。

说来说去好像女人是祸水。

不过我只是睨了他一眼，并没有生气。狐狸精？我是狐狸精才好呢，有哪个男人可以对狐狸精不动心？从他口中说出来，我把它看成女性魅力的象征。倘若他并不入迷，岂非我的失败？

他在我面前灵魂出窍。

他口齿不清地求我一生一世就这样爱他，我嘴上含糊答应，心里却不敢肯定是否此情不渝。

我太知道人性弱点，也并不一定是从一开始便蓄意欺骗，但事过情迁谁也由不得自己，又有什么办法？

甚至，我有时也会想，是不是应该在爱得最浓烈的时候悄然引退，保持最美好的记忆？假如搞到由爱成恨，变成仇人，那就太没有意思了。

但有几个人可以这般进退自如？

我再强，也舍不得。

那就只好随缘了。何况在情欲之外，还有实际的利益关系。

金钱的利益。再度呼风唤雨的欲望。

但是我已经不能从头再开始了，半途杀进香港这花花世界，许多人都只好认命，但认命不是我的性格，我不能做一个女工甚至一个文员，我要出人头地，风风光光，让所有认识我或不认识我的人拜服。

我才不要人家在背后指指点点：“你看看你看看，她也会有今天！”

今天怎么啦？还不是一样天高任鸟飞？只是我自己的翅膀已经太过沉重，必须借助风势滑翔了。

这风势，便是瑞兴。

其实一个瑞兴已经抵得过那时手下的千军万马，在这商场上，甚至更为有用。

已经不是打打杀杀的时代，虽然商场如战场，但毕竟只是明争暗斗而已，关系之外，还要财雄势大。

瑞兴说："我会一生一世照顾你。"

这照顾并不是像富豪包养女明星那样，他十分清楚我的脾气。一见到我脸色微变，他连忙加了一句："我的意思是说，我一生一世都爱你。"

我当然也分得清真情还是假意。

也只是在不经意之间，便把他征服了。

有一个这样的男人拜倒在石榴裙下，这令我十分有满足感。好像回到了那个呼风唤雨的年代，比起富胜，瑞兴更具风度，而且从来没有那么谦卑，我不喜欢唯唯诺诺的男人，因此更喜欢他不卑不亢的态度，何况在灵魂深处他早就臣服在我的脚下。

有时也会觉得难以想象，一个在公众场合这般风度翩翩的男人，怎么会在私下这般赤裸裸地显示粗犷的热情？

瑞兴气喘吁吁地说："这是男人的本能。像我这样的年纪，如果不是因为心理因素的话，肯定不会这么疯狂。"

我知道他在巧妙地解释，并非纯粹生理因素。

也就是爱火熊熊了。

能够在告别青春岁月之后，攫住这么一个男人的心，简直就好像在大海中漂浮，却猛然抓到一块救生板一样，我知道，凭着这块救生板，我可以航向彼岸。

瑞兴问道："你笑什么？"

我摇摇头。

除了实际的利益，征服一个男人的快感，遥遥地唤起了岁月山河的记忆。那一群呼啸的男人已经消隐在历史的长河中，而这一个男人却活生生地躺在身边，听我差遣。

这种感觉，真好。

二十

莫非是我命犯小人？和柴世方拆了伙，找到的郑乾坤，虽然没有那么赤裸裸，但也足以教我提防的了。

我在商场上也并不是常胜将军，至少，我对大亨新便判断错误，也是我太轻信他，忘记了商场上的运作准则。

他到底是怎么想的，他在背后又搞了什么动作，我都不清楚。我本以为他是我的有力后台，哪里料到他把我找去，劈面就说：“柴世方是你找来的，现在他在公司里这样搞那样搞，搞得满城风雨，对我们铁三角的声誉大有影响，你看这事怎么办？”

我一阵惭愧，但立刻硬着头皮答他：“新叔，人是我叫的，但是，他搞的是我呀，我的损失最大……”

“你有损失，是事实，我明白。”大亨新微笑着，“但一件事是一件事，不能混起来说。你受了损失，但不能说明你不该对邀他合伙的事负责呀！”

尽管我不是诸葛亮，但我必须有勇气承担决策错误的后果。

“那您的意思是……”

“你退出！”大亨新干脆得很，“我看只有你退出铁三角，才可以解决问题，不然的话是个死结。”

要我一下子就决定退出这个我卖过命的公司，当然很难，我垂头不语。

“本来我也觉得你是个商业奇才，大可造就，我也舍不得与你分道扬镳，但没办法。你知道啦，我们现代企业管理，不能一味讲人情。”

他的语调平缓，一点火气也没有，倒叫我有些惭愧。也没有再考虑，脱口便道：“你要我退，那我就退出吧。我不会叫你为难。”

事后想及，我真有些后悔不迭。叫他为难？他不为难我才怪呢！按说我对商场上的风雨也见得多了，当时栽在他手下，倒不是经验问题，而是他利用了我对他的信任。

但我也并非善男信女，在答应退股之前，我还顶了他一句：“……要我走，我走！不过柴世方也要滚蛋，我既然要对他加入公司负责，那么他本人更应该对他的行为负责，不然的话，那也太那个什么了……”

我这是同归于尽的战术。

我拼命打出的江山，送给别的什么人都可以，就是不要让这个柴世方占便宜。

“那当然。”大亨新拍拍我的肩膀，“我办事，你放心。”

我就是壮烈牺牲，也找了个垫脚的。

你柴世方和我斗？顶多便是大家都要“执包袱”。

难得大亨新一向支持我，这回让他坐享其成也应该。我的血汗总不至于为敌人而洒。

至于我自己，手中已有一笔钱，再打天下虽然困难不少，但也已经有基础了。

做生意，我看有三个阶段。第一阶段是人找钱，第二阶段是人找人，第三阶段是钱找人。

钱找人的阶段至高无上，是属于垄断的了，大概香港也只有有数的几个，我当然没有达到这个级数，而且也明白此生无望，虽然我也一直在努力朝这个目标前进。

也并不是相信命运，但我知道我的潜能到底有多大。我不属于顶级的生意人，我有自知之明。充其量也是只能达到人找人的阶段，但这已经很不错了。找人有什么要紧，钱照赚，那就一切 OK。

脱离铁三角，我要回我的股份，另起炉灶，又有什么困难？凭我陈瑞兴这几年在商场上的声誉，只要我卷土重来，恐怕多数人也还会给我几分薄面。

商场上当然跟红顶白，我离开铁三角，指不定有多少流言在散播，他们怎会说我的好话？但我相信在“利”字底下，什么都可以烟消云散。只要我显示实力，他们又觉得有利可图，便是天大的仇恨也可以化为乌有。商场上也没有永久的敌人，赚钱是唯一的目的。

我不能窝窝囊囊，不重组公司则已，一旦重组，便必须让人眼前一亮。

第一印象的好坏是最要紧的。

而好的开始是成功的一半。

新的公司必须极具势力，不然的话，那些人怎肯轻易打交道？

光是我一个人的资本，本来也不成问题，但毕竟不够震撼性。

必须找个重量级的合伙人。

这时，郑乾坤从东南亚携巨资前来香港大展拳脚。

也不过吃吃喝喝了一两次而已，郑乾坤便举起酒杯说："我喜欢你，Stephan，这杯就干了吧。"

高脚酒杯一碰，仰头咕噜咕噜一饮而尽，但觉一股火辣辣的液体流过喉咙，浇向心田。

微醺中，我知道我跟他一拍即合。

正自欢喜，却传来消息，柴世方稳坐铁三角的江山，一点也没有离开的意向。甚至连我陈瑞兴原本的办公室，也已经给柴世方进驻了。

我几乎不相信我自己的耳朵。

明明讲好我前脚走，大亨新后脚把他撵出去。不料却久久不见动静。

这时我才发现，大概我自己骨子里还是不放心。

这不放心其实完全是一种直觉。

想来想去，不甘心被欺骗，我决定找大亨新问个一清二楚。

大亨新还是那样笑容满面，倒好像在刻意衬出我的没有风度。

“为什么？”我问。

“唉，怎么那么大的火气呀，年轻人？”

他一面说，一面伸手要拍我的肩膀，我一闪，他拍了个空，有些尴尬，那只右手顺势上举，理了理他自己的头发，笑容却消逝了。

“我想知道是怎么一回事。”我望着他。

“哦，你说的是柴世方呀？”他耸了耸肩膀，“这个世界上，没有永久的朋友，也没有永久的敌人。”

“是不是我成了你的敌人，柴世方成了你的朋友？”

“当然不是这个意思。不过，做人要灵活，对吧？我跟柴世方是生意伙伴，我没有什么所谓，只要他能帮我赚钱就行了。你说是不是这个道理？”

有道理没道理，都已经与我没什么关系了，我找他，本来也没有想要他改变主意，只不过咽不下这口气，特意将不满说给他听罢了。明知无济于事，也要发泄一下，也不知道该说我争一口气还是不够老练。

大亨新老奸巨猾，我实在不是他的对手。

也只有到了这个时候，我才明白，商场上一山还有一山高。

端的是山外有山，天外有天。

大亨新轻轻耍两下，我便晕头转向。我的道行真不算高。我不过比一些人精明而已，在大亨新面前，不过是三流角色。

当我愤愤然的时候，大亨新满不在乎地斜倚在他的转椅上，风度翩翩。

他对我说："……如果你不满意，随时都可以找我算账啦，我奉陪！"

他根本就摆出一副有恃无恐的姿态。

也不仅是姿态，我相信他确有那个力量，而不是在吓唬我。

不论从哪一方面来讲，我都绝对不是他的对手。

好汉不吃眼前亏，我何必自讨苦吃？打得了就狠打，打不了就快逃，溜之大吉。反正世界也大得很，不跟他死缠烂打，也可以少了一个能量很大的敌人。他虽然出卖我，但未必恨我，只要让一让，想来时光必可调整他的某些想法。

人有时就要委曲求全。这世界要不就有钱有势可以支撑下去；要不早就给别人修理得发软了。我既然钱势都大大不如大亨新，那就要见风使舵，才能立于不败之地。

大亨新坑了我一下，算了，忘掉它。

人总不能活在过去，特别是不愉快的过去里，终日郁郁寡欢，人生还有什么乐趣？就算是世仇，倘若利益忽然一致了，以往的仇冤也可以一笔勾销。有仇不报非君子？得了吧，那是古老的说法；现代人讲究实效，报了仇又怎么样？无非心理上自我满足一下，又有什么实惠了？

留得青山在，不怕没柴烧。

还是那句话：忍一时风平浪静，退一步海阔天空。

强压胸中的怒火，我深深呼了一口气，笑道："古老板，我怎么会告你？吃了豹子胆也不敢呀！"

"你这句话顺耳，"他说，"算你醒目！"

"希望以后我们还有机会合作。有什么关照，也请记得我……"

"年轻人，只要你看得开，大把世界让你捞啦！"他把手一摆，暗示谈话结束。

年轻人？我还算是年轻人吗？那不过是大亨新倚老卖老的口气罢了。也许他的潜台词是：你与我斗？还差得远哩……

我并不想和他斗。虽然有过一时之气，我也不会因此而意气用事。不管怎么样，站在做生意的立场上，大亨新始终是有力的靠山。

当然我也明白，要使得大亨新刮目相看，我必须首先自强。只要我的生意做得有声有色，以大亨新一贯务实的作风而言，他必不会视而不见。

所以我特别寄希望于郑乾坤。

明知郑乾坤也并非善类，但没办法，他资本雄厚嘛，只好将就了。

只要心中有数，暗中提防就是了。

他开门见山就说："我们合作，先谈条件。我这个人喜欢先小人后君子，也好过先君子后小人，对吧？"

"当然当然。"我说，心中暗想，这个老狐狸果然厉害，一开口便这般咄咄逼人。

"我要坐大。一切重大决策，要由我拍板，OK？"

假如不答应，合作大概也就吹了。这郑乾坤根本就是喜欢出头露面的人，要他退居第二线，当然不会干。反正我对于虚名并不大在乎，只要有钱赚就行，他爱怎么做就怎么做，我才不管。

我只是坚持账目必须清楚。

既然决定和他合作，我当然相信他能够给公司赚钱，但赚到了，也一定要有我的份才行。我才不要当傻瓜呢！

亏了那是没有办法的事情，但赚了却给人吞掉，那才不值得哩。

宁愿当面挨一记明枪，我也不要给人从背后捅一刀。

郑乾坤大笑，"我们都是生意人，都先做小人，你放心，我郑某人说不上是江湖好汉，但决不赖账。我答应你，我们明算账，不会亏待你的。"

好一副居高临下的姿态。

这是他的方式，也只好由他了。

财大气粗，一点也不假。

只要我小心，谅他也要不成什么把戏。

"击掌为誓？"我半开玩笑。

“口说无凭，当然要立字为据。”他认真地说。

无非就是上律师楼去办些手续，他不说我也会坚持。

现在什么都要书面合法化，哪有一诺千金这回事？就算是有律师作证具法律效力，有些人也还会打生打死呢，没有任何证明文件，那简直便是开自己的玩笑。

现代人老是感到自身没有保障，牙齿当金使？哪有这回事？有多少人当面是人，背后是鬼！

就像柴世方。人一卑鄙起来比什么都卑鄙。柴世方那时候不是次次都相逢开口笑吗？除了承澜好像有慧眼，第一印象就不好，几乎所有的人一提到他都说：

“……哦，你那伙伴呀？我看不错呀，满脸忠厚老实，看来不会暗算人……”

谁知道偏偏大奸大恶就是他！

笑里藏刀自是道行不浅的招式，不是人人都可以做到，他却可以。

我也不是完全觉察不到他的小动作，但那时我抱定一个想法，认为人与人之间本来就很难找到肝胆相照的交情，我也不必强求。

管他为人如何，只要公司可以赚钱便行，我不愿扮演神父导人向善的角色，实际上我自己也差劲，又有什么资格教训人？

须知我与他不过是生意伙伴而已，相互之间也都不能为对方承担什么。

有了柴世方，再来个郑乾坤，我已经有经验了。

不能说身经百战，但也不是纸上谈兵。

所以我也恨不得“先小人，后君子”。

一切有法律约束，最好不过。

龙飞凤舞地签下自己的大名，我忽然想到，有生以来，我签过多少这样或那样的合约?

比如结婚，一纸婚约就把我自己交给美若，而美若也把自己交给我了。

其实，我未必是她一生中所遇到的最好的男人；而她也未必是我一生中所遇到的最好的女人。只是为了一种莫名其妙的客观限制，便结成了夫妇。

而且似乎不能回头。

如今这个时代，离婚当然也没什么了不得，两个痛苦的人，又何必要终生绑在一起，彼此都不舒服?长痛不如短痛，各分东西，未尝不是塞翁失马。

但人是有惰性的，到了没有什么所求的时候，也就懒得离婚了。

也不能说我心软，只不过我舍不得云生和曼莉。就算我可以争取到抚养权，我也不想让他们尝受到家庭破裂的痛苦。

反正我也老了，他们还年轻。

做父亲的，也像蜡烛一样，照亮了儿女，毁灭了自己，而且心甘情愿。

记得那个时候云生还小，大概三四岁吧，我也还在潦倒，和几个朋友相聚，云生就在我的怀里睡着了。其中一个未结婚的男士摇头道：“你怎么那么宠他呀？老那么抱着行吗？”

我也知道不行，但做父母的，大多是这样，人情之常，何怪之有？我心里有些不舒服，便淡淡地回了一句：“你不懂。等你有了孩子，你就知道了。”

他却仍坚持，“可怜天下父母心。但我肯定不会。如果要这个样子，我宁愿不要孩子！”

佩服佩服，果然是“男子汉风范”。不过我不成。

但也许是因为隔了一层，要等到他真的有了孩子，他的豪言才能作准。不过无论如何，那是他自己的事了，与我无关。既然舍不得孩子，当然自己也要有所克制，甚至是牺牲。人生在世，总不能事事称心如意。上帝很公平，人总是得一失一，哪里又会天下便宜都让你一个人给独占？得失之间也就只好忍痛抉择了。

命运的十字架，谁都必须背负。

包括签字画押这种形式。

好好坏坏，事前自己固然要落足眼力，慎防上当受骗；但做人又不能因为危机四伏而把大好机会也给葬送了。

不能只见树木，不见森林。

谨慎观察之后，始终也要有个判断。

也许成功与失败，在某种程度上系于机会与运气，这时也就唯有勇往直前了。

与郑乾坤同命运，叫我警惕起全身的毛孔，因为我知道我根本不可能依赖他，稍微疏忽，我可能就败在他手里，但我又不可能与他公开对阵，毕竟他是我的 partner。

十分微妙的关系。

我在他面前戴起假面具做人，我相信他在我面前也一样戴着假面具。我不在乎。反正我也知道，我深入不到他心里，他也深入不到我心里，我们只能是有商业利益的伙伴，而做不成真正意义上的朋友。

彼此明白，也省去了心理上的不平衡。

很久以前还在打工时，有个同事大概为了表示他有性格，曾经当众大声说道：“……我们大家都只是同事，不是朋友！”那时我乍听之下，感到很不自在，以为他只是为博女同事一笑，难免想出一些类似警句的话。但如今看来，他恰恰点出了要害，只不过我自己不太明白，或者一厢情愿罢了。

我又何尝不知道那个道理？只不过我却没有勇气捅破那温情脉脉的面纱而已。如今阅历渐多，心也给磨硬了，再也不会只顾面子而刻意回避现实。

而且，我也不会小不忍乱大谋。

郑乾坤要怎样讨尽口舌上的便宜，也由得他了，那有什么关系？我一概当它是耳边风。

除了他暗示与方玫相好。

我已经有好多次想要当面问方玫，他说的是不是真话，但话到嘴边，我还是问不出口。

我实在怕伤了她的自尊心。

假如那只是郑乾坤的烟幕，那我岂不是中了他的计？而且有侮辱方玫之嫌，我做不出来。假如真有其事，那怎么办？也许我可以说，那是过去了的事情，不必追究。但假如她矢口否认，我又该怎么办？而她的否认假如让我更加怀疑，那就愈发不可收拾了。

思前想后，决定沉默是金。

可惜的是在方式上我虽不多心，但在灵魂深处却是阴影挥之不去。

常常在睡梦中朦胧看到方玫与郑乾坤腻成一团，惊醒过来胸中压抑得很，老半天睁眼看着天花板，再也无法入睡。那晚甚至叫出什么来，忽见躺在身边的美若在暗夜中望着我，伸手抹了一下我的额头，问道："怎么搞的？一头的冷汗！你刚才还叫什么方玫……"

我的心一跳，她听到什么了？嘴上却掩饰着："是吗？我也不记得做了什么怪梦，好像跟方玫做生意吧……"

先察言观色再说。

她笑了，"难怪！你叫得那么大声，大概是生意闹翻了吧？不过，梦与真实往往是相反的……"

我不知道她是否借题发挥，到了这步田地，我也只有硬着头皮对答下去："但愿如此。要不我们的生意，可真要少赚几笔大钱。"

"原来这个方玫还是一个福星呢！"她说，"既然如此，我们可不能亏待她呀！"

真话？假话？摸不清。我笑了笑，也不答话。这个时候，言多必失，还是看看动静如何，再做定夺。

后发制人最好。

但等了半天却没听见她再说什么，只有均匀而稍微沉重的呼吸声响起。嗯，她又睡过去了吧？

我舒了一口气，这个时候真乐得清静。少说一句，便少一分危险。万一前言不对后语，给她看穿了，岂不是不打自招？不爆发“世界大战”才怪呢！

转念一想，是不是求之不得？

我也弄不清楚我自己。到底想要维持现状，还是希望打破局面？

说到底我自己还是狠不下那个心肠。

可能这也是我的致命伤。

只有在迷迷蒙蒙中才会有勇气向方玫试探。

我脸上极力漾出笑容，用不经意的语调问她。

她望了我一眼，又望向别处，“是又怎么样？不是又怎么样？你是我的什么人……”

“要是我不在乎你，我才不会问哩！”

真气人，她用这个口气同我讲话。

女人心，海底针。也不知她在想什么。海誓山盟的时候，她也忘了？

不过，即使是海誓山盟又如何。给风轻轻一吹，有时便会不知飘散在何方，也不能要求每个人永久是那个心境，人究竟是善变的。此刻自己似乎还在信守，但明天也许回头便觉得幼稚可笑，也真说不定。

我叹了一口气，却惊醒了。眼前哪里有方玫？在床头灯发出的一团柔和的昏黄灯光下，我竟在床上抱着一本《神雕侠侣》睡了过去。从客厅传来的电视机声浪，又教我忆起，美若仍未回房呢。

二十一

手牵着手，瑞兴和方玫迎着那冲向岸边的海浪扑过去。他笑着。她也笑着。笑声荡漾在这长洲东湾的海面上。

瑞兴踩着海水，一把搂住方玫，“没想到你游得这么好！什么时候学的？”

“从娘胎里就学了！”方玫笑着，一拨水，便以漂亮的自由式直往浮台游去。

瑞兴跟在后面，上气不接下气地爬上浮台，“你……都不……等等我……”

“等你？等到什么时候？”方玫仰面躺着，眯眼望向蓝天，水珠从她的额头泻下，“等你游过来，我都沉下去了。”

瑞兴瞥了她一眼，觉得她似乎话里有话，但也只好装聋作哑，岔开话题，“都中秋了，天气还这么热，你看是不是有些反常？”

“反常便是正常，正常才是反常。”

“哗！你谈哲学呀？”瑞兴怪叫。

“假如这是一座浮岛，只剩下我们两个人，大概也不错吧，我想？”

瑞兴一怔，却不知该怎么样接下话题，便随口道：“没有吃的，没有穿的，也没有钱，不饿死才怪。”

“你这人就是太冰冷，这个时候浪漫一下也好嘛，你偏偏就要把人家的思路拉回到现实，真扫兴。”方玫翻了个身，趴在那里。

瑞兴连忙说：“太多幻想，我怕没有好处。”

这时浪大了起来，浮台颠簸得比较厉害。方玫一骨碌爬起身来，哼了一句：“游回去吧！”一纵身便跳进海中，向岸上游去。

瑞兴全身湿漉漉地跟在她后面，往沙滩那顶租用的太阳伞下走去，一屁股坐在她旁边的沙滩椅上，刚喘了一口大气，头一歪，他愣住了：紧挨着的一把新插上的太阳伞下，那一对男女也一样愣住了。

在中秋翌日的中午，瑞兴和方玫竟与承澜和Sandy相遇在长洲的海滩上！

尴尴尬尬地打了招呼，四个人便各自闭目养神，也不说话。

二十二

（王承澜的内心独白）

怎么这样倒霉？我十年都不来长洲一次，一来就碰上瑞兴，而且在这种情况下。要是只有一个他，或者是他跟美若在一起，那还好办，最多便是让他认为我与Sandy相好便是。现在死啦，偏偏教我撞见他跟方玫在一起！不知道他会不会不好意思。他见过那么多世面，大概也不会太当一回事吧！何况他以前也隐隐约约向我透露过。我相信那也并不是因为他对我无话不谈，而是基于一种男人的无聊虚荣心。我也不知道他是否投入了真情，但依我的想法，假如他深爱方玫，那他一定会珍藏内心深处，而不会宣之于口。这是一种尊重。但他也许与我对事情的看法不同，也不一定。我也不必以自己为准绳去量度他的用心。

他大概也不会担心我会向美若告密吧。我是怎么样的一个人，他即使不摸得一清二楚，也会是八九不离十。我也许是自私自利之辈，却不会对老朋友做出损人不利己的勾当。

假如损他而利我，也许我会动摇。

但结果如何，我也不能肯定，只好不做预测了。我想，诸如此类事情，有太多意外的因素可以临时介入，到那时才可以决定我到底会如何动作。

人生有太多不可思议的事情，特别是男女间的感情，许多时候真不能以常理推断。瑞兴会与方玫走到一起，那真是太令人惊奇的事，他们到底有什么相通之处，或者说是相互吸引之处？我不知道。

依我看，方玫已经年华老去，说得不好听，更年期都快到了吧？瑞兴怎么会给她迷住？真不明白。

按瑞兴现在的身份，要度假照理也不会到长洲。到长洲的，不是一群群的年轻人，便是像我这样没有多少钱的中年人。莫非他也认为最危险的地方最不危险？

啊呀，糟糕！Sandy是他的女秘书，这回冤家路窄给撞上了，对她很不利。Sandy没有明讲，但在言语之间，总让我感到，她对瑞兴余情未了。我也弄不清楚我对她怀着什么样的一种心思，今天休息，在街上碰到她，看她凄惨孤独寂寞的面容，不禁涌起一股怜悯之情。她可怜巴巴地说："陪我走一走吧……"我想都不想，一口便答应了。不要说是长洲，便是澳门，也就是一句话了。

在别人看来，一男一女跑到长洲海滩去吹海风，肯定是情侣了。我却不这么想。我对Sandy有好感，那是真的，但并没有什么别的意图。我也不会像某些人嘴上那样自我洗脱："她呀？在我的眼中就好像同性朋友一样……"此地无银三百两！而且表现出对别人的不尊重。既然够胆一齐出来，不论有什么样的议论，自己也要承担下来，怎能闪闪烁烁？

就怕她不方便。

瑞兴又不问我，假如他问我，我还可以向他解释。我总不能无端主动对他说："……我跟Sandy没什么……"

管他呢。他爱怎么想便怎么想，我也没法制止。

但求问心无愧。

咦，就算是我跟 Sandy 相好了，又有什么愧对他的了？他又不是她的什么人，不过是老板而已，老板也没有权力干涉手下工作以外的事情。

除非他吃醋啦！

应该不会吧。他对 Sandy 一向若即若离，假如他有意，恐怕 Sandy 也不会这般失落。

不过，谁知道？男人的心很野，我也很野。也许他本来无动于衷，这回看到 Sandy 和我在一起，忽然激发他的占有欲，也未可知……

（陈瑞兴触景生情）

世界据说变得越来越小，更不用说香港了！人生何处不相逢？相逢有如在梦中。跟承澜多久没见了，没想到今天会在这里碰上，而且避也避不开！

假如可以避开，就算我不避他，他也会避我。我相信他不会说出去。他是那种怕别人尴尬的人。但四眼相对钉在这里了，还要走避，那就更显得怪异了，我明白。

昨天方玫缠着我说："跟我过一次中秋，你都不干？就这么一次……"

看着她眼泪闪烁的模样，我心软了。随便找了个借口，对美若说要去台湾谈生意，人便往这边溜。中秋夜待在长洲的酒店，站在阳台相拥看着那月亮在乌云中穿行，忽隐忽现，我忽然感到人生无常，却又更珍惜此刻无人打扰的良辰美景。

在明月清风下轻谈浅酌，真不知今夕何年。

但方玫似乎并不满足于这光景，享完一夜的二人世界，今天中午醒了过来，便嚷着要游泳。真不应该跟着她癫，明知海滩人多，这不，就碰上承澜他们，真邪门！怪只怪心里老以为没有那么巧，谁料到无巧不成书！

方玫不在眼前时，我可以口沫横飞地向他说起我们的韵事。无非是真真假假，吹吹牛有什么要紧？不然的话，这贫乏的日子该怎么过？忽然大家面对面碰到一起，我口将言而嗫嚅。

这才知道，真真假假的即兴创作，与完全不可矫饰的纪实，是不同的。上天把我们四个人安排在同一地方同一时间，简直便是开玩笑……

那次美若有意无意地问我："……你在外面，一定很风流吧？"

我望了她一眼，避免正面回答："人不风流枉少年。"

她的脸色都变了，"那就是有啦！"

我吓了一跳，忙说："没有没有。我说的是少年，我可已经人到中年……"

"你讲话怎么吞吞吐吐的，前言不对后语！"

"跟你开开玩笑，你就这么认真。"我跟她兜圈子，脑子却在飞速地寻找对策，"你要不信我，你问问承澜啦，他最清楚。"

“得了吧，这几年，你也很少跟他泡的啦，他知道什么？”她白了我一眼，“何况他是你的哥们儿，怎么都会帮你说话，问你问他都是多余的。”

“你不信我，又不信他，什么人才信？”

“私家侦探啦。”她说，“给钱让他为我办事，他能不卖命？我还是相信钱的威力。”

“发神经！”我不由得提高声调，“你钱太多了，无端乱花钱去做毫无意义的事情！”

“看看怎样再说啦！”她歪歪嘴笑了一笑，我却觉得她一点欢容也没有。我一副不理睬的模样，不再接话，抓起茶几上的一份《星岛晚报》胡乱翻看，却一个字都没有入脑。私家侦探？要是她真的去找私家侦探，那可糟了！

不过再细细一想，又觉得以她的性格，虽然有时会嚷嚷，但也还不至于这么大动干戈。假如她真的要这么做，大概也不会向我预告了。

我这样自我安慰，饶是经历过不少的风风雨雨，这时也不免有些微的不安。要是在这附近，有一个受雇的“神探”正用长镜头相机不断照相的话，如何是好？

我忍不住抬起眼皮，方玫仍在闭目养神，连承澜与Sandy也好像睡过去了的样子。我四处一望，那么多的人，我哪里判断得了有没有“福尔摩斯”？

不需要太多，只要有一两张搂着方玫的相片就够了。美若啪的一声把它们甩在我面前，声音也变了：“你好哇你！人家花前月下，你却在光天化日之下情意绵绵……”

好在是幻象。美若不在眼前，但这情景，谁能担保不会发生？

悬疑。

悬疑得好像《本能》一样。什么是本能？性的本能，杀人的本能，还是什么本能？

那天几个人吃饭，谈起近期城中的热门电影，有人用轻佻的语气问看过这部电影的小姐：“你看过吧？你觉得怎样啊，这个三级片？”

那位年轻小姐望了他一眼，淡淡一笑，“也没什么。害怕的只是你们这些男人。”

明知甚至会有生命危险，那警探也还是不能自已地爱上疑犯，用生命做赌注而疯狂地与她做爱，这到底应该如何解释？为了一夜狂欢，是否什么也不在乎？

牡丹花下死，做鬼也风流？

不明白。

换了是我，才不要赌命呢。

命只有一条，赔出去了再也无法收回来。

我只能在安全的情况下越轨。要说我自私也好，无情也好，我的极限就摆在这儿。

和方玫？不知道。是不是当局者迷？

但我知道，她不会威胁到我的生命，我不必那样提防她。但她会不会动摇我与美若的婚姻，我也说不清。假如美若真的动用私家侦探，这家庭便从此多事了。但要我决然放弃方玫，我也狠不下这个心。

我想要两全其美，但看来很难。就算美若睁一只眼闭一只眼，方玫能够永远安于这状况吗？

（Sandy 心乱如麻）

真没想到在这样的情况下碰到老板。明知他终究只是我生命中的一个幻影，我却无法完全忘情。那些女友都说我发傻，我也知道我蠢，但一点办法也没有。她们一个个都精过鬼似的，滑得像泥鳅，怪不得个个都数落我："你简直就是不食人间烟火！现在还有谁会像你这样苦苦地等？"我知道，一见势头不对，不管男的女的，全都赶紧转向，哪有撞墙不知回头的？

也不能说他欺骗我的感情，自始至终，他都没有对我动过心，我知道。当我说他是"好人"的时候，她们全都嗤之以鼻，"你呀，你都不可救药了！"

但我相信我的感觉。很多人都有一种偏激心理，只要与自己不大对头，便一律可以打成"坏人"。其实什么是好人？什么是坏人？许多时候也很难明确界定。

任何人都有软弱的时候，当他软弱时，也向我倾诉过心事。但那并不表明他有什么企图，只不过他信得过我，随手一抓，我便成了他倾诉的对象。

其实我也常常提醒自己。世人常以淫邪的眼光来看待男老板与女秘书之间的关系，可千万不要成为别人嘴上议论的东西！我要告诉他们，并不是老板的金钱就绝对可以买通所有女秘书的心。

但想的是一回事，事实又是另外一回事。

我并不是为了他的钱，但人家却活生生地要把我套进他们心目中女秘书的故事里面去。

唯有沉默不说话，笑骂由人了。

像这一类事情，越描越黑，越辩越说不清楚，最好的办法就是不予理睬。如果你沉不住气，你就会陷进群起而攻之的悲惨境地，不管是什么派，好像都争着要分享口诛笔伐的过瘾之处。

只要不说话，任他们说一阵，重复了又重复，自然也会觉得没趣，没有了“新闻价值”，大概也就该住口了吧。

我倒不大害怕人家怎么说，倒是看到他就这样公然拖着方小姐的手，大大刺伤了我的心。

也许他也不是蓄意教我难受吧。只不过命运这样安排，他想要抽身也来不及。

只能说，命中该遭此劫。

他甚至也没有正面跟我打招呼，视线一直盯着王先生，只是最后才迅速掠过我的脸，便走开了。

会不会是他看到我与王先生在一起，便疑心我们相好？假如是这样，那倒是好事，证明他对我并不是完全不在乎。莫非他也吃醋？

得了吧，到这个时候，还在胡思乱想。他身边有方小姐，他怎么会把我放在心上？不要自作多情了！

可是我又有什么地方不如她了？

论年纪，我比她青春得多。

论长相，我也比她好看吧？

难道只是我自己感觉良好？不过这可不是我自己说的，许多人都这么说。

也许他们只是同情我，才说我的好话？

我也给搞糊涂了。

不过，女人不一定要年轻，也不一定要漂亮，有时出色的男人便爱上了她，有什么办法？

例子？多得很哩。

或许是缘分吧。

我再怎么样，假如缺了一点缘分，又怎么能够抓住他的心？

她们说，男人喜欢的女人，要“出得厅堂，入得厨房，上得卧床”，也许方小姐便如此。她的魅力，我可能缺乏认识，但他却一定不会。

他既然爱上她，必有他的理由。

我不能这样自我折磨下去。我是否也该辞职了？天天面对着他，始终不是一件好事。离开了，换个新的环境，也许慢慢就可以淡忘。

听说时间是治疗心灵创伤的最好的药方。

如果他对我有情，那倒也罢了；既然他无意，我必须逃情。

而且就这么毫无转圜余地地碰上了，以后该如何日日面对？

我不在乎，因为我跟王先生根本没发生过什么事情。但他信吗？不过，信也好不信也好，已经没有什么分别了。

这封辞职信，该怎么措辞呢？

真头痛……

（方玫半醒半睡中）

真是个惊奇的结局！

本来以为游游海泳，吹吹海风，可以轻轻松松把这两天假期打发掉，哪里想到会有这般戏剧性的场面。

没有碰到认识的人的时候，即使海滩上人山人海，那又与我何干？我们想做什么都可以。但碰到了他们俩，我们就要规规矩矩了，连半躺在这沙滩椅上，也保持些距离，就算他们心知肚明，但表面的功夫，我们还是得去做一做。

也许这是虚伪？我也不想这样，但这个世界上真情流露的人太少了，谁不戴上假面具做人？只不过程度有所不同而已。

有时为了保护自己，虚伪一下也无妨。只要不拿来害人，我对虚伪也并非深恶痛绝。人是需要一些适应生存的手法，而某些虚伪，我想正可使自己不陷于被动甚至被猎获的危险。

想想也不是为了我自己，我跟他们不过是点头之交，他们爱怎么想便怎么想吧，于我并没有大碍，顶多把我说成“瑞兴的女人”。但瑞兴可不同了，他跟他们很熟，熟了就危险，他怎能不想到他自家的“后院”？

我方玫是有热情如火的时刻，但一旦冷静下来就会对周遭的形势作客观的分析，我不会被热情吞噬掉应有的理智。瑞兴他再爱我，看来也不会情愿抛弃一切既得的名位与财富，而与我浪迹天涯。

他已经是一艘落帆的船，只希望在避风港里静静地停泊，偶尔有微微波浪来抚摸船身当然很好，但一切都以风平浪静为最高原则。

也许他已经累了？

而我却是仍在展翅的鸟儿，许多航程尚待飞越。我的翅膀开始老化了，不飞就要掉下来，我必须奋力支撑，虽然辛苦，却是唯一的选择。

生命的意义在于运动。

我这半生真够轰轰烈烈的了，一呼百应的滋味也尝过，回首一看，什么都变成虚幻的了。最使我高兴的是，我毕竟做了一回真正的女人。原来做女人也有做女人的满足，那万种柔情是一种专利，以前我不懂得发挥，不表示我并不拥有，一旦时机成熟，不用怎么调教，不也一样可以散发魅力颠倒众生？

要在女性柔媚淋漓尽致的时候抽身而去，我当然不舍得，尤其对着心爱的男人。可是我明白花无百日香，所谓永恒，只是人的主观意念，事实上哪有这回事？

做什么事情都要抢先机，争主动。我才不要成为任人颐指气使的弱女子哩。

以前听说过一个故事，老板准备解雇一个伙计，不料风声外泄，那伙计抢先一步，在老板正式通知前，赶着交了辞职信，并且喝道：“记住，是我炒你，不是你炒我！”

当时听罢，很觉得可笑。这伙计岂不是白白少了一个月的补薪吗？这样吃亏的事情他都干？不可思议。也许那还是老板故意放出的消息，叫他中计呢。但现在想来，才明白以一个月薪水来争回一口气，绝对聪明。你有钱，我有气，连钱都不在乎了，你又能拿我怎么样！

人的弱点之一，便是常常不能做到见好就收，好了还要更好，岂知那是没有穷尽的欲望，到了栽跟头的时候，才明白自己终是凡人，不论如何左冲右突，也没办法超越那极限。

我也并不是一开始就明白这个道理，那时被人前呼后拥自以为是天生的学生领袖，也不知天有多高地有多厚。后来失意了，曾经拥有的威风烟消云散，我这才明白，自己抓到过的，不过是假象。

也可能因为有过从高峰滑落的教训，所以我对眼前的一切格外珍惜，但也不会幻想那是永恒不变的财富，我只是尽力而为，不会期望过高。要是有一天给打回原形，我才不至于受不了。

当然我会步步小心，爬上来了自然不想滑下去。再有思想准备，那终究是残酷的事情。倘若没有过，那倒也罢了，拥有过却又失去，那就太痛苦了。因为反差太大，甜了再吃苦，不如从未吃过甜的。

我不能只成为瑞兴的影子，不论从哪个角度来讲，只有自强，才能立于不败之地。就算瑞兴现在关照我，若我只能依赖他而存在，万一有一天他对我兴趣减弱，我岂非顿失靠山?

最要紧的还是靠自己。

好像利智。我应该封她做我的偶像。

我不知道她怎么会拿出一千万美元来投资地产，但她有勇气在名成利就的时候淡出娱乐圈，却叫我对她刮目相看。那些男人以前大概只把眼睛盯在她的身材上，从今以后，怕也会在色眯眯之外，打醒十二分精神与她周旋了。这就是女强人的威力。

我未必能够做到像她那样，她有她的优势，但我可以向她看齐。

她从上海来香港，也不过十来年吧?如今已经可以衣锦返乡了。我没有她在影视界的名声，我没有她有钱，我没有她年轻，我也没有她漂亮;我拿什么跟她比?但人总应该有个盼头，不然的话永远也别想出头。

只要自己努力过，成败倒在其次。

是谁说的:天空没有留下翅膀的痕迹，但我已经飞过。

精彩。

是不是也可以套在我与瑞兴的关系上?

也许应该这么说:姻缘路上没有留下足迹，但我确然爱过。

或者还可以再补充:也确然被爱过。

不管将来的世界怎么变，但爱与被爱，却是最幸福的一种感觉。

也不必太过浓烈，只要温温馨馨。

即使相隔在天边，也未必就找不到沟通的热点。

有时，心灵的共鸣要比肉体的吸引更加深沉。

但不论怎么说，人总是人，特别是女人，脆弱的时候，有谁能够帮助我？本来我以为我在情场上可以进退自如，哪里料到到头来还是把持不住，连我都暗暗生自己的气：怎么好像老是长不大？！

即使跟瑞兴缠缠绵绵的时候，每逢周末或节日，他总是说：“……没空……”

什么没空？还不是回家陪老婆孩子！我算得什么？但也只好忍了。直到实在忍不住了，不免就对他发作，“……反正我也不是你的什么人，最多不过是出租女郎罢了！”他一愣，吃吃地说：“……你知道我对你怎么样……”

再说下去没有什么意思，也不会有什么结果，我只好沉默是金。

大概他以为我接受现实。那晚温存完毕，我把被子拉到齐脖子处，望着天花板，轻轻说了一句：“我决定移民。”

他似乎颤了一下，沉默了一会儿，才问：“为什么？”

“不为什么，”我说，“我总不能这样守着你，一生一世。我现在也有点钱，可以移民，干吗不走？”

“也不必那么急吧……”

“只争朝夕。”我强笑，“既然要走，迟走不如早走。”

一走了之，眼不见为净。

反正天地这么广阔。

而我方玫也不复是刚来香港闯天下的方玫。

命中注定我是指挥别人的女强人，到了今天我已坐拥财富，又怎能忍受别人说我是瑞兴的二奶？

也不是没有跟他摊过牌，“……只要你跟你老婆离婚，我就随你！”

但他不吭声。

我叹了一口气，“大概我们是有缘没分了！”

舍不得是一回事，现实是另一回事。

只要手中有钱，天涯何处无芳草？

我不知道他会怎样想，但我不愿意多解释。知我罪我，我亦无言。也许他会如释重负，也许他会锲而不舍，也许已经没有也许……

也许。

二十三

太阳渐渐西移，伞下的阴影也跟着移动。猛烈的阳光晒在人人的手臂上，使得他们不得不蠕动一下，一个个睁开原来假装闭着的眼睛。

对望之下露出一丝尴尬的笑容，承澜忽地一跃而起，将沙滩椅拖进新的阴影中。回头笑道："机动灵活一点，没理由它动我们不动。"

瑞兴连忙附和，也跟着跳起来。

方玫双手互抱，站在伞下，遥望远处。

远处的海湾，人们在戏水。一阵风吹过，大潮涌起，形成一浪又一浪，袭向岸边，泳客在那海浪中身不由己地起伏。

"人真是太渺小了！"方玫吐了一口气。

"人定胜天。"瑞兴说。

"是吗？"方玫瞥了他一眼，"我倒不觉得。以前我信，现在我不信。要是人定胜天的话，那次香港下暴雨，就不会死那么多人啦！"

"喂，不如把你们的太阳伞也靠过来啦！"瑞兴望着承澜，说。

"我无所谓。"承澜耸耸肩膀，"Sandy 你说呢？好不好呀？"

Sandy 淡淡地说："无所谓。"

等到靠在一起，她便率先躺回沙滩椅上，再次闭上眼睛，一副天大的事她也不理的样子。

方玫对着瑞兴做了个鬼脸，瑞兴假装看不见，转过头去问承澜："你怎么这么久都不找我？"

承澜笑着不说话。

"美若也问起你。"瑞兴又说。

承澜看到方玫迅速地瞥了瑞兴一眼，而且脸色有些变了。他心里暗叫糟糕：这个瑞兴，怎么这般不懂得世故？

但瑞兴似乎并没有察觉，“什么时候也把芝兰叫上，一齐出海玩玩啊？”

承澜一味说：“好好好……”一面寻思该如何转换话题，引开方玫的注意力，但一时又不知该说什么好。

这时，一阵隆隆声由远而近传来，承澜抬头一望，原来是一架直升机越过山头，从海湾上空飞过。

“怎么越飞越低？”承澜很高兴终于有了新的兴奋中心。

那直升机在海滩那一边的上空停住，机顶上的螺旋桨旋成一个圈，低吼着。

“就在半空待着吧，别他妈下来了！”瑞兴直嚷嚷。

Sandy 也睁开了眼睛，懒懒地问：“什么人那么威风呀，乘直升机？港督？”

“港督无端来长洲干吗？”承澜应了她一句。

“谁坐的都好，总是要落地的。”方玫说，“哪能老在半空中？飞得再高再远，还不是要回到陆地上？”

“有见地！”瑞兴夸张地竖起右手大拇指，“我怎么就没想到这一点？”

“你没想到的多着呢！”方玫哼了一声。

“比如呢？”瑞兴笑嘻嘻。

“比如那架直升机现在就降落了。”方玫答。

承澜闻言望了过去，它果然在缓缓地垂直降落，螺旋桨刮起的风看来很大，甚至把它附近的海面都掀起一片片水波。直升机着陆后，下来几个穿白色制服的男人，抬起担架就往一个方向跑。他立即明白是怎么一回事，“抢救危险的病人哩……”

很快，直升机又腾空而起，升到一定高度，便以一个弧线飞越在山水之间，消逝在港岛那一头。

“去玛丽医院，五分钟就到了。”瑞兴喃喃说。

“你又知？好像你自己坐过似的！”方玫嗲声嗲气地气他。

在承澜听起来，好像是在打情骂俏。

“没坐过，但可以猜一猜呀！”瑞兴依然在笑，“要不，病人怎么救？”

尽他妈耍花枪！承澜想道，忽然有些腻味，但嘴上却不好说，也只有陪着笑，逮住个天气，随口问：“都中秋了，这天气怎么还这么热？真的有点古怪……”

“秋老虎嘛……”方玫说，“热过这一阵，天气便会一天一天地凉下来。”

“你怕热，还是怕冷？”承澜问。

“也没什么一定。”

“加拿大现在怕也冷了吧？”瑞兴忽地插一句。

“再冷，大概也不会比北京的冬天冷吧？”方玫的反应十分之快。

“怎么？你要移民？”承澜有些吃惊，“怎么没有听说过？”

“也是这两天才匆匆决定的。”她解释。

“为什么？”

“不为什么，香港待腻了，便想动一动。一动便动到那么远的地方去，”方玫有些泪光闪闪，“可能我命中注定要漂泊一辈子。”

承澜想问她：那么瑞兴呢？却一直开不了口。但只觉得瑞兴的情绪有些烦躁，也不知道到底发生了什么事。

大家又都躺在各自的沙滩椅上闭目假寐。

海风温柔，轻轻地拂过来又拂过去，承澜在朦胧中听到方玫在低声地吟哦：

“你没有那么多的死灰能扑灭我的灵火，你没有那么深的遗忘能吞没我的爱情！”

呀，挺熟的。

承澜想了一想，记起来了，是雨果那老头子的两句诗。

她这是什么意思呢？自己要飞走了，却留下这么两句情诗。

承澜偷眼瞥了一下瑞兴，只见他双眼闭着，眉头紧皱，好像沉入远古的洪荒时代。

太阳继续西斜，阳光又越过太阳伞的防线，再次洒在他们的身上。天空是秋日的湛蓝，温度是夏日的猛烈。

但人人一动不动，似乎都在享受太阳浴。

附近一架大型卡式录音机，正大音量播出叶倩文唱的《潇洒走一回》，承澜悠悠想起，二十年前，在古都的一个夏夜，坐在宿舍那昏黄的灯光下，瑞兴拉起手风琴，他俩百无聊赖地低吟过一首外国情歌《深深的海洋》。

1992 年 1 月 13 日—9 月 17 日，完稿

1995 年 12 月 26 日下午 2 时，修订于香港